# Estou atrás de você

John Ajvide Lindqvist

# Estou atrás de você

Tradução de
Renato Marques de Oliveira

**TORÐSILHAS**

Copyright © 2014 John Ajvide Lindqvist
Copyright da tradução © 2016 Tordesilhas

Publicado mediante acordo com Leopard Förlag, Estocolmo, e Leonhardt & Høier Literary Agency A/S, Copenhague.

Título original: *Himmelstrand*

Todos os direitos reservados. Nenhuma parte desta edição pode ser utilizada ou reproduzida – em qualquer meio ou forma, seja mecânico ou eletrônico –, nem apropriada ou estocada em sistema de banco de dados, sem a expressa autorização da editora.

O texto deste livro foi fixado conforme o acordo ortográfico vigente no Brasil desde 1º de janeiro de 2009.

EDIÇÃO UTILIZADA PARA ESTA TRADUÇÃO  John Ajvide Lindqvist, *I Am Behind You,* Melbourne, The Text Publishing Company, 2016.

PREPARAÇÃO  Pedro Biondi
REVISÃO  Dan Duplat e Bruno Lippi
PROJETO GRÁFICO  Kiko Farkas/Máquina Estúdio
ADAPTAÇÃO DE CAPA  Rodrigo Frazão
IMAGEM DE CAPA  Jill Bataglia/Arcangel.com (*trailer*), Robert_s/ShutterStock.com (gramado)

1ª edição, 2017 / 2ª edição, 2022

Dados Internacionais de Catalogação na Publicação (CIP)
(Câmara Brasileira do Livro, SP, Brasil)

---

Lindqvist, John Ajvide
Estou atrás de você / John Ajvide Lindqvist ; tradução Renato Marques de Oliveira. -- 2. ed. -- São Paulo : Tordesilhas, 2022.

Título original: Himmelstrand
ISBN 978-65-5568-064-5

1. Ficção sueca I. Título.

---

22-110129                                                         CDD-839.73

---

Índices para catálogo sistemático:
1. Ficção : Literatura sueca 839.73
Cibele Maria Dias - Bibliotecária - CRB-8/9427

*O conteúdo desta obra, agora publicada pelo Grupo Editorial Alta Books, é o mesmo da edição anterior.*

2022
A Tordesilhas Livros faz parte do Grupo Editorial Alta Books
Avenida Paulista, 1337, conjunto 11
01311-200 – São Paulo – SP
www.tordesilhaslivros.com.br
blog.tordesilhaslivros.com.br

*Em memória de*
*Peter Himmelstrand*
*(1936-1999)*

# Sumário

1. Fora    13
2. Dentro    117
3. Além    325

# Estou atrás de você

Conhecemos uma pessoa por seus defeitos.

Podemos formar uma impressão a respeito de alguém reparando em seus talentos e qualidades, bons ou ruins – tudo que aparece na superfície. Mas se quisermos realmente compreender quem a pessoa é, devemos adentrar a escuridão e nos familiarizar com as imperfeições dela.

O dente faltante da engrenagem define a máquina. Um quadro é julgado por uma pincelada malfeita, um acorde dissonante faz uma canção desandar. Ou a torna interessante. Esse é o outro lado da moeda.

Sem nossos defeitos seríamos como uma máquina bem azeitada de funcionamento impecável, e nossos pensamentos e ações poderiam ser previstos por meio de simulações, se ao menos tivéssemos suficiente poder de processamento. Isso jamais vai acontecer. Nossas imperfeições são uma variável fora do escopo desse tipo de cálculo, e nos levam a formidáveis realizações ou a atos absolutamente desprezíveis.

Se você quisesse, poderia dizer que isso é o que faz de nós humanos, imperfeitos e maravilhosamente interessantes. Poderia também dizer que isso nos transforma em répteis, rastejando de um lado para o outro entre o céu e a terra, à procura de algo que preencha o vácuo.

Qualquer que seja a verdade, são esses defeitos que nos impelem para a frente e nos fazem seguir adiante, saibamos disso ou não. E, assim como tudo o mais, eles podem chegar a uma massa crítica, a um ponto em que mudam de feitio, reconfiguram-se e se tornam uma outra coisa. Muitos eventos que consideramos inexplicáveis podem ser explicados dessa forma. O relato a seguir é um exemplo.

Eu acendo a luz.

# 1. FORA

1. FORA

– Mamãe, preciso fazer xixi.

– Bom, então vá ao banheiro, ué.

– Não está lá.

– Claro que está. É aonde você foi ontem. No bloco de serviços.

– Não está lá.

– Pelo amor de Deus, será que você não pode me deixar dormir pelo menos *uma vez*?

– Mas eu preciso fazer xixi. Vou molhar as calças.

– Então vá até o bloco de serviços. Fica só a quinze metros de distância daqui. Com certeza você dá conta de ir sozinha.

– Não está lá.

– Está. Vá lá fora, vire à esquerda e dê a volta por trás deste *trailer* nojento, depois continue seguindo em frente. É lá que fica o bloco dos banheiros.

– Qual lado é a esquerda?

– Ah, faça xixi na grama, pelo amor de Deus, e me deixe dormir. Se você vai insistir em encher o saco e causar problema, então acorde seu pai.

– Sumiu quase tudo.

– Como assim? Do que você está falando?

– Vem dar uma olhada.

– Dar uma olhada onde?

– Pela janela. Sumiu quase tudo.

Isabelle Sundberg apoia-se no cotovelo. Sua filha de seis anos de idade, Molly, está ajoelhada junto à janela. Isabelle empurra a menina para o lado e afasta a cortina. Está prestes a apontar na direção do bloco de serviços, mas sua mão desaba e o gesto é interrompido a meio do caminho.

Seu primeiro pensamento é: *Cenário*. Como a cortina que faz as vezes de pano de fundo na traseira do *trailer* de Mickey Mouse no desenho que a TV exibe na véspera de Natal. Algo artificial, irreal. Mas os detalhes são nítidos demais, as três dimensões claramente perceptíveis. Aquilo ali não é pano de fundo.

– Preciso fazer xixi preciso fazer xixi preciso fazer xixi!

A voz estridente da filha machuca os tímpanos de Isabelle, que esfrega os olhos. Tenta apagar a visão incompreensível. Mas ela ainda está lá, exatamente como o monótono choramingo da filha. Ela se vira de lado e, impulsionando o joelho, cutuca as costas do marido. Puxa a outra cortina.

Ela pisca, balança a cabeça. Não faz a menor diferença. Ela cerra a mandíbula, estapeia o próprio rosto. Sua filha fica em silêncio. A maçã do rosto de Isabelle está ardendo, e nada mudou. Tudo mudou. Ela agarra o ombro do marido e o chacoalha com força.

– Peter, acorde, pelo amor de Deus. Aconteceu alguma coisa.


Trinta segundos depois, Stefan Larsson é acordado pelo estrondo de uma porta sendo fechada com violência em algum lugar. Seu pijama está colado ao corpo; dentro do *trailer* faz calor, está muito quente. Stefan já está de saco cheio disso. Todo mundo tem ar-condicionado. Mais tarde, ainda hoje, quando forem às compras, ele vai comprar uns dois ventiladores elétricos decentes para pôr na mesa, pelo menos.

– Bim, bim, bum. Bum.

O filho de Stefan, Emil, está cantarolando baixinho no beliche, absorto em alguma fantasia, como sempre. Stefan franze a testa. Alguma coisa está errada. Ele estende a mão para pegar os óculos de aros grossos e pretos e, já munido deles, olha ao redor.

O velho e leal *trailer* está idêntico. Quando ele e Carina o compraram, quinze anos atrás, o *trailer* já havia rodado no mínimo outros quinze, mas depois de incontáveis férias, feriados e expedições para a observação de pássaros, parecia um amigo, e ninguém vende um amigo pela internet em troca de alguns milhares de coroas. As superfícies gastas adquirem um lustro verde embaçado na luz que penetra as cortinas ralas. Nada de insólito nisso.

Carina está dormindo, com o rosto virado para o outro lado. Ela chutou para longe o lençol, e a generosa curva de seus quadris tem um quê de pintura antiga. Stefan reclina-se sobre a mulher e fareja o aroma salgado do corpo dela; pode ver as minúsculas gotículas de suor na linha de contorno do cabelo. Ventiladores decentes, é disso que eles precisam. O olhar fixo dele aferra-se à tatuagem sobre o ombro dela. Dois símbolos do infinito. O anseio por um amor duradouro. Ela as fizera quando ambos eram jovens. Stefan a idolatra. É uma palavra estranha para usar, mas a única adequada.

Os olhos dele se arregalam. Agora ele sabe o que é. *O silêncio*. A não ser pela respiração de Carina e pelo cantarolar de boca fechada de Emil, o silêncio é total. Ele olha de relance para o relógio: quinze para as sete. Um acampamento de *trailers* nunca é silencioso. Há sempre o zumbido do maquinário em modo de espera, aparelhos de ar condicionado. Mas não agora. O lugar parou de respirar.

Stefan sai da cama e olha de soslaio para o beliche.

– Bom dia, garotão.

Emil está totalmente concentrado em seus bichinhos de pelúcia, deslocando-os de um lado para o outro enquanto sussurra: – Mas e eu? Eu não posso...? Não, Bengtson, você está encarregado de cuidar das armas.

Stefan vai até a pia e está enchendo a cafeteira de água quando movimentos e vozes no gramado lá fora chamam sua atenção. O jogador de futebol e sua esposa também já estão de pé e na ativa. A filha deles também. A criança está agarrada às pernas nuas da mãe enquanto a mulher gesticula furiosamente diante do marido.

Stefan inclina a cabeça. Num universo paralelo ele seria obrigado a cobiçar sexualmente aquela mulher. Ela não está vestindo nenhuma outra roupa exceto calcinha e sutiã, e parece ter saído diretamente de uma campanha publicitária. Ela é o tipo de mulher que os homens supostamente deveriam desejar. Mas Stefan escolheu algo diferente, e não vai se abalar. É uma questão de dignidade, entre outras coisas.

O vidro da cafeteira está cheio. Stefan fecha a torneira, despeja a água dentro da máquina, coloca uma colherada de pó de café no filtro, depois aperta o botão de ligar. Nada acontece. Com petelecos leves ele aciona o botão de liga/desliga algumas vezes, verifica se a cafeteira está corretamente plugada na tomada, depois pensa:

*Corte de energia.*

O que explica também a ausência do zumbido elétrico. Ele despeja a água dentro de uma panela e a coloca sobre a chapa de aquecimento elétrico. *Alô?* Coça a cabeça. Se há falta de energia, o fogão elétrico também não vai funcionar, obviamente.

Quando se inclina para acionar o gás, Stefan dá uma olhada de relance pela janela, e seu olhar passa pelo casal às turras para ver como está o tempo. O céu está límpido e azul, então tudo leva a crer que vai fazer um lindo...

Stefan engasga e agarra a borda da pia no momento em que chega mais perto da janela. Não consegue entender o que está vendo. O aço inoxidável é morno ao toque; ele se sente tonto e seu estômago revira. Se soltar a pia, ele vai desabar no vazio.


Peter encontrou um bombom no bolso direito dos *shorts*. Há um ligeiro ruído de papel farfalhando quando ele esmaga o bombom dentro do punho cerrado. Isabelle está berrando com Peter, e ele fita o exato ponto da bochecha dela onde a palma da sua mão poderia pousar caso não estivesse totalmente ocupada com o bombom.

— Como você pôde ser tão estúpido, porra? Ficou bêbado que nem um gambá a ponto de deixar as chaves no contato e aí algum idiota pegou o carro e saiu dirigindo e largou a gente neste... neste...

Peter não deve bater nela. Se fizer isso, o equilíbrio de poder vai se alterar, acordos de paz temporários serão rasgados e tudo será sugado caos adentro. Ele bateu nela uma vez. A satisfação foi enorme; as consequências, insuportáveis. Ambos os aspectos o apavoravam: o prazer que ele extraiu por infligir dano físico a ela e a capacidade dela de causar estragos mentais nele.

Peter pensa: *Dez mil. Não. Vinte mil.* É a quantia que ele estaria disposto a pagar por cinco minutos de silêncio. A chance de pensar, de formular uma explicação. Mas as palavras de Isabelle são como marteladas em cima dele, e as retesadas cordas de seu autocontrole vibram. Ele só é capaz de fazer uma coisa: esticar e destruir a embalagem do bombom.

Molly está agarrada às pernas da mãe, fazendo o papel da criança assustada. Ela desempenha muito bem esse papel, exagerando apenas um pouco, mas Peter sacou a jogada. Ela não está minimamente com medo. De alguma maneira que Peter não compreende, a menina está adorando aquilo.

Ele ouve uma discreta tossida. O homem de óculos grossos do *trailer* ao lado, a personificação do tédio, está caminhando na direção deles. Neste exato momento ele é uma visão bem-vinda. A torrente de palavras de Isabelle seca, e Molly encara fixamente o recém-chegado.

– Com licença – diz o homem. – Vocês têm alguma ideia do que aconteceu?

– Não – responde Isabelle. – Por favor, me conte você.

– Não sei muito mais que vocês. Tudo desapareceu.

Isabelle dá uma brusca sacudida na cabeça e vocifera:

– Você também? Acha que do nada apareceu alguém e levou embora os outros *trailers*, sumiu com o quiosque e o bloco de serviços, a porra toda? Isso faz algum sentido lógico? Alguém *mudou a gente de lugar*, idiota.

O homem de óculos olha para os *trailers*, tudo que resta da área de acampamento de *trailers* de Säludden, e diz: – Neste caso, parece que alguém mudou muitos de nós de lugar.

Molly puxa com força a calcinha de Isabelle.

– Quem são eles, Mamãe? Quem fez isso?

Quatro *trailers*. Quatro carros.

Os *trailers* têm diferentes idades, diferentes tamanhos, diferentes modelos, mas são todos brancos. Os carros têm menos em comum, mas dois deles são da marca Volvo. Todos têm um engate, é claro. Dois têm bagageiros de teto.

De resto, nada além disso: nada a não ser pessoas. Três adultos e uma criança, zanzando em meio aos *trailers*, e os carros, os outros ocupantes ainda dormindo, talvez sonhando, sem saber do ocorrido.

Para além do pequeno círculo se vê apenas grama. Uma vasta extensão de relva, cujas folhas têm, cada uma, pouco mais que três centímetros de comprimento, alongando-se até onde a vista alcança em todas as direções.

É um espaço vazio.

É impossível saber o que há além do horizonte, sob o chão, acima do céu, mas no momento é um espaço vazio. Nada. A não ser pessoas. E cada pessoa é um mundo dentro de si mesma.

\* \* \*

Molly insiste em que Isabelle a acompanhe quando vai atrás do *trailer* da família para fazer xixi. Peter se agacha e desliza a mão entre os cabelos, soltando um pesado suspiro.

– Onde diabos a gente *veio parar*? – pergunta Stefan para ninguém em particular. – Nunca vi nada parecido na vida.

Os cantos da boca de Peter se contraem. – Eu já. Passei metade da minha vida em gramados assim. Primeiro o futebol, depois o golfe. Mas como pode estar tão... arrumado?

O gramado tem a aparência de um jardim ou um campo de golfe bem cuidado. Stefan arranca um pequeno tufo e o esfrega entre os dedos. É grama de verdade; há terra grudada nas raízes finas. Seria preciso um exército de jardineiros para manter a grama tão baixa e aparada assim. Existe alguma variedade de grama que cresce só até certo comprimento?

Isabelle e Molly retornam. Isabelle é estonteante, sua filha é uma gracinha, linda de morrer. Uma cabeleira longa e ondulada emoldura o rosto pequeno e redondo da menina de grandes olhos azuis. Ela está usando uma camisolinha cor de rosa com a imagem de uma princesa de conto de fadas que não é muito diferente da própria Molly. Sem falar em Peter: cabelos loiros cortados bem curtos e uma linha do maxilar bem marcada. Quadris estreitos, peito largo, bíceps claramente definidos sob a pele.

Três pessoas tão próximas da perfeição já seriam menos que plausíveis num catálogo da Ikea[*], quanto mais num acampamento de *trailers* fuleiro e mal-ajambrado. A mudança de ambiente tornou sua presença menos antinatural; o descampado infinito é um cenário mais adequado para Isabelle do que um campo de minigolfe caindo aos pedaços. E, mesmo assim, ela é a mais agitada.

– Puta que pariu, isto aqui é absolutamente ridículo – diz ela. – Onde diabos a gente está?

Stefan olha ao redor e fita a grama, os *trailers*, os carros. Ele avista o utilitário preto estacionado ao lado do *trailer* da família perfeita.

---

[*] Uma da maiores redes multinacionais de móveis e decoração. (N. T.)

– Você tem GPS?

Peter estapeia a própria testa e corre até o carro. Os outros vão logo atrás, apressados; no meio do caminho, Molly olha para Stefan. Ele sorri para ela. Ela não retribui o sorriso.

Peter abre a porta do carro e desliza até se ajeitar atrás do painel reluzente.

– Esperem um pouco, eu só preciso verificar.

Ele pressiona um botão e o motor dá a partida com um rom-rom grave. A postura de Peter se altera. Seus ombros estavam curvados; ele se endireita, ergue a cabeça. Está sentado no banco do motorista agora.

A tela do GPS fica roxa, a seguir aparece um mapa.

Alguma coisa está dando puxões na calça de Stefan. Quando ele abaixa a cabeça para ver o que é, seu olhar fixo encontra o de Molly. Sem piscar, os olhos límpidos e azuis da menina encaram os dele e ela pergunta:

– Por que você não olha pra minha mamãe?

Benny está acordado faz um bocado de tempo. Deitado dentro da sua caminha na varanda coberta anexa, ele tenta entender.

A luz está errada. Os cheiros estão errados.

Suas orelhas se contraem quando ele ouve vozes humanas. Seu focinho estremece, tentando farejar aromas conhecidos vindos do lado de fora. Eles não estão lá.

Benny tem sete anos de idade, e sabe um bocado de coisas. Ele conhece o conceito de deslocamento mecânico. Você entra no Carro ou *Trailer*, escuta uma porção de roncos e chacoalhões e movimentos rápidos. Daí você se vê num lugar diferente. Novos odores, novos sons, nova luz.

Benny sabe que esse tipo de deslocamento não ocorreu. Entretanto, ele não está no mesmo lugar onde estava quando se deitou para dormir. Isso faz com que se sinta inseguro, e por isso decide permanecer dentro de sua caminha. Por enquanto.

– Pelo amor de Deus, Peter, deve ter alguma coisa de errado com essa maldita geringonça.

– Nunca deu problema antes.

– Não, mas agora está com defeito. Quer dizer, parece que a gente está onde ele diz que a gente está? Parece?

– Tudo que estou dizendo é que...

– Onde a gente está, Mamãe?

– É isso que o Papai está tentando descobrir com a maquininha dele que não funciona.

– Funciona, sim! Olha só o indicador de posição...

– Peter, não estou nem aí pro maldito indicador de posição. Está *quebrado*, simplesmente aceite isso! Ah, sim, que boa ideia. Dê um peteleco aí, tenho certeza de que vai funcionar. Enquanto isso, você conhece algum feitiço ou palavra mágica?

– Tudo bem, Isabelle. Dá um tempo.

– Mamãe, por que o Papai está bravo?

– Porque a masculinidade dele está ameaçada, e porque não consegue enfiar na cabeça dura dele que alguém *mudou a gente de lugar*. Ele acha que nós estamos exatamente onde estávamos ontem.

– Mas não estamos.

– Não. Você sabe disso, e eu sei disso. Mas o Papai não sabe disso, o que faz com que ele se sinta um burro, e por isso está irritado.

– Bum.

*Uma rajada de raio* laser *atinge uma das asas da aeronave.*

– Bim, bim, bim.

*Meteoritos, uma chuva deles, espatifam-se contra as janelas.*

– Bam!

*Choque magnético! Os meteoritos se esfacelam, mas...*

– Bum, bum.

*Mais* lasers, *alerta, alerta. Não há nada que possamos fazer. Já era. A aeronave despenca na direção do Sol.*

– Socooooorro!

Está quente no beliche, muito quente. Emil sente tanta sede que sua língua está colada no céu da boca, mas mesmo assim ele não desce para beber um pouco de água. Alguma coisa não está certa. Mamãe está roncando baixinho embaixo dele, e Papai está lá fora. Emil pode ouvir o som quase imperceptível de vozes de adultos do outro lado da parede. Ele não consegue entender o que estão dizendo, mas pode perceber que estão preocupados.

Ele não quer saber por que estão preocupados; prefere esperar até que o problema seja resolvido. Ele organiza seus bichinhos de pelúcia ao redor de sua cabeça, com o ursinho, Bengtson, bem por cima, e Sköldis, Bunte, Hipphopp e Gato de Sabre dos lados. Os olhos de Emil disparam feito flechas de um lado para o outro, fitando os olhos dos brinquedos.

*Estamos aqui. Gostamos de você.*

Ele lambe o suor do lábio superior e meneia a cabeça.

– Eu sei. Eu também gosto de vocês.

*Pra onde vamos?*

– Para Mercúrio. Vocês vêm comigo?

*Estamos com você.*

– Que bom. Bengtson, você pode ser o Chewbacca. Vamos nessa.


Peter optou por uma pausa, uma interrupção.

As portas do carro estão trancadas, e ele afunda no assento. Isabelle o encara através dos vidros escurecidos por uma película. Ele olha fixamente para a frente, através do para-brisa.

Um descampado vazio alastra-se diante dele. O relvado se estende até onde a vista alcança, o horizonte é uma incisão curvada entre as nuances de verde e os tons de azul. Isso mesmo, curvada. O mundo ainda não se achatou. *Alguma coisa* a que se aferrar.

Ele se concentra mais uma vez na tela do GPS. De acordo com os dados nela exibidos, tudo está exatamente onde deveria estar. O mapa mostra a trilha que leva até o acampamento de *trailers*, os marcadores indicando que o carro está precisamente onde deveria estar, a cinquenta metros do lago, que também está lá. Peter olha pela janela. Não existe trilha nenhuma, e nada de lago. Somente o descampado, o descampado, o descampado.

– Claro, idiota – diz ele de si para si. É tão fácil verificar o GPS.

Peter solta o freio de mão e aplica uma leve pressão no pedal do acelerador. O carro começa a se deslocar para a frente. Ele ouve o som das pancadas na janela; Isabelle está correndo ao lado do carro, berrando:

– Seu maluco do caralho! Que merda você está fazendo?

Peter não consegue refrear um sorriso. Ela acha que ele vai sair dirigindo e abandoná-la. E, quem sabe, talvez ele faça exatamente isso. Ele já fantasiou inúmeras vezes sobre esse momento; será que deveria mesmo fazer isso?

Peter olha de relance para Isabelle; a única roupa que ela tem no corpo é a *lingerie*, e ele sente o pênis começar a intumescer. Durante a semana em que estiveram juntos no *trailer* ele não teve permissão para chegar nem perto dela, e antes disso já haviam se passado pelo menos duas semanas. De tão invasiva e evidente a angústia sexual dele beira o ódio, e quando Isabelle tropeça e cai, soltando um grito, ele quase goza.

Peter pisca e se concentra na tela.

Sem sombra de dúvida o cursor está se movendo, portanto a culpa não é do GPS. O carro desliza suavemente na direção do lago, cada vez mais perto. Peter para quando o veículo chega à margem, a despeito do fato de que não há margem nenhuma à vista. Ele permanece lá sentado por alguns momentos, seu olhar revezando-se entre o pé sobre o freio e a tela. Ele simplesmente não é capaz de se obrigar a dirigir para dentro do lago invisível.

Mais batidas na janela do carro, e dessa vez ele a abre. Isabelle enfia a cabeça, exigindo saber para onde diabos ele está indo. Ele explica.

– E?

– Eu só queria verificar.

Isabelle repara na ereção e esboça um risinho desdenhoso. – Olha só, o que é isso aí, hein?

– Nada que te interessaria.

– Pode apostar que não.

Molly chega correndo e, numa vozinha muito mais fina do que seus seis anos de idade, diz:

– Mamãe, o Papai vai largar a gente aqui?

– Não, meu benzinho. Não vai. Ele teve uma ideia imbecil e na mesma hora quis ver se ela funcionava, só isso. – Isabelle enfia o braço no carro e tira do porta-luvas o iPhone. – Acho que nem passou por sua cabeça tentar isto aqui, né?

Peter balança a cabeça e sai do carro. Tem plena certeza do que vai acontecer, e ele tem razão, no fim fica claro. Pode ouvir Isabelle xingando atrás dele. – Mas que porra? Merda, essa não... Que porra de lugar *é este*?

Sem conexão. Sem sinal. Sem contato. O olhar de Peter esquadrinha o horizonte vazio, o céu desanuviado e azul de verão. Então ele leva as mãos à boca e murmura: – O Sol. Cadê o *Sol*, porra?

O Sol.

Stefan está parado de pé ao lado do seu *trailer*, os braços pendurados nas laterais do corpo, a boca escancarada. Ele encara de novo o céu, como se da primeira vez tivesse cometido um erro. Como se tivesse deixado de notar a coisa que estava bem na frente de seus olhos. Mas a bem da verdade não há Sol, apenas o ofuscante céu azul que parece iluminado por alguma luz interna.

Ele dá alguns passos em diferentes direções a fim de checar os fragmentos do horizonte ocultados por *trailers* e carros. Nem sinal de Sol. Ele ergue os olhos de novo. Toda a cúpula dos céus é igualmente brilhante, e exatamente do mesmo tom de azul por toda parte. A coisa toda nem sequer é parecida com o céu; é mais como algo que foi colocado lá para *assemelhar-se* ao céu. A ausência de matizes cambiantes ou de nuvens torna impossível concluir se está a dez ou a dez mil metros acima dele.

Ele examina cuidadosamente o chão e encontra um dos carrinhos de brinquedo de Emil; pega-o do chão e o arremessa no ar, o mais alto que consegue. O brinquedo sobe talvez uns vinte metros, e depois começa a cair e aterrissa na grama, sem ter encontrado nenhum tipo de obstáculo no caminho.

Desde que se entende por gente Stefan viveu com uma sensação de temor dentro do peito. Às vezes ela é mais forte, às vezes mais fraca, mas está sempre lá. Se esse temor tivesse uma voz, repetiria constantemente a mesma frase: *Tudo será tirado de você.*

Se o Sol pode desaparecer, então qualquer coisa pode desaparecer. O peito de Stefan está doendo, como se alguma coisa o puxasse com força de dentro para fora. Ele olha para a porta do *trailer*. Enquanto Carina e Emil existirem, quase todo o resto é suportável.

*E se eles não estiverem lá? E se também desapareceram?*

De súbito ele não consegue respirar. Dá um passo na direção da porta, e se detém. É invadido por um ímpeto insano de cobrir as orelhas com as mãos e simplesmente correr, correr.

Ele faz um tremendo esforço e respira fundo uma ou duas vezes. O pânico arrefece, somente para ser substituído por um novo tormento. Ele não quer acordar Carina para este mundo, não quer apresentar Emil a um céu sem Sol.

Stefan fecha os olhos. Cerra-os com força. Invoca um céu com Sol, traz de volta à mente o campo de minigolfe, imagina o quiosque e a cama elástica. Cria sons: a brisa da manhã sussurrando através das árvores, os gritos de crianças que acabaram de acordar brincando na beira da água. Tudo que supostamente deveria estar lá.

Quando ele abre os olhos, tudo sumiu. Ele já não tem mais um mundo para oferecer a sua família, e não é capaz de criar um. Olha de relance para a porta, e o medo retorna. Está olhando para um *trailer* vazio?

Stefan não consegue mais suportar. Sai em disparada e abre a porta, dá um passo *trailer* adentro e então estaca, o coração martelando, fitando a esposa adormecida e ouvindo a voz do filho. Enquanto ele ficar ali, sem se mover ou falar, é como se nada tivesse acontecido. É apenas uma manhã qualquer nas férias da família no *trailer*. Daqui a pouco eles tomarão o desjejum. Emil vai fazer alguma pergunta complicada sobre o mundo ao seu redor...

*Mundo? Que mundo?*

Stefan se recompõe e volta para a cama, de modo que agora está deitado com o rosto junto ao de Carina. Ele afaga a bochecha dela e murmura: – Querida?

Carina pisca, depois abre os olhos e diz: – Ooh. – Ela sempre faz isso ao acordar, como se estivesse surpresa com o fato de ter dormido. – Ooh. Bom dia. Que horas são?

Stefan olha de relance para o despertador; são dez para as sete. Isso ainda significa alguma coisa? Ele afasta um fio de cabelo da testa suada de Carina e diz:

– Escuta. Aconteceu uma coisa.


Como não há nem sinal de celular nem conexão de internet, Isabelle decide dar uma olhada em seu portfólio.

*Synsam, 2002.* Uma foto em *close-up* que realça seus olhos verde-azuis em contraste com os óculos de armação preta que ela está usando. Ela faz beicinho como se estivesse chupando uma azeitona.

*Guldfynd, 2002.* Uma luxuosa pose de corpo inteiro com iluminação cromática, um vestido de gala com as costas nuas. Um modelo bonitão usando *smoking* aproxima-se cautelosamente, como se estivesse inseguro de conversar com uma beldade daquela. Micropontos de luz reluzindo numa pulseira e um anel. Somente a iluminação exigiu quatro horas de trabalho para ser ajustada.

*Lindvalls Kaffe, 2003.* Suas unhas perfeitas em volta da xícara de café branco-marfim (unhas postiças; ela sempre teve a tendência a roer as próprias unhas), a luz que parece emanar do líquido escuro, criando sombras que realçam as suas maçãs do rosto.

*Gaultier, 2003.* O auge em termos de credibilidade profissional, mas era uma campanha de perfume masculino, de modo que Isabelle aparece ligeiramente desfocada atrás do homem de cabelos pretos, cujas feições são delineadas de forma tão acentuada como se ele fosse um personagem de desenho animado. Grego. O homem mais lindo com quem ela já trabalhou. *Gay*, infelizmente.

*H&M, 2004.* A mais profissional de todas as sessões. A campanha de verão deveria ter sido a sua grande chance, o ponto de virada da sua carreira. Na última hora, decidiram optar por uma direção étnica. Africanos, asiáticos e um esquimó. Para a campanha de verão. Foi durante esse período que ela começou a tomar Frontal.[*]

*Ellos, 2005.* O único motivo pelo qual ela guarda essas fotos em seu portfólio é o fato de que exibem seu corpo, surtindo um efeito bastante favorável. Maiô e *lingerie*, felizmente. Nada de blusas antiquadas.

*PerfectPartner, 2009.* Ninguém deixaria de acreditar que ela está perdidamente apaixonada pelo homem cujo rosto suas mãos acariciam; os olhos dela dizem tudo. Peter não gostou nem um pouco quando abriu seu *e-mail* e esse anúncio pipocou na tela como um *banner* de publicidade.

*Gudrun Sjödén, 2011.* Quando você tem trinta anos, é obrigada a dar o braço a torcer e engolir sapos. Mas foi uma sessão de fotos muito legal no Marrocos. Cores

---

[*] Medicamento indicado para ansiedade, síndrome do pânico, tensão nervosa, irritabilidade e outros sintomas psicossomáticos. (N. T.)

de tons terra, tecidos esvoaçantes, a luz da tarde no deserto. Os olhos dela reluzindo, famintos, como se tivesse acabado de chegar a um oásis. Como se ela própria *fosse* um oásis.

Molly se enrodilha ao lado dela na cama, move a mão no ar na frente do biombo.

– Você é tão linda, Mamãe!

Ousado, Benny já se aventurou a chegar até a abertura da varanda coberta. O que ele vê confirma o que seu focinho e suas orelhas já lhe disseram. Não houve transporte, mas ele está num lugar diferente.

Ele se senta e com a pata traseira coça a orelha; depois, hesitante, arrisca-se a enfiar o focinho através da abertura. Certos odores ainda estão lá. O *trailer* que recende a Vaca e contém Gata. Perfume.

Ele contempla o vazio, pisca diante de tanta luz. Não é nem um pouco parecido com ontem, e quase não há cheiros. Benny boceja, dá uma boa chacoalhada. Ele se vira, depois se senta de novo, espia de novo, dessa vez na outra direção.

Gata está deitada na janela do *trailer* que tem cheiro de Vaca. Benny se espreguiça e esquece seu medo. Ele dará um baita susto em Gata.

Ele acaba de sair do piso de madeira da varanda coberta e colocou as patas dianteiras na grama quando avista algo vindo em sua direção. Um enorme Ele. Benny se enrijece, irresoluto por um segundo. Depois recua, dá meia-volta e, correndo a passos curtos e apressados, volta para a sua caminha.

Para Peter, essas férias foram uma última tentativa de salvar seu casamento, um derradeiro choque com desfibrilador antes de declarar a morte do paciente.

Geralmente eles iam para algum hotel cinco-estrelas em algum lugar exótico, onde Isabelle podia entregar-se a uma fieira de tratamentos de *spa* enquanto Molly ficava aos cuidados dos monitores nos Clubinhos das Crianças e Peter lia romances policiais na beira da piscina. Essas pausas de luxo deixavam Isabelle mais dócil, e os dois arrastavam-se num limbo que não fazia com que se sentissem nem melhores nem piores. Tão logo voltavam para casa, em geral bastavam alguns dias para que as brigas recomeçassem.

Desnecessário dizer, Isabelle não havia ficado nem um pouco entusiasmada com a ideia de alugar um *trailer*, mas Peter tinha insistido, alegando que queria reviver lembranças das férias de infância que passara com a mãe. Havia nisso certa dose de verdade, mas acima de tudo ele queria dar a Isabelle uma última chance. Ela não aproveitou a oportunidade, e, verdade seja dita, Peter sempre soubera muito bem o que ia acontecer. Ele queria apenas poder olhar para aquele fim de semana e pensar: *Foi quando eu disse "chega". Foi quando a coisa passou dos limites.*

Ele está farto, e a coisa passou de todos os limites. Ele tem de escapar dali. E logo.

Peter caminha até o *trailer* de Donald. Um pequeno *beagle* se vira e começa a correr em disparada de volta para a varanda coberta; Peter se detém e olha ao redor.

O *trailer* é um Kabe Royal Hacienda, de dez metros de comprimento e rebocado por uma suv Cherokee. Mais uma varanda coberta de pelo menos vinte metros quadrados. Móveis de madeira de teca e um jardinzinho bem pequeno composto por diversos vasos. Nas estacas de sustentação há fotos de Elvis Presley, além de imagens, tratadas com aerografia, de lobos e indígenas americanos. Sobre a mesa do jardim há um pequeno mastro com a bandeira dos Estados Unidos hasteada. Semiescondida atrás das belas plantas há uma parede decorada com brocados dourados em que se lê: "Uma palavra gentil na hora certa ajuda o mundo a girar".

A caminha do *beagle* fica junto à porta do *trailer*, e o cão se encolhe de medo à medida que Peter chega mais perto; seu corpo inteiro está dizendo: *Sei que você vai me bater, mas por favor não faça isso.*

O medo de uma surra causa reações; a pessoa sente a tentação de se tornar o que se supõe que ela é, e Peter é invadido pela súbita ânsia de aplicar um pontapé bem dado na cabeça do cão a fim de garantir que ele fique quieto. Em vez disso se agacha, estende a mão e diz: – Não vou machucar você.

Os olhos do cachorro movimentam-se bruscamente de um lado para o outro, e ele pressiona o queixo contra o fundo da caminha. *Se a comida acabar a gente pode comer o cachorro.* Peter balança a cabeça e se empertiga. Ele não está bem da cabeça. Tem de sair dali. Logo.

Ele bate na porta. Após alguns segundos o *trailer* balança e ele ouve passos pesados. Peter enfia as mãos nos bolsos da calça, esmaga o bombom e pigarreia. A porta se escancara de supetão.

O homem que surge tem cerca de setenta anos. É completamente careca, embora seu peito seja coberto de pelos crespos e brancos. Uma barriga impressionante e tatuada esconde a metade superior de sua cueca samba-canção de listras vermelhas e brancas. Os olhos ligeiramente bulbosos lhe dão uma espécie de intensidade acossada, como se ele fosse ao mesmo tempo presa e predador. Seu rosto se ilumina assim que ele vê Peter.

– Uau! Uma visita surpresa da realeza do esporte a esta hora da manhã!

– Bom dia – diz Peter, abaixando os olhos.

Na noite anterior Donald havia aparecido sem ser convidado e se sentara para debater o pênalti contra a Bulgária em 2005. Em sua opinião, a carreira de Peter na seleção nacional tinha sido breve demais, e ele começou a enfileirar um sem-número de razões para isso, incidentes dos quais o próprio Peter havia muito se esquecera.

Peter o abastecera com diversos drinques para mantê-lo falando, apesar dos expressivos suspiros de Isabelle. Peter contou algumas histórias engraçadas dos seus tempos na liga italiana, e Donald ouviu tudo atentamente, fazendo comentários admirados. Peter deliciou-se à sombra dos louros de sua fama, simultaneamente envergonhado de si mesmo e deleitando-se com toda a atenção recebida.

Donald por fim voltou cambaleando para casa; trançando as pernas, soltou por cima do ombro um *"Arrivederci, maestro"*. Isabelle chamou Peter de o ser humano mais patético que ela já conhecera na vida. A seguir ela fez questão de lembrar Peter de que ele havia desperdiçado a maior parte dos milhões italianos num fracassado projeto de restaurante. E assim por diante etc. Uma noite perfeitamente normal.

– O que posso fazer por você?

Donald desce do *trailer*, usando o batente como esteio. Peter dá um passo para trás a fim de abrir espaço para a barriga e diz:

– Aconteceu uma coisa. É difícil explicar, então é melhor você ver com os próprios olhos...

Peter segue o costume americano e acrescenta: – ... Donald.

Donald olha ao redor. – Como assim, Peter? O que aconteceu?

Peter se afasta da varanda coberta e faz um gesto largo com a mão. – Você precisa ver por si só. Senão não vai acreditar em mim.

Enquanto se encaminha para o último *trailer*, cujos ocupantes ainda estão dormindo, Peter ouve Donald arfar e resmungar algo parecido com:

– Puta merda.

Emil desceu do beliche e está ajoelhado entre Stefan e Carina na cama de casal, olhando pela janela. Ele aponta para o horizonte e se volta para Stefan.

– A que distância fica aquilo?

– O horizonte, você quer dizer?

– Sim.

– Cerca de cinco quilômetros... É o que dizem, pelo menos.

Emil assente, como se isso confirmasse algo de que ele já desconfiava o tempo todo, e depois diz: – Talvez não haja nada depois daquilo.

– Como assim?

– Bom, não dá pra ver mais nada.

Stefan olha de relance para Carina, que mal abriu a boca desde que olhou janela afora pela primeira vez, depois saiu do *trailer* por um minuto antes de voltar para a cama. Seu olhar fixo está perdido ao longe, e Stefan pousa a mão sobre o ombro dela.

– Você está bem, querida? – pergunta ele.

– Isso... – diz ela, abanando a mão na direção da janela. – Isso é loucura. Você tentou usar o telefone?

– Sim. Sem sinal.

Os olhos de Carina adejam para a frente e para trás ao longo de toda a extensão do descampado, mas não encontram nada onde possam se assentar. Ela esconde o rosto entre as mãos.

– Não fique triste, Mamãe – diz Emil, acariciando as costas dela. – Tudo vai se resolver. Não vai, Papai?

Stefan faz que sim com a cabeça. A promessa não envolve nenhum tipo de comprometimento; as coisas sempre se resolvem. Às vezes para melhor, às vezes para pior. Mas vão se resolver, de uma forma ou de outra.

Emil pega uma revista em quadrinhos do Pato Donald da prateleira acima da cama e se deita de bruços. Olha as imagens, seus lábios se movendo enquanto soletra as palavras. Tem idade suficiente para perceber que o que aconteceu com eles é muito estranho, incompreensível na verdade, mas, pensando bem, há uma porção de coisas assim no mundo. Tempestades, alces, eletricidade e por que os ovos ficam duros quando fervidos ao passo que as batatas amolecem. Isso lá fora é só mais uma coisa para acrescentar à lista. Ele tem um enorme estoque de confiança. Mamãe e Papai vão dar um jeito nisso, de alguma forma.

Carina tira a mão do rosto e, mordendo o lábio inferior, pergunta:

– Isso é de verdade?

– Como assim?

– Quero dizer... Isso simplesmente não pode estar acontecendo. É de verdade?

Stefan compreende mais ou menos o que ela quer dizer, mas o pensamento não lhe ocorrera. Será que aquilo poderia ser algo apenas na cabeça deles, como uma alucinação ou uma psicose em massa?

– Acho que sim – responde ele. – Estamos aqui agora. De algum jeito.

– Tudo bem – diz Carina, desviando o olhar da janela. Ela respira fundo e endireita o corpo. – Como estamos de comida? E de água?


Há um leve aroma de esterco pairando em torno do velho *trailer* Polar dos dois criadores de gado leiteiro, acoplado a um Volvo 740 branco. Uma gata laranja está deitada na janela e encara Peter com olhar penetrante. Peter fica lá parado, contemplando a coisa toda. A cena tem um quê de simples e despretensioso, como se o *trailer*, o carro e a gata sempre tivessem estado lá, exalando *normalidade*.

Numa outra noite Peter passara por ali a caminho da lavanderia. Os dois fazendeiros estavam sentados em cadeiras de praia do lado de fora, fazendo palavras cruzadas; de um toca-CD sobre a mesa vinha o som de "Dancing Queen", do Abba. Eles se levantaram e se apresentaram:

– Lennart e Olof. Igualzinho aos ex-líderes do Partido do Centro.

Peter bate na porta e ouve movimento do lado de dentro. O *trailer* de Donald tinha balançado; ele range e chia, o metal reclamando sob o peso da pessoa que, após algumas tentativas, consegue abrir a porta desobediente.

Peter não faz ideia se o homem diante dele é Lennart ou Olof. São tão parecidos que a princípio ele julgou que fossem irmãos. O mesmo rosto redondo e os olhos castanhos gentis e fundos. A mesma idade, pouco mais que cinquenta anos, e a mesma altura. Os mesmos corpos marcados pelo trabalho árduo, as mesmas mãos fortes e calejadas.

O homem está vestido com um macacão azul de brim, uma das alças caídas. Ele pisca sob a luz, olhando para Peter.

– Desculpe – diz ele. – Eu só vou...

Ele se concentra na outra alça e Peter espia dentro do *trailer*. Depois dá um passo para trás, para que o ângulo de visão fique diferente. De modo que agora ele não consiga enxergar.

Com a alça já presa no lugar, o homem olha de novo para Peter, surpreso ao constatar que o outro homem está num local ligeiramente diferente.

– Bom dia?... – arrisca ele.

Peter ainda está confuso por conta do que acabou de ver dentro do *trailer*. – Hã... o negócio é... o seguinte. É...

A vista desde o *trailer* não é obscurecida pela proteção de uma lona ou um toldo, de modo que Peter se contenta em acenar com a mão apontando os arredores. O homem olha ao redor, inclina o corpo a fim de ver o que há à direita e à esquerda, depois ergue os olhos para fitar o céu e murmura: – Macacos me...

– Não sei de muita coisa – diz Peter. – Talvez a gente deva realizar uma reunião, todos nós que estamos aqui. Falar sobre o que vamos fazer.

O homem olha de novo para Peter. Há algo de transparente em seus olhos fundos agora, como se um fragmento do céu tivesse se assentado neles. O homem balança a cabeça e diz: – Fazer?

– Sim. Nós temos de fazer... alguma coisa.

– O que nós podemos fazer?

Provavelmente o homem está em choque, o que não chega a ser uma surpresa dadas as circunstâncias. Peter ergue um punho cerrado (o capitão reunindo e incitando o time antes de um jogo) e diz: – Vamos chamar uma reunião. Certo?

Sem esperar pela resposta, ele se vira e sai andando na direção do seu próprio *trailer*. Atrás dele, escuta a voz do homem. – Olof, acorde. Você tem de ver isto.

Portanto, Peter devia estar falando com Lennart. Ele esfrega o couro cabeludo, com força. Muita coisa para absorver nessa manhã, porque através da porta aberta ele viu a cama dos fazendeiros. Uma cama de casal com um corpanzil debaixo das cobertas deitado de um dos lados. O outro lado estava vazio.

Peter não é exatamente preconceituoso, até onde ele sabe. Mas a ideia daqueles dois homens velhos... é difícil imaginar. Realmente difícil. Peter massageia o couro cabeludo, tentando apagar a imagem. Ele já tem coisas demais em que pensar e pode passar sem essa.

*O que nós podemos fazer?*

Eis a questão. Pessoalmente, ele não faz a menor ideia. Não sabe por que assumiu para si a incumbência de sair por aí acordando as pessoas, mas achou que alguém deveria fazer isso. Já não consegue se lembrar de por que pensou dessa forma. Para evitar a solidão, talvez.


Cinco pacotes de macarrão instantâneo.

Pouco mais de um quilo de arroz.

Meia caixa de macarrão.

Duas latas de tomates picadinhos.

Duas latas de milho verde.

Duas cebolas.

Um quilo de batatas.

Quatro cenouras grandes.

Um pimentão.

Pacotes já abertos de aveia, farinha e açúcar.

Geleia de amora, purê de maçã com canela.

Um litro de leite, um litro de iogurte.

Quatro ovos.

Meio pacote de torradas, três fatias de pão branco.

Ervas e especiarias.

Nada de carne, nada de peixe. Era dia de sair para fazer compras.

– Pelo menos a caixa-d'água está cheia – diz Stefan.

*\*\* \**

A área entre os *trailers* não é grande. Cem metros quadrados, talvez – metade de uma quadra de tênis. Os ocupantes se reuniram nesse espaço. Estão discutindo o que aconteceu como se fosse algum raro fenômeno natural – terem sido transportados para um lugar diferente, ou o fato de que tudo que havia ao redor desapareceu.

Carina não é a única que duvida da autenticidade do que eles estão sentindo na pele. Majvor, a esposa de Donald, também acha que estão lidando com uma realidade alterada, e não com uma localização geográfica. Na melhor das hipóteses, ela acha que se trata de algo apenas temporário, como uma ilusão de óptica.

Os homens estão mais inclinados a considerar a situação como um problema a ser solucionado, um osso duro de roer. Se eles foram deslocados de um lugar para outro, como isso aconteceu? Se tudo ao redor deles foi desmantelado, como isso é possível? E por quê? *Por quê?*

Lennart e Olof acompanham a discussão, ouvindo e meneando a cabeça, mas falam muito pouco, não sugerem teoria alguma.

As histórias envolvendo o uso do telefone celular são examinadas com o intuito de descobrir exatamente quando se perdeu o contato com o mundo exterior. Isabelle é a pessoa que recebeu a última mensagem de texto, de uma amiga que voltava de uma festa para casa. A mensagem chegou por volta das duas e vinte e seis. Depois disso, nada.

Molly saiu da cama pouco antes de acordar Isabelle, por volta das seis e meia.

Aquilo aconteceu em algum momento durante essas quatro horas. Fosse lá o que "aquilo" poderia ser.

As pessoas estão ocupadas, e Benny aproveita a oportunidade. Uma rápida corrida de trinta metros e ele se vê debaixo da janela onde Gata está deitada, encurvando as costas e eriçando os pelos até ficar do dobro do seu tamanho.

Gata é parecida com Benny em muitos aspectos; em outros, é completamente diferente. Ela é desagradável e provocadora, razão pela qual Benny começa a latir para ela.

Gata não consegue latir – é um daqueles fatos da vida. Em vez disso, ela se põe sobre as quatro patas e faz aquele som de água jorrando depressa. Gata faz esse ruído e Benny late até sentir que a mão de alguém o agarra pelo cangote e ele ouve a voz do dono.

– Cala a boca, seu cachorro idiota!

O indefeso Benny choraminga e debate as patas no ar enquanto é carregado pela nuca de volta para Casa. A última coisa que ele vê é Gata se deitando e começando a se lamber para se limpar. Como se ela estivesse adorando. Isso é tão irritante que Benny late mais uma vez, depois sai voando diversos metros pelo ar e aterrissa de costas na sua caminha. Ele solta um ganido de dor e se enrodilha, escondendo a cabeça debaixo de seu cobertor.

– O que você acha que está fazendo com esse cachorro?

Isabelle jamais teve interesse em questões relativas aos direitos dos animais, mas há algo no comportamento de Donald que a deixa enojada. É possível que o sentimento seja recíproco, porque Donald olha para ela como se fosse uma lesma em seu jardim. Ele sorri e responde:

– Não precisa preocupar a sua linda cabecinha com isso, minha querida.

Raramente faltam palavras a Isabelle, é bem pouco frequente que ela fique sem saber o que dizer. Donald é tão sem-noção que a sua falta de percepção de si mesmo – com seu machismo estilo John Wayne – chega a ser quase assustadora. Isabelle olha de soslaio para Peter, a fim de ver se ele esboça alguma reação diante do modo como Donald falou com ela, e de fato há, sim, uma reação. Peter encara o chão, incapaz de esconder um risinho esticando os cantos da boca.

– Certo, escutem com atenção! – diz Donald para o grupo. – Que tal se pra começo de conversa nós dermos um pouco de espaço uns pros outros? – Ele empurra as mãos para a frente, como se estivesse derrubando paredes invisíveis. – Não vejo qual é o sentido de um ficar pisando no calo do outro quando temos tanto espaço de sobra!

Donald está usando uma velha calça de moletom toda puída. Isabelle examina a área ao redor da virilha, onde podem ser vistas inúmeras manchas de urina secas. Três passos para a frente e um chute bem dado, exatamente lá. É uma opção. Por enquanto ela ergue a voz e diz:

– Nós podemos conversar à vontade sobre como e quando chegamos aqui e como reposicionar os *trailers*, mas com certeza temos de começar descobrindo o que existe lá, puta que pariu. Talvez haja um supermercado a cinco quilômetros daqui, que tal? Pão quentinho e umas revistas pornôs pro velho Donald!

Ela diz isso olhando Donald diretamente nos olhos. As maçãs do rosto dele afogueiam-se, e Isabelle conclui que o chute já não é necessário. Peter dá um passo à frente para se colocar entra os dois; fuzila Isabelle com o olhar antes de dizer:

– Eu vou. A escolha de palavras da minha esposa pode nem sempre ser... mas fico feliz de ir.

Isabelle está à beira de dizer algo convenientemente devastador para Peter, mas Molly puxa a mão dela.

– Mamãe? Eu quero uma coisa.

Emil não gosta quando há muitos adultos por perto. As vozes e os movimentos deles ficam esquisitos, como se estivessem na TV. Emil permanece junto de sua mamãe, Carina. Felizmente ela não diz coisa alguma aos outros adultos, apenas mantém o braço em volta dos ombros dele e o deixa pousar a cabeça sobre a coxa dela.

Os adultos estão falando em vozes estrondosas e ríspidas, e Emil pode ver que estão assustados. Ele gostaria de entrar no carro e ir embora dali neste exato momento com a Mamãe e o Papai, mas compreende que isso é impossível. Não há lugar algum para onde ir. Não ainda, em todo caso.

A moça que se parece com uma modelo está berrando coisas horríveis, e Emil balança a cabeça. Alguém deveria dar uma bronca na moça, mas não a Mamãe nem o Papai, porque daí ela talvez começasse a berrar com eles também. O marido da moça-modelo diz que está feliz de ir.

Emil fita toda a extensão do descampado. Ele tem a nítida sensação de que há algo horrível lá longe, além do ponto que conseguem avistar, e acha que é uma tolice o marido da moça-modelo ir. Ele parece legal, o tipo de pessoa que sabe o que fazer.

Emil fecha os olhos, apertando-os enquanto tenta afugentar a ideia de que há alguma coisa terrível lá longe. Ele imagina uma gigantesca vassoura, não, um aspirador de pó que vem e suga todas as suas ideias estúpidas, joga-as dentro de um saco, depois pega o saco e o joga no lixo. Depois ele pega o saco de lixo e o leva para a lata de lixo na rua. E depois vem um caminhão e esvazia a lata de lixo, e... ele não sabe o que acontece a seguir.

Emil abre os olhos e está prestes a perguntar à sua mãe para onde vai o lixo depois de ter sido recolhido pelos lixeiros, mas há uma menina parada à sua frente. É da mesma altura que ele, e se parece um pouco com a moça-modelo. Há pelo menos uma menina muito parecida com ela na creche onde Emil passa o dia; ela é legal, mas grita e berra muito.

– Qual é o seu nome? – pergunta a menina.

– Emil – responde ele, achegando-se ainda mais à mãe.

– O meu é Molly. Vamos brincar?

Emil olha para a mãe. Ela não parece muito contente, mas tira o braço de cima dos ombros dele. Molly pega a mão do menino e o puxa. Mamãe está sorrindo e meneando a cabeça agora. Emil se permite ser levado para um *trailer* estranho. Ele não está muito empolgado, mas não sabe dizer não.

Enquanto se encaminha para o carro, Peter observa Molly e o menino desaparecerem *trailer* adentro. Sua filha sempre faz novas amizades, se é que essa é a expressão correta. Ela cria uma corte ao seu redor. Reúne outras crianças e lhes diz o que fazer. Ele sabe que ela já havia reparado no menino, mas o descartara porque achou que ele era patético demais para ser levado em conta. Em vez disso, ela concentrou suas atenções nas crianças um pouco mais velhas, mas não velhas o bastante a ponto de se mostrarem imunes ao seu charme. Agora que elas desapareceram, parece que o menino vai ter de servir.

*Desapareceram?*

Peter encosta-se na porta do carro e respira fundo. É tão quieto ali. Nada a não ser o som de vozes à medida que os outros continuam discutindo a ideia de rearranjar os *trailers*. Agora é com ele. Ele encontrará a saída e os salvará do vazio.

Uma lembrança da infância aparece de repente em sua mente. Peter tem nove anos de idade. É novembro, e Peter está diante da porta do apartamento onde ele e a mãe estavam morando temporariamente. Ele enfia a mão no bolso para pegar a chave, que está numa corrente presa no forro do bolso. Na hora de enfiar a chave na fechadura, Peter ouve um barulho vindo do porão. Ele tem um sobressalto e deixa cair a chave, que fica pendurada na ponta da corrente, batendo em seu joelho. Ele faz força para respirar e estica o braço tentando pegá-la e, a seguir, de súbito fica paralisado. Endireita o corpo.

Durante alguns segundos ele vê a si mesmo de fora. A jaqueta acolchoada de segunda mão é fina demais, o *jeans* puído. Está parado à porta de um apartamento escassamente mobiliado que ele detesta. Ele vê como a sua infância foi cinzenta e entediante, sempre na correria, fugindo. E durante esses poucos segundos, à medida que o medo se apazigua, vê também o que realmente quer: ir embora dali.

Peter aperta a chave do carro em seu bolso. Naquela época, quando tinha nove anos de idade, ele sentia o vago desejo de se tornar adulto, ser capaz de tomar as próprias decisões sobre sua vida. A vida adulta era o lugar onde ele almejava estar, tremeluzindo diante dele feito uma miragem. Um dia ele chegaria lá. Mas agora? E se na verdade fosse impossível escapar?

Peter balança a cabeça. Há pessoas confiando nele. Obviamente elas estão em algum lugar, e de algum lugar deve ser possível chegar a algum outro lugar. Simples.

Ele se ajeita em silêncio atrás do volante e fecha a porta com um clique suave. O som de um carro novo. Assim que dá a partida e olha de relance pelo retrovisor, vê que as atenções do grupo estão concentradas nele. Peter faz uma lenta guinada de cento e oitenta graus e estampa no rosto o sorriso que usa como instrutor de aeróbica, *assim está ótimo, vocês estão indo superbem*, e ergue a mão para cumprimentar o grupo quando passa rente a ele.

O grupo retribui o aceno, e Peter fica perplexo por ver quanto as pessoas estão *sozinhas*. Banidas vazio adentro por uma mão desconhecida, por uma razão desconhecida, sem contar sequer com a companhia de uma árvore. Paradoxalmente, Peter se sente menos sozinho no carro. O cheiro dos assentos de couro, o ronronar do motor, as luzes e os diodos do painel, o fato de estar se movendo para a frente criam uma percepção de autossuficiência. Um universo inteiro somente dele. *Ele* está deixando os outros para trás, não vice-versa.

Isabelle se afasta do grupo e vai correndo até o carro. Peter abre a janela; como sempre, ele não tem ideia do que esperar. Pode ser uma ofensa, ou uma palavra de encorajamento.

– Se você encontrar alguma loja, compre alguma coisa – diz ela. Peter encara o descampado vazio. – Não temos nada?

Isabelle balança a cabeça. – Compre batata frita, ou um chocolate. Qualquer coisa.

– Temos bananas.

Isabelle suspira e ergue a mão trêmula. Sua doença é chamada de hipertireoidismo, ao que parece. Uma espécie de combustão excessiva. Ela pode comer praticamente qualquer coisa sem ganhar peso. O preço que ela paga são suadouro e tremedeira incontroláveis quando o motor não tem mais o que queimar.

Peter olha para a mão dela e se pergunta o que vai acontecer caso eles não consigam fugir dali e fiquem sem comida. É um pensamento terrível. E bastante interessante.

– Você ouviu o que eu disse?

– Ouvi – diz Peter, pressionando o botão para fechar a janela. Ele pisa fundo, e um minuto depois está circundado pelo vazio.

– Fora de cogitação!

Quando Donald sugeriu que os *trailers* se espalhassem por uma área mais ampla, foi com a condição de que o seu próprio *trailer* permanecesse no lugar e fosse o ponto de partida para essa redistribuição. As pessoas estão dizendo que ele também tem de se deslocar.

Ele olha para Majvor e balança a cabeça diante da estupidez dos outros. De um ponto de vista puramente prático, para ele é difícil mudar de lugar, porque o seu *trailer* é o único com uma varanda coberta anexa, que teria de ser desmontada e reerguida. Contudo, esse argumento deveria ser desnecessário.

Donald e Majvor são residentes de longo prazo. Alugam uma vaga no acampamento de Säludden por cinco semanas todo ano, já faz doze anos. Este ano, contudo, tiveram de ir para a área dos campistas ocasionais, porque uma árvore havia desabado no lugar onde habitualmente ficavam. Tiveram de aturar três semanas em meio a pessoas que vêm e vão a seu bel-prazer, simplesmente porque os funcionários do acampamento não moveram uma palha para cortar aquela maldita árvore. Nenhum dos outros estava ali fazia mais de uma semana. E agora estão dizendo que Donald tem de mudar de lugar!

– Fora de cogitação – repete ele, apontando para sua varanda coberta. Demora um dia inteiro pra montar aquilo ali, e além disso já estamos aqui faz três semanas.

O cara de óculos horrorosos resmunga alguma coisa. Donald o encara e pede que ele repita, seja lá o que tenha dito.

– Mas algum de nós está onde estava antes? – pergunta o homem. – De um ponto de vista puramente técnico, quero dizer?

Donald levanta a voz e adota o tom que usa quando tem que lidar com fornecedores espertalhões. – *De um ponto de vista puramente técnico* a questão é se vocês podem me obrigar a mudar o meu *trailer* de lugar se já expliquei quanto isso é difícil, porra.

O desgraçado enxerido e metido a prestativo recua imediatamente; ele ergue as mãos e alega:

– Foi só uma ideia.

Donald abre bem os braços, num gesto que abarca o grupo inteiro:

– Vocês todos estão convidados a tomar uma cerveja comigo na minha varanda assim que tiverem acabado a redistribuição. – Ele indica a Majvor que, pela parte que lhe toca, a conversa está encerrada, e então os dois rumam para casa.

Assim que se afastam o suficiente para não serem ouvidos, Majvor diz:

– Por que você tem sempre de ser tão intransigente?

– Intransigente? Você sabe a maldita trabalheira dos diabos que dá pra montar aquela coisa!

– Sim, e todas as outras pessoas teriam entendido se você simplesmente se explicasse com calma e sensatez. E, por favor, não venha esbravejar comigo.

Eles entram na varanda coberta. Donald agarra uma cadeira e se deixa cair pesadamente nela, cruzando os braços.

– Eu não vou esbravejar com você, mas é que eu fico tão... porra, vou te dizer uma coisa. Se alguém vier aqui e começar a me encher o saco, eu vou...

– Você vai o quê, Donald?

Donald dobra o corpo, apoiando uma das mãos no chão, e consegue pegar uma lata de cerveja de dentro da geladeira, que funciona a gás encanado. Ele abre a latinha, bebe um gole e limpa a testa. – Vou pegar a minha espingarda.

Majvor encara o marido, que está contemplando a entrada da varanda com indiferença calculada e treinada, como se estivesse simplesmente esperando alguém aparecer e começar a torrar sua paciência. Majvor espera até que os olhos dele esvoacem em sua direção.

– Você trouxe a sua *espingarda* com você?

Donald encolhe os ombros. – Mas é claro. Hoje em dia nunca se sabe o que pode acontecer numa área de acampamento. – Ele toma outro gole da cerveja. O olhar fixo de Majvor ainda está queimando dentro de Donald, e ele acrescenta: – Obviamente eu não tenho a menor intenção de *atirar* em ninguém. É só uma estratégia de dissuasão.

– Suponho que a espingarda e a munição estejam em lugares diferentes...

– Sim. Sim, claro.

– Estão?

– Foi o que eu disse.

– *Estão*?

– Pelo amor de Deus...

Donald se vira e fuça dentro do baú de guardados; pega o rádio, que funciona à base de pilhas, e o coloca sobre a mesa. Seu único objetivo é dar um fim à conversa desagradável.

– Duvido que você consiga sintonizar alguma estação – comenta Majvor. – Diante das atuais circunstâncias.

Mas Donald já ligou o aparelho, e fica evidente que Majvor está errada. Da caixinha vermelha começa a jorrar música. Para ser exato: "Alla Har Glömt" [Todos se esqueceram], de Towa Carson.

Donald e Majvor entreolham-se. Ligar o rádio foi um ato impulsivo. Na reunião eles ouviram dizer que nem computadores nem telefones celulares estavam funcionando, que não havia sinal. Os dois permanecem imóveis, escutando a canção como se ela pudesse conter alguma mensagem oculta, algo que lhes poderia fornecer uma resposta. Nem ele nem ela gostavam de Towa Carson na década de 1960, mas agora os dois ficam lá sentados como velas acesas, absorvendo cada sílaba, enquanto Towa canta sobre noites solitárias tendo como única companhia as suas lembranças.

A música termina; a tensão é insuportável. Haverá uma voz, alguém dirá alguma coisa? Mas não. Após um breve silêncio, eles ouvem os acordes iniciais de "Din Egen Melodi" [Sua própria melodia], de Sylvia Vrethammar. E depois a própria Sylvia.


Molly e Emil estão fingindo ser cachorros. Durante um longo tempo os dois foram filhotinhos, rolando de um lado para o outro no chão, esganiçando-se e arranhando-se com as patinhas. Molly está com um de seus chinelos entre os dentes. Ela dá uma sacudida na cabeça e arremessa o chinelo para dentro da escuridão sob o sofá.

Emil vai serpeando até lá e perscruta o breu, choramingando. Ele é um cachorrinho que não gosta de cantos escuros.

– Pega – ordena Molly.

Emil solta outro ganido e balança a cabeça. Molly senta-se apoiada sobre as patas traseiras e se torna um pouco mais humana ao dizer: – Pega o chinelo, senão você é um cachorrinho idiota!

– Não quero – responde Emil, ainda meio que usando sua voz canina.

– Você *tem* que pegar.

– Não quero!

– Por que não?

– Porque... porque... – Emil olha ao redor em busca de inspiração e avista um rolo de papel higiênico. – Porque é uma sandália horrível e fede a *cocô*.

Molly o encara por um instante, depois cai para trás, gargalhando histericamente. É um som musical, nada parecido com o latido de um filhotinho, e faz o coração canino de Emil encher-se ligeiramente de alegria.

Molly continua gargalhando e abraçando a própria barriga enquanto Emil fareja o chão em volta dela e finge fazer xixi num dos armários da cozinha. Molly para de rir e fica sobre quatro patas. Ela endireita o corpo o máximo possível e diz:

– Agora eu e você somos uma mamãe cachorro e um papai cachorro e a gente está se conhecendo.

Emil troca suas patas mais relaxadas de filhotinho por pernas mais rígidas e uma expressão mais ameaçadora. Ele solta um rosnado grave.

– Não – diz Molly. – Você é um papai cachorro que está apaixonado por mim.

Emil pisca e arregala os olhos do mesmo jeito que os personagens do programa infantil *Bolibompa* fazem quando estão apaixonados, imaginando uma fileira de coraçõezinhos cor-de-rosa saindo do topo de sua cabeça.

– Beleza – diz Molly. – E agora você tem de cheirar a minha bunda.

– Nãooo!

– Os cachorros *sempre* fazem isso quando estão apaixonados!

– Por quê?

– Não interessa. É o que eles fazem, então é o que você tem que fazer.

Emil engatinha até colocar-se atrás de Molly e, hesitante, fareja o traseiro dela. Ele sente o leve odor de xixi antes de Molly rodopiar, mostrando os dentes e soltando um rosnado tão grave e agressivo que Emil se assusta. Ele recua desajeitadamente, abanando as patinhas à sua frente.

– Qual é o seu problema? – pergunta a menina. – Você tem paralisia cerebral, ou algo do tipo?

– Não, eu não tenho!

– Bom, você parece um cachorro com paralisia cerebral.

Por um momento Emil sente que está prestes a ter uma crise de choro, mas logo depois imagina um cão com paralisia cerebral e em vez disso começa a rir. Molly balança a cabeça. – Você tenta cheirar a minha bunda, eu me irrito, você tenta de novo, eu me enfureço, *e aí* eu deixo você cheirar meu traseiro. É assim que os cachorros fazem. Você não sabe de nada?

– Eu não quero – diz Emil. – Sou um cachorro com paralisia cerebral. – Molly o encara, mas depois de uma fração de segundo o rosto da menina se desanuvia e ela sorri para ele. – Nesse caso você pode lamber o meu pelo.

Emil lambe a camiseta de Molly até ela menear a cabeça e dizer: – Hora de um descanso.

Eles se deitam de bruços lado a lado e durante alguns minutos fingem dormir. De repente Molly tem um sobressalto; ela levanta a cabeça, fareja o ar e sussurra: – Alguma coisa perigosa está se aproximando. Um inimigo.

Emil fareja, mas percebe apenas a poeira do tapete e um leve indício de perfume. – Não tem inimigo nenhum – diz ele.

– Tem, sim – insiste Molly, enrodilhando-se. – Um monstro grande e perigoso. Os cachorros não sabem o que é, mas o monstro quer comer todos eles.

– Não!

– Os cachorros estão com medo. O inimigo é como um elefante, mas é preto, com uma cabeça enorme e uma porção de dentes afiados. Vai morder os cachorros até ficar com a boca inteira cheia de sangue...

– Não! – Emil sente um nó na garganta, e seus olhos estão formigando.

– O monstro vai mastigar os cachorros, triturando e moendo cada um dos ossos dos corpos deles...

Emil pressiona as mãos contra os ouvidos e balança a cabeça. Ele não quer mais ouvir, porque pode ver. O inimigo. A criatura é grande e preta e tem dentes longos e afiados; ela está envolta em fumaça enquanto se arrasta, e está chegando cada vez mais perto porque quer devorá-lo.

Molly afasta uma das mãos de Peter da orelha dele e sussurra:

– Mas eu sei como a gente pode se proteger. Eu vou proteger você.

Emil engole o caroço na garganta da melhor maneira possível e olha para Molly, que agora tem no rosto uma expressão de grande determinação. Ele sabe que ela está dizendo a verdade sobre o monstro e sua capacidade de salvá-lo, então pergunta: – Como?

– Vou te contar – diz Molly, olhando ao redor. – Mas primeiro você tem que fazer uma coisa.


Carina abaixa as rodas de apoio do *trailer* de modo que o engate se encaixe na barra de reboque. Ela não se preocupa com a eletricidade ou o cabo de segurança, porque vão se deslocar por uma distância bem curta. Limpa as mãos nos *shorts* e faz sinal de positivo para Stefan. Ele dá a partida no carro, pisa no acelerador e o *trailer* dá um solavanco. Ele dirige dez metros descampado adentro.

Os dois fazendeiros também moveram seu *trailer*. Um deles está acabando de sair do carro e levanta a mão para Carina, que acena de volta.

*Por que estamos fazendo isso? Por que estamos nos movendo? Sem dúvida deveríamos ficar juntos. Como proteção.*

Ela olha de relance para o *trailer* dentro do qual Emil e Molly desapareceram. Há algo de estranho naquela menina. É como se estivesse apenas fingindo, mas fingindo o quê?

– É isso aí – diz Stefan, aproximando-se dela. – Tudo pronto.

Carina se vira a fim de olhar para ele. Os cabelos rareando, o corpo parrudo, os braços curtos que terminam em mãos que são excessivamente pequenas. O homem que ela escolheu. Ela joga os braços em volta do pescoço dele, encosta a cabeça sobre seu peito. Ela conhece cada nuance do cheiro dele, e fecha os olhos quando ele afaga os cabelos dela.

– Stefan – diz ela. – Você tem de me prometer uma coisa.

– Qualquer coisa.

– A gente não sabe o que aconteceu, nem quanto tempo isso vai durar...

– Carina, é claro que...

– Espere. Escute. – Ela recua, soergue os olhos e segura entre as mãos o rosto dele. – Você tem de me prometer que vamos ficar juntos. Que, seja lá o que for, nós vamos enfrentar isso juntos, não cada um por si. Você entende?

Stefan abre a boca para responder rápido demais, mas a fecha antes de conseguir dizer uma única palavra. Ele fixa a vista ao longo de toda a extensão do descampado, franzindo o cenho. Talvez ele entenda. Provavelmente entende.

– Sim – diz ele, por fim. – Prometo.


Peter começou a cinquenta quilômetros por hora, mas agora está se arrastando. De acordo com o GPS, o vilarejo de Västerljung se localiza cem metros à frente. Talvez houvesse alguma lojinha lá, se pelo menos Västerljung existisse.

Ele parou de tentar dirigir no que o GPS alega serem estradas; cruzou riachos sem pontes e atravessou de ponta a ponta uma floresta densa sem sofrer um único arranhão na pintura da lataria. A única coisa que ele consegue ver é grama e mais grama, as rodas do carro passando silenciosamente pelo descampado imutável.

Ele olha pelo retrovisor e não sabe ao certo se as indistintas protuberâncias no horizonte atrás dele são de fato os *trailers*, ou meramente uma ilusão de óptica. A sensação de supremacia foi embora, substituída pela solidão do cobrador de pênalti.

*Bulgária, 2005. Tudo desaparece ao seu redor enquanto ele gira a bola entre os dedos antes de colocá-la sobre a marca do pênalti.*

Ele liga o rádio do carro para se distrair das lembranças. No instante em que aperta o botão ele se lembra de que não há sinal. Um segundo depois fica evidente que não é bem assim. Ele vinha dirigindo em silêncio, e a súbita irrupção da música é um choque tão grande que ele solta um berro e pisa nos freios. O carro estremece e para de repente.

Com a boca escancarada, Peter fica lá sentado, encarando o azul de desenho animado do céu. Sua mãe sempre costumava ouvir esse tipo de música quando ele era pequeno, e ele sabe quem está cantando. Kerstin Aulén e Peter Himmelstrand. Esse é obviamente o último refrão; ele ouve alguns compassos da marcha nupcial no órgão, e então a canção chega ao fim. Peter ainda está tão perplexo pelo fato de o rádio funcionar que não tem tempo de se perguntar se alguém vai *falar* antes de Towa Carson começar a cantar "Alla Har Glömt".

Peter desliga o rádio e se recosta no banco, ainda com os olhos pregados na extensão do descampado. Em algum lugar, alguém está sentado num estúdio colocando esses discos para tocar, transmitindo-os éter adentro. Quem? Onde? Como? Por quê?

*Uma* coisa fica clara pela escolha da música: eles ainda estão na Suécia. Nisso o rádio e o GPS estão de acordo. Mas onde é que há um lugar como esse na Suécia?

Peter abre a porta, sai do carro e, quando olha ao redor, tem de fazer um esforço para respirar. Somente agora ele é capaz de apreciar a *profundidade* do vácuo em que se encontra. Ele estende as mãos na frente do rosto. Eles estão lá. Ele é real, embora inacreditavelmente pequeno. Dá batidinhas no teto do carro, sentindo o metal contra a palma da mão. O carro está lá também.

Peter aperta os olhos e perscruta a direção da qual ele veio, mas não consegue mais enxergar *trailer* nenhum. Peter e o carro estão no meio de um vasto disco verde, suspenso num mar de azul. Ele gira e solta um berro involuntário:

– Oi! Oi! Tem alguém aí? Olá?

\* \* \*

Lennart e Olof deslocaram seu *trailer* por uma curta distância, guardaram os lençóis e cobertas e dobraram sua cama de modo que ela se tornou dois sofás estreitos e uma mesa. Agora eles dois estão sentados a essa mesa, um de frente para o outro, contemplando um frugal desjejum: torradas, pasta de peixe e um pote de margarina que acabou ficando líquida já que a geladeira parou de funcionar. O botijão de gás está vazio, e nos últimos dias eles estavam usando eletricidade. Eletricidade que já não está mais disponível.

Sem café. Isso é um desastre. Nem Lennart nem Olof são particularmente fãs de café da manhã; ambos se contentam com uma fatia de pão incrementada com alguma coisa saída de um pote – queijo cremoso ou pasta de peixe. Mas precisam beber café. Sempre.

– Tem algum jeito de misturar com água fria? – pergunta Lennart, acenando para o pacote de café moído.

– Duvido. Talvez se tivéssemos instantâneo.

– Espere aí, a gente não tinha um fogãozinho portátil? Um daqueles fogareiros pequenos?

– Talvez, em algum lugar. Mas no momento eu não estou com a mínima vontade de procurar. Você está?

– Não. Mais tarde, talvez.

– Tudo bem.

Lennart olha com ar desconfiado para seu retângulo de torrada, com margarina derretida escorrendo pela borda. – Como estamos de comida?

– Não tão mal assim – responde Olof. – Dá pra aguentar numa boa por alguns dias. Temos um monte de batatas.

– O que significa que a gente tem de achar o fogãozinho portátil.

– Certo. Não dá pra viver à base de batatas cruas.

Eles continuam comendo; o som da mastigação é animalesco no silêncio. Eles entreolham-se e sorriem, com farelos nos cantos da boca. Parecem dois cavalos. Dois cavalos triturando com os dentes toda a ração dentro de sua cevadeira. É morno o leite que eles bebem para ajudar a descer os insossos caroços de comida.

– Não estou gostando nada disso – diz Olof tão logo terminam de mastigar e engolir.

– Não – responde Lennart enquanto remove os farelos de sobre a mesa. – Por outro lado... sei lá.

Olof espera. Pelos movimentos hesitantes de Lennart, Olof pode ver que ele está tentando colocar alguma coisa na forma de palavras. Depois de jogar os farelos no cesto de lixo e colocar o pano de prato dobrado sobre a torneira, Lennart encosta-se no armário, cruza os braços e diz: – Mas é simplesmente como as coisas são, de alguma forma.

– Como assim?

– Você sabe o que eu quero dizer. É assim que as coisas são. Tudo foi só... esclarecido.

– Certo. Acho que essa é uma maneira de encarar a situação.

– Existe alguma outra maneira?

Olof fecha a cara e se concentra na situação em que se encontram. É difícil. Seus pensamentos se recusam a crescer, porque não têm onde criar raízes. Há só o vazio. Por fim ele encolhe os ombros e diz: – Você vai ter de me dar algum tempo pra pensar, Lennart.

– Leve todo o tempo de que precisar.

Lennart pega as revistas de palavras cruzadas dos dois e coloca a de Olof na frente dele, juntamente com os óculos e uma caneta. Igualmente equipado, Lennart senta-se de frente para Olof e posiciona seus óculos na ponta do nariz.

Olof tenta se concentrar nas palavras cruzadas por apenas um minuto antes que seus pensamentos percam o rumo e fiquem à deriva junto com ele. Olha para Lennart, que está mastigando a caneta, totalmente absorto no mais complicado teste de palavras cruzadas de todos os tempos.

– E as vacas?

Sem levantar os olhos, Lennart responde: – Tenho certeza de que o Ante e a Gunilla vão se virar.

Ante é o filho de Olof, e Gunilla é filha de Lennart. Um observador independente talvez pudesse facilmente concluir que o contrário é que é verdadeiro. Lennart é sempre o primeiro a elogiar as versáteis habilidades de Ante com os animais, ao passo que Olof não se cansa de louvar a excepcional capacidade de Gunilla em finanças e sua pronta disposição para arregaçar as mangas e trabalhar com vigor quando necessário.

Não que Lennart ou Olof tenham desejado que as coisas fossem diferentes, mas é que eles acham mais fácil elogiar o filho alheio do que o próprio. Eles discutiram o fenômeno e concluíram que provavelmente é algo natural, e, se não for, nada podem fazer a respeito.

– A Cynthia 15 vai parir um bezerro em um par de dias.

– O Ante vai dar conta.

– Tem certeza?

– Tenho certeza.

Ficam sentados em silêncio por alguns instantes, a caneta de Olof preenchendo os quadradinhos com mais rapidez, uma vez que Lennart está enfrentando as cruzadas mais difíceis. Depois de alguns minutos, Olof abaixa a caneta e diz: – Acha que pode acontecer alguma coisa entre os dois? Na nossa ausência, por assim dizer?

– O tempo dirá.

– Sim. Mas seria uma grande ajuda.

– Seria.

Lennart sorri e afaga as costas da mão de Olof. Depois dá leves batidinhas com a caneta nos dentes e fita suas palavras cruzadas. Seu rosto se ilumina quando ele repentinamente vê a solução de uma pista, que por sua vez deslinda outras mais, e se põe a trabalhar com renovado entusiasmo. Olof encara a janela de acrílico riscada, que distorce a vista. Não que isso importe, já que tudo que há para ver é a grama e o céu, o céu e a grama. Ele se pergunta se as outras pessoas estão vendo a mesma coisa, e diz: – Não deve demorar muito pra que as coisas fiquem um pouco problemáticas.

– Em que sentido?

– Não sei, mas a maioria das pessoas não é capaz de lidar com uma situação como esta. E isso pode resultar em... problemas.

– Talvez você tenha razão. A questão é a quantidade de problemas.

O olhar fixo de Olof é mais uma vez atraído para a janela. O céu vazio, a campina vazia que daria nele a sensação de completo abandono se Lennart não estivesse ali ao seu lado. Ele diz: – Um monte de problemas, imagino. Problema que não acaba mais, na verdade. Encrenca.

Lennart também olha pela janela. Ele meneia a cabeça. – Talvez você tenha razão. Infelizmente.

\*\*\*

Stefan acende o fogareiro e aquece uma panela com água a fim de preparar uma xícara de café instantâneo para si e outra para Carina. Felizmente a geladeira também funciona a gás, e a caixa de leite está fria contra seus dedos. Ele despeja uma generosa dose de leite no seu café e deixa cair um mero respingo no de Carina, e depois carrega as xícaras até a mesa e se senta de frente para a esposa. Beberica um gole, e depois diz:

– Temos um probleminha.

– É?

– Eu ia ligar pro fornecedor hoje. Eles estão mandando a mesma quantidade de arenque desde o meio do verão.

– Por que isso é um problema?

– Bom, a gente vai ficar empatado com metade de um palete que ninguém quer comprar.

– Se a gente devolver...

– Sim, com certeza a gente vai ter de devolver. Mais cedo ou mais tarde.

– Sério?

– Qual é a alternativa?

Stefan sabe qual é a alternativa, mas decidiu que é inútil admitir até que eles saibam mais, até que Peter retorne. De nada adianta esperar pelo pior, nem morrer de preocupação desnecessariamente com o que aconteceu; isso só pode levar a coisas desagradáveis.

Se ele evitar olhar pela janela, a situação nada tem de estranha. Pelo contrário. Ele e Carina estão sentados com as mãos envolvendo as xícaras de café, batem papo sobre os pequenos problemas do dia a dia. Nada poderia ser mais natural que isso.

– Vamos ter de fazer algum tipo de campanha – Carina diz.

Stefan vem fazendo um esforço tão árduo para imaginar que tudo está normal que perdeu o fio da meada.

– Desculpe? Campanha?

– Pra nos livrarmos do arenque. Uma campanha de vendas.

– Claro – diz Stefan. – Boa ideia.

51

\* \* \*

Peter volta para o carro, dá a partida e pisa suavemente no acelerador. Sua percepção do isolamento é tão completa que até mesmo a sua voz interior se calou e já não lhe faz companhia. No assento estofado de couro está a casca de um homem que outrora foi Peter Sundberg, prestes a desabar dentro de si mesmo e se desintegrar, fundindo-se ao descampado vazio.

A tela de GPS tremeluz e fica azul. Peter dá algumas batidas na tela, embora saiba que isso de nada adianta. Ele para o carro, desliga o GPS, liga de novo. Nada. Somente azul, como se ele estivesse no mar.

Ele aperta aleatoriamente todos os botões, acionando menus e configurações, mas nem sinal de mapa ou indicadores de posição. Estranhamente, isso não o assusta; a bem da verdade a sensação é muito boa, como se ele tivesse *escapado*.

Por impulso, Peter põe o carro em marcha a ré. Depois de trinta metros o mapa reaparece. Ele freia e alguma coisa se altera dentro de sua cabeça. A brincadeira acabou. Ele pousa o queixo sobre o volante e encara o para-brisa. Há uma espécie de divisa ou fronteira alguns metros à sua frente. Ele abre a porta e sai, caminha na direção do ponto onde o mapa desaparece.

Alguma coisa acontece, algo extraordinário. Ele se lembra de ter chegado à Tailândia e atravessado as portas para sair do aeroporto depois de passar muitas horas num ambiente com ar-condicionado: a onda de calor e umidade que o abalroa, a mudança instantânea. É igualmente poderosa, mas de natureza completamente diferente.

Peter se senta na relva a cinco metros do carro, com os joelhos dobrados e as mãos molemente unidas por sobre as canelas. Circundado por um silêncio absoluto. Ele está sossegado. Nada de Isabelle com seus caprichos e exigências e seu constante ar de descontentamento. Nem sinal de Molly escondendo sua perversidade sob o disfarce de princesa. Ninguém para incomodá-lo de um jeito ou de outro, querendo alguma coisa dele.

Nada. Simplesmente nada. A perfeita quietude de quando a cobrança de falta a trinta metros do gol passa em curva por cima da barreira, meio segundo antes de estufar as redes, aterrissando dentro do gol. Quando todo mundo sabe. Em meio segundo os ombros dos jogadores do time adversário vão se curvar tão logo aceitem o inevitável, os jogadores do seu próprio time vão erguer os braços em celebração, mas isso não aconteceu ainda. Neste exato momento a bola está pairando no ar, o estádio todo prende a respiração, admirado. Aquele momento.

Ali ele está sentado, Peter Sundberg. Ao longo dos anos ele fez centenas de mulheres se sentirem melhor. E alguns homens, para ser franco. Mas principalmente mulheres. Elas são encaminhadas para ele quando estão indecisas. Será que fazer academia e aulas de aeróbica é realmente a coisa certa para elas? Depois de quinze minutos com Peter, geralmente elas acabam optando pelo plano de assinatura anual. Ele faz o melhor que pode para corresponder às expectativas delas. Ele se lembra dos nomes de todas, sempre tem algumas palavras de incentivo para cada uma delas.

– Como vai, Sally? Você está linda! Como está o pé, Ebba? Estou impressionado de ver você de volta tão rápido! Você consegue, Margareta, eu sei que consegue!

Elas invariavelmente se apaixonam por ele. Como não consegue realizar os sonhos delas a esse respeito, muitas querem então que ele se transforme em seu confidente, em especial aquelas que pagam para tê-lo como *personal trainer*.

Quando Peter e alguma dessas mulheres estão relaxando depois de uma sessão de treinos, sentados juntos e avaliando o progresso atlético da cliente, não é raro que surja uma sensação de proximidade, uma bolha que se forma ao redor dos dois. Às vezes as mulheres querem contar a ele quem são elas, como é a sua vida.

Peter não é psicólogo; raramente tem algum conselho a oferecer além de nutrição e alongamento. Mas ele sabe ouvir. Sabe assentir, sabe balançar a cabeça, sabe dizer "a-hã". E isso parece ser o bastante. Ele recebeu muitos buquês de flores nesses quatro anos desde que começou a trabalhar na academia.

Mas isso não é o mais importante. O que realmente lhe dá genuína satisfação é ver uma mulher de quarenta ou cinquenta anos chegar pela primeira vez à academia parecendo um saco de batatas, um infeliz saco de batatas, e observar essa mesma mulher aparecer lá um ano depois como uma pessoa diferente. Não perfeita, não necessariamente feliz, mas com força de viver, tanto física como mental. As costas mais retas, um lampejo nos olhos. É isso que faz o emprego dele valer a pena.

Peter meneia a cabeça para si mesmo e olha para os antebraços, fortes e musculosos, cobertos por uma fina pelugem loira. Sente uma espécie de vibração por dentro. E não somente por dentro; enquanto ele fita os próprios braços, seus pelos se eriçam e ele pode sentir o couro cabeludo formigando.

Ele se põe de pé, visualiza a campina vazia à sua frente repleta de mulheres. Suas mulheres. As mulheres que ele tirou da incapacidade e da apatia. Sente a gratidão delas jorrando na direção dele, o amor delas.

*Eva, Aline, Beatrice, Katarina, Karin, Lena, Ida, Ingela, Helena, Margareta, Sofia, Sissela, Anna-Karim...*

Todas elas estão usando traje de malhação, roupas de ginástica idênticas. Calças *legging* pretas, *tops* pretos. O rosto delas está radiante, e ele sente um tremor de prazer sensual. A vibração aumenta de intensidade; tem de encontrar uma via de escape. Ele começa a dar saltos, aos berros: – Sim! Sim!

Ele volta às pressas para o carro e liga o rádio. A voz de Mona Wessman vem à tona nos alto-falantes e ele aumenta o volume até o grave estourar. Em vez de desanimar, ele grita: – Beleza! – e volta correndo para o ponto de partida.

Perna esquerda, ergue, bam-bam-bam, a outra perna, bam-bam-bam, braços pra cima, bam-bam, e de novo, bam-bam.

Todas o imitam, acompanhando a batida, copiando seus movimentos; o grupo vai ficando cada vez maior e maior até encher o campo inteiro. Todas as mulheres do mundo estão obedecendo ao menor gesto de Peter, exercitando-se com ele. A pulsação delas é a pulsação dele, o suor que escorre por suas costas é o suor delas.

– Vamos lá, meninas! Maravilha!

Ele aumenta o ritmo, exercitando-se no dobro da velocidade, e ninguém desiste, todo mundo dá conta do recado. É a aula com que ele sonhou, mas jamais conseguiu dar. A dança sincronizada, a unidade total. Quando a música chega ao refrão, ele simplesmente tem de cantar junto.

Ele jamais se sentiu tão feliz na vida.

Assim que a canção vai lentamente chegando ao fim ele tira o pênis ereto de dentro dos *shorts*; bastam alguns movimentos de vaivém para que seja arrebatado por um orgasmo tão poderoso que suas pernas se vergam quando o sêmen esguicha sobre a grama.

Paz. Ele se sente em paz.

*\*\**

Benny ergue a cabeça, inclina uma orelha. Pode ouvir um som novo, que vem de longe. Olha de relance para seu dono e sua dona, que estão sentados à mesa, mas ao que parece eles não perceberam coisa alguma. Benny vai se infiltrando despercebidamente pela abertura da varanda coberta e espia lá fora.

Diversos Eles e Elas estão se aproximando. Benny vira a cabeça e vê seu Dono e Senhor abrir a caixa fria que fica ao lado de sua caminha e tirar de dentro dela algumas latas. Benny já passou por essa experiência antes. Haverá um vozerio e uma porção de gente tentando fazer carinho nele, coisa de que ele não gosta. Ele cria coragem e sai de fininho, na direção do ruído.

Todos os Eles e Elas entram na varanda coberta, ao passo que Benny fita o vazio. É impossível ver de onde o barulho está vindo, mas ele o reconhece. É o mesmo som que vem da caixa do dono, aquela que está em cima da mesa. Benny se dá por satisfeito e decide inspecionar a área enquanto todos os Eles e Elas estão em segurança lá dentro.

A ausência de cheiros de outros animais é perturbadora. Aparentemente não faz muito sentido demarcar seu território quando não há nada contra que defendê-lo, mas mesmo assim ele cumpre mecanicamente sua obrigação. Nunca se sabe. Uma Raposa ou Cachorro *pode* simplesmente aparecer e alimentar a ideia de que o lugar lhe pertence. Ou pode ser que Gata comece a tomar liberdades.

Benny olha de relance para o *trailer* de Gata, refletindo se é melhor dar as caras de modo que Gata não se esqueça dele, mas nesse instante um rangido chama a sua atenção. Ele caminha na direção do barulho e avista os pequenos Ele e Ela.

Benny é ressabiado com gente pequena. Os pequenos às vezes puxam seu rabo e se comportam de jeito desagradável. Ele para a uma distância segura e inclina a cabeça de lado, tentando ver o que os dois estão aprontando.

Eles abriram uma fresta e Benny percebe que estão fazendo alguma coisa que não é certa. Com Ela tudo bem, mas com Ele não. Benny estava exatamente assim quando roubou uma linguiça. Benny sabe tudo sobre Certo e Errado, e o pequeno Ele está claramente fazendo algo que é Errado.

Benny não consegue descobrir o que é, mas de uma coisa ele sabe: o pequeno Ele vai levar um tapa no focinho. Mais cedo ou mais tarde. Vai acabar ficando sem jantar. Esse tipo de coisa.

Majvor está casada com Donald faz quarenta e seis anos. Ele a pediu em casamento no seu aniversário de vinte e cinco anos, e ela disse sim na mesma hora. Ela não viu razão alguma para lhe dar uma resposta diferente. Naquele tempo Donald era apenas um empregado subalterno na serraria, mas Majvor sabia que logo ele subiria na vida. E estava certa.

Majvor deu a Donald quatro filhos, e todos eles são homens decentes. Ela cuidou de uma casa grande, cozinhou, limpou, fez compras e lavou a roupa suja de uma família grande. Durante quase trinta anos ela esteve atarefadíssima, e jamais sentiu a necessidade de reclamar.

Donald nunca bateu nela, e não é de beber muito. Majvor tem certeza de que ele foi infiel, mas isso nunca a incomodou tanto assim. Homens são homens, e, embora ela tenha derramado algumas lágrimas por conta de uma camisa em que detectou um perfume desconhecido, rapidamente deixou a história para trás e nunca o atormentou com perguntas.

Donald sempre a acompanhou à igreja nos dias santos e em ocasiões especiais, embora não comungue de seu credo religioso, o que é uma atitude generosa da parte dele. Em troca, ela jamais tentou convertê-lo nem lhe impor uma devoção que não está em sua natureza.

Os dois foram sortudos, no fim das contas. Ela teve uma infância pobre, nunca demonstrou talentos especiais, e o mesmo se pode dizer de Donald, mas juntos criaram filhos homens admiráveis e podem descansar sobre os louros da vitória e contentar-se com as conquistas: uma casa grande à beira-mar, dois carros e um barco. Sem dúvida o Senhor olhou para eles com bons olhos e fez com que a sorte lhes sorrisse. Pedir qualquer outra coisa seria o cúmulo da arrogância.

Majvor não sabe o que pensar da situação em que se encontram. Talvez o Senhor esteja envolvido, mas pode ser que não, como é invariavelmente o caso. Quando ela dispuser de um momento sozinha, pedirá conselhos a Ele.

Provavelmente o Senhor não irá responder, e como sempre ela terá de se virar sozinha. É assim que tem que ser.

Porém, pelo andar da carruagem ainda vai demorar para que chegue esse momento de solidão. As pessoas dos outros *trailers* estão chegando, sozinhas ou em duplas, a convite de Donald. Majvor se levanta para recebê-las. Ela é uma boa anfitriã, o que já lhe disseram inúmeras vezes.

Majvor pretende seguir em frente e continuar sendo ela mesma, uma pessoa que é basicamente boa. Aconteça o que acontecer.

– Por que estamos fazendo isso?

– Porque é divertido, é claro.

– Divertido como?

– Você vai ver, seu cachorro idiota.

– Não quero mais ser cachorro. Me conta.

– Contar o quê?

– Sobre o monstro e tal.

– Não.

– Mas você prometeu! Você disse que...

– Pra começar, eu preciso saber se você não vai contar nada pra ninguém.

– Não vou contar.

– Jura?

– Juro!

– Jura pela vida da sua mamãe? Se você disser alguma coisa, ela vai morrer.

– ...

– Tá vendo? Você vai contar.

– Não vou! Eu juro!

– Pela vida da sua mamãe?

– ...

– Pela vida da sua mamãe?

– Sim.

– Repita comigo: *Se eu disser alguma coisa, a minha mamãe vai morrer.*

– Se eu disser alguma coisa... Eu não quero.

– Nesse caso, o monstro pode comer você.

Sete pessoas estão reunidas em volta da mesa de madeira de teca da varanda de Donald e Majvor, três de cada lado, Donald na cabeceira. Somente Stefan e Donald têm uma lata de cerveja à sua frente; os outros, ou refrigerante ou nada. Afinal de contas, ainda é de manhã. Supostamente.

Donald contou a todos que o rádio está funcionando, e juntos eles ouviram Mona Wessman cantando sobre o *hambo*, a dança folclórica sueca, mas não há locutor.

Se isso fosse uma reunião, a esta altura teria sido abandonada. A atmosfera é opressiva, e ninguém está dizendo coisa alguma. De tempos em tempos alguém se volta para a abertura na lona da varanda coberta à procura das pessoas que não estão lá. Todos deveriam estar presentes. Talvez seja por isso que nada está acontecendo, nada está sendo dito.

Donald toma um gole da cerveja e se recosta na cadeira, as mãos pousadas sobre a barriga.

– Então...

Uma ou duas pessoas meneiam a cabeça como que para confirmar que ele está correto. Stefan vai mais longe e chega a dizer: – Certo – principalmente para agradecer a Donald pela cerveja.

Majvor nota que as mãos de Isabelle estão trêmulas. Ela estende o braço até o outro lado da mesa e acaricia o braço de Isabelle.

– Minha querida, você está passando mal?

Isabelle engole em seco audivelmente. – Você tem algum doce? Uma barra de chocolate Mars ou um bombom Dime, algo assim?

Donald bufa e resmunga: – Você é viciada em açúcar? Bom, doces pra quem é uma doçura, é o que dizem.

Ele olha ao redor, mas ninguém sequer sorri da piada. Ele está prestes a tentar de novo, mas flagra o olhar fixo de Majvor e em vez disso toma outro gole da lata de cerveja.

– Temos pãezinhos doces caseiros – diz Majvor.

Isabelle esfrega o braço e assente. – Isso serve, obrigada.

Majvor se põe de pé e, com o modo de andar gingado característico dos patos ou gansos, percorre o chão do *trailer* e solta um gemido ao subir o degrau. Donald a observa com desprazer e volta as atenções para Stefan. Parece que está prestes a dizer alguma coisa, mas muda de ideia. O silêncio impera mais uma vez.

Donald contempla os convidados reunidos, procurando uma abertura. Seu olhar se detém sobre Lennart e Olof, que estão sentados de frente um para o outro na ponta da mesa. – E quanto a vocês dois? Falem-me de vocês.

Os dois homens se remexem, pouco à vontade.

– Lennart.

– Olof. Pense nos ex-líderes do Partido do Centro.

– Não sei o nome de nenhum deles. Só o do Fälldin. Mas sei o nome de todos os presidentes dos Estados Unidos.

– Impressionante – comenta Lennart.

– Muito – acrescenta Olof.

Donald estreita os olhos enquanto tenta descobrir se estão tirando sarro dele, mas não há nada que indique que seja esse o caso. Os dois homens têm uma expressão franca e interessada, por isso ele levanta as mãos e começa a contar nos dedos.

– Washington, Adams, Jefferson, Madison.

Pelo canto do olho, Donald vê Majvor descer o degrau com um baque surdo, trazendo nas mãos um prato com pãezinhos doces. Donald tem plena consciência da opinião de Majvor sobre o "truquezinho de festa" que ele está exibindo, mas não dá a mínima.

– Monroe, Adams, Jackson, Van Buren, Harrison.

Majvor mal acaba de colocar o prato sobre a mesa e Isabelle já agarra dois pãezinhos doces, um em cada mão; ela os devora, praticamente sem mastigar. Majvor sorri e meneia a cabeça. É bom quando as pessoas comem o que a gente lhes oferece.

– Tyler, Polk, Taylor.

Stefan olha na direção da abertura e suspira. Não consegue parar de pensar no maldito arenque. Trezentas latas serão despachadas para o depósito. Se pelo menos ele conseguisse fazer um telefonema. Por que isso não é possível? Hoje em dia talvez existam bolsões nos rincões de Norrland onde não há sinal de celular, mas eles não estão nos cafundós de Norrland. Nem de longe.

– Fillmore, Pierce, Buchanan, Lincoln.

Lennart e Olof estão paralisados de medo, desnorteados feito dois animaizinhos surpreendidos na frente dos faróis do olhar fixo de Donald, cujos olhos estão cravados neles enquanto os nomes saem jorrando de sua boca. Há algo de vagamente assustador e possivelmente agressivo na performance. Eles gostariam de se dar as mãos, mas claro que não darão.

– Johnson, Grant, Hayes, Garfield, Arthur.

Carina segue os olhos de Stefan e supõe que ele está pensando o mesmo que ela. Emil. Faz meia hora que ele está com aquela menina. Ela gostaria de ir buscá-lo, mas sabe que não deve. Para Emil não é fácil fazer amigos; sua timidez e seu recato atrapalham. Por isso, Carina deveria estar contente. Ela tenta se sentir contente.

– Cleveland, Harrison, Cleveland de novo.

Donald, triunfante, vai desenrolando ininterruptamente a sua lista de nomes. Cada um deles é um rosto, e cada rosto um período da história americana. Ele não é nenhum especialista, mas tomados em conjunto os nomes evocam o que os Estados Unidos significam para ele. Oportunidade. Pessoas que superaram as adversidades e que, contra tudo e contra todos, não se deixaram derrotar por sua origem familiar modesta, romperam os grilhões do passado para serem *livres*. É como uma oração essa litania, esses nomes.

– McKinley, Roosevelt, Taft.

Isabelle está no seu quarto pãozinho doce. Ela realmente gostaria de se apoderar do prato inteiro e se esconder em algum canto escuro feito um animal para devorar tudo. Ela adora a silhueta magra que a sua doença lhe propicia, mas odeia a fraqueza. Não quer que ninguém olhe para ela enquanto está comendo.

– Wilson, Harding... esperem aí um minuto. Wilson, Harding...

Carina está tão ocupada tentando ficar contente por Emil que só percebe que ele entrou na varanda coberta quando o menino se joga em cima dela e enterra a cabeça entre seus seios. O corpo dele está arquejando de soluços, e ela afaga delicadamente a sua nuca.

– O que aconteceu, querido? Qual é o problema?

Emil balança a cabeça e abraça ainda mais forte a mãe.

– Wilson, Harding, depois Hoover. Mas tem um entre os dois. Quem é?

Carina olha na direção da abertura e vê que Molly está lá, de pé, encostada a uma das estacas de sustentação, encarando-a. Quando seus olhares se cruzam, Molly sorri, encolhe os ombros e balança a cabeça como que para dizer: *"Eu também não sei o que há de errado com ele".*

– Me deem uma ajuda aqui – diz Donald. – Wilson, Harding, e depois...

O som de uma buzina de carro faz com que todo mundo se ponha de pé. É isso que todos estavam esperando, embora ninguém ousasse dizer com todas as letras. Agora eles saberão. Há ansiedade em todos os rostos, que se voltam na direção da abertura da varanda coberta; Molly já saiu correndo. Somente Donald permanece em sua cadeira, fitando com olhar inexpressivo o espaço enquanto resmunga:

– Está faltando um. Está faltando um.

A fome de Isabelle foi saciada por ora. Ao sair, ela pega o último pãozinho doce. Está feliz por deixar a varanda coberta; a decoração é possivelmente a mais vulgar que ela já viu na vida.

Na verdade, o mau gosto pode fazer com que ela se sinta fisicamente adoentada. Seu pai e sua mãe são estetas, e ela cresceu numa casa em que cada objeto era escolhido com extremo cuidado. O quarto dela era o claustro de um monge comparado ao de seus contemporâneos. Nenhum pôster, nada de fotografias, nenhuma bugiganga.

Passar uma semana no acampamento de *trailers* tem sido uma espécie de provação. A todo momento ela se vê diante de churrasqueiras e quinquilharias baratas, e rodeada por pessoas que parecem gostar desse tipo de coisa. Ela odeia o *trailer* e detesta Peter por convencê-la a vir. Algumas das melhores lembranças da medonha infância dele, as férias no acampamento com a mãe, blá-blá-blá. Isabelle odeia também a porcaria de infância de Peter, e as constantes menções que Peter faz a ela.

Ela apagou a sua própria infância, deixou-a para trás. Ela não pensa a respeito, não fala a respeito. Acima de tudo, não usa sua infância como argumento para fazer com que as coisas saiam do seu jeito. Ela tem outros métodos para conseguir isso.

Antes de sair, Isabelle dá uma olhada de relance para Donald, que está lá sentado com a boca escancarada. *Não precisa preocupar a sua linda cabecinha com isso, minha querida.* Sem sombra de dúvida ele também teve uma infância podre. Ela torce para que tenha tido. Espera que a carregue com ele, e que isso o machuque de verdade.

Isabelle dá alguns passos na direção do carro, depois se detém. Há alguma coisa diferente em Peter, lá parado junto à porta aberta, e todo mundo reunido em volta dele. Isabelle não é capaz de dizer exatamente de que se trata, mas é como se a luz estivesse incidindo sobre ele de um outro ângulo que não de cima.

A primeira coisa que Peter diz ao grupo é:

– Vocês fizeram um churrasco?

Todos se entreolham. Todo mundo sabe que ninguém assou carne, e mesmo assim é como se tivessem a necessidade de verificar. *Você preparou churrasco? Não. Eu também não. E você? Não, quando eu teria feito isso? E por que ele está perguntando?*

É Stefan quem diz em voz alta: – Por que você está perguntando isso?

– Achei ter sentido cheiro de fumaça. Como se alguém estivesse fazendo churrasco. Assando carne.

– Entendi... – Stefan olha de relance para os outros. – Mas o que você viu? O que tem por lá?

– Nada – responde Peter. – A mesma coisa que aqui. Nada.

Stefan aguarda, acha que Peter vai continuar falando. Somente a custo ele consegue aceitar o que Peter diz, que as coisas estão tão ruins quanto ele pensava. Mas o que ele não consegue compreender é por que Peter parece tão *contente.* Isso não faz sentido.

Aparentemente Isabelle pensa o mesmo. Ela vai na direção de Peter e diz:

– Que diabos há com você? Não fique aí parado mentindo feito um idiota do caralho. Não é a hora nem o lugar. O que você viu?

Peter abaixa os olhos, fita o chão e enrubesce feito um menininho que a mãe flagrou entupindo-se dos doces de sábado em pleno meio da semana. Ninguém o entende. Com as maçãs do rosto afogueadas, ele levanta a cabeça e diz:

– É como se houvesse uma divisa. Assim que você cruza essa fronteira, as coisas ficam... diferentes.

– Como assim, diferentes? – pergunta Stefan.

Peter coça a nuca. – Talvez eu tenha visto uma pessoa.

Isabelle está à beira de estapear Peter. – Uma pessoa? Você viu uma pessoa? E só está contando isso pra nós agora?

– Eu não tenho certeza. Estava muito longe.

– Então por que diabos você não dirigiu até lá pra encontrar essa pessoa, fosse lá quem fosse?

– O GPS parou de funcionar. Eu fiquei com medo de me perder.

Isabelle encara Peter, depois se vira para o grupo com um gesto cujo significado é mais ou menos *Estão vendo o que eu tenho de aturar? Eu vivo com este patético desperdício de espaço.* Depois disso ela agarra a mão de Molly e parte na direção do *trailer*, não sem antes dizer em alto e bom som:

– Pobre criança. Você é filha de um homem sem colhões.

Donald sente um medo bastante específico, que com o passar dos anos se avolumou e se intensificou. O nome desse medo é demência, senilidade, doença de Alzheimer.

Ele começou a esquecer as coisas. Às vezes, abre um armário e não consegue lembrar por quê. Está prestes a dizer o nome de um fornecedor com quem faz negócios há mais de vinte anos e de repente o nome desaparece e ele se vê obrigado a consultar seu diário contábil. Até agora ninguém percebeu coisa alguma, nem mesmo Majvor, mas ele teme o dia em que um dos seus filhos vai telefonar e ele não será capaz de se lembrar de seu nome.

E agora a lista dos presidentes dos EUA.

Se havia uma coisa que Donald julgava que ainda seria capaz de recitar quando estivesse sentado num asilo, quando nele restasse a última gota de lucidez, era a lista de todos os presidentes dos EUA.

Estão todos lá, um por um, até a porra do Barack Obama, menos o cara que presidiu entre Harding e Hoover. São quarenta e três quando deveriam ser quarenta e quatro. Donald percorreu o alfabeto de ponta a ponta, na esperança de que a letra certa faria o nome sair de seu esconderijo.

Isso é terrível. É como ser dono de uma casa e de repente descobrir que está faltando uma porta ou uma janela. É não ser *completo*, não ser um *todo*, e ele sente as névoas flutuantes da senilidade penetrando através da abertura, formando uma figura feita de fumaça cujos dedos compridos alcançam a parte mais profunda de sua mente, tornando ocos os seus pensamentos e lembranças.

Ele balança a cabeça e sorri com pesar, numa expressão de quem pede desculpas. Só então se dá conta de que está sozinho. Olha ao redor, confuso, e ouve vozes lá fora. Uma das vozes pertence a Peter, o que significa que ele deve ter voltado.

A cadeira de madeira de teca range quando Donald fica de pé e põe em ordem o seu rosto, transformando-se no homem que ele deve ser, o tipo de homem a quem as pessoas recorrem. Ele não pode ficar lá sentado filosofando sobre seus pequenos lapsos quando há problemas mais urgentes a resolver. Ele pigarreia, endireita as costas e vai para fora.

A primeira coisa que vê é Isabelle, que vem marchando com a filha a tiracolo. Donald olha de soslaio para a bunda dela, e uma vaga fantasia de estupro perpassa por sua mente antes de ser substituída por um desejo de espancar aquela bundinha até ficar vermelha e a vermelhidão

*se converter em sangue, uma fonte de sangue esguichando*
*Pare!*

Donald fita com olhar sombrio o grupo reunido em volta do carro. Peter parece desnorteado; está abanando as mãos de um lado para o outro, ao passo que os outros estão com os olhos fixos no chão. Alguém precisa assumir as rédeas da situação, então Donald dá um passo à frente: – Como vai?

Peter olha para ele como se não tivesse entendido a pergunta, e o entediante dono de mercearia responde por ele:

– Aparentemente ele sentiu cheiro de fumaça lá. E viu alguém.

– Certo – diz Donald. – O que mais?

– Mais nada.

– Mas de onde vinha a fumaça? Quem era essa pessoa, Peter? Você foi verificar, não foi?

Peter desliza a mão pelo teto do carro, como se estivesse removendo poeira invisível; ele responde sem olhar para Donald:

– Não.

– Mas por quê, pelo amor de Deus?

A poeira parece ser bastante teimosa. Peter continua esfregando. – Não sei.

Donald balança a cabeça. Está desapontado. Entre todos os covardes e efeminados ao seu redor, ele tinha julgado que Peter era um aliado. Alguém que seria capaz de atacar as coisas de frente. Mas agora ali está ele parado, falando besteira como os demais. Isso não pode continuar.

Num gesto amigável, Donald coloca um braço em volta dos ombros de Peter.

– Venha tomar uma cerveja e aí a gente pode conversar a respeito.

A primeira coisa que Lennart e Olof fazem quando voltam para seu *trailer* é ligar o rádio, como se precisassem verificar que a transmissão não é um fenômeno localizado restrito à varanda coberta de Donald. Mas não. A música emana também de seu velho e surrado Luxor. E não é apenas música qualquer, mas uma das favoritas de Olof, "Så Här Börjar Kärlek", de Agnetha Fältskog e Björn Ulvaeus.

Lennart se senta no sofá e, em silêncio, se diverte enquanto observa Olof fechar a porta e depois começar a se mover em compasso com a música. Lennart também gosta da canção, mas a considera um pouco romântica *demais* para o seu gosto: um encontro casual numa multidão, dançando uma música após outra.

Olof agarra a mão de Lennart e faz com que ele se levante, abrindo seus braços e rodopiando sem sair do lugar. Lennart faz um gesto com as mãos, rejeitando o convite. – Não consigo.

– É claro que consegue – diz Olof, segurando ambas as mãos de Lennart. – É só um foxtrote básico. – O *trailer* balança enquanto Olof demonstra os passos, puxando Lennart para perto. Lennart dá um passo para a direita, outro para a esquerda, e as maçãs de seu rosto se afogueiam. Ele se desvencilha e vai andando para trás até trombar com a mesa da cozinha.

– *Não consigo.*

Olof fecha a cara e diminui o volume. – Como assim?

– Não sei dançar.

– Sim, sabe sim.

– Não, não sei. E é uma sensação tão... Sei lá.

Lennart se recosta no sofá e olha pela janela. Não há nada para ver, mas ele olha mesmo assim. Ouve o clique do rádio sendo desligado, e em sua visão periférica vê Olof sentar-se de frente para ele. Sente uma suave carícia no antebraço.

– Está tudo bem – diz Olof. – Está tudo bem.

– Eu sei – diz Lennart, olhando de relance para Olof, que agora está com a cabeça inclinada, a expressão cheia de preocupação.

– Foi íntimo demais? – quer saber Olof.

– Não. Sim. Embora fosse... Eu sei. Mas é que...

Olof recolhe a mão e fixa os olhos sobre a mesa. – Nós dormimos juntos, afinal de contas.

– Sim, mas isso é diferente, de certa forma.

– Sei o que você quer dizer – diz Olof. – Eu sinto a mesma coisa. – Ele coça a cabeça e faz uma careta. – Perdão. Eu simplesmente me senti... inspirado.

– Você não tem que pedir desculpas por nada. Eu gostaria... Bom, você sabe.

Eles permanecem sentados em silêncio por alguns instantes, e por fim Olof pergunta: – Você não sabe mesmo dançar? Nunca aprendeu?

– Não. Eu devia estar doente em casa quando tivemos aulas de dança na escola.

– A minha mãe me ensinou, quando eu tinha quatorze ou quinze anos.

– A minha mãe não era muito de dançar, como você deve se lembrar.

– Não. Claro que não.

Lennart parece ter ficado triste, e Olof deseja nunca ter trazido o assunto à baila. A mãe de Lennart foi escoiceada por um cavalo, e Olof se lembra dela como uma mulher precocemente envelhecida, sempre escorada por uma bengala.

Foi uma ideia boba, em todo caso, tentar fazer Lennart dançar. Está tudo voltando para Olof agora. Toda vez que ele e Ingela saíam com Lennart e Agnetha, Lennart sempre tinha algum problema nas costas ou nos joelhos, e ficava no bar enquanto Agnetha dançava com outros parceiros. Olof tinha deduzido que ele era apenas tímido.

– Escute – diz ele, tamborilando a mesa. – Vamos sair e ouvir o nosso iPod?

Lennart assente e se põe de pé, vai atrás de Olof. Antes que Olof tenha tempo de abrir a porta, ele sente a mão de Lennart sobre o seu ombro e se vira. Com expressão séria no rosto, Lennart afaga lentamente a bochecha de Olof e diz: – Me perdoe.

– Não há nada que perdoar. – Olof pousa a mão sobre a mão de Lennart, depois acaricia o rosto dele. – É simplesmente assim que as coisas são. E tudo bem.

As geringonças estão sobre a mesa entre as duas cadeiras dobráveis. Olof sabe qual é a terminologia correta – *iPod*, *dock*, *alto-falantes* –, mas, uma vez que não sabe como operar os dispositivos em questão, pensa neles como geringonças.

Lennart tem extraordinária habilidade para lidar com a tecnologia moderna. Telefones celulares, computadores, tocadores de MP3. Em sua defesa, Olof pode alegar que a filha de Lennart, Gunilla, é uma tutora muito mais paciente do que Ante, cujos esforços pedagógicos raramente vão além de "Leia as instruções".

Olof acomoda-se em sua cadeira e meneia a cabeça para Lennart, que parece muito mais feliz agora que está lidando com uma coisa em que é bom. Lennart desliza o dedo sobre a tela, e Olof diz:

– É uma coisa boa que você saiba como fazer isso.

– Devo mostrar a você o que fazer?

– Se você quiser. Contanto que você me deixe te ensinar a dançar. Um dia.

Lennart não consegue evitar um sorriso. Depois, assente. – Parece justo. *Super Trouper*?

– *Muy bien, gracias.*

– *De nada, señor.*

Lennart acopla o iPod em seu *dock*. Olof se recosta na cadeira e fecha os olhos ao ouvir as primeiras notas em *staccato* de "Lay All Your Love on Me". Excelente.

Emil acalmou-se, mas se recusa a falar sobre o motivo que o havia deixado tão agitado. Tão logo Stefan ou Carina tentam fazer uma pergunta, ele cobre com a mão as orelhas e começa a cantarolar uma melodia desafinada.

Stefan está de pé com as mãos enfiadas nos bolsos, fitando o descampado. *Nada.* Isso não pode ser verdade. Vastas extensões de completo vazio como esta aqui não existem sobre a Terra, ou são desertos ou oceanos. Onde há grama há flores, arbustos e animais.

E se a gente não estiver na Terra?

A ideia é ridícula. Ele está aventando que uma nave espacial surgiu e teletransportou todo mundo para aquele lugar, depois começou a tocar música pop sueca para mantê-los calmos? Parece um enredo de filme ruim. Ou de um filme bom. Mas não alguma coisa que acontece na vida real.

Ele ouve o som de "Lay All Your Love on Me" vindo dos arredores de um dos outros *trailers*. Stefan jamais foi fã do Abba; na verdade ele nunca prestou atenção às canções, mas agora percebe que o refrão se parece com música de igreja, algo sagrado. Um salmo ou oração.

– Papai – diz Emil. – Não tem pássaro nenhum aqui.

– Não, parece mesmo que não.

– Isso é uma estupidez. Isso significa que a gente não pode andar na linha. E também não tem árvore nenhuma. Então tem o quê?

– Tem pessoas. E os *trailers*. E os carros.

– Mas tem que haver mais do que isso, não tem?

– Acho que sim.

Como muitos dos melhores jogos e brincadeiras, Andar na Linha surgiu por acaso. Stefan estava medindo a distância entre os anexos a fim de propor um requerimento de planejamento, e para tanto estendeu um pedaço de barbante através de um pequeno arvoredo.

De galochas, Emil foi seguindo a linha e avistou um pintassilgo. Depois de mais alguns passos, viu uma alvéola. Quando chegou aonde Stefan estava, eles ouviram um barulho de pancada e levantando os olhos viram um pica-pau na árvore em que Stefan tinha amarrado o barbante.

Decidiram deixar o barbante estendido no mesmo lugar porque era obviamente mais fácil avistar pássaros ao longo dele. Toda tarde, Emil percorria solenemente toda a extensão da linha, um pé de cada lado, a cabeça erguida, os olhos fitando as árvores. Um dia, quando Stefan e Carina estavam com ele, Stefan tinha começado a cantar "I Walk the Line"[Eu ando na linha], e foi assim que o jogo adquiriu seu nome.

– Stefan – diz Carina, levantando-se e olhando para a vastidão do descampado. – Temos de descobrir o que há lá fora.

– Sim, mas... não temos GPS. Tenho medo de me perder, se não houver pontos de referência. Mas você tem razão, claro. Não podemos simplesmente ficar aqui sentados.

Carina belisca o nariz e pensa por um momento. – A gente poderia... ou...

– Espere aí um minuto – diz Stefan. – Eu sei o que fazer.

Emil cutuca a mão de Stefan. – O quê, Papai?

Stefan olha para ele com um sorriso, e diz. – Andar na linha.

Majvor foi expulsa para o *trailer*, de modo que Donald pode ter uma conversa a sós com Peter. Isso é ligeiramente humilhante, mas ela escolhe suas batalhas. Na maioria dos casos acata as vontades dele, mas quando ela apresenta alguma objeção geralmente ele escuta. Essa trégua não foi obtida sem custo, e remonta a um incidente no quarto ano de casamento.

Na época, Albert, seu filho de um ano de idade, ainda dormia num berço no quarto de Donald e Majvor, ao passo que o irmão dele, Gustav, dois anos mais velho, tinha seu próprio quarto. Albert acordava chorando diversas vezes toda noite, e Donald decidiu que ele deveria dormir no quarto do irmão para se acostumar a não ser tirado do berço e acalmado no colo o tempo todo.

Na segunda noite, Majvor ficou de saco cheio e não aguentou. Albert abriu o maior berreiro e se recusou a voltar a dormir. Gustav também encetou um pranto ruidoso, embora fosse um pouco mais articulado em seus protestos. Majvor saiu da cama para pegar Albert no colo, mas Donald a impediu, alegando que o menino tinha de se acostumar, por mais que demorasse. Majvor permaneceu deitada e acordada durante duas horas ouvindo a gritaria da criança, até que por fim a choradeira amainou e deu lugar a um soluçar exausto, depois silêncio. A essa altura o coração de Majvor estava em frangalhos, e ela não conseguiu mais dormir.

A mesma coisa aconteceu na terceira noite, mas com uma diferença. Quando Majvor tentou se levantar e Donald a impediu, ela disse:

– Me solta, Donald. Estou falando sério. Tira a mão de mim.

Donald agarrou o braço dela com mais força ainda. Os gritos desesperados de Albert esfaqueavam e dilaceravam seu peito. Angustiada, ela disse de novo: – Donald, me solta. Estou enlouquecendo. Falo sério.

Mas Donald não a soltou; em vez disso, mesmo deitado fez questão de se manter acordado e de olho em Majvor, vigiando-a para que ela não saísse de fininho a fim de pegar Albert no colo, cujo desespero se converteu em puro medo. Cada fibra do corpo de Majvor lhe dizia para buscar o filho, aninhá-lo nos braços, mas Donald a impediu à força.

No dia seguinte, quando Majvor fez *chili* com carne para o jantar de Donald, ela arrematou a receita com uma colherada de veneno de rato. Sentou-se de frente para o marido enquanto ele comia, fazendo careta para o sabor forte do prato picante; ela havia preparado uma versão extra-apimentada de modo a esconder o gosto do veneno.

Donald nem teve tempo de terminar a refeição: dominado por convulsões, entrou cambaleando no banheiro e vomitou, inúmeras e inúmeras vezes. Quando Majvor entrou, minutos depois, ele estava caído no chão, trêmulo. Seus lábios estavam arroxeados, o rosto vermelho-vivo. Majvor trazia nas mãos um pote de creme de leite.

– Beba isto. Você comeu veneno de rato.

Donald a encarou, incapaz de falar, mas conseguiu lhe despejar a maior parte do creme de leite goela abaixo, exceto por uma pequena quantidade que escorreu pelo peito e pela barriga. Um pouco depois, ele vomitou de novo. Majvor deixou-o em paz.

Quando saiu do banheiro, cerca de uma hora depois e após uma inundação de vômito e diarreia, Donald ergueu uma das mãos trêmulas e anunciou que ia denunciar Majvor à polícia por tentativa de homicídio.

– Tudo bem – disse ela. – Como quiser. O nosso casamento vai chegar ao fim, é claro. Ou você pode tentar me dar ouvidos quando eu realmente estiver falando sério. Se você fizer isso, então esse tipo de coisa não vai acontecer de novo.

Donald escolheu a última alternativa, e Majvor nunca mais voltou a sentir a necessidade de recorrer a medidas tão extremas. Albert teve permissão para dormir no quarto do casal por mais um ano, e quando foi transferido para o outro quarto Donald não dizia uma palavra se Majvor se levantasse para acalmá-lo no colo.

Desde então, houve pouquíssimas ocasiões em que Majvor buscou conseguir o que queria e fazer as coisas do seu jeito recorrendo a um claro "sim" ou "não". Donald sabia qual era o limite, e em troca Majvor certificava-se de não enfraquecer seu poder de veto fazendo uso excessivo dele. A paz reinou.

\* \* \*

Sem perguntar, Donald coloca duas latas de cerveja sobre a mesa e espera até Peter abrir a sua e dar um gole. Depois ele diz: – Se alguma coisa vai ser feita por aqui, então eu e você é que vamos ter que fazer. Eu estaria certo em dizer que você também tem consciência disso?

O olhar que Peter lança na direção de Donald indica que ele não tem tanta certeza, por isso Donald sente a necessidade de explicar melhor sua declaração original.

– Você é um *fazedor*, exatamente como eu. Você não fica sentado por aí à toa, vendo o tempo passar e esperando alguém resolver o problema.

Peter encolhe os ombros, e por enquanto Donald tem de se dar por satisfeito com isso. Ele se inclina para a frente e abaixa a voz para indicar que o assunto é só entre os dois.

– Você pode me contar o que viu lá, pra começo de conversa. Assim a gente sabe com o que está lidando.

Peter respira fundo, depois coloca sobre a mesa a sua lata de cerveja, endireita o corpo e diz: – Eu vi o meu pai.

– O seu pai?

– Sim. Primeiro eu vi... alguma outra coisa. Algo que era só a minha imaginação. Depois eu vi o meu pai. Ao longe.

– Tudo bem. Mas o que ele estava fazendo lá?

– Não tenho a menor ideia. Não perguntei.

A voz e a postura de Peter recuperaram boa parte de sua antiga confiança, mas Donald não consegue entender o que ele está dizendo. Uma coisa em especial o incomoda.

– Desculpe-me por fazer o que pode parecer uma pergunta estranha, mas... o seu pai ainda está *vivo*?

– Não – responde Peter. – Não, ele não está. Felizmente.

Donald tem uma batelada de perguntas complementares, mas é obrigado a interromper temporariamente o seu interrogatório quando vê Stefan se aproximando.

– Lá vem o dono de supermercado. Mais tarde a gente conversa.

\* \* \*

Quando Stefan chega à entrada da varanda coberta, vê Peter e Donald sentados de frente um para o outro à mesa de madeira de teca, ambos com uma lata de cerveja à frente. Alguma coisa na postura deles faz Stefan hesitar por um segundo. Ambos estão com um braço repousado sobre a mesa, o outro sobre a coxa, e se viram ao mesmo tempo a fim de olhar para ele.

*Isso é uma conversa entre homens.*

Stefan é incapaz de se sentar daquele jeito sem parecer ridículo, e apesar do fato de ser dono de um supermercado razoavelmente grande sempre fica constrangido quando tem de deixar o carro na oficina e conversar com o mecânico. É um jeito de se mover, um modo de falar que jamais lhe foi possível fazer. A coisa de macho.

– Oi – diz Peter, meneando a cabeça na direção da cadeira vazia. – Como vão as coisas?

Stefan se senta. Peter parece ter se recuperado após o seu retorno, e aquela sensação de desorientação já não é mais dominante. Talvez Donald seja um bom psicólogo, apesar de sua arrogância.

– Bom... – diz Stefan.

Donald encosta-se na geladeira. – Vai uma bebida?

A cerveja que Stefan bebeu mais cedo ainda está sibilando dentro de sua cabeça como o prelúdio de uma embriaguez, por isso ele recusa com um gesto da mão a oferta. Donald pega uma outra lata para si, abre-a e diz: – E aí?

– Bom – diz Stefan de novo, tentando encontrar uma posição sensata que não dê a impressão de que está tentando copiar Peter e Donald. – Acho que a gente tem que tentar descobrir o que há por lá. Mais sistematicamente, quero dizer.

Donald engole de um só trago a sua cerveja e arrota. Ele quase parece estar imitando Stefan ao repetir: – Sistematicamente.

– Sim, não sei quanto a vocês, mas eu quero dar o fora daqui o mais rápido possível. Não quero ficar aqui. E a nossa única chance é se descobrirmos alguma coisa além disto.

Peter parece interessado. – O que você quer dizer com "sistematicamente"?

– A ideia é vasculharmos a área trecho por trecho, pedaço por pedaço. Colocamos marcadores, ou algo do tipo. Depois vamos de carro em quatro direções, fixando esses marcadores a intervalos regulares. Dessa forma vamos saber se já percorremos aquela direção específica. Isso também vai funcionar para os que não tiverem GPS, assim vamos conseguir encontrar o caminho de volta.

Donald e Peter entreolham-se. Donald estica seu lábio inferior. – Quer saber de uma coisa? Stefan, não é esse o seu nome? Não é má ideia. Você tem certeza de que não quer uma cerveja?

Quatro carros. Quatro direções. Cinco pessoas. Donald, Peter, Stefan. E Lennart e Olof, que decidiram ir juntos. Todos os homens.

Majvor distribuiu seu estoque de varas de bambu de jardinagem, as estacas de sustentação da varanda coberta foram desmontadas, e Carina pegou os tacos de croqué e endireitou os arcos. Isabelle não tomou parte, porque está sofrendo de dor de cabeça.

Alguma coisa tem de ser feita. Alguma coisa tem de ser encontrada. O medo começou a aumentar.

Eles tinham achado que o Sol ia reaparecer, que o Sol estava à espreita abaixo do horizonte, mas os minutos e as horas passam, e não há Sol. É uma ausência tão tremenda que é impossível compreender. As coisas a que não damos importância são as coisas de que mais sentimos falta quando desaparecem.

Daí o medo. Porque o Sol, tal qual a Lua, nos propicia companhia. Na nossa mais profunda solidão, noite ou dia, sempre podemos recorrer a eles. Nós lhes demos rostos, atribuímos a eles qualidades, nós os chamamos de deuses. Isso é desnecessário. Sua presença solitária e impessoal é suficiente. Eles brilham com um poder além de nós, confirmando que algo mais existe. Que não estamos sozinhos.

Assim, por mais que as pessoas na área de acampamento alimentem a esperança de que os que estão partindo encontrem uma loja, um vilarejo, um meio de comunicação, também sentem muita esperança de encontrar o Sol. De que o Sol ainda esteja lá, apesar de tudo. Além do horizonte.

Benny olha para o *trailer* onde Gata ainda está deitada na janela. Dá dois passos na direção de Gata, mas se detém, lembrando-se do agarrão no cangote, o voo ar afora, a dolorida aterrissagem. Olha de relance mais uma vez para a varanda coberta; seu Dono e Senhor está sentado, mas isso pode mudar.

Aquela sensação toma conta de Benny. A sensação de que ele tem de capturar alguma coisa, caçar alguma coisa. Não há nada para caçar, mas isso não necessariamente o impede de tentar. Ele sai em disparada com um salto súbito, afastando-se velozmente do acampamento numa linha reta.

Correr é bom. O medo dele é dissipado pela ação do vento que roça a sua pelagem. Sim e Não e Certo e Errado desaparecem no tamborilar das suas patas sobre a grama, o movimento de seus músculos.

Não há nada que atrapalhe a sua visão, nenhum obstáculo no chão, de modo que Benny pode ir a toda a velocidade. Em menos de um minuto ele deixou o acampamento para trás, bem longe. Ele diminui um pouco o ritmo, depois segue em frente trotando a passos curtos antes de se sentar com a língua dependurada para ajudá-lo a se acalmar e se refrescar.

Ele fareja o ar. Agora que os cheiros do acampamento são mais fracos, ele consegue identificar alguma coisa? Sim, consegue. Fogo. Benny rodopia mas não é capaz de localizar a fonte do cheiro. Está vindo de diversas direções.

Há, contudo, mais uma coisa que o interessa. Ele encosta o focinho no chão e fareja, percorrendo às pressas alguns metros. Reconhece o odor, mas não consegue entender como ele foi parar lá.

O cheiro é de Netos.

Às vezes, diferentes Eles vêm visitar o dono e a dona de Benny. Dois deles trazem Netos. Há Netos grandes e há Netos pequenos. O cheiro na grama é o mesmo dos pequenos, os que são menores até que o próprio Benny. Eles ficam deitados de costas, abanando braços e pernas no ar, fazendo barulhos.

O que Netos estão fazendo aqui?

Benny continua farejando, mas não consegue identificar o cheiro de um Ele ou de uma Ela. É como se Netos estivessem andando por aí sozinhos, por conta própria, embora não sejam capazes de andar. Isso não faz o menor sentido.

Benny é mais uma vez subjugado pelo medo. Ele chacoalha o corpo e volta correndo na direção do acampamento, para sua caminha.

\* \* \*

Peter está a ponto de sair quando ouve Isabelle falando palavrões atrás dele. Ela abriu a geladeira e prendeu a mão do lado de dentro. Ela fecha com violência a porta e, para demonstrar o que se passa, vira o botão do fogareiro.

– Estas porcarias estão quebradas, porra. Tanto a geladeira como o fogareiro. Puta que pariu, é simplesmente *perfeito*.

Peter inclina-se sobre a pia e tenta acender o fogareiro. Ele verifica a mangueira e o regulador, que parecem estar em ordem.

– Tem alguma coisa errada com esta merda do caralho – continua Isabelle. – Esta porra deste *trailer* todo é uma grande...

– Mais tarde eu vejo isso – diz Peter. – Tenho que ir.

– Ah, é? E se você não voltar? Você espera que eu e a sua filha fiquemos sentadas aqui pra apodrecer sem fogareiro, sem geladeira, sem eletricidade? É isso?

Molly está sentada à mesa, desenhando. Ela aparentemente ignora as sombrias previsões de Isabelle e, com toda a calma do mundo, escolhe outra canetinha hidrográfica. Peter se dirige a ela.

– Estou indo, querida. Tudo bem?

– Tudo bem, Papai. Olhe.

Molly exibe o desenho, que mostra quatro *trailers* e quatro carros no mesmo nível, sem nenhuma perspectiva. Enfileirados diante dos *trailers* há oito adultos e uma criança, uma menina. Estão todos sorrindo. Mais para o lado há figuras que supostamente são um cachorro e um gato. Os dois estão abrindo um largo sorriso.

Peter aponta para o desenho. – E cadê o seu amigo? O menininho? Ele não deveria estar aí?

Molly balança a cabeça. – Nós não precisamos dele. – Ela começa a desenhar um sol amarelo e animadíssimo no céu, e Peter se segura e desiste de fazer novos comentários. Há alguma coisa no desenho que o deixa incomodado, mas ele não sabe o que é.

Algumas semanas antes, aconteceu que Molly tinha visto por acaso uma matéria sobre o Iraque no telejornal. Um carro-bomba. Peter não conseguiu desligar a TV antes que a reportagem passasse a exibir imagens de pessoas chorando e gritando enquanto parentes e amigos feridos eram carregados em macas. No dia seguinte, Molly fez um desenho. Um homem de rosto sorridente dirigindo feliz da vida um carro em chamas, cercado por outros homens e mulheres igualmente sorridentes explodindo em pedaços. E, lá no céu, o mesmo sol radiante e animado.

– Tchau, Papai – diz Molly enquanto começa a preencher o céu com uma canetinha hidrográfica amarela de ponta grossa.

Peter se vira e dá de cara com o olhar perscrutador de Isabelle. Ele se move rapidamente na direção da porta, mas ela pisa de lado e se posta na frente dele.

– Por que você está tão apressado pra cair fora?

– Os outros já estão quase partindo.

– Você ainda não me contou o que aconteceu.

– Aconteceu? Nada aconteceu.

– Você está mentindo. E eu fico imaginando por quê.

As maçãs do rosto de Peter afogueiam-se. Ele não está disposto a explicar para Isabelle, tampouco é capaz disso. Ele quer apenas ir embora, mas ela está bloqueando sua fuga, e a ideia de usar a força para tirá-la do caminho é impensável.

Ele é salvo por Molly, que levanta os olhos e sacode o dedo na sua direção. – Mentir é feio, Papai. Muito feio mesmo.

A tensão é rompida, e Peter aproveita a oportunidade. – Vejo você mais tarde. – Ele se esquiva e passa ao lado de Isabelle, sem olhar diretamente para ela.

GRAND CHEROKEE OVERLAND, MODELO 2012. Donald não consegue se imaginar dirigindo outro tipo de carro que não seja de fabricação americana. Eles produzem veículos decentes sem firulas supérfluas. Reconhecidamente este modelo inclui um excesso de badulaques desnecessários no painel de instrumentos – Bluetooth e *kit* viva-voz e MP3 e Deus sabe o que mais –, mas o volante é firme e os pedais, de bom tamanho. A pessoa pode dizer que está dirigindo um carro. Tração nas quatro rodas e motor de seis cilindros significa que dá para chegar a praticamente qualquer lugar. Donald gosta de saber que pode lidar com terreno *off-road*, muito embora ele jamais saia da estrada. É simplesmente a sensação de que o carro é construído para isso.

Sua espingarda jaz no banco de trás, e a única coisa que está lhe faltando é o chapéu. Donald pisa no acelerador para esquentar o motor e range os dentes.

Sentado ali em seu carro, o peito arfando no mesmo compasso do rugido dos cilindros, Donald não consegue entender por que cedeu à opinião de Majvor. Ele adora seu *stetson* de aba larga de caubói, mas o pendurou na parede depois que Majvor disse que sua aparência ficava ridícula quando ele colocava o chapéu.

Aquele chapéu teria sido perfeito nesse momento. Donald fita o descampado infinito. Ele está indo explorar o desconhecido, aventurar-se nas áreas que não estão registradas no mapa. *A conquista do Oeste*. Ele tira minimamente o pé do acelerador, engrena o carro e sai deslizando.

VOLVO 740, MODELO 1990. O bom de um Volvo é que sempre dá para conseguir peças de reposição. Olof rodou mais de 400 mil quilômetros em sua boa e fiel caranga, e ao longo do caminho substituiu uma ou outra coisa. Os detalhes externos, por assim dizer. Jamais teve problemas com o motor propriamente dito. As portas estão empenadas, os bancos estão toscos e cheios de protuberâncias, o câmbio está duro e o porta-malas está preso por um ferrolho, gambiarra que o próprio Olof fez, mas o carro ainda anda.

Lennart está no banco do passageiro, e como sempre traz consigo uma revista de palavras cruzadas. Via de regra eles se revezam ao volante em longas jornadas e compartilham as cruzadas, mas parece improvável que isso seja necessário nessa ocasião.

Olof coloca o carro em primeira marcha e solta lentamente a embreagem. Lennart começa a cantarolar "Seven Little Girls, Sitting in the Back Seat".

TOYOTA RAV4, MODELO 2010. Peter não é exatamente fã de utilitários esportivos, mas Isabelle insistiu em comprar um "por causa da Molly". Segurança e assim por diante. Peter sabe que Molly não teve nada a ver com isso.

Isabelle não é o tipo de pessoa que coleciona coisas, mas os objetos de que ela se cerca têm de ser os *certos*. Evidentemente um carro utilitário era certo. Peter se recusou a comprar uma das jamantas que Isabelle encontrou na internet, e assim os dois acabaram chegando a um meio-termo que não agradou nem a ele nem a ela. Peter acha que o carro é grande demais, Isabelle acha que é pequeno demais.

Peter tira o lixo do banco de trás para poder colocar as varas de bambu, que ele trouxe por precaução. Embalagens de bombom, pedaços de chocolate, alguns filmes para o toca-DVD portátil de Molly. *A pequena sereia, Princesas, Cinderela, Mártires.* Peter pega o último e lê o verso da caixa.

*Violência sexual... tortura... intensamente sombrio... uma versão mais pesada de* O albergue.

Um dos filmes de Isabelle. Talvez não seja uma boa ideia deixá-lo entre as coisas de Molly. Peter joga o filme de horror dentro do porta-luvas e liga o GPS, que mais uma vez assegura que ele está no mesmo lugar da noite de ontem. Dá a partida no carro.

VOLVO V70, MODELO 2008. Stefan é cuidadoso com o seu carro. Não que ele tenha interesse verdadeiro por veículos, tampouco acredita que isso seja uma parte de sua identidade, mas acha que é importante ser meticuloso com coisas caras. Ele lava seu carro uma vez por mês e de tempos em tempos o leva para a revisão. Ao longo dos anos, só teve de trocar as sapatas dos freios.

Stefan coloca no banco de trás as trinta varas de bambu enfeixadas com retalhos de lençol rasgado. Ele jamais se preocupou em instalar um GPS, porque geralmente só viaja curtas distâncias. Ele fita o descampado, e mais uma vez sente tontura. Quando olha de relance pelo retrovisor, vê Emil correndo em sua direção. Dois dos outros carros já começaram a se mover, e Peter ainda está acabando de entrar no dele.

– Papai, posso ir junto?

– Não sei ao certo...

Stefan não quer dizer que talvez seja perigoso, que eles não sabem o que há lá, porque Emil é uma criança ansiosa, propensa a imaginar situações aterrorizantes. Entretanto, com uma determinação que não é do seu feitio, Emil marcha até a porta do passageiro, e Stefan não sabe o que fazer. Felizmente Carina aparece.

– Deixe-o ir com você – pede ela. – Ele parece agitado por alguma razão. Ele diz que *tem* de ir.

Emil pega a sua almofada no banco de trás e a coloca sobre o banco do passageiro, depois se senta e, cuidadosamente, prende o cinto de segurança. Parece que a decisão foi tomada.

Carina se inclina, beija Stefan e sussurra: – Dirija com cuidado.

Stefan sorri e balança a cabeça na direção do descampado, como se quisesse dizer: *É bem pequena a chance de bater em alguma coisa, não é?* Ele também murmura: – Eu amo você – e depois dá a partida.

Carina está sozinha, observando a partida dos carros. À medida que eles vão ficando cada vez menores e o som dos motores desaparece, o costumeiro horror começa a subir rastejando em seu peito. *Eu nunca mais vou te ver de novo.*

Talvez seja porque a mãe dela morreu de forma tão súbita e inesperada quando Carina tinha apenas quatorze anos, mas o fato é que ela tem dificuldade com despedidas. Quando alguém desaparece de sua vista, há sempre uma vozinha que murmura dentro de sua cabeça: *Essa foi a última vez. Você nunca mais verá essa pessoa de novo.*

Na adolescência ela entorpecia com álcool e drogas a constante sensação de perda, um estilo de vida que logo saiu de controle e poderia tê-la matado. Quando ela voltou para Stefan como um último recurso, a necessidade de beber tinha se apaziguado, mas a sensação propriamente dita jamais deixou de atormentá-la. Uma sensação de perda pode se agarrar a uma pessoa e cravar os dentes em sua nuca a qualquer momento.

Os carros se convertem em insetos, depois em minúsculas manchas escuras, até serem engolidos pelo descampado infinito. Ela pensa nas últimas palavras que Stefan lhe disse: *Eu te amo*. Ele já disse isso tantas vezes antes, mas agora foi diferente. O tom de voz, a expressão, o significado nesse contexto particular.

Eu. Te. Amo. É fácil pronunciar essas palavras – qualquer um pode dizê-las. Não passam de uma pequena série de letras. Uma criança para seu ursinho de pelúcia, um bandido para seu *pit bull*; um ator pode dizê-las sem querer outra coisa além de soar sincero.

Então, quando diz essas palavras para Carina, Stefan quer dizer a mesma coisa que ela tem a intenção de dizer quando é ela quem as pronuncia para ele? Que ele quer compartilhar sua vida com ela, que ele a considera uma pessoa maravilhosa, que deseja apenas ficar cada vez mais e mais próximo dela? É isso que *ela* quer dizer?

Carina olha na direção do horizonte, na direção do ponto onde viu o carro deles desaparecer, e sussurra: – Eu te amo. Eu amo vocês dois.

A voz dela ecoa no vazio. Alguma coisa se altera em sua mente, e por um momento ela tem a sensação de que não mais existe. Como se tivesse sido obliterada, juntamente com o som de sua voz.

Desta vez, quando a tela do GPS de Peter fica azul, ele não desacelera, mas simplesmente aperta o botão e abre o vidro da janela, dirige desfrutando o cheiro de suor misturado ao perfume.

Se ele parasse o carro e saísse, as mulheres estariam lá de pé esperando, prontas para mexer as cadeiras, para dançar com ele. Mas ele resiste à tentação.

O motor ronrona, e depois de ter ido dormir um pouco tarde demais e de acordar muito cedo, ele se permite cochilar por um momento. Afinal de contas, não há nada à vista contra o que ele poderia bater o carro. Ele pega no sono e dormita num sonho acordado, imaginando-se entre todos aqueles corpos se mexendo à sua frente e ao seu redor.

Como sereias, as mulheres ondulam à sua volta na vasta extensão azul, braços e pernas flutuando...

*Azul. Azul.*

Peter arqueja e abre os olhos, pisa com força no freio. Ele não sabe quanto tempo durou a sua modorra. Um minuto. Dois? Cinco? Ele balança a cabeça, olha no retrovisor. Nada.

Até que ponto ele é estúpido? O mapa talvez estivesse incorreto, mas pelo menos o habilitava a encontrar o caminho de volta. O pontinho na tela azul não lhe diz nada. Ele não faz ideia se virou o volante enquanto seus olhos estavam fechados, se o carro se desviou da linha reta.

Os cheiros maravilhosos desaparecem, e parece que o ar ficou mais frio. A garganta de Peter se espreme. Não há Sol para ajudá-lo a descobrir o que é para trás, para a frente, à direita ou à esquerda em relação ao seu ponto de partida. Talvez ele esteja perdido.

Ele encara a tela de GPS, seu contato rompido com o resto do mundo.

*Espere aí um minuto.*

Ele inclina o corpo para ver mais de perto, espremendo os olhos. Alguma coisa está aparecendo, tão tênue e ínfima que poderia ser um fruto da sua imaginação, uma aparição que persiste em sua retina, mas ele acha que consegue distinguir um mapa em meio ao azul. Um novo mapa.

– Um pouco monótono.

– Sim.

– Quer que eu dirija um pouco?

– Não, você cuida das varas de bambu.

Lennart e Olof enfiaram sete varas de bambu no chão desde que o acampamento de *trailers* desapareceu da vista. Quando Olof para o carro de modo que Lennart possa descer e enfiar a vara número oito, ouve um leve barulho do motor. Um som rascante.

– É exatamente disso que a gente precisa – diz ele. – Quebrar bem aqui.

– Desligue o carro. Vamos deixá-la descansar um pouco.

Olof sorri do hábito de Lennart de chamar todo tipo de veículo de "ela". O trator é "ela", a empilhadeira é "ela"; ele já ouviu inclusive Lennart se referir ao sistema de ordenha automática no feminino. *Ela não foi programada da forma correta.*

Olof desliga o motor e sacode a maçaneta para conseguir abrir a porta. Sai do carro. No profundo silêncio, ouve um ruído de tique-taque no motor; coloca a mão sobre o capô, que está mais quente do que deveria.

– Não precisa completar a água do radiador? – pergunta Lennart em voz alta enquanto enfia no chão a vara de bambu do outro lado do carro.

– Acho que não. Completei outro dia.

Escorando-se no para-lama para ter esteio, Olof se ajoelha e examina o chassi do carro. Nada pingando. Ele se levanta lentamente para evitar um ataque de tontura, e constata que agora Lennart, de braços cruzados, está fitando toda a extensão do descampado.

– Consegue ver alguma coisa? – pergunta Olof.

– Não. Estou só pensando. É uma fantástica terra arável.

– Ou de pastagem.

Lennart se agacha e arranca lâminas de grama, esfregando-as entre os dedos e cheirando-as. – A qualidade parece um pouco ruim – diz ele, mostrando a mão para Olof. – O que você acha?

Olof se abaixa e cheira a relva, depois se sente um bobo. Arranca algumas lâminas de grama para si e faz a mesma coisa. Tem de concordar com Lennart. Há alguma coisa fraca e diluída no cheiro quase imperceptível de grama, e as folhas parecem quebradiças entre seus dedos. Como se faltassem à grama água e nutrientes.

Ele segue esfregando as lâminas de grama entre os dedos enquanto olha para o céu.

– Acha que chove aqui?

– Acho que deve chover. Caso contrário, como a grama iria crescer?

– Se é que está crescendo.

– Nisso você tem razão – diz Lennart, olhando ao redor a fim de verificar a grama, que tem exatamente o mesmo comprimento para onde quer que se olhe. – Mas está viva, sem dúvida.

Mais uma vez Olof dá uma fungada para cheirar a grama em sua mão e diz: – Não tenho tanta certeza disso.

O trabalho de Majvor é monitorar o rádio. Mantê-lo ligado e, de ouvidos atentos, identificar se estão transmitindo alguma outra coisa além dos clássicos imortais da velha guarda. Anotar a sucessão das músicas para que assim eles descubram se as canções estão sendo tocadas em infinitas repetições ou se a programação continua executando coisas novas.

Até aqui têm aparecido músicas novas, embora não apenas elas. A maioria das canções são velhas. Maravilhosas velharias. Por mais de quarenta anos, Majvor foi uma ouvinte devota da parada de sucessos sueca, e é a pessoa ideal para essa tarefa. Ela não precisa de um locutor para lhe dizer o nome do artista ou o título da canção para que ela a acrescente à sua lista.

Neste exato momento, por exemplo, ela só precisa ouvir as notas de baixo introdutórias antes de tomar nota: *Claes-Göran Hederström, "Det Börjar Verka Kärlek, Banne Mig"* [Está ficando com jeito de amor, estou lascado]. Não é de uma de suas favoritas, mas ainda assim ela conhece Claes-Göran. Sim, senhor!

Majvor marca o ritmo com o pé enquanto se serve de um pouco de café da garrafa térmica. Ergue a xícara a fim de fazer um brinde para a cadeira vazia do outro lado da mesa, onde está sentado James Stewart.

– E aí, Jimmy? No que você acha que vai dar essa história toda?

James Stewart não responde. Ele meramente sorri o seu sorriso melancólico e olha para ela com seu olhos afáveis e bondosos. É apenas em circunstâncias excepcionais que Majvor imagina uma conversa; geralmente a presença silenciosa dele é suficiente.

Talvez porque esse dia seja de uma loucura sem tamanho, Majvor deixou Jimmy aparecer como Elwood P. Dowd, o homem cujo amigo é um coelho invisível de um metro e oitenta de altura no filme *Meu amigo Harvey*. A encantadora expressão de bondade ligeiramente confusa, marca registrada de Jimmy, jamais foi tão apropriada, e Majvor sabe os diálogos praticamente de cor.

Eles ouvem juntos a canção de Claes-Göran, e Jimmy sorri das palavras "bangue bangue". Talvez esteja pensando em um dos seus muitos filmes de caubói. Ninguém é capaz de manejar um revólver com elegância tão natural e sem esforço como Jimmy; a arma é simultaneamente um mal necessário e uma extensão de sua mão. Nada a ver com Donald e suas espingardas.

James Stewart desvia o olhar, fingindo examinar as decorações nas paredes de Majvor enquanto os pensamentos dela se voltam para Donald. Ela espera que ele esteja bem. Ela sempre tem essa esperança. Ela conhece a terrível história dele, e transformou no trabalho de sua vida cuidar dele, fazer de tudo para que a vida dele funcione.

O que Majvor não consegue dizer com certeza é se ela algum dia o amou. Provavelmente não. Majvor não tem elemento algum com que comparar seus sentimentos, mas, a julgar pelos livros e filmes e por aquilo que ouviu outras pessoas dizerem, chegou à conclusão de que existe um tipo de amor que ela nunca sentiu, e jamais vai conhecer.

Não há nada que ela possa fazer a respeito agora. Às vezes, quando ela se sente deprimida sobre todos aqueles anos desperdiçados cuidando de outra pessoa, James Stewart está sempre lá ao seu lado. Ele é o segredo dela, seu amigo Harvey.

* * *

Donald está dirigindo faz quinze minutos, mantendo-se a oitenta quilômetros por hora, por isso deve ter percorrido cerca de vinte quilômetros. Nada ainda. Ainda há somente o descampado e o descampado e a porra do descampado, que ele pode ver através do para-brisa.

Isto é um erro. Ele não sabe exatamente o que estava esperando, talvez que subiria com o carro alguma colina ou encosta, chegaria ao topo e de lá conseguiria enxergar toda a região ao redor. Mas é o mesmo horizonte ininterrupto que se estende à sua frente, sem oferecer nada além de si mesmo.

Quando a tela do GPS ficou azul, Donald não desacelerou nem um pouco, sequer chegou a cogitar a hipótese de parar a fim de enfiar varetas no chão como os outros bobalhões. Tudo bem, ele não pode seguir assim para sempre, mais cedo ou mais tarde o desvio será grande demais, mas certamente ele consegue dirigir em linha reta por alguns quilômetros.

Imagens estranhas invadiram a mente de Donald à medida que ia dirigindo azul adentro. Ele imaginou que estava atravessando de uma ponta à outra a cidade de Las Vegas, onde John F. Kennedy e Elvis fariam uma aparição pública e estavam apenas esperando que ele chegasse para começarem.

Com um sorriso zombeteiro, Donald pensou que a demência tem suas vantagens, afinal de contas. As fantasias tornam-se tão reais que a pessoa sente que é possível entrar facilmente nelas. Por outro lado, há nomes para a pessoa que faz esse tipo de coisa: doido varrido, lunático, maluco, biruta, leso, pancada. Por isso Donald ignorou as tentações de Vegas e pisou fundo.

E lá vamos nós: pouco tempo depois a sua determinação começa a dar frutos. Na tela em branco o mapa começa a aparecer mais uma vez. Donald meneia a cabeça com satisfação, seguindo uma estrada que ele poderá percorrer de novo no caminho de volta. O mapa vai ficando cada vez mais nítido, mas ele tem dificuldade para enxergar as coisas em primeiro plano, e consegue distinguir apenas as letras.

*Que porra é essa?*

Ele diminui a velocidade e pega os óculos no porta-luvas. Quando vê o que a tela do GPS está mostrando, tira o pé do acelerador e para o carro, e fica lá com o estalo seco e prolongado do motor.

*Åkerö, Gillberga, Lilltorp.*

Quando Donald saiu com o carro, o GPS havia mostrado que eles estavam no mesmo lugar da noite anterior: a área de acampamento de *trailers* dez quilômetros ao sul de Trosa. Depois a seta começou a se deslocar para o oeste até que a tela ficou azul. Agora está dizendo que ele está na área onde passou a infância, cento e cinquenta quilômetros ao norte. É fisicamente impossível que ele tenha percorrido tamanha distância. Ele coloca o carro em primeira marcha e segue em frente. A esta altura deveria estar cortando a Norrtäljevägen e atravessando a floresta na direção de Åkerö e... Riddersholm.

Uma arrepio passa ao longo da espinha de Donald. Ele ajeita os óculos no topo da cabeça e fita a extensão do descampado – na direção de Riddersholm, de acordo com o GPS. Não há nada para ver, mas a sensação é a de que o ar ficou mais rarefeito, e é difícil inspirar oxigênio suficiente. Donald respira fundo um par de vezes para amenizar a pressão dentro de seu crânio. Ele examina novamente a tela. Há alguma coisa errada com a Norrtäljevägen.

Quando a E18 foi ampliada no início da década de 1970, a rota entre Norrtälje e Kapellskär tornou-se cinco quilômetros mais curta, já que uma via expressa mais reta rasgava a paisagem. Contudo, a estrada no mapa serpeia através dos vilarejos, e, a julgar por sua largura, não é sequer uma via expressa.

Donald sobe e desce a tela, dá um zum. Não há a menor dúvida. A rota que aparece na tela é a estrada *velha*, da qual grandes trechos foram esquecidos e dominados por mato quase quarenta anos atrás.

Donald esfrega os olhos e respira, respira.

*Que porra está acontecendo com o ar?*

Depois ele abre a porta do carro e desce.

Está mais frio agora, e a pele dos seus braços fica arrepiada assim que ele deixa o interior do carro com sua temperatura controlada. Há *realmente* alguma coisa estranha no ar. Donald arregala os olhos, relaxa, esbugalha os olhos de novo, relaxa, mas o fenômeno persiste.

É exatamente como quando a pessoa se levanta rápido demais depois de se abaixar, e minúsculos pontinhos de luz dão a impressão de pairar diante dos olhos. Mais ou menos isso, mas os pontos de luz são menores e mais numerosos. O ar está *tremeluzindo*, como se tivesse luz própria.

Donald esfrega os braços enquanto seu olhar esquadrinha o horizonte. O movimento das suas pupilas estanca. Ele espreme os olhos. Um tremor como o de uma descarga elétrica de baixa voltagem perpassa por sua pele, e não é o ar mais frio que está fazendo os pelos de sua nuca se eriçarem. Ele imagina estar vendo alguma coisa. Um vulto.

Donald aperta os olhos, tentando focalizar a imagem, mas o que está vendo ainda não faz sentido. De repente ele sabe o que fazer. O estremecimento desliza por suas costas quando ele abre a porta e pega a espingarda. Posiciona a coronha sobre o ombro, olha através da alça de mira e lentamente traça seu caminho ao longo da linha entre céu e terra até encontrar o vulto.

A julgar por seu formato deve ser humano, mas quando Donald consegue ver mais de perto quase dispara, seu dedo indicador, pousado sobre o gatilho por pura força do hábito, contraindo-se num espasmo involuntário. A espingarda desliza das suas mãos e cai no chão enquanto Donald fica lá parado com o lábio inferior tremendo. É um detalhe específico, uma mutilação, que fez seu estômago revirar. Ele quase desmaia, e se encosta no carro em busca de apoio.

*O carro.*

Ele tem o carro.

Donald solta um soluço, agarra a espingarda e a joga no banco de trás. Acaba dando uma batida com a canela quando, aos solavancos, se ajeita no banco do motorista e fecha com força a porta. Com os dentes rangendo, ele vira a chave no contato e por um pavoroso momento passa por sua cabeça a ideia de que o carro não vai funcionar, que ele se verá encurralado com

*o Homem Ensanguentado,*

mas o carro liga com um rugido porque ele pisou no acelerador. Ele diz a si mesmo para se acalmar e consegue engatar a primeira sem destruir a caixa de câmbio.

Um segundo depois, Donald pisa de novo no pedal e gira por completo o volante. Nem ao menos ousa mexer na embreagem para engatar uma marcha mais alta. Ele quer simplesmente escapar dali o mais rápido possível. Para longe do Homem Ensanguentado.

\* \* \*

Benny está há um bom tempo deitado, esperando. A porta do *trailer* de Gata está aberta, e os donos de Gata se foram. O Dono e Senhor de Benny também se foi. É uma situação interessante. Gata não está mais visível na janela. Benny aguarda.

Atrás dele, sua Dona e Senhora está cantando a mesma coisa que sai da caixa em cima da mesa. Não é um som agradável, e Benny vira a cabeça na direção do descampado a fim de poupar os ouvidos.

Ele se lembra do cheiro de Netos e da estranha sensação. O descampado não é nada bom. Aqui, em meio aos *trailers*, está ótimo. Aqui é o seu lugar. É o que ele pretende deixar bem claro para Gata, se tiver a chance.

E quem diria!... Lá vem Gata!

Gata é esquisita. Gata *sai correndo* pela porta e começa a se lamber para se limpar sem ao menos olhar de relance na direção de Benny. Cachorro teria se comportado de uma forma completamente diferente. Teria sido mais alerta. Benny dispara um latido curto. Gata ergue a cabeça e lança um olhar na direção dele, depois volta a se limpar, como se Benny não despertasse o menor interesse.

Benny dá alguns passos na direção de Gata e um rosnado se forma bem no fundo de sua garganta. Gata se detém. Benny chega mais perto e o rosnado dá uma sensação boa, faz com que ele se sinta mais forte. Ele vai mostrar para Gata quem é que manda.

Gata se vira para encará-lo e cresce. Benny estaca. Agora Gata está quase do tamanho dele. Ele já viu o fenômeno antes, mas isso não deixa a coisa menos alarmante. Como é que Gata faz isso? Mas agora é tarde demais. Benny anda para a frente, o rosnado entremeado com pequenos latidos. Está furioso.

Nesse momento Gata faz algo inesperado, algo que Benny nunca viu antes. Começa a correr na direção dele, fazendo o ruído dela e mostrando os dentes. Benny não sabe ao certo o que fazer. Ele se detém. O rosnado desaparece. Gata não está fazendo o que deveria fazer.

Antes que Benny tenha tempo de entender o que está acontecendo, Gata está parada na frente dele. Ela o atinge no focinho com as garras projetadas. Gata tem unhas afiadas, e dói de verdade.

A capacidade de articular pensamentos abandona Benny por completo, e seu corpo assume as rédeas. Benny solta um uivo, dá meia-volta e sai correndo o mais rápido possível de volta para a varanda coberta e sua caminha.

Assim que ele ergue a cabeça, vê Gata no espaço aberto, sem sequer lançar um mísero olhar na direção dele. Benny enterra seu focinho machucado no cobertor e fecha os olhos.

Stefan e Carina têm uma porção de álbuns de fotografias. Nesta era digital, eles ainda se dão ao trabalho de encomendar versões impressas de suas fotos, depois se sentam lado a lado à mesa da cozinha, recortando-as manualmente com um estilete e colando-as. Sentem enorme satisfação nessa atividade, revivendo as lembranças, depois separando e catalogando tudo. Criando um arquivo de sua vida, objetos concretos que eles podem segurar nas mãos. Imagens arquivadas num computador não conseguem ser a mesma coisa; não há peso nenhum num arquivo em PDF.

Eles também produziram uma versão condensada. Selecionaram as melhores fotografias tiradas no decorrer dos anos, encomendaram cópias e depois as colaram num álbum especial que sempre carregam consigo em suas viagens. Uma pequena medida de segurança, aferrando-se aos melhores momentos.

Neste momento Carina está folheando esse álbum de melhores momentos.

Stefan e Carina diante de uma cachoeira na Noruega, um ano antes de Emil nascer. Emil recém-nascido, ainda bebê, dando seus primeiros passos. Stefan em uma impressionante fantasia de gnomo, Carina segurando o gigantesco fungo cantarelo que ela encontrou atrás do galpão, os três juntos naquela maravilhosa prainha na ilha de Gotland. Stefan ensinando Emil a usar o binóculo. Stefan e Carina com uma placa nova para o supermercado.

Carina olha de relance para as imagens, sua mente acrescentando detalhes, cheiros e sensações que não podem ser vistos nas fotos. Tomados em conjunto, esses fragmentos formam um compósito dos últimos seis anos de sua vida.

Um cachorro late do lado de fora do *trailer*, e ela levanta o olhar. O cão late de novo, depois subitamente choraminga e silencia. Quando retorna ao álbum, Carina é invadida por um pensamento desagradável.

*E se eu jamais tivesse existido?*

E se ela de fato tivesse conseguido se matar na adolescência, ou se jamais tivesse nascido? Quem estaria ao lado de Stefan junto à cachoeira, quem teria dado à luz Emil e encontrado aquele cogumelo? Outra pessoa? Absolutamente ninguém?

Ela tenta imaginar outra mulher ao lado de Stefan, tenta dar a Emil uma nova mãe, ao supermercado uma nova sócia. É impossível. A única coisa que consegue fazer é apagar a si mesma das fotografias e acrescentar a elas uma figura fantasmagórica sem rosto, uma não Carina.

Ela segue folheando o álbum, e a bem da verdade o pensamento não é desagradável, é meramente inusitado, fora do comum. Quando era adolescente, Carina volta e meia brincava com a ideia: *Eu não existo*. Os últimos anos foram tão caóticos, tão repletos de fatos e aspectos práticos que não sobrou espaço, mas isso não a assusta. Verdade seja dita, é uma espécie de consolação. Uma pessoa que não existe não carrega culpa nenhuma.

Carina fecha os olhos e funga. Já chega. Decide preparar uma xícara de café.

Ela pega o pote de café instantâneo, despeja um pouco de água numa panela e acende o fogareiro a gás. Ou melhor, não acende. Aperta o botão de ligar algumas vezes e a pequena fagulha azul lampeja, mas nada mais acontece. Nenhum som sibilante de gás. Ela tenta o outro acendedor, que está igualmente silencioso. Ela abre a porta da geladeira, que também funciona a gás, e enfia a mão dentro. Resta somente o mais leve indício de frio, então ela fecha rapidamente a porta.

Stefan checou o cilindro antes de saírem em viagem, e estava cheio até a metade. O suficiente para mais de uma semana, o que significa que alguma outra coisa deve estar errada. Uma obstrução no cano, ou Deus o livre, um vazamento.

Carina vai para os fundos do *trailer* e vê que a porta do compartimento que abriga o cilindro está entreaberta. Se há uma coisa com que Stefan é especialmente cuidadoso é garantir que essa portinhola seja mantida fechada. Carina a abre e arqueja.

A mangueira que conecta o cilindro ao cano dentro do *trailer* está partida. Somente um pedaço curto permanece acoplado ao cilindro propriamente dito. Isso não faz sentido. Ainda no ano passado eles compraram uma mangueira nova justamente para evitar esse tipo de situação, porque a borracha tem a tendência a se deteriorar com o tempo.

Ela confere a borda áspera a fim de ver se a borracha está seca e esfarelenta ao toque. Não. Está mole e flexível, exatamente do jeito que deveria estar. Quando ela puxa as duas pontas, percebe que são curtas demais e não se encontram, portanto não dá para consertar. Está faltando um pedaço bastante grande, e o problema não foi causado pela ação do tempo ou por desgaste natural. As pontas estão limpas, lisas e suaves. Como se a mangueira tivesse sido cortada.

Peter agarrou diversas varas de bambu e saiu do carro. Agora que ele decifrou o novo mapa na tela de GPS, considera absolutamente essencial tentar se orientar, manter algum senso de direção, alguma espécie de ponto de apoio.

Ele olha ao redor. Nada a não ser grama, em todas as direções. Nada que indique que ele está onde o GPS afirma que ele está: em Vällingby, a oeste de Estocolmo. Nada exceto a sensação.

Até que medida podemos transformar em realidade as nossas lembranças? Se um evento se imprimiu em nós com a violência de um ferrete de marcar gado, ou com a alegria da pura felicidade, ou se está encapsulado dentro de nós como um momento que viverá para sempre, isso também significa que podemos realmente recuar no tempo e voltar até esse evento, até certo ponto?

Talvez, talvez não. Mas carregamos conosco todos os momentos decisivos como uma percepção intangível, impossível de descrever a qualquer outra pessoa. Pensamos nesse momento e há algo de especial nele, um rótulo sensorial que se aplica somente a esse momento.

Por mais que Peter afague o capô de seu belíssimo e elegante carrão de adulto que ele teve condições de comprar jogando futebol de adulto, o GPS não mente. Em algum nível importante, Peter está neste exato momento em Vällingby, na noite em que tinha sete anos de idade e começou a acreditar em Deus.

Quando Peter tinha apenas cinco anos, a sua mãe já o ensinara a fazer as orações da noite, e de vez em quando, na hora de dormir, ela lhe contava histórias da Bíblia. Ele gostava disso. Ela era uma boa contadora de histórias, e ele adorava o aconchego de rezar junto, embora não acreditasse em Deus. Ele teria gostado de acreditar, mas seu pai desprezava tudo que tinha a ver com religião.

O pai dele vivia quase sempre zangado e era desagradável, especialmente quando estava bêbado, e às vezes batia na mãe de Peter. Peter não queria ser como ele, e achava que seria legal ter fé como a mãe, mas não tinha coragem. Ele bem que poderia ter acreditado naquilo em segredo, mas pensando bem aquilo tudo parecia um pouco estranho: Deus e Jesus e o mistério da cruz e os pães e os peixes, além de ser realmente, *realmente* impossível caminhar sobre a água.

O pai dele piorou no decorrer dos anos. Ficou sem emprego, os amigos o deixaram na mão, e havia mais e mais garrafas na despensa. Peter não compreendia por que motivo ele e a mãe tinham de ficar com o pai; sua mãe disse que era difícil explicar, mas eles deveriam confiar em Deus, e tudo ficaria bem.

Até que, certa noite, quando Peter tinha sete anos de idade, seu pai voltou para casa caindo de bêbado. Peter já tinha ido dormir, depois de fazer mecanicamente a sua oração, quando ouviu a porta da frente se abrir. Pelo som dos movimentos, a tosse, a forma de o pai respirar e arrastar os pés, Peter deduziu que ele estava feito um gambá. Cobriu com as mãos as orelhas antes que a cena começasse.

Demorou alguns minutos, mas depois vieram os barulhos de sempre. Os baques surdos, os gritos abafados, coisas caindo no chão. Peter fechou os olhos com força para evitar que alguma parte daquilo o atingisse. Por trás de suas pálpebras reuniu um arsenal com todo tipo de armas: metralhadoras, pistolas, granadas e machados. Ele as agarrou em suas mãos de sonho e as usou contra o pai.

A barulheira não parou. Geralmente parava. Mas continuou durante um bom tempo, até que Peter pôde por fim tirar as mãos dos ouvidos. Se a sua mãe estivesse chorando, ele os cobriria de novo até que o choro dela parasse também.

Mas não nessa noite. O alvoroço continuou de forma ininterrupta. E a mãe de Peter estava *berrando*. Normalmente ela não fazia isso. Uma bomba atômica passou através da cabeça de Peter, pousou bem em cima de seu pai e o apagou para sempre da face da Terra. Sua mãe berrou de novo.

Peter geralmente se sentia aflito, nauseado e constrangido, mas agora estava apavorado de verdade e seu corpo começou a cambalear. *E se ele matar ela?* Suas pernas tremiam, ele se levantou e vestiu o pijama de Mickey Mouse, que era feito de um grosso tecido atoalhado e pelo menos oferecia alguma proteção. Ele abriu a porta do quarto.

Seu pai estava vociferando alguma coisa sobre "enfiar ideias estúpidas na porra da cabeça do moleque" e "nem mesmo Jesus quer a sua boceta fodida", mas a pior coisa era o que Peter conseguia ouvir entre as pausas. A respiração da sua mãe. Era uma espécie de gorgolejo, como se ela tivesse alguma coisa molhada na garganta. O pai dele soltou um rugido, depois veio um tinido da cozinha, passos pesados.

Peter chegou à sala de estar no exato momento em que o pai saía da cozinha carregando um martelo. A mãe estava caída no chão, com sangue no rosto e um olho inchado. Estava com uma das mãos sobre a barriga; a outra segurava um crucifixo de madeira.

O pai de Peter deu um passo à frente, ergueu o braço e urrou: – Veja se você gosta disto, sua puta. – Peter abriu a boca para soltar o grito mais potente de que era capaz, e ao mesmo tempo sua mãe levantou os olhos e ergueu o crucifixo como uma última defesa contra o marido.

Foi aí que aconteceu. O berro que estava a caminho de sair da garganta da boca de Peter se converteu em um arquejo quando o pai foi arremessado para trás, como se uma onda de choque tivesse surgido de repente do crucifixo e o golpeado no peito. Ele deu dois passos trôpegos para trás, deixou cair o martelo e desabou sobre a mesinha de centro. Na queda, machucou-se na borda da mesinha de centro, depois ficou lá caído, sacudindo a cabeça como que para negar o que tinha acabado de acontecer.

A mãe de Peter rastejou e pegou o martelo. Os lábios de Peter se mexeram para sussurrar silenciosamente: – Mata ele. Mata ele –, mas sua mãe conseguiu apenas empurrar o martelo para debaixo do sofá antes de desabar de novo, pressionando o crucifixo contra o peito. Peter correu até lá e se enrodilhou ao lado dela, abraçando-a. Talvez o leve calor que irradiava do crucifixo para o antebraço dele fosse fruto de sua imaginação, talvez não.

O pai de Peter se levantou e ficou lá parado, o corpo meio cambaleante, olhando para o menino, para a mãe, para o crucifixo. Por fim deu meia-volta e saiu aos trancos e barrancos do apartamento, fechando a porta com estrondo atrás de si.

Nessa mesma noite, Peter e a mãe entraram num táxi e foram para um abrigo de mulheres, e teve início a vida num lugar seguro. Nessa noite Peter começou a acreditar em Deus.

Peter vai para trás do carro e enfia uma vara de bambu no chão. Depara-se com um cheiro novo. Sangue.

O cheiro de sangue que circundava sua mãe naquela noite. O sangue que não parava de jorrar do nariz dela, o sangue que havia secado nas mãos dela, em seu rosto, o cheiro que encheu as narinas de Peter enquanto ele estava sentado junto a ela dentro do táxi.

*Mamãe.*

Os olhos dele ficam marejados. Enfurecido, ele expulsa para longe as lágrimas e se vira para fitar o campo e o carro, inchando os músculos do peito como que num gesto de afronta.

*Pode tentar. Vá em frente, tenta só pra você ver.*

Ele começou a acreditar em Deus aos sete anos, parou aos onze. Não tem ilusões. Com um par de passadas largas, chega à porta do carro, entra e dá a partida. Dirige até a vara de bambu quase desaparecer da vista, depois para, desce e enfia outra no chão.

Depois ele segue em frente. Mais adiante e mais longe, mais adiante e mais longe.

Sete outras varas de bambu, mais um quilômetro percorrido. Lennart e Olof estão encostados na traseira do carro, deixando o motor descansar um pouco mais.

– Parece que esfriou, não acha? – pergunta Olof.

– Agora que você mencionou, acho que sim.

Eles estão contemplando a fieira de varas de bambu que se estende para trás na direção do acampamento. Conseguem avistar quatro. Lennart fecha um olho e observa com satisfação que as varas estão em uma linha reta perfeita. No trabalho deles nada há de desmazelado. Ele diz: – Nós criamos nosso próprio espaço, não é?

– Acho que você vai ter que explicar isso.

Lennart meneia a cabeça na direção das varas de bambu. – É como assentar uma cerca. Você tem uma área, e só, nada mais. Daí você assenta a cerca, e a área se torna outra coisa. Algo que você pode chamar de seu.

– Suponho que sim, embora a questão seja se você está rodeando alguma coisa com uma cerca ou deixando alguma coisa do lado de fora da cerca. E há muitas espécies diferentes de cerca.

– Isto aqui não tem nada de cerca.

– Não.

Os dois permanecem lado a lado, cada um perdido em seus próprios pensamentos. Olof vira o rosto na direção do céu azul e vazio, ao passo que Lennart fixa a vista na imutável extensão de verde. Por fim Olof diz: – Aquela vez em que a Ingela foi embora de repente. Eu cuidei dos animais e tal, mas acho que fiquei sem comer nada durante uns três dias.

– Foi a mesma coisa quando a Agnetha desapareceu – disse Lennart. – Eu nem ligava pra comida. Não sentia vontade.

– Eu bebia cerveja. Dá pra viver só disso.

– Não no longo prazo.

– Não.

– É um mau hábito que a pessoa adquire.

– Sim, mas o que se vai fazer? Eu me sentia meio desorientado, como se nada mais estivesse onde deveria estar.

– Tudo parecia diferente, estranho – diz Lennart.

– Exatamente. Diferente. Eu acariciava o gato, mas de alguma forma não era o mesmo gato.

– As coisas ficaram... mudas. Mortas.

– Sim. Tudo tinha se afastado pra longe de mim.

Os dois ficam em silêncio. Encaram o descampado. Olof pisca algumas vezes, espia as varas de bambu. Depois diz: – Esta conversa está estranha.

– Está?

– Não, na verdade não. Mas está incomum.

– Achei que foi boa.

– Eu também.

Lennart espreita durante alguns instantes a grama ao redor de seus pés. Ele se agacha e esfrega as mãos sobre a superfície, depois cava com os dedos, movendo-os de um lado para o outro até ter nas mãos um punhado de terra. Ele a esfrega nas palmas, depois sacode lentamente a cabeça.

– Não é muito boa? – pergunta Olof.

– Não. Embora esteja ligeiramente úmida, apesar de tudo. – Lennart fecha as mãos em copa e coloca o nariz entre os polegares, respira fundo. Franze o cenho, recua, depois empurra o nariz uma vez mais. Ele parece confuso. Estende as mãos para Olof. – Cheire isto.

Olof faz o que o outro pede, e também fica intrigado, tem de cheirar de novo. Ele não tem convicção, mas a terra parece recender a alguma coisa diferente.

– Você estava acostumado a abater bezerros – diz Lennart. – Então achei que talvez estaria em melhor posição.

Olof assente. – Acho que você tem razão.

– Sangue?

– Sangue.

Lennart deixa a terra cair entre os dedos, esfregando as mãos para se livrar de alguns poucos farelos teimosos. – Bom, pelo menos isso resolve a questão dos nutrientes.


Molly continua desenhando, enquanto Isabelle está sentada de frente para a menina folheando o velho exemplar de uma revista de programação da TV. Há um ensaio de página dupla com fotos de *paparazzi*, uma sequência de bundas de celebridades em variados tamanhos, mostrando celulite, caroços, calombos e inchaços sem o benefício de retoques de programas de edição de imagem. Reconhecidamente a pele de Isabelle perdeu um pouco de elasticidade ao longo dos anos, mas ela ainda tem muito tempo pela frente antes de exibir um traseiro de babuíno como os que estão estampados na revista.

Mas, por outro lado... quem está a bordo de um iate de luxo ou se bronzeando numa praia da Flórida e quem está sentada num *trailer* caindo ao pedaços sem a porra de um biscoito para comer? Como foi que as coisas chegaram a esse ponto?

A resposta é simples. Está sentada de frente para Isabelle, balançando os cabelos loiros e cacheados de um lado para o outro enquanto arrasta uma canetinha hidrográfica preta sobre uma folha de papel.

Subitamente Molly levanta os olhos. – Mamãe, é possível viver sem pele?

– Como é que é?

– Se alguém arranca a pele de uma pessoa, ela ainda consegue sobreviver?

– Por que você está me perguntando isso?

– Eu estava só querendo saber. Se alguém usasse um descascador de batatas...

– Pare com isso.

Molly encolhe os ombros e volta para o desenho dela.

Às vezes Isabelle tem a impressão de que a sua filha é uma completa desconhecida, ao passo que em outros instantes elas possuem uma compreensão mútua tão poderosa que é quase telepatia, o que pode ser apavorante. Em algum momento enquanto Isabelle estava olhando as fotos dos *paparazzi*, uma imagem do filme *Mártires* passou feito um raio por sua mente. A cena final. A pele esfolada. Poderia ser uma coincidência que Molly tenha feito uma pergunta tão bizarra apenas poucos segundos depois?

De vez em quando Isabelle pensa que isso talvez tivesse a ver com o que aconteceu no túnel de Brunkeberg. Mas Molly tinha apenas dois anos de idade, e não se lembra de nada. Pelo menos é o que ela diz.

Na ocasião a família vivia no quarto andar de um prédio de apartamentos na Birger Jarlsgatan, em Estocolmo. Peter tinha ido viajar, estava havia três dias num curso de treinamento, e ficaria mais três dias fora. Isabelle passava o tempo encontrando-se com as amigas para tomar café no Saturnus, almoçando no Sturef e sendo bajulada com elogios à sua filhinha adorável aonde quer que ela fosse.

Ela era perfeitamente capaz de deixar Molly linda para os passeios no carrinho, representando o papel da mamãe elegante e orgulhosa do centro da cidade, contanto que tivesse uma imagem clara sobre o que se esperava dela. Ela fazia a mesma coisa que todo mundo fazia, acrescentando o seu próprio estilo.

À noite, já de volta ao apartamento, o pânico assumia o controle. O Xanax ajudava, mas apenas temporariamente. Molly tinha a tendência a ser acometida de acessos de raiva, pitis e explosões em que chutava e atacava tudo e todos à vista, berrando sem razão, e Isabelle pelejava para afugentar as imagens de si mesma arremessando a filha contra a parede ou enfiando a menina na máquina de lavar.

Ela estava encarcerada na vida de uma outra pessoa, uma vida que era incapaz de viver, e tudo ao seu redor era ou falso ou sem sentido. Ela odiava a existência em que havia se metido gradualmente, pouco a pouco, e odiava a si mesma por ser tão fraca, por acreditar que uma criança poderia aliviar a sua solidão.

Porque ela sempre havia sido solitária. Nas festas fabulosas onde a champanhe jorrava e ela era o centro das atenções de todos os homens presentes; nos *lofts* e nas camas *king-size* onde ela trepava promiscuamente com todo mundo em busca de alguém ou alguma coisa para se livrar da sensação de que a sua pele era uma barreira contra todas as coisas vivas.

Ter um filho parecera a resposta óbvia, e era o que ela pensava durante a sua gravidez. Porém, tão logo Molly nasceu, a separação tinha começado, e sua filha era apenas mais uma pessoa. E ainda por cima exigia constantemente a atenção de Isabelle sem dar muito em troca. Um erro.

O pior de tudo eram as ocasiões em que Molly estava dormindo e Isabelle simplesmente zanzava feito barata tonta pelo apartamento. Ela era capaz de ficar plantada no meio da sala encarando durante meia hora a gravura de *Guernica* enquanto o medo dilacerava suas entranhas.

Às nove e meia de uma dessas noites, Molly acordou inconsolável. A essa altura Isabelle estava se sentindo tão mal que os gritos da criança eram um alívio, uma manifestação concreta do seu próprio grito interno de dor. Ela pegou Molly no colo e andou com ela pelo apartamento, cantarolando uma cantiga de ninar entre os dentes cerrados. Nada ajudou.

Quando passaram pela quinta vez pelo fogão e pela pilha de jornais à espera da reciclagem, Isabelle se imaginou acendendo as quatro bocas, jogando os jornais por cima e depois se arremessando janela afora com Molly nos braços, como Jonathan em *Os irmãos coração de leão*. Uma morte linda. A ideia era tão convidativa que ela teve de bater a cabeça na porta da geladeira algumas vezes para afugentá-la.

Uma única coisa a ajudava em situações como essa. Isabelle vestiu a filha, que berrava e se debatia, agarrou o carrinho e entrou com a menina no elevador, enquanto os gritos desesperados de Molly ecoavam através do poço da escada.

– Cala a boca, porra – sibilou Isabelle. – Você não pode simplesmente calar essa porra da sua boca?

Na rua, Isabelle enfiou Molly no carrinho e percorreu a Birger Jarlsgatan. Era início de setembro, e a escuridão tinha caído. As luzes da elegante praça pública Stureplan eram tentadoras, mas Isabelle preferia receber um beijo de língua de um porco a aparecer lá com sua filha naquele estado.

Ela passou pelo cinema Zita, onde as pessoas se viraram para encarar o pacotinho estridente. Isabelle abaixou a cabeça e aumentou a velocidade. Pessoas,

pessoas por toda parte, com seus olhares acusadores e desdenhosos. A fim de escapar delas, Isabelle dobrou a Tunnelgatan e seguiu em frente na direção do túnel Brunkeberg, que parecia deserto, pelo menos dessa vez.

A princípio ela teve uma sensação de liberdade enquanto percorria o túnel bem iluminado. O movimento dos seus pés, a perspectiva afilada, a rota em linha reta à sua frente. Mas Molly estava se agitando e se contorcendo dentro do carrinho, seus berros amplificados ricocheteando nas paredes, e não demorou muito para a situação ficar pior do que nunca.

O túnel foi se fechando em torno de Isabelle, e agora ela caminhava através de um pesadelo ensurdecedor. Tudo enegreceu diante de seus olhos; alguma coisa desmoronou dentro do seu peito. Em alguns segundos a loucura tomaria conta dela. Ela parou no meio do túnel e soltou a mão do carrinho. Depois, deu meia--volta e saiu andando para longe.

Isabelle havia caminhado apenas uma curta distância quando o berreiro atrás dela cessou. Ela continuou andando e se afastando, mais rápido agora. A cada passo seu corpo se sentia mais leve, e no momento em que saiu do túnel havia recuperado o peso normal e pôde endireitar as costas. Perambulou até a Birger Jarlsgatan com a sensação de que estava inebriada de gás hilariante e guinou à direita, rumo à Stureplan.

Tomas, o porteiro do Bar Spy, meneou a cabeça e a deixou entrar. Os dois se conheciam de longa data. Isabelle flutuou casa noturna adentro. Em poucos minutos estava sentada no balcão do bar com um uísque escocês triplo. Bebeu tudo de uma só talagada e pediu outro.

Alguém puxou papo, e ela foi receptiva. Depois ela papeou com outra pessoa. Esquadrinhou o recinto, procurando o cara que teria o privilégio de levá-la para casa naquela noite. Provavelmente mais tarde haveria uma seleção melhor de homens disponíveis na sala VIP, mas o acesso de Isabelle à área reservada dependia de quem estivesse incumbido de vigiar a porta. Na pior das hipóteses, Tomas a colocaria para dentro.

Uma derradeira onda de euforia a arrebatou; ela queria abrir bem os braços, gargalhar, dançar. Contudo, a forma como ela supostamente deveria se comportar naquele momento estava entranhada em seus ossos, por isso limitou-se a lançar olhares indolentes de relance ao redor, embora a felicidade estivesse borbulhando dentro dela. Era uma noite maravilhosa.

A realidade começou a vir à tona quando Isabelle terminou de beber e pagou sua segunda dose tripla de uísque escocês. Arrastando-se de fininho por trás de Isabelle enquanto ela estava encostada no balcão do bar, a realidade deslizou os dedos frios e úmidos ao longo de sua espinha, sussurrou em seu ouvido. Quase uma hora havia se passado desde que ela deixara a filha sozinha no túnel.

*O que foi que eu fiz?*

Isabelle se pôs de pé, cambaleante. Vultos escuros rodopiavam na luz fraca. Ela podia ouvir a risada terrível deles, viu os dentes brancos cintilando em sorrisos distorcidos. Os corpos ao seu redor exalavam medo sufocado, cobiça, perversão.

Trôpega, Isabelle saiu do bar e quase foi atropelada por um táxi; enfurecido, o taxista apertou com violência a buzina enquanto ela atravessava correndo a rua, rumo ao túnel; seu cérebro ia sendo lentamente arrastado atrás dela, atrelado ao corpo apenas por um fino fio. Molly estaria no exato lugar onde ela a havia deixado, Isabelle disse a si mesma, recusando-se a admitir quanto tempo havia se passado. Ela havia soltado a alça do carrinho, mas agora a seguraria de novo e voltaria para casa, esqueceria que aquilo tinha acontecido.

O fino fio quase se rompeu quando ela chegou ao túnel e constatou que estava trancado e às escuras. Ela bateu nas portas, chamou o nome de Molly, fechou as mãos em forma de viseira sobre os olhos de modo a conseguir espreitar o impenetrável breu. A luz da rua alcançava os primeiros dez metros, se tanto, e depois disso havia somente uma parede negra. Ela esmurrou o vidro espesso, depois deslizou para o chão.

*Isabelle? Isabelle? ISABELLE! Pense.*

Eles jamais apagariam as luzes e trancariam a porta sem verificar se ainda havia alguém dentro do túnel. Alguém deve ter visto Molly e a levou para... a polícia. Sim, a polícia. Ela estava com a polícia.

*A polícia...*

O que ela ia dizer? Talvez o que ela tinha feito fosse um crime de verdade. Ela poderia acabar na cadeia. Molly seria tomada dela. Isso não podia acontecer. A história vazaria para a imprensa, se espalharia por toda parte. A capacidade de seu círculo social de fazer fofoca era inesgotável. Todo mundo descobriria, e todo mundo viraria as costas para ela.

*Ela é aquela que abandonou a própria filhinha... fria feito gelo... absolutamente terrível. Eu sempre soube que havia alguma coisa errada...*

Isabelle se obrigou a se levantar e leu o aviso ao lado das portas. O túnel ficava aberto das sete da manhã às dez da noite. Portanto, devia ter sido trancado poucos minutos depois de ela ter ido embora, e quem quer que o tivesse fechado devia ter encontrado Molly.

"Alguém roubou a minha filha."

Ela disse isso em voz alta, e foi como música para seus ouvidos. Ela disse a frase de novo.

"Alguém roubou a minha filha. Eu... por acaso vi uma pessoa conhecida dentro do cinema, e deixei a menina junto à porta por no máximo uns dez segundos. Quando saí, ela tinha sido levada".

Isabelle voltou para a Birger Jarlsgatan e perambulou por cinco minutos, burilando sua história. Quando se deu por satisfeita com os detalhes, ligou para o número de emergência. Foi transferida para diferentes unidades e delegacias até que de tanto roer a unha do indicador da mão esquerda um naco em carne viva ficou à mostra e começou a sangrar. Ela estava com dificuldade para respirar, e queria simplesmente se deitar na rua e dormir.

Eram quase onze e meia da noite, e Molly não estava em nenhuma delegacia.

– Mas ela tem de estar *em algum lugar!* – berrou Isabelle ao telefone. Agora estava falando com o oficial encarregado do quartel-general da polícia em Norrmalm, que lhe pediu que permanecesse exatamente onde estava. Um carro de patrulha estava a caminho, e ela seria instruída a fornecer uma descrição e um relato mais detalhado do que tinha acontecido. Talvez ela pudesse...

Isabelle desligou. O laço estava apertando; ela estava afundando cada vez mais. Sentiu náusea e vontade de vomitar. A fim de escapar das multidões da Birger Jarlsgatan, voltou para a Tunnelgatan e se encostou numa grade enquanto fitava o maldito túnel.

Molly estava do lado de dentro com as mãos pressionadas contra as portas de vidro, olhando para Isabelle.

Isabelle conseguiu refrear a ânsia de vômito e correu para a entrada do túnel, caiu de joelhos e colocou as mãos sobre as mãos da filha.

– Molly? Querida? Eu sinto muito. Eles vão chegar aqui logo. Rapidinho. Daqui a pouco a Mamãe vai estar aí com você. Me desculpe. Eu sinto muito, vou ficar aqui até eles chegarem...

Molly fitou a mãe diretamente nos olhos sem mover um músculo. Em seus olhos não havia coisa alguma, nenhuma alegria, nenhuma tristeza, nenhuma raiva. Depois ela tirou as mãos do vidro, deu meia-volta e, a passos incertos de criança pequena, andou de volta túnel adentro.

– Molly! Molly!

Isabelle golpeou com as palmas das mãos a barreira impenetrável. A jaqueta clara de Isabelle foi engolida pela escuridão e a menina desapareceu de novo. Isabelle continuou golpeando o vidro e chamando o nome dela até que dois policiais chegaram e a ajudaram a se levantar.

Dez minutos mais tarde o túnel foi aberto e Molly, que tinha se acomodado em seu carrinho, foi trazida para a luz.

Havia sido por pura sorte que Isabelle tinha enxergado Molly do outro lado das portas, caso contrário sua história teria sido bem pouco plausível. Como ela poderia saber que a filha estava dentro do túnel?

Geralmente alguém verificava o túnel antes de trancá-lo, e normalmente as luzes eram deixadas acesas. Uma série de desastrosos e infelizes incidentes envolvendo um funcionário temporário e uma caixa de fusíveis tinha coincidido com o fato ainda mais lamentável de que a filha de Isabelle fora sequestrada e abandonada no túnel naquela noite em particular. Tudo somado, isso significava que Molly passara quase duas horas sozinha na escuridão do túnel.

O que ela tinha sentido, o que ela tinha pensado, o que tinha acontecido?

Isabelle jamais descobriu, mas depois dessa noite Molly mudou. Seus chiliques e explosões de raiva cessaram, e ela já não chorava sem motivo. Quando Peter voltou para casa, mencionou que o comportamento da menina havia sem dúvida mudado para melhor.

Isabelle não tinha tanta certeza. Se por um lado era bom poder dormir uma noite inteira, por outro não era nada agradável acordar e dar de cara com Molly de pé ao lado da cama, simplesmente com os olhos cravados nela. Era libertador não ter uma criança choramingando em volta das pernas o tempo todo, mas isso porque agora Molly preferia ficar sentada dentro do guarda-roupa, com a porta fechada, resmungando sozinha.

Depois de cerca de um ano, aos poucos o comportamento dela e suas brincadeiras acabaram se assemelhando aos das outras crianças. Entretanto... havia nela uma *calma* quase antinatural, um ar de autoridade que lhe permitia comandar até crianças mais velhas de quatro e cinco anos. Para onde quer que Molly apontasse, as crianças iam. Se Molly as mandava comer terra, elas comiam terra.

No feixe que Emil está segurando restam apenas cinco varas de bambu. Seu pai para o carro, mas Emil não quer sair e cravar outra vara no chão. Ele entrega o feixe para o pai sem dizer uma palavra. O pai dele se abaixa.

– O que foi, franguinho? Você está muito quieto.

– Nada.

– Tem certeza de que não quer enfiar esta aqui?

– Certeza.

Emil não tem a menor intenção de cravar mais varas de bambu na terra; a bem da verdade ele não tem intenção nenhuma de sair do carro de novo até que tenham voltado ao acampamento dos *trailers*. Talvez ele não esteja a salvo dentro do carro também, mas lá a sensação não é tão ruim.

E quando eles voltarem ao acampamento? O que ele vai fazer?

A essa altura a Mamãe certamente deve ter descoberto o que ele e Molly fizeram com a mangueira do gás. Emil não sabe ao certo *até que ponto* o que ele fez é algo ruim, ou exatamente o que significa, mas ele acha que a sua mãe vai ficar zangada. Foi por essa razão que quis ir com o Papai, que agora está descendo do carro com uma vara de bambu na mão.

Molly cortou a mangueira do *trailer* dela, depois disse a Emil para fazer a mesma coisa com a mangueira do dele. Ele teve de fazer o que ela mandou, embora soubesse que era errado. Ele não entende isso, mas não gosta de pensar a respeito.

Emil pega o binóculo do banco de trás e cuidadosamente ajeita a alça atrás da nuca antes de levar as lentes aos olhos. É um binóculo caríssimo. Papai disse que é a única coisa realmente cara que ele possui, por isso Emil toma extremo cuidado. Ainda por cima quebrar o binóculo seria um desastre total.

Ele olha através do para-brisa, ajustando o foco do jeito que o Papai lhe ensinou. É difícil, porque não há nada que ele possa focalizar.

Ou há?

Emil gira o dispositivo circular um milímetro de cada vez até que uma figura ao longe torna-se nítida.

– Papai! Papai!

Seu pai olha através da janela lateral aberta. – O que foi?

Emil aponta na direção do descampado, tirando o binóculo dos olhos. – Lá! Olha! – Ele usa as duas mãos para passar o binóculo ao Papai, que parece cético. – Tem um homem velho lá!

Papai esboça um sorriso apagado e leva o binóculo aos olhos enquanto Emil continua com a vista cravada na direção do que viu. A olho nu o menino não consegue distinguir coisa alguma, exceto talvez um salpico no horizonte. Mas ele viu. Tem certeza absoluta disso.

Papai está completamente imóvel. Não mexeu nem um milímetro a cabeça, o que deve significar que ele também pode ver. Emil segura o caixilho da janela do carro, pousando o queixo sobre as mãos, à espera de uma explicação.

Papai abaixa o binóculo, depois faz a coisa completamente errada. Ele abre a porta de trás e *joga* o binóculo sobre o banco traseiro, bate com força a porta, senta-se no banco do motorista e gira o volante de modo a virar o carro para a direção contrária.

– O senhor viu? – quer saber Emil. – O que é?

– Eu não vi nada. A gente está voltando pra casa.

Os olhos de Emil formigam de lágrimas, e ele mal consegue pronunciar as palavras. – Mas tinha alguém lá. O senhor também viu!

Emil se vira para pegar o binóculo, mas Papai agarra o braço dele com tanta força que Emil fica paralisado. Papai jamais bateu nele nem nunca o machucou, de jeito nenhum. Nunca.

– Deixa isso aí – diz Papai. Ele está passando com o carro ao lado da fieira de varas de bambu.

Emil se encolhe, de ombros curvados, em seu assento, esfregando o braço. Papai nem sequer olha para ele, e o nó na garganta é tão grande que o menino nem ao menos consegue chorar. Ele sabe que Papai está mentindo. Que Papai também viu o velho.

Um velho que era completamente branco.

Emil sabe que nesse lugar há coisas perigosas. O homem branco não parecia perigoso, mas apesar disso Papai está se comportando assim.

É um dia terrível.


Isabelle observa Molly mover freneticamente a canetinha sobre o papel. Ela pensa na sensação em seu corpo no dia em que abandonou o carrinho. Todas aquelas coincidências.

Há noites em que Isabelle fica deitada de olhos abertos e pensa que não são coincidências coisa nenhuma. Que tudo foi de alguma forma predeterminado. A bem da verdade ela não compreende exatamente o que quer dizer com isso, e tampouco deseja saber.

Alguém bate à porta.

Normalmente Isabelle não tem grande apreço por visitas inesperadas, mas desta vez se levanta da mesa, agradecida pela distração, porque assim pode parar de pensar em coisas que simplesmente quer esquecer.

A esposa do homem de óculos feios está do lado de fora.

– Oi – diz ela.

– Ah... oi – responde Isabelle, o seu entusiasmo pela distração já tendo arrefecido.

A mulher espia dentro do *trailer* e cumprimenta Molly com um meneio de cabeça, depois abaixa a voz: – Você poderia vir aqui fora por um minuto?

Isabelle desce o degrau e fecha a porta atrás de si. A mulher estende a mão.

– Não fomos apresentadas direito. Eu sou a Carina.

Isabelle aperta a mão dela. Unhas curtas e pele seca e calejada. – Isabelle.

– Sabe o que eu queria? Saber se o seu gás está funcionando.

– Não. Por que você pergunta?

– O nosso também não. Você já deu uma olhada pra saber o motivo?

– O meu marido cuida desse tipo de coisa.

Antes de falar de novo, Carina olha para ela por uma fração de segundo excessivamente longa. É claro. Trata-se de uma mulher independente que faz as coisas por si mesma.

– Você se importa se eu der uma olhada no seu cilindro?

Isabelle dá de ombros. Não é que ela despreze Carina da mesma forma como Carina claramente a despreza, é simplesmente o fato de que ela considera a outra mulher chata além da conta. Se Carina fosse um filme, Isabelle já teria caído no sono.

Carina caminha cheia de determinação na direção da parte de trás do *trailer*, e Isabelle vai saracoteando atrás dela, contemplando as nádegas e coxas substanciais da outra mulher. Por que diabos ela está usando *shorts*?

A porta do compartimento do cilindro de gás já está aberta quando Isabelle chega ao canto, e Carina faz um gesto indicando o interior do compartimento. – Olha só. – Ela aponta para o bico do cilindro. – Deveria haver uma mangueira aqui, conectando o gás ao *trailer*.

– Certo. E?

– Não está aqui.

– Isso eu estou vendo.

Carina faz um beicinho, e Isabelle aguarda. Vai haver uma súbita explosão de raiva? A mulher vai perder as estribeiras com Isabelle na tentativa de arrancá-la de sua letargia? Parece que sim. Ou ela vai conseguir se controlar? Difícil dizer.

Isabelle sabe perfeitamente bem como funciona o gás; foi uma das primeiras coisas que ela investigou quando ficou sozinha no *trailer* pela primeira vez. Ela constatou a ausência da mangueira antes mesmo de Carina apontar esse fato, e agora ela se pergunta se a válvula está aberta ou não.

Aparentemente Carina decidiu não dizer coisa alguma. Em vez disso ela gira a válvula até ouvir um som sibilante, depois desliga de novo. – Você tem gás, mas sem a mangueira é inútil.

– Ah – diz Isabelle.

Uma luz morre nos olhos de Carina. Ela dá alguns passos e para na frente de Isabelle, que é consideravelmente mais alta, o que significa que Carina tem de olhar para cima enquanto fala. – Sabe de uma coisa? Não posso lidar com você agora, mas acho que a sua filha tem alguma coisa a ver com isso. E quero a minha mangueira de volta.

– Ela ficou aqui o tempo todo.

– Não, não ficou. Ela saiu um tempinho atrás. Com o meu filho.

– Nesse caso talvez ele seja o responsável por isso.

As mãos da mulher estão se abrindo e fechando. Ela vai estapear Isabelle? Isso seria inesperado, e moderadamente interessante. Por outro lado, talvez não. Se isso de fato acontecer, Isabelle deve desabar no chão ou agarrar a nuca da mulher e esmagar sua cabeça contra a lateral do *trailer*? Provavelmente a primeira alternativa. Isso é quase certeza.

– O meu filho... – diz a mulher entre dentes, segurando-se e mantendo o controle. – ... não é esse tipo de criança.

– E você está dizendo que a minha filha é?

Carina balança a cabeça, exausta. – Claro que você poderia pelo menos falar com ela, perguntar a ela. – O olhar de Carina encontra o de Isabelle e ela muda para um tom de voz mais sombrio: – Caso contrário eu vou voltar aqui mais tarde.

Isabelle sustenta o olhar calmamente. O nariz de Carina é tão pequeno e achatado que não faria muito barulho caso fosse esmagado contra a parede. Por outro lado os dentes da frente dela são salientes, e por isso provavelmente fariam um ruído gratificante ao quebrar. Isabelle inclina a cabeça e sorri.

Enfurecida, Carina sai pisando duro na direção do seu *trailer*, mas alguma coisa na linha de suas costas e ombros diz a Isabelle que há ali uma pitada de medo também.

Em sua visão periférica, Isabelle entrevê uma cabeça loira desaparecer da janela. Molly estava ouvindo. É claro.


Benny está em alerta máximo em sua caminha, observando a silhueta de Gata em contraste com a varanda coberta. O comprido rabo de Gata balança enquanto ela roça despreocupadamente a lona, chegando mais perto da abertura.

Os músculos de Benny estremecem, tremores de desprazer correm velozmente de uma ponta à outra de sua pele. Gata se move feito água, igual a Cobra. Pela sombra projetada na varanda coberta parece que Gata ficou *ainda maior* do que antes. Maior do que Benny jamais viu na vida. Uma Gata muito perigosa.

A sombra chega à abertura e a cabeça de Gata aparece. Não está maior do que antes, e uma parte da tensão abandona o corpo de Benny.

Como se fosse a coisa mais natural do mundo, a esquiva Gata adentra de mansinho a varanda coberta. A Dona e Senhora de Benny não repara nela; ainda está ocupada ouvindo os sons da sua caixa. As orelhas de Gata estão empinadas e apontam diretamente para cima, e seu rabo balança e sibila de um lado para o outro enquanto ela toma posse da varanda coberta, aos poucos.

De repente, fim de papo. Sob tensão, alguma coisa se rompe dentro de Benny e um reflexo sobre o qual não tem controle toma conta dele. De um salto ele sai de sua caminha e se arremessa na direção de Gata; os cantos de sua boca estão repuxados e deixam à mostra os dentes, e uma série de latidos curtos e agressivos vem de algum lugar das profundezas de sua garganta.

Gata dá um pulo e quase tropeça e cai, mas, antes que Benny consiga alcançá-la, ela já se virou e saiu em disparada da barraca. Ela corre ao longo do acampamento, com Benny em seu encalço.

– Benny! Benny! – grita sua Dona e Senhora, mas Benny tem olhos e ouvidos somente para Gata, que está correndo na direção do seu próprio *trailer*. O focinho de Benny ainda está dolorido, e ele está ávido para cravar os dentes no pescoço de Gata.

Pouco antes de chegar ao seu próprio *trailer*, Gata para abruptamente no meio do caminho, dá meia-volta, aumenta de tamanho até tornar-se gigantesca e solta um rosnado, quase igual aos de Cachorro. Benny se detém também e late. Gata se move na direção dele, e Benny recua. Gata avança. Benny estaca. Gata para também.

Os dois ficam a cinco metros um do outro, cada qual equidistante de seu *trailer*. Eles ameaçam, Gata silva, Benny late. Ambos sabem que por ora a batalha terminou. Os cinco metros entre eles constituem uma terra de ninguém, um possível alvo para futuras escaramuças. Mas não agora.

Eles fazem o que têm de fazer, vão para casa. A Dona e Senhora de Benny está parada junto à porta quando ele retorna.

– Cachorro feio! – diz ela, e Benny sabe exatamente o que ela quer dizer. – Cachorro feio!

Benny se acomoda em sua caminha. Geralmente ele não gosta quando sua Dona e Senhora diz essas palavras para ele, mas neste momento ele não dá a mínima. A despeito do que a Dona e Senhora possa pensar, ele é um bom cachorro. *Bom menino*, como eles dizem.

\* \* \*

– Olha, Mamãe.

O desenho na mão de Molly não representa coisa alguma. É apenas uma série de espirais caóticas, linhas onduladas em tinta preta.

– Lindo – diz Isabelle. – Escute...

– A senhora gostou?

– Sim. Eu preciso...

– Gostou mesmo?

– Fique quieta, por favor. Você pegou as mangueiras?

– Que mangueiras?

– Você sabe que mangueiras.

– Não.

Os olhos de Molly estão arregalados. Não há a menor contração da pálpebra, nem mesmo o mais vago indício de rubor nas bochechas: seu rosto todo é o próprio retrato da inocência e da sinceridade. Isabelle não sabe por que se deu ao trabalho de perguntar.

Talvez Molly tenha pegado as mangueiras, talvez não. Tentar descobrir perguntando a ela é um completo desperdício de tempo. Isabelle pode até ser uma boa mentirosa, mas é uma amadora em comparação com a filha. Por mais que venham à tona provas de sua culpa, a menina continuará insistindo no contrário, com a mesma convicção absolutamente crível.

Às vezes Isabelle quase que se deixa ser enganada, assim como a maioria das outras pessoas. Ela está quase disposta a aceitar que talvez Molly tenha realmente esquecido, talvez não saiba o que supostamente fez. Quase.

Num caso como esses, em que não há provas, é impossível determinar se Molly está ou não dizendo a verdade, por isso Isabelle dá o assunto por encerrado e volta as suas atenções para o desenho de Molly, ou seja lá qual é o nome daquilo. A menina pressionou a canetinha com tanta força que a tinta atravessou o papel, e na página seguinte surgiu uma imagem fantasmagórica do desenho, um borrão negro.

– O que é?

Molly abre os olhos numa mostra ligeiramente exagerada de surpresa.

– Você não consegue *ver*?

– Não, Molly, não consigo.

– Mas somos nós! – Molly sorri e meneia a cabeça. – Eu e você, Mamãe.

Majvor jamais viu Benny se comportar dessa forma, correndo atrás de um gatinho indefeso. Ela jamais bateria no cachorro como Donald faz de vez em quando, mas deu uma baita bronca nele, e espera que ele esteja com vergonha de suas ações. Contudo, Benny não parece nem um pouco envergonhado, sentado lá em sua caminha e se lambendo à beça.

Bom, pelo menos o incidente serviu para fazer com que Majvor se levantasse da cadeira, o que provavelmente é uma coisa boa. Ela passou o último quarto de hora enfeitiçada pelo rádio, canção atrás de canção servindo de lembrete dos bons e velhos tempos. Ela fica imaginando que estação é aquela, e se pergunta sobre a possibilidade de sintonizá-la... em casa?

Não há nem sinal de mais ninguém. Majvor passa a mão na barriga e franze a testa. Não que esteja com fome, nem solitária, mas há um vazio em seu estômago e seu peito que ela não consegue expressar com palavras. É como se o descampado tivesse se deslocado para dentro de seu corpo.

Majvor não é fã de ideias bizarras. Como regra geral ela acredita que as pessoas falam demais, e que isso é a raiz de boa parte da infelicidade delas. O pensamento de que o descampado se moveu para dentro dela é sem dúvida uma ideia esquisita, e Majvor a interrompe antes que possa aborrecê-la. Em vez disso ela pensa em algo real.

Uma festa, com uma porção de bolos.

O espaço vazio entre os *trailers*, a ausência de pessoas, isso não parece certo. Uma festa aproximaria todo mundo. Majvor poderia assar uma fornada de enroladinhos de canela, e aí eles poderiam arrumar uma mesa enorme no meio, coberta com uma toalha de guingão, e todo mundo reunido se sentaria para compartilhar os enroladinhos ainda quentes. Com leite para acompanhar.

Majvor anda ao acaso do lado de fora do *trailer*, refletindo a respeito. É possível? Sim, ela tem os ingredientes, e o forno dará conta se ela assar duas fornadas separadas. Eles precisam de uma mesa e cadeiras suficientes. O único problema é a toalha, porque tem de ser de guingão, um tecido de algodão muito fino e lustroso. De preferência vermelha e branca, mas azul e branca também serve, em último caso. Ela mesma não tem uma, mas quem sabe alguém tem?

Ela faz uma pausa atrás do *trailer*, imaginando a toalha, e nesse momento fita a cruz pintada na parede. Quando está prestes a ir falar com Carina a fim de lhe perguntar se ela tem uma toalha adequada, Majvor se detém.

*Uma cruz? Por que há uma cruz?*

Majvor não consegue se lembrar de tê-la visto antes. As duas linhas transversais têm aproximadamente seis centímetros de comprimento. Quando passa o dedo sobre elas, sai um pouco de tinta. Se é que é tinta. O pigmento granuloso na ponta dos seus dedos se parece mais com... sangue. Sangue ressecado. Mas ela não tem certeza.

A caminho de sua vizinha, Majvor dá a volta por trás do *trailer* de Carina. Como era de se esperar, ela encontra uma cruz idêntica. A toalha de guingão é temporariamente esquecida enquanto Majvor se encaminha às pressas para o *trailer* pertencente aos dois fazendeiros. A gata está deitada na janela e acompanha com os olhos a passagem de Majvor. Não demora muito para Majvor acrescentar uma terceira cruz à lista.

Isabelle está encostada na guarnição da porta de seu *trailer*. Majvor a cumprimenta com um aceno de cabeça. Isabelle retribui, e parece ligeiramente intrigada observando Majvor dar a volta atrás do *trailer*, onde constata que a bem da verdade são quatro as cruzes. Uma em cada *trailer*. Majvor fica lá plantada, tentando interpretar essa descoberta, até ouvir a voz de Isabelle atrás de si.

– Com licença, mas o que você está fazendo?

Majvor se vira e aponta a fim de mostrar a cruz para Isabelle. – Isto. Tem uma em cada *trailer*.

Isabelle dá de ombros: – E daí?

– Você não entende? – diz Majvor, apontando para o símbolo simples. – Estamos marcados.


A cada quilômetro ao longo do qual Peter dirigia, a cada vara de bambu enfiada no chão, o mapa no GPS ia ficando mais claro. Mas já não está mostrando

Vällingby. Agora ele está passando pela área em torno de Linköping. Logo ele terá onze anos de idade e sua crença em Deus chegará ao fim.

Peter tinha de usar um nome falso toda vez que começava a treinar com um novo time de futebol, de modo a minimizar o risco de que ele e sua mãe fossem encontrados pelo pai, mas ainda assim se viram obrigados a se mudar de endereço duas vezes durante aquele primeiro ano.

No que diz respeito ao aprimoramento de suas habilidades futebolísticas, isso não era uma desvantagem. Na condição de novato, ele tinha de fazer esforço extra para ser aceito, e, com o talento que já possuía, rapidamente tornou-se um astro. Entretanto, embora risse e celebrasse com seus colegas de time, era raro que se sentisse genuinamente feliz.

Seu outro passatempo eram as armas. Era capaz de passar horas a fio sonhando acordado com o catálogo de rifles de ar comprimido da Hobbex, feitos para parecer armas de verdade. Um exemplar da revista *Armas e Munição*, encontrado numa banca de revistas bem abastecida, forneceu mais alimento para sua imaginação.

A essa altura, ele estava com nove anos de idade. Vivia com a mãe havia mais de seis meses em Norrköping, sem sinal do pai. Peter fazia parte de um dos times das divisões de base do IFK Norrköping e parecia ter um futuro promissor. Já jogava ao lado dos garotos de dez anos.

Após mais um ano em Norrköping, Peter e a mãe tinham começado a baixar a guarda e relaxar. Peter parou de olhar por cima do ombro a caminho da escola toda manhã, e sua mãe já não tinha um sobressalto toda vez que o telefone tocava. Talvez Deus finalmente os tivesse colocado em segurança.

Porque Deus estava com eles.

Depois da noite em que Ele salvara a mãe de Peter do martelo, o menino tinha começado a fazer com sinceridade e convicção a oração da noite. Ele agradecia a Deus, pedia conselhos a Deus, colocava seus problemas nas mãos de Deus. Deus jamais dava uma resposta clara, mas Peter sentia Sua presença, e toda vez que tinham de se mudar e Peter era forçado a deixar para trás os seus amigos recém-descobertos, havia consolo no pensamento de que Deus estava com eles no caminhão de mudança.

Deus nem sequer fazia objeções ao interesse de Peter em armas, embora o menino soubesse do desgosto de Deus acerca das suas fantasias envolvendo armas. Por outro lado, Deus não era o tipo que oferecia a outra face a quem fazia maldades.

Jesus era outro departamento. Peter não tinha o menor interesse por Jesus, a despeito dos esforços da mãe. E essa história de Deus e Jesus serem de alguma forma a mesma pessoa parecia uma complicação desnecessária. Na opinião de Peter, Deus era o cara.

Isto é, até o verão em que ele completou onze anos.

Peter para o carro e pega no banco de trás uma das varas de bambu; é a número 15. Antes de sair olha de relance para o GPS, que agora afirma que ele está nos arredores de Slite. Assim que percebeu para onde estava rumando, Peter tentou alterar a rota, mas em vão. O GPS simplesmente se adapta ao percurso, o mapa muda de direção, e por mais esforço que ele faça para escapar seu destino está sempre em linha reta à sua frente. Ele parou de lutar contra isso.

Peter estremece ao pôr os pés na grama. Ele esfrega os braços e sopra, a cabeça abaixada, olhando na direção da boca. Não, não está frio o bastante para que seu hálito forme uma pequena névoa, mas não está longe disso.

A atmosfera em torno dele tem uma estranha qualidade concentrada. Como se o ar estivesse mais espesso, mais rígido que o habitual, tal qual se estivesse no processo de se transformar em água. Ele agita a mão à frente e quase consegue formar ondas no ar. É difícil respirar.

Ele fita toda a extensão da campina, espremendo com força os olhos para aguçar o foco. Talvez seja a sua imaginação, ou alguma coisa criada pelo ar saturado, mas ele julga ter avistado uma mudança no horizonte. Ele gostaria de uma luz mais brilhante, um sinal de que o Sol está em algum lugar lá embaixo, mas o que vê é exatamente o contrário. Uma linha de escuridão. Ele espera que seja apenas a sua imaginação.

Peter olha atrás de si. Ainda pode ver a última vara de bambu que enfiou terra adentro. Ele caminha até a frente do carro, dá um par de passos, depois insere outra.

Tão logo solta a vara, sente que alguma coisa está fazendo cócegas na palma de sua mão. Olha para baixo e vê que a vara de bambu não é uma vara de bambu. A coisa que o fez sentir cócegas é uma pena, e a vara de bambu é uma flecha. Ele se agacha e desliza o indicador pela superfície lisa e sobre as plumas.

Parece idêntica à flecha que teve aos onze anos. Não. É a mesma flecha.

Apenas dois anos tinham se passado desde a última vez que seu pai chegou martelando a porta, e durante aquelas férias eles decidiram se arriscar a passar alguns dias na fazenda do tio Joel.

O tio Joel tinha tomado posse da casa dos pais em Slite, nas adjacências de Linköping, e Peter e a mãe podiam estacionar seu *trailer* no que outrora fora um pasto.

Naquele verão, Peter ganhou um coelhinho de estimação, e o tio Joel o ajudou a construir uma gaiola e um cercado de madeira, de modo que Diego pudesse ficar ao ar livre sem necessidade de ser vigiado o tempo inteiro. A princípio Peter pôs no coelhinho o nome de Maradona, mas, como essa era uma palavra difícil de pronunciar, optou por Diego mesmo. Ademais, parecia inapropriado manter *Maradona* dentro de uma gaiola e alimentá-lo com folhas de dente-de--leão, mas com Diego tudo bem.

Uma das coisas tristes de ser obrigado a viver com discrição e quase na clandestinidade era que eles quase nunca ousavam visitar os amigos e parentes que o pai de Peter conhecia. Não que Peter achasse *tão divertido* assim visitar a tia Margaret ou os antigos colegas de trabalho da mãe, mas do tio ele havia sentido falta.

Havia uma porção de coisas para fazer na fazenda, e o tio Joel era um daqueles adultos que estavam sempre interessados mas não interferiam. Com ele Peter podia fazer as coisas, e o menino desejava que elas nunca acabassem.

Na véspera do dia marcado para eles voltarem para casa, a mãe de Peter dormiu até mais tarde e o menino foi para o pasto levando seu arco, que ele ganhara do tio Joel. O arco era um presente de primeira linha. A mãe de Peter não tinha ficado muito contente, mas o tio Joel pousou as mãos sobre os ombros do menino e disse que tinha certeza de que Peter o usaria com responsabilidade – não é mesmo?

Claro que sim, ainda que o tio Joel tenha falado em "usar com responsabilidade" supondo que Peter sabia o que isso envolvia.

O arco era feito de fibra de vidro e tinha quase a altura de Peter, que mal conseguia retesar a corda. O menino ganhara também cinco flechas, que eram de primeira qualidade, com pontas afiadas e pesadas e empenadas com plumas da cor do arco-íris. Tio Joel disse que as penas tinham sido arrancadas da cauda de um pavão, mas isso provavelmente era mentira.

Havia um pinhal na borda do pasto, e Peter havia perguntado ao tio Joel se poderia usar as árvores para praticar tiro ao alvo. O tio inspecionou a casca grossa dos velhos pinheiros e deu sua permissão.

Enquanto atravessava a campina, a meio caminho Peter se deteve. Era um lindo dia de verão, de calor agradável. O velho pasto era salpicado de dentes-de--leão, e as mamangabas estavam ocupadas fazendo viagens de flor em flor. Uma abelha levantava voo, e outra aterrissava segundos depois. Peter não entendia como essa ponte aérea podia ser uma maneira eficiente de trabalhar, e fez uma anotação mental: perguntar ao tio Joel no jantar.

Ele virou o rosto para o céu e enviou uma pequena mensagem de agradecimento, um simples *aqui estou, obrigado por me deixar estar aqui*, mas sem palavras. Em vez disso, enviou o sentimento.

Depois ele teve uma ideia e imediatamente a colocou em prática. Fixou uma flecha no encaixe do arco, puxou a corda para trás o máximo que podia e disparou a flecha céu adentro. Numa fração de segundo ela desapareceu de vista, e, por mais que ele se esforçasse perscrutando o azul, não conseguia avistá-la.

Então ele ficou com medo.

Ela tinha disparado diretamente para cima, o que devia significar que se lançaria com violência na direção dele assim que iniciasse a trajetória descendente.

Ele percorreu correndo a curta distância até o *trailer*, ainda olhando para cima. Pensamentos atropelados invadiram sua mente. Provavelmente a flechada não tinha sido tão retilínea, e, à medida que a flecha subia mais e mais alto, era impossível dizer qual era o tamanho do desvio, e qual a direção. Ele seria capaz de ver a flecha quando ela estivesse descendo, assim conseguindo se esquivar dela, ou – pensamento assustador – só a veria um nanossegundo antes que penetrasse seu globo ocular? E quanto a Deus? O que Deus pensava das pessoas que disparavam flechas contra ele? Reconhecidamente, o mais provável era que Deus estivesse bem mais longe do que uma flecha era capaz de alcançar, mas...

Mais alguns segundos tinham se passado enquanto Peter ponderava sobre o problema; ele se virou, mas não conseguiu se decidir. Não ousava olhar para o céu, mas tampouco, sob nenhuma hipótese, poderia correr o risco de não olhar para cima porque a flecha talvez caísse em sua cabeça, sem lhe oferecer chance alguma de escapar.

Ele decidiu que não lhe restava alternativa a não ser agachar-se com os dois braços sobre a cabeça e os olhos fechados com força. Se a flecha caísse sobre ele, machucaria um dos braços, o que parecia uma opção menos ruim.

Ele aguardou por cinco segundos, depois outros cinco, mas nada aconteceu. Abriu os olhos e olhou ao redor. Deveria ter ouvido um baque surdo quando a flecha aterrissasse, mas nada ouviu, e não havia nenhum sinal de flecha nas proximidades, então concluiu que, no fim das contas, seu disparo não tinha sido tão retilíneo.

Ele vasculhou as imediações um pouco mais, depois desistiu e mais uma vez rumou na direção dos pinheiros. Passou dez minutos treinando tiro ao alvo com as quatro flechas remanescentes, tomando extremo cuidado para não perder mais nenhuma. Depois voltou para o *trailer* a fim de ver se a sua mãe já tinha acordado.

Não tinha; a porta ainda estava fechada. Peter colheu um punhado de folhas de dente-de-leão para Diego. Quando chegou à gaiola, deixou cair primeiro as folhas, depois as flechas. Um vento gélido soprou no dia de verão.

Diego estava caído no meio do cercado, sua nuca transpassada pela flecha desaparecida. A grama em volta dele estava salpicada de sangue, a grama que Diego mordiscava, e suas patas estavam desconjuntadas, cada uma apontando para uma direção. As penas da haste da flecha estavam enfiadas na tela de arame.

Aquilo simplesmente não poderia ter acontecido! De todos os milhares de lugares onde a flecha poderia ter caído, ela escolheu aterrissar no cercado do coelho, no exato local onde calhou Diego estar naquele momento. Peter meramente ficou lá parado de olhos pasmos por um bom tempo, enquanto a fúria e a culpa inundavam seu peito, afogueando as maçãs de seu rosto e fazendo seus olhos se encherem de lágrimas.

Ele olhou para o céu e murmurou: – Por quê? Por quê? Ele era só um coelhinho!

Deus estava sentado lá em cima assistindo, mas como sempre não disse uma palavra. Peter permaneceu encarando o céu com olhar furioso, enquanto as lágrimas turvavam sua visão. Deus se recusou a dizer o que fosse em defesa própria. Quando Peter por fim abaixou os olhos, viu um vulto que atravessava o prado, caminhando diretamente na direção do *trailer*. Era como se Peter estivesse olhando através de uma bruma, mas ele esfregou os olhos e, ajustando o foco, enxergou com nitidez. Um segundo depois, escancarou a porta do *trailer*, berrando com toda a força dos pulmões: – Mãe, Mãe, acorda! O Papai está vindo!

Nesse dia, Peter parou de acreditar em Deus. Ele ainda tinha consciência de Sua existência, mas não acreditava mais. Se Deus era capaz de fazer esse tipo de coisa maligna só porque uma pessoa tinha disparado uma flecha na direção do céu, então não merecia que acreditasse Nele. Ele era imprestável, ou coisa pior. Peter deu fim ao seu relacionamento com Deus, e cortou todo contato.

Vinte e sete anos depois, Peter está agachado num campo infinito com a maldita flecha na mão. Agora ele sabe o que está errado. Ele percebeu tão logo constatou que o Sol tinha sumido, mas não ousou levar adiante esse pensamento até sua conclusão.

Durante toda a sua vida Peter havia sentido a presença silenciosa de Deus, mas desde aquele dia ele se recusou a responder ao chamado sem palavras.

Agora ela desapareceu. A presença se dissolveu, a pergunta constante já não está sendo feita.

Deus não está aqui.

# 2. DENTRO

Todos retornaram à área de acampamento de *trailers*. Donald foi o último a chegar, porque quase se perdeu. Ele conta aos outros sobre isso, mas nada mais. Stefan também não se mostra muito comunicativo. Assim como Donald, ele parece incomodado com a reunião e se esquiva das perguntas que lhe são feitas.

Quando Lennart e Olof vão direto ao ponto e afirmam que nada viram mas que começaram a se interessar pelo solo, Majvor não consegue se manter em silêncio por mais tempo.

– Estamos marcados – diz ela. – Alguém marcou a gente.

O grupo inteiro a segue num passeio em volta dos *trailers* enquanto ela aponta para as quatro cruzes. Como Majvor suspeitava, ninguém consegue se lembrar de tê-las visto antes.

– Então, o que você acha que isso significa? – indaga Olof.

– Não faço ideia – responde Majvor. – Mas deve haver alguma ligação, certamente.

– Por outro lado, uma cruz pode significar um bocado de coisas – opina Lennart.

– Muitas e muitas coisas – concorda Olof.

Segue-se uma discussão sobre a cruz num mapa mostrando a localização de um tesouro escondido, o símbolo universal para *aqui está*, o fator desconhecido numa equação, e a intersecção entre duas linhas. Majvor vai ficando cada vez mais frustrada durante esse debate e deseja que pelo menos dessa vez Donald entre na conversa, mas em vez de intervir ele simplesmente fica lá parado, fitando o chão.

– Mas vocês não entendem – diz ela, por fim. – Não importa o que a cruz significa. O importante é que ela está aqui por um motivo. Alguém nos marcou, fez isso com a gente.

– Mas quem? – diz Carina. – E como?

– Não tenho a mínima ideia – vocifera Majvor, fazendo um gesto na direção da infinita extensão de relva. – Mas tem alguém... alguma coisa lá querendo fazer alguma coisa com a gente.

Peter está com as mãos enfiadas nos bolsos, observando os outros enquanto especulam acerca da descoberta de Majvor. Ele nada tem a acrescentar. Seus pensamentos não estão lá, tampouco estão preocupados com a ausência de Deus. Ou talvez estejam, quando aproximam o foco e se concentram no pênalti contra a Bulgária nas eliminatórias para a Copa do Mundo em 2005, como muitas vezes ele fez no passado. Ele jamais consegue compreender o que aconteceu.

O jogo era absolutamente decisivo para a participação da Suécia na Copa. A vitória era fundamental. O placar está empatado em 1 a 1, e resta um minuto de jogo. O juiz marca um pênalti a favor da Suécia, e Peter é quem vai cobrar.

Peter não sabe quantas vezes repassou em sua cabeça esse momento, quantas vezes as pessoas o fizeram lembrar-se dele.

Ele gira a bola em seus dedos diversas vezes antes de colocá-la na marca do pênalti e dar quatro passos para trás. O time inteiro da Suécia o apoia, 32 mil espectadores no estádio, e muitas centenas de milhares, talvez milhões até, assistindo pela TV, todos acompanhando cada movimento.

Peter agora sente um estreitamento de seu campo de visão. A bola, o gol. A bola tem que passar pela linha. O pé dele vai chutar a bola e colocá-la na rede. Nada mais existe. É a isso que a vida se resume neste exato momento. Correr para a frente e chutar a bola para que ela...

Alguma coisa acontece. Os antolhos caem e a situação torna-se totalmente cristalina para ele. Ele percebe que neste momento está tão longe da liberdade quanto é possível um ser humano estar. As esperanças de milhões de pessoas dependem de sua habilidade de executar um certo número de movimentos mecânicos numa certa sequência. Esse é o seu trabalho, seu destino, a tarefa que lhe cabe.

É quando ele decide protestar. Ele sabe de que lado o goleiro búlgaro costuma cair; Peter dá alguns passos para a frente, e é como se alguma coisa dentro dele se livrasse de seus grilhões, e a eternidade é dele no instante em que dispara um chute frouxo e manda a bola exatamente onde o goleiro a quer.

Ele sabe que com seu ato está decepcionando uma nação inteira, e que será o alvo de grandes doses de veneno, gozação e ridicularização, provavelmente durante muitos anos vindouros. Mas nesse preciso momento ele sente que vale a pena, simplesmente, sentir na pele essa inebriante sensação de liberdade. Ele mostra ao goleiro o local onde pretende chutar, e bate tão de leve na bola que mesmo o mais inexperiente seria capaz de defender a cobrança.

E o imbecil cretino se joga na direção oposta. O chute é tão fraco que o goleiro tem tempo de voltar e se arremessar para o outro lado, mas por dois centímetros não consegue alcançar a bola, e Peter marca o gol no pênalti mais sensacional da história do futebol sueco.

Ele tira as mãos dos bolsos e se posta na frente do grupo, que está examinando a cruz no *trailer* de Majvor.

– Escutem. Não tem nada lá. Nada. Zero. Nadinha de nada. Alguma coisa fode com a cabeça da pessoa e aí faz ela começar a imaginar coisas. Só isso. Talvez haja uma linha mais escura no horizonte, e se você quiser dar uma interpretação positiva pra isso é claro que pode. Mas não tem mais nada aqui a não ser a gente e o que nós temos agora. É isso que temos que aceitar. Se vocês quiserem especular sobre outras coisas, então vão em frente. Mas é perda de tempo. Não tem *nada*.

Peter abre e sacode bem os braços num gesto final e definitivo, depois sai andando de volta para seu *trailer*. Alguma coisa está borbulhando dentro dele; talvez seja pânico ou pode ser felicidade, é difícil dizer. Mas tem a ver com liberdade e é efervescente, como se ele tivesse dióxido de carbono no sangue.

Ele tem de fazer alguma coisa. Jogar alguma coisa.


A história da cruz é um erro de cálculo por parte de Majvor. Ela tinha achado que a sua descoberta teria um determinado efeito sobre o grupo, mas acontece que as coisas não saíram como tinha imaginado.

Em sua vida cotidiana, Majvor considera que o seu papel é unir e reunir as pessoas. Isso não tem de envolver uma grande festa, absolutamente não; pode ser uma coisa simples como juntar a família inteira para uma noite na frente da TV, ou convidar amigos para um passeio de barco no verão.

Ela não havia pensado que a revelação das cruzes criaria algum tipo de atmosfera festiva ou que empolgaria as pessoas, mas acreditou que resultaria numa sensação de comunidade. Fomos todos marcados da mesma forma, estamos sujeitos às mesmas condições, então vamos nos unir com base nisso.

Mas não. Eles estão falando sobre tesouros escondidos e equações em vez de levar a sério a ideia de que cruzes têm um *significado*. É assim que as coisas são na sociedade hoje em dia. O significado não está na pauta do dia. Carrancuda, ela fita o grupo. O menino está puxando a mão do pai. – Conta pra eles, Papai. Conta pra eles o que a gente viu – mas o pai faz um gesto mandando o menino ficar quieto.

Majvor percebe que Isabelle ouviu o que o menino disse; ela se agacha e sussurra alguma coisa para a filha, apontando para o menino.

Segredos. Segredos e besteiras, é nisso que as pessoas estão realmente interessadas. A despeito da boa vontade geral de Majvor, não há como negar: às vezes ela pensa que todo mundo é um monte de merda.

Donald aproxima-se dela. Majvor mal conseguiu arrancar duas palavras de Donald desde que ele voltou. Ele agarra a mão dela e a puxa na direção de seu *trailer*. O que provavelmente é o melhor a fazer, e Majvor sente uma crescente amargura com relação ao grupo.

Ela não é o tipo de pessoa que pede admiração ou elogios, mas é que de vez em quando seria legal ter um pouco de reconhecimento e valorização. Sem ela, todos eles ainda estariam na ignorância, desconhecedores do significado que agora estão se recusando a aceitar. Tanto faz. Majvor não oferece resistência; ela acompanha Donald *trailer* adentro, fecha a porta e dá duas voltas à chave ao trancar a porta.

– Sente-se.

Majvor faz o que Donald pede, ou melhor, manda; ela se senta no sofá e apenas observa enquanto Donald anda de um lado para o outro fechando as persianas e se certificando de que as janelas estejam cerradas.

– Donald? O que você está fazendo?

O *trailer* fica às escuras com as persianas abaixadas. Majvor consegue apenas discernir a silhueta do marido de pé diante dela com as mãos nas laterais do corpo. Ele assente de si para si, depois se senta na outra ponta da sofá.

– O negócio é o seguinte... – diz ele, erguendo o dedo indicador.

Majvor recosta-se e se prepara para ouvir um sermão. O tom de voz e o dedo sugerem que é isso que está prestes a acontecer. Donald tem usado esse gesto até onde a memória de Majvor alcança, e, toda vez que via Göran Persson fazer exatamente a mesma coisa durante seu tempo como primeiro-ministro, ela sempre pensava: *uma criança estragada que adquiriu poder demais.*

– O negócio é o seguinte – repete Donald –, antes de dizer algo completamente inesperado. – Eu concluí que tudo isto é apenas um sonho. Um pesadelo dentro da minha própria cabeça. Eu já tive um desse antes, mas nunca foi tão nítido e tão real. Mas mesmo assim é com certeza um sonho, então tudo que eu tenho que fazer é acordar. Por isso, a gente vai ficar sentado aqui e não vai deixar acontecer mais merda nenhuma; vamos simplesmente esperar acabar.

Majvor se acostumou à escuridão e consegue ver os olhos de Donald brilhando à meia-luz. Estão arregalados, num nível antinatural, como se ele estivesse fazendo um esforço planejado para despertar. Hesitante, ela diz: – Mas e eu?

– O que tem você?

– Você vai dizer que eu estou tendo o mesmo sonho?

Donald solta um muxoxo. – Você não está aqui. Quem está sonhando sou eu. Estou sentado aqui falando comigo mesmo... porra, sabe-se lá por quê. É simplesmente assim que acontece no meu sonho.

Donald cruza os braços, apoia a cabeça no encosto do sofá e encara o teto. Majvor fuça num dos botões do assento; ele é sólido ao toque. Ela diz: – Mas... eu fiquei escutando música enquanto você estava ausente. Eu não poderia fazer isso se...

– Pode parar aí mesmo. O que eu não entendo é por que no meu sonho eu fiz você ter exatamente a mesma aparência que você tem de verdade. Quero dizer, eu poderia estar aqui sentado com a Elizabeth Taylor, mas não, tem de ser a Majvor. A mesma tagarela besta, a mesma cara estúpida.

– Você sonha com muita frequência com a Elizabeth Taylor?

– Não, isso foi só um exemplo. Fica quieta. Decidi que você tem que calar a boca agora. Este é o *meu* sonho, e no meu sonho você não diz uma palavra.

Majvor não consegue entender de onde Donald tirou essa ideia ridícula. Não é do feitio dele aventar uma coisa tão estranha. Porém, por mais que ele esteja doido, ela se sente humilhada no nível mais básico. Ele nem sequer reconhece a *existência* dela. A mente de Majvor, a sua própria mente, completamente real, está trabalhando de maneira frenética para encontrar uma forma de dar fim a essa desilusão.

– Donald, escute... – Donald cruza os braços com mais força e faz questão de afundar ainda mais no sofá, mas Majvor não repara nisso. – Enquanto você estava ausente, Claes-Göran Hederström tocou no rádio – "Det Börjar Verka Kärlek, Banne Mig". Eu anotei. Como eu poderia saber isso se...

– É parte do meu sonho. Você dizendo isso, é parte do meu sonho.

Majvor está ficando frustrada. É como conversar com uma parede. Ela dá uma tapa nas próprias coxas e se põe de pé. – Tá legal, bom, neste caso vamos perguntar aos outros. Talvez alguém estivesse com o rádio ligado e também tenha ouvido.

Majvor se encaminha para a porta e ouve Donald atrás dela. – Você é tão estúpida quanto na vida real. Os outros são parte do meu sonho também. Não importa o que eles digam. E saia daí de perto da porta. Eu a tranquei.

Majvor gira a maçaneta, mas a fechadura exige uma chave.

– Me dá a chave, Donald.

– Sem chance. Chega de ficar andando de um lugar para o outro lá fora. Senta e cala a boca. Estou determinado a esperar até isto acabar. – Donald espirra e balança a cabeça, murmura de si para si: – "*Det Börjar Verka Kärlek*", puta que pariu.

Majvor dá alguns passos e se detém diretamente na frente do marido, que agora está quase enrodilhado no sofá. – Donald! Me conta o que você realmente viu lá!

Pela primeira vez desde que Donald voltou, há algum contato. Ele desvia o olhar e diz: – Nada. Não vi nada. Agora cala a boca e senta aí. Eu nunca bati em você, você sabe disso. Não na vida real. No meu sonho pode ser diferente. Então senta aí.

Majvor volta a se sentar, a mão pousada sobre as coxas. O ar está parado dentro do *trailer*. Ela olha para o marido, que está de cara fechada, seus lábios movendo-se como se ele estivesse silenciosamente tentando resolver um problema difícil.

Ela não tem certeza, mas acha que sabe do que se trata. *O Homem Ensanguentado*. Se for este o caso, há o risco de que fiquem sentados ali durante muito tempo. Um longuíssimo tempo.


Há uma guerra sendo travada dentro de Emil. Ele quer estar com Molly, e definitivamente não quer estar com Molly. Sente atração por ela, e tem medo dela. A guerra em curso faz com que ele se sinta apático. Mais do que qualquer outra coisa, ele simplesmente gostaria de ir dormir.

Molly vem caminhando em sua direção, e ele não sabe se vai ao encontro dela ou se foge correndo. A mãe dele está ajoelhada na frente da cruz pintada em seu *trailer*, deslizando os dedos ao longo da superfície, então ele não pode esconder-se atrás dela.

– Vamos – diz Molly.

– Eu não quero.

– Você tem que vir. Senão eu vou contar.

Emil olha ao redor na tentativa de avistar o pai, mas nem sinal dele. O menino encolhe os ombros com todo o desinteresse e indiferença que é capaz de reunir, e segue Molly. Ela o leva até o seu *trailer*, entra rastejando no vão por debaixo e chama Emil.

Eles se deitam de barriga para baixo na grama entre as rodas, ouvindo os passos do pai de Molly acima de suas cabeças. Emil sussurra: – Se você me dedurar eu entrego você.

– Você não entende, né?

– Entendo o quê?

– Como as coisas são.

– Como assim?

– Olha só: você não entende. É você quem vai se encrencar. Você e a sua mamãe e o seu papai. Se você contar. Agora você entendeu?

– Não.

– Bom, é assim que as coisas são. O que você disse?

– Quando?

Molly se vira até ficar de bruços, suspirando enquanto contempla o lado de baixo do *trailer*, entrecruzado por um confuso emaranhado de canos e cabos sujos. Ela enfia o dedo na boca, depois o desliza sobre um cano preto de fuligem. Desenha quatro riscos nas bochechas, desliza mais uma vez o dedo sobre o cano e o estende na direção de Emil.

– Vem aqui.

– Pra quê?

– Você vai ser um índio.

Emil pensa por um momento. Não consegue ver nada de perigoso ou proibido nisso, então aproxima mais o rosto de Molly, que desenha em sua testa.

– Pronto – diz ela, limpando o dedo na grama. – Você é um índio corajoso e eu sou seu chefe.

– Meninas não podem ser chefes indígenas.

– Eu não sou uma menina.

– É, sim.

– Não sou, não.

– Você é o quê, então?

Molly pousa a mão sobre a dele, olhando-o diretamente dentro dos olhos, e diz: – Se eu te contasse, você ia morrer de medo. Devo contar?

Emil balança a cabeça. Não quer que a brincadeira fique maldosa de novo. Quando Molly repete que é o cacique dele, ele aceita, com gratidão.

– Muito bem. Você andou inspecionando a área. O que você viu?

Emil pensa enquanto cutuca alguns pedaços de cascalho enfiados no pneu perto dele. – Eu vi... Eu vi dez caubóis com armas.

– Não, não, não! Você tem de me contar o que você viu de verdade! Quando estava lá.

– O meu papai disse que não era nada.

– Então o que era?

Emil olha atentamente na direção do descampado como se pudesse avistar de relance o que viu, mas ele *sabe* o que viu. – Um homem velho. Ou algo assim.

– Que tipo de velho?

– Ele era branco. E magro. E era como se ele... não estivesse andando. Mas ele estava se movendo.

– Você quer dizer que ele estava voando?

– Não... Eu não sei. Era esquisito. E ele parecia uma pessoa, mas de alguma forma também não parecia.

Molly enruga a testa enquanto digere essa informação. Emil olha de relance para ela e pensa que ela está mais para uma garotinha do que para chefe indígena ou alguma coisa que pudesse matá-lo de medo. Ele cutuca o ombro dela.

– Você estava errada – diz ele. – Não era um monstro com dentes enormes.

Molly sorri e, serpeando, chega perto dele e sussurra em seus ouvidos: – Como você sabe?

Carina desliza o dedo sobre a cruz. Alguns flocos de pigmento se soltam; ela os esfrega com o polegar e os vê se desintegrar. É sangue – não pode ser outra coisa. Alguém desenhou uma cruz com sangue no *trailer* deles. É difícil dar uma interpretação positiva a algo assim.

Ela ergue os olhos e vê Emil e Molly rastejando debaixo do *trailer* da menina. Está preocupada com o fato de que os dois começaram a passar tempo juntos; ela tem plena consciência do que andar com as companhias erradas pode fazer com uma pessoa. Ela toca sua tatuagem. Precisa falar com Stefan, mas ele a vem evitando desde que voltou, embora um tenha prometido ao outro que os dois passariam por essa juntos. Cabe a ela trazê-lo de volta para casa.

Normalmente ela não hesita na hora de lidar com as coisas, mas o vazio ao redor está exaurindo suas forças, e alguma coisa dentro dela quer simplesmente fugir, partir em qualquer direção.

Dentro do *trailer* ela se sente aliviada por ver que Stefan ferveu uma panela de água no fogareiro e fez duas xícaras de café, que ele coloca sobre a mesa como prelúdio para uma conversa. Carina faz um gesto na direção do fogão a gás.

– Tenho quase certeza de que a Molly pegou a mangueira.

Stefan concorda, mas a informação não parece incomodá-lo no momento. Ele pede a Carina que se sente. Ambos bebericam seu café. Stefan olha fixamente pela janela durante um bom tempo, depois diz: – Quando eu tinha seis anos, ganhei uma bicicleta. Com rodinhas.

Ele é frugal quando se trata de contar histórias de sua infância: diz que mal consegue se lembrar do que quer que seja. Quando Carina traz à tona algum episódio dos verões de quando eram crianças, ele raramente tem alguma coisa a acrescentar. Carina fica surpresa por seu comentário inicial, mas diz apenas: – Ah, é?

A expressão de Stefan fica distante enquanto ele rememora: – E então... uma coisa aconteceu.

A história dele é longa e inclui uma certa quantidade de repetições, mas é o relato mais coeso que ele já fez de sua infância, e Carina escuta pacientemente.

Fazia muito tempo que Stefan queria uma bicicleta que fosse só dele, e finalmente ganhou uma no seu aniversário de seis anos. Ela tinha rodinhas, porque ele ainda não havia dominado por completo a técnica. Era uma ótima bicicleta, com uma campainha reluzente que produzia um *ping* nítido e estridente, diferente do ruído rascante da campainha enferrujada da bicicleta que ele costumava pegar emprestada.

Stefan passou uma parte considerável do aniversário pedalando sua bicicleta nova em Mörtsjön, dando voltas e voltas em torno do lago. Fingiu que era um astronauta, o caubói Lucky Luke, o Rei da Floresta.

Na sétima ou oitava volta, a novidade tinha começado a perder a graça. Novos desafios eram necessários. Stefan sentou-se no selim de sua magrela no alto da colina que levava ao molhe. Agora ele era um agente secreto. Nas árvores na borda da floresta do outro lado do lago ele viu um fusca acoplado a um *trailer* pequeno em formato de ovo. Era lá que ficava o quartel-general do maligno Doutor x! O Doutor X estava prestes a escapar em sua lancha, que estava ancorada no píer. Ele precisava ser detido! Stefan pisou firme nos pedais e se lançou colina abaixo.

Por mais três segundos ele foi um agente secreto. Depois se transformou num aterrorizado menino de seis anos de idade que estava voando declive abaixo. Ele não ousou frear porque teve medo de capotar, então seguiu em frente, diretamente rumo ao píer, onde seus pneus cheios retiniram com estrépito sobre as pranchas de madeira.

Ele não sabia nadar, por isso havia uma única palavra lampejando em seu cérebro feito um sinal de alerta: *Boias! Boias! Boias!* Logo depois ele passou zunindo por cima da borda e caiu na água.

– É estranho o tipo de coisa de que a gente se lembra – diz Stefan. – Tanta coisa sumiu, mas eu me lembro claramente de que a superfície da água era negra, e que o Sol estava tão alto no céu que... por uma fração de segundo eu fiquei ofuscado pelo reflexo antes de afundar.

O frio arrancou o ar dos pulmões de Stefan, e uma torrente de bolhas subiu de sua boca para a superfície. Mais tarde Stefan soube que o lago tinha apenas três metros de profundidade no ponto onde ele caiu.

Ele sabia que estava encrencado, porém era a bicicleta o que mais o preocupava. Ele não podia soltar a bicicleta, por isso aferrou-se ao guidão. Sentia os baques do selim contra a bunda, e a pressão em seus ouvidos parou de piorar. Uma nuvem de lama rodopiava ao seu redor. Ele tinha chegado ao fundo do lago.

Um pensamento muito simples invadiu sua mente: *eu vou morrer*. Stefan não queria morrer, mas não sabia o que fazer para evitar isso. Ele olhou para a campainha, que agora tinha uma espécie de brilho desbotado, e ficou imaginando qual seria o som se ele a apertasse debaixo da água, mas não ousou soltar o guidão.

*Eu vou morrer.*

Em certo sentido o pensamento não o assustava; ele apenas se sentiu muito, muito triste. Mamãe e Papai, seu aniversário de seis anos. Afogado. Era tão desconcertante que ele quase desatou a chorar, mas era impossível chorar debaixo da água. A cabeça latejava enquanto ele espremia os olhos e se concentrava em *não respirar*.

Depois de algum tempo ele não conseguiu mais. Levantou a cabeça, respirou fundo e abriu os olhos. Mal reparou na água que abria caminho à força nos seus pulmões, porque algo muito estranho tinha acontecido. Ele já não estava no fundo do lago; estava num campo. Rodeado de luz, no ar morno. Ainda agarrava firmemente o guidão, mas algo bastante estranho tinha acontecido com a bicicleta. Ela estava *tremeluzindo*, como se na verdade não estivesse lá.

Stefan ergueu os olhos e arfou. O frio encheu seu peito mais uma vez. Um vulto estava parado a cerca de vinte metros, chamando-o por meio de gestos. Era uma pessoa, mas não era uma pessoa. Queria que Stefan se juntasse a ela, mas

Stefan não tinha a menor intenção de fazer isso. A não pessoa era horrível. Uma silhueta completamente branca, e a ela faltavam muitas das coisas que compõem uma pessoa. Se Stefan fosse até lá, se a acompanhasse, acabaria daquele jeito. O frio gélido em seu peito golpeava e uivava, e o medo inundava seu corpo enquanto ele tentava virar a bicicleta que não era real; ele abriu a boca e gritou.

Depois ele rodopiou e a luz mudou e nuvens passaram faiscando e seu estômago ardeu quando ele vomitou sobre a madeira morna do píer e mãos levantaram-no, e só quando estava deitado na cama com Mamãe e Papai sentados ao seu lado abraçando-o e beijando-o é que ele compreendeu o que realmente tinha acontecido. Ele tinha sido resgatado.

Stefan passa o dedo indicador sobre a borda da xícara de café e balança a cabeça. – A primeira coisa sobre a qual eu perguntei foi a bicicleta. O que tinha acontecido com a bicicleta. Ela foi tirada da água mais tarde.

Ambos ficam em silêncio por algum tempo. Stefan não é apenas econômico com histórias de sua infância; ele raramente fala por longos períodos de uma só vez. É como se precisasse se recuperar do esforço.

– Sinto muito – diz Carina. – Essa foi uma boa história, se é que eu posso dizer assim, mas por que você está me contando isso agora?

Stefan pousa o queixo sobre as mãos, olhando para baixo e para a esquerda. Carina tinha lido alguma coisa sobre a maneira como os olhos se movem quando vasculhamos a nossa memória. Para baixo e para a esquerda. Aquilo era uma memória auditiva? Uma memória visual?

– Naquela noite tive permissão para dormir na cama dos meus pais, mas para ser honesto eu mal consegui dormir. Assim que eu fechava os olhos, a figura branca aparecia, e, quando eu abria os olhos, tinha medo de que o vulto estaria ao lado da cama, me chamando. Um longo tempo se passou antes de eu conseguir dormir na minha própria cama de novo. E eu sempre tinha medo.

Stefan pisca e retorna ao *trailer*. Olha Carina diretamente nos olhos e diz: – Eu vi. Lá no descampado. Aqui. Antes.

A história de Stefan explicou algumas coisas a Carina. Ela consegue se lembrar do menino quieto mas inventivo com quem ela costumava brincar quando eram crianças. Como ele mudou, tornou-se uma criança tímida e desesperada, de quem ela simplesmente não queria estar perto.

– Não entendo – diz ela. – Você quer dizer que... nós estamos mortos?

– Não quero dizer nada. Mas foi o que eu vi. E não quero essa coisa perto do Emil.

– Ele também viu?

– Sim. Isso é que é o mais horrível.

*Liberdade*

Peter está olhando para o campo de beisebol improvisado que ele construiu. Os tacos, a bola de tênis, os cones para delimitar os ângulos. Em que diabos ele estava pensando? O de sempre, provavelmente. O desejo de garantir que as pessoas se divertissem. Peter Sundberg, o guia turístico da humanidade.

*Liberdade*

Ele volta ao momento em que cobrou o pênalti contra a Bulgária, deixa seus olhos se fixarem no horizonte vazio. O sentimento que ele teve naquele momento corresponde a esse lugar. A mesma extensão infinita encheu seu peito antes que aquele goleiro idiota saltasse para o lado errado e Peter se tornasse o herói da partida.

*Liberdade*

Não há Deus aqui. A ideia deveria ser terrível, mas não é. Pelo contrário. O Deus que permitiu que o pai de Peter destruísse o *trailer* antes que o tio Joel chegasse com a polícia não propiciou um acolhedor abraço de proteção, meramente um olho vigilante guiando as ações de Peter pela simples presença de Sua observação, Peter querendo isso ou não. Agora esse olho se foi. Ninguém é capaz de vê-lo.

*Liberdade*

Ele pode fazer o que quiser, e o descampado é infinito. Então o que ele faz? Posiciona cones de plástico para marcar os limites de um campo de jogo de modo que ele possa correr de um lado para o outro e marcar pontos. Está criando uma imagem em miniatura da sua vida.

Peter pega o bastão e a bola. Com uma tacada perfeita, despacha a bola feito um foguete na direção do campo. Vê a bola subir desenhando um amplo arco, depois quicar um par de vezes antes de parar. Ele poderia ter batido a bola em qualquer direção. Todas são igualmente vazias. Compreender isso, realmente compreender isso.

\* \* \*

É quando está indo buscar Emil que Carina toma sua decisão. Não é do feitio dela ficar sentada de braços cruzados, esperando passivamente as coisas se resolverem sozinhas. Ela vai descobrir por conta própria o que há lá. Entrar no carro, dirigir.

Ela se agacha ao lado do *trailer* debaixo do qual as crianças estão deitadas uma ao lado da outra, sussurrando. Elas parecem adoráveis. Carina fica menos impressionada quando, hesitante, diz: – Emil? – e ele vira o rosto na direção dela. – O menino tem lágrimas nos olhos, e há uma cruz de fuligem desenhada na testa.

Carina quase recua, porque tem sua própria ideia sobre aquelas cruzes nos *trailers*. As pessoas assinalam as coisas com uma cruz para indicar que elas devem ser extirpadas. Canceladas. Contudo, ela se recompõe e mantém a calma. – Venha tomar café da manhã, Emil. Ou almoçar.

Emil olha de relance para Molly como se estivesse pedindo permissão, e Molly assente. Para Carina, essa é a gota de água. Emil não vai mais passar um minuto sequer com Molly.

Assim que Emil sai rastejando de baixo do *trailer*, Carina diz: – Você também, Molly. Saia daí, por favor.

Emil puxa a mão dela. – Vamos, Mamãe.

– Só um minuto, querido. Molly, você poderia sair aqui, por favor?

– Por quê?

– Porque eu quero falar com você.

Molly enfia o rosto na grama, puxa o ar pelo nariz e diz: – Prefiro ficar aqui, onde é agradável e tranquilo, e posso sentir o cheiro das flores.

Carina força um sorriso. – O touro Ferdinando. Muito divertido, Molly, mas eu gostaria que você saísse daí, por favor.

Emil puxa de novo a mão de Carina. – Não adianta, Mamãe. Vamos embora.

Carina se desvencilha. Emil desiste e sai andando na direção de seu *trailer*.

Molly observa Emil se afastar.

– É urgente?

– Pode-se dizer que sim.

– Por quê?

– Eu gostaria de poder cozinhar uma refeição, e não posso fazer isso se o fogão não estiver funcionando, então eu gostaria que você saísse e me devolvesse a minha mangueira de gás.

– O que é uma mangueira de gás?

– Você sabe perfeitamente bem o que é, porque pegou a minha.

Molly franze a testa, refletindo sobre alguma coisa. Por fim ela diz: – Você vai ficar pesada se comer.

– Do que você está falando?

– Você vai ficar pesada se comer. E não vai conseguir voar.

– Eu não quero voar.

Molly boceja. Crava o olhar em Carina e diz: – Sim, você quer. Direto pra dentro do Sol.

Molly sai rastejando do outro lado do *trailer* e desaparece de vista, deixando Carina agachada lá. Ela fica com uma sensação esquisita no peito, como se um dedinho imundo estivesse lhe dando cutucões lá dentro.

Stefan desfere um murro sobre a mesa. Com a pancada, a dor dispara a partir do dedo mínimo antebraço acima. Ele seria capaz de sentir dor se estivesse morto? Ele endireita o corpo. Não está morto, porra, é uma ideia ridícula. E se ele estiver morto, se todos eles estiverem mortos, então é uma situação muito parecida à de quando estão vivos, e contanto que a pessoa esteja viva ela *faz* coisas.

Ele pega o binóculo, vai para fora e desdobra a escadinha de teto. Flocos de poeira deslizam sobre seu rosto à medida que ele vai subindo, mas a escada aguenta firme. Quando chega ao teto, ele solta uma gargalhada nervosa. A perspectiva é bastante bizarra. Agora que consegue enxergar de uma só vez todos os *trailers* em meio à vasta extensão de relva, o pequeno acampamento parece uma anomalia desnecessária, algo que caiu do céu por engano.

Carina está agachada ao lado do *trailer* de Peter; os dois fazendeiros também estão agachados ao lado de seu *trailer*, às voltas com alguma coisa no chão; Isabelle está andando de um lado para o outro com os braços em volta do próprio corpo, como se estivesse congelando de frio; e Peter está de pé, imóvel, a uma curta distância.

Stefan leva o binóculo aos olhos e focaliza Carina, que está inclinada olhando debaixo do *trailer*, com Emil ao seu lado, puxando a mão dela. A seguir Stefan se concentra em Peter, que segura nas mãos um taco.

Por fim ele faz o que subiu ao teto para fazer. Examina o horizonte, metodicamente, palmo a palmo. Quando vê algo diferente, prende a respiração, mas se dá conta de que é meramente uma das varas de bambu que ele e Emil fincaram no chão. Uma guinada de cento e oitenta graus e ele avista algumas das varas dos fazendeiros.

Nada mais. Ele abaixa o binóculo e é arrebatado pela tontura mais uma vez. É mais fácil quando esse mundo é dividido em seções, ou quando a pessoa tem uma tarefa a executar. Nu e sem propósito, o vazio que o circunda é pavoroso. Ele engole a sensação.

Sob seus pés, Carina está ajoelhada com as mãos sobre os ombros de Emil, falando com ele. Stefan está prestes a descer e se juntar a eles quando é fulminado por um pensamento. Ele está a dois metros e meio acima do chão. Vale a pena tentar.

Ele tira do bolso o telefone celular, um Nokia de sete anos cuja tela é do tamanho de meio tijolo. Liga o aparelho e ouve as alegres notas introdutórias; de súbito aparece a imagem de duas mãos estendidas uma na direção da outra. Stefan olha de relance para baixo e vê Emil balançando freneticamente a cabeça.

Quando olha de novo para a tela, há *uma* barrinha de sinal. O risquinho lampeja e desaparece, brilha de novo. Stefan levanta o telefone acima da cabeça, e a barrinha se estabiliza. Ele pressiona o botão e escuta o zumbido do tom de discagem.

– Escutem! – ele berra para Emil e Carina.


– Você pode fazer isso, querido?

Carina faz o gesto de lamber os dedos e depois esfregar a testa. Emil a encara com ceticismo. – Por quê?

– Porque... Porque você está com uma marca de sujeira aí. Não quer que eu faça isso, quer?

Emil balança com firmeza a cabeça, depois enfia os dedos na boca e esfrega a testa. A cruz é apagada, deixando apenas marcas de sujeira que podem ser lavadas mais tarde. Meio que uma bagunça, mas assim está melhor. Muito melhor.

– O que você gostaria de comer?

– Panquecas.

Carina se ajoelha e pousa a mão nos ombros de Emil.

– Tudo bem, querido. Se eu vou fazer panquecas, então preciso usar o fogão. E se eu vou usar o fogão, preciso daquela mangueira.

Os olhos de Emil se movem impetuosamente feito dardos de um lado para o outro e ele diz: – Então eu como só um sanduíche.

– Mas eu preciso da mangueira. Onde ela está?

Emil cerra os lábios e balança a cabeça. Carina sente pena dele. Ele é um péssimo mentiroso, e ela sente vergonha por submetê-lo a isso. O corpo de Emil está tenso sob as mãos de Carina, que insiste: – Você não se meteu em encrenca, franguinho. Só me diga onde está a mangueira. Você...

Duas coisas acontecem quase ao mesmo tempo. Do teto do *trailer*, Stefan berra – Escutem! –, e uma fração de segundo depois Emil cobre as orelhas com as mãos e começa a gritar. Ele olha fixamente para Carina enquanto um único uivo de desespero sai de sua boca e corta em pedaços o coração de sua mãe.

Uma criança está gritando, e Isabelle deduz que deve ser Emil, já que Molly não pode ser. Sua filha não grita nem chora, nunca. É como se ela tivesse usado todo o seu estoque durante os dois primeiros anos de vida.

Isabelle foi uma criança muito obediente. *Uma boa menina*, sua mãe gostava de dizer. Uma alma dócil e submissa que sabia como se comportar num jantar.

Neste exato momento ela está com os braços em volta de si mesma, para não se despedaçar. Seu corpo está ordenando, aos gritos, que ela encontre imediatamente alguma coisa doce, enfie na boca e engula, caso contrário... Ela começou a suar frio, e seu corpo está arqueado por causa das cólicas. Daqui a pouco vai passar, e depois haverá um novo ataque em pouco mais de uma hora, pior do que este. Depois disso haverá um intervalo mais curto, e aí sim ela vai passar mal de verdade.

Isabelle se move entre os *trailers*, convencida de que está sentindo o aroma de coisas doces em toda parte. É como se os outros estivessem sentados dentro de seus *trailers*, escondendo sorrateiramente montanhas de doces e chocolates.

Ela respira fundo pela boca um par de vezes para evitar os cheiros adocicados. Sente-se menos ansiosa. Quando passa pelo *trailer* dos fazendeiros, consegue endireitar o corpo e caminhar mais ou menos normalmente.

Os dois homens estão de joelhos, cavando o chão com uma colher de pedreiro. Completamente absortos no que estão fazendo, não percebem a presença de Isabelle enquanto ela não dá uma discreta tossida. Ambos levantam os olhos ao mesmo tempo, e não é difícil para Isabelle abrir o seu mais largo sorriso, porque a expressão dos dois está realmente muito engraçada.

– Oi – diz ela. – O que vocês estão aprontando?

Lennart e Olof entreolham-se como se estivessem envolvidos em alguma atividade secreta e precisassem chegar a um acordo mútuo antes de romper o sigilo.

Olof aponta para um vaso de plantas no chão ao lado deles. – A gente resolveu tentar colocar alguma coisa na terra. Ver o que acontece.

Isabelle ainda está sorrindo. – Então teremos mais flores.

Olof sorri. – A gente tem algumas outras coisas também.

Isabelle está de pé daquele jeito. Está fazendo aquela coisa com os olhos enquanto continua a sorrir. Mas não está conseguindo nada em troca. Ela *sabe* quando atingiu o alvo, quando um homem se mostra disposto a largar tudo para tocá-la. Ela costuma acertar bem na mosca com razoável frequência. Mas não dessa vez. O que poderia significar uma de duas coisas.

Não faltam homens *gays* no ramo de atividade de Isabelle. *Designers*, fotógrafos com fetiche por couro e todo o espectro no meio. Ela já viu todo tipo de coisa, mas imaginar Olof e Lennart como um casal homossexual está além do alcance de sua imaginação. Portanto, ela conclui que eles devem ser assexuados, que pararam de sentir aquelas coisas.

– Vocês têm algum doce?

Mais uma vez os homens entreolham-se. Não são capazes de dizer *alguma coisa* sem se consultar?

– Não – responde Lennart. – Não exatamente.

Fica claro que Olof não está inteiramente à vontade com essa resposta. Ele olha para baixo e se ocupa com a planta. Isabelle sustenta o olhar de Lennart durante alguns segundos. Ele nem sequer pisca, mas simplesmente contempla Isabelle como se ela fosse um detalhe moderadamente interessante em seu ambiente. Isso a irrita tanto que ela se vê em vias de dizer "Entrega os doces, sua bicha que gosta de dar a bunda" ou algo parecido, mas consegue resistir. Em vez disso, fecha a cara e deixa os fazendeiros entretidos com o que estavam fazendo, fosse lá o que fosse. Ao virar as costas ela consegue ouvir os dois murmurando.

Somente então Isabelle se dá conta: os filhos da mãe estão *plantando* coisas. O que significa que devem achar que vão ficar lá tempo suficiente para que as plantas cresçam.

Isso não pode acontecer. A grife Rodebjer marcou de entrar em contato com a agência hoje; Isabelle está na disputa para ser uma das modelos do catálogo da coleção nova. A sessão de fotos foi adiada, e a decisão precisa ser tomada rapidamente. Se Isabelle não responder, o trabalho pode ficar com outra pessoa. A Rodebjer seria perfeita; ela não pode perder essa.

– Porra – resmunga ela. – Puta que pariu!

Ela olha ao redor e vê Peter, a cinquenta metros de distância, no relvado. Ele está completamente imóvel, empunhando um taco, como uma estátua proclamando a glória da estupidez. As mãos de Isabelle começam a tremer enquanto segue na direção dele.


– Mas que merda você está fazendo?

Peter ouve a voz de Isabelle atrás de si e se vira bem devagar. A linda boca de Isabelle está retorcida numa careta de escárnio enquanto ela contempla o campo de beisebol improvisado. Peter avalia o peso do taco em suas mãos. Provavelmente Isabelle não conseguiu compreender que o descampado é infinito. O que isso significa.

– Isabelle. Eu quero o divórcio.

Ela aperta os olhos como se estivesse com dificuldade para enxergá-lo.

– O que foi que você disse?

– Eu disse que quero o divórcio. Não quero mais ficar casado com você.

– E você acha que este é o momento certo para falar disso?

– Na verdade, acho sim. É exatamente o que eu penso.

Os olhos de Isabelle esquadrinham o horizonte, de um lado para o outro, até que por fim se detêm em algum lugar perto de onde a bola pousou. Depois ela suspira e diz: – Preciso de alguma coisa pra comer.

– Você ouviu o que eu disse?

– Sim, eu ouvi o que você disse. E daí? Preciso de alguma coisa para comer. Você fez amizade com aqueles fazendeiros esquisitões. Eles têm alguma coisa.

– A gente nunca vai embora daqui.

Isabelle faz cara feia e revira os olhos.

– O que você quer? Quer que eu chupe seu pau, talvez?

– De repente...

– Você pode resolver isso? *Por favor.*

Peter encara Isabelle por alguns segundos. Ela é tão linda e repulsiva. Ele solta o taco e ruma para o acampamento. Ele disse. Imaginou que se sentiria melhor do que está se sentindo agora, mas ele disse. As palavras foram pronunciadas.

Ele só levanta os olhos assim que chega aos *trailers*. Stefan abriu uma cadeira dobrável no teto do seu *trailer* e está no processo de subir até lá enquanto segura o seu celular acima da cabeça.

*O descampado é infinito.*

As palavras giram em algum canto remoto da sua mente feito um mantra. É como se houvesse um significado oculto que ele ainda não consegue compreender.

Lennart e Olof estão sentados no chão junto ao seu *trailer*, e a mera visão dos dois faz com que alguma coisa dura dentro de Peter amoleça um pouco. Ele relaxa e anda na direção deles.


A cadeira dobrável é frouxa e instável mesmo quando há alguém sentado nela. Stefan se sente como um artista incompetente de circo quando, com toda a cautela, assenta um pé de cada vez sobre a armação na tentativa de estabilizar com ambas as mãos a estrutura de tubos finos de metal. Ele não ousa ficar de pé sobre o tecido.

*Quarenta e nove coroas na Rusta. Bem feito.*

Por fim ele consegue esticar as pernas. Quando segura o telefone na altura da barriga, a barrinha do sinal vez por outra aparece bruxuleando; quando ele ergue o aparelho na altura do rosto, ela se torna mais estável, e quando levanta o celular acima da cabeça a barrinha se mantém visível quase o tempo todo. Ele pressiona a tecla e ouve um tom contínuo de discagem.

*E então? E agora?*

Há uma coisa que certamente quer fazer: ligar para os seus pais e dizer que ele, Carina e Emil estão bem. Que talvez não voltem para casa amanhã conforme planejado. A oportunidade de poupar os pais de qualquer angústia faria esse projeto valer a pena, mesmo que não dê em nada.

Mas e depois? Para quem mais ele deveria ligar?

A primeira coisa que lhe ocorre é o centro de distribuição. Aquele palete de arenque. Ele ouve um rangido sob o pé direito, a cadeira se desloca ligeiramente e Stefan quase perde o equilíbrio. Ele entra em pânico e pula, aterrissando com estrépito no teto do *trailer*. Afunda metal morno adentro, fitando com olhar penetrante o celular em sua mão.

Para quem ele deveria ligar?

Stefan passa a língua sobre os lábios para umedecê-los. Há um aspecto da questão sobre o qual ele ainda não ponderou. *Se* conseguir ligar para os pais e eles atenderem... o que exatamente isso significa?

Significa que eles não estão perdidos. Significa que eles estão num lugar que está em contato com o mundo normal, e que o mundo normal ainda *existe*. Se você parar para pensar com cuidado, isso faz toda a diferença do mundo.

De repente, Stefan está com medo de fazer o telefonema. A ligação tornou-se decisiva demais. Tal qual um malabarista, ele joga o telefone de uma mão para a outra, como se fosse uma batata quente que precisa primeiro esfriar antes de lidar com ela. A bateria está quase no final, e se Stefan vai ficar lá sentado titubeando é melhor desligar o aparelho.

*Recomponha-se. Ponha a cabeça no lugar.*

Do que ele tem tanto medo? Seus pais ou vão atender ou não vão. Se não atenderem, ele pode ligar para o número de emergência ou algo do tipo, apenas para verificar se consegue estabelecer contato com outro ser humano. Mesmo que seja o "serviço de hora certa", pelo amor de Deus.

Existe, no entanto, uma outra possibilidade, e talvez seja por isso que ele ainda está brincando com o telefone. E se ele ligar... e um *outro alguém* atender? Alguém que não é nem uma pessoa nem uma máquina? Alguém que está querendo fazer contato com ele desde aquele dia no fundo do lago.

Stefan se põe de pé, pega o binóculo e rastreia o horizonte, examinando com especial atenção a rota que percorreu com Emil. Nada.

O que foi que ele viu na verdade? Um vulto branco distante, muito ao longe. Como ele pode ter tanta certeza de que essa figura tem alguma coisa a ver com aquela que o chamou quando tinha seis anos de idade? Que prova há? Nenhuma. Nada exceto a sensação gélida em seu peito; quando avistou a figura através de seu binóculo, ele teve a impressão de que engoliu diversos litros de água gelada do lago.

Stefan apoia a testa nos pulsos, fecha os olhos e volta à lembrança do seu aniversário de seis anos. A bicicleta, o píer, a água escura. O frio nos pulmões, o campo abrindo-se diante dele, o vulto que acenava chamando-o. Com seu olhar interno ele crava a vista na figura e a examina minuciosamente.

Não é perigoso fazer o telefonema. A julgar pela lembrança de Stefan, *a figura não tinha boca*. Ela não vai lhe dizer coisa alguma. O vulto tinha somente olhos, até onde a memória de Stefan alcança.

Sem mais delongas, ele sobe novamente na cadeira, desta vez tentando distribuir seu peso de maneira diferente. Depois digita o número da casa dos pais, enquanto segura o telefone acima da cabeça.

Ele ouve o toque do outro lado da linha. Uma vez. Duas vezes. Três vezes. *Por favor, atendam. Por favor.*

Ele imagina o telefone de teclas no parapeito da janela da cozinha, seu toque antiquado ecoando casa afora a cada bipe eletrônico no ouvido de Stefan. Ele vê a mãe largar o tricô e se levantar do sofá da sala de estar. O pai está doente demais para zanzar pela casa.

No quarto toque ele ouve um estalo e um chiado, depois uma voz. A voz de sua mãe.

– Alô? Ingegerd Larsson.

Stefan cambaleia e quase desaba da cadeira, mas consegue se firmar sem estragá-la. Ele não sabe o que dizer. Gostaria de apertar o telefone junto ao ouvido em vez de segurá-lo sobre o rosto virado para cima, mas não ousa correr esse risco. A conexão é frágil.

– Oi, Mamãe. Sou eu, Stefan.

– Stefan? – A voz da mãe é um fiapo. – Onde você está?

Stefan está olhando para o céu. Ele pisca um par de vezes e percebe que tem lágrimas nos olhos. Onde ele está? Se pelo menos soubesse.

– Eu... estou bem longe. Mas estamos todos bem.

A barrinha do sinal tremula e Stefan entende apenas palavras desconjuntadas:

– ... pior... casa...

– O que a senhora disse, Mamãe?

Ele levanta um pouco mais alto o telefone. O sinal se estabiliza, mas a voz da mãe está tão distante que ele não consegue ouvir uma palavra.

– Desculpe, Mamãe, pode repetir? – Ele abaixa um milímetro o celular, e dessa vez consegue mais ou menos ouvi-la. – O seu pai está muito pior. Você precisa voltar para casa.

Ouve-se um estrépito quando a barra transversal da armação da cadeira se quebra e a coisa toda desmorona. Segurando o telefone junto ao peito, Stefan cai de lado e desaba violentamente sobre o teto, aterrissando sobre o ombro.

O metal cede em boa medida e ele não quebra nenhum osso, mas quando olha para a tela vê que perdeu o contato.

*Você precisa voltar para casa.*

Stefan dobra os joelhos encolhendo as pernas junto ao peito e murmura:

– Que merda.

Lennart e Olof cavaram três buracos de diferentes tamanhos ao lado de seu *trailer*. Quando Peter chega, estão acabando de remover uma planta de seu vaso a fim de colocá-la num buraco maior.

– Olá, pessoal. Estão fazendo um jardim?

– Na verdade, não – responde Olof. – A gente só queria ver a situação do solo.

– O negócio é o seguinte. Temos as nossas suspeitas – acrescenta Lennart.

Peter se senta de pernas cruzadas ao lado deles e espia os itens espalhados pelo chão. Uma colher de pedreiro, um saco quase vazio de adubo composto, um balde contendo diversos litros de água, uma batata encarquilhada com dois ou três olhos protuberantes na casca, um pacote de sementes de endro.

Olof acompanha o olhar fixo dele: – Você usa o que você tem, como disse Cajsa Warg.[*]

Lennart despeja um pouco de água dentro do buraco e Olof insere a planta, um pelargônio, depois os dois cobrem o buraco com adubo antes de aguar de novo. Peter assiste ao procedimento e se permite esquecer que o descampado é infinito. Há algo de relaxante em ver dois homens trabalhar em ritmo constante, como se o mundo estivesse normal e tudo que bastava era continuar entretido como sempre.

Entretanto, quando Lennart e Olof colocam a batata no solo e começam a preencher o buraco, Peter não é capaz de se refrear e pergunta: – Que tipo de suspeita?

Lennart levanta os olhos e encara Peter como se não compreendesse a que ele está se referindo, mas depois se lembra de seu último comentário. – Achamos que há alguma coisa de errado com o solo aqui. Ele parece repleto de nutrientes, mas nada cresce. A não ser a grama.

– E o que vocês acham que isso significa?

Lennart encolhe os ombros. – Talvez seja tóxico de alguma forma.

– Ou talvez não funcione como nenhum solo que a gente já tenha encontrado até hoje – comenta Olof.

Peter tem a impressão de que eles estão escondendo alguma coisa. São muito simpáticos e agradáveis, mas uma parte de Peter se sente apavorada com eles. Os dois são impenetráveis; teoricamente poderiam estar guardando todo tipo de segredo.

Ele afasta esse pensamento e, hesitante, pergunta: – Escutem, caras, será que vocês por acaso têm algum doce que eu possa comprar? A minha esposa... – Peter se detém, pisca e se corrige: – *Isabelle* sofre de uma doença que faz com que ela precise de coisas açucaradas.

Lennart e Olof trocam um olhar, e, depois de um diálogo silencioso, Olof ergue as sobrancelhas de forma expressiva para Lennart, que suspira. – Sim, provavelmente a gente tem.

---

[*]   A autora de livros de receitas culinárias Anna Christina Warg (1703-1769), mais conhecida como Cajsa (ou Kajsa) Warg, foi uma das mais famosas cozinheiras da história sueca. (N. T.)

Olof apoia-se no ombro de Lennart para se pôr de pé e sai andando na direção do *trailer*. Timidamente, Lennart olha de relance para Peter antes de dizer em voz alta para Olof. – Só metade, tá legal?

Olof ergue uma das mãos para tranquilizar Lennart, que assente e se vira de novo para Peter. – Sinto muito ser tão mesquinho, mas é nossa guloseima de sexta-feira, por assim dizer.

– O que é?

– O negócio é o seguinte, temos um pacote de Twist e a gente sempre... – de repente Lennart se sente constrangido, e cutuca o solo em volta do pelargônio enquanto continua a falar. – É meio que uma ocasião especial.

Os olhos de Peter ficam marejados. – Eu sinto muito, é claro que vocês devem ficar com os seus doces. A Isabelle vai ficar bem.

– Não, não – insiste Lennart. – A gente fica feliz de compartilhar. Um doce tem o poder de tornar uma ocasião especial, afinal, se a Isabelle precisa da nossa ajuda.

As lágrimas já não estão comichando nos olhos de Peter, mas ele sente um nó na garganta, e esse nó é feito de *perda*. Quando Peter era menino, um pacote de Twist era um tesouro pelo qual valia a pena esperar, e que ele dava um jeito de fazer durar por dias a fio, mas que foi substituído por prazeres que custam mil vezes mais e ainda assim lhe dão apenas uma fração da satisfação. Ele perdeu algo que Lennart e Olof conseguiram manter.

– Não quero me intrometer – diz Lennart –, mas você parece chateado. Qual é o problema?

Peter sente um súbito impulso de contar tudo. Se Olof tivesse pedido, ele talvez tivesse feito isso. De certa forma Lennart tem uma pele mais grossa e um abraço menos convidativo, por isso Peter apenas balança a cabeça e pensa: – *Nada existe e o descampado é infinito.*

Pacotes de Twist e a lembrança dos pacotes de Twist e a sensação evocada pela lembrança dos pacotes de Twist e os pensamentos oriundos da sensação evocada pela lembrança dos pacotes de Twist – tudo é essencialmente sem sentido se nada existe e o campo é infinito. Peter endireita os ombros e, quando Olof retorna e lhe oferece um saco plástico contendo cerca de uma dúzia de chocolates e caramelos, estende a mão para pegá-lo.

– Espero que seja suficiente – diz Olof, ajoelhando-se de novo.

– Muito obrigado – agradece Peter, levando a mão ao bolso de trás da calça para pegar a carteira, mas Lennart fecha a cara e faz um gesto para recusar o dinheiro.

– Não seja ridículo. Seria uma tolice aceitar dinheiro por uma coisinha dessa. E, em todo caso, de que serve dinheiro aqui?

Peter aborta o gesto desnecessário; sua carteira está no *trailer*. Ele fica lá sentado em silêncio enquanto Lennart e Olof espalham as sementes de endro no buraco menor e mais raso. Seus movimentos são tão sincronizados, sua proximidade é tão óbvia e evidente. Assim que terminam, Peter diz: – Desculpem, não quero ser bisbilhoteiro, mas como é essa história de vocês acamparem juntos?

Lennart e Olof olham para ele com as sobrancelhas erguidas e Peter se sente na obrigação de elucidar. – Quero dizer, é um pouco fora do comum, só isso. – Talvez ele tenha destruído a atmosfera calorosa; ele não sabe o quanto essa questão pode ser delicada.

Para seu alívio, Lennart diz simplesmente: – Nossas esposas, Ingela e Agnetha, saíram juntas em viagem de férias. Foram para as ilhas Canárias. E quando elas voltaram... mais ou menos depois de uma semana... elas escafederam-se. As duas.

A expressão é tão bizarra que Peter sente a necessidade de repeti-la. – Escafederam-se?

– Sim. Devem ter conversado a respeito enquanto estavam lá, e decidiram que era o que iam fazer. E aí se escafederam. Sumiram em diferentes direções.

– Sete anos atrás – interrompe Olof.

– Mas... uma pessoa simplesmente não some, certo? – pergunta Peter.

– Bom, não – concorda Lennart. – Acho que não. Mas foi o que elas fizeram.

– Isso significa que nós dois ficamos sozinhos – diz Olof. – E gradualmente concluímos que... como dizer? Que não precisávamos ficar sozinhos. Não quando nos dávamos tão bem.

Lennart aparentemente não tem nenhuma objeção a essa explicação; ele assente, pensativo, e Peter se flagra fazendo o mesmo. Ele tem mais perguntas, mas não é capaz de pensar na maneira de fazê-las sem ultrapassar os limites, por isso os três ficam lá sentados por um tempo, meneando a cabeça em sintonia, até serem interrompidos pelo estrépito de Stefan caindo de sua cadeira.

\* \* \*

O cesto de pão é uma visão lamentável. Contém apenas três fatias secas de pão branco, do tipo que só tem gosto bom quando transformado em torradas. Carina cogita a ideia de fazer rabanada. Depois se lembra de que precisam poupar o fogareiro para as coisas essenciais, caso não recuperem a mangueira de gás.

Ela passa manteiga no pão e fatia queijo, olhando de relance para Emil, que está sentado à mesa da cozinha brincando com seu Lego. Carina compreendeu que deve agir com cautela. A questão da mangueira é delicada de um modo que ela não consegue sequer compreender.

No momento em que ela coloca os sanduíches na frente de Emil com um copo de leite morno, ouve-se um baque surdo no teto do *trailer*, como se Stefan estivesse dando pulos. Emil olha para cima.

– O que o Papai está fazendo?

– Está tentando fazer o celular dele funcionar.

Emil dá uma mordida no sanduíche. – Pra que assim ele possa fazer telefonemas.

– Isso mesmo.

– Ele vai ligar pra polícia?

Carina não sabe o que dizer. Para quem deveriam ligar? Para a pessoa que marcou com uma cruz os *trailers*. É uma pena que a pessoa que fez isso, seja lá quem for, não tenha deixado um número de telefone.

– A brigada de incêndio – diz Emil, e Carina sorri, o que faz com que ele acrescente: – O banco. E o cabeleireiro.

Carina sabe que o principal objetivo de Stefan é ligar para os pais dele e tranquilizá-los. Ela não tem ninguém a quem telefonar. Absolutamente ninguém. Seus pais estão mortos, e ela já não tem mais nada a ver com os amigos do passado. Em todo caso, muitos deles já morreram ou estão na cadeia. As pessoas que ela tem em sua vida estão exatamente ali com ela.

Resoluto, Emil mastiga bravamente o sanduíche seco. Não consegue evitar a careta ao bebericar o leite tépido, mas não diz uma palavra. Resta só uma fatia de pão, mais meio pacote de torradas.

*Temos de encontrar um modo de escapar daqui.*

Os pensamentos de Carina retornam ao impossível. Ao fato de que eles estão ali, de que foram removidos, deslocados. Apagados. Ela pega uma peça de Lego, depois outras três. Olha fixamente para elas na palma de sua mão, imaginando que uma mão ergueu os *trailers* exatamente da mesma forma e depois deixou todos eles caírem neste descampado incompreensível.

É tão contraintuitivo que uma outra possibilidade surge repentinamente feito um raio em sua mente: a de que ela entendeu tudo errado. De que a verdade é bastante simples; trata-se de um modo de olhar para as coisas. Uma formiga é capaz de entender apenas duas dimensões; se for colocada em cima de uma bola, não consegue entender que retornará ao seu ponto de partida se simplesmente continuar andando. Algo nesse mesmo sentido. Compreender o conceito de uma bola quando uma bola é uma entidade desconhecida. Mas como alguém pode imaginar algo que ela não é capaz de imaginar?

– Qual é o problema, Mamãe?

Emil terminou seu sanduíche, então Carina se dá conta de que deve ter se ausentado por alguns minutos. Sua mão agarra com firmeza as peças de Lego, e quando ela tenta soltá-las grudam em sua pele por um par de segundos antes de caírem, deixando atrás de si marcas vermelhas.

– Nada, querido. Estou só pensando, só isso.

– Vamos construir alguma coisa?

Não se ouve nenhum som do teto, então Carina deduz que Stefan ainda está tentando completar a ligação. Ela não quer ir a lugar algum enquanto ele não voltar para ficar lá com Emil. – Carina meneia a cabeça. – O que a gente deve fazer?

– Uma fortaleza. Uma fortaleza poderosa – responde Emil, colocando a base no centro da mesa. Ele começa a construir uma estrutura quadrada. – Com paredes espessas pra conseguir resistir ao ataque.

Carina seleciona peças de diferentes cores e as acrescenta à base. Deixa um espaço em uma das laterais, mas Emil encaixa um par de peças e fecha o vão.

– Não precisamos de uma porta? – pergunta Carina.

Emil balança a cabeça. – Não vamos colocar porta. – Ele pega três cavaleiros, posiciona-os dentro do quadrado e segue construindo as muralhas.

Carina aponta para o trio. – Então como eles entraram, se não há porta?

Emil olha para ela, franze as sobrancelhas e balança a cabeça, como se não fosse capaz de compreender de que forma acabou tendo uma mamãe tão simplória. – É óbvio que *havia* uma porta – explica ele. – Mas eles a lacraram.

– Tudo bem. E por que eles fizeram isso?

Emil suspira. – Eu *já disse*. Por causa do ataque. – A voz dele adquire um tom pedagógico além de sua idade ao acrescentar: – A porta é o ponto mais fraco.

Carina encaixa mais algumas peças, de modo que a estrutura fica com dois tijolos de altura, e faz outra pergunta: – De que tipo de ataque estamos falando aqui?

Emil para de construir e gira uma peça de Lego entre os dedos. – Eles não sabem. Isso é que é o terrível. – Sua expressão é sombria quando retoma a construção.

– O que... – Carina começa a frase, mas Emil a interrompe. – Não, Mamãe. Temos de terminar a fortaleza. Continue construindo.

Eles trabalham em silêncio até que a estrutura fica com quatro tijolos de altura e os cavaleiros começam a desaparecer atrás das muralhas. Carina aponta para eles de novo: – Eles não vão ter problemas lá dentro? E o que me diz da comida e da água? Como vão dar um jeito nisso?

– Vai ser duro – confirma Emil. – Mas se permanecerem juntos tudo vai ficar bem. – Ele se inclina para a frente e espia por cima do muro, depois olha subitamente para Carina. – Mamãe, o que é que se alimenta de sangue?

– Por que você pergunta isso?

– Eu só queria saber.

– Bom... você sabe sobre os vampiros.

– A-hã. Tipo *Crepúsculo*. Mas e na vida real?

– Existem vários insetos, acho. E tem uma espécie de morcego que...

– Maior. Existe alguma coisa maior que se alimenta de sangue?

– Não que eu saiba.

– Tem certeza?

– Absoluta.

– Mas *poderia* existir?

Carina desliza os dedos pelas partes protuberantes das paredes e pergunta:

– Esse... ataque. A fortaleza vai ser atacada por quem se alimenta de sangue?

– Sim – diz Emil, encaixando a peça na mão. – Mas não os que são perigosos.

Embora Carina presuma que foi alguma coisa que Molly contou a Emil, a tranquila simplicidade na voz dele criou uma ideia que a faz soltar um grito no instante em que ouve um estrondo do teto.

A princípio Benny acha que deve ser um trovão, o que o deixa nervoso. Ele não gosta de tempestades. Ele aguça os ouvidos, sai em disparada para a abertura da varanda e espia lá fora. O céu está diferente de como geralmente fica quando vai haver tempestade. Alguma outra coisa deve ter causado o barulho.

Gata está deitada na janela de seu *trailer*, e os donos dela estão ocupados com alguma coisa no chão. A porta está entreaberta. Benny se espreguiça e boceja sem tirar os olhos de Gata. Ele fareja o ar e fica confuso. O cheiro de Netos que ele sentiu no campo está aqui agora. Muito, muito fraco, quase imperceptível. Netos estão chegando mais perto. É estranho, mas não alarmante demais. Netos não são perigosos, só causam dor nos ouvidos.

Benny dá alguns passos hesitantes do lado de fora. Gata está de olho nele agora. Mais alguns passos. Gata se põe de pé. Benny está se aproximando da área que é território de ninguém. Quando chega a um focinho de distância, Gata salta da janela. Ouve-se um ruído estridente do lado de dentro do *trailer*, e um segundo depois ela está na grama, correndo na direção de Benny, que se detém exatamente no ponto limítrofe de seu território.

Gata para na sua própria fronteira, senta-se. Benny fica onde está. Gata começa a se lamber. Benny coça atrás da orelha. Não consegue se decidir. Deve ir para cima dela ou ganha tempo e espera o momento propício?

Ele opta por um meio-termo e inicia uma série de manobras evasivas, movendo-se num semicírculo na direção de Gata. Gata o observa, depois se levanta e começa a se afastar dele, traçando o seu próprio semicírculo. Depois de algum tempo Benny está no mesmo local de onde Gata partiu, e vice-versa.

Ele coça atrás da orelha novamente, debatendo consigo mesmo se atravessa o círculo, se cruza a fronteira. Em vez disso, percorre os mesmos passos de Gata, agora andando um pouco mais rápido. Gata faz a mesma coisa, mantendo distância. Quando volta ao seu próprio ponto de partida, Benny sai correndo. Gata faz o mesmo.

Não é mais possível dizer quem é o perseguidor e quem está sendo perseguido. Eles correm em círculos. Benny dá alguns latidos. Gata não late, mas às vezes arranja tempo para encaixar um pulinho extra.

Eles continuam correndo até que Benny começa a sentir tontura e não tem mais forças para seguir em frente. Deixa-se cair ao lado de seu *trailer*, arquejando pesadamente e com a língua dependurada. Gata se deita na grama, sua expressão inescrutável enquanto encara Benny de forma implacável e ininterrupta.

Ele solta um último latido, depois se arrasta desengonçadamente de volta para sua caminha. Antes de se deitar, ele tenta gemer junto à porta. Seria legal comer alguma coisa. Mas ninguém dá as caras.

Majvor está deitada na cama lendo uma revista velha à luz de uma lanterna, já que Donald não quer deixá-la abrir as persianas. Donald está sentado no sofá, suas mãos constantemente agarrando, e depois soltando, o tecido do moletom. Seus punhos se cerram, depois relaxam, se cerram, depois relaxam. Sua boca está repleta do gosto de chocolate. O Homem Ensanguentado está perambulando dentro de sua mente. Não é um sonho bom.

Donald era o filho mais velho, nascido em 1943. Duas irmãs chegaram pouco depois dele, e então sua mãe e seu pai decidiram parar, porque não tinham condições financeiras de criar mais filhos. Apesar disso, outra irmã viu a luz do dia na primavera de 1953. *Um pequeno acidente*, dizia seu pai; Donald não entendia o que isso significava.

O mais novo membro da família foi batizado de Margareta, e era um verdadeiro bebê chorão. Num chalé de três quartos não havia como escapar da choradeira, e foi por isso que, no verão de 1953, Donald fazia questão de acompanhar o pai para o trabalho na Serraria Räfsnäs sempre que podia. Chegaram inclusive a arranjar para ele um cargo extraoficial como uma espécie de "encarregado temporário de serviços gerais".

Em troca de um salário de vinte *öre* por hora, Donald separava pregos e parafusos, carregava pranchas de madeira para o depósito e recolhia as sobras de madeira que no fim seriam retalhadas. Ele gostava mesmo era de sair para fazer as entregas com o pai, carregando o caminhão com a madeira de construção que era transportada para os canteiros de obras, e depois ajudando a descarregá-lo.

Donald e seu pai se davam muito bem, e o menino teria ficado feliz de trabalhar de graça apenas para passar tempo com ele, batendo papo e trocando gracejos sobre a mãe e as irmãzinhas. Nada havia de errado com elas, absolutamente nada – só que não eram camaradas de verdade.

Não era segredo para ninguém que Donald era o favorito do pai, ou pelo menos o filho a quem ele mais dava atenção. Nada mais natural. Donald era o filho que aprenderia o ofício e entenderia do riscado, para um dia trabalhar no ramo madeireiro. Contudo, o pai fazia questão de que Donald fosse bom aluno e estudasse com afinco, e gostava de dizer: "O menino tem uma cabeça boa em cima dos ombros". Para quem vai ser dono do próprio negócio, é importante ficar de olho nos números.

Uma das brincadeiras favoritas de pai e filho quando estavam no caminhão para fazer uma entrega na obra de algum cliente distante era fantasiar sobre o futuro, imaginar como seria a serraria ou o depósito de madeira que Donald teria quando crescesse. Ele mesmo cortaria a madeira ou contrataria terceiros? Será que teria sua própria floresta? Que produtos adicionais deveria vender?

Junho e a primeira metade de julho passaram, e, mesmo que o trabalho fosse por vezes fisicamente exaustivo (uma tonelada de ripas a serem distribuídas entre cinco diferentes áreas de abastecimento) ou entediante (dez mil pregos para separar por tamanho), Donald não era capaz de se lembrar de um verão melhor.

Num dia quentíssimo de meados de junho, Donald e o pai partiram para a serraria de Riddersholm. Um pequeno carregamento de troncos havia chegado, e era preciso transformá-los em pranchas para um cliente. Como os troncos eram relativamente finos, o pai de Donald decidiu que os dois dariam conta do recado.

Assim que entraram na cabine do caminhão, o pai meneou a cabeça na direção da lancheira e disse que tinha uma pequena surpresa para Donald. Em geral a refeição consistia em sanduíches de ovos fritos que a mãe do menino preparava de manhã e uma garrafinha de leite que pai e filho dividiam. Raramente havia alguma outra coisa. Donald não conseguia adivinhar qual poderia ser a surpresa, então o intervalo para o almoço ficou pairando diante dele feito uma miragem tentadora.

A serra circular usada para cortar os troncos ficava abrigada num edifício retangular com teto de ferro corrugado. Se estava quente do lado de fora, então dentro estava fervendo. Donald e o pai trabalharam sem camisa, e a serragem rodopiante combinada ao suor e à lamúria da lâmina proporcionava uma experiência bem pouco agradável. Enquanto arrastava as pranchas cortadas e ajudava a colocar os troncos sobre a bancada, Donald estava mesmo aguardando ansiosamente o tal almoço.

Depois de algum tempo os dois já não aguentavam mais; restavam somente alguns troncos feios, cobertos de nós retorcidos e grumosos. Donald e o pai fizeram uma pausa para descansar e respirar, limpando o suor da testa. Depois recomeçaram. Carregando os troncos, deixando-os cair sobre a bancada e empurrando-os contra a lâmina, serrando e erguendo, carregando e deixando cair. A cabeça de Donald girava de calor e cansaço, e vez por outra até mesmo seu pai piscava e sacudia a cabeça.

O penúltimo tronco mostrou-se especialmente difícil, e a lâmina emperrou duas vezes num nódulo da raiz perto da ponta. O pai de Donald fez força para arrancar a tora e pediu a Donald que buscasse o gato – o gancho articulado usado para virar, agarrar e içar toras de madeira –, de modo a poder segurar a outra extremidade. Se um deles empurrasse e o outro puxasse ao mesmo tempo, talvez conseguissem forçar o desgraçado tronco a passar pela lâmina.

Donald usou o gancho para agarrar a estreita ponta da tora. Seu pai estava junto à lâmina na extremidade oposta da bancada, pronto para empurrar. Ambos menearam a cabeça um para o outro e contaram: – Um... dois... três! –, Donald puxou, sentindo-se triunfante quando o tronco se deslocou um metro em sua direção com inesperada facilidade; a tora tinha passado através da lâmina.

Ele olhou de relance para o pai, pronto para fazer sinal de positivo – faltava só o último tronco –, mas antes que pudesse levantar a mão arfou e soltou o gancho. O súbito solavanco tinha feito o pai cair para a frente na direção da lâmina.

Durante toda a sua vida Donald passaria e repassaria o acontecido, examinando minuciosamente cada ínfimo detalhe. Estava muito quente; o suor gotejava dentro dos olhos dos dois, obscurecendo a visão do pai em meio à serragem rodopiante; ambos estavam cansados; seu pai havia cometido um erro de cálculo e avaliou mal a situação; ou talvez a tora tivesse uma estrutura incomum, o que significou que a lâmina rasgou a madeira como uma faca quente cortando manteiga.

Não poderia ser o fato de que Donald tivesse puxado com força excessiva, de que o seu movimento violento tivesse feito o pai perder o equilíbrio, caindo por cima da lâmina, o que amputou suas duas mãos.

A princípio Donald não conseguiu processar o que estava vendo. Seu pai escorregou até ficar de joelhos. O sangue que jorrava de seus pulsos atingiu a serra giratória e foi arremessado pelo ar. Algumas gotas salpicaram o rosto de Donald; ele olhou para as costas das próprias mãos e viu o sangue que tinha respingado sobre elas, que ainda estava respingando sobre elas, e só então seu coração desabou dentro do peito feito um caroço de gelo.

Sobre pernas que não queriam lhe obedecer, Donald correu na direção do pai, que conseguiu se levantar e depois caiu para trás com as costas na parede enquanto o sangue continuava esguichando dos tocos que eram seus braços e escorria por cima de seu peito, barriga e rosto.

– Papai! Papai!

– Donald – a voz ofegante de seu pai soou por cima do gemido da lâmina da serra. – Pressão... amarre...

Em pânico, Donald olhou ao redor à procura das camisas, um pedaço de corda, qualquer coisa que ele pudesse usar para amarrar em volta dos braços do pai na tentativa de estancar a sangria e impedir que todo o sangue se esvaísse de seu corpo. Ele deu meia-volta e quase vomitou quando viu uma das mãos do pai pendurada, caída sobre a bancada, a outra no chão por cima de um punhado de serragem de coloração escura. Nenhuma corda.

*Nossas camisas, nossas camisas...*

Eles as tinham pendurado numa árvore. Donald saiu correndo e as pegou, soltando um soluço de choro quando sua camisa ficou enrascada num galho. Ele a puxou até a manga rasgar, depois voltou correndo feito uma flecha para o edifício.

Cambaleando, seu pai saiu para a luz, e Donald parou de repente enquanto a imagem que o assombraria para o resto da vida era marcada a ferro e fogo em suas retinas.

Seu pai fez uma pausa, como se a incandescente luz do sol o tivesse pegado de surpresa. O corpo dele estava enodoado de sangue, reluzindo como um pedaço fresco de carne sob a luz berrante. Seu cabelo estava emplastrado sobre sua cabeça, e seus olhos cintilavam, brancos, através do sangue que lhe escorria pelo rosto quando ele ergueu os braços mutilados para o céu e caiu de joelhos. Já não havia mais coisa alguma nele que lembrasse seu pai; aquilo era uma figura horrível, um homem coberto de sangue.

Mesmo assim Donald correu na direção dele, suas mãos tremendo enquanto ele tentava dar um nó no tecido em volta dos antebraços do Homem Ensanguentado, de onde o sangue já não estava jorrando, mas meramente gotejando.

– Papai, por favor, Papai, por favor!

O pai não notou os esforços de Donald. Estava olhando para o céu, seu corpo balançando de um lado para o outro. Donald tinha conseguido improvisar uma espécie de torniquete em volta de um dos braços; ele amarrou o nó com toda a força de que foi capaz, e o fluxo de sangue foi interrompido.

*Talvez, talvez, talvez...*

Tudo ao redor de Donald tinha desaparecido. Os pássaros já não estavam cantando, não havia Sol no céu, as árvores sumiram. Havia somente Donald e seu pai e o sangue; ele tinha que dar um jeito de manter o sangue dentro do corpo do pai.

Enquanto Donald esticava a manga de uma camisa antes de amarrá-la em volta do outro braço, o queixo do pai caiu sobre seu peito. Ele olhou para Donald e murmurou: – Meu... menino –, e a seguir desmoronou de lado.

Donald berrou e suplicou, aplicou o torniquete no outro braço, chacoalhou o pai e lhe implorou que abrisse os olhos, que dissesse alguma coisa, que não o deixasse sozinho. Em vão. Quando se pôs de pé, suas mãos estavam vermelhas de sangue, e com expressão vazia ele fitou a serra, que ainda girava, ainda emitia aquele queixume monótono.

Donald entrou e desligou a máquina, ficou lá, imóvel, observando a serra diminuir de velocidade, parar, ficar em silêncio. Cogitou a ideia de recolher as mãos do pai e colocá-las ao lado do corpo, mas não conseguiu. Em vez disso, foi se sentar na cabine do caminhão.

Lá permaneceu sentado durante um longo tempo. Vez por outra olhava de relance para o banco do motorista a fim de verificar se o pai tinha voltado para lhe dizer que aquilo não passava de uma piada estúpida e agora voltariam para casa. Não sentiu coisa alguma. Não era capaz de se mover.

O sol já não estava brilhando em seu rosto quando ele reparou na lancheira no chão. Ele a pegou e abriu a tampa. Viu os costumeiros sanduíches, embrulhados em papel impermeável. E uma barra de chocolate. Uma enorme barra de chocolate. Avelã, sua favorita, que eles quase nunca tinham dinheiro para comprar.

Ele e Papai teriam se sentado lado a lado dividindo o chocolate, satisfeitos pelo trabalho bem-feito. Sentados lado a lado sobre uma rocha achatada, à sombra. Saboreando cada mordida, cada naco. Donald começou a chorar, e ainda estava chorando quando percorreu a pé a estrada principal, a barra de chocolate na mão. Um carro parou e ele explicou o que tinha acontecido.

Em algum momento entre as lágrimas e gritos daquela tarde e noite, com amigos e vizinhos entrando e saindo e a percepção de que o seu pai não voltaria para casa, Donald decidiu que guardaria a barra de chocolate, que jamais a comeria.

Durante toda a noite ele continuou sentado numa cadeira com a barra de chocolate sobre o joelho, debaixo do carvalho onde seu pai costumava balançá-lo quando era bebê, e aos poucos uma terrível constatação fincou raízes dentro dele.

De alguma forma Donald havia aceitado a ideia de que jamais veria de novo o pai. De que o seu pai, como uma pessoa viva, já não poderia significar nada para ele. Ainda pior, contudo, era o fato de que Donald não significava mais nada para o pai. Os olhos do pai já não podiam vê-lo, porque a luz deles havia morrido. Em algum nível essencial, Donald tinha cessado de existir. Ele permaneceu sentado na cadeira sob o carvalho e foi ficando mais leve e mais transparente à medida que seu próprio ser se desintegrava e se dissolvia.

Nessa noite ele se deitou na cama olhando fixamente para o teto, ouvindo os soluços da mãe no quarto ao lado. Ele se levantou e buscou a barra de chocolate.

Com cuidado, retirou a embalagem, depois ficou um bom tempo contemplando o bloco retangular dividido em quadradinhos que começavam a derreter em suas mãos. Partiu a barra em pedaços grandes e os enfiou na boca, mastigando e engolindo o mais rápido que podia.

Ele permaneceu parado no meio do quarto por cerca de um minuto enquanto o pesado caroço se avolumava dentro de sua barriga, depois correu para o banheiro externo e vomitou.

* * *

Carina, Emil, Peter, Lennart e Olof reuniram-se em volta do *trailer* enquanto Stefan lentamente se põe de pé no teto. Ele parece mais abalado do que machucado quando olha para baixo e vê o grupo reunido; ergue o celular como um troféu e diz: – Eu consegui completar uma ligação! Falei com a minha mãe.

Uma careta de dor perpassa por seu rosto, e somente Carina o conhece suficientemente bem para suspeitar do motivo. – E o que ela disse? Como está o Bengt?

O olhar que Stefan lhe lança é uma resposta suficiente. Ela está prestes a perguntar mais detalhes, mas Peter se antecipa; dá algumas passadas largas e em um segundo está no teto do *trailer*, ao lado de Stefan. Tira o iPhone do bolso e olha para a tela, balança a cabeça. Nada.

– Tem de ser mais alto – explica Stefan. – Eu subi numa cadeira. E mesmo assim só dá pra conseguir um sinal fraco. – Ele mostra seu celular. – E é claro que eu tenho este aqui.

Peter olha de relance do seu iPhone novinho em folha para o Nokia de Stefan. Um Bugatti *versus* um Volvo 240. Mas telefones velhos geralmente têm sinal melhor, por isso Peter estende a mão. – Posso...?

Stefan balança a cabeça. – A bateria vai acabar num piscar de olhos. Se vamos fazer ligações, precisamos ter certeza de que vamos completar a ligação.

– E como a gente faz isso?

Stefan olha para o céu. – Precisamos estar num lugar mais alto.

Os dois homens fitam o céu como se estivessem esperando que uma escada de corda caísse. Lennart pigarreia e dá um passo para a frente, erguendo uma das mãos como se pedisse permissão para falar.

– Desculpe. Você disse que falou com a sua mãe?

– Sim.

– E ela conseguiu ouvir você?

– Sim.

– Obrigado – diz Lennart. – É só isso. – Olof o fita com um olhar inquiridor, e Lennart encolhe os ombros. Há uma breve pausa enquanto todos refletem sobre as implicações desse novo estado de coisas. Emil aperta o corpo junto ao de Carina e sussurra: – A gente pode voltar logo pra casa, Mamãe?

\* \* \*

Um dos segredos de um bom enroladinho de canela é o *enrolamento*. A finura da massa antes de você espalhar sobre ela a mistura de manteiga e especiarias antes de enrolar. Normalmente a massa é enrolada de quatro a cinco vezes; numa padaria ou *pâtisserie*, às vezes seis. Os de Majvor são enrolados sete vezes.

As crianças nunca precisavam se sentir constrangidas quando a direção da escola pedia que levassem pãezinhos e bolos para vender em algum evento. Os enroladinhos de Majvor sempre desapareciam num piscar de olhos. As pessoas desprovidas de talentos e habilidades de panificação não fazem ideia de por que esses enroladinhos são tão leves e deliciosos, mas os que entendem do riscado arqueiam as sobrancelhas e dizem: – Sete, Majvor? Como você consegue?

Habilidade com o rolo de macarrão, só isso. O perfeito equilíbrio entre aplicar pressão e liberar pressão. Mais, é claro, generosas porções de manteiga na massa para não grudar na superfície apesar da finura.

Essa é uma preocupação no momento. As superfícies de trabalho da cozinha são de tamanho decente para um *trailer*, mas se Majvor vai fazer uma fornada grande de enroladinhos terá de dividir a massa em sete ou oito pedaços e enrolar cada um separadamente, o que, verdade seja dita, vai ser uma trabalheira *dos diabos*.

Ela vasculhou os armários e reuniu os ingredientes. Farinha, leite, açúcar, fermento, manteiga, canela e cardamomo. Tigela, pau de macarrão, colher de madeira, raspador de massa. O forno é razoavelmente grande. E ela provavelmente conseguirá assar os enroladinhos em duas fornadas. Só está faltando a superfície de trabalho.

Quantas vezes as boas intenções de Majvor foram arruinadas pelas irritantes deficiências de seu ambiente? Se ela ganhasse dez coroas em cada uma dessas ocasiões, a essa altura estaria rica!

*Vamos lá, criançada, vamos fazer um boneco de neve.* O tipo errado de neve. *Donald, olha só este lindo suéter que comprei pra você.* Gola muito apertada. *Eu fiz* muffins – *achei que nós todos poderíamos passar uma noite agradável juntos.* Todo mundo tem outros planos. *Não estava delicioso?* Não faço ideia, estou resfriado.

E assim por diante.

Majvor está parada no meio do *trailer*, com os punhos cerrados. Donald ainda está encolhido no sofá, movendo os lábios. Homem ridículo. Majvor se lembra de uma carta que ela lhe escreveu no passado distante. Suas últimas palavras foram: "Você é o meu sonho". Quem imaginaria que eles terminariam assim?

Ela seca uma lágrima no canto do olho. O que Donald disse é pura *arrogância,* alegar que ela não é uma pessoa real, mas meramente uma ficção, um fruto de sua imaginação. Quem criou os filhos dele, cuidou da casa dele, lavou as roupas e sofreu durante uns quarenta filmes de Åsa-Nisse no escuro do cinema?[*] Uma fantasia?

Majvor encara fixamente a cabeça careca de Donald, supostamente o único lugar onde ela existe. Depois os olhos dela flutuam em direção ao pau de macarrão. Ela poderia...

*Não, Majvor.*

Ela desenha uma enorme cruz por cima dessa cena, apagando-a. A cruz se altera ligeiramente, transforma-se na cruz que está do lado de fora do seu *trailer*, em todos os quatro *trailers*.

*Apague.*

– Donald, você pode sair daí, por favor?

– Por quê?

– Eu vou assar umas coisas.

– Você vai assar umas coisas?

– Sim, eu vou assar umas coisas.

– Por quê?

Às vezes Majvor se sente muito cansada. Parece que ela passou *anos* de sua vida tendo esse tipo de conversa. Ela apura a voz para encontrar o tom severo que raramente usa. – Donald. Mexa-se daí. Agora.

---

[*]  Åsa-Nisse é um personagem literário sueco criado por Stig Cederholm; apareceu pela primeira vez no semanário *Tidsfördriv* em 1944, e mais tarde protagonizou vinte filmes produzidos entre 1949 e 1969; ainda hoje é periodicamente publicada uma série cômica com o personagem, cuja atividade favorita é invadir propriedades alheias para caçar ou pescar. Um novo filme de Åsa-Nisse foi lançado em 2011. (N. T.)

Donald pode até considerar que no momento ela é um ser não existente, mas sabe quando ela está falando sério. Ele resmunga alguma coisa, põe-se de pé e vai se sentar na cama.

Certo.

Majvor limpa a mesa, que lhe propicia uma superfície de trabalho de aproximadamente um metro quadrado enquanto ela cantarola a canção de Mona Wessman que ouviu no rádio mais cedo. Agora tudo está como deveria. Ela atarefada na cozinha, preparando algo gostoso para todo mundo compartilhar. Não que alguém vá lhe agradecer, mas ela está acostumada com isso. Seu papel é o de alimentar e nutrir as pessoas, cuidar dos outros. Pensando bem, no fim das contas as pessoas não passam de crianças pequenas.

E nenhuma criança recusa os enroladinhos de canela da Majvor!

O grupo em torno do *trailer* de Stefan se dispersou. Stefan e Peter desceram do teto e estão discutindo a melhor maneira de construir algo que lhes proporcione altura extra. Lennart e Olof estão voltando para seu *trailer*.

– Aquela pergunta que você fez – diz Olof. – Sobre a mãe dele. Por que você fez aquilo?

– Porque é estranho. Quer dizer que estamos em algum lugar, afinal.

– A gente não achava que estava?

– Bom, não, eu não – responde Lennart. – Você achava?

Olof se detém, a testa franzida. Depois de alguns momentos, diz: – Não, acho que não, pensando bem.

– Não. Mas agora… – Lennart faz um gesto na direção do descampado aberto. – Agora qualquer coisa pode acontecer. Talvez tenha sido uma boa ideia espalhar aquelas varas de bambu, apesar de tudo.

– Mas provavelmente não.

– Provavelmente não, como você está dizendo, mas é impossível termos certeza.

– Exatamente.

Lennart entra no *trailer*, enquanto Olof se demora a fim de verificar seu experimento. É completamente sem sentido; não pode fazer mais de dez minutos que eles plantaram e semearam. Em certos casos as plantas podem reagir rapidamente a uma mudança de solo, mas não tão rápido assim.

Contudo... a cor das folhas do pelargônio não está um pouco mais escura? Em circunstâncias normais uma planta vai murchar um pouco até se recuperar do choque da mudança de lugar, mas isso não parece se aplicar aqui.

Olof está prestes a se agachar a fim de examinar mais atentamente o pelargônio quando Lennart põe a cabeça para fora do *trailer* e sussurra: – Psst. Temos visita.

A visita em questão é Molly. Ela está enrodilhada no sofá, aparentemente adormecida. Lennart e Olof ficam parados lado a lado, olhando fixamente para ela. Dentro do *trailer* bagunçado e mal-ajambrado a menina parece um elfo que errou o caminho, foi parar no reino dos *trolls* e pegou no sono – indescritivelmente bonitinha.

Já os *trolls* não sabem o que fazer. Lennart e Olof entreolham-se, sussurrando sobre o melhor plano de ação, a melhor decisão a tomar. Devem deixar a criança dormir e avisar os pais dela de seu paradeiro, ou acordá-la? Em meio a suas deliberações, Molly muda de posição, fica sentada e, com grande espalhafato, esfrega os olhos. – Peguei no sono – diz ela, num fiapo de voz.

– Está tudo bem – diz Olof. – Contanto que os seus pais não comecem a ficar preocupados.

Lennart passeia os olhos pelo interior do *trailer*. – O que você está fazendo aqui, por sinal?

– Estou só zanzando por aí – responde Molly. – Dando uma conferida nas coisas. Fiquei com sono. Vou pra casa agora.

Há um ligeiro farfalhar quando ela se levanta. Ela está prestes a passar pelos dois fazendeiros, mas Lennart estende o braço para impedi-la.

– Espere aí – diz ele. – O que você tem aí debaixo da sua camiseta?

– Nada.

Lennart suspira e meneia a cabeça na direção da superfície do armário, para que Olof entenda o que está acontecendo. O pacote semicheio de doces sumiu. Molly tenta forçar passagem, mas Lennart se posta na frente dela.

– Devolva nossos doces, depois você pode ir embora.

Molly o encara com seus olhos grandes e apavorados e diz: – Socorro.

– Não vou contar nada pro seu papai e pra sua mamãe, mas quero os doces de volta.

Molly arregala ainda mais os olhos e repete, mais alto desta vez: – Socorro!

Olof percebe o fingimento de Molly, e não sabe o que o assusta mais: o que ela está tentando fazer, ou o fato de que uma criança pequena possa pensar numa insinuação dessa. Ele está quase deixando a menina ir embora, prestes a dizer que podem se virar sem os doces, mas a expressão sombria de Lennart o detém.

– Nem pense nisso – diz Lennart. – O seu pai viu a gente entrar aqui segundos atrás. – Seu tom de voz fica mais ríspido e ele repete: – Nem pense nisso!

A expressão de Molly está diferente quando ela ergue os olhos para encarar Lennart, um medindo e observando atentamente o outro. Depois ela dá de ombros e se senta de novo no sofá, fazendo mais um farfalhar. Ela pousa o queixo sobre as mãos e contempla os dois homens.

– Por que vocês vivem juntos? – pergunta Molly.

A boca de Lennart está endurecida numa linha fina e furiosa, e ele não responde. Olof também considera que foi um truque perverso da parte de Molly, mas talvez ela esteja apavorada e tenha recorrido a medidas desesperadas. – Porque a gente se dá bem – diz ele.

– Vocês *se dão* muito bem *de verdade*? – pergunta Molly, inclinando a cabeça.

– Já chega – diz Lennart. – Ponha os chocolates em cima da mesa, depois vá embora.

Molly o encara por alguns segundos, depois diz: – Acho que sim. Acho que vocês *se dão* muito bem *de verdade*.

– Sim, nós nos damos bem – responde Olof. – E daí?

Molly volta as atenções para Olof. – Vamos brincar?

Lennart suspira. – Acho melhor ir buscar seu pai.

– Não, não faça isso. Pode ser que eu diga alguma coisa que vai acabar deixando ele zangado. Em vez disso, vamos brincar de um jogo.

Lennart e Olof permanecem exatamente onde estão. Nenhum deles nunca encontrou uma criança parecida com a Molly. É como lidar com uma espécie completamente diferente, cujo comportamento e instintos são totalmente imprevisíveis. Molly coloca as palmas das mãos sobre a mesa, depois aponta para as cadeiras a sua frente.

– Venham aqui! – Ela solta um suspiro teatral. – Vamos fazer uma pequena competição. Se eu ganhar, fico com o que tenho... se é que eu tenho alguma coisa. Daí vou pra casa.

Parte da tensão no corpo de Lennart se abranda. A criatura na frente dele pode ser estranha, mas provavelmente não é perigosa. – Não me parece exatamente um acordo. – O que a gente ganha?

– Vocês ganham o que está comigo, obviamente. E eu não conto pra ninguém que vocês dois se dão muito bem.

– Fique à vontade pra contar a quem quiser que a gente se dá bem – diz Olof. – Não é segredo nenhum.

Molly fecha a cara e levanta uma das mãos, os dedos bem abertos. – Vamos jogar jokenpô – pedra, papel e tesoura. E eu tenho de ganhar cinco vezes.

– Melhor de cinco? – quer saber Lennart.

– Não, cinco vezes seguidas. Aí eu ganho. Senão vocês ganham.

Olof não consegue refrear um sorriso. Ele não descreveria Lennart necessariamente como uma pessoa competitiva, mas acha difícil resistir a um desafio. Também é muito bom em jokenpô, na medida em que é possível ser bom nisso. Ele e Olof costumavam jogar pedra, papel e tesoura quando tinham diferentes opiniões sobre como um problema deveria ser resolvido, mas Olof se recusava a continuar quando se dava conta de que Lennart já havia vencido três de quatro vezes.

– Tá legal – diz Lennart, sentando-se de frente para Molly. – Vamos lá.

Molly aponta para Olof. – Você é o juiz.

Olof chega mais perto de mesa. Lennart e Molly levantam e abaixam ao mesmo tempo os punhos cerrados, entoando: – Um, dois, *três*!

Lennart escolhe papel. Molly escolhe tesoura.

– Um, dois, *três*!

Lennart escolhe papel. Molly escolhe tesoura.

– Um, dois, *três*!

Lennart escolhe pedra. Molly, papel. Lennart passa a língua pelos lábios e pigarreia, endireita as costas.

– Um, dois, *três*!

Lennart escolhe papel. Molly escolhe tesoura. Quatro a zero. – Vamos lá, Lennart! – incentiva Olof, mas os olhos de Lennart estão cravados nos de Molly, e ele parece não ter lhe dado ouvidos.

– Um, dois, *três*!

Lennart escolhe pedra. Molly escolhe papel. Ela diz em voz alta: – Escolho papel – e, ato contínuo, tira o saquinho de doces de debaixo de sua camiseta e o coloca em cima da mesa. Pega um caramelo, desembrulha e enfia na boca. Lennart coça a nuca e diz: – Bom, eu escolho...

– Huum – diz Molly, com a boca cheia de caramelo. Ela mastiga durante alguns instantes, depois aponta para Olof e resmunga algo quase incompreensível: – Você também.

– O quê?

– Você também vai jogar.

Independentemente de haver ou não alguma coisa a ganhar, para Olof é inevitável se sentir fascinado pela autoconfiança de Molly no que é basicamente um jogo de azar. Ele não se incomodaria de se arriscar e tentar a sorte; no mínimo isso irritaria Lennart.

Lennart está prestes a se levantar a fim de abrir espaço para Olof, mas Molly abana a mão indicando que ele deve ir mais para o lado no sofá. Olof se acomoda em seu assento habitual. É estranho ficar ao lado de Lennart e não de frente para ele. Molly meneia a cabeça; termina seu caramelo e engole.

– Os dois – diz ela.

– Como assim? – pergunta Olof.

Molly levanta as duas mãos, os dedos bem esticados. – Vocês usam uma mão cada. Eu uso as duas.

Lennart e Olof estendem a mão direita, punhos cerrados, e Molly mantém as suas mãos bem separadas, uma na frente de cada um dos fazendeiros. Quatro mãos fechadas balançam sobre a mesa três vezes, e depois se revelam. A mão direita de Molly é tesoura para o papel da mão de Lennart. A mão esquerda dela é papel para a pedra da mão de Olof.

Eles jogam de novo. E de novo. Depois da quinta vez é como um ritual encantatório, como se estivessem em transe. – Um, dois, *três*! Um, dois, *três*!

Eles jogam dez vezes. Molly vence todas as rodadas, vinte partidas. Não há um empate sequer. Molly pega outro caramelo e o enfia na boca, depois agarra o saquinho e se põe de pé. Antes de sair do *trailer*, ela diz:

– Vocês têm de ser legais comigo. Agora vocês entenderam?

Stefan e Peter desenharam um esboço no verso de um recibo velho. A estrutura que querem construir assemelha-se ao tipo de torre usada na floresta para a caça de alces, e deve servir a seu propósito – suportar o peso de uma pessoa em pleno ar numa altura suficiente para obter um sinal estável de celular.

Até onde eles sabem, ninguém tem martelo nem pregos, por isso Stefan propôs um sistema de nós que se apertam quando se aplica pressão; ele usou a mesma ideia quando construiu uma cabaninha para Emil sem nenhum prego.

Há, entretanto, um ponto fraco em seu plano: o material em si. As únicas pranchas de madeira no acampamento são as que compõem a varanda coberta de Donald. Não há sinal de Donald desde que Majvor apontou para as cruzes, e eles não fazem ideia de como anda o humor dele. Essa é a questão fundamental.

Stefan e Peter passaram um bom tempo elaborando seu plano, e foram horas bastante agradáveis. Faltou, porém, discutirem qual é o objetivo da torre: para quem eles vão telefonar. Stefan tem uma ideia, até certo ponto estranha, e está em vias de compartilhá-la com Peter quando Carina se aproxima deles.

– Você pode tomar conta do Emil? – pergunta ela a Stefan.

– Claro, mas por quê?

Como se estivesse falando em dar uma saidinha para comprar um jornal, Carina responde: – Eu só vou andar de carro um pouco por aí.

Stefan vai perguntar "Aonde você vai?", mas percebe que a pergunta é sem sentido. Aqui não há para onde ir exceto todos os lugares, então em vez disso ela pergunta: – Por quê?

– Não tem nada lá fora – comenta Peter.

– Desculpe – diz Carina, lançando na direção de Peter um olhar penetrante e perscrutador –, mas acho que eu não acredito nisso.

\* \* \*

– O que você está fazendo, Mamãe?

Isabelle está sentada à mesa da cozinha com uma garrafa de uísque e um copo. Assim que Molly entra no *trailer*, Isabelle levanta o copo e de um só trago bebe as últimas gotas.

– Não tenho nada doce, então estou bebendo esta porcaria pra ingerir um pouco de açúcar.

Molly se senta de frente para a mãe com cuidado exagerado. Finge pavor, mas na verdade está tentando dar um jeito de o saquinho de doces não fazer barulho.

– Então – diz Isabelle, a voz ligeiramente arrastada. Não está exatamente bêbada, mas o uísque tem efeito rápido sobre seu corpo faminto. – Descobriu alguma coisa? Sobre o que o seu amigo viu?

– Ele não é meu amigo. Posso jogar no computador?

Isabelle estreita os olhos, seus lábios se retraem. – Você está tentando fazer um acordo?

Molly encolhe os ombros e Isabelle tira o *laptop* da prateleira, desliza a mão sobre a superfície e diz: – Dez minutos.

– Vinte.

– Não dá pra gente recarregar a bateria. Quando acabar, acabou. Entendeu? Dez minutos.

– Quinze.

Isabelle suspira. – Tudo bem, quinze. Isto é, se você tiver alguma coisa pra me contar. Sobre se ele viu alguma coisa.

– Ele viu.

– E o que foi?

– Um homem.

Molly estende o braço para pegar o computador, mas Isabelle o afasta dela. – Que tipo de *homem*, Molly? Me conta, pelo amor de Deus!

Molly faz cara feia e vira os olhos. – Ele viu um homem no descampado: era totalmente branco e magro e andava de um jeito esquisito e parecia uma pessoa mas também parecia que não era.

Isabelle não protesta quando Molly agarra o *laptop* e o abre. O queixo de Isabelle caiu e ela está de olhos arregalados.

*Branco e magro e parecido com uma pessoa. Lá no campo aberto.*

Isabelle pode ver a imagem, pode vê-la muito claramente, porque já a viu antes. A música de "Plantas *versus* Zumbis" começa a tocar no computador. O dedo indicador de Molly se move sobre o *touchpad* e seu polegar clica no botão de comando enquanto ela captura sóis e organiza flores como proteção contra os zumbis que estão tentando invadir seu jardim.

Subitamente, Isabelle se levanta e sai do *trailer*. Quando Molly tem certeza de que a mãe se foi, pega o saquinho de guloseimas e dá pausa no jogo, desembrulha um bombom levemente melado e o enfia na boca antes de continuar jogando.

Carina se surpreende com sua própria determinação enquanto se ajeita atrás do volante e fecha a porta do carro. É como se estivesse a caminho de uma reunião importantíssima e não pudesse se atrasar.

*Voar. Sol adentro.*

Há algo que ela não consegue compreender. Um movimento dentro dela, como tropas sendo sigilosamente reposicionadas sob o manto da escuridão da noite. Ela *sabe* que alguma coisa está acontecendo, nas não consegue decidir se isso envolve inimigos ou reforços, destruição ou redenção. Talvez seja também um grupo de civis sem nenhuma importância especial, mas algo está em andamento.

Ela está em vias de virar a chave quando ouve um tamborilar na janela. Suspira ao ver Isabelle junto do carro. *O que a vaca estúpida quer agora?* Cogita ignorá-la, dar a partida e sair dirigindo. Por outro lado, talvez ela queira falar sobre a mangueira de gás. Carina realmente gostaria de reaver a mangueira, por isso abaixa o vidro da janela. – Sim?

Os olhos de Isabelle vasculham o carro. – Vai a algum lugar?

Sua expressão está ligeiramente embaciada, sem vida, e quando sente o cheiro de álcool em seu hálito Carina entende o motivo.

– Sim. Por quê?

Isabelle meneia a cabeça na direção do painel de instrumentos. – Você não tem GPS.

– Não – confirma Carina e, imitando a resposta que Isabelle lhe dera antes, acrescenta: – *E?*

Isabelle parece não ter percebido o sarcasmo; por sua vez, ela simplesmente afirma: – Você não vai conseguir encontrar o caminho de volta.

– Desculpe, mas o que você tem a ver com isso?

Carina não se acha capaz de ser mais desagradável e desconcertante, mas por alguma razão Isabelle não move um músculo; sua expressão permanece inalterada. Tudo fica claro quando ela aponta para o SUV preto.

– A gente podia ir no nosso carro. Aquele.

– *A gente?*

– Sim. Você e eu.

– Você pode ir sozinha. A menos que esteja com medo de ser parada pela polícia, é claro.

Isabelle balança a cabeça. – Eu não tenho carteira de habilitação.

– Que importância isso tem aqui? Que diferença faz?

Isabelle faz um gesto vago com a mão frouxa, ajeita uma mecha de cabelo atrás da orelha. Carina desconfia de que sabe a verdade, e explora a situação por um momento além do necessário antes de dizer, com uma voz que exala falsa solidariedade:

– Você não sabe dirigir, não é?

Alguma coisa perversa lampeja nos olhos de Isabelle, mas ela encolhe os ombros e diz: – Não.

Carina fita o descampado. Seu plano era dirigir na mesma direção da linha de varas de bambu, mas com o GPS seria possível tentar uma rota alternativa. Por outro lado – Isabelle. Ela pesa os prós e contras, e por fim sai do carro.

Isabelle mostra uma daquelas chaves que o motorista não precisa efetivamente inserir no contato. Carina pega a chave e diz: – Talvez a gente não precise conversar muito.

– Talvez a gente devesse – responde Isabelle a caminho do carro. – Quem sabe a gente faça disto uma verdadeira farra de garotas.

Seu tom de voz recuperou boa parte do sarcasmo original, e Carina já está desejando mudar de ideia.

\* \* \*

Assim que Carina e Isabelle entram no Toyota e dão a partida, Peter se lembra de que as guloseimas ainda estão em seu bolso. O carro parte e ele começa a correr atrás, depois se detém e observa o veículo ir ficando cada vez menor ao longe.

*Ela não é mais sua esposa.*

O divórcio propriamente dito vai ser um caos, com papelada, advogados e um monte de merda, mas no que diz respeito a Peter já era uma realidade, porque ele já tinha tomado a decisão. Ele não é mais o serviçal de Isabelle. Já não tem mais que fazer o que ela pede, não precisa se preocupar com o bem-estar dela, e não tem que dar a ela doce nenhum se não quiser.

Peter pode ouvir o quanto seus pensamentos são infantis, mas eles o deixam empolgado e ele ri consigo mesmo quando tira do bolso um dos doces, abre com os dentes a embalagem e começa a mastigar.

*Huuuummmmm.*

Isto é a espada cortando o nó górdio, a maçã caindo diante dos olhos de Newton, o taco de golfe acertando a bola no buraco. Um evento pequeno que muda tudo. Não estar com Isabelle. Ser livre. Peter sente vontade de aplaudir a sua própria inteligência. A vida se estende à sua frente, totalmente aberta como o descampado, e ele percebe que está começando a ter uma ereção. O pensamento de ir para a cama com alguém que queira ir para a cama com ele, deitar-se nos braços de alguém, enfiar...

– Peter?

Ele ouve a voz de Stefan atrás de si e se obriga a pensar em animais atropelados nas estradas. Texugos esmagados, raposas com as vísceras penduradas. Dá certo, e depois de alguns segundos ele consegue se virar sem ter que cobrir a virilha como se estivesse numa barreira segundos antes de encarar uma cobrança de falta. Ele agita no ar o esboço: – Tudo bem, vamos lá falar com o Donald?

Stefan olha de relance para o descampado; sua esposa já sumiu de vista. – Eu tenho uma ideia – diz ele, em tom sombrio. – Sobre pra quem a gente pode ligar.

Eles andam na direção do *trailer* de Donald, e Peter deixa que ele continue falando. Stefan está claramente necessitado de algum incentivo, por isso Peter diz:

– Ótimo! Pra quem?

– É meio esquisito.

Peter acena o braço na direção da vasta extensão de grama. – Não tem como ser mais esquisito que isto aqui. Me conta.

Stefan se detém a um par de metros do *trailer* de Donald, respira fundo e depois diz: – Acho que a gente tem que ligar pro acampamento de *trailers*. Onde nós estávamos.

– Porque...

– Porque aí nós podemos verificar se ainda estamos lá.

Stefan olha para Peter como se estivesse esperando uma gargalhada desdenhosa, mas Peter não está dando risada. Ele também vinha pensando em algo na mesma linha de raciocínio, mas sem formular a ideia concreta de ligar para o acampamento. A possibilidade faz sua cabeça girar.

– E se estivermos lá? E ao mesmo tempo aqui? O que a gente faz, então?

– Não tenho a menor ideia – diz Stefan. – Mas talvez seja útil... ter acesso a essa informação. Se for o caso.

Durante um bom tempo os dois ficam lá parados olhando um para o outro, para o descampado, os *trailers*. E se bem agora Molly estiver pulando na cama elástica enquanto neste exato momento Isabelle envia uma mensagem de texto para seu agente, e Peter, o outro Peter, o verdadeiro Peter...

– Não consigo pensar nisso agora – diz o Peter que está ali no momento.

– Nem eu, na verdade – concorda Stefan.

Juntos eles entram na varanda coberta de Donald, onde o rádio ainda está ligado. Peter pega o pedaço de papel no qual Majvor fez uma lista de todas as canções que foram tocadas.

"Det Börjar Verka Kärlek, Banne Mig", "Håll dig till höger, Svensson", "You Know Where I Am". E assim por diante.

Os artistas são inúmeros e variados. Towa Carson, Rock-Boris, Jan Sparring, Mona Wessman e Hasse Burman, entre outros. Contudo, graças ao gosto musical de sua mãe, Peter consegue ver um denominador comum.

Stefan está prestes a bater na porta quando Peter diz: – Já ouviu falar de Peter Himmelstrand?

Stefan franze a testa diante dessa questão aparentemente irrelevante. – Não foi o cara... que morreu de tanto fumar? E escreveu a respeito?

– Sim, mas ele era compositor também. – Peter aponta para a folha de papel.

– Parece que estas foram as canções que apareceram no rádio. Ele escreveu todas elas. Peter meneia a cabeça na direção do rádio, de onde se podem ouvir as rabugentas e agressivas notas na voz de Hasse Burman com seu sotaque de Norrland. – Inclusive esta.

É uma canção sobre os moradores de Estocolmo, sobre como eles todos deveriam ser fuzilados com uma pólvora especialmente envenenada, ou pulverizados com pesticida.

– Não é exatamente uma letra que transborda do leite da bondade humana – comenta Stefan.

– Verdade. Mas você não acha estranho?

Stefan olha para a pequena caixa, de onde Hasse Burman continua a disparar ofensas contra os moradores da capital. Depois encolhe os ombros: – A coisa estranha é que o rádio esteja transmitindo. – Depois bate à porta.


Donald está sentado na cama e sofrendo. Isto precisa ter um fim logo, caso contrário ele teme por sua sanidade. A temperatura dentro do *trailer* começou a aumentar desde que Majvor ligou o forno, e o mero som de sua mulher cantarolando enquanto faz seus enroladinhos é suficiente para levar uma pessoa à loucura.

Ele anseia por estar de volta à madeireira, caminhando entre seus sete funcionários e fazendo questão de que tudo esteja funcionando às mil maravilhas, papeando com um cliente habitual que não gosta de negociar com ninguém exceto o próprio Donald, ajudando um recém-chegado que quer trocar calhas e rufos.

Ele geralmente valoriza suas férias – não tem problema em ficar sentado à toa, sem nada para fazer durante algumas semanas, tomando cerveja e revendo velhos amigos, deixando os dias passar. Recarregar as baterias enquanto a madeireira funciona por si só e o dinheiro continua entrando aos borbotões em sua conta durante a alta temporada dos entusiastas adeptos do "faça você mesmo", aleluia.

Mas isto. O que é isto?

Donald entrelaça seus dedos suados, a cabeça baixa e afundada entre os ombros. Fecha os olhos e, em silêncio, começa a contar. Quando chegar a cem, vai abrir os olhos e tudo terá voltado ao normal. Caso contrário, não sabe o que vai fazer.

*Noventa e oito, noventa e nove. Cem.*

Donald abre os olhos. O forno está zumbindo, bafejando ainda mais calor para dentro do *trailer*. A colcha de cetim está suada e escorregadia sob suas coxas. Majvor está batendo a manteiga com as especiarias num prato. Um som lamuriento passa pelo ouvido de Donald, e por um segundo ele pensa que se trata da broca de um dentista insano perfurando seu crânio.

Mas é um mosquito. Um mosquito vivo, de verdade. O inseto paira sobre as mãos entrelaçadas antes de pousar sobre as costas de sua mão direita; penetra a pele com a sua probóscide e começa a sugar. Lentamente, Donald ergue a mão até a altura do olho e examina o inseto.

Há alguma coisa inquietante acerca desse detalhe de seu sonho, porque é tão banal comparado a todas as outras coisas que aconteceram; um visitante do mundo real, com o traseiro balançando para cima e para baixo enquanto bombeia sangue do sistema de Donald para dentro do seu próprio corpo.

Alguma coisa tremeluz diante dos olhos de Donald como a breve escuridão entre dois *slides*, e lhe parece que o mosquito é o protagonista aqui, o sujeito. Que ele, Majvor, os *trailers* e o descampado são apenas parte do sonho do mosquito. Ele não ousa levar adiante esse pensamento. Em vez disso, faz força para que sua mente volte à imagem original.

*Um mosquito. Aqui.*

O inseto devia estar escondido em algum canto, e agora acordou e saiu para caçar. Com grande sucesso! Agora a metade posterior de seu corpo está inchada feito uma bexiga, e através de sua pele fina Donald pode ver a gota de seu próprio sangue que agora é propriedade do mosquito.

Se ele erguesse a mão esquerda e desse uma bofetada no mosquito, todo o empreendimento iria por água abaixo. Em vez de um mosquito feliz e bem-sucedido, não restaria nada além de uma nódoa pegajosa. Ele tem o poder.

Há um copo vazio de *schnapps* no peitoril da janela ao lado de Donald. Quando o mosquito, já satisfeito, começa a recolher sua probóscide, Donald o captura sob o copo. Com dois dedos, segura o copo no mesmo lugar enquanto o mosquito empreende um par de vãs tentativas de escapar, depois resigna-se à situação e uma vez mais se aquieta para se assentar sobre a pele de Donald, com a parte posterior de seu corpo pesada de sangue. Donald olha de relance na direção da área da cozinha e vê que Majvor agora está untando assadeiras, sem prestar atenção a ele. Donald está livre para se divertir um pouco.

Nas costas da mão de Donald há um pequeno terrorista sanguessuga, um invasor de seu reino. Ou talvez... Talvez! O Deus onipotente de cujo sonho todos nós fazemos parte. Ou simplesmente outra criatura sob o poder de Donald. Tanto faz.

Pense nas decisões que uma pessoa precisa tomar quando é presidente. Despachar tropas para matar e morrer. Dar o sinal verde para este ou aquele ataque aéreo, onde este ou aquele número de civis poderá perder a vida. Devemos liquidar secretamente esse espião? Sim ou não? Polegar para cima ou para baixo?

Quando só há vazio ao nosso redor até onde a vista alcança e tudo mais desmoronou, a situação se resume a uma coisa: eu tenho uma vida e você tem uma vida, por mais diferentes que elas possam ser. A questão é: quem tem o poder?

Donald traz o copo para perto dos olhos o máximo possível sem perder o foco, e estuda o verdadeiro milagre da natureza que é um simples mosquito. A precisão nas patas frágeis, a quase invisível membrana das asas, a cabeça minúscula virando-se de lado como se estivesse questionando, refletindo.

*Você e eu*, Donald pensa. *Você e eu.*

Por um momento Donald vê a si mesmo e ao mosquito como dois iguais no planeta. Pega uma carta de baralho e cuidadosamente a desliza sob o copo, depois vira o copo e o coloca de novo no peitoril, a carta fazendo as vezes de tampa. As patas do mosquito se debatem desesperadamente nas superfícies lisas das paredes; o inseto arrisca uma tentativa de voar, depois sossega, acomodando-se no fundo do copo.

Donald coça as costas da mão, onde uma leve vermelhidão está começando a aparecer. Ele fica de pé e sua perspectiva se altera. No parapeito há um copo contendo uma gota de seu sangue, enclausurado como um alienígena.

*Meu sangue.*

Ele esfrega os olhos; a bem da verdade não consegue se lembrar do que esteve pensando nos últimos poucos minutos. Como é ser presidente. Talvez. Ser a pessoa que decide. É nisso que ele costuma pensar geralmente, então é uma suposição razoável.

*O sangue do presidente.*

Há alguma coisa radicalmente errada nessa situação. Assim que ele consegue reorganizar seus pensamentos, vai fazer algo a respeito, mas em primeiro lugar...

Com outro olhar de relance para Majvor, que ainda está ocupada com os enroladinhos de canela, Donald tira um isqueiro de uma gaveta abarrotada de quinquilharias. Ele se senta de novo na cama, depois pressiona o botão e aproxima a chama do copo. Depois de um par de segundos o mosquito começa a se mexer.

Num desesperado frenesi, o mosquito se lança violentamente de um lado para o outro dentro do espaço cercado, e Donald sorri quando a gota de seu sangue é catapultada entre as paredes do copo até pousar no fundo enquanto o mosquito jaz ali com as asas chamuscadas. Uma de suas patas chacoalha, desamparada, à medida que a fumaça se ergue de seu corpo, e ele depois fica imóvel. Donald apaga o isqueiro e meneia a cabeça.

*É assim que funciona. Não tenha ilusão alguma.*

Há uma batida na porta. Majvor olha Donald de modo inquiridor e balança a cabeça. Não quer mais se envolver em discussões com frutos de sua imaginação; quer apenas ser deixado em paz.

Quando ouve de novo a batida, Majvor diz: – Chega dessa besteira, Donald. Abra a porta.

Donald passa a mão pelo bolso da camisa e apalpa a chave. Nesse ponto uma ideia muito simples invade sua mente. Estranho que ele não tenha pensado nisso antes; hábito, sem dúvida.

Quando Majvor se aproxima dele e diz: – Me dá a chave –, ele agarra o braço dela, se põe de pé e a arrasta atrás de si. Com a mão livre, destranca e escancara a porta. Avista Stefan e Peter do lado de fora, abrindo a boca para falar, falar, falar, depois empurra Majvor para fora, fecha a porta com um estrondo e a tranca.

Ponto, é isso aí. Paz, por fim. Ele cola a orelha à porta para ouvir o que eles estão dizendo lá fora, *o que eles estão dizendo no sonho dele, em sua imaginação.*


Por mais que Stefan pense que ele e Carina são próximos, por mais entrançadas que as vidas dos dois possam ser, há algo de desconhecido em Carina, algo que ele não consegue alcançar. Ela jamais quer falar de sua infância ou juventude; ela é como um filme cujo começo ele perdeu, e por isso não consegue entender certas partes do enredo.

Ele sabe que isso tem a ver com elementos mais sombrios do que o símbolo do infinito no braço dela e o anseio por um amor que dure para sempre. Havia nos olhos de Carina uma fome quando ela disse que ia sair com o carro, uma fome que para ele é estranha, alheia.

E o pai dele está morrendo. Quando a chave vira na porta à sua frente, Stefan considera que tudo está sendo arrancado dele, e ele não sabe o que pode fazer a respeito. E então tem outras coisas em que pensar.

A porta está escancarada, e antes que Stefan ou Peter tenham a chance de falar Majvor se precipita, aos tropeções. Os dois homens veem de relance o rosto corado de Donald antes que ele feche com violência a porta. Peter reage rapidamente e segura Majvor, impedindo que ela desabe de cara no chão.

A chave vira na fechadura. Peter ajuda Majvor a se levantar e pergunta: – O que aconteceu?

Majvor tira do rosto alguns fios de cabelo grisalho e suado e diz: – Meus enroladinhos. – Cambaleando, ela vai até a porta e a esmurra, berrando: – Donald! Os enroladinhos precisam ir pro forno em dez minutos... Não quero que eles cresçam além da conta!

De dentro do *trailer* não vem resposta nenhuma, e Majvor se vira para Peter e Stefan. – Eu estava fazendo enroladinhos de canela.

– Certo – dizem simultaneamente os dois homens. Há um breve silêncio. Majvor faz menção de afagar o cachorro, que está deitado em sua caminha observando tudo, mas muda de ideia.

– Desculpem... Vocês queriam alguma coisa?

– O negócio é o seguinte... – diz Peter, fitando o piso de madeira antes de falar sobre o sinal fraco do celular, a necessidade de subir mais alto para tentar uma recepção melhor. Majvor ouve e faz que sim com a cabeça. Assim que Peter termina de descrever a torre que esperam construir, ela diz: – Isso é tudo muito interessante, mas o que eu posso fazer?

– Precisamos de madeira – diz Stefan, meneando a cabeça na direção do chão. – E as únicas pranchas de madeira são... estas.

Majvor parece perplexa ao olhar fixamente para as tábuas de madeira de teca do assoalho. Sem dúvida ela nunca pensou nelas como qualquer outra coisa que não fosse o piso de sua varanda coberta; o fato de que também são pranchas de madeira que poderiam ser usadas para construir alguma outra coisa provavelmente jamais lhe ocorreu. – Quer dizer que vocês querem...?

– Arrancá-las, isso mesmo – completa Stefan.

Peter pousa uma das mãos sobre o ombro de Majvor, e num tom de voz que sugere que está revelando um segredo diz: – Mas podemos colocar tudo de volta. Depois.

Majvor olha de relance para o *trailer*. Como nenhuma outra orientação vem dessa direção, ela olha para o cachorro, que inclina a cabeça e fica de orelha em pé, como se também estivesse esperando pela decisão de Majvor.

– Bom... tudo bem, então – diz ela.

– Excelente – comemora Peter, sacando o canivete. Ele encontra a chave Phillips e se agacha. Os parafusos que atarraxam as tábuas são curtos, e ele precisa apenas de umas poucas voltas para remover a primeira prancha. Entrega a ferramenta para Stefan, que a enfia no bolso da camisa antes de mudar de ideia e em vez disso deslizá-la bolso da calça adentro. Serão muitos parafusos.

Ou não. Quando Peter começa a desatarraxar o segundo parafuso, a porta do *trailer* se abre com tal estrondo que faz o cachorro dar um pulo em sua caminha, aterrorizado. Donald surge empunhando uma espingarda, que está apontada para os dois homens.

– Deixem o meu assoalho em paz, porra! – berra ele, sacudindo o cano da espingarda! – Caiam fora, caralho!

Peter se põe de pé bem devagar, as mãos no ar. Ele aperta o canivete entre o polegar e o indicador de modo a poder mostrar a Donald a palma da mão vazia. – Donald – diz ele com calma exagerada –, a gente precisa das tábuas pra construir uma...

– Eu escutei o que você disse – Donald levanta a espingarda e a apoia no ombro de modo a mirar com mais precisão. – Isso não vai acontecer. Agora caiam fora, porra!

O cachorro é o primeiro a obedecer à ordem de Donald. Com o rabo entre as pernas, sai de mansinho da varanda coberta enquanto Peter e Stefan recuam.

Somente Majvor permanece onde está; a bem da verdade ela dá um passo na direção do marido. – Donald. Controle-se. Abaixe a arma.

Essa é a primeira vez que Stefan se vê ameaçado com uma arma de fogo, e ele não tira os olhos do cano da espingarda. Há algo de hipnótico naquele buraco escuro, o olho negro da serpente determinado a paralisá-lo antes da estocada fatal. A cãibra nas suas pernas abranda ligeiramente quando o cano muda de direção e agora aponta para Majvor, e Stefan vira um milímetro a cabeça só para verificar se ele está realmente indo para a saída.

Ele está. O cão está parado a um par de metros do lado de fora, olhando fixamente para ele. Os olhos se encontram. Um tiro é disparado.


Os quinze minutos no computador estão quase no fim quando ela ouve o disparo. A única reação que isso provoca é um franzir de sobrancelha antes de posicionar a última flor e matar o último zumbi daquele nível.

Ela enruga o nariz e parece entediada quando começa o nível seguinte. Sai do jogo e clica na função "economia de bateria", que está configurada para que o *laptop* entre em modo de espera – ou "dormir" – toda vez que passa dez minutos inativo, sem ser usado. Molly altera a configuração para que jamais entre em modo "dormir", depois deixa o *laptop* aberto em cima da mesa.

Ela vai até a pia, abre a torneira e passa algum tempo encarando a água escorrer. Depois vai ao banheiro e liga o chuveiro, aciona a descarga algumas vezes.

O fluxo de água já começou a diminuir quando ela sobe na bancada da cozinha e apoia a testa na janela de acrílico, fitando o descampado na direção para onde Carina e Isabelle rumaram.

– Vamos lá, então – sussurra ela. – Venham agora.


Emil ouve o estrondo e supõe que seja o estouro de um pneu. Já passou por isso antes, e o som era muito parecido. Ele não se dá ao trabalho de investigar; está ocupado demais com a história diante de si, a narrativa da fortaleza de Lego.

Molly sabe ser persuasiva e tem o dom de dizer coisas de modo que pareçam reais, e Emil tem de inventar a sua própria narrativa para contrapor-se à dela. Por exemplo, ela disse que em breve viriam criaturas sedentas de sangue, e que Emil iria sangrar e sangrar.

Emil sabe que isso não é realmente verdade, mas *parece* verdade, e portanto ele tem de se colocar dentro de uma história em que há muralhas altas e sólidas e uma boa defesa. Há três pessoas dentro da fortaleza: Emil, Mamãe e Papai.

Do lado de fora há um homem-esqueleto de Lego, e Emil o faz bater a cabeça contra a muralha e dizer: – Me deixem entrar. Me deem sangue.

– Ha-ha – dizem os ocupantes da fortaleza. – Você jamais vai conseguir entrar aqui, seu sanguessuga idiota, seu estúpido... – Emil procura a expressão certa: – saco de ossos!

O esqueleto fica furioso e começa a pegar peças de Lego, que ele arremessa contra a fortaleza, rosnando. Mas as muralhas resistem. O esqueleto dá pulos para cima e para baixo, rangendo os dentes.

Emil franze a testa. Isso não é o que Molly disse que ia acontecer. Emil não consegue se lembrar direito do que ela disse exatamente, mas acha que eles vão *dar* o próprio sangue para quem vier, seja quem for. Voluntariamente.

Isso não combina com a brincadeira, não se encaixa; então, o esqueleto continua se arremessando contra a muralha até sua cabeça cair, separando-se do corpo. Emil cai na gargalhada. É isso que vai acontecer. É assim que vai ser.


Lennart e Olof encontraram seu velho fogareiro e estão no processo de abastecê-lo para que possam preparar uma xícara de café decente quando ouvem o disparo. Na mesma hora param o que estão fazendo, porque sabem exatamente de que se trata.

Maud desliza porta afora na frente deles, como se ela também quisesse ver o que está acontecendo, mas na verdade é outra coisa que chamou a atenção da gata. O *beagle* está de guarda a poucos metros de seu *trailer*, e Maud segue em frente até chegar a dez metros de distância do cão. Então ela se senta e sibila para ele.

Lennart e Olof estão se encaminhando para lá às pressas quando Peter, Stefan e Majvor saem da varanda coberta. Os olhos de Majvor estão arregalados, e ela está com uma das mãos sobre o coração.

– O que aconteceu? – pergunta Lennart, aos berros. – Alguém se feriu?

Majvor cobre a boca com a mão. Não há sinal de sangue em sua blusa, então presumivelmente ela está apenas em choque. Quando Lennart e Olof chegam perto dela, podem ver que é isso mesmo. Ela encara os dois, tira a mão da boca e murmura: – Ele... atirou em mim.

Olof pode ver que a porta do *trailer* está fechada. Ele avança cuidadosamente e espia a varanda coberta. Tudo parece exatamente igual à última vez em que lá esteve. Não. Há uma diferença. A fotografia de Elvis Presley está caída no chão. O vidro está espatifado, e há um buraco na bochecha de Elvis. Quando Olof examina a varanda propriamente dita, encontra outro buraco lá.

*Que idiota. Disparar uma arma de fogo com pessoas por perto.*

Ele volta para perto dos outros; Stefan e Peter levaram Majvor a uma distância segura, e a fizeram sentar-se no chão. Em sua visão periférica, Olof pode ver Maud e o cachorro correndo em círculos.

– Queríamos pegar emprestadas umas tábuas do assoalho para construir uma torre e assim pegar um sinal de celular melhor – explica Peter. – E aí o Donald apareceu com a espingarda. Ele... – Peter verifica se Majvor não está olhando para ele e depois aponta para sua têmpora, girando o dedo indicador.

Sua discrição é desnecessária, porque Majvor diz exatamente o que ele está pensando. – Ele enlouqueceu completamente. Está doido de pedra. Está convencido de que é tudo um sonho.

O Dono e Senhor de Benny está muito zangado, e quando isso acontece o cão nunca sabe direito o que fazer para que a coisa não sobre para ele e seu dono não desconte nele a sua raiva. Gata é melhor. Gata é esquisita, mas administrável. Gata faz o barulho dela e Benny late. Gata corre em círculos e Benny corre atrás dela. Ou na frente dela.

Não. De jeito nenhum Benny vai ser perseguido por Gata! Ele acelera a fim de diminuir a distância entre os dois e mostrar quem é o caçador. Gata corre grama afora e balança a cabeça, sua cauda sibilando para a frente e para trás.

Benny esqueceu temporariamente as garras e a patada no focinho. Está levando a melhor sobre Gata, e essa sensação é maravilhosa. Ele é um bom cachorro, um cão rápido, e não se sente tonto nem cansado enquanto vai chegando cada vez mais perto daquele longo rabo balançante. Desta vez ele vai pegar Gata!

De repente, acontece uma coisa inesperada. Gata tropeça e cai, rolando na relva. Antes que ela consiga se reerguer, Benny está em cima dela, rosnando e mostrando os dentes, um fio de saliva escorrendo de suas mandíbulas.

Gata retesa o corpo, encolhe as orelhas, enrodilha-se. Benny está pronto para enterrar os dentes no cangote dela, dar um fim àquilo. Ele retrai os lábios, mostrando ainda mais os dentes, ainda rosnando. Mais uma vez Gata vira a cabeça para o lado, deixando a garganta à mostra.

Benny está confuso. Isso não parece certo. Ele lambe os lábios e solta um latido curto. Depois ergue uma pata e desfere uma pancada na barriga de Gata. Mas não com força.

Gata levanta a cabeça e o golpeia no focinho, mas sem garras. Benny geme, mas está meio que brincando. Não doeu. A bem da verdade ele não sabe o que fazer a seguir, por isso se vira algumas vezes e depois se deixa cair batendo pesadamente o traseiro no chão. Gata se ergue. O felino e o cão entreolham-se.

Gata começa a se lamber, e Benny fareja o ar. Está muito claro agora – os Netos estão chegando mais perto. Benny fica imaginando se Gata tem consciência disso também. Só de olhar para ela Benny não consegue dizer, e ele não sabe como perguntar.


Quando ouviu o relato de Molly sobre a figura branca e magra que Emil tinha visto lá no descampado, Isabelle compreendeu por que ela tinha ido parar ali. Isabelle estava com 23 anos quando viu a figura pela primeira e até agora única vez, e desde então vinha esperando vê-la de novo. Naquela ocasião, ela não estava pronta.

Ela está pronta agora? Sim, agora ela está pronta.


Isabelle havia acabado de conhecer um jogador de futebol chamado Peter, e eles passaram algumas noites juntos antes de Peter voltar para a Itália, onde jogava na Lazio. Ambos prometeram que manteriam contato, mas na verdade Isabelle não deu muita bola. Seu foco principal era sua carreira, e aos 23 anos de idade ela estava no auge. Na época ela não sabia disso; pensava apenas que tinha dado um enorme passo.

A coleção de verão da H&M. Primeiro o desfile propriamente dito, a ser seguido sem dúvida pela campanha publicitária da marca.

Isabelle havia cumprido o roteiro das passarelas de Milão e Paris; estampou a capa da revista *Femina* e podia ser considerada uma modelo de carreira sólida e bem-estabelecida, mas ainda sem aquele último empurrão capaz de fazer seu *nome*. As coleções de verão poderiam mudar tudo isso.

Os chiques salões do Hotel Berns em Estocolmo tinham sido reservados para o evento, e nas horas que antecederam o desfile Isabelle se viu num contraditório estado de embriaguez e absoluta concentração. Sentia-se cem por cento presente no momento, ao mesmo tempo que as arestas de sua existência estavam se dissolvendo. Como se fosse *outra* pessoa que estivesse ali no momento.

Ela estava compartilhando um camarim com as amigas, três garotas mais jovens, fofocando, animadíssima e feliz da vida, enquanto eram feitos os ajustes finais nas peças exclusivas que mostraria na passarela. Toda vez que ninguém estava olhando para ela, Isabelle lançava furtivamente os olhos pelo recinto. Havia alguma coisa lá, alguma coisa que ela não conseguia enxergar direito. Ou pelo menos era essa a sensação. O zumbido de uma máquina, uma pressão dentro de seu crânio. Ela a ignorou, atribuiu aos nervos.

Ela estava pronta. O derradeiro e desnecessário ponto na sua cintura, a última e desnecessária batidinha da esponja para aplicar pó, movimentos ritualísticos. Depois rumou para a rampa.

"Survivor", do grupo Destiny's Child, estrondeou em volume máximo nos alto-falantes, e o latejar seco do grave começou a martelar o crânio de Isabelle enquanto o gerente de palco fazia a contagem nos dedos. Ela ficou de pé na escuridão, toda arrumada, embelezada e pronta, torturada pela convicção de que tinha *deixado passar* alguma coisa. Perdido algo essencial. Então veio o sinal: *Vai!*

Ela subiu os poucos degraus que levavam à passarela. Entrou lá, deu os passos que deveria dar, adotou a postura que dela se esperava, até o final, onde, com ar indiferente, pôs as mãos nos quadris. Uma explosão de *flashes*. E aí se deu conta.

*É com isto que eu sonhei.*

Os olhos dela acostumaram-se à luz. Bem no fundo do salão havia um telão com a imagem de um prado verde projetada de modo a ajudar a criar uma atmosfera apropriada para o verão. Ao lado do telão havia um *trailer* pequeno, prateado e em formato de ovo, gerando uma ilusão tridimensional. A plateia era uma massa escura de formas humanas, aglomeradas em torno do bufê de sushi, vinhos brancos Riesling e copos cheios de vodca Absolut, os rostos ocasionalmente olhando para Isabelle com vago interesse.

*É com isto que eu sonhei?*

Os intervalos entre as batidas foram ficando cada vez mais longos, como se alguém tivesse desacelerado a música. Os baques surdos e graves do baixo se converteram em um prolongado e estridente bramido de trovão que rilhou dentro dos sínus de Isabelle, e o pensamento de que ela era em igual medida banal e totalmente transparente apoderou-se de sua mente.

*Eu sou um objeto.*

Um produto descartável. Um produto cuja função era vender outros produtos. Uma mercadoria solitária que podia ser usada.

O *flash* de uma câmera fotográfica explodiu, e agora o tempo estava passando tão devagar que Isabelle conseguia acompanhá-lo à medida que ele desabrochava para a vida e depois definhava. A luz branca encheu seu campo de visão e uma sensação de formigamento titilou em suas narinas. Ela piscou. Suas pálpebras também estavam se movendo em câmera lenta, e por um longo tempo ela pairou na escuridão enquanto o gosto de sangue enchia sua boca.

Quando ela abriu de novo os olhos, cravou a vista no telão. Havia uma figura de pé na campina. Um vulto magro e branco caminhava na direção dela, embora não parecesse estar caminhando. Com um gesto, a figura a chamou. Era a única coisa no salão que se movia a velocidade normal; todo o resto tinha mais ou menos parado.

*Venha. Aqui é o seu lugar.*

A figura queria que *Isabelle* fosse com ela. Não o quadril ou a medida de sua cintura, não os seus olhos provocantes ou seus lábios bem torneados. Não o objeto, mas a própria Isabelle. Ela hesitou, porque esse convite das profundezas da existência trazia consigo a óbvia pergunta complementar: *Quem sou eu?*

Um *flash* ofuscante, bem ao lado dela. A música retomou seu ritmo usual; Isabelle podia ouvir o zum-zum da conversas, e agora a imagem à sua frente não passava de uma campina de verão photoshopada com flores artificialmente cintilantes. Ela girou numa meia-volta e, como se estivesse deslizando, percorreu de novo a passarela, ao som de aplausos bem-educados.

Quando ela saiu dos holofotes, o gerente de palco apontou para a sua própria boca, depois para a dela. Isabelle passou o dedo pelos lábios e ele saiu coberto de sangue. Seu nariz estava sangrando, e ela teve de fazer o resto do desfile com um par de protetores de ouvido – cor da pele e adaptados às pressas – para tapar as narinas.

Depois que tudo já tinha terminado e a plateia fora embora, Isabelle passou um bom tempo diante do telão, mas nada viu além da campina verde. A seguir o projetor foi desligado e o telão enrolado. O *trailer* cor de prata já tinha sido removido. Isabelle perdeu sua chance.

Foi nesses termos que nos dias e semanas seguintes ela pensou no que tinha acontecido. Alguma coisa lhe fora oferecida, algo

*Venha. Aqui é o seu lugar*

que era fundamentalmente *diferente* da vida que ela estava vivendo, a vida de um objeto. Quando descobriu que eles haviam optado por um visual étnico que incluía até esquimós, foi meramente a confirmação de que ela fez a coisa errada ao ignorar o telefonema. O medo e a ansiedade fincaram as garras em sua carne, e o médico lhe receitou Xanax. Depois de algum tempo ela ligou para Peter e se ofereceu para ir à Itália.

Sim, ela está pronta agora. Por dez anos ela esperou para rever a figura, para receber outra chance. Durante esses anos, tentou os métodos convencionais disponíveis para criar sentido em sua vida. Ela se casou, teve uma filha. A bem da verdade, isso não ajudou em nada.

E agora Isabelle está sentada ao lado de Carina, seu olhar fixo esquadrinhando o descampado.

*Aqui é o seu lugar.*

Qualquer coisa que for exigida dela, ela vai fazer. Absolutamente qualquer coisa para se libertar da vida, mas continuar vivendo.

\* \* \*

Certa feita o vizinho de Lennart e Olof, Holger Backlund, enlouqueceu. Pegou seus dois rifles de caça, foi até o pasto de Olof e metodicamente começou a fuzilar todos os animais ao alcance de sua mira. Conseguiu matar cinco excelentes vacas leiteiras antes que Lennart e Olof pusessem fim ao massacre conversando com Holger de forma suave e gentil até ele abaixar a arma.

Isso significa que eles têm experiência, por isso Lennart e Olof aproximam-se lentamente do *trailer* de Donald, com aparência relaxada, como se estivessem simplesmente fazendo uma visita social, sem nenhuma pressa em especial. Em certo sentido a situação é semelhante à ocasião em que eles demoveram Holger; em outros aspectos é muito diferente.

Uma semelhança é que, como em muitas outras ocasiões, Lennart e Olof gostariam de se dar as mãos para encontrar força um no outro, mas quem sabe que reação isso provocaria em alguém como Donald? Portanto, eles se acercam da varanda coberta como dois indivíduos separados e, verdade seja dita, bastante apavorados.

Quando chegam a cinco metros de distância, podem ver que uma das janelas laterais do *trailer* está aberta e que Donald está sentado lá dentro, observando-os.

– Oi, Donald – diz Lennart, apontando para a pequena geladeira do lado de fora. – A gente queria saber se sobrou alguma das suas cervejas.

– A gente não conversou direito, não bateu um papo de verdade – acrescenta Olof.

Os dois homens param na entrada da varanda coberta. Lennart enfia as mãos no bolso de trás da calça e consegue parecer tranquilo. – O que você me diz? Que tal se a gente tomar uma cerveja juntos?

Olof admira a coragem de Lennart; ele não move sequer um músculo quando Donald enfia pela janela o cano da espingarda, ao passo que o próprio Olof não consegue evitar, inutilmente, se abaixar um pouco para reduzir a área de alvo.

– Vocês não vão beber a minha cerveja, porra! – berra Donald –, e não vão tocar na porra do meu piso! Vão se foder, vocês dois!

Lennart só tem tempo de dizer: – Mas... – antes do tiro. Um tufo de grama a poucos centímetros do pés de Lennart voa pelo ar e se esmigalha, salpicando de terra as pernas dele. Lennart empurra Olof para a direita, de modo que possam se esconder atrás da varanda enquanto se afastam do *trailer*.

– Fiquem longe! – ruge Donald, e eles ouvem uma série de cliques. – Vão se foder! Todos vocês, vão se foder!

Lennart e Olof giram sobre os calcanhares e voltam correndo para o seu próprio *trailer*, onde Peter e Stefan estão à espera. Majvor foi se recuperar no *trailer* de Stefan. Os quatro homens sentam-se à mesa da cozinha, ligeiramente encurvados porque uma das janelas fica de frente para Donald. Lennart está sem fôlego e fala em pequenos jorros.

– Então. Não deu. Muito. Certo.

– É melhor deixarmos ele em paz – diz Stefan. – Se deixarmos ele em paz, talvez ele...

– Papai? – a voz de Molly vem da porta aberta. – Papai, estou com medo.

Peter se levanta de um salto, precipita-se na direção dela e pega a menina nos braços. Assim que ele a abraça, ouvem outro tiro. Fragmentos de acrílico voam por toda parte quando a janela é estilhaçada, e há um baque surdo no instante em que a bala perfura a geladeira.

Todos se abaixam ainda mais, e Peter afunda no chão com Molly nos braços, com um armário da cozinha atrás de si como proteção. Eles aguardam dez segundos, trinta, um minuto, sem novos disparos. Molly se desvencilha dos braços de Peter e rasteja para debaixo da mesa, onde tenta amarrar os cadarços dos sapatos de Lennart nos cadarços dos sapatos de Olof.

– Só há uma coisa a fazer – diz Peter. – Não dá pra aguentar alguém atirando em nós. Ele tem que cair fora.

Para o alívio de Carina, Isabelle não falou muito desde que deixaram para trás o acampamento. Ela passou a maior parte do tempo em silêncio, fitando a vasta extensão de verde. O vazio ao redor delas é contraintuitivo e deveria ser apavorante, mas em Carina o efeito não é esse.

Ao longo do primeiro quilômetro ela se manteve sentada com as costas bem retas, procurando sinais de pessoas ou habitações. De tempos em tempos ela checava o GPS para se certificar de que estavam traçando uma rota que pudesse ser percorrida de volta, a despeito do fato de que as estradas mostradas no GPS não existiam no mundo que elas podiam ver.

E então alguma coisa aconteceu. Ela parou de procurar, e se deu por satisfeita de manter a vista cravada no descampado à sua frente. A essa altura o cérebro de Carina está completamente vazio, e seria extremamente difícil recordar-se do que havia de tão importante em encontrar edifícios ou pessoas. Perambular em meio ao vazio é tudo que ela deseja.

Quando Carina olha de relance para o GPS, parece perfeitamente lógico que agora a tela esteja azul e já não mostre mais um mapa. *Azul, azul, o meu amor é azul*, ela pensa, distraída, fitando pela janela mais uma vez. Sente-se tão contente que os pelos de seu braço se arrepiam. Ela está *descansando* no espaço vazio, descansando de uma maneira que raramente faz. De súbito ela ouve a voz de Isabelle: – *Heil* Hitler.

É como se despejassem um balde de água gelada sobre a cabeça de Carina. Ela tem um sobressalto e olha para Isabelle, que está encarando o ombro dela.

– Você está doida? O que foi que você disse?

Isabelle meneia a cabeça para as tatuagens de Carina. – *Heil* Hitler.

– São dois símbolos do infini...

– Nem a pau. São dois oitos. HH. *Heil* Hitler. – Os olhos de Isabelle se arregalam quando o pensamento lhe ocorre, e ela dá uma sonora gargalhada. – O *seu marido* pensa que são símbolos do infinito? Talvez eu deva colocar isso em pratos limpos.

Carina pousa as mãos sobre o volante e fita o horizonte. Isabelle tem razão. São dois oitos, e representam a oitava letra do alfabeto. HH. *Heil* Hitler. Ela manteve as tatuagens como lembrete de uma vida para a qual jamais deseja voltar. Ela solta o volante e abre a porta, sai do carro e começa a andar para longe.

Atrás de si ela ouve um movimento frenético enquanto Isabelle passa para o assento do motorista. Aparentemente ela sabe dirigir quando a situação fica complicada. Carina ouve Isabelle pressionar o botão de partida e depois soltar um palavrão. A chave está no bolso de Carina, e o sensor não funciona. Carina ouve tecido roçando o couro, passos na grama, e então uma mão toca seu ombro.

– Carina, me dá a...

Estranhamente, o que acontece a seguir é provavelmente uma consequência do lugar pacífico em que Carina se encontra, em um nível. Uma ressonância magnética emocional de seu cérebro mostraria diversos níveis em paralelo uns com os outros, acoplados mas sem nenhuma relação interna direta. Em um nível, paz; em outro, fúria; em outro, medo. Mas são *claros*. Tudo está claríssimo.

Com essa mesma clareza ela gira, sentindo a mão direita se converter num punho cerrado. Grupos musculares definidos irradiam força quando ela desloca a mão para cima a partir da cintura para encontrar o queixo de Isabelle com um estalo seco.

Isabelle cambaleia para trás até chocar-se contra a porta do carro; ela desmorona no chão, a boca escancarada, os olhos arregalados. Sua longa cabeleira loira rodopia em volta do rosto enquanto ela sacode a cabeça como se quisesse se esquivar. Ou como se não conseguisse acreditar no que acaba de acontecer.

Carina se aproxima de Isabelle e com a mão esquerda agarra a gola da sua camiseta, como se tivesse a intenção de colocá-la de joelhos e esmurrá-la de novo. Ela já fez isso antes, embora tenha sido muito tempo atrás. O principal é não hesitar, não parar enquanto o trabalho não estiver terminado e a vitória não for incontestável.

Ouve-se o som de pano se rasgando quando as costuras da camiseta de Isabelle se dilaceram, e ela escapole para trás antes que Carina tenha tempo de subjugá--la. O pé direito de Isabelle acerta um chute na canela de Carina. Ela grita e instintivamente dobra o corpo para a frente, o que deixa sua bochecha exposta a um golpe do pé esquerdo de Isabelle. Carina desaba de lado, estatelada no chão.

– Sua vaca gorda! – berra Isabelle, arremessando-se contra sua oponente. – Que porra você acha que está fazendo, sua vaca estúpida!?

Isabelle se senta em cima da barriga de Carina e golpeia a bochecha esquerda dela, o que faz com que um caroço de muco manchado de sangue saia voando de sua boca. Uma cortina vermelha cai sobre os olhos de Carina. Ela escora os músculos das costas contra o chão e desfere um murro contra o queixo de Isabelle. Desta vez não há estalo, apenas um estouro abafado e carnudo, indicando que a língua de Isabelle estava entre os dentes no momento do impacto.

Na mosca. Isabelle desaba de lado, o sangue esguichando da boca. Carina se põe de pé e olha para Isabelle, que agora está de quatro, o sangue ainda gotejando na grama. Será que ela literalmente mordeu a língua até rasgá-la? Isso seria bom. Carina dá um passo para a frente e chuta Isabelle na barriga, de modo que ela sai rolando para longe do carro. Quando Isabelle tenta se levantar, Carina aplica-lhe outro chute.

Isabelle tem um corpo extraordinário. Aquelas pernas esguias, aqueles quadris arredondados, a bunda firme e suculenta feito um pêssego. E aquela linda cabeleira loira. A adrenalina percorre as veias de Carina e ela sorri. Ela sabe o que vai fazer. Vai esmagar aquele rostinho bonito até que fique irreconhecível, depois Isabelle pode zanzar por aí só de calcinha e chacoalhando o rabo o quanto quiser.

Ela só precisa ir em frente e acabar logo com aquilo. Carina usa um dos pés para empurrar o corpo de Isabelle até que ele fique de costas. O queixo e a garganta de Isabelle estão cobertos de sangue, que ainda goteja de um dos cantos da boca.

Há algo de familiar nessa cena, alguma coisa zumbindo no fundo da mente de Carina, um murmúrio tentando chamar sua atenção, algo que está fazendo sua pele se arrepiar

*Está aqui*

mas ela afugenta essa coisa e a enxota para longe enquanto se senta em cima de Isabelle, imobilizando com os joelhos os braços da outra. Com um olho experiente ela avalia a linha do queixo de Isabelle – ainda visível apesar do sangue – e o nariz reto e perfeito. Certo. Esmago o maxilar e destruo o nariz, mas em que ordem? Melhor arrebentar primeiro o nariz, porque quebrar o maxilar pode machucar a mão de Carina, que agora está se erguendo

*Está aqui*

enquanto Isabelle sussurra numa voz espessa de sangue: – Pare. Por favor. Pare.

Então ela não rasgou a língua, afinal. Bom, não dá para ter tudo. Carina está prestes a desferir um violento murro no nariz de Isabelle quando pelo canto do olho avista algo, algo que está entre ela e o carro. A mão de Carina paira no ar quando ela soergue os olhos.

Há um tigre negro deitado na grama, com os olhos fixos nela. Não é um tigre bonito. Seu corpo é macilento, sua pelagem emaranhada. De um lado da boca escorre baba, deixando à mostra dentes podres e amarelo-amarronzados. O tigre pisca; nos cantos dos olhos há caroços de pus ressecado. Os olhos injetados continuam fitando Carina, e a expressão naquelas pupilas elípticas é ancestral, um portal de entrada para a eternidade. É *aquele* tigre.

Carina abaixa os braços e começa a gritar.


– Pare. Por favor. Pare.

As palavras são repetidas mecanicamente pela língua inchada de Isabelle, porque é isso que ela deve dizer. Um apelo para que a violência cesse. Ao mesmo tempo, bem lá no fundo de Isabelle, em seu íntimo, há algo que simplesmente não quer que a coisa pare. Algo que quer apenas que aquilo continue e continue.

Até onde Isabelle sabe, ela nunca teve tendências masoquistas. Jamais se sentiu atraída por homens que a maltratassem como fazem muitas outras mulheres na indústria da moda. Pelo contrário: sua predileção era por fracotes que ela facilmente dominava.

Mas agora... O primeiro murro de Carina, totalmente inesperado, deixou Isabelle enfurecida, e durante o tempo em que a luta esteve equilibrada ela não queria outra coisa a não ser dar uma surra em Carina e cobri-la de porrada. Mas, com aquele soco no queixo, quando ela mordeu a língua e o sangue começou a jorrar de sua boca, alguma coisa mudou.

Todo o desejo de espancar Carina abandonou o corpo de Isabelle com o sangue. Quando o primeiro chute na barriga fez Isabelle perder o fôlego, ela sentiu na pele um momento de clareza, um momento heureca mais poderoso do que o coice de quando a cocaína se apodera das sinapses. Isabelle se viu no mundo, viu seu caminho e seu fim de uma maneira que não podia ser definida em palavras.

A sensação estava começando a esmorecer quando veio mais um pontapé, e novamente a sensação irrompeu. Isabelle estava *presente*, estava *participando*, e quando Carina se sentou em cima dela e imobilizou seus braços uma parte de Isabelle estava aguardando ansiosamente e com certo nível de excitação o que viria a seguir, ao mesmo tempo em que uma outra parte, instintiva, fez sua língua inchada moldar as palavras: "Pare. Por favor. Pare".

Através das pálpebras semicerradas Isabelle vê Carina levantar o punho e deixa escapar um suspiro involuntário. Mas o golpe não vem. Em vez disso, Carina fica paralisada, depois solta um guincho agudo e estridente. Arrastando desajeitadamente os pés, ela cambaleia para trás, as mãos erguidas à frente.

O peito de Isabelle dói quando ela se arrasta com dificuldade para ficar sentada. Os olhos de Carina estão fixos em alguma coisa atrás de Isabelle, que lentamente se vira e

*ah, aí está você*

A figura branca está deitada de barriga para baixo na grama, a poucos metros de distância dela. Seus olhos grandes e escuros dirigem-se diretamente aos olhos dela. Como se estivesse usando os óculos errados, Isabelle tem dificuldade para focalizar o rosto. Assim que ela tenta se concentrar nele, a imagem vira um borrão.

A figura não tem pelos. Sua pele é branca como giz, e completamente desprovida de qualquer indicação de idade. Nenhuma ruga ou variação de pigmentação. As orelhas e o nariz não são mais do que rascunhos, ligeiras protuberâncias com buracos no crânio. Isabelle espreme os olhos e tenta discernir a boca, mas não há boca. Tomado como um todo, o rosto não passa de um contexto ou de cenário para os olhos,

*os olhos*

que estão diretamente fixos em Isabelle.

Dizem que os olhos são expressivos. Que podem ser tristes ou felizes ou indiferentes. Na verdade são simplesmente duas esferas, incapazes de expressar qualquer coisa sem a ajuda dos músculos que os circundam. O ângulo das sobrancelhas, uma ruga do nariz, o formato da boca: juntos, esses elementos formulam o que uma pessoa deseja comunicar, ao passo que os olhos continuam sendo um par de globos sem vida de geleia vítrea.

À figura na frente de Isabelle falta qualquer coisa que pudesse ajudar com uma interpretação. Há apenas aqueles olhos, dois poços escuros, a íris e a pupila quase indistinguíveis. É um olhar fixo totalmente sem intenção, sem avaliação, sem cálculo. É um olhar *puro* que inunda Isabelle, arrebatando seu corpo dolorido, o gosto de sangue em sua boca, as pancadas na cabeça.

Ela rasteja na direção da figura, sussurrando: – Aqui estou. Estou aqui agora.

A figura branca não dá sinal de tê-la ouvido. Continua deitada de barriga para baixo na grama, sua cabeça erguida um centímetro de modo a poder olhar para Isabelle, que segue rastejando até seu rosto chegar a poucos centímetros de distância do rosto da figura. Os olhos de Isabelle estão secos, porque ela não piscou desde que seus olhares se cruzaram. Ela não quer piscar e romper o contato, mas tem que piscar. Ela pisca.

Exatamente como aquele dia na passarela, é como se o tempo desacelerasse. Isabelle vê suas pálpebras deslizarem devagar por cima de seus olhos feito uma cortina sendo abaixada. Ato contínuo, ela está na escuridão; tem de fazer um esforço genuíno para forçar os olhos a se abrirem de novo, mas é um processo lento e dificultoso. Primeiro há um pequeno vão que deixa entrar uma pitada de luz, depois eles se abrem em câmera lenta, aos poucos se alargando e deixando entrar o mundo.

Quando os olhos se abrem por completo, a figura está de pé. Não tem órgãos sexuais nem mamilos. Não tem unhas. Nada além de pele branca, como o primeiro esboço de um ser humano, ou a fase final de um ser humano, quando tudo que é desnecessário foi removido. Ela se vira e se afasta de Isabelle.

– Por favor – sussurra Isabelle. – Por favor...

Somente quando a figura branca está a vários metros de distância, Isabelle se dá conta de que Carina ainda está berrando.


Há muitas coisas de que Carina se arrepende de sua juventude, mas se há algo que ela sacrificaria muita coisa para apagar de seu passado é a noite em que viu o tigre.

Verão de 1991. Ela tinha dezoito anos de idade. A turma com que ela andava consistia basicamente de garotos e garotas mais velhos. Alguns eram pequenos criminosos, ou pior; alguns eram usuários de vários tipos de drogas, e alguns simplesmente achavam que tudo era uma merda.

Eles se encontravam na casa de alguém e bebiam e injetavam ou cheiravam o que estivesse disponível enquanto ouviam músicas que quase sempre pertenciam ao gênero Supremacia Branca, uma vez que vários membros do grupo nutriam simpatias nessa direção.

Carina não tinha simpatia alguma em direção nenhuma. De tempos em tempos os meninos – eram principalmente meninos – se sentavam e conversavam com ela sobre a tribo sueca, os perigos de contaminação da raça, o orgulho de sua ancestralidade, a batalha que devia ser tratada. Para Carina estava tudo bem. A seu ver as coisas pareciam quase sempre perfeitas desde que ela ficasse suficientemente bêbada. O comunismo, a revolução mundial e a imigração irrestrita teriam sido ótimos também, contanto que ela pudesse beber com pessoas que não tinham plano nenhum para a vida, ou sequer para o dia seguinte.

Uma semana antes de Carina ver o tigre, uma coisa nada agradável tinha acontecido. Ela ficou bêbada como um gambá numa festa e desmaiou no sofá ao som de "Hurrah for Nördens Lander" [Hurra para os países nórdicos], de Ultima Thule. Quando acordou de ressaca na manhã seguinte, percebeu que estava nua da cintura para baixo e havia sêmen ressecado em suas coxas. A essa altura ela havia se rebaixado tanto, estava tão no fundo do poço que na verdade não deu a mínima. Merdas acontecem. Ela cambaleou até o banheiro para tomar uma chuveirada.

Quando tirou a camiseta, olhou de relance para o próprio reflexo no espelho rachado. Estava com aparência horrível. Os cabelos espetados em todas as direções, o rímel escorrido e os olhos vermelhos. Ele se perguntou quem no mundo tinha conseguido estuprar um monstro daqueles.

Seu ombro direito estava inchado e inflamado, e a princípio ela achou que o desgraçado devia tê-la mordido. Então reparou nos símbolos pretos, claramente visíveis em contraste com a pele avermelhada. Dois oitos. Ela sabia muito bem o que aquilo representava; alguns dos caras tinham a mesma coisa tatuada.

A ressaca tinha transformado seu cérebro numa bola de espigões ricocheteando de um lado para o outro dentro de seu crânio enquanto ela ficou sentada no vaso sanitário segurando a cabeça entre as mãos.

*Não. Porra. Não.*

Pela primeira vez em meses Carina deu um passo para trás e olhou para si mesma. Estava sentada num banheiro que fedia a urina e vômito em um apartamento nojento, com pessoas caídas por toda parte dormindo para se recuperar do efeito de sabe-se lá o quê. Durante essa noite alguém (ou mais de uma pessoa?) aproveitou a oportunidade para estuprá-la enquanto estava inconsciente, e tinha terminado, ou possivelmente começado, tatuando "*Heil Hitler*" em seu ombro.

Essa era sua vida. Era o ponto a que havia chegado.

De pé no chuveiro, deixando a água quente escorrer por sua pele, ela teve a sensação de que algo estava sendo levado embora, como se estivesse sendo purificada. Carina achou que poderia haver uma chance de começar de novo. Talvez aquele fosse um ponto de inflexão, um momento decisivo, o alerta para despertá-la.

Carina encontrou uma toalha relativamente limpa e se embrulhou nela, depois saiu procurando seu sutiã, a calcinha e a calça *jeans*. Assim que achasse sua roupa, iria embora daquele apartamento e... se inscreveria no Komvux, o serviço de educação de adultos, para ver se conseguia alguma qualificação. Arranjar um emprego no McDonald's, qualquer coisa. Ir aos lugares certos, preencher os formulários certos, dar os telefonemas certos, tomar as decisões certas.

Antes de encontrar sua calça, topou com uma garrafa de vodca ainda com uma razoável quantidade de bebida. Sentou-se numa poltrona e tomou alguns goles, apenas para organizar os pensamentos. Depois alguns mais. E foi o fim.

Uma semana depois, quando estava na farra com a turma após uma longa sessão preliminar de bebedeira, tudo já havia sido perdoado e esquecido, ou pelo menos era tão desimportante como tudo mais. Ela havia sido fodida e picada, como alguém definiu, e isso era apenas uma daquelas coisas sem relevância. Não sabia quem tinha feito aquilo com ela, e não dava a mínima. Sem ontem, sem amanhã, sem problemas. Sua gangue estava passando pela rua Sveavägen a caminho de Monte Carlo, e eles eram invencíveis, pulsando com uma energia que vinha do conhecimento de que eram donos da cidade, que eram donos da noite.

Uma garrafa plástica de vodca clandestina com Coca-Cola incrementada com um quarto de grama de anfetamina era passada de mão em mão no grupo, que consistia de Carina, três caras partidários da Supremacia Branca, e mais uma garota que Carina nunca havia visto antes e que pertencia a um dos caras. O nome dela era Jannika; tinha olhos vazios e usava uma jaqueta *bomber* e uma minissaia amarelo-neon. Ela ria alto demais de tudo que era dito.

Quando estavam passando pelos escritórios da editora Bonnier, Micke fez a saudação nazista para a máfia judaica, o que fez Jannika cair na gargalhada. Ela continuou rindo e andando, e depois de cerca de cem metros anunciou que precisava mijar. A essa altura eles tinham chegado ao cruzamento da Tunnelgatan com a Sveavägen, e não estavam longe de Monte Carlo.

– Cruze as pernas, porra – disse Johan. – A gente já está quase lá.

– Não dá – choramingou Jannika. – Preciso ir agora.

Micke olhou ao redor e viu uma placa ornamental que marcava o local onde o político Olof Palme havia sido assassinado. – Mija ali – disse ele, apontando.

– *Ali?*

– Por que não, caralho? Mija no Palme. Quero dizer, ele estava sempre de chamego com os pretos. Mija nele.

Jannika deu risadinhas e agarrou a virilha, depois foi até lá, abaixou a calcinha e se acocorou sobre a placa. A urina jorrou no metal e escorreu entre as pedras da calçada.

– Mija no Palme – resmungou Johan, tomando um gole da garrafa. – Isso mesmo, porra.

Encostada no muro ao lado da entrada do metrô, Carina acompanhara com desatento desinteresse a conversa. E então alguma coisa aconteceu. Ela subitamente sentiu arrepios nos braços, e um tremor percorreu sua espinha como se uma rajada gélida tivesse irrompido do mundo subterrâneo. Ela não teve tempo para refletir a respeito, porque dois homens saíram do metrô. Estavam ambos usando terno e tinham cabelos pretos como carvão.

– O que vocês estão fazendo? – perguntou um deles, com perceptível sotaque. Seu companheiro fez um gesto pedindo que ele ficasse quieto quando os três rapazes se viraram para encará-los.

– O que é isso que eu estou ouvindo? – quis saber Hasses, o mais gordo e mais forte dos três. – Não me parece que seja sueco.

– Nada – respondeu o outro homem. – Nós ir aqui agora. – Seu sueco era pior que o do primeiro homem.

– Então você é fã do Palme, é? – disse Micke, dando um par de passos na direção dos dois homens, seguido de perto pelos outros rapazes.

O que aconteceu a seguir nem de longe poderia ser descrito como uma briga. O homem submisso foi rapidamente nocauteado e ficou estatelado na calçada. Quando seu companheiro rebelde avançou na direção de Micke, Carina esticou o pé e o fez tropeçar, e ele desabou de cara no chão.

Foi instintivo. O pé de Carina se projetou para a frente antes que ela tivesse tempo para pensar. No exato instante em que tocou a perna do homem, Carina se arrependeu de seu ato e recuou na direção do túnel Brunkeberg. A escuridão fria lambeu sua espinha, fazendo-a estremecer e ter calafrios.

Um espasmo na perna, um pé esticado, um pequeno movimento que jamais abandonaria Carina e do qual ela jamais se esqueceria por causa do subsequente rumo que os eventos tomariam. Os rapazes arrastaram o homem até a placa memorial, onde Micke agarrou-o pelos cabelos de modo a deixar seu rosto suspenso sobre o metal.

– Então você gosta do Palme, é? Bom, então dá um beijo nele!

Ele golpeou violentamente o rosto do homem contra a placa. Puxou-o para cima e bateu de novo. Da terceira vez, alguma coisa se estraçalhou. Dentes, nariz, possivelmente ambos.

– Beija o mijo! Beija o Palme! – berrava Micke.

Ele golpeou o rosto do homem mais uma vez, o sangue jorrando sobre o metal e se misturando à urina de Jannika. Os outros haviam se afastado um pouco, e Johan disse: – Puta que pariu, Micke, já chega.

Carina ainda estava recuando, andando para trás na direção do túnel; ela cobriu com as mãos a boca enquanto Micke repetia seu mantra – Beija o mijo! Beija o Palme! – e continuava a esmagar o rosto do homem.

*Está aqui.*

Ela não fazia ideia do que significava esse pensamento; era uma mensagem vinda do mesmo recanto afastado e profundo da psique humana onde se gera o medo de fogo, de altura, de tubarões, de tudo que pode nos matar. Tal qual a escuridão gelada um momento antes, o pensamento lambeu suas costas, difuso como fumaça ou bruma. E tão concreto quanto. Devagar, ela se virou.

A noite de verão ainda estava clara, e Carina não teve dificuldade para discernir a massa informe de escuridão deitada junto à entrada do túnel. Assim que Carina olhou para ela, a massa deixou de ser um caroço; ergueu-se sobre quatro patas e assumiu a forma de um tigre. Um tigre preto.

A criatura andou a passos suaves e abafados na direção de Carina, que ficou tão paralisada de medo que não foi capaz de mover um músculo sequer. O tigre não tinha listras; era completamente negro exceto pelos olhos, que captavam e refletiam um pouco de luz do céu. Os olhos reluzentes do tigre estavam fixos em um ponto além de Carina, na direção do violento ataque, que a julgar pela barulheira ainda continuava. O tigre retraiu os lábios e mostrou os dentes, emitindo um som fino que era mais um ronronar do que um rosnado.

O tigre parou a cinco metros de Carina, ficou de orelhas em pé e soergueu os olhos, fitando a colina em Luntmakargatan. Com um supremo esforço de vontade, como se estivesse se libertando de um grilhão de gelo, Carina virou a cabeça para ver o que o tigre estava encarando. Dois segundos depois um carro da polícia dobrou a esquina e rumou colina abaixo. Quando chegou onde Carina estava, deu uma guinada à esquerda, disparando na direção da Sveavägen.

Foi somente aí que ela fez a ligação. Ataque violento – polícia. Olhou para trás, para o túnel, e viu o tigre subindo às pressas os degraus na direção de Malmskillnadsgatan. Não viu se o tigre chegou ao fim da escadaria ou se desapareceu no meio do caminho, porque ela recobrou sua capacidade de pensar, pelo menos até certo ponto, e girou sobre os calcanhares no exato instante em que o carro da polícia parou de repente, com uma freada brusca que fez cantarem os pneus, e três policiais desceram.

Ela não parou para ver o que tinha acontecido ao resto da gangue, ou para dar à polícia tempo para especular sobre quem era a garota por quem a viatura tinha passado. Carina deu no pé como se o tigre estivesse atrás dela e desceu correndo a Luntmakargatan na direção da Tegnérgatan.

Ela não havia percorrido nem vinte metros quando foi fulminada por esse mesmo medo: e se o tigre estivesse no encalço dela? Olhou para trás, mas a rua estava vazia. Mesmo assim ela teve a sensação de que o tigre estava lá. Como se ele fosse estar lá para sempre. Ela correu...

... e tinha continuado a correr, até que alguns anos depois caiu nos braços de Stefan. Ou melhor, rastejou para dentro deles. Isso é outra história. Mas, mesmo quando a vida dela havia se estabilizado e seu foco tinha mudado do abismo para um supermercado ICA no interior, Carina jamais parou de olhar por cima do ombro.

Com o passar do tempo, a lembrança do tigre tornou-se difusa, e Carina teria ficado feliz em ignorá-la e descartá-la como uma alucinação, não tivesse a sensação permanecido com ela. O tigre já não estava arquejando em seus calcanhares, mas à espreita em algum lugar atrás dela, esperando o momento certo para a investida, para dar o salto sobre a presa.

E agora aqui está ele. Carina se detém e para de recuar, para de gritar enquanto o tigre dá meia-volta e começa a andar para longe, mas ela não desgruda os olhos do tigre até que ele está tão distante que poderia ser alguma outra coisa. Algo normal.

O corpo de Carina estava tão tenso havia tanto tempo que dói quando ela relaxa. O lado esquerdo da sua cabeça está doendo, e ela tem de fazer força para lembrar por quê.

*Isabelle. O sangue.*

Cada migalha de agressividade abandona seu corpo quando ela olha ao redor e vê Isabelle sentada não muito longe. Isabelle também está fitando o local onde o tigre vai encolhendo no horizonte. Carina se põe de pé sobre as pernas trêmulas, cambaleia na direção de Isabelle e subitamente desmorona, toda encurvada, na relva ao lado dela.

– Você consegue ver? – pergunta Carina.

O som espesso que sai da boca de Isabelle parece ser um "Sim".

Imagens da luta das duas voltam à mente de Carina. O golpe no queixo, o sangue jorrando da boca de Isabelle, sua própria compulsão para esmagar, quebrar. O queixo de Isabelle está coberto de sangue coagulado: Carina quer pedir desculpas, mas não consegue encontrar as palavras certas. Talvez seja porque nenhum pedido de desculpas seja necessário. As duas atraíram a atenção do tigre, foram apanhadas pelo olhar dele.

O que Carina não consegue entender é a expressão no rosto de Isabelle. Não é medo nem incredulidade, mas tristeza, pesar, saudade. Como se o tigre fosse um amigo querido que a abandonou.

O tigre é apenas um pontinho negro em contraste com o céu azul quando Carina se põe de pé, caminha na direção do carro e para no meio do caminho. Observa fixamente a grama ao redor dos pés, e duas coisas lhe ocorrem simultaneamente. O tigre está se movendo na direção do acampamento. E não há sangue na relva.

Carina ainda consegue distinguir as marcas deixadas por seus corpos. Foi naquele local que elas brigaram e o sangue verteu da boca de Isabelle, mas o sangue sumiu. Como se tivesse sido lavado.

*Lambido.*

\* \* \*

Não se ouve ruído algum do lado de dentro do *trailer* de Donald quando Peter se aproxima de mansinho e começa a erguer a barra do reboque, um milímetro de cada vez. Demora cinco minutos para chegar à altura certa, e quando ele trava o reboque no lugar as suas mãos estão suadas e escorregadias e a sua boca está seca.

Cuidadosamente ele abre a porta de trás do carro de Donald e fuça no porta-objetos da lateral da porta até encontrar a chave reserva que Majvor lhe disse que estava ali. Desliza para se ajeitar atrás do volante e dá a partida, sem tirar por um segundo os olhos do retrovisor. Está atento às cortinas, assegurando-se de que estão fechadas, de que a janela da frente não está aberta. Ele para ao ouvir a bola do reboque raspar a barra, e ao sair do carro deixa o motor ligado.

Peter posicionou com perfeição o carro, e o engate está diretamente acima da bola de reboque. Ele abaixa lentamente a barra, tão devagar quanto a levantou. Stefan está do lado de fora de seu *trailer*, e faz sinal de positivo para Peter. A tarefa de Stefan é vigiar a porta de Donald, porque a varanda coberta bloqueia a visão de Peter.

Peter lambe o suor do lábio superior quando o engate se encaixa em perfeita ordem. Tudo que ele tem a fazer agora é erguer o estabilizador, mas o mecanismo de travamento está emperrado. Peter empurra e puxa, mas não consegue soltá-lo. Ele olha de relance pela janela, dá um passo para trás e aplica um pontapé bem dado.

*Idiota!*

O mecanismo destrava, mas o *trailer* inteiro balança assim que todo o seu peso cai sobre a bola do reboque. Peter rapidamente ergue a roda, mas é tarde demais. A cortina é puxada bruscamente para o lado e Donald aparece encarando-o nos olhos.

– Mas que diabos – berra Donald, levantando a tranca da janela, mas Peter não espera para ouvir o que mais ele tem a dizer. Salta para dentro do carro e engata a primeira marcha. Pelo retrovisor, pode ver a janela sendo aberta. Ele pisa fundo. O carro não se move.

O cano da espingarda já está aparecendo através da janela quando Peter se dá conta de que é difícil acabar com velhos hábitos; ele puxou o freio de mão antes de sair do carro. Por causa do estresse, está com dificuldade para coordenar seus movimentos, e seus pés ainda estão no acelerador quando ele solta o freio, felizmente. O carro e o *trailer* dão um solavanco para a frente, e Donald, caindo para trás, desaparece da janela.

Os pneus derrapam na grama quando Peter se curva sobre o volante, saindo em disparada do acampamento sem se preocupar com a direção. Ele liga o GPS, com a intenção de seguir a primeira estrada que aparecer. O plano é deixar Donald em algum lugar suficientemente perto do acampamento de modo que consigam encontrá-lo de novo, mas longe o bastante para que tenha dificuldade de voltar sem a ajuda de satélites.

*Satélites?*

O momento não é o ideal, mas quando dobra o corpo sobre o volante Peter se pega olhando para o céu, como se pudesse avistar alguma pequena sonda lá em cima. Afinal, o GPS está funcionando, então deve haver...

Sua linha de raciocínio é interrompida quando o carro dá um tranco e uma guinada para o lado. Não há sinal de Donald, mas uma olhada de soslaio no retrovisor externo mostra a Peter qual é o problema. A varanda coberta anexa está sendo arrastada na lateral do *trailer*. Até certo ponto ela ainda está na vertical graças aos ganchos que continuam no lugar, mas uma longa tira se enroscou nas caixas de roda do *trailer*, o que significa que a roda não está mais girando, mas simplesmente deslizando ao longo da grama, deixando atrás de si uma comprida marca de pneu.

O carro é potente e ainda consegue dar conta de rebocar o *trailer*, de modo que Peter engata a segunda e pisa no acelerador. Depois de cem metros ele constata que o plano não vai funcionar. Por que diabos Donald precisaria de satélites quando pode seguir a marca deixada pela roda e voltar ao acampamento toda vez que sentir vontade de estourar os miolos de alguém?

O motor está a todo o vapor e o cheiro de borracha queimada está sendo bombeado carro adentro via sistema de ar condicionado; Donald reaparece na janela, seus olhos ardendo de ódio. Ele coloca para fora o cano da espingarda e Peter se abaixa tanto que não consegue mais enxergar o para-brisa. Seu corpo está enrodilhado no formato de um ponto de interrogação, com o rosto encostado sobre o banco do passageiro, enquanto mantém uma das mãos no volante e o pé direito no acelerador.

*Foi uma ideia ruim, uma ideia péssima.*

O ponto principal de seu plano tinha sido a convicção de que Donald provavelmente não era doido o bastante para tentar atirar em alguém, mas a julgar pelo olhar estampado no rosto dele parece que talvez tenham errado.

O cheiro de borracha está soprando diretamente no rosto de Peter. Ele se sente nauseado e se arrisca a esticar o braço para tentar desligar o ventilador. Em vez disso, porém, acaba ligando o rádio, na metade de "Det Blir Alltid Värre Framåt Natten" [Sempre piora quando a noite chega], com Björn Skifs.

*Himmelstrand, claro – aquele verso melancólico sobre estar distante de todas as luzes e da alegria.*

O motor ruge, o carro balança, e Peter está dirigindo sem olhar, acompanhado de outra candidata sueca ao primeiro prêmio do Festival Eurovision da Canção. Só há uma reação possível. Peter começa a gargalhar. Seu pé golpeia de leve o acelerador, que sobe e desce fazendo o carro dar solavancos para a frente à medida que ele sente espasmos rasgando sua barriga.

– Seu filho da puta! – vocifera Donald atrás dele, o que parece ser o clímax de um esquete cômico realmente engraçado. Peter está rindo tanto que mal consegue respirar.

A seguir vem a explosão, e ele para abruptamente de rir quando fragmentos de vidro chovem sobre seu rosto. Fragmentos diminutos, minúsculos, só isso. Não é como quando um para-brisa se estilhaça num filme de ação. Ele olha de relance para cima e vê que o para-brisa ainda está intacto, ao contrário da tela do GPS, que estourou numa cachoeira de plástico, vidro e componentes eletrônicos.

Peter não tem certeza, mas por cima da música e do rugido do motor ele julga ouvir um clique metálico de três etapas. O som de uma espingarda sendo recarregada. Segundos depois, o segundo tiro é disparado.

*Isso é impossível.*

Peter espreme os olhos e respira fundo. Em um único movimento ele se senta e golpeia com o pé o pedal do freio. O carro tem ABS, e ele sente o impacto subindo ao longo de sua perna. Uma olhada de relance no espelho confirma que ele obteve o resultado desejado: Donald perdeu o equilíbrio. Quando ele endireita o corpo a fim de fazer pontaria de novo, Peter pisa no acelerador.

O carro responde lindamente, e Donald é arremessado pela janela. Quando Peter olha pelo retrovisor externo, vê que a manobra também fez com que a varanda coberta se soltasse, e agora a roda está girando suavemente. Peter meneia a cabeça para si mesmo, frases tão sem sentido como cânticos de torcidas de futebol ecoando em seu cérebro.

*Tudo que eu tenho que fazer é dirigir. Pisar fundo. Continuar em frente.*

Peter engata a terceira, mantendo uma velocidade baixa de modo a poder disparar para a frente caso Donald reapareça. Peter fita o descampado vazio como se estivesse procurando alguém a quem pudesse cruzar a bola. Como não encontra ninguém, automaticamente olha de novo para o GPS, que já não é um GPS, mas meramente uma caixa de plástico com as bordas denteadas.

*Foco. Dirija como um profissional...*

*Pense!*

Habilidade técnica à parte, há duas coisas que distinguem um bom futebolista: a capacidade de ter visão geral e a improvisação. Ser capaz de ler o jogo numa escala mais ampla e tomar decisões criativas num instante. Zidane era um mestre no primeiro quesito, Maradona no último. Sem fazer comparações mais aprofundadas, Peter está mais para Maradona, porque, embora tenha improvisado muito bem até aqui, no momento está sentindo na pele uma falta evidente de qualquer espécie de visão geral. Ele consegue lidar com cada situação individual à medida que elas surgem, mas o que ele vai *fazer*?

Quando o rosto de Donald aparece de repente mais uma vez, sua testa está sangrando; isso não parece ter melhorado seu humor. Antes que Peter tenha tempo de reagir, Donald enfia pela janela o cano da espingarda e dispara sem sequer se dar ao trabalho de fazer pontaria. A bala atravessa a janela traseira e o banco de passageiros antes de acertar com um estrondo o porta-luvas. A isso se segue um som de vidro estilhaçado, e depois um líquido amarelo cor de urina começa a escorrer pelo buraco.

Peter acelera, e mais uma vez Donald cai para trás. O truque não vai funcionar para sempre, e há um problema. Um enorme problema. Como diabos ele vai conseguir desacoplar o reboque sem tomar um tiro?

Claro que uma opção é parar o carro e sair correndo o mais rápido que puder, na esperança de que Donald não atire nele pelas costas. Essa decisão parece pouco atraente, em parte porque ele viu pelo retrovisor o olhar de Donald, em parte porque agora sabe que o rifle está equipado com um telêmetro.

*Ele tem a arma. Eu tenho o carro. Tire proveito da situação.*

Talvez a ideia que surge na mente de Peter seja tão ruim quanto foi a ideia de sair dirigindo com Donald a reboque, mas no momento ele não consegue pensar em qualquer outra coisa. Peter aumenta a velocidade para oitenta quilômetros por hora enquanto gira o volante de um lado para o outro de modo que o *trailer* balance e chacoalhe atrás do carro, na esperança de que isso torne quase impossível para Donald manter o equilíbrio.

É somente quando "Det Blir Alltid Värre Framåt Natten" chega ao fim que Peter se dá conta de que a música estava tocando o tempo todo. Assim que ela é substituída por "Helledudane, En Sån Karl" [Helledudane, que homem] ele desliga o rádio, aperta o cinto, range os dentes e dá uma guinada brusca para a direita.

Ele gostaria de saber mais sobre engenharia mecânica, física ou qualquer porra capaz de ajudá-lo a prever o efeito preciso de seu ato. O plano de Peter é sacudir Donald o máximo possível de modo a ganhar preciosos segundos para desacoplar o reboque, mas deve contar com o ímpeto da guinada brusca e a velocidade a que um *trailer* pesando no mínimo duas toneladas está prestes a ser submetido, e o *trailer* está engatado a um carro comparativamente pequeno.

O gosto de bile avoluma-se na garganta de Donald enquanto ele observa o *trailer* sacolejar; as rodas do lado esquerdo saem do chão. Peter gira o volante para a esquerda para compensar, mas por causa do peso do *trailer* é impossível refrear seu avanço. Isso força o carro para a frente numa derrapada, e a barra de reboque range e rilha num ruído estridente.

Peter mete o pé no freio, mas o *trailer* o impele para a frente. O acre fedor de borracha queimada mais uma vez enche o carro, as rodas soltando fumaça enquanto pelejam para dar conta da peleja. O *trailer* desliza de lado, acompanhado por uma cacofonia de vidro e louça espatifados à medida que os armários se abrem. O *trailer* está em vias de tombar, e Peter sente as rodas do lado esquerdo do carro se descolarem do chão. Por um tiritante segundo tudo fica incerto, e por fim o *trailer* cai com estrépito sobre as quatro rodas.

*Tudo bem. Tudo bem.*

Peter se permite ficar quietinho e imóvel por dois segundos, soltando ar dos pulmões. Quando tenta sair do carro, seus dedos estão presos no volante, e ele tem de fazer força como uma alavanca para desgrudá-los, como quando se tira uma bandagem de um ferimento supurado.

Às vezes você encontra seu próprio espaço. Isso não acontece com muita frequência, mas acontece. Você passou pela linha de defesa, tem o controle da bola, e o gol está bem à sua frente. Então é importante não pensar, mas deixar os instintos tomarem conta. O corpo sabe o que fazer, se você deixá-lo em paz, sem perturbá-lo. A posição do goleiro em relação ao gol, a posição e velocidade da bola e do corpo. É tudo tão complicado que daria para encher uma lousa inteira de cálculos. Se você pensasse a respeito. Então você não pensa.

Algo semelhante acontece com Peter quando ele sai do carro e corre para a traseira com as pernas surpreendentemente firmes. Ele não perde tempo verificando o paradeiro de Donald e sequer se dá ao trabalho de içar a barra do reboque; simplesmente fica lá parado, com uma perna plantada com firmeza de cada lado, empurra para baixo a alça do mecanismo de travamento e a *levanta*. Sabe que é a única linha de ação possível.

Em circunstâncias normais talvez ele não tivesse conseguido. Mas não está pensando, está apenas supondo que é capaz de fazer aquilo. E faz. Os músculos em seus braços e pernas estão gritando quando, com um único movimento, ele desacopla o *trailer* da barra do reboque e o solta sobre a roda estabilizadora ao som de vidro e louça quebrados do lado de dentro. E da voz de Donald.

– Filho da puta! Eu vou te fuzilar, seu desgraçado...

Peter entra no carro e fecha a porta, cortando a enxurrada de xingamentos. Ele estica a mão até o botão de partida e seu cérebro subitamente entra em curto-circuito quando seus dedos encontram em vez disso uma chave.

*Chave. Trava. Por que há uma chave?*

Então ele se lembra de que aquele não é o seu carro; vira a chave, pisa na embreagem e coloca o veículo em primeira marcha. Quando começa a se mover, a porta do *trailer* se escancara; cambaleante, Donald aparece empunhando a espingarda.

Peter engata a segunda e pisa fundo no acelerador. Olha de relance pelo espelho e vê Donald se ajoelhar e levar a arma ao ombro. Peter se encurva por cima do volante, agradecido por cada nanossegundo, cada metro entre Donald e ele antes do disparo.

Peter ouve um estalo seco e agudo seguido de um estrondo, muito mais perto dessa vez, como um eco reverso, e por um terrível momento acha que é isso que acontece quando a medula espinhal é despedaçada por um projétil; fecha os olhos para lidar com a dor. Mas não há dor. Em vez disso o carro começa a estremecer e Peter percebe que Donald estourou um dos pneus traseiros.

O carro está puxando um pouco para o lado, mas graças à tração nas quatro rodas o veículo se mantém numa rota firme e constante para longe de Donald. O segundo estrépito é muito mais distante, mas Donald deve ser um ótimo atirador, porque a julgar pelo som ele conseguiu destroçar uma das lanternas traseiras.

Quando Peter olha de novo pelo espelho, o *trailer* está a mais de cem metros atrás dele, fora do alcance da alça de mira. Ele segue em frente.

O alívio por ter escapado do perigo mortal e ter atingido seu objetivo dura cerca de trinta segundos. Então Peter se dá conta de que está saindo do fogo para cair na frigideira, saindo do espeto para cair na brasa, por assim dizer.

Durante as manobras com o *trailer* ele perdeu todo o senso de direção. O GPS foi destruído, e não há marcações para lhe mostrar o caminho. O descampado se estende à sua frente, vasto e imutável. E ele não faz ideia se está voltando para casa ou se afastando dela ou se está rumando para algum lugar no meio.

Ele está dirigindo. Isso é tudo.


É hora da vingança, e não vai ser nada bonito...

Carina põe de lado *Mártires*, o DVD que ela achou, e continua fuçando o porta-luvas do Toyota, as mãos trêmulas. Estojo de maquiagem, manual de instruções, folhetos de propaganda. Bem no fundo do compartimento ela encontra um pano de limpeza; isso vai ter de servir.

Isabelle, que ainda está sentada no chão, faz uma careta quando Carina pega o trapo e depois o amassa e espreme para enfiá-lo dentro de sua boca a fim de estancar o jorro de sangue que escorre de sua língua. Carina olha na direção do descampado, onde o tigre já não é mais visível, depois cutuca o braço de Isabelle.

– Ele está indo pro acampamento. A gente tem de ir.

Isabelle não oferece resistência quando Carina a coloca de pé, mas Carina para no meio do movimento. Há algo estranho na expressão do rosto de Carina. Ela ainda está apavorada após seu encontro com o tigre, mas os olhos de Isabelle estão dizendo outra coisa completamente diferente. Carina deixa a mão cair.

– Você viu também, não viu?

Isabelle assente e faz um ruído que poderia significar absolutamente qualquer coisa, os cantos da boca levantados. Um pensamento surpreende Carina, e ela se agacha na frente de Isabelle, cujos olhos ainda estão cravados no descampado. Por fim ela a encara e pergunta: – O que você viu?

A despeito do corpo moído de pancadas, Isabelle consegue fazer um gesto elegante que possivelmente não tem relação com a figura aterrorizante que Carina viu. Isabelle tenta remover o pano da boca, mas se encolhe e decide deixar o trapo onde está.

– Me desculpe sobre aquilo – diz Carina. – Foi... Ficou...

Ela não sabe como explicar a loucura que tomou conta dela, mas tampouco precisa se explicar, porque Isabelle lhe mostra o dedo médio, assim apagando o desejo de Carina de se desculpar. Agora Isabelle está fitando o chão ao lado de Carina, seus olhos dardejando de um lado para o outro.

– Sim, eu também notei – diz Carina. – O sangue sumiu. Foi ele quem pegou.

Isabelle examina atentamente a grama. Ela assente para si mesma, depois levanta os olhos e encara Carina, mantendo o olhar fixo nela por um longo tempo. Carina tem a impressão de que está sendo *avaliada*, como se fosse uma antiguidade, uma obra de arte. Um pedaço de carne. Não é uma sensação agradável.

Com dificuldade, Isabelle se põe de pé e anda até o carro. Carina a segue. Ela se senta atrás do volante e pressiona o botão de partida com uma sensação de pavor. Parte dela quer simplesmente dar meia-volta no carro e dirigir na direção oposta, para longe do tigre.

Mas não Isabelle. Assim que se acomoda no assento, ela acena na direção do horizonte à sua frente. Avidamente. Ansiosa para chegar lá.

Majvor se senta no *trailer* de Stefan e Carina e observa Peter sair com o carro levando Donald. Estica o pescoço de modo a poder acompanhá-los por mais trinta metros antes que desapareçam da vista, e o único pensamento em sua cabeça é: *meus enroladinhos de canela.*

Dada a presente situação, quais são as chances de Donald colocar no forno os enroladinhos antes de crescerem demais? Mais ou menos as mesmas que ela tem de ganhar a medalha olímpica na prova de salto em distância. Hoje foi um erro de cálculo atrás do outro.

No entanto, ela compreende que era necessário tirar Donald de cena. Ele está volátil demais; pode ter explosões de raiva por causa de nada, e dessa vez realmente passou de todos os limites. Atirar nela com a espingarda! Ela poderia ter tido um ataque do coração. Nessas ocasiões há somente uma coisa que ajuda: tempo. Quando Donald fica agitado e enfezado, não vale a pena tentar o que quer que seja, nenhuma outra atitude adianta a não ser sair do caminho dele e esperar que ele esfrie a cabeça.

Majvor espera que algumas horas de calma e contemplação tenham o efeito desejado sobre seu marido, e quem sabe até façam com que ele volte ao normal e recupere o bom senso com relação àquela insana ideia de que ela e os outros são frutos da imaginação dele.

*De onde veio tudo isso?*

Como daquela vez em que ele decidiu que deveriam começar a vender sorvete de casquinha no pátio da madeireira. Os fregueses poderiam comprar um cone enquanto aguardavam a vez de ser atendidos. Haveria três diferentes tipos de cobertura. Ninguém achou que seria uma boa ideia, mas Majvor foi a única que ousou dizer isso com todas as letras.

Não que isso tenha adiantado. Donald estava inflexível, e instalou a máquina mais cara do mercado. A intenção era que fosse algo vistoso, chamativo, explicou ele. Algo que faria a empresa se destacar. E de fato era um trambolho chamativo. Os clientes davam gargalhadas e se perguntavam o que aquela monstruosidade estava fazendo lá, mas quase ninguém queria ter os dedos lambuzados de sorvete na hora de manusear suas mercadorias. Donald acabou sendo a pessoa que mais usava a máquina, e no verão seguinte ela tinha sido despachada para o isolamento do depósito. Donald se recusou a vendê-la, porque isso seria a admissão de que havia cometido um erro, então ele insistia em dizer que apenas a guardara temporariamente "até que chegasse a hora certa".

Majvor continuou a revisar o catálogo de decisões teimosas e ideias ridículas de Donald ao longo dos anos, até ser interrompida por uma voz de criança.

– Oi?

Um menininho está olhando para Majvor do beliche acima da cabeça dela.

– Olá, você – diz Majvor.

– O que a senhora está fazendo aqui?

Ela sorri da objetividade da pergunta, e responde da mesma forma: – Meu *trailer* foi embora, então estou sentada um pouco aqui. Tudo bem pra você?

– Claro. Por que o seu *trailer* foi embora?

– Ele precisou... dar uma saidinha.

O menino franze a testa, mas parece decidir que a resposta é aceitável. Ele desce e fica de pé ao lado de Majvor. Olha para cima e para baixo, depois pergunta: – A senhora tem filhos?

– Tenho. Quatro. Todos meninos.

– Eles devem ser muito velhos.

– São bem velhos, sim. E alguns deles já têm os próprios filhos.

O menino balança a cabeça, contente por ter chegado à conclusão certa. Ele se senta de frente para Majvor, abaixa a voz e pergunta:

– Quando seus filhos eram pequenos... a senhora mentia pra eles?

– Devo ter mentido, uma vez ou outra. Por que você pergunta? Alguém mentiu pra você?

– A-hã. Adultos não deveriam contar mentiras.

– Não. Você tem razão, mas às vezes... Era sobre alguma coisa importante?

– Muito importante.

– Você gostaria de me contar?

O menino endireita as costas e olha pela janela, mordendo o lábio inferior. Os músculos em volta dos seus olhos estão se contraindo da mesma forma que fazem quando sonhamos; ele está provavelmente estudando alguma imagem interna. Majvor coloca uma das mãos por cima da outra sobre a mesa e espera. Ela gosta da companhia de crianças; sempre gostou. As necessidades e os desejos das crianças não são tão enredados em necessidades sombrias e traumas não curados como muitas vezes acontece com os adultos.

Sobre a mesa ao lado de Majvor há uma construção de Lego que parece ser o alicerce de uma chaminé, com quatro paredes altas. Quando se inclina para a frente, ela pode ver três figuras na base.

– Você construiu isso?

– A-hã. Eu e a Mamãe. – Ainda fitando o descampado, o menino pergunta: – O que a gente está fazendo aqui? Por que a gente está aqui?

– Minha nossa, não é uma pergunta fácil!

– A senhora sabe a resposta?

– Não, mas posso te dizer o que eu *acho*.

– Tudo bem.

– Eu acho... – O olhar de Majvor se fixa no Lego enquanto ela se lembra de como se sentiu quando viu pela primeira vez as cruzes nos *trailers*. – Acho que tudo tem um propósito. Que há um motivo pra estarmos aqui. E que isso tudo vai ficar claro.

O menino parece decepcionado. – Só isso?

Não, não é só isso, mas Majvor não sabe como explicar o resto, então em vez disso ela pergunta: – Você acredita em Deus?

O menino dá de ombros. – Acho que sim.

– Gostaria de fazer uma oração comigo?

Mais uma vez o menino franze a testa, como que num enorme esforço de concentração, pesando os prós e contras da sugestão dela. Depois de um momento, diz: – Tudo bem. Se a senhora prometer que vai brincar comigo depois.

Majvor estende a mão para selar o acordo. O menino parece um pouco perdido, depois faz o mesmo. No instante em que os dedos de Majvor se fecham sobre a mão frágil e pequena, pela primeira vez nesse dia ela sente *confiança* de verdade. A convicção de que tudo vai se resolver, de uma forma ou de outra.

Depois ela solta a mão do menino e entrelaça os dedos em oração. O menino a imita, com um olhar determinado no rosto. Majvor começa a recitar uma versão diferente do Pai-Nosso, e o menino vai repetindo uma frase após a outra. Quando ela chega ao trecho "Para todo o sempre", acrescenta: "Mostrai-nos que caminho seguir e conduzi-nos de volta para casa. Amém".

– Amém – repete o menino. Durante alguns segundos os dois se entreolham, tocados pela seriedade do momento. Por fim o menino pergunta: – A senhora conhece *Star Wars*?

– O filme?

– Os *filmes*, sim.

– Não muito bem.

– Conhece o Chewbacca?

O filho de Majvor e Donald, Henrik, tinha os primeiros três filmes de *Star Wars* em vídeo, e Majvor assistiu ao primeiro. Não consegue se lembrar de ninguém chamado Chewbacca, mas acha que devem ter feito mais filmes depois.

– Não. Quem é ele? É aquele da máscara preta?

O comentário dela provoca uma reação inesperada. O menino se joga para trás no sofá e tem um ataque de gargalhadas. Majvor mexe numa peça de Lego. Não pode ser *tão* engraçado assim, mas o menino está rindo tanto que suas mãos abraçam a barriga, as pernas sacudindo no ar.

– Darth Vader – grita ele. – Esse é o Darth Vader!

– Entendi – diz Majvor, e, a despeito do fato de que não há motivo para isso, se sente corar ligeiramente. – Então quem é o Chewbacca?

Quando o menino muda de posição e se senta com as costas eretas, está com o rosto afogueado, a respiração difícil. – Ele é... o copiloto de Han Solo. É todo peludo e... fala deste jeito... – O menino faz um ruído que poderia ser uma mistura de tigre e bode, e alguma coisa desperta no fundo da mente de Majvor.

– O que parece um macaco?

Ela tem medo de que isso possa causar outro acesso de histeria, mas o menino meneia a cabeça, pensativo. – É... Acho que ele se parece um pouco com um macaco.

– Então o que tem ele? – pergunta Majvor.

– A senhora pode ser ele.

– Preciso fazer o mesmo barulho que você acabou de fazer?

– Claro. Veja se consegue.

Majvor tenta imitar o som que o menino fez, e ele ri de novo, mas dessa vez de forma simpática e agradecida. Depois explica a brincadeira. Eles vão explodir uma coisa chamada Estrela da Morte, haverá uma porção de espaçonaves inimigas, e Chewbacca deve estar a postos para manejar as armas. Majvor faz o barulho para mostrar que entendeu, e lá vão eles.

Majvor costumava brincar com seus filhos quando eles eram pequenos, e é extraordinário como a coisa toda volta rapidamente para ela. Depois de alguns minutos, Majvor recua no tempo e vê a si mesma. Está sentada lá, grunhindo e agitando as patas e fingindo disparar armas *laser*, e ao mesmo tempo a sua mente se sente desanuviada como havia muito tempo não acontecia. Ela não pensa em enroladinhos de canela nem em qualquer outra coisa além da situação.

Desde que os filhos se mudaram de casa, Majvor volta e meia se sente incapaz de compreender *o sentido* das coisas, o que é importante, o que ela deveria fazer de sua vida. Essa espécie de preocupação egoísta não existe neste exato momento. Ela sabe o que deve fazer, e sabe que é importante. Ela tem de derrotar Darth Vader!


Stefan nunca teve expectativas irrealistas acerca de si mesmo ou de sua vida. Tão logo terminou os estudos com notas passáveis, imediatamente começou a trabalhar em tempo integral na mercearia do pai. A pequena choupana que ele ocupava no terreno da mercearia foi ampliada, e lá ele viveu até os vinte e três anos de idade, quando pôde comprar sua própria casa a apenas trezentos metros de distância, com um empréstimo afiançado pelos pais.

Durante dois anos ele viveu com Jenny, uma garota que havia conhecido na escola. Depois Carina voltou para Älviken, e seguiram-se alguns meses difíceis até a poeira abaixar e tudo se acomodar. Eles se casaram quanto ambos tinham vinte e oito anos, e dois anos depois Stefan assumiu o supermercado.

Somente após um par de anos é que começaram a tentar ter um filho, e depois de mais três anos conseguiram. Quando Emil nasceu, em 2006, o supermercado estava prosperando de vento em popa, até o ponto em que era possível esperar que o supermercado de uma pequena comunidade prosperasse, e eles tinham reformado a casa inteira de cima abaixo.

Stefan se lembra muito bem daquele momento, mais ou menos um ano depois. Era uma manhã de domingo no início de junho. Ele estava ansioso para abrir o supermercado; aquela era a melhor época do ano. Clientes suficientes para deixá-lo tranquilo e confiante, mas o frenesi do alto verão ainda estava por vir.

Ele estava cantarolando "Hej Hej Monica" [Ei ei Monica] enquanto descia a escadaria e parou a três degraus do pé da escada. Carina acordara com Emil uma hora antes e os dois estavam na cozinha; do ponto em que estava, Stefan tinha uma visão perfeita.

O sol da manhã brilhava através da janela, lançando sua luz por cima do lustroso piso de madeira e dos tapetes de retalhos. O aroma de café e de pão fresco recém-saído do forno enchia o ar. Carina andava de um lado para o outro segurando Emil pelas mãos, os pés do menino equilibrados sobre os dela. Emil estava rindo, seus cabelos macios e loiros quase transparentes enquanto Carina beijava e fossava com o nariz o topo da cabeça dele.

Stefan permaneceu imóvel, assistindo. E foi então que um pensamento lhe ocorreu: *Este momento. Impregne-se dele. Guarde-o.*

Aquilo era a perfeição. Ele tinha tudo que sempre quisera na vida. Tudo. Se o Nirvana significa a libertação das exigências e desejos, ele havia atingido o Nirvana naquele instante. Entretanto, não havia. Porque ainda tinha um desejo: o de que aquele instante jamais terminasse, que as coisas continuassem daquele jeito para sempre.

Com uma das mãos pousada sobre o corrimão Stefan absorveu a luz, os aromas, o som da gargalhada de Emil e os murmúrios de incentivo de Carina, a imagem de um fio de cabelo caindo para a frente, quando ela se curvou diante do filho, e que se transformou em ouro quando sobre ele incidiu um raio de sol. O gramado do lado de fora da janela, a lavandisca na varanda. Stefan quis registrar tudo aquilo.

Stefan devia estar de pé havia talvez uns dez segundos quando Carina o avistou, sorriu e disse:

– Bom dia. O café está pronto.

Sem a ajuda da mãe, Emil deu alguns passos incertos e gritou:

– Afé! – E Stefan foi para a cozinha.

Talvez não seja incomum que as pessoas pensem assim em momentos de especial felicidade. *Quero reter isto na memória para sempre.* O que havia de especial na situação de Stefan era o fato de que ele tinha conseguido.

Foi necessário algum trabalho, isso era inegável. Mas Stefan era uma pessoa teimosa. Quando se propunha a realizar uma tarefa, persistia até o fim. Aquilo dizia respeito a preservar dez segundos de sua vida, e metodicamente ele pôs mãos à obra.

No decorrer dos dias seguintes ele fazia questão de rever a cena inúmeras vezes, reprisando-a em sua mente e usando os outros sentidos até imprimi-la dentro de sua consciência com a mesma fidelidade de uma fotografia sobre a escrivaninha para a qual a pessoa olha de relance todo dia.

Stefan não deixou de viver para o presente, tampouco de apreciar a alegria que continuou encontrando em seu caminho, mas de tempos em tempos – quando estava desempacotando uma entrega de água mineral, por exemplo – reexaminava todos os detalhes da imagem. As franjas de um tapete, os dedos dos pés de Emil, a torradeira cintilando, os grãos de poeira à luz do sol.

Semanas, meses, anos depois, ele continuava a manter viva a lembrança tirando-a da gaveta da memória e examinando-a e reproduzindo-a com frequência, brincando com ela por vê-la a partir de ângulos diferentes do seu efetivo ponto de observação.

Não, Stefan não tem nenhuma expectativa irrealista com relação à vida. Ele recebera tudo que poderia ter desejado. E, se neste exato momento isso já não acontece, pelo menos ele já teve tudo que quis uma vez. Stefan encontra grande consolo nesse pensamento.

Quando Stefan ouve Emil, agora com cinco anos de idade, gargalhando no *trailer*, a imagem se abre mais uma vez em sua mente, acomodando um confortável cobertor sobre a angústia que o está afligindo e dilacerando de todas as direções. A ausência de Carina, a doença do pai e provavelmente a sua morte iminente, a falta de comida, o fato de que a situação em que eles se encontram não faz o menor sentido. Ele lidará com tudo isso daqui a pouco. Primeiro, precisa de um pouco de paz.

Stefan coloca a cadeira dobrável remanescente numa ponta do *trailer* de modo que assim possa ficar de olho na direção em que Carina saiu com o carro. Ele se ajeita, coloca o fone de ouvido do seu tocador de MP3 com uma das mãos e com a outra corre os olhos pela lista de reprodução até parar em "MZ".

Em momentos difíceis, a voz de Monica Zetterlund é capaz de reconectá-lo com a vida; ela tem um timbre que aos ouvidos de Stefan soa como a *verdade*. Ele sente isso desde que, aos quatorze anos de idade, encontrou *Ohh! Monica!* em meio à coleção de discos do pai.

Ele seleciona "Gröna Små Äpplen" [Maçãzinhas verdes], aperta o *play* e se recosta com os olhos fechados. Tão logo escuta as primeiras notas de flauta, começa a relaxar. Quando a orquestra entra suavemente em cena, acompanhada por apenas uma nota do xilofone, Stefan solta um suspiro longo e convulsivo.

Então Monica começa a cantar uma música que fala em acordar de manhã com os cabelos caídos sobre os olhos e ouvir seu marido cumprimentá-la com um "oi". Um sorriso brinca nos lábios de Stefan enquanto ele ouve a descrição dessa adorável rotina matinal. Ele não sabe quantas centenas de vezes já ouviu a música, mas ultimamente tenta não tocá-la tanto. Ele não quer que ela perca sua capacidade de dar vida ao mundo.

A canção é sobre ele e Carina, e sobre como o amor não se manifesta por meio de gestos grandiloquentes, mas por meio de ternura e consideração recíprocas às segundas, terças, quartas e todos os dias da semana. Sobre como isso é a coisa mais linda do mundo. A angústia que vinha consumindo seu corpo arrefece um pouco mais e Stefan respira fundo, relaxado, quando a música chega ao refrão.

Então ele franze a testa quando Monica lhe diz que não existem nem mares, nem ilhas, se Deus não fez aquelas maçãzinhas verdes. É como se ele estivesse escutando a letra pela primeira vez, como se não fizesse ideia de como é o refrão. Stefan aperta com mais força o tocador de MP3 e prende a respiração, esperando o que vem a seguir. Monica canta a ausência de alegria e de crianças brincando, o fato de que o sol está frio. Ele desliga o aparelho e abre os olhos, olha para o céu vazio. Espia de relance para a direita, para a esquerda. Nada. Nenhum mar, nenhuma ilha. Nem montanhas, nem lagos.

*Se nada existe, pode o amor existir?*

O amor na canção de Monica é tão formidável que é impossível negar a sua existência, assim como não se pode negar a existência das montanhas e dos mares. Mas o que acontece quando não existem nem montanhas nem mares?

Os pequenos detalhes. As coisas que constituem o dia a dia. Trabalhar juntos, compartilhar o tempo de lazer. Se tudo isso foi erradicado, resta o quê?

Stefan retira os fones de ouvido e se põe de pé, ainda segurando com força o tocador de MP3. Um objeto feito de plástico e metal. E talvez Deus não tenha feito as maçãzinhas verdes, afinal. Elas simplesmente existem, como tudo o mais. Até que tudo deixa de existir.

Lágrimas enchem seus olhos enquanto ele fita toda a extensão do descampado. Depois, sem saber ao certo se realmente está vendo o que está vendo, ele usa a manga da camisa para enxugar as lágrimas e olha mais atentamente.

Dez segundos depois ele está em cima do *trailer*, com seu binóculo a postos. Não há sombra de dúvida. Exatamente desde a mesma direção onde Carina desapareceu no carro, a figura branca do fundo do lago Mörtsjö agora está se aproximando, vagarosamente, como se tivesse todo o tempo do mundo.

Stefan sabe o que a figura branca quer; sabe desde a primeira vez que a encontrou, e por essa razão se recusou a admitir a presença dela quando a viu com Emil. Ela quer tirar de Stefan tudo o que ele tem. Naquela época ele tinha apenas sua vidinha patética a oferecer, mas agora tem mais. Ele tem amor, tem aqueles momentos felizes que guardou na memória, tem uma família.

Tudo isso vai ser tomado dele agora. Ele sabe disso com a mesma clareza do condenado que, diante do pelotão de fuzilamento, sabe que é o fim. Chegou até ali, mas dali não passa.

– Eu quero resolver um quebra-cabeça.

Molly está sentada no sofá, seu olhar penetrante fixo em Lennart e Olof.

– Não sei se temos algo do tipo – diz Olof. – Não estamos acostumados a...

Molly o interrompe, apontando para a pilha de revistas de palavras cruzadas.
– Ali. Nas páginas pra crianças.

– Pode se servir à vontade, nesse caso – diz Lennart, espiando pelo vão da porta para ver se há algum sinal de Peter ou Donald.

– Mas eu estou sentada aqui – argumenta Molly, virando-se para Olof. – Por favor, pode me passar uma?

– Claro – diz Olof, ignorando o olhar zangado que Lennart lhe lança. Ele pega uma caneta esferográfica na gaveta da cozinha e a coloca juntamente com uma revista na frente de Molly.

Molly abre um sorriso cativante e folheia as páginas até encontrar um desafio do tipo "ligue os pontos". Olof chega perto de Lennart, olhando por cima do ombro. Lennart diz, baixinho:

– Você não deveria fazer tudo que ela pede.

– Que mal tem?

Lennart fuzila Olof com o olhar. *Espere só pra ver. Espere só pra ver.*

O *trailer* é pequeno, e nem Lennart nem Olof querem se sentar à mesa da cozinha com Molly, por isso ambos começam a se ocupar com coisas que não precisam ser feitas. Lennart decide investigar a geladeira. Ele vasculha o interior, depois ergue um projétil achatado.

– Dá uma batidinha do lado – diz ele. – Que tipo de munição você acha que é?

Ambos sabem que estão apenas jogando conversa fora. Não entendem quase nada sobre armas, mas Olof pega o pedaço irregular de metal, virando-o de um lado para o outro na mão. O único resultado é um indesejado lembrete das balas – lixadas até ficar pontiagudas – que eles encontraram no pasto no dia em que Holger Backlund atirou nas vacas deles – balas que jamais foram disparadas, felizmente.

– Não faço ideia – diz ele, devolvendo o projétil como se estivesse lhe queimando os dedos. Lennart e Olof pegam um pano e começam a limpar a geladeira e as portas dos armários.

Molly está curvada sobre a revista de palavras cruzadas, com a ponta rosada da língua à mostra enquanto ela se concentra no joguinho de ligar os pontos. Sem levantar os olhos, ela pergunta: – Por que as vacas morreram?

Lennart e Olof interrompem a limpeza.

– Que vacas? – indaga Lennart.

– As vacas de vocês, é claro... – diz Molly, traçando diversas linhas curtas e toscas.

– As nossas vacas não morreram.

– Algumas delas morreram – insiste Molly, voltando a examinar sua obra. – Por que isso aconteceu?

Lennart aproxima-se e se inclina sobre a mesa, abaixando a cabeça na tentativa de chamar a atenção de Molly. – Como você sabe disso?

Molly parece insatisfeita e acrescenta mais algumas linhas. – Vocês me contaram.

– Não, não contamos.

– Devo ter sonhado, então.

Usando a mesa como esteio, Lennart se agacha de modo que seu rosto fica na mesma altura do rosto de Molly. Ela traça mais duas linhas, e parece feliz com o resultado.

– Molly – diz Lennart. – O que você está aprontando?

Molly olha para ele com um sorriso tão grande que seu rosto inteiro parece ser feito de sorriso. – Eu não sei do que você está falando. O que *você* está aprontando?

– Eu não estou aprontando nada – se defende Lennart, dessa vez com tom de voz agradável. – Mas não mencionamos a história das vacas, então...

Olof pousa a mão sobre o ombro dele.– Lennart. Deixa pra lá.

– Isso mesmo – diz Molly. – Deixa pra lá. Se você sabe o que é bom pra você.

Lennart arqueia as sobrancelhas e se vira para Olof com uma expressão que significa *Você ouviu isso?*, mas Olof balança a cabeça e diz: – Vamos lá ver como estão as nossas plantas.

– Ah, vocês têm plantas! – diz Molly, levantando-se tão rápido da mesa que tromba em Lennart, o qual perde o equilíbrio e precisa se apoiar com uma das mãos no chão para não desabar. Olof olha de relance para Lennart a fim de verificar se está tudo bem com ele. Lennart faz um sinal com a mão para tranquilizá-lo, e Molly e Olof saem do *trailer*.

*Se você sabe o que é bom pra você.*

Lennart tinha nove anos de idade quando sua mãe foi escoiceada na cabeça por um cavalo. Depois disso, ela passava longos períodos acamada, embora ninguém conseguisse identificar qual era de fato o problema. Após anos de visitas infrutíferas aos médicos, a mãe de Lennart passou a depositar suas esperanças em "mulheres sábias", como ela as chamava. O pai de Lennart tinha outro nome para elas: "charlatãs".

Na maioria essas mulheres eram provavelmente inofensivas, com seus bálsamos, unguentos, pomadas, poções e amuletos, mas Lennart se lembra da mulher que entrou em cena quando ele tinha treze anos: Lillemor. Com ela eram outros quinhentos.

Ao contrário de muitas das outras, ela não empreendeu nenhuma tentativa de converter Lennart e seu pai ao seu método; a bem da verdade ela sequer se deu ao trabalho de explicá-lo. Entretanto, por outro lado exigiu acesso pleno e irrestrito à paciente, de forma ininterrupta. Durante duas horas, três vezes por semana, a porta do quarto da mãe de Lennart ficava fechada; Lillemor também pedia a Lennart e ao pai que, se possível, saíssem da casa.

A única razão pela qual o pai de Lennart não enxotou Lillemor porta afora, livrando-se dela e de sua portentosa cabeleira ruiva, era o fato de que seu tratamento foi o primeiro a surtir algum efeito. Agora a mãe de Lennart já conseguia ficar de pé por períodos mais longos, e em seus olhos havia uma claridade que durante muitos anos estivera ausente. O pai de Lennart estava tão contente com o fato de a esposa aparentemente estar no caminho para a cura que o menino não quis estragar o clima dizendo que havia nessa claridade alguma coisa que o deixava apavorado.

Durante a quinta ou a sexta semana, alguma coisa mudou. A mãe começou a mencionar parentes mortos havia muito tempo como se tivesse conversado com eles recentemente, e, a despeito de seu isolamento, sabia perfeitamente bem tudo que acontecia no vilarejo. Também começou a fazer referências a si mesma na terceira pessoa: "Kerstin precisa descansar um pouco", "Kerstin achou uma delícia".

Certa feita, Lennart chegou em casa e foi para o quarto da mãe; apesar de não ser dia de visita de Lillemor, ele a encontrou sentada lá. As cortinas estavam cerradas, e uma vela enorme ardia sobre o criado-mudo. Assim que abriu a porta, Lennart recuou, porque havia alguma coisa... *distorcida* na imagem com que ele se deparou.

Lennart acabara de estudar perspectiva em suas aulas de educação artística na escola, mas isso não o teria ajudado se quisesse desenhar o quarto da mãe naquele momento. Os ângulos eram estranhos, e as coisas que deveriam estar distantes pareciam próximas e vice-versa. Ele seria capaz de contar as patas de uma mosca pousada sobre a armação da cama, ao passo que a maçaneta da porta parecia fora de alcance.

Lennart fechou os olhos e esfregou as pálpebras. Quando os abriu de novo, o quarto parecia o mesmo de sempre. Agora Lillemor já estava de pé e abrira as cortinas.

– Mamãe?

A mãe virou a cabeça na direção de onde vinha o som da voz de Lennart, mas os olhos dela nada enxergavam, fixos num ponto além dele.

– Não queremos ser incomodadas – disse Lillemor, dando um passo na direção dele.

Lennart engoliu em seco e foi em frente. – Eu não sabia que hoje era dia de a senhora vir.

Lillemor pendeu a cabeça e abriu um sorriso que revelou dentes insolitamente brancos.

– Abriu um espaço na minha agenda.

– Certo. Mas eu preciso de ajuda com o meu dever de casa.

Lillemor esquadrinhou-o por um momento enquanto os olhos de Lennart dardejavam ao redor do quarto. Era uma mentira deslavada; ele não tinha dever de casa; e, sempre que tinha, era perfeitamente capaz de fazê-lo sozinho.

– Não – disse Lillemor. – Você precisa de ajuda para explicar onde foi parar a chave do galpão da escola.

Lennart ficou lá parado, sentindo-se como se tivesse acabado de começar a nevar dentro de sua barriga, flocos de gelo frios e esvoaçantes. Uma semana antes ele havia encontrado sem querer a chave que o zelador tinha deixado cair, e com essa chave ele e seus amigos conseguiram destrancar o barracão da escola depois do horário de aula e fizeram a festa com tacos de hóquei e bolas de futebol, que devolveram tão logo acabaram de jogar. Não era exatamente o crime do século, mas a posse da chave era algo bem mais grave.

Diante do confuso Lennart, Lillemor meneou a cabeça e disse calmamente: – Então vá embora e feche a porta atrás de si. Se você sabe o que é bom pra você.

*Se você sabe o que é bom pra você.*

Nessa mesma noite, Lennart criou coragem como nunca na vida e contou tudo ao pai, exceto a parte sobre a imagem distorcida do quarto. De todo modo o episódio da chave havia ficado em sua consciência, e o tapa que o pai lhe deu no rosto foi como uma espécie de punição. Quando ele se levantou com os ouvidos zunindo e a marca dos dedos da mão do pai visíveis na bochecha, seu pai lhe perguntou, como se nada tivesse acontecido: – Ela realmente disse isso? *Se você sabe o que é bom pra você*? Ela ameaçou você?

– Sim – respondeu Lennart, tentando endireitar-se. – E não tem como... Papai, não era *possível* ela saber da chave. É como quando a Mamãe disse que a Karin de Östlund tinha...

Seu pai o interrompeu. – Fique quieto. – Ele permaneceu lá sentado por algum tempo com a cabeça nas mãos, depois levantou os olhos. – Bom. É uma pena.

Assim que Lillemor apareceu de novo, o pai de Lennart a expulsou e deu ordens para que não voltasse nunca mais. Ao sair da casa ela fuzilou Lennart com o olhar, numa longa encarada que dizia *É melhor você torcer para que os nossos caminhos nunca mais se cruzem, se você sabe o que é bom pra você*, depois entrou no seu Fusca prata e desapareceu da vida deles.

Lennart tinha um pressentimento com relação a Molly, uma sensação que ele não fora capaz de identificar com precisão até que ela pronunciou aquelas palavras. Ela o fazia lembrar-se de Lillemor. A expressão no olhar, o sorriso, o ar de calma, e alguma outra coisa, difícil de definir, uma espécie de *distorção*. Tudo em torno dela era ligeiramente oblíquo, enviesado, como se o olho fosse incapaz de focalizar por um momento.

Lennart se levanta e sai às pressas do *trailer*. De súbito, sente medo de deixar Olof sozinho com Molly. Ele balança a cabeça por sua própria estupidez. Aquelas coisas aconteceram mais de quarenta anos atrás, mas

se você sabe o que é bom pra você

ele ainda tem a mesma sensação de que começou a nevar dentro de seu estômago. Seu corpo está tremendo quando ele sai do *trailer* e, para seu alívio, vê Molly e Olof de pé lado a lado.

– Olhe só pra isto, Lennart – diz Olof. – Você não vai acreditar nos seus olhos.

Molly se ajoelha, as mãos pousadas sobre as coxas, sorrindo, radiante, diante do jardinzinho de Olof e Lennart.

– Que flor linda! – exclama ela, acariciando com as pontas dos dedos as folhas escuras do pelargônio.

Não, Lennart não acredita no que seus próprios olhos estão vendo. Parece que o pelargônio cresceu, o que é ridículo; faz pouquíssimo tempo que eles o plantaram. Em todo caso, a flor está vicejando com saúde vigorosa, portanto eles devem ter errado quanto ao diagnóstico do solo tóxico. Depois Lennart olha de relance para o resto de sua plantação. Se houvesse uma cadeira por perto, ele teria desmoronado nela, mas em vez disso enlaça as mãos atrás da cabeça e simplesmente crava a vista no jardim.

Os primeiros brotos verde-pálidos de folhas de batata começaram a surgir de dentro do chão, e bem ao lado delas Lennart pode ver um par de finos e delicados brotos de endro. Um processo que normalmente levaria algo em torno de dez dias aconteceu em pouco mais de uma hora.

– Mas que porra...? – murmura ele.

Molly abana o dedo na direção dele: – Nada de palavrões. É feio.

A coisa toda é tão bizarra que Lennart, na tentativa de encontrar a todo o custo uma explicação, não consegue evitar e apela para um ato de desespero. Estreitando os olhos, ele encara Olof. – Você fez isso? É algum tipo de piada?

– Quando eu teria tido tempo? É uma loucura, não?

Lennart balança a cabeça, completamente perplexo. As únicas ocasiões em que ele vê alguma coisa crescer desse jeito é quando usam aqueles vídeos com lapso temporal na televisão; ele os acha ligeiramente desagradáveis, mas isto aqui é cem vezes pior, porque é *de verdade*.

Lennart corre a vista pelo vasto descampado, abre bem os braços e, com uma raiva direcionada a tudo e nada, diz: – Mas isto não faz o menor sentido. Deveria haver uma *selva* aqui se... – ele acena as mãos para as plantas em rápido crescimento – ... se isto está acontecendo!

– É muito estranho – concorda Olof.

– É mais do que estranho – brada Lennart, tão alto que Molly se retesa e se levanta num pulo. – É completamente... *antinatural*!

Olof se aproxima de Lennart e pousa a mão sobre o ombro dele. – Acalme-se, Lennart. Você está assustando a menina.

É óbvio que Lennart e Olof têm percepções amplamente diferentes acerca do caráter de Molly, mas Lennart respira fundo, deixa os braços caírem e meneia a cabeça para Olof de modo a indicar que está calmo, apesar da frente fria em seu estômago que agora se espalha e cobre largas porções de seu corpo.

Ele olha para Molly, convencido de que não foi o fato de ter levantado a voz que a fez dar um salto. Certíssimo. A menina está de olhos semicerrados de concentração enquanto perscruta o descampado atrás de Lennart, com as narinas contraindo-se como se estivesse farejando o ar.

– Molly – diz Olof, mas a criança apenas sacode a cabeça e rapidamente sai andando para longe deles pelo descampado. Olof vai correndo atrás dela, pede a ela que pare, mas Lennart permanece onde está, o tempo suficiente para ver Stefan descer às pressas do teto de seu *trailer*, entrar afobadamente e sair puxando o filho pela mão. Ele arrasta o menino até o carro, empurra-o para o banco do passageiro, depois dá a volta até o lado do motorista.

– Stefan? – berra Lennart. – O que está acontecendo?

De duas, uma: ou Stefan não ouve ou decide ignorá-lo, porque cinco segundos depois ele dá a partida no carro e sai em disparada na direção contrária de Molly e Olof.

A menina está correndo agora; Olof se arrasta pesadamente atrás dela da melhor maneira que pode, contudo está ficando mais e mais para trás, ainda pedindo, aos berros, que ela pare. Lennart olha para o glorioso pelargônio, fala um palavrão de si para si, depois parte atrás deles.


A língua de Isabelle é um caroço de carne em sua boca, tão inchada que às vezes parece preencher a cavidade inteira. Ela gostaria de se empanturrar de neve, gelo, sorvete para esfriar a dor ardente e latejante que lhe traz lágrimas aos olhos. Agora que Carina não é mais a vingadora que destrói tudo diante de si, Isabelle não sente por ela outra coisa que não seja ódio.

Os lábios de Isabelle estão entorpecidos, e à medida que se aproximam da figura branca ela sente algo gotejando do canto da boca. Passa a mão para limpar e constata que não é sangue, mas saliva. Sua boca está salivando.

Ela está intimamente familiarizada com a falta de sentido da vida, mais do que a maioria das pessoas. Assim como algumas pessoas têm genes que fazem com que sejam boas em matemática, ao passo que outras têm alta tolerância à dor ou são capazes de desenhar um círculo perfeito à mão livre, Isabelle é dotada de duas qualidades definidoras: sua beleza e o constante terror acerca do vazio da existência.

Assim como alguém que é capaz de multiplicar de cabeça números de dois algarismos não pode ser chamado de gênio da matemática, alguém que diz que "a vida às vezes parece um grande vazio" não pode ser comparado a Isabelle no que tange à capacidade de sentir na pele a futilidade da vida, a cada segundo e com todas as fibras de seu ser.

Isabelle não sabe quando essa compreensão se manifestou e ficou clara para ela; está lá desde sempre, até onde sua memória alcança. Tudo é ilusão, fingimento, simulação, falsidade, um *como se*, cujo único propósito é que a vida continue até chegar ao fim. Quando os marcadores de livro em forma de anjinhos que ela tinha feito eram passados de mão em mão entre os convidados do pai com gritos de deleite, quando algum rapaz lhe dizia que ela era a garota mais linda do mundo, ela sabia exatamente o que dizer e como se comportar, mas nada a atingia, porque essas pessoas eram tão vazias e irreais quanto ela.

Somente filmes de terror extremo evocam uma reação e criam uma ilusão de estar no momento, o padrão sendo estabelecido mais ou menos no mesmo nível de *O albergue*. A visão de pessoas sendo caçadas, torturadas e retalhadas – com *closes* de violência, sanguinolência e vísceras – pode propiciar paz de espírito a Isabelle, temporariamente pelo menos. As películas do "novo extremismo francês" são suas prediletas – *A fronteira, Mártires, A invasora*. Ela passou muitas noites insones assistindo a esses filmes inúmeras vezes. Enquanto o amanhecer se aproxima, a loucura espreita.

Paradoxalmente, foi a sua doença que a manteve sã. O hipertireoidismo lhe deu uma direção, um objetivo parcial para seus dias. Ela tem de comer para evitar o desconforto físico intenso. Sem esse desconforto ela talvez se sentasse numa poltrona para desaparecer lentamente. Afinal de contas, no mundo não há coisa alguma para ela.

Por essa razão a saliva. A figura branca não pertence ao mesmo mundo conceitual de tudo a que Isabelle talvez tenha renunciado mesmo antes de aprender a falar; é a primeira indicação de que seu sentimento se justifica. Existe um outro mundo, um mundo que é mais puro e mais real. Isabelle compreendeu o que a figura branca quer, e pretende fazer as suas vontades.

Agora elas alcançaram a figura, que continua se movendo, seus olhos escuros fixos no horizonte. Os olhos de Isabelle acariciam sua pele branca e perfeita, seu corpo sem as marcas da degeneração humana.

– O que a gente vai fazer? – pergunta Carina; por algum motivo incompreensível, sua voz está trêmula.

Isabelle faz um gesto em duas partes que significa: *Dirija um pouco mais. Depois pare.*

Carina se vira para ela e assente, o medo reluzindo em seus olhos. – Sim. A gente tem de parar ele. Antes que chegue ao acampamento. E às crianças.

– A-hã – concorda Isabelle.

Carina acelera e avança alguns metros além da figura, depois para, deixando o motor ligado. Isabelle indica que é melhor desligar o carro, ao que ela obedece. Carina parece ter perdido toda a capacidade de tomar a iniciativa, o que é perfeitamente conveniente para Isabelle.

Elas saem do carro e dão a volta até o porta-malas. Isabelle tira de dentro o taco de beisebol mais pesado. Quando Carina estende a mão para pegá-lo, Isabelle aponta para o outro. O achatado. O taco de meninas.

Carina se inclina e Isabelle cogita a ideia de golpeá-la de imediato, mas decide que o ângulo não é o certo. Ela precisa de uma pancada certeira na nuca de modo a evitar qualquer dificuldade. E depois há o sangramento. Mesmo que consiga rachar o crânio de Carina, não há garantia de que haverá muito sangue. Ela precisará abrir uma veia, e não dispõe de ferramentas para uma operação desse tipo.

*Espere um minuto.*

Seu estojo de maquiagem de emergência no porta-luvas também contém uma tesourinha de unhas. Para as *unhas do pés*. Das unhas das mãos ela cuida – ou deixa de cuidar – usando os dentes. A tesoura deve dar para o gasto para abrir a jugular.

– Devemos esperar aqui, ou o quê? – pergunta Carina, olhando de relance, nervosamente, na direção da figura, que agora está se aproximando através do relvado.

– A-hã – diz Isabelle, escrutando a cabeça de Carina. Provavelmente é melhor acertar uma pancada bem forte se quer nocauteá-la com um único golpe. Mas... não deve matá-la, porque aí o coração vai parar de bater e o sangue não será bombeado para fora. Por outro lado, certamente haverá um pouco de sangue? Quando ela acertar a pancada? Isabelle pisca algumas vezes

*Veia jugular. Tesoura de unha.*

Com certeza. Essa é a melhor maneira. Mas é como se ela tivesse se esquecido de um detalhe: *ela* é a pessoa que vai fazer isso. Isabelle Sundberg, que estava em posição tão vantajosa com relação ao contrato com a Rodebjer. Ela ia *ligar* para eles, era isso que ela ia fazer.

Ela não quer mais ligar para eles, o contrato já não é importante, nunca foi. Então a alternativa é esmagar o crânio de Carina, abrir a veia, arrancar o sangue?

Sim? Isso é o certo, não é?

Elas estão paradas junto ao carro, agarrando seus tacos, à espera da figura branca, que está chegando cada vez mais perto. Isabelle está ligeiramente atrás de Carina, no ângulo exato e na distância exata para uma tacada certeira que mandaria a bola voando floresta adentro, se houvesse uma bola e se houvesse uma floresta.

– Merda – diz Carina quando a figura chega a talvez vinte metros de distância. – Estou morrendo de medo, porra.

Isabelle abaixa a ponta do taco até o chão de modo a conseguir um impulso decente. Olha fixamente para a nuca de Carina e espera um sinal, uma palavra de exortação.

– Mamãe!

Molly vem correndo através do descampado, com os dois fazendeiros arrastando-se com dificuldade atrás dela, e quando Isabelle estreita os olhos pode ver o contorno do acampamento. Não sabia que estavam tão perto. Ela ergue o taco e o aninha nos braços, apertando-o com força.

Majvor não sabe ao certo como aconteceu, mas parece ter ficado sozinha no acampamento. Stefan entrou e arrastou o filho pela mão antes mesmo de começarem o ataque à Estrela da Morte, e quando Majvor saiu do *trailer* ela viu Lennart e Olof correndo aos trancos e barrancos descampado afora atrás de Molly, no exato instante em que Stefan dava partida no carro.

*Então.*

Majvor olha para o ponto onde ficava seu *trailer*, e é uma visão lamentável. O que era o assoalho da varanda coberta é agora uma solitária extensão de madeira, com cadeiras viradas, mesas e vasos de plantas. Precisa de arrumação, e adivinha para quem vai sobrar a trabalheira?

O som do carro de Stefan se esvai e tudo fica em silêncio. Majvor ouve um ruído que não consegue identificar, um estalo e um discreto chuchurreado vindos de algum lugar nas redondezas. Ela se abaixa para espiar debaixo do *trailer* de Stefan, mas suas costas estão tão rígidas que tem de se abaixar para enxergar direito.

Benny. Faz tempo que ela não pensa no cachorro, que está deitado aqui com aquela gata para a qual estava latindo antes. A gata boceja, aparentemente sem se incomodar nem um pouco com a proximidade de seu antigo arqui-inimigo, enquanto Benny continua mastigando.

*O que ele está mastigando?*

Por um momento Majvor imagina que Benny está mastigando a cauda da gata. Ela rasteja mais para perto e olha com atenção. Há alguns pedaços de borracha preta entre as patas da frente de Benny, e o cão está resolutamente destruindo o pedaço maior na boca. Uma mangueira, ou o que outrora foi uma mangueira.

– Benny – chama Majvor, e o cão olha para ela. – Você fez um novo amigo? – Benny resfolega e balança a cabeça, depois retoma sua mastigação, como se a pergunta fosse imbecil demais para merecer uma resposta. Com alguma dificuldade, Majvor se põe de pé.

*Então.*

Engraçado como as coisas podem mudar. Ontem à noite ela e Donald estavam sentados em paz assistindo ao festival de música de Skansen, depois Donald foi conversar com Peter enquanto Majvor lia o mais recente capítulo do romance seriado em sua revista. Agora, Peter, Donald e a revista se foram, e ela está completamente sozinha do meio de um descampado. Como era a letra daquela canção de Gunnar Wiklund?

*Alguma coisa sobre caminhar sozinho numa praia deserta, enquanto as ondas... hã, hã... O que as ondas estavam fazendo?*

Majvor vai zanzando a esmo na direção do piso de madeira, porque pelo menos é um lugar que de alguma forma é dela. A geladeira está caída de lado com a porta aberta, e as latas saíram rolando. Ela olha ao redor e julga ter avistado alguma coisa reluzindo na grama onde o *trailer* costumava ficar. O que pode ser?

*Ai!*

De joelhos de novo; parece que é a única coisa que ela faz hoje em dia. Ela se arrasta às apalpadelas na grama e os dedos se fecham em volta de um objeto feito de metal. É um anel. Um anel de ouro, com uma das metades enegrecida e marcada por pequenas cavidades, como se alguém a tivesse mordiscado, ao passo que a outra parte está mais ou menos intacta.

Majvor espia a inscrição do lado interno. Parte dela foi destruída, mas Majvor consegue ler o que resta: "& Erik 25/5/1904".

Uma aliança de casamento. Pertencente a alguém chamado Erik, ou à pessoa com quem ele se casou cento e dez anos atrás. A julgar pelo tamanho, provavelmente era a aliança de Erik; mulheres não costumam ter dedos tão grandes. Por outro lado... Majvor experimenta o anel no seu próprio anelar, empurrando-o até encontrar a sua própria aliança, e o encaixe não é tão ruim. Apenas um pouco grande demais.

Majvor rasteja, vasculhando a grama, e é recompensada com outra descoberta: um caroço de ouro, pequeno e de formato irregular. Quando ela o morde a fim de ver se tem alguma maciez, imediatamente se dá conta do que é: uma obturação de ouro do dente de alguém. Provavelmente não é absurdo supor que seja de Erik.

A alguns metros dali ela encontra uma corrente de ouro e duas outras obturações. Depois mais um anel, mas este tão danificado que é impossível ler a inscrição.

Majvor faz tilintar na mão a sua coleção. Muito interessante. Primeiro as cruzes, e agora isso. É impressionante como a pessoa pode fazer descobertas quando não passa todo o seu tempo correndo de um lado para o outro e tendo ideias imbecis. Basta encarar as coisas com mais vagar.


Quando Lennart e Olof chegam ao Toyota, Molly já está lá faz algum tempo. Os dois estão arquejando e ofegando, e o suor faz seus olhos arderem, razão pela qual não veem nada de estranho no grupo. Dois adultos e uma criança, exatamente o que eles esperavam.

Eles recobram o fôlego e olham para o carro; somente então percebem que Carina está sentada do lado de dentro, segurando nas mãos um taco de beisebol e fitando um completo desconhecido, que está conversando com Molly. Um homem de terno está agachado, sua cabeça tão próxima de Molly que a aba de seu chapéu roça a testa da menina enquanto ambos sussurram.

Lennart tem um sobressalto ao ver Isabelle, que está encostada na traseira do carro, e parece bastante infeliz. Há sangue ao redor de sua boca, e seu rosto está inchado e descorado.

– O que aconteceu? – pergunta ele, apontando para o homem. – Ele...?

Isabelle balança a cabeça. O que aconteceu com ela é uma questão para mais tarde, mas pelo menos o homem não foi o responsável, então Lennart caminha até ele, estendendo a mão. – Olá. Achamos que não havia mais ninguém por aqui. Meu nome é Lennart.

Com um meneio de cabeça para Molly, o homem se levanta.

– Bengt – diz ele, apertando a mão de Lennart. – Me chamo Bengt Andersson. Caixeiro-viajante.

Lennart não consegue refrear uma risada. *Caixeiro-viajante.* Quando essa profissão deixou de existir? Pessoas se arrastando vagarosamente pelo interior do país para vender cuecas, com todo o estoque no porta-malas do carro. Lennart está claramente lidando com um piadista aqui, e responde na mesma linha. – Lennart Österberg. Vagabundo e arrendatário de fazenda.

Bengt ergue as sobrancelhas. – Desculpe, senhor, mas está caçoando de mim?

Ele parece genuinamente zangado. Lennart examina o homem de alto a baixo: seu terno é antiquado, o cabelo pomadado lembra o estilo de penteado do tempo em que Lennart era criança, e não há como negar a impressão geral: a julgar pela aparência e pelas maneiras, Bengt Anderssen poderia ser qualquer homem entediante e banal da década de 1950.

As dúvidas de Lennart transformam-se em confusão quando Olof diz: – Você vai ficar aí parado, Lennart?

– Como assim? – rebate Lennart. – Estamos conversando.

Olof desata a rir e olha para Isabelle em busca de apoio, mas ela se recusa a olhar diretamente para ele. – Não, não estão. Vocês só estão aí parados.

Lennart tem apenas Molly a quem recorrer em busca de confirmação, mas a menina está simplesmente encarando-o com um risinho desdenhoso.

Bengt inclina a aba do chapéu e diz: – Os senhores terão de me perdoar... Estou atrasado para uma reunião.

*Não estamos conversando?*

Lennart expande seu exame para analisar o rosto de Bengt, e sua confusão se converte em desconforto quando ele constata que de alguma forma não consegue *vê-lo*. É claro que Bengt tem um rosto, mas é meio que incerto, como a lembrança de uma pessoa que a gente não encontra há muito tempo. Se Lennart estivesse prestando um depoimento como testemunha à polícia, possivelmente seria capaz de fornecer um retrato falado rudimentar, mas nada mais. A boca em especial criaria grandes problemas. Lennart não tem impressão alguma sobre ela; é como se o homem não tivesse boca.

Lennart dá um passo para o lado e se posta diretamente diante de Bengt, que está prestes a ir embora.

– Espere um minuto, camarada. Quem exatamente é você, e o que...

Bengt o interrompe. – Sinto muito, senhor, mas realmente não considero apropriado que se dirija a mim como *camarada*.

Olof se aproxima de Lennart e diz: – Já chega. – Ele estende a mão e Bengt a aperta. Após um breve silêncio, os dois homens soltam-se as mãos. Lennart olha para Olof; pela expressão em seu rosto fica claro que ele está reagindo a algo que está sendo dito, e dizendo algo em resposta. Mas sua boca não se mexe. Bengt se vira para Lennart: – Se me perdoa, receio que eu realmente preciso partir agora. – Ele inclina novamente a cabeça e sai andando na direção do acampamento.

– Espere um minuto – diz Lennart de novo; agora ele tem plena consciência do fenômeno, constata que falar não requer esforço algum dos músculos em sua língua e lábios. É como se uma boca imaginária dentro de sua cabeça estivesse produzindo as palavras. – Espere. A que tipo de reunião está indo, *senhor*?

Sem desacelerar o passo, Bengt diz por cima do ombro: – Vou encontrar um colega. Tenham um bom dia.

Emil está sentado no carro, amuado, fitando o chão. Foi realmente uma estupidez do Papai arrastá-lo de lá desse jeito. Ele estava se divertindo com a senhorinha. Geralmente as pessoas que falam sobre Deus e Jesus são meio que um pé no saco, mas a senhorinha era legal. Ela sabia brincar, e senhorinhas velhas sempre são uma porcaria quando o assunto é brincar.

Emil acha também que o comportamento do Papai é estranho, para não dizer alarmante. Ele está de boca fechada, e parece assustado. É a pior coisa do mundo, na opinião de Emil: adultos apavorados. Tudo bem uma criança ter medo durante uma certa época, de Alfie Atkins e do fantasma, por exemplo – embora isso já não o assuste mais –, mas logo passa. Quando adultos sentem medo, permanecem amedrontados.

Os dois já estão dirigindo há um bom tempo agora, e Emil não gosta de terem ido para longe da Mamãe. Papai jamais faz isso. Será que é assim que acontece com as crianças que são sequestradas? É isso. Emil vai fingir que foi sequestrado, e tudo vai ficar muito melhor.

Quanto dinheiro o sequestrador vai exigir de resgate? Mamãe e Papai pagariam um milhão para ter Emil de volta? Quanto é um milhão, afinal? Talvez seja o mesmo valor de uma casa. Mamãe e Papai venderiam a casa?

Emil pondera sobre o assunto. Sim, provavelmente pagariam, porque já lhe disseram muitas e muitas vezes que ele é a melhor coisa na vida deles, que ele é a coisa de que mais gostam no mundo. Neste caso, ele deve valer mais que a casa. É um pensamento estranho. A casa é enorme, e o fogão é novinho em folha, com aquelas chapas de aquecimento em que a pessoa não se queima.

Emil se sente bastante contente. Um milhão. Ele vale um milhão. Provavelmente. Ele sai por um momento da brincadeira para fazer uma pergunta.

– Papai? Se alguém viesse e sequestrasse...

Papai levanta a mão para pedir que ele cale a boca. Emil não gosta quando Papai faz isso, quando o trata como se fosse uma criancinha. Emil está prestes a empurrar a mão e fazer a pergunta de qualquer forma quando percebe, pela expressão do Papai, que a coisa é séria e que Papai está vendo alguma coisa. Emil vira a cabeça para olhar pelo para-brisa, e o que ele vê faz com que abafe um grito e solte um soluço.

A cerca de duzentos metros de distância há um elefante, rumando na direção deles com patas da espessura de troncos de árvore. Seu aspecto é exatamente idêntico à descrição que Molly tinha feito.

Emil já viu elefantes comuns no zoológico de Kolmården, e, embora pareçam um pouco assustadores por serem tão grandes, há algo de realmente agradável e suave em seus movimentos lentos e pesados. É como eles estivessem sempre pensando cuidadosamente em tudo que fazem.

Este elefante não é agradável nem delicado. Para começar, não é cinza-pálido, que também é a cor dos golfinhos; não, este elefante está coberto com tanta terra e lama que é quase preto, e Emil sabe que ele não está pensando em nada exceto se mover para a frente com sua tromba espessa e escura balançando de um lado para o outro.

Elefantes comuns não têm dentes, pelo menos não que sejam visíveis, mas este tem. Dentes amarelos e serrilhados compridos demais para caberem em sua boca, de modo que as mandíbulas do elefante estão abertas enquanto ele cambaleia ao longo de uma rota de colisão com o carro deles.

E está soltando fumaça. Exatamente como quando Papai queima pilhas de folhas na primavera, uma coluna de fumaça subindo do elefante e se dispersando em contraste com o céu azul. Com as mãos apertando a barriga, Emil fita o elefante, emudecido de terror, porque sabe o que é: *a coisa mais perigosa do mundo inteiro*.

É quando Papai faz algo terrível. Até aqui eles vinham dirigindo a quarenta quilômetros por hora; de tempos em tempos Emil olhava de relance para o velocímetro. Em vez de dar meia-volta, Papai pisa no acelerador, e a velocidade sobe para cinquenta, sessenta.

– Não, Papai! Não! – grita Emil.

– A gente tem que fazer isso – diz Papai entre dentes cerrados. – Feche os olhos, seja um bom menino. Mantenha a cabeça abaixada e feche os olhos.

Emil compreende qual é a intenção do Papai. Ele vai jogar o carro contra o elefante, o que é loucura. Se fosse um elefante comum, talvez o impacto pudesse quebrar as pernas do animal, que ficaria impossibilitado de andar, mas não é o que vai acontecer neste caso. O elefante vai erguê-los pela tromba, levá-los até a boca e devorá-los.

Emil desvia os olhos do velocímetro e olha para cima. Pisca algumas vezes e olha de novo. O elefante sumiu, mas agora, caminhando na direção deles, tão perto que Emil pode ver os detalhes de sua máscara, surge Darth Vader. Sua capa preta tremula formando ondas atrás dele, e por cima do rugido do motor Emil julga ouvir o som grave e ofegante de Darth Vader respirando. Ele está carregando o sabre de luz na mão direita, e a esquerda aponta diretamente para Emil. Em poucos segundos o carro vai colidir com ele.

Nesse momento, Emil tem o súbito lampejo de uma revelação. Não consegue expressá-lo em palavras que convenceriam Papai, e o tempo é escasso, por isso ele simplesmente grita: – É tudo faz de conta! – Ele gira o corpo na direção do pai, agarra o volante e o puxa para si.

Papai é muito mais forte, claro, mas a inesperada intervenção de Emil faz o carro dar uma brusca guinada para o lado, e eles escapam da colisão com Darth

Vader por um metro. Seguem adiante por mais vinte metros antes que Papai consiga frear. Seu rosto está vermelho, sua boca se abre e se fecha, mas nenhuma palavra é pronunciada.

Emil jamais sentiu com tanta intensidade que Papai estava em vias de bater nele; ele se lembra do apertão no braço, e se encolhe o máximo que seu cinto de segurança lhe permite antes de dizer: – Não é de verdade, Papai. É só fantasia.

O menino olha de relance pela janela traseira e vê que Darth Vader ainda está caminhando como se nada tivesse acontecido, afastando-se deles de modo que são visíveis somente a parte de trás de seu reluzente capacete preto e sua capa.

*O Groke*, Emil pensa. *Ele parece o Groke.*

Papai leu alguns livros da série *Moomintroll* para Emil quando ele tinha cinco anos, mas teve de parar porque Emil achava Groke muito perturbador; tudo que ele toca congela, e como resultado ele é rejeitado por todo mundo e terrivelmente solitário. De repente Emil compreende. Se ainda tivesse cinco anos de idade, e se não tivesse assistido a *Star Wars*, talvez fosse o Groke que teria aparecido lá.[*]

Papai parou de abrir e fechar a boca, e Emil acha que agora talvez consiga encontrar as palavras certas para explicar. – São só coisas que a gente inventa. Não estão aqui de verdade... São só... nada.

Os olhos de Papai estão começando a parecer mais normais, e, como se fosse ele o adulto, Emil pousa a mão sobre o braço de Papai e diz, em tom tranquilizador: – Papai, eu estou certo, você sabe.

Donald está sentado na cama com a espingarda sobre o joelho, fitando a devastação. Tudo que estava solto no interior do *trailer* foi parar no chão ou sobre alguma bancada, pelo menos metade dos pratos foi reduzida a cacos

---

[*]  O Groke (nome em sueco: Mårran; em finlandês, Mörkö) é um personagem ficcional da série infantil *Moomintroll* (*Família Mumin*), uma família de trolls, criada pela autora finlandesa de expressão sueca Tove Jansson (1914-2001). Tem a aparência de uma geleia azul fantasmagórica com dentes reluzentes. Não é maldoso, mas assusta a todos ao redor por deixar atrás de si uma trilha de gelo e neve. (N. T.)

quando caiu dos armários, e os ingredientes de Majvor estão espalhados por toda parte. Seus enroladinhos de canela crus estão emplastrados de um lado ao outro do sofá, onde continuam a crescer.

Donald está tão furioso que parou de refletir se a coisa toda é um sonho ou não. Se *for* um sonho, então não faz sentido retaliar, o que seria deplorável, por isso agora ele pretende agir como se fosse real, seja ou não.

Um dos alto-falantes do sistema de som *surround* desabou da prateleira e rachou ao bater na armação da cama. Donald cutuca os pedaços com o cano da espingarda. Vinte e duas mil coroas; é quanto custou a instalação de um sistema de entretenimento doméstico no *trailer*, mas agora o DVD e a TV se soltaram da parede e jazem no chão, portanto provavelmente estão fodidos.

Há pessoas que andam por aí sendo gratas e humildes por tudo que a vida lhes dá, agradecendo a Deus ou ao Destino ou ao Ursinho Pooh pelos dons que receberam. Donald não é uma dessas pessoas. Ele fez por merecer cada centavo por meio de trabalho árduo e de boas decisões. Nunca ganhou nada de ninguém. Nadica de nada. Porra nenhuma.

Seu estômago se retorce e se revira em nós quando ele pensa em como puxou o saco de Peter, um medíocre jogador de futebol que ganhou milhões correndo atrás de uma esfera de couro na Itália e que agora tem o atrevimento e a cara de pau de ficar choramingando sobre como foi sacado precocemente da seleção nacional, a despeito do fato de poder viver com tranquilidade do dinheiro que simplesmente caiu no seu colo. O merdinha!

E aí o merdinha vem e destrói o *trailer* de Donald, pelo qual ele labutou arduamente e suou a camisa, e depois foge feito um coelho apavorado no carro de *Donald*!

Donald chuta o alto-falante, que sai voando pela sala e aterrissa sobre a massa grudada no sofá. Está tão zangado que, ao se levantar, suas mãos tremem; ele desliza a arma por cima do ombro e sai.

Do lado de fora, não há nada ao seu redor além de vazio até onde a vista alcança. Ele verifica o *trailer* e constata que os acessórios da varanda coberta anexa foram destruídos, o que significa uma caríssima série de reparos. Isso o deixa ainda mais lívido, se é que é possível. Ele quer atirar em alguma coisa, qualquer coisa, mas não há coisa alguma à vista.

Donald vai até a traseira do *trailer* e abaixa a escadinha, depois fica hesitante diante dela, com uma das mãos sobre o último degrau. Ele não está no melhor de sua forma física, e se cair e se machucar aqui pode ser fatal.

Eles não pensaram nisso, os idiotas. E se Donald tivesse se ferido gravemente quando Peter saiu dirigindo com ele? Eles o deixariam no meio do nada para sangrar até a morte feito um animal? Deixariam?

Lágrimas de ódio brotam nos olhos de Donald enquanto ele sobe a escada. A fúria lhe dá força, e seu ímpeto só arrefece quando ele chega ao teto. Desengancha a espingarda e, olhando através do visor da mira, esquadrinha a área na direção da qual Peter fugiu no seu carro. Nada. O coelhinho voltou correndo para a mamãe.

*Ou...*

Donald abaixa a arma. Somente agora, de pé no teto sem nada a obscurecer sua vista, ele percebe que não há nada que diga que o acampamento fica naquela direção. Donald não faz ideia da localização do acampamento.

Ele posiciona a espingarda sobre o ombro e, movendo lentamente o cano da arma, um centímetro por vez, faz uma varredura de uma ponta à outra no horizonte de modo a vasculhar a área inteira à procura de um desvio, de um indício de irregularidade ou desnivelamento. Quando está olhando precisamente na direção oposta à rota que Peter seguiu, ele avista alguma coisa. Prende a respiração e abaixa a arma, como que para se certificar de que a visão não está pregando uma peça nele.

Sim. Mesmo sem ampliação ele pode ver a minúscula figura ao longe. Ele olha de novo através do visor, e a figura que está se movendo ao longo do descampado torna-se mais nítida. Seu corpo é pustulento e vermelho, e não tem mãos.

*O Homem Ensanguentado*

A arma começa a sacudir e Donald não consegue mais focalizar a figura na alça de mira. Quando ele abaixa a arma, seu corpo está tenso, encolhido como que para se defender de um ataque, ao passo que o velho medo golpeia e abre cortes e talhos em sua barriga e a culpa pesa sobre ele e o esmaga, esmaga. Então algo acontece. Um pensamento simples cria raízes na cabeça de Donald e floresce num segundo.

*Chega.*

Chega. Tudo e todo mundo estão tentando acabar com ele, colocá-lo de joelhos. Peter e aqueles outros covardes estão lá sentados, tremendo de medo em seu acampamentozinho, os narizes trêmulos; até mesmo esta porra de lugar está tentando apavorá-lo e subjugá-lo. Chega. Não é Assim que o Oeste Foi Conquistado – não, nós nos pusemos em marcha pelos ermos selvagens adentro com nossas armas nas mãos e tomamos a terra que nos tinha sido dada, simplesmente tínhamos a coragem de ser homens.

*Um homem ou um rato, Donald? Um homem ou um rato?*

Donald assente de si para si, desliza a espingarda por cima do ombro uma vez mais e desce do teto do *trailer* sem ao menos levar em consideração a possibilidade de queda. Ele não cai.

Quando chega ao chão, Donald insere um cartucho no carregador, depois parte, determinado, na direção do Homem Ensanguentado. Minutos depois, começa a assobiar "John Brown's Body"*.

Chega.


Peter está dirigindo a esmo faz quinze minutos, às vezes rumando para a esquerda ou para a direita sem ver coisa alguma a não ser o horizonte ao seu redor. É exatamente isso que ele temia. Está irremediavelmente perdido. No descampado não há mudança alguma: somente uma infinita extensão de verde para onde quer que olhe.

Ele farejou o líquido que escorreu do porta-luvas e constatou que é uísque; com a mão fechada em copa, recolheu algumas gotas e bebeu. Isso o fez sentir-se melhor durante algum tempo, mas a monotonia do descampado está cobrando seu preço. É como se ele estivesse ficando oco, tornando-se tão vazio quanto a paisagem em meio à qual está dirigindo, sem objetivo nenhum e vendo constantemente a mesma coisa.

Ao mesmo tempo, alguma coisa está crescendo dentro de seu corpo. Uma irritação, uma coceira, como se o tecido macio dos seus intestinos endurecesse

---

\* Marchinha americana sobre o abolicionista John Brown. A música foi popular durante a Guerra de Secessão. (N. E.)

lentamente, esfolando-o de dentro para fora. Peter está com comichão em lugares onde é impossível se coçar sem a ajuda de uma faca.

Para distrair-se, ele liga o rádio e inesperadamente sorri ao reconhecer aquela voz rouca de taquara rachada. É o próprio Peter Himmelstrand, cantando uma das últimas músicas de sua autoria, e possivelmente a sua composição mais amarga. "Thanks for All Those Slaps." É sobre coisas que dão errado quando tudo aparenta estar bem. Peter para de pensar em dirigir e se concentra na canção, que lhe parece mais verdadeira e mais real do que o lugar em que ele foi parar. Quando chega à parte em que Himmelstrand diz que seu pai sempre bate nele, Peter começa a cantar junto.

Sim, há muitas ocasiões na vida em que o mais apropriado seria desistir, parar de tentar. Houve muitas ocasiões em que Peter poderia ter feito exatamente isso.

Ele poderia ter desistido quando uma lesão no joelho pôs fim a sua carreira no futebol profissional. Ou quando a rede de restaurantes italianos que ele e Hasse abriram foi à bancarrota. Quando todas as rotas possíveis foram se fechando, uma a uma. Quando ficou claro que ele se casara com uma mulher com quem era impossível ser feliz, e com quem teve uma filha que acabou se revelando uma estranha.

Dar-se por vencido, sucumbir, permitir que as pernas cedam, desabar. Por dentro. Destruir o diabinho cheio de energia que sempre o instiga e o empurra para a frente. Matá-lo. Isso não seria libertador?

O refrão vai diminuindo até desaparecer por completo: *At last I know my place...*" [Finalmente eu sei o meu lugar]. Peter para o carro e desliga o rádio. O ar ficou mais espesso; está espremendo sua cabeça. Ele se recosta no assento e examina o que está sentindo.

A sensação de comichão tornou-se ainda mais perceptível. É como se uma enorme aranha estivesse acocorada em algum lugar dentro de seu peito e esticando suas longas pernas até as pontas dos dedos, fazendo cócegas e cutucando Peter. Não, uma aranha não. Uma árvore. Uma árvore fincou raízes em seu coração e está alongando seus galhos.

Peter fecha os olhos. E vê a árvore. Ele é estúpido? Inventar imagens tão complicadas quando a resposta é muito mais simples. É *a circulação de seu sangue* que ele pode sentir. Ele tomou consciência do sangue que geralmente percorre em silêncio seu corpo. E o está puxando.

Peter sai do carro e dá alguns passos na direção para a qual seu sangue quer que ele vá. Quando vê o que há ao longe, bem à frente, ele se detém. Há uma estreita tira de escuridão no horizonte.

*Lá. Vamos lá. Vamos pra lá.*

Ele não sabe qual é a altura da muralha de escuridão ou a que distância ela está, mas tem de resistir fisicamente à compulsão de ir na direção dela.

*Por que resistir? É pra onde você tem de ir. Você sabe disso.*

Peter estende a mão com os dedos bem abertos e relaxa os músculos. A mão realmente está sendo atraída na direção do que há além do horizonte, seja lá o que for. Ele anda até a porta do passageiro, abre o porta-luvas e tira o caco de vidro da garrafa quebrada de uísque. É um pedaço pontiagudo, então não há necessidade de rasgar a pele; ele pode simplesmente espetá-la.

São necessárias algumas tentativas até que Peter consiga perfurar a pele do dedo médio. Ele o espreme com o polegar até arrancar uma gorda gota de sangue, depois vira a palma para baixo. Aos poucos o sangue começa a gotejar, e então cai.

Não resta nenhum tipo de dúvida. Não está apenas na cabeça dele. A gota de sangue não cai em linha reta, mas se desvia e se inclina na direção da escuridão. Peter limpa o dedo nos *shorts*, depois cola os braços nas laterais do corpo como se estivesse em posição de sentido, com o olhar fixo no horizonte, balançando ligeiramente por causa da força que o está puxando, atraindo seu sangue.

*A vida não é um piquenique, pelo amor de Deus.*

De que isso importa, afinal? Ele poderia voltar para o acampamento, para Isabelle e Molly, talvez consigam escapar, para que assim ele possa chafurdar na lama a duras penas por mais um ano, e depois mais um ano. A ele foi oferecida uma alternativa.

*Estou indo, Peter. Peter está vindo.*

Ele volta para o carro e dirige em direção à faixa de escuridão.

\* \* \*

*Então.*

Depois de recolocar as latas na pequena geladeira, Majvor instalou-se em sua cadeira com uma lata de Coca-Cola junto a um dos pés e uma de Budweiser ao lado do outro pé. Ela raramente se permite um prazer, mas sentada ali sozinha com seu tesouro encontrado, decidiu dar-se pequenas férias.

De vez em quando Majvor toma um copo de cerveja de baixo teor alcoólico para acompanhar um sanduíche de arenque ou de camarão, mas quanto tempo faz desde a última vez que ela simplesmente se sentou e abriu uma lata de cerveja forte? Vinte anos? Mais? Ela se sente livre e um pouco safada ao inclinar a cabeça para deixar o líquido gelado escorrer goela abaixo.

O gosto não é muito bom, mas Majvor toma outro gole simplesmente porque *pode*. Em circunstâncias normais ela prefere não mostrar que aprova o consumo de álcool por parte de Donald imitando o exemplo dele. Quando Donald realmente se anima, pode ficar lá enxugando uma lata de cerveja atrás da outra, que ele depois amassa e joga no chão, construindo uma pilha cada vez maior de evidências de sua façanha. Ele pode ser tão... Majvor enruga o nariz diante do sabor amargo e abaixa a lata enquanto procura a palavra certa. *Repugnante*. É isso. *Repulsivo*, na verdade.

Faz muito tempo que nada de natureza sexual acontece entre eles. Era diferente quando eram jovens, ah, sim, mas depois que nasceu Henrik, o caçula, foi como se uma luz tivesse se apagado, e assim permaneceu.

Geralmente Majvor estava cansada demais, e quando ela tinha vontade era Donald que parecia cada vez menos interessado. Eles jamais falavam sobre isso, porque *não se fala sobre esse tipo de coisa*, mas aos poucos ambos foram se afastando e por fim os dois pararam de tentar.

Majvor suspira e estica a mão para pegar a lata de Coca-Cola. Com certeza ela não é nenhuma Liz Taylor; está acima do peso e suas pernas não são lá uma maravilha, mas as coisas poderiam ter sido diferentes entre Donald e ela? Eles ainda poderiam ter uma vida sexual?

Ela abre a lata e dá uma golada de Coca-Cola para lavar da boca o gosto da cerveja. Não. Por causa da aparência atual de Donald e da maneira como ele se comporta hoje em dia, isso está fora de cogitação. Nãonãonãonão. Só de pensar em Donald dessa forma ela quase tem ânsia de vômito.

E então as coisas chegaram a esse estado. Para dizer a verdade, no momento ela tem a sensação de que seria melhor se Donald nunca mais voltasse. Ela poderia levar uma vida tranquila em vez de ficar correndo de um lado para o outro tentando agradá-lo o tempo todo. Ela dedicou a vida a ser uma boa mãe, e, agora que o trabalho está feito, quem sabe possa descansar?

Majvor abaixa a lata, se recosta e cruza as mãos sobre a barriga para que assim possa realmente relaxar de verdade. Ela consegue, durante cinco segundos. Depois olha ao redor e tudo muda. Ela se senta com as costas retas, estreitando os olhos enquanto fita o descampado. É impossível.

*Jimmy?*

Ela não é uma pessoa louca. Quando imagina suas conversas com James Stewart, sabe exatamente o que está fazendo: usando sua imaginação. Ela faz James Stewart sentar-se de frente para ela no papel que lhe é conveniente no momento, ela o faz falar sueco.

A figura de joelhos ligeiramente valgos que vem se aproximando através do descampado vestida como Will Lockhart em *Um certo capitão Lockhart* não é fruto da imaginação de Majvor. Faz mais de uma hora que ela não pensa em James Stewart, e nada fez para invocá-lo.

Ainda assim, sem dúvida é ele. Majvor ouve o tinido das esporas das botas de James Stewart, visíveis abaixo das barras viradas da calça de brim; ela pode ver o cinturão com o coldre pendurado baixo na cintura, e seu casaco de camurça marrom está empoeirado, como se ele tivesse acabado de voltar de uma cavalgada planícies afora. Seu rosto está castigado pelas intempéries e tostado de sol. Seus olhos azuis brilham sob a aba do característico chapéu branco que Jimmy usou em tantos de seus filmes de caubói. À medida que Jimmy se aproxima, esses olhos estão fitando Majvor.

As mãos de Majvor adejam nervosamente sobre seu corpo, como que para limpar alguma coisa; sujeira, diversos quilos de gordura, um punhado de anos. Não é justo da parte de Jimmy aparecer *agora*, quando ela está velha e é uma visão tão deplorável. Contudo, ela ainda se levanta e vai encontrá-lo.

Ela sabe que James Stewart já morreu faz dezessete anos, e que o que está vendo deve ser uma aparição particularmente detalhada, ou talvez esteja em vias de ficar tão louca quanto Donald, mas no momento nada disso tem a menor importância. Ele está *aqui*. Aquele homem maravilhoso e incomparável que ela viu na tela em tantos papéis, o melhor de todos: James Stewart.

Majvor aceita tão completamente o que está vendo que a única coisa que ela acha estranho é o fato de ele não ter trazido seu cavalo. Pastelão, que o acompanhou ao longo de toda a sua carreira nos faroestes – como ele chegou ali sem Pastelão?

Essa é a primeira pergunta que ela faz quando se encontram no espaço aberto no meio do descampado. – Cadê o Pastelão? – diz ela em sueco.

Com um dedo, James Stewart empurra para trás o chapéu, e Majvor, que já está com os joelhos bambos, se sente derrotada. Ela amaldiçoa a si mesma, com a sensação de que é uma menininha boboca.

*Ele não fala sueco, sua idiota.*

Majvor enrubesce, em parte por causa de sua estupidez e em parte porque agora vai ter de falar inglês, que não é exatamente o seu forte. Toda vez que ela e Donald visitam os EUA, ele sempre zomba de seu vocabulário limitado e de seu horrível sotaque.

Mas os medos de Majvor são infundados. James Stewart sorri daquele jeito doce e triste que só ele tem e responde em sueco: – Desta vez ele não pôde vir comigo. Infelizmente.

Na última palavra, Majvor identifica um toque da região de Roslagen, como se ele fosse da área onde Majvor nasceu. A sensação predominante é de alívio, porque ela vai poder conversar à vontade. Então decide começar de novo.

– Por favor, me perdoe – diz, com uma pequena reverência. – Boa tarde, eu sou a Majvor.

Ela estende a mão e James Stewart a segura. O aperto de mão dele é firme mas sem ser doloroso, sua mão é morna e seca. É uma mão que a faz ter vontade de encolher, encolher e se tornar minúscula até enrodilhar-se dentro dela feito um filhote de passarinho.

– James – diz ele. – Pode me chamar de Jimmy. Como a maioria das pessoas.

Majvor engole em seco e meneia a cabeça. Ela *não* vai começar a tagarelar sobre quanto adora os filmes dele, sobre como durante toda a sua vida adulta sonhou conhecê-lo, porque sem dúvida toda mulher diz exatamente a mesma coisa; em vez disso, ela diz: – O que você está fazendo aqui?

É uma pergunta razoável, e ela espera não estar sendo brusca demais. Jimmy não parece ter se ofendido; ele simplesmente meneia a cabeça como se a pergunta fosse legítima.

– Vim encontrar uma pessoa.

Majvor assente também. A conversa está indo bem. Uma resposta razoável para uma pergunta razoável. De repente, um solavanco de medo transpassa o estômago de Majvor. O que diabos ela está fazendo? Ela ainda está segurando a mão dele, embora ele já tenha afrouxado o aperto. Que gafe!

Majvor rapidamente solta a adorada mão e afaga a própria barriga. Outra fonte de constrangimento é o fato de estar usando suas surradas calças de moletom, a roupa de ficar em casa. Ela realmente gostaria de estar mais bem-vestida para uma ocasião como essa, mas Jimmy não parece se incomodar; ele sorri para ela e pergunta: – Então, como vai você, Majvor?

Não há mais como negar. Desde que Jimmy apareceu e Majvor percebeu que realmente era ele, ela também se deu conta de outra coisa. Que talvez Donald esteja certo, e pode ser que tudo não passe de um sonho. Que outra explicação pode haver para o fato de que Jimmy Stewart aparentemente está ali falando com ela, dizendo o seu nome e lhe perguntando como vai?

Mas neste caso... neste caso é Donald quem é um produto da imaginação de Majvor, e não vice-versa. *Donald* jamais sonharia com Jimmy Stewart, ah, não; o mais provável é que no sonho dele quem daria as caras é Åsa-Nisse, o astuto fazendeiro amado pelas plateias cinéfilas suecas e odiado pelos críticos em igual medida.

– Por que você está sorrindo?

Majvor foi mal-educada a ponto de se deixar perder em pensamentos enquanto Jimmy estava lá aguardando uma resposta.

– Ah... nada. Apenas que é muito bom conhecer você. Finalmente, depois de tanto tempo. Portanto, estou bem, obrigada.

Jimmy meneia a cabeça, pensativo, como se ela tivesse dito algo profundo. A bem da verdade Majvor gostaria de fazer um comentário perspicaz ou espirituoso sobre qualquer assunto para mostrar que ela não é apenas uma doidivanas, mas a única coisa em que ela consegue pensar é perguntar se ele viveu ou não um romance com Olivia de Havilland. Isso não é nem um pouco educado, então em vez disso ela diz: – Com quem você vai se encontrar?

Jimmy meneia a cabeça na direção do descampado, na direção contrária. Majvor se vira e cambaleia um pouco; teria caído se Jimmy não tivesse segurado o braço dela e a ajudado a manter o equilíbrio. Infelizmente ela não consegue desfrutar do toque, porque sua mente está totalmente ocupada em tentar processar o que está vendo.

Caminhando através do descampado, ou melhor, *saracoteando*, com o rosto radiante de amabilidade e alegria de viver, está Elwood P. Dowd, o personagem interpretado por Jimmy favorito de Majvor. Mas não é isso que a faz cambalear. Cinquenta metros atrás dele está Harvey, o coelho de um metro e oitenta de altura do filme *Meu amigo Harvey*, que num andar meio bamboleante sobre as patas traseiras vem no encalço de Elwood.

É Harvey o fator decisivo, que faz a balança pender. Majvor volta e meia invocava Elwood P. Dowd para um bate-papo; inúmeras vezes já sonhou em ser abraçada por Will Lockhart, o Homem de Laramie [protagonista de *Um certo capitão Lockhart*]. Mas Harvey? Harvey nem sequer existe no filme, quer dizer, existe, mas Harvey não é... *real*. Não existem coelhos de um metro e oitenta, e além do mais ele está usando uma gravata-borboleta, exatamente como... Qual é o nome dele... o coelhinho Pulinho, dos desenhos do ursinho Bamse!

Majvor já não acha mais que isso é fantástico, nem mesmo agradável. Enquanto ela observa o coelho de tamanho desproporcional gingando rumo ao acampamento, um calafrio percorre sua espinha e ela fica com medo. Isso é uma coisa maluca, e coisas malucas são perigosas.

– Majvor – diz Jimmy Stewart, mas Majvor não quer mais lhe dar ouvidos. Ela reparou em um detalhe que somente o mais devotado fantasista e fã de Jimmy perceberia. A cor do lenço amarrado em volta do pescoço de Lockhart é *exatamente* do mesmo tom de rosa da gravata de Harvey, e isso não está certo. O lenço deveria ser vermelho-médio.

Há algo suspeito acontecendo aqui, e embora ela não saiba identificar o que é ou por quê, sente-se incomodada, e apesar dos pesares gostaria que Donald estivesse aqui. Ele sabia que havia alguma coisa no ar, ainda que tenha chegado a conclusões equivocadas.

Ela ignora as atrações de Jimmy Stewart; vai até o *trailer* de Stefan e se agacha. Benny parou de mastigar a mangueira, e agora está fitando o descampado, tenso em cada linha de seu corpo. A gata também parece agitada; está de orelhas em pé, olhando na mesma direção de Benny.

– Benny – diz Majvor, e o cão levanta os olhos para ela como se estivesse à espera de instruções, que é exatamente o que Majvor pretende lhe dar.

– Benny – diz ela de novo, batendo palmas. – Vá encontrar seu dono, Benny. Encontre seu dono.

É bom receber uma ordem. Benny vinha se sentindo confuso havia um bom tempo; não sabia o que fazer. Nada está como deveria estar. A coisa mais estranha de todas é essa história com Gata. Eles estão se dando muito bem. Benny não sente o menor desejo de perseguir ou morder Gata. Gata faz sentido, ao contrário de quase todas as outras coisas.

Netos, por exemplo. De longe, o cheiro de Netos era exatamente como deveria ser – novo em folha, doce e suave. Mas, agora que eles chegaram ao acampamento, Benny consegue sentir o cheiro de uma outra coisa, um cheiro velho, como o odor de algo que ficou jazendo na floresta por tempo demais. É um cheiro fraco, mas está lá, e isso não está certo. Nenhum Neto tem esse cheiro.

Além disso, é quase impossível olhar para eles. Sol desapareceu, mas em vez disso são Netos que estão machucando seus olhos, por isso Benny não olha para eles, apenas fareja e não consegue compreender o cheiro deles.

– Encontre o seu dono – diz a Dona e Senhora, e Benny fica feliz da vida em obedecer. Ele quer dar o fora dali, ir para longe dos Netos velhos. Ele sai rastejando de debaixo do *trailer* e corre para a sua caminha, que está de cabeça para baixo no gramado, e fareja tudo ao redor. Esse farejo todo não é necessário; ele conhece o cheiro de seu *trailer*, e há um claro rastro de odor a seguir.

Ele dá uma boa chacoalhada, depois sai em disparada a uma velocidade razoável. Uma vez que Benny tem dificuldade para guardar na cabeça diversas coisas ao mesmo tempo, não pensou em Gata uma única vez desde que recebeu ordens de encontrar seu Dono e Senhor; enquanto ele corre, porém, percebe um som ritmado ao seu lado.

Benny vira a cabeça e vê que Gata veio com ele, dando longos saltos enquanto corre do jeito peculiar dela. Benny não sabe se Gata entende o que eles têm que fazer, mas é bom tê-la ao seu lado. Ele solta um latido curto, e Gata emite um som sibilante.

Benny não faz ideia do que isso significa, mas acha que Gata quer dizer que está feliz, que Gata também acha que é bom.

Eles correm.


As mãos de Isabelle começam a tremer à medida que o voraz buraco que se abre em seu corpo vai crescendo e ficando cada vez maior. A fome a dilacera e a aflige como uma sensação física, e sua pele se arrepia enquanto gotas de suor pingam de suas axilas. Sua língua está entorpecida; de todo modo, talvez ela nem fosse capaz de coisa alguma. O tormento tomou conta de seu corpo, e a decepção obscurece seu juízo.

*Tudo está arruinado.*

A figura branca não está interessada nela, e o anseio de Isabelle estava equivocado. Não existe outra vida, nenhuma outra existência; ela está presa numa armadilha dentro de seu corpo. Ninguém a quer, ninguém virá salvá-la. Isabelle dá um tapa no próprio rosto enquanto caminha rumo ao seu *trailer*, aceitando de bom grado a dor que lhe inunda o corpo, e alguma coisa irrompe em sua boca.

*Desmoronando, estou desmoronando.*

Ela entra, e suas mãos estão tão suadas e trêmulas que ela tem dificuldade para abrir a gaveta sob a cama. Restam apenas três comprimidos de Xanax, e ela leva um minuto para tirá-los da cartela de plástico e enfiá-los na boca, onde são empurrados pela língua para o lado e acabam encaixados na bochecha. Ela vai cambaleando até a pia e abre a torneira, mas a torneira já está totalmente aberta, e não sai água. O gosto de sangue se mistura ao amargor de veneno à medida que o agente aglutinante dentro da medicação ansiolítica se dissolve. Ela bate nas torneiras, bate na pia, e lágrimas de ódio enchem seus olhos.

*Molly. Molly. Molly.*

Isabelle se vira e vê que seu *laptop* está aberto e a tela, preta. Ela aperta a tecla Iniciar, e nada acontece. Um rosnado grave sobe das profundezas de sua garganta quando ela agarra a garrafa de uísque e engole os comprimidos, fazendo sua boca explodir de dor, como se tivesse sugado a chama de um maçarico. Ela berra, e por cima do berro, ouve: – O que você está fazendo, Mamãe?

O tom de voz é o mesmo que ela usaria para pedir à mãe que pintasse suas unhas do pé, e uma chama azul bruxuleia diante dos olhos de Isabelle quando ela levanta os olhos a vê a filha de pé no vão da porta, sorrindo para ela com a cabeça inclinada.

Simplesmente acontece. Antes que Isabelle tenha tempo para pensar, ela se lança para o outro lado do recinto e estapeia a filha, com tanta força que a menina sai voando e bate a cabeça com estrondo contra o armário da cozinha. Nem assim Isabelle recobra o juízo; sua fúria é negra e abrangente demais. Molly desliza pelo chão segurando nas mãos a cabeça, e Isabelle dá chutes em sua barriga. Molly dobra o corpo e desmorona no tapete, gemendo baixinho.

Isabelle está prestes a pisotear a cabeça da menina quando uma porta se abre em sua mente e um lampejo de luz abre caminho à força; em vez disso ela abaixa o pé sobre os cabelos de Molly, esparramados em volta do crânio dela como uma poça loira.

*O crânio. O crânio dela. O crânio.*

A porta se escancara, e Isabelle balança a cabeça, incrédula. Molly está caída aos pés dela, tossindo enquanto se enrodilha como uma bola e abraça a própria barriga.

*Eu bati nela. Eu a chutei. Eu ia... matá-la.*

Cada fragmento de força abandona o corpo de Isabelle e ela desaba no chão ao lado de Molly. Tenta dizer alguma coisa, mas tudo que sai de sua boca é um gorgolejo encharcado e sem sentido. Ela fecha os olhos, sai voando, ela não está lá. Isso não está acontecendo. Um espaço se abre sob suas pálpebras, estrelas em uma porção de diferentes cores. Ela dá um passo e adentra esse espaço, e o tempo desaparece.

Em algum lugar distante, em outra parte do universo, ela ouve uma gaveta se abrindo, o tinido do metal. Ela não sabe quanto tempo se passou quando a voz de Molly a alcança.

– Mamãe.

Ela abre os olhos e vê Molly ajoelhada ao seu lado. A bochecha direita da menina está vermelho-viva, e ela está oferecendo alguma coisa a Isabelle. Uma faca. A faquinha de cortar frutas, a faca mais afiada que eles têm.

– Pegue aqui, Mamãe.

\* \* \*

Carina não ousa entrar no acampamento. Ela zanzou ao redor do perímetro durante vinte minutos, percebendo que seu carro desapareceu e que o tigre preto ganhou a companhia de duas feras idênticas. Lennart e Olof relataram que ambos viram apenas um inofensivo caixeiro-viajante com dois colegas, mas isso não ajuda Carina em nada. Ela já sabia que o tigre não é do mesmo tipo que se vê no zoológico. Esse tigre pertence somente a ela.

*Apague. Apague.*

O mundo está girando em círculos dentro de sua mente como um abutre sobre um cadáver.

*Apague.*

A situação em que se encontram desafia toda lógica, mas eles receberam *um* detalhe concreto. As cruzes em todos os *trailers*, as cruzes traçadas com sangue, as cruzes que significam *apagar*. Mas quem as colocou lá? E por quê? Se ela pelo menos conseguisse resolver o quebra-cabeça, então talvez fosse possível encontrar uma maneira de fugir dali, escapar do tigre.

Ainda por cima, ela tem um problema prático urgente. O puro terror soltou seus intestinos, e ela precisa ir ao banheiro. Não ousa entrar no acampamento, e, mesmo que criasse coragem, eles não podem se dar ao luxo de desperdiçar valiosa água acionando a descarga.

Ela não é capaz de segurar por muito mais tempo. Se não conseguir encontrar algum lugar aonde ir, os excrementos vão começar a esguichar dentro das calças. Por que eles não conversaram sobre o que fazer com os dejetos humanos?

Ela sabe a resposta, claro: porque ninguém quer falar sobre a situação como se fosse um problema de longo prazo. Uma onda de dor corre através do estômago de Carina, mais forte na direção do reto, e ela aperta as nádegas, obrigando-se a se manter bem ereta e resistir com força. Quando a dor abranda, seus dentes começam a tiritar e ela solta algo entre uma risada e um resfôlego.

O medo está aqui, a criatura dos seus pesadelos mais sombrios está esperando por ela, mas de que isso importa quando ela precisa muito cagar?

Escorada sobre pernas enrijecidas e com os braços em volta da barriga, Carina caminha na direção do acampamento. Estava tão preocupada com seus assuntos internos que durante alguns minutos deixou de olhar ao redor. Assim que ela levanta de novo os olhos, vê

*graças a Deus*

que o carro deles está se aproximando, vindo do descampado. Ela mal tinha forças para pensar no possível significado do fato de o carro ter saído do acampamento, mas agora ele está voltando. Eles estarão juntos de novo, discutirão uma forma de escapar dessa loucura, eles irão...

Mas primeiro ela tem que fazer. Tem.

Uma nova onda está se avolumando dentro de seu estômago, e Carina usa as mãos para espremer as nádegas de modo a conseguir continuar andando. Quando se aproxima do *trailer* de Isabelle, ouve barulhos que parecem ser de uma briga, mas quando chega lá tudo já se aquietou.

De costas contra a parede, Carina desliza até ficar numa posição acocorada, abaixando os *shorts* e a calcinha ao mesmo tempo. A diarreia jorra de dentro dela numa explosão, esguichando sobre a grama, e o fedor enche suas narinas. Ela solta um longo bafejo e pensa: *de mim pra você, Isabelle.*

Quando ela tira as meias para limpar a bunda, ouve movimento dentro do *trailer*, e a seguir a voz de Molly dizendo alguma coisa. Depois de se limpar, ouve também que o carro deles acaba de entrar no acampamento. E então ouve o berro de Stefan.


— Por que o senhor está com tanto medo, Papai?

A figura branca desapareceu da vista através da janela traseira quando na frente deles aparece outra. Parece exatamente idêntica à primeira, exceto pelo fato de que está se movendo mais rápido, como se estivesse com pressa. Sem perceber, Stefan entrelaçou as mãos e retesou o corpo inteiro.

— Olha, Papai... é só... é só *mais um*.

Stefan e Emil passaram os últimos quinze minutos conversando. Emil contou sobre Darth Vader e o elefante; explicou que as figuras brancas podem mudar, que nada disso é real. Stefan contou a Emil sobre o que aconteceu quando ele tinha seis anos de idade, falou de sua bicicleta nova e do incidente no lago. Estava preocupado, receoso de que a história pudesse assustar Emil, mas, assim como o Stefan de outrora, o principal interesse de Emil era saber o que aconteceu com a bicicleta.

Eles conversaram e conversaram, comparando suas experiências. Entretanto, Stefan ainda está longe de se convencer, porque tão logo a segunda figura aparece o terror infantil retorna imediatamente. Porém, com o último comentário de Emil, alguma coisa acontece.

*É só mais um.*

O significado desse comentário surte impacto. A figura branca não é a única de sua espécie; não é um onipresente poste de sinalização indicando o reino dos mortos, ou alguma divindade real capaz de se manifestar para as pessoas quando a vida está prestes a abandoná-los. É só apenas mais um de dois, três, de muitos. Stefan olha para Emil, abre bem as mãos e define do modo mais simples possível:

– É só... uma figura branca!

– Hum – diz Emil. – Ou um *stormtrooper*, um soldado do Império.

– É isso que você vê?

– A-hã. Mas não está certo. Ele não tem sabre de luz. Os *stormtroopers* sempre carregam um sabre de luz.

– Mas você não tem medo de *stormtroopers*, tem?

– Não. Eu tenho medo de Darth Vader, mas ele também não estava certo. É estranho, não é, Papai?

– Muito estranho mesmo.

Eles se sentam juntos, observando a figura se desviar para o lado de modo a evitar a colisão com o carro.

*Como renas em Norrland. Como coelhos na ilha de Gotland.*

Simplesmente estão lá.

– Emil. Você é o menininho mais inteligente do mundo, sabia disso?

Acanhado, Emil encolhe os ombros, e Stefan é arrebatado por um amor tão forte que machuca seu peito. Ele quer puxar Emil para perto e beijar sua cabeça, mas sabe que o gesto seria mais prazeroso para si do que para seu filho, por isso decide que chegou a hora.

– Tenho uma coisa pra você – anuncia ele, abrindo o porta-luvas e tirando um pequeno envelope acolchoado, que entrega a Emil.

O personagem de *Star Wars* favorito de Emil é Darth Maul, a figura demoníaca que maneja um sabre de luz duplo como um bastão de *tae kwon do*. Não foi fácil conseguir a versão Lego, mas, vasculhando um leilão *online*, Stefan conseguiu localizar dois modelos diferentes e pagou aproximadamente cinco vezes mais que o preço original. Darth Maul é muito popular.

Stefan pretendia esperar até o aniversário de Emil, ou pelo menos até o dia do onomástico do menino, mas ele tem de fazer alguma para seu filho agora, simplesmente tem de fazer.

A alegria de Emil quando vê o envelope é totalmente desproporcional aos dois diminutos bonecos. Ele os levanta, com olhos cintilantes.

– Uau! Uau! Dois *diferentes*!

– Isso mesmo. São os dois únicos que existem.

– Eu sei disso. Uau! Obrigado, Papai!

Emil clica os sabres de luz e faz os dois bonecos começarem uma briguinha. – A batalha do século! Darth Maul *versus* seu irmão gêmeo!

– Darth Miau! – sugere Stefan, o que faz Emil desabar sobre seu assento, morrendo de rir.

– Darth Miau! A mãe dela era uma gata!

Uma pedra caiu do peito de Stefan, um enorme peso foi tirado de suas costas. Pela primeira vez desde que acordou hoje de manhã ele tem a sensação de que consegue respirar direito. *Chegamos aqui de alguma forma. De alguma forma podemos ir embora.* Ele estende a mão na direção da chave, pronto para dar meia--volta no carro, mas antes que possa dar a partida Emil pergunta: – Papai, o senhor acha que existem outros mundos?

– Você está falando de outros planetas, esse tipo de coisa?

– Não.

– Então está falando do quê?

Emil fecha a cara e solta o ar pelo nariz enquanto balança no ar os dois bonecos Lego. – O que eu quero dizer é... tipo...

– Você quer dizer outros mundos *dentro* do nosso próprio mundo?

– Sim. Ou fora dele. Não, não é disso que estou falando. É... aaaaaah! – Emil bate a cabeça contra os pulsos, frustrado com sua incapacidade de explicar.

Stefan segura os braços finos do filho. – Calma, Emil.

Emil se desvencilha, encara os dois Darth Mauls por alguns segundos, depois diz: – É *o mesmo* que o nosso. Mas diferente.

– Como assim, *o mesmo*?

Emil balança a cabeça. – Não consigo explicar.

Stefan espera enquanto Emil faz os dois bonecos andarem para a frente e para trás em cima de suas coxas. É óbvio que ele ainda está pensando, que a despeito de seu último comentário está tentando encontrar as palavras certas. Depois de alguns minutos, Stefan olha pelo para-brisa e vê uma outra figura branca se aproximando ao longe. Ele verifica as janelas laterais: nada.

*Por que todas elas vêm da mesma direção?*

Não, isso não é verdade. Na primeira vez que ele e Emil saíram do carro, elas vieram da direção precisamente oposta, e foi também de onde veio a figura branca que ele viu quando estava no teto do *trailer*. Portanto, elas não vêm todas da mesma direção, mas estão todas seguindo a mesma *linha*.

Emil tira os sabres de luz e guarda tudo no bolso da camisa, abotoando-a bem. Depois acrescenta: – A gente pode meio que decidir o que é de verdade.

– Não entendi.

– Não – responde Emil, apalpando seu bolso. – Eu também não. A gente pode ir pra casa agora?

Casa.

É extraordinária a velocidade com que conseguimos nos adaptar. Assim que avista os *trailers*, Stefan sente na pele um pouco do alívio que sempre faz parte de voltar para casa, de saber que podemos nos desligar da tensão envolvida em transações com o mundo exterior. O alívio é ainda maior quando ele vê o Toyota. Carina está de volta, e sem ela o conceito de "lar" não tem significado real.

As duas figuras brancas que ele já viu estão paradas de pé no meio do acampamento juntamente com outras duas que devem ter vindo da direção oposta, se sua teoria estiver correta. Estão todas de frente umas para as outras, duas a duas, aparentemente absortas numa conversa.

Stefan dirige devagar, rumo ao *trailer*. Não há sinal de mais ninguém a não ser as figuras brancas, que viram a cabeça lentamente a fim de olhar para ele.

Mesmo que "a figura branca" não seja mais uma entidade única, e portanto tenha perdido um pouco do impacto dramático, não se pode negar: ainda há algo de fantasmagórico nessa contemplação silenciosa, naqueles rostos sem expressão.

Stefan está a dez metros de distância do grupo quando Isabelle sai às pressas de seu *trailer* com uma faca na mão. Stefan automaticamente pisa no freio e cobre os olhos de Emil, porque Isabelle está obviamente caminhando na direção das figuras com a intenção de machucá-las. *Por que* é uma questão para mais tarde, mas não quer que Emil veja.

– Pare com isso, Papai! – diz Emil, tentando se soltar.

– Querido, não quero que você veja...

Quando Isabelle alcança as figuras brancas, cai de joelhos na frente delas.

– ... isso.

*O que ela está fazendo?*

Isabelle está ligeiramente encoberta pelas figuras, e é somente quando ela levanta um dos braços que Stefan compreende. Há sangue jorrando de dois longos cortes diagonais que se estendem do pulso ao cotovelo dela. Diante dos olhos de Stefan, Isabelle começa a retalhar o outro braço.

Stefan solta Emil, e ao abrir a porta do carro diz ao filho: – Feche os olhos, Emil! Não olhe! – Ele sai do carro e vê que Lennart e Olof também perceberam o que está acontecendo. Mas os dois estão muito distantes, e enquanto Stefan corre na direção de Isabelle ela leva a faca à garganta.

– Isabelle! – berra ele. – Não!

O grito faz com que ela interrompa o movimento e olhe para ele. O rosto dela está inchado, e não há um único traço de sanidade em seus olhos arregalados e pasmados. Seu rosto se contorce num sorriso horrível no instante em que ela pende a cabeça para ter melhor acesso à jugular. Stefan se lança na direção de Isabelle com os braços estendidos, derrubando-a antes que ela tenha tempo de levar adiante o seu plano.

Os braços de Isabelle se debatem loucamente e o sangue esguicha na camisa e no rosto de Stefan; os profundos talhos nos braços abriram diversas artérias, que continuam a bombear para fora seu conteúdo num fluxo constante. Stefan grita quando Isabelle consegue esfaquear o ombro direito dele; um segundo depois a faca é arrancada da mão dela.

– Mas que diabos você está fazendo? – pergunta Lennart, jogando a faca para o lado. – Perdeu de vez o juízo?

O ombro de Stefan está latejando, uma mancha vermelha se alastra por sua camisa, e mais uma coisa pode ser acrescida à lista de coisas que ele jamais poderia ter imaginado.

*Esfaqueado. Fui esfaqueado.*

De súbito, o corpo de Isabelle fica flácido. Seus braços ensanguentados tombam no chão, e ela fica lá deitada fitando o céu com olhos vazios. A dor no ombro de Stefan se propaga de dentro para fora, e ele não consegue mais sentir os dedos da mão direita. De algum lugar Isabelle ouve a voz de Majvor: – Alguém tem bandagens?

Juntos, Olof e Lennart erguem Isabelle e a carregam na direção de seu *trailer*, os braços dela deixando um rastro de sangue na grama. Majvor vai atrás deles.

Stefan toca com a mão esquerda a ferida e seus dedos saem pegajosos de sangue. Ele engole em seco e fecha os olhos, abre-os de novo. Sangue, sangue, há sangue por toda parte.

Emil não fechou os olhos. Ele viu os quatro *stormtroopers*, que já não se parecem mais *stormtroopers* porque a armadura e as armas dos soldados estão lentamente desaparecendo, viu Papai saltar para cima da mãe de Molly a fim de impedi-la de se cortar. Quando Papai foi esfaqueado, Emil quis sair do carro, mas estava apavorado demais. Ele poderia ser esfaqueado também, por isso enfiou as mãos entre as pernas e continuou a assistir.

As coisas melhoraram um pouco quando um dos fazendeiros arrancou a faca da mão da mulher, mas a mãe de Molly está coberta de sangue, e Papai está sangrando também. É horrível de verdade todo esse sangue. A pior coisa que Emil viu num filme foi quando Darth Vader decepou a mão de Luke Skywalker, mas não saiu sangue nenhum. Emil nunca pensou nisso antes, mas devia ter havido um bocado de sangue! A grama onde a mãe de Molly caiu está coberta de sangue, aos litros, e ela ainda está sangrando quando a carregam.

Mas lá vem a Mamãe! Ela corre na direção de Papai, e fica horrorizada ao ver o sangue. Ela dá um forte abraço nele e Emil se sente um pouco mais calmo, mas ainda assim não se move. Quer que o pai e a mãe o peguem no colo e façam nele um cafuné, porque está aterrorizado.

Então os *stormtroopers* fazem algo que Emil nunca viu *stormtroopers* de verdade fazer. Os quatro se ajoelham ao mesmo tempo, depois se deitam. Emil inclina o corpo para mais perto do para-brisa a fim de enxergar com mais clareza. Eles estão deitados exatamente onde a mãe de Molly estava, em todo aquele sangue – devem estar loucos.

E então alguma coisa acontece com a armadura deles. Emil não consegue enxergar direito, e não ousa sair do carro. Em vez disso, estica o braço para pegar o binóculo no banco de trás. Ele ajusta o foco até obter clareza perfeita.

A brancura que é uma mistura de armadura e pele agora parece ter sido toda coberta por linhas tênues e irregulares que alguém traçou a lápis. Todos quatro estão revestidos por uma trama de linhas vermelhas.

Emil abaixa o binóculo e vê Molly, que está parada do lado de fora do seu *trailer* fitando as quatro figuras deitadas na grama. Não aparenta estar minimamente assustada. Sua expressão indica que ela está fazendo um tremendo esforço para compreender alguma coisa, resolver um problema. Como se de súbito tomasse consciência da presença de Emil, ela levanta a cabeça e olha diretamente no olho dele. Ela deveria estar transtornada por conta do que aconteceu com sua mãe, mas não parece nem um pouco perturbada. Ela acena para Emil.

Embora seja uma sensação esquisita, ele retribui o aceno. Então Molly sorri. Mas Emil não pode fazer isso. De jeito nenhum.


Quando Donald partiu para encontrar o Homem Ensanguentado, sentiu-se invencível. O caubói solitário atravessando a pradaria para confrontar seu inimigo. A vastidão infinita, a espingarda na mão, *e o corpo de John Brown jaz apodrecendo no túmulo, mas sua alma marcha adiante.*

Donald não é muito de caçar; falta-lhe a necessária paciência. Se ficar algumas horas deitado no chão à espera de um alce, ele começa a entender por que ocorrem tantos acidentes de caça. A pessoa simplesmente quer atirar em alguma coisa, qualquer coisa, porra. Da terceira vez em que ele foi a uma caçada, por fim acabou acertando um esquilo. Tudo que sobrou da pequena criatura foram uns nacos de carne, e Donald levou uma bronca do presidente da associação de caçadores. A bem da verdade ele havia solicitado a licença apenas para poder ter uma arma, porque o conceito de armas o atraía.

Donald e Majvor tinham visitado Graceland alguns anos antes, e um dos pontos altos foi a extensa coleção de armas de Elvis. Os revólveres e pistolas eram enfeitados demais, ornamentados num estilo mais adequado a Liberace do que ao Rei, mas também havia um expositor repleto de impressionantes rifles e espingardas e um fuzil de assalto. Donald passou um bom tempo diante desse expositor em especial.

Há algo de instigante na ideia de estar *armado*. O objeto potencialmente letal nas suas mãos, sob seu controle. O dedo no gatilho, sim ou não, e as mudanças revolucionárias que essa decisão pode acarretar. Ter esse poder. Uma arma é mais que um compósito de madeira e metal; é uma maneira de tornar-se senhor do seu próprio destino.

Eram esses os pensamentos de Donald enquanto atravessava o descampado, assobiando *John Brown's Body*. Finalmente ele estava em vias de fazer de si mesmo o mestre de seu próprio destino. Fosse aquilo um sonho ou não, a arma parecia bastante real em sua mão.

Após algum tempo a sensação começou a desvanecer. O Homem Ensanguentado estava mais distante do que ele poderia ter imaginado, e ainda por cima se afastava de Donald numa linha diagonal. Donald estava nitidamente se aproximando dele, mas era um processo lento, e seus joelhos ruins e a falta geral de condicionamento físico começavam a se fazer sentir.

Os joelhos de Donald estão rangendo e suas costas doem quando ele está perto o bastante para distinguir os detalhes da aparência do Homem Ensanguentado. Ele não tem mãos, e seu corpo é pustulento e vermelho de sangue ressecado. Ele é totalmente careca.

Donald tem certeza com relação a *uma* coisa, caso contrário não teria embarcado nessa missão. A figura à sua frente não é seu pai. É a imagem do pai que ele criou após o acidente, a imagem que suplantou todas as outras imagens. O Homem Ensanguentado. O maior dos temores de Donald, e ao mesmo tempo algo que não é real.

*Então o que é?*

O gracejo favorito de Donald do personagem Åsa-Nisse está no filme *Åsa-Nisse på jaktstigen* [Åsa-Nisse vai caçar].

Åsa-Nisse e seu amigo e parceiro Klabbarparn estão deitados de emboscada na floresta. No breu, a visibilidade é escassa. Eles não sabem, mas duas pessoas saíram para procurá-los. Klabbarparn as avista e acha que talvez sejam um alce. Uma vez que não tem certeza, ele se pergunta em voz alta se deve ou não atirar.

Nesse momento, Åsa-Nisse diz: – Vá em frente, atire pra que a gente possa ver o que é.

Em muitas ocasiões em que Donald se viu incerto sobre alguma decisão, essas palavras pipocaram em sua mente, e jamais foram mais apropriadas do que neste exato momento.

*Atire pra que a gente possa ver o que é.*

Donald continua a andar com esse mantra se repetindo em sua cabeça; contudo, quando faltam apenas vinte metros a percorrer, ele se detém abruptamente. O Homem Ensanguentado ainda está se afastando dele, mas Donald não consegue mais fazer isso. Seus pulmões estão doendo, suas costas estão doloridas, e seus joelhos parecem um mecanismo emperrado que não liga nem desliga.

Há uma alternativa, claro. Ele poderia atirar no Homem Ensanguentado pelas costas. Mas isso seria errado. Devemos encarar nossos medos frente a frente, ética de caubói ou o que quer que seja. Em todo caso, seria errado.

– Oi! – berra Donald, inclinando-se para a frente com as mãos sobre as coxas. – Oi, seu filho da puta!

O Homem Ensanguentado para. E se vira.

Se você trabalhou numa serraria a vida inteira, já viu um bocado de sangue, o seu e o de outras pessoas. O torso e o rosto da figura na frente de Donald estão cobertos de sangue, mas o sangue não está certo. É pálido demais. Uma criança talvez pudesse imaginar que essa é a aparência do sangue, mas na realidade não é. Trata-se de uma farsa.

Cambaleando, Donald chega mais perto. Sob o sangue que não é sangue ele pode ver que a figura tem um rosto que se assemelha ao rosto do Pai, mas está borrado e pouco nítido, como uma velha fotografia.

– Está tentando me ameaçar, seu filho da puta? – berra Donald, erguendo a espingarda. E então seu olhar encontra o do Homem Ensanguentado.

*Falta só um. Falta só um.*

Por que aquela porra de lista de presidentes tem de aparecer *agora*? Contra a vontade de Donald, os presidentes começam a entoar dentro de sua cabeça, à procura do nome faltante.

*Roosevelt, Wilson, Harding...*

*Roosevelt, Wilson, Harding...*

Um buraco tão negro quanto os olhos da criatura se abre na mente de Donald quando ele tenta preencher a lacuna com o nome faltante; ele tem medo de que o buraco se alargue, sugando mais e mais coisas até acabar num balbuciante caso de demência.

*Sangue.*

Sim, o sangue continuará bombeando por todo o seu corpo até o dia em que ele estiver sentado em algum canto, babando inutilmente. Que tipo de futuro é esse, que espécie de vida é essa? Pense em Hemingway. Quando as forças dele começaram a falhar e seus pensamentos já não tinham valor algum, ele pegou sua arma, foi para o meio da floresta e deu um tiro na cabeça. É assim que um homem morre.

*Sangue.*

A figura deu mais alguns passos na direção de Donald, que está vendo as coisas cada vez mais claramente. Como seria melhor e mais digno dar um fim a tudo aqui e agora. Tombar como um guerreiro, como um Cavaleiro Solitário na pradaria, deixando seu

*Sangue*

esparramado no chão.

Pai chega mais perto, Pai está ao lado dele agora.

– Eu sei – diz Donald. – Eu sei.

*Sangue. Sangue.*

Ele deveria ter feito isso naquele dia, quando tinha dez anos de idade. Depois que Pai sangrara até morrer, Donald entrou e desligou a serra. Em vez disso, deveria ter colocado o pescoço sobre a bancada ao lado dela. Um empurrão de lado e

*Sangue*

o buraco negro que olha dentro de seus olhos quando ele vira a arma ao contrário e enfia o cano na boca. O metal frio toca os lábios, e enquanto ele tateia procurando o gatilho pensa em *cold* (gelado) e pensa em *cool* (frio) e pensa em *Coolidge*.

Donald faz força para respirar e tira a arma de dentro da boca.

– Coolidge! – berra ele para a figura, que está lá parada olhando para ele. *San...*

– Nem vem, filho da puta! É Coolidge! Wilson, Harding, Coolidge!

Donald dá dois passos para trás, levanta a espingarda até o ombro e semicerra um dos olhos. O ocular da mira está ajustado para uma distância maior, e a cabeça do Homem Ensanguentado não passa de uma massa pálida e borrada, com os olhos visíveis como poças escuras. Donald faz pontaria em um ponto no meio e diretamente acima dessas poças. Depois aperta o gatilho.

É a primeira vez que ele atira num espaço aberto, em que não há nada onde o som possa repercutir. O estrondo do disparo se espalha em todas as direções, como jogar uma pedra num lago, mas em três dimensões. O barulho enche o descampado e se eleva até o céu enquanto o coice golpeia com tudo o ombro de Donald, fazendo seu corpo fraco cambalear.

O Homem Ensanguentado ainda está de pé, mas adquiriu um terceiro olho entre os outros dois, um olho azul cintilante. Donald demora dois segundos para compreender o que está vendo. A bala perfurou um túnel no crânio do Homem Ensanguentado, e Donald consegue ver um pedaço de céu mais ou menos do tamanho de uma moeda de dez *öre*.

A coisa impressionante é que o Homem Ensanguentado não caiu. Ele simplesmente está lá de pé, com os braços pendurados nas laterais do corpo, fitando Donald com um olhar que nada expressa. Nenhuma surpresa, nenhuma acusação, nem mesmo dor. Mas não está morto. Donald recarrega a espingarda.

Quando ele posiciona novamente a espingarda sobre o ombro de novo, acontece uma coisa que o faz parar com o dedo no gatilho. O Homem Ensanguentado começa a *correr*. Pele, calças, sangue começam a se dissolver, como se alguém despejasse um jarro de água sobre uma aquarela.

Donald abaixa a arma, que cai de sua mão sem que ele sequer perceba. O Homem Ensanguentado não é mais o Homem Ensanguentado. É possível ouvir ruídos molhados e viscosos como o som de membranas se rompendo enquanto seu rosto e suas roupas perdem solidez e se convertem em líquido, que desafia a gravidade e escorre na direção do buraco em sua cabeça.

A figura na frente de Donald fica cada vez mais pálida à medida que camada após camada de cor e forma vão sendo sugadas para dento do diminuto buraco, e quando o Homem Ensanguentado desaparece alguma coisa começa a crescer dentro de Donald.

– Morto... – sussurra ele.

A metamorfose está completa. Agora Donald está de frente para uma criatura branca sem traços perceptíveis. Sem boca, sem nariz, sem orelhas. Apenas aqueles dois olhos, que ainda o estão encarando. O buraco na testa desapareceu. A figura se vira e sai andando para longe de Donald, que fica lá parado observando a criatura se afastar enquanto o processo de crescimento dentro dele chega à conclusão. Quando a criatura está a dez metros, ele berra: – Morto! Você está morto, filho da puta! Completamente! Morto! Porra!

Ele desaba na grama ao lado da arma, afaga o cano. Aninha a arma nos braços, conversando com ela aos sussurros como se fosse um bebê enquanto a acaricia.

*Você matou. Você é uma arma tão boa. Você matou o Homem Ensanguentado.*

O que aconteceu na serraria de Riddersholm naquele dia de verão foi um terrível acidente, nada mais. Donald tenta pensar no Pai, e descobre que é possível. Ele vê uma pessoa inteligente de mãos latejadas e cabelos que começaram a ficar grisalhos nas têmporas, olhos que encaram Donald com amor e admiração. Nada de gosto de chocolate misturado com sangue na boca, nada da figura acusadora com tocos onde deveria haver mãos.

Durante toda a sua vida Donald foi oprimido por essa figura, e agora acabou. Ela está morta. Donald a matou. Ele abaixa a arma, coloca as mãos sobre o coração, e o que ele sente por dentro é uma poderosa máquina, bombeando o sangue por todo o seu corpo. Ele vai se inclinando para trás lentamente até se deitar, olhando para o céu. Aquela vasta superfície azul pertence a ele, e ele a abraça com todo o seu ser. Se esse é o seu sonho, então ele é

*Deus. Eu sou Deus.*

o soberano deste lugar. Nada é capaz de limitá-lo; tudo o que seus olhos podem ver é dele e somente dele. É maravilhoso. Donald permanece deitado lá por um longo tempo, deleitando-se com a sensação de que é o dono do mundo.

Somente quando Donald se senta e olha ao redor é que se lembra do que aconteceu. Peter, o *trailer*, o carro. Ele foi jogado fora. Expulso, banido como um bode expiatório no deserto.

*Filho da puta do caralho.*

Donald agarra a espingarda e a usa como esteio para se pôr de pé. Balança o cano na direção do céu e grita: – Mas que porra? Ele tem tanta energia, mas nenhuma via de escape para dar vazão a ela. Ele olha ao redor, e é recompensado com a visão de algo que vem se aproximando, vindo da direção em que a figura branca desapareceu. Ótimo. Ele está feliz da vida de lidar com o que quer que seja. O prazer do estrondo, o baque seco contra o ombro, a sensação fugaz de ir além de si mesmo e ultrapassar o próprio limite, com poder letal. Maravilhoso.

Ele olha através da alça de mira, vê o que está se aproximando, abaixa a arma e sorri. Enfia dois dedos na boca, assovia e sorri.

– Vem, homenzinho! Vem!

Em um par de minutos Benny está lá, arquejando, a língua dependurada. No atual estado emocional de Donald, ele não acha estranho que Benny esteja acompanhado de uma gata. Os animais vieram buscá-lo, abençoados sejam.

– Bom garoto – diz Donald, coçando Benny atrás das orelhas. – Bom garoto. – A gata olha para ele, mas quando Donald faz menção de afagá-la ela se afasta. – Tudo bem. Gatinha boazinha.

Donald espreita além dos animais, mas não consegue avistar nada a não ser o horizonte. Benny está deitado aos pés de Donald com a cabeça pousada sobre as patas enquanto olha para seu Dono e Senhor. Donald espera que o cão recobre o fôlego, depois diz: – Você consegue encontrar o caminho de volta pra casa?

Benny fica de orelhas em pé e pende a cabeça para o lado. A seguir, olha para a gata, que começou a se lamber. Se a gata conseguisse dar de ombros, daria; ela parece não ter o menor interesse na pergunta.

– Encontrar a sua dona? – insiste Donald. – Encontre a sua dona!

Benny se levanta e vai até a gata. Os animais entreolham-se, e Donald tem a sensação de que estão deliberando e trocando ideias em algum nível que é inacessível para ele. A gata abandona as abluções e os dois animais partem, refazendo o mesmo percurso de onde vieram.

Donald engancha a espingarda no ombro e vai atrás.

\* \* \*

– Bandagens – diz Majvor. – Vocês têm alguma atadura?

Isabelle está deitada no chão junto ao *trailer* dos fazendeiros. Majvor e Lennart estão ajoelhados, apertando os cotovelos de Isabelle com o máximo de força que podem, a fim de estancar o jorro de sangue. Os ferimentos resultantes das facadas são longos e compridos, e o rosto de Isabelle está com um matiz amarelado.

Olof entra às pressas no *trailer* e vê de relance os olhos de Isabelle, de alguma forma transparentes, antes que as pálpebras dela se fechem. Majvor não ousa afrouxar o aperto do braço de Isabelle para passar a mão de leve na bochecha dela; em vez disso, inclina-se para a frente e sopra seu rosto.

– Isabelle. Acorda, Isabelle. Você tem de ficar com a gente.

As pálpebras de Isabelle estremecem, e ela olha na direção do meio do descampado. Majvor segue o olhar fixo dela e vê que todas as personificações de James Stewart estão deitadas no chão com a cara na grama. Harvey está lá também, e sua pelagem branco-giz e seu corpo arredondado lembram uma pilha de neve que foi removida com uma pá em algum canto.

Olof aparece com um rolo de gaze e um rolo de fita adesiva. Ele e Majvor trabalham em conjunto; a sensação é a de que estão tentando lacrar com um invólucro uma mala abarrotada. Olof cobre um trecho de cada vez, depois Majvor coloca um pedaço de gaze sobre o ferimento e enrola a fita em volta do braço. Ela está preocupada em interromper o fluxo de sangue da mão, mas por outro lado não deve restar muito sangue.

Os olhos de Isabelle estão fechados quando Olof e Majvor voltam a atenção para o outro braço. Lennart agarra os tornozelos de Isabelle e levanta as pernas dela; é mais importante que o sangue chegue ao cérebro do que às pernas.

Assim que terminam, Lennart arrasta delicadamente Isabelle ao longo da grama e coloca os pés dela sobre uma das cadeiras dobráveis. Majvor e Olof permanecem onde estão, um simplesmente olhando para o outro, até que Olof rompe o contato acenando uma das mãos para Lennart e dizendo: – Pode me dar uma mão aqui... Eu só preciso...

Lennart ajuda Olof a se pôr de pé. Ele meneia a cabeça para Majvor. – Desculpe, eu... – Nesse ponto ele cambaleia até a ponta do *trailer* e vomita.

Majvor não faz pouco-caso dele nem o menospreza por isso. Não há como negar que foi uma tarefa desagradável. Nacos de sangue coagulado estão grudados nas mãos dela, seu nariz está com cheiro de sangue, e ela própria está espantada com a calma que está sentindo.

– Bom trabalho – diz Lennart. – Acho que você é o tipo de pessoa que sempre se sai bem numa crise.

Isso é verdade, mas não são muitas as pessoas que viram esse lado de Majvor, e menos ainda as que a elogiaram por isso. Talvez seja inapropriado diante das circunstâncias, mas Majvor se sente corar.

Olof retorna, limpando a boca e pedindo desculpas. Os três ficam lá de pé contemplando Isabelle, como se ela fosse uma obra de arte que tinham criado juntos, ou melhor, restaurado e preservado para a posteridade. Tomara.

Lennart entra no *trailer* para buscar um cobertor, que ele acomoda sobre Isabelle. O movimento do peito dela mostra que sua respiração está rasa, e de tempos em tempos ela solta um gemido baixinho. Olof balança a cabeça. – Por que ela fez isso? Conseguem entender?

Lennart enfiou as mãos bem no fundo nos bolsos do macacão, e agora está olhando na direção do meio do descampado. Seus olhos se estreitam.

– Majvor – diz ele em um tom de voz que Majvor raramente ouve. É respeitoso, como se ela fosse alguém a ser levado em conta. Lennart meneia a cabeça na direção dos quatro corpos prostrados. – Quando você olha para aquelas... figuras, o que vê?

Majvor se vira para Will Lockhart, Elwood P. Dowd, o sr. Jefferson Smith que foi para Washington [no filme *A mulher faz o homem*], e o impossível Harvey, que, como os outros, está deitado imóvel, com a cara na grama. Enquanto trabalhava para salvar Isabelle, a mente de Majvor estava com clareza absoluta, e ela não gosta da bruma que ameaça se insinuar quando olha para seus sonhos realizados.

– Prefiro não dizer – responde ela.

– Tudo bem. Mas permita-me perguntar o seguinte: você está vendo quatro homens idênticos de terno e chapéu deitados no chão?

Majvor não precisa checar para saber que Elwood P. Dowd está de fato usando terno e chapéu, ao passo que o sr. Smith está usando a mesma roupa de quando entrega seu projeto de lei ao Congresso. Terno, mas sem chapéu. Mas também há Lockhart. E Harvey.

– Não. Por que você pergunta?

– Porque isso é o que eu vejo. E Olof. – Lennart aponta para Isabelle. – Eu queria saber o que ela viu.

Ele se vira para Olof, que parece perdido em pensamentos enquanto fita o *trailer* de Isabelle. – Está certo, não é? Você vê a mesma coisa que eu, não vê? Quatro caixeiros-viajantes?

– A-hã – responde Olof sem tirar os olhos do *trailer*. Majvor sente uma repentina pontada de culpa. Molly! Provavelmente eles podem ser desculpados por não terem pensado nela durante a fase crítica com Isabelle, mas ficar ali batendo papo quando há uma criança cuja mãe está gravemente ferida é uma negligência que beira a crueldade.

Majvor está prestes a se afastar para ir falar com Molly, mas se detém no meio do movimento. Molly está lá, junto ao *trailer*, de olhos arregalados, fitando as quatro figuras deitadas no chão. Suas mãos estão cruzadas sobre a barriga, um sorriso brincando nos lábios, as bochechas coradas e toda a sua aparência transmitem uma impressão de êxtase, arrebatamento.

– Eu fico imaginando... – diz Olof. – Queria saber o que *ela* vê.

O ferimento no ombro de Stefan não é profundo, e uma compressa e algumas tiras de fita cirúrgica da caixa de primeiros-socorros no porta-malas do carro estancam o jorro de sangue. Enquanto Carina cuida do corte eles conversam sobre o descampado, concordando em que há uma espécie de empuxo atraindo-os para fora, mas agora não vão deixar que isso os separe de novo. Daqui por diante, vão ficar juntos.

Emil sobe no joelho de Stefan, tira do bolso seus bonecos de Darth Maul e os mostra a Carina. Quando ela se inclina para olhar mais de perto, Stefan repara pela primeira vez no inchaço na maçã do rosto dela. – O que aconteceu com você?

– Tive uma briga. Com a Isabelle.

– Por quê?

Carina suspira e olha de relance para as quatro figuras, ainda deitadas de cara na grama. – É uma longa história.

– Temos um bocado de tempo.

– Mais tarde eu te conto. Se tiver coragem. – Carina admira os personagens de Lego e os devolve para as mãos de Emil. – Escute, não quero mais que você brinque com a Molly.

– Por que não?

Stefan olha para Molly, cujos olhos estão fixos no meio do descampado, uma expressão de felicidade estampada no rosto. Ela não toma o menor conhecimento da mãe ferida; sua atenção está totalmente voltada para as figuras no chão. Ela está *radiante de entusiasmo*.

– Faça o que a sua mãe diz. Eu concordo, não é pra passar tempo na companhia da Molly.

– Eu não *quero* passar tempo com a Molly. Mas *por quê*?

Carina coloca delicadamente as mãos sobre o rosto de Emil e olha o menino diretamente nos olhos. – Por que ela é maligna, Emil. Ela é maligna.

– Espere aí – diz Stefan. – Isso aí já é um pouco...

Carina solta o rosto de Emil para que possa mover as mãos. Com movimentos espasmódicos que não são do seu feitio, ela enfatiza suas palavras.

– Não! Isso não é ir longe demais. Ela tem alguma coisa a ver com este lugar. E aquelas... coisas. Eu não entendo, e não preciso entender, mas não é pra você ficar perto dela, Emil. Ela é perigosa!

Carina está falando cada vez mais alto, e Stefan percebe que Emil está apavorado. Carina raramente levanta a voz, e o elemento de pânico em seu tom de voz o está deixando nervoso também. Ele esfrega as costas e, com toda a calma possível, pergunta a Carina: – O que você vê quando olha para... eles?

Carina olha ao longe, e seu corpo está tenso, alerta. Ela balança a cabeça, e há um silêncio incômodo. Stefan tenta mudar de assunto. – Eles seguem uma linha. Eu estava pensando...

Antes que ele possa terminar a frase – *o que será que existe no final da linha* –, Carina leva uma das mãos à boca e, com a outra, acena na direção do descampado.

– O que é? – pergunta Stefan.

– Eu vi... Quando estava andando pelo descampado antes, pensei...

Ela dá a partida no carro e engata a marcha a ré. Depois de recuar rapidamente vinte metros, coloca a primeira e dá uma guinada para a direita, traçando um arco e passando pelos *trailers*. Carina avança pouco a pouco, os olhos fitos na campina.

– Lá! – diz ela, freando e apontando na direção de onde as figuras vieram. – Vocês conseguem ver também, não conseguem?

Stefan espreita pelo para-brisa, procurando algo que se sobressaia, que chame a atenção pelo tamanho ou pela saliência, mas não consegue encontrar coisa alguma. Está prestes a dizer isso quando Emil grita: – Eu estou vendo! Na grama, não é?

Carina assente, e Stefan olha mais para baixo. Começa esquadrinhando junto ao carro, depois vai gradualmente vasculhando a área rumo ao exterior. E lá está. A grama foi pisada ao longo de uma tênue trilha que se estende a partir do horizonte descampado adentro. O mais provável é que saia do outro lado e continue, porque segue exatamente a mesma linha das figuras brancas que ela viu. Embora o traçado da trilha seja impreciso, é óbvio que foi usada por diversos pares de pé no decorrer de um longo período de tempo.

– É uma trilha – diz Stefan quando o pensamento lhe ocorre. – E estava aqui antes. Eles *sempre* seguem essa rota.

– Sim – diz Carina, engatando o carro mais uma vez e continuando a circum--navegar o descampado. – Mas não é o que eu vi.

Tão logo completa noventa graus do movimento que começou na trilha, ela para novamente o carro e aponta. – Lá.

Agora que os olhos de Stefan se aclimataram e já sabem o que estão procurando, ele avista outra trilha que ou sai do descampado ou nele desemboca, em ângulos retos com relação à trilha que acabaram de descobrir. Não é insensato supor que essa trilha também atravesse o descampado e saia do outro lado. Ele perscruta na direção do horizonte; nada passou por ali, e agora não há sinal de coisa alguma.

*Mas alguma coisa caminha por aqui, alguma coisa... pisoteia a grama.*

– Você entende? – pergunta Carina.

– Sim – diz Stefan. Ele tem a sensação de que uma porta se abriu atrás de suas costas, deixando entrar uma rajada de ar frio. Ele se agarra com força a Emil.

– Estamos exatamente onde as trilhas se encontram – diz Stefan. – Uma encruzilhada.

Carina está apontando quase diretamente para Peter. Ela não sabe, porque ele está além de seu campo de visão, mas quem traçasse uma linha a partir do dedo indicador de Carina quase acertaria Peter, errando por uns vinte metros.

Ele parou o carro, mas não ousa sair. À sua frente há uma muralha de escuridão, tão alta que ele precisa se inclinar e torcer o pescoço para enxergar o topo. Pelo retrovisor e pelos espelhos externos ele pode ver o céu, mas o para-brisa está coberto por um breu tão compacto que é como se o vidro tivesse sido pintado de preto.

À frente do carro ainda há grama verde, que reveste somente cerca de cem metros de chão. A partir daí a escuridão toma conta, e não é uma muralha escura, mas uma *muralha de escuridão*; a despeito de sua aparência densa, tem uma qualidade viva, uma profundidade. Se ele pusesse o pé no chão, não colidiria com coisa alguma; mergulharia trevas *adentro*.

Seu corpo o está instigando a fazer isso. A força de atração da escuridão é tão poderosa que ele decide permanecer dentro do carro; teme que, caso saia, seja fisicamente arrastado para a frente. É como se mil fios invisíveis estivessem atados a sua pele, tentando puxá-lo com força inexorável.

Peter fica lá sentado, agarrado ao volante, os pés colados firmemente no chão do carro enquanto encara a escuridão. A escuridão retribui o olhar, e gradualmente Peter consegue distinguir texturas e nuances. É quente, úmido, mole. E tem cheiro de sabonete líquido e desinfetante.

*Anette.*

Sim. Tem o cheiro de Anette.

Quando Peter tinha dezessete anos, passou por um período de testes na seleção nacional juvenil. A essa altura seu pai tinha encontrado outra mulher, mas o relacionamento com ela era tão abusivo e ele a maltratara de forma tão brutal que acabou sendo condenado a quatro anos de prisão, o que significava que, pela primeira vez em dez anos, Peter e sua mãe podiam andar pela rua sem a sensação de que aquele homem os estava vigiando.

Para Peter foi extraordinariamente simples. Poucos dias depois da condenação do pai, o rapaz se livrou dos grilhões da ameaça potencial e se sentiu livre. Isso se deu em parte porque ele já sabia que era mais veloz e portanto capaz de escapar correndo do pai; já não era vulnerável.

Para a mãe de Peter não foi tão fácil. Quando ela foi informada, depois de cinco anos sem receber notícias do ex-marido, foi menos um alívio tranquilizador e mais um lembrete de que ele ainda existia e estava tão ou mais violento. Ele tornou-se novamente uma *realidade*, um colosso maléfico sentado em sua cela e pensando nela, enviando seu ódio éter adentro e tocando-a. Isso deixou a mãe de Peter tão fraca que ela teve de se ausentar do trabalho. Permaneceu um longo período em licença médica, e por fim veio a aposentadoria precoce. A violência do pai de Peter era tão efetiva que transcendia tempo e espaço.

Quando Peter viajou a Estocolmo para treinar pela primeira vez com a seleção juvenil, foi inevitável a sensação de culpa por deixar a mãe sozinha com seus demônios. Ela o convenceu a ir, embora sem muita convicção. Restava-lhe tão pouca energia que ela era incapaz de dizer ou fazer com firmeza o que quer que fosse. Mesmo assim, Peter foi embora.

Porque o futebol era sua vida. As coisas não estavam indo muito bem na escola, porque ele treinava três tardes por semana e geralmente tinha jogos todo fim de semana. Teria sido mais fácil se ele tivesse podido frequentar uma academia de futebol, mas isso teria significado mudar-se para Norrköping, e, dada a condição da mãe, essa não era uma opção.

Ele aparecia na escola, mas não estava realmente *lá*. Era bonito e encorpado, e para seu constrangimento foi incluído na lista dos "cinco caras mais gostosos da escola". Felizmente, numa eleição acirrada acabou ficando em segundo lugar por causa de Patrik Schmidt, que mais tarde seguiu carreira de modelo. Mas é claro que Peter também recebia uma boa quantidade de atenção feminina.

Muitas e muitas garotas teriam gostado de sair com Peter, mas a bem da verdade não havia para onde ir. Ele quase nunca ia a festas porque não bebia, e nas raras ocasiões em que ia tinha a sensação de que as conversas giravam em torno de um mundo do qual ele não tinha tempo para fazer parte. Houve episódios em que meninas bêbadas se jogaram para cima de Peter na tentativa de se atracar com ele, mas ao sentir o hálito de álcool ele logo de cara desanimava de dar uns amassos.

Peter não achava que era *gay*. Ele costumava se masturbar folheando o catálogo da Ellos da mãe, enquanto fantasiava com um mundo de mulheres esguias e de corpo perfeito, portanto o terreno já estava preparado quando ele conheceu Isabelle.

No entanto, o verdadeiro foco de sua existência era o futebol. Era uma linguagem que ele compreendia, e um ambiente social com objetivos claros: vencer a partida seguinte, avançar na competição. Enquanto pertencesse a esse mundo, ele não precisava de outra companhia.

Aos dezesseis anos, Peter era reserva do time A, e aos dezessete já era titular. Claro que não demorou para chamar a atenção dos olheiros da seleção nacional juvenil, e assim, num fim de semana de setembro, seguiu para Estocolmo a fim de mostrar do que era capaz.

Os treinamentos foram realizados no centro esportivo de Zinkensdamm, que, conforme Peter rapidamente aprendeu, era chamado de Zinken. Eles treinavam, faziam as refeições e dormiam na área, e tudo que Peter viu de Estocolmo foi o parque Tantolunden e a rua comercial Hornsgatan. Por outro lado, ele não tinha o menor desejo de ver nada mais. Por causa de Anette.

Ela tinha jogado na seleção nacional feminina, mas havia três anos fora obrigada a abandonar a carreira por conta de uma lesão na cartilagem, e agora atuava como assistente técnica de vários times de base, entre outras coisas. Anette tinha cabelos loiros médios, rosto quadrado, e engordara alguns quilos desde que parara de jogar. Tinha trinta anos de idade e rosto comum, no sentido mais amplo do termo. Podia ser operadora de caixa num supermercado, professora assistente de educação física ou vereadora. Era o tipo de pessoa por quem a gente passa na rua sem dar a menor atenção.

– Oi... Peter – foi a primeira coisa que ela disse na tarde de sexta depois de consultar sua lista de nomes. – Os próximos dias serão de trabalho duro... Está disposto?

Quando ela apertou a mão de Peter, alguma coisa aconteceu. A mão dela era fina, com um aperto firme, e, de uma forma que Peter não compreendia, ele foi dominado por uma sensação de *aqui e agora* quando se tocaram. Era como se estivesse segurando algo de que tinha sentido falta, mas sem saber. Talvez ela tenha sentido a mesma coisa desde o começo, talvez não. Em todo caso, ela não demonstrou.

O treino de sábado correu bem, e Peter não teve problemas para se enturmar com o time, tanto do ponto de vista técnico como do social. No fim da tarde ele já havia ganhado o apelido de "Cabeça de Martelo", depois que trombou com a trave e se levantou como se nada tivesse acontecido. Esconder a dor era uma especialidade de Peter.

Nessa noite todos jantaram juntos, e o Cabeça de Martelo acabou se sentando ao lado de Anette. Bateram papo sobre isto e aquilo, principalmente sobre o tempo em que ela atuou na seleção feminina e as histórias de Peter no IFK Norrköping; embora tenha sido uma conversa perfeitamente banal, havia também aquele subtom de *aqui e agora* idêntico ao momento em que se tocaram.

Peter presumiu que esse sentimento era inteiramente unilateral, que havia desenvolvido alguma espécie de fixação que ele não era capaz de controlar nem definir. Claro que ele não podia *gostar* de Anette; ela era bem mais velha, e sua semelhança com a professora de sueco de Peter era mais do que perceptível; Peter jamais teria dado bola para ela.

Durante a sobremesa – sorvete com calda de chocolate –, ambos estavam papeando com seus vizinhos de mesa quando Peter tomou consciência de uma sensação, na pele de seu braço, parecida com uma leve descarga de eletricidade estática. Quando Peter olhou de relance, viu que o braço de Anette estava colado ao dele sobre a mesa, e que os pelos de seu braço estavam arrepiados. Mas isso não era tudo. A penugem macia e fina do braço de Anette estava fazendo a mesma coisa.

Ele disse alguma coisa para seu vizinho de mesa. Anette disse alguma coisa para o dela. Eles se entreolharam. A expressão de Peter estava completamente aberta, perscrutadora, um ponto de interrogação baseado na eletricidade que ela também devia estar sentindo. Nos olhos de Anette, contudo, havia um matiz de tristeza quando ela olhou para seu próprio braço e depois para Peter.

Peter levaria alguns anos para compreender aquela tristeza. Compreender que tinha a ver com idade, com o fato de que as coisas podem acontecer na hora errada, quando já é tarde demais mas a pessoa tem de fingir que não é tarde demais. Eles se olharam reciprocamente e uma decisão foi tomada, embora não fizessem ideia de como levá-la a cabo.

O grupo começou a se dispersar, e Peter se pôs de pé, a boca seca. Algumas pessoas iam passear no centro da cidade, mas não ficariam por muito tempo:

tinham treino pela manhã. Outros iam jogar baralho e assistir à TV. Peter recusou um par de convites, alegou que daria uma voltas na pista em volta do campo, o que levou a alguns comentários do tipo "Parece que o Cabeça de Martelo é insaciável", "Vai tirar uma revanche com a trave?" e assim por diante.

No entanto, quando Peter chegou ao campo de treino, escassamente iluminado pelos poucos holofotes acesos, sentiu-se bem. Como tinha acabado de comer, só podia correr de leve, em ritmo de trote, mas mesmo assim era bom exercitar-se na semiescuridão, concentrando-se somente no seu corpo. Voltas e voltas, o tecido da calça do agasalho roçando suas pernas.

Peter estava no meio da quinta volta quando avistou Anette, encostada na parede junto à entrada dos jogadores. Um formigamento subiu de sua virilha até a barriga, depois se dissolveu no peito. Ele atravessou o campo e trotou na direção dela.

Os cabelos de Anette estavam molhados; ela tinha acabado de tomar uma ducha. Alguns pedaços úmidos estavam visíveis no agasalho dela, idêntico ao de Peter, como se ela tivesse se vestido às pressas sem se secar direito. Peter observou a cena toda, interpretando os sinais enquanto o formigamento começou de novo e cresceu.

Ele estava começando a ter uma ereção, e enfiou as mãos bem fundo nos bolsos. Sob o manto da escuridão, com uma das mãos ele agarrou o pau e o segurou junto ao corpo para que a situação não ficasse mais embaraçosa do que já estava.

— Oi — disse ele.

— Oi. Como vai?

— Bem. Um pouco frio, mas... — Ele não conseguia pensar em mais nada para dizer...

— Sim, de noite esfria bastante. — A voz de Anette soou um pouco forçada, tensa, como se a garganta estivesse fechada. Ela piscou e balançou a cabeça. Quando ela falou de novo, parecia arrependida. — Peter, eu...

Talvez fosse o fato de ela ter dito o nome dele, confirmando que aquilo estava realmente acontecendo; isso deu a Peter coragem para agir. Ele andou para a frente, segurou as mãos dela e a beijou.

Por um terrível momento ele achou que tinha entendido errado; os lábios dela estavam tensos e não responderam aos dele. Lá estava Peter tentando forçar a barra para cima de sua técnica assistente, a ereção cutucando a barriga dela, e à parte o fato de que a situação era tão constrangedora que ele quis morrer, aquilo significaria que sua carreira na seleção nacional estava chegando ao fim antes mesmo de começar.

Um segundo depois, tudo mudou. Peter já havia beijado algumas garotas, aqueles amassos sem muito entusiasmo nas festas. Mas agora era algo diferente. Quando Anette relaxou, se acalmou e retribuiu ao beijo, ela fez isso com o corpo inteiro, e todo o calor que estava dentro dela transbordou através de seus lábios.

– Venha comigo.

Eles percorreram o corredor até os vestiários, lado a lado e tão próximos que o tecido de seus agasalhos se roçava. Tudo ficou imerso na escuridão à medida que se afastaram da luz fraca que mal iluminava o campo. Quando chegaram ao meio do caminho corredor, a única coisa que conseguiam enxergar era o brilho dos olhos um do outro, o frouxo vislumbre da faixa reflexiva das roupas. E ainda assim não era o bastante. Anette abriu a porta de um dos vestiários e eles entraram. Quando ela trancou a porta atrás de si, os dois se viram no completo breu.

O vestiário estava quente, e a umidade dos chuveiros pairava no ar. A falta de luz intensificava as impressões sensoriais, e Peter tomou consciência do forte odor do sabonete líquido, que ele achou ser da marca Axe, mais o cheiro do desinfetante dos banheiros. Uma torneira estava pingando, e ele e Anette estavam respirando, e ele sabia que *agora, agora*, mas não sabia como. Procurou às apalpadelas, encontrou a cintura de Anette, agarrou-a, mas ela se afastou e disse: – Não. Tire a roupa.

Enquanto tirava o agasalho, ele pôde ouvir que Anette estava fazendo a mesma coisa. Houve um ligeiro estalo quando ela arrancou o *top* por cima da cabeça e o poliéster reagiu aos cabelos dela, mandando uma chuva de fagulhas escuridão adentro. O cheiro de Axe mesclou-se ao sabonete líquido, um gel de menina, um gel de *mulher* que ele não era capaz de identificar.

Ele ouviu a voz dela: – Deite-se.

Não era assim que ele tinha imaginado a sua primeira vez, não era assim que ele tinha imaginado vez *nenhuma*, mas quando Pete se deitou no chão úmido na escuridão total a sensação foi melhor do que qualquer coisa que jamais poderia ter imaginado, ele se sentiu *bem*.

Seu pênis estava latejando e ardendo tanto que Peter achou que deveria ser capaz de vê-lo, que devia estar brilhando, mas quando olhou para baixo havia somente o negrume da escuridão, e ele sentiu um bafejo do cheiro de Anette quando ela escarranchou as pernas e o guiou para dentro dela e começou um movimento de vaivém.

Foi tão glorioso que ele parou de respirar. O chão de concreto sob ele desapareceu, as paredes do vestiário se dissolveram, e somente quando lampejos de amarelo começaram a dançar diante de seus olhos ele percebeu que estava tonto devido à falta de oxigênio. Respirando penosamente, ele arfou e deu uma estocada o mais fundo que conseguia; era como se estivesse fodendo a própria escuridão. A escuridão morna, envolvente, clemente. Trêmulas, as mãos dele tatearam o corpo perfeito de Anette, com alguma pele flácida aqui e ali, mas para ele o corpo perfeito, o corpo da escuridão.

Ele nem sequer se deu ao trabalho de mostrar uma performance atlética ou demorar para gozar. Não fazia ideia de quanto tempo havia passado quando todo o seu ser fluiu para dentro a partir de seus braços e pernas, das próprias pontas dos dedos, concentrando-se em sua virilha e depois explodindo escuridão adentro. Os braços dele se afastaram de seu corpo, sua cabeça foi jogada para trás, seus olhos se abriram, e, como se o seu prazer realmente tivesse criado *luz*, ele se viu fitando uma placa de ponta-cabeça que dizia "A última pessoa que sair, por favor apague as luzes!" antes de flutuar para longe numa nuvem de suor e sabonete líquido até se fundir à escuridão e à umidade.

Vinte e dois anos atrás. Vinte e dois anos e dez meses. Eles se vestiram na escuridão, despediram-se na escuridão, e no dia seguinte mal olharam na cara um do outro. Peter levou alguns anos e um punhado de garotas para constatar que a sua primeira vez tinha sido a melhor, e para sempre seria a melhor.

No domingo ele tinha voltado ao vestiário para conferir. Na parede junto à porta, logo acima do interruptor, havia um cartaz escrito à mão: "A última pessoa que sair, por favor apague as luzes!"

Ele arrancou o cartaz e guardou-o consigo, mas, em algum momento durante as suas subsequentes mudanças de casa, o cartaz desapareceu.

Sentado no carro de Donald agora, seus dedos agarrados ao volante, os pés firmemente calcados no chão, ele pode sentir o cheiro de uísque derramado mesclado a sabonete líquido, desinfetante e o espesso odor de corpos sexualmente excitados. Lá fora na escuridão está o que ele quer. O lugar onde ele quer estar.

Ele meneia a cabeça para si mesmo e dá partida no carro. Quando está prestes a engatar a marcha, alguma coisa muda. A luz diminui, e ele ouve um ruído. Quando se inclina para a frente e olha para o céu, vê que o topo da muralha de escuridão está se alterando. Espessas colunas de fumaça negra se erguem, como se a escuridão tivesse se transformado em nuvens, escondendo a luz do céu. As nuvens avolumam-se e se afastam da muralha, convertendo-se em pesados aguaceiros, movendo-se na direção dele enquanto o barulho fica mais estridente, e ele se dá conta de que é o som de uma gritaria. Gritos de dor, muitas vozes.

– Mas que porra?

Da mesma maneira como se metamorfoseou em nuvens, a escuridão no céu assumiu também uma forma física no chão. A cerca de cem metros, Peter pode avistar diversas figuras distorcidas correndo na direção dele. Estão se movendo rapidamente, mas aos solavancos, com movimentos espasmódicos, como se estivessem sofrendo dolorosas cãibras, e os gritos agônicos agora fazem sentido, porque a carne consumida pelo fogo foi praticamente arrancada de seus corpos, e restam apenas nacos de pele coriácea marrom-enegrecida para encobrir e proteger seus corpos esqueléticos. Estão urrando de dor e correndo na direção do carro.

Quando Stefan, Carina e Emil retornam de sua incursão ao redor do acampamento, os outros estão reunidos na porta do *trailer* de Isabelle. Eles a deitaram na cama, depois de concluírem que sua condição parece não ter piorado.

– Olha só, seria bom se Peter não demorasse muito para voltar – disse Lennart. – Isso ajudaria...

O que ele realmente queria dizer era que não via com bons olhos a ideia de deixar Isabelle sozinha com Molly. Apenas quando as quatro figuras se levantaram, ela finalmente demonstrou interesse pela mãe, anunciando que queria sentar-se ao lado dela e segurar sua mão. Claro que é impossível dizer "não", mas não parece a coisa certa.

Outra coisa que não parece certa são aqueles quatro caixeiros-viajantes. Seus ternos antiquados deveriam estar cobertos de sangue por terem se deitado no chão, mas não é o caso. Pelo contrário; os paletós que outrora pareciam ligeiramente puídos agora estão reluzindo com renovado frescor, e as calças capengas agora ostentam vincos e caimento perfeitos. Quatro figuras difusas e sem rosto tornaram-se quatro indivíduos separados com suas próprias características. Um tem orelhas de abano, outro um nariz comprido e afilado. E assim por diante.

O sangue que estava respingando sobre todo o relvado desapareceu, e não é difícil chegar à conclusão óbvia. Lennart olha para o grupo de caixeiros-viajantes, que agora estão aguardando em silêncio mais uma vez. Ele esfrega os olhos.

Sim, é possível chegar a conclusões, mas qual é o propósito dessas conclusões, de que adiantam, quando a pessoa não entende o que elas significam? É igualzinho aos velhos tempos, quando Gunilla voltava para casa com a tarefa de matemática, pedindo ajuda com suas equações: $x$ e $y$ e $z$. Lennart jamais sequer cursou o ensino médio, e não era exatamente um aluno brilhante em matemática no ensino fundamental. Ele dizia isso para Gunilla, e ela lhe explicava: – Sim, mas se $2x$ mais $y$ é igual a $z$... – Mas a essa altura ele já estava perdido.

De que importa como essas letras se relacionam com outras letras, quando a pessoa não faz ideia do que essas letras *significam*? Alguém poderia dizer que um Guppo mais dois Huppos é igual a oito Pluppos. Aonde isso te leva?

É assim que ele se sente agora. Há um sem-número de variáveis, e quando se estabelece entre elas uma relação resultam nisso ou naquilo. Mas ele não compreende o sistema.

Tudo que eles colocam no solo – o que quer que seja – cresce de maneira anormalmente rápida, a despeito do fato de que o sol desapareceu. Ainda assim, há somente grama aqui. As quatro figuras que ele pode ver têm diferentes aspectos para diferentes pessoas e essas figuras claramente se beneficiam da absorção de sangue. Tudo bem. Lennart sentia-se consideravelmente mais otimista algumas horas atrás, quando ele e Olof sentaram-se para fitar o descampado vazio. Vazio é somente um conceito, e em muitos sentidos é perfeitamente normal. Mas agora há todos esses outros aspectos que precisam sem interpretados.

O relato de Carina acerca do que ela percebeu não melhorou em nada a situação. Aparentemente eles estão numa encruzilhada, numa intersecção, onde duas trilhas se entrecruzam. No meio de uma cruz, exatamente como aquelas que alguém pintou nos *trailers*. O que isso significa?

A coisa toda é insana; ele não passa por nada parecido desde o momento em que abriu a porta do quarto de sua mãe e constatou que a perspectiva tinha se alterado. Isso o deixa incomodado, e ele sente alguma afinidade com Donald. A melhor e mais sensata explicação é a de que a coisa toda é um sonho. Infelizmente ele não acredita nisso, mas seria bom.

– Como está você? – pergunta Olof. – Você não me parece muito bem.

– E também não me sinto muito bem – responde Lennart. – Isto tudo não está fazendo a *sua* cabeça rodopiar?

Olof olha de relance ao redor. – Sim, mas tenho certeza de que a coisa vai se resolver, de um jeito ou de outro. A gente já passou por situações complicadas antes, não é? – Olof ri e balança a cabeça. – Lembra daquele verão em que por causa de uma tempestade acabou a energia? O rebanho todo fugiu porque a cerca já não estava eletrificada, e a gente teve de juntar as vacas no escuro e debaixo do aguaceiro? Mas pegamos todas. Não faltou nenhuma.

Lennart olha para Olof com uma dose de ceticismo, mas a expressão de seu amigo é franca e honesta. Ele realmente acha que as duas situações são comparáveis.

Lennart se lembra muito bem daquela noite. Ele e Olof ficaram na chuva até o raiar do dia, procurando suas vacas, conduzindo-as de volta para o celeiro em pequenos grupos ou uma a uma. Bastou um par de horas para a vida normal ser levada embora no vento e chuva, e ambos acabaram perambulando feito espíritos inquietos, com uma reserva de força suficiente apenas para persuadir as vacas a voltar. Eles retornavam e depois saíam de novo, à caça da próxima vaca.

Foi uma situação muito difícil, que fez os conceitos cotidianos desintegrarem-se. Mas ainda assim. Por mais complicada que tenha sido a situação, eles tinham um trabalho a fazer. Um trabalho que em certos momentos talvez possa ter parecido impossível, mas era claramente definido. Encontrar as vacas, fazer com que entrassem no celeiro. Mas e aqui? Qual é tarefa deles aqui? O que eles devem *fazer*?

Não, por mais que Lennart quisesse partilhar a confiança de Olof, a inata anormalidade do lugar começou a irritá-lo como a visão de uma mosca entre dois painéis de vidro que não podem ser abertos. Não há o que fazer exceto esperar que o zumbido pare. Ou espatifar as duas vidraças, o que obviamente ninguém faz.

Em circunstâncias normais, Lennart não é dado a meditações e reflexões, mas agora se vê tão perdido em seus próprios pensamentos que não faz ideia de por que Majvor está parada na frente do grupo com a mão estendida, a palma virada para cima. Ela disse alguma coisa, mas Lennart não conseguiu ouvi-la. Ele se aproxima e vê que ela está mostrando aos outros diversos objetos feitos de ouro: uma correntinha, anéis e alguns caroços de formato irregular.

– Desculpe – diz ele. – O que você tem aí?

– Achei estas coisas – responde Majvor, apontando. – Espalhadas ali. A aliança de casamento é de 1904.

Todos eles olham para o local onde ficava o *trailer* de Majvor, como se de alguma forma isso pudesse ajudá-los.

– Posso dar uma olhada? – pergunta Stefan, e Majvor passa os itens para as mãos dele, não sem certa dose de relutância. Enquanto Stefan examina os anéis, Majvor diz: – Acho que as bolotinhas são obturações.

– Por que estão aqui? – pergunta Emil em voz alta, na ponta dos pés para conseguir enxergar o que seu pai tem nas mãos.

Todos os demais olham inquisitivamente para Stefan e Carina a fim de verificar o que eles pensam sobre discutir essas coisas na frente de Emil.

– Bem – diz Lennart –, a explicação óbvia é que outrora pertenciam a pessoas que não estão mais entre nós. Mas... – ele se vira para Majvor. – Você não encontrou nenhum osso? – Quando ela balança negativamente a cabeça, ele enruga a testa. – Nem mesmo dentes?

– Não – responde Majvor. – Eu procurei, mas não consegui encontrar nada mais.

Lennart pensa no crânio de cervo pregado na parede dos fundos da velha cervejaria. Foi pendurado por seu bisavô, e porque estava lá havia tanto tempo simplesmente foi deixado lá. Exposto ao vento e às intempéries, ainda está intacto, e se há uma coisa que a passagem do tempo mal tocou são os dentes.

Por outro lado, não é preciso ser gênio ou ter algum conhecimento acerca da macabra ideia de seu ancestral sobre o que constitui um objeto decorativo para saber que esqueletos e dentes têm a tendência a continuar existindo depois que tudo o mais se foi. Pelo menos depois de um período relativamente curto como cento e dez anos. E, é claro, não há nada que diga que – seja lá o que foi – aconteceu naquela época. Talvez tenha sido bem depois.

– Erik – diz Stefan, lendo a inscrição. – O nome dele era Erik.

O grupo fica em silêncio. Em algum momento, muito tempo atrás, existiu uma pessoa chamada Erik que também terminou neste lugar, ao lado de algumas outras pessoas. Alguma coisa aconteceu com Erik e seus companheiros, e como resultado tudo que restou dele foram suas joias e as obturações de seus dentes. Essa é a primeira coisa que ocorre a todos; ela cria um momento de reverência, por essa razão o silêncio.

Mas não para por aí. A reverência se metamorfoseia em algo bem menos agradável quando todos chegam à mesma conclusão óbvia: o que quer que tenha acontecido com aquelas outras pessoas pode também acontecer conosco. Ou pior ainda: o que quer que tenha acontecido com aquelas outras pessoas *vai* acontecer conosco.

Eles todos se entreolham, depois se viram na direção do descampado.

*A encruzilhada*, Lennart pensa. *Assim como nós, aquelas pessoas estavam na encruzilhada. E foi onde permaneceram.*

Isabelle está deitada de costas na cama de casal, os braços nas laterais do corpo. Seu rosto está inchado, a língua latejando, e a dor nos antebraços dá a sensação de que ela está sendo picada por um exército de formigas cruéis. Ela é um pedaço de carne embrulhado em plástico, mas felizmente não está aqui no momento e não está em seu corpo.

Ela está no passado. Está dez minutos atrás, correndo na direção das figuras brancas com a faca na mão. Isabelle sabe que elas querem sangue, e pretende dar-lhes sangue. As entranhas dela estão tão repletas de ondas de vergonha negra

*Eu chutei a minha filha, eu quis matar a minha filha*

que ela não sente mais nada a não ser alívio quando a lâmina rasga sua pele e deixa escorrer um pouco da

*vergonha de sangue*

pressão que cresce e cresce, ameaçando fazê-la explodir de dentro para fora. Ela cai de joelhos, estendendo o braço para as figuras brancas, oferecendo-lhes o sangue que esguicha de seu corpo. Ela quer que as figuras a levem, a recebam, a abracem, que a carreguem para longe e a sorvam até que ela seque. Mas elas simplesmente olham para baixo, fitando o chão onde o sangue dela mancha de vermelho-escuro a grama.

Ela muda de mão e corta o outro braço. Dessa vez o alívio é reduzido. É meramente uma tarefa, uma série de movimentos que devem ser levados a cabo para fazer o que precisa ser feito, tirar a coisa do caminho. As figuras brancas não se permitem olhar para ela. Os olhos negros delas estão fixos na grama, onde o sangue...

Isabelle balança, ajoelhada e com os braços estendidos. Ela não compreende. O sangue está se esvaindo. À medida que jorra de seus braços, é absorvido pelo solo tão logo aterrissa. Há sangue na relva, mas somente uma fração da quantidade que ela sacrificou e

*Mais. Mais.*

continua a sacrificar.

*Mais.*

Claramente não é o bastante. As artérias em seus braços são finas demais, ela deve lhes dar mais sangue

*Tudo.*

e levanta a faca para cortar a jugular. Quando ela inclina a cabeça para o lado a fim de obter o melhor ângulo, duas coisas acontecem em rápida sucessão.

Ela olha para as figuras brancas na esperança de confirmação antes de fazer o derradeiro e máximo sacrifício, mas de repente sua atenção é atraída por um movimento em sua visão periférica.

*Para cima e para baixo. Para cima e para baixo.*

Alguém está pulando. Uma criança. Pulando numa cama elástica. E bem ao lado há um sujeito acima do peso com camisa havaiana, erguendo os braços em triunfo quando sua leve tacada acerta o buraco num dos campos de minigolfe. O cheiro de comida frita do quiosque passa flutuando em baforadas pelas narinas de Isabelle, e ela ouve alguém dizer alguma coisa em finlandês num *motor-home* nas imediações.

Por um segundo ela consegue entender que está de novo no acampamento, o lugar que ela tanto detestava, depois alguma coisa enorme vem voando em sua direção e colide com ela. Isabelle cai para trás, deixa cair a faca, e não vê mais nada além de céu azul. Depois tudo fica escuro quando sua consciência entrega os pontos.

*Mamãezinha, mamãezinha,*
*A mais doce mamãezinha.*

Isabelle abre os olhos por um átimo, deixa entrar um vislumbre de luz. Molly está sentada de pernas cruzadas ao lado dela na cama de casal, cantando enquanto afaga os dedos de Isabelle, as unhas roídas.

*Nela cresceram garras, compridas e afiadas,*
*porque ela era uma puta.*

Isabelle sente tontura, e está recuando para a lembrança que se repete infinitas vezes dentro de sua cabeça. O homem gordo no campo de minigolfe aparece. Os botões de baixo de sua camisa colorida estão abertos, e quando ele ergue os braços revela-se uma barriga pálida e peluda, que transborda por cima do cós das calças.

*Pessoas feias. Todas essas pessoas feias. De onde vem toda essa gente medonha?*
*Da Finlândia. Finlandeses gordos e feios. Finlandeses gordos e feios da Finlândia.*

Um arrepio percorre seu corpo. Ela está tremendo e seus dentes rangem quando ela sente o cheiro daquela barriga peluda; ela consegue sentir o gosto forte e penetrante de suor misturado aos eflúvios de cerveja, tão nítidos como se tivesse lambido aquela barriga e sentido nas papilas gustativas os pelos encaracolados.

*Está acordada, Mamãezinha querida, está acordada?*
*Seus dentes estão rangendo, rangendo.*

A voz de Molly traz Isabelle de volta ao *trailer*. Isabelle abre os olhos um pouco mais e vê que Molly está sorrindo para ela, abanando a cabeça de um lado para o outro. Isabelle está com dificuldade de focalizar a imagem. O rosto de Molly está borrado, como um desenho a lápis que alguém, usando um apagador, tentou sem muito entusiasmo fazer desaparecer. A lembrança de um rosto.

Isabelle supõe que está tendo problemas com a visão por causa de seu estado de atordoamento, mas nesse caso por que a princesa na camiseta de Molly é perfeitamente nítida?

Molly se inclina a fim de chegar mais perto, mas seu rosto continua borrado. Mais ainda, na verdade. O que Isabelle achava que era a boca da menina parece mais uma marca de sujeira que se desintegra quando Isabelle olha para ela.

– Mamãe. Lembra daquele túnel? Era escuro lá. Muito, muito escuro mesmo.

Certa vez Peter foi responsável pela derrota da Lazio contra o Milan numa partida importantíssima da liga italiana. No último minuto de jogo ele correu na direção da trave esquerda, no exato momento em que, num cruzamento executado à perfeição, uma bola em curva passou por cima da cabeça do goleiro. Uma batidinha de leve teria resolvido a questão. Em vez disso, Peter chutou de canela e a bola errou o alvo. Trinta segundos depois o juiz apitou o final de jogo. Peter teve de aguentar uma enxurrada de piadinhas dos colegas, mas o lance não chegou a afetar sua posição dentro do time. Essas coisas acontecem; foi um azar que tenha ocorrido num momento tão decisivo.

Os jornais tinham opinião diferente. Era tudo culpa de Peter, e eles tomaram de empréstimo a expressão espanhola *hacerse al sueco*, dar uma de sueco, que significa agir feito um idiota.

Alguns torcedores mais fanáticos da Lazio leram os artigos e levaram as críticas extremamente a sério. Uma noite, quando Peter voltava para seu apartamento, ouviu um bêbado num bar berrar: "*Lo svedese! Guardate lo svedese!*" Segundos depois, Peter se viu perseguido por quatro caras correndo atrás dele. Ninguém dissera aos torcedores que "essas coisas acontecem", e eles pretendiam ensinar uma lição ao *svedese*.

A lembrança perpassa a mente de Peter enquanto ele está sentado no carro observando a aproximação das figuras distorcidas. Por um momento ele tinha parado no meio da *piazza*. Havia algo de hipnótico na visão de quatro homens vindo na direção dele com a intenção de moê-lo de pancadas. Ser a caça, sozinha e exposta à sede de sangue dos caçadores.

A paralisia logo passou, e Peter girou sobre os calcanhares e correu. Não teve dificuldade para escapar de quatro bebuns desengonçados, e não sofreu nenhum dano duradouro, exceto as desagradáveis sensações que o incidente despertou: a noção de ser o ponto fulcral que atrai a violência com o objetivo de esmagá-lo, despedaçá-lo.

Um bocado desse mesmo fascínio tomou conta de Peter agora, e tudo que ele consegue fazer é olhar fixamente, boquiaberto. As figuras estão correndo, mas não particularmente depressa, já que cada passo parece lhes causar dor. Os gritos que Peter ouve estão saindo de bocas cujos lábios foram privados de lábios, dentes brancos reluzindo em rostos chamuscados. Quando as figuras chegam perto o bastante para que Peter possa ver que o motivo pelo qual os olhos delas estão arregalados é que não têm pálpebras, ele recobra os sentidos e se inclina na direção da porta do passageiro para trancá-la, mas aparentemente não há botão.

A figuras enegrecidas estão agora a um par de metros do carro, e seus gritos dilaceram o peito de Peter como facas frias como gelo.

*Travamento central! Travamento central!*

O carro de Donald é razoavelmente novo, como o de Peter, e em algum lugar deve haver um botão que tranca por dentro todas as portas. Para o caso de roubo do veículo. Para o caso de um ataque zumbi. Afobados, os dedos de Peter adejam sobre o painel de instrumentos, procurando desesperadamente o símbolo correto. Ele olha para fora; não é hora de consultar o manual. Na expressão do rosto da figura cuja mão já está sobre o capô do carro não há vestígio de sanidade humana. Aqueles olhos transmitem apenas uma coisa: fome.

A mão fina em forma de garra arranha o metal; avançando para alcançar a maçaneta, o quadril da criatura bate no espelho retrovisor externo, que se dobra para dentro.

Dois botões. Um com um cadeado aberto, outro com um cadeado fechado. Peter aperta o do cadeado fechado e ouve o tranquilizador estalo surdo das quatro portas em uníssono. A criatura cutuca a porta, mas em vão.

Peter estava tão preocupado com o que vinha acontecendo à sua frente e dentro de sua cabeça que se esqueceu de um fato importantíssimo. Ele está sentado dentro de um carro. Um carro que pode ser ligado. Um carro que pode ser dirigi-do. Para longe das criaturas que agora o cercam, tentando encontrar uma forma de entrar.

Contudo, ele não se move. Agora que o perigo imediato passou e a onda de pânico em seu estômago arrefeceu, ele pode ver que, apesar de aterrorizantes, as criaturas não são fortes. Seus dedos ressequidos e queimados se debatem desajei-tados na lataria do carro ou se fecham em punhos cerrados, batendo debilmente nas janelas enquanto gritam e gritam.

*Elas são... pessoas?*

Uma delas escala o capô e se inclina na direção de Peter, que instintivamente recua. Elas se entreolham.

A criatura não tem mais individualidade que uma caveira. Tudo que lhe con-feriria personalidade foi consumido pelo fogo. As orelhas e o nariz não passam de restos carbonizados, e a pele parecida com pergaminho está esticada sobre as maçãs do rosto. Ela olha para Peter. E grita.

Quando a boca da figura se abre, Peter pode ver que um único músculo está mais ou menos intacto: a língua, obscenamente rosada em meio ao preto e mar-rom à medida que a criatura se aproxima ainda mais e grita. A maioria das pessoas passa pela vida sem jamais ouvir um grito como esse, felizmente, mas, em sua ex-pressão de dor insondável, ele é, não obstante, humano.

– O que vocês querem? – berra Peter. – O que vocês querem?

É obvio o que elas querem. Querem entrar no carro. Peter não tem intenção de permitir que isso aconteça, mas tem de dizer alguma coisa, algo que estabele-ça... contato humano. Ele não obtém resposta, mas de repente a criatura enrijece e olha por cima do ombro. As batidas e os rangidos de raspagem cessam.

Rapidamente escurece à medida que a nuvem se aproxima, e através do para-brisa Peter pode ver que a muralha negra à sua frente se tornou difusa e enevoada. Vinte metros à frente do carro a grama parece estar se movendo em sua direção. Com um salto a criatura desce do capô e seu grito muda de carac-terística, de dor para medo. Pelo retrovisor, Peter vê as quatro figuras correndo para longe do carro.

Somente quando o movimento na grama chega ao carro e a cerração se torna bruma é que Peter percebe o que é. Chuva. Uma pancada de chuva está caindo da nuvem preta, que agora cobre o céu de modo a torná-lo negro como a noite. Um segundo depois as gotas começam a chuviscar sobre a lataria do carro.

Os gritos ficam mais fracos, e Peter desliza os dedos pelo cabelo, coça a cabeça. Chuva. Pelos menos isso explica como a grama cresce, mas por que aquelas criaturas têm tanto medo dela? Certamente a chuva lhes traria alívio, as refrescaria?

Agora tudo está escuro, preto como piche, e Peter dá a partida para poder acender os faróis, mas a água que escorre sobre o para-brisa dificulta enxergar alguma coisa. Ele aciona os limpadores, e agora consegue ver algo que a luz do céu não revelou. Há uma trilha. Uma trilha que se estende da muralha de escuridão ao longo de toda a extensão do descampado, seguindo a rota que as criaturas tomaram ao fugir.

Uma fumaça sobe do para-brisa à medida que algum tipo de substância pegajosa parece evaporar. No movimento seguinte das palhetas dos limpadores, mais gosma; há um cheiro terrível saindo do ar-condicionado, e agora os limpadores fazem um guincho enquanto roçam o vidro para trás e para a frente.

*Tem alguma coisa na chuva. O que é?*

Peter abaixa a janela e põe a mão na escuridão, a palma da mão virada para cima. Gotas mornas pousam sobre sua pele e ele retira a mão, acende a luz interna.

– *Ai! Porra! Ai!*

A palma da sua mão está quente. E então começa a queimar. Não há sinal de fogo, mas é tão doloroso como se ele pusesse a mão sobre uma chama. As gotas de chuva penetraram sua pele, e ele sente o cheiro de carne queimando. Limpa a mão no assento, esfregando-a contra o tecido, mas a dor não diminui.

Algumas gotas borrifam no caixilho da janela e respingam no rosto de Peter, e segundos depois ele tem a sensação de que as maçãs do seu rosto estão ardendo em brasa. Ofegando, ele fecha a janela.

As palhetas dos limpadores ainda produzem um rangido estridente, e agora Peter percebe por quê. Não há mais palhetas. A borracha se desintegrou e foi corroída. Não é difícil entender por que as criaturas fugiram.

Peter examina sua mão; a dor aguda diminuiu, e em dois lugares a pele ficou branca em torno de uma ferida vermelha que tem um leve cheiro de acetona. Peter ainda sente pontadas lancinantes de dor, mas o processo parece ter sido interrompido.

*O que teria acontecido se eu deixasse a minha mão lá fora por mais tempo?*

Não é difícil deduzir. Basta olhar para os limpadores de para-brisa.

Ele se vira para olhar pela janela traseira, mas na escuridão não consegue mais avistar as criaturas queimadas. Talvez não o estivessem atacando, afinal. Será que estavam apenas procurando abrigo no interior do carro?

Está chovendo torrencialmente, mas a relva parece não ser afetada pela água que cai do céu. As lâminas de grama se envergam e tremulam como fariam num aguaceiro normal, mas não estão sendo carcomidas.

*Porque pertencem a este lugar.*

Peter não tem tempo para examinar mais minuciosamente esse pensamento, porque acaba de reparar em alguma coisa no capô do carro. Ele aperta a fronte e abaixa o quebra-sol a fim de proteger os olhos da luz interna e refleti-la para a frente. Ele estava certo.

– Puta que pariu!

O capô está cintilando com um bruxuleio intermitente, brilha como óleo na água. O revestimento da pintura dura como diamante começou a se dissolver e escorre através do metal em jorros borbulhantes; a luminescência dos faróis fica menos intensa à medida que eles vão sendo encobertos com a camada líquida.

– Porra!

Se a chuva tem a capacidade de dissolver a pintura da lataria, então não é absurdo supor que pode também corroer o metal. No momento Peter está confortavelmente sentado dentro do carro, numa boa, mas em cinco minutos ou cinco segundos talvez esteja sentado na porra de um escorredor de macarrão, com ácido escorrendo por todo o corpo até...

*Até me tornar um deles...*

Ele também não vai analisar esse pensamento agora. Vira a chave no contato, e ao mesmo tempo tem uma sensação de ardência na nuca. A chuva atravessou o teto solar de acrílico.

Enquanto engata o carro e dá um solavanco para a frente,

*Os pneus. Está tudo bem com os pneus?*

Peter se inclina para o lado, contorcendo o corpo para se desviar do vazamento. Ele dá guinadas no carro enquanto procura alguma coisa que possa usar para tapar o buraco. Não consegue enxergar coisa alguma, então abre o porta-luvas e pega o grosso manual de instruções.

Um par de gotas pousa sobre o ombro de Peter, que grita quando elas penetram queimando sua camisa e sua pele. Ele engata a segunda e pisa no acelerador, seguindo a trilha que leva para longe da escuridão, a mão apertando o manual contra o teto solar, que, sob a pressão, se deforma e se empena de modo alarmante, como se estivesse muito mais fino agora e a ponto de se romper.

Peter não sabe para onde está indo, e no momento isso não importa. Tudo que ele pode fazer é manter os olhos na trilha que leva para longe da escuridão, e rezar a Deus para que os pneus e os faróis aguentem pelo tempo necessário.

Mas ele se esqueceu de uma coisa. Não há Deus aqui.

Tudo que ele pode fazer é manter os olhos na trilha. Manter os olhos na trilha.


Stefan nunca gostou de ser o patrão. Ele gosta de ser dono do próprio negócio, mas jamais gostou de comandar outras pessoas. Durante os meses de verão, ele e Carina às vezes chegavam a ter cinco funcionários no supermercado, entre eles um par de adolescentes. Stefan não tem problema em organizar e delegar tarefas, mas ter de repreender os meninos porque estão passando tempo demais de bobeira no estoque é o fim da picada. Ser mandão, dar bronca nas pessoas. Para ser honesto, ele deixa esse tipo de coisa para Carina.

Entretanto, parece que ele vai ter de assumir as rédeas agora. Os objetos de ouro encontrados por Majvor criaram confusão e falta de foco. Há um bocado de conversas vagas, e a única sugestão concreta é feita por Carina, que acha que eles devem cavar uma latrina para que não precisem usar toda a água acionando a descarga. Infelizmente isso não resulta em ação direta, porque ninguém parece interessado em lidar com questões de longo prazo, então Stefan assume a responsabilidade e expressa em palavras o que todo mundo já sabe.

– Tudo bem – grita ele, batendo palmas. – Não temos ideia de quanto tempo vamos ficar aqui, e... – Emil está ao seu lado, então ele muda *talvez a gente morra aqui* para: – pode ser que demore bastante tempo. Precisamos agir com base nisso.

Stefan começa a fazer o que faz de melhor: organizar as tropas. Lennart e Olof ampliarão a horta e emprestarão uma pá a Emil e Carina, que cavarão uma latrina. O próprio Stefan vai continuar construindo sua torre para que consigam fazer telefonemas.

– E a Majvor...

A intenção de Stefan era pedir que ela ficasse com Isabelle, mas quando vê os olhos dela faiscando de expectativa diz: – Dê uma olhada na Isabelle, depois você poderia vasculhar o terreno um pouco mais para ver se encontra mais alguma coisa. É obviamente um dos seus talentos!

A despeito de seu pequeno discurso haver se baseado no pressuposto que teriam de ficar lá por um longo tempo, o ânimo do grupo está nitidamente elevado quando todos se dispersam para cuidar de suas tarefas.

As quatro figuras brancas tornaram-se parte da paisagem, paradas imóveis no meio do acampamento, mas ainda assim Stefan evita olhar para elas quando se dirige ao seu *trailer*. Elas lembram uma bomba que foi desarmada; ainda é uma bomba.

Ele está prestes a entrar e pegar uma chave de fenda para que possa desmontar o piso de madeira, mas decide, em primeiro lugar, checar os arredores. Peter deveria ter voltado há uma eternidade. Stefan escala até o teto do *trailer* e ouve um latido. O cachorrinho vem trotando através do descampado, acompanhado de uma gata. Donald está poucos metros atrás deles.

O grupo está a uma distância curta, e não há ambiguidade alguma com relação ao estado de espírito de Donald. O rosto dele está vermelho, as mãos agarradas à correia da espingarda enquanto ele avança cambaleando sobre as pernas rijas. Donald está furioso, e quando se aproxima do acampamento tira a arma do ombro. Stefan está prestes a descer quando avista algo além de Donald.

Nuvens negras começaram a se amontoar no horizonte. Elas se avolumam em segundos, movendo-se rapidamente na direção do acampamento. Stefan desce às pressas a escada e olha de relance na direção contrária. Nuvens negras estão se acumulando lá também, em disparada céu afora na direção do acampamento. Dois braços gigantescos, prontos para abraçá-los.

\* \* \*

Peter dirigiu até escapar da chuva corrosiva. O céu acima dele está novamente límpido e azul à medida que ele se aproxima por trás do grupo de criaturas distorcidas. É só então que percebe que ainda está pressionando com a mão direita o manual de instruções contra o teto solar e guiando com a esquerda. Tão logo abaixa lentamente o espesso volume, Peter constata que a chuva carcomeu o manual até praticamente abrir caminho através do papel.

Ele joga o manual de instruções no banco de passageiros e desacelera ao passar em meio aos restos de humanidade ambulantes. As criaturas o avistam e se viram na direção do carro com as mãos estendidas. Mas é um gesto indiferente, sem entusiasmo; poderia facilmente ser um pedido ou uma ameaça.

As criaturas são realmente uma visão lamentável, como refugiados de uma explosão nuclear ou sobreviventes de um incêndio. Nem mesmo essa imagem faz justiça à aparência. É como se tudo o que não é essencial para se mover adiante tivesse sido devorado pelo fogo, e nem mesmo as partes remanescentes estão intactas.

Graças a suas próprias lesões esportivas e ao seu trabalho como *personal trainer*, Peter está razoavelmente familiarizado com a estrutura muscular do corpo humano. Ele estudou ressonâncias magnéticas que mostravam de que forma tendões, nervos e ligamentos se conectam, e as criaturas que ele vê parecem uma exposição dessas imagens, ainda que incompletas e danificadas além da possibilidade de conserto. Alguns dos músculos foram queimados com tanta gravidade que o osso é visível além deles, e os poderosos ligamentos nas coxas foram reduzidos a retalhos que não deveriam ser capazes de transmitir força. É difícil compreender como as criaturas conseguem se mover, para começo de conversa, quanto mais correr.

As mãos estão estendidas porque as criaturas estão famintas, ou é um pedido de ajuda? Seja o que for, Peter não tem a menor intenção de ficar por perto para descobrir. As nuvens estão aumentando no retrovisor, e a necessidade de escapar sobrepuja todo o resto. Para longe da chuva corrosiva e letal.

Mas para onde ele pode ir?

*O descampado é infinito.*

O pensamento que não faz muito tempo lhe propiciava consolo parece uma zombaria agora. Se o descampado é infinito, então tudo que ele pode fazer é dirigir sem parar, até acabar a gasolina, depois se sentar e esperar que a nuvem o alcance.

Mas o descampado *não* é infinito. Termina onde a escuridão assume o domínio. Enquanto passa em meio às criaturas que correm, Peter coça a nuca, estremecendo de susto quando suas unhas identificam uma ferida. Ele move os dedos um milímetro e se coça de novo, examinando seu pensamento.

Se há um fim, então isso significa que o descampado não é infinito, mas se for o caso, que formato tem este lugar? Há uma ligeira curva no horizonte, mas trata-se de uma esfera ou meramente um... disco inclinado?

Ele se concentra em dirigir, porque avistou alguma coisa. A trilha que era tão claramente visível no facho dos faróis pode ser vista também sob o céu azul, agora que ele sabe que está lá. Na ausência de um plano alternativo, ele decide seguir a trilha, ao mesmo tempo em que evita ativamente qualquer especulação sobre a efetiva composição do descampado.

Ele está inclinando o corpo para a frente a fim de ligar o rádio quando o horizonte subitamente muda. Três retângulos longos e estreitos aparecem, e à medida que o carro avança eles ficam mais altos, até assumirem a forma de três *trailers*. A trilha leva diretamente ao acampamento.

Majvor entra no *trailer* e encontra Isabelle deitada na cama com as costas escoradas em diversos travesseiros, com os braços enfaixados dobrados sobre a barriga. Molly está colocando um *laptop* aberto na frente dela.

– Você está cuidando da sua mamãe? – pergunta Majvor. – Que boa menina. Às vezes as mães também precisam de cuidados.

– Eu sou uma boa menina, eu sou. Não sou uma boa menina, Mamãe? – diz Molly.

Isabelle meneia lentamente a cabeça, mas nada indica que ela saiba por que está assentindo. Seus olhos estão vazios e frios como dois lagos congelados, e se não tivesse sido pelo movimento de sua cabeça Majvor teria pensado que ela está morta.

– Como vai, querida? – pergunta Majvor, e Isabelle vira a cabeça na direção do som da voz. Um calafrio percorre a espinha de Majvor quando os olhares se encontram. Não há a mais ínfima centelha de vida nas duas esferas vítreas encaixadas no rosto danificado.

*O que aconteceu com ela?*

Quando Majvor estava tentando estancar o sangramento, Isabelle se mostrou confusa e pasmada, mas pelo menos isso era visível em seus olhos. Agora não há nada, e Majvor não sabe o que fazer. É um alívio quando ela ouve Benny latir; isso lhe dá a desculpa para ir lá fora a fim de ver o que está acontecendo.

Stefan dá um salto da escada na traseira de seu *trailer* enquanto Donald adentra o acampamento marchando, seguido pelo cachorro e pela gata, com a espingarda de prontidão como se estivesse numa caçada. A ideia de levá-lo para longe do acampamento foi dar-lhe tempo para se acalmar; parece que ele passou o período de isolamento fazendo exatamente o contrário.

– Pode parar bem aí, seu filho da puta – berra Donald, apontando a arma para Stefan, que obedece e levanta as mãos.

– Venham aqui fora, todos vocês! – troveja Donald, ameaçador. Sua voz é tão estrondosa que Benny e a gata fogem sorrateiramente para debaixo do *trailer* dos fazendeiros. – Saiam todos pra que eu possa ver vocês!

Majvor caminha na direção de Donald e ele dispara um tiro no ar, o que faz vibrarem as paredes metálicas dos *trailers*. Ela se detém. Por mais ridículo que o comportamento dele possa ser, não há como escapar do fato de que está segurando uma arma carregada. Ele já atirou nela antes, e pode fazer isso de novo.

Lennart e Olof deixam de lado a jardinagem e Carina sai do seu *trailer* com uma pá na mão. Ela faz sinal a Emil para que permaneça ali dentro.

– Então vocês acharam que podiam me descartar, me jogar fora feito a porra de um bode expiatório no deserto, é? – diz Donald, acenando o cano da espingarda para o grupo reunido. Quando chega a Harvey e às três encarnações de James Stewart, ele para, abre um sorriso desdenhoso e resmunga: – Ah, não. Vocês não podem me enganar. De jeito nenhum.

– Donald – arrisca-se Stefan, apontando para a esquerda e a direita. – Há nuvens negras...

– Isso é problema seu – interrompe Donald. – Vocês vão acabar se molhando. Porque vão trazer o meu *trailer* de volta.

O comentário de Stefan quebrou a concentração do grupo, e todos começam a olhar ao redor para verificar as nuvens, o que deixa Donald ainda mais furioso do que já estava.

– Vocês me ouviram! – urra ele. – Vocês vão trazer de volta o meu *trailer*, e depois vão consertar tudo, e cadê aquele filho da puta do Peter, aliás?

– Ele não voltou – responde Stefan, dando um passo à frente.

Donald abaixa a arma e dispara um tiro no chão um metro à frente de Stefan, o que o faz dar um salto para trás.

– Estou falando sério! – berra Donald. – Vamos logo, agora! Senão, que Deus me ajude, eu vou matar todos vocês, um a um.

Donald leva a arma até o ombro e faz mira em Stefan, que encolhe os ombros e levanta as mãos. Lennart pigarreia e diz: – Calma, Donald. Olof e eu vamos buscar seu *trailer*.

As nuvens estão maiores e se deslocaram mais para perto no curto período desde que surgiram.

– Todos vocês vão – insiste Donald, gesticulando na direção do Volvo dos fazendeiros. – Saiam daqui. E consertem o *trailer*.

Ao longo dos anos, Majvor desenvolveu uma gama de estratégias para lidar com as mudanças de humor de Donald, mas não tem experiência com o estado em que ele se encontra agora. O último recurso envolve repreendê-lo num tom de voz ríspido, mas ela não acha que isso ajudaria no momento, por isso vai com os demais na direção do surrado Volvo. A única pessoa que não sai do lugar é Carina.

– Eu não vou deixar o meu filho – diz ela.

– Ah, vai, sim – rebate Donald. – Caso contrário eu vou atirar em você.

Os lábios de Carina estão tremendo quando ela abaixa os braços. – Vá em frente, então, porque eu não vou deixar ele aqui.

Majvor não é capaz de prever o que pode acontecer, mas a expressão estressada de Donald e seus olhos injetados indicam que as coisas podem acabar realmente mal quando ele coloca o dedo no gatilho.

– Donald! – berra Majvor, e consegue distrair a atenção dele. Ela abre o sorriso mais doce que consegue e diz: – De qualquer forma, eu sou inútil. Não seria melhor eu ficar aqui e cuidar de você?

Os músculos em volta dos olhos de Donald se contraem e ele abaixa a arma. Apesar de sua insanidade, talvez não esteja pronto para atirar numa mulher desarmada; talvez precise dos cuidados e da atenção de Majvor. Qualquer que seja a razão, ele solta um muxoxo e diz: – Tá legal, sim. Mas o resto precisa ir agora!

Majvor olha para Carina e assente, num meneio tranquilizador que significa que ela vai cuidar de Emil enquanto os outros estiverem ausentes. Carina hesita por um par de segundos e depois retribui o aceno de cabeça antes de juntar-se ao restante do grupo.

Donald senta-se na cadeira dobrável e ajeita a espingarda sobre os joelhos, resmungando enquanto acompanha, através dos olhos apertados, os preparativos dos outros para a partida. Então ele repara em Majvor, que está de pé sozinha a alguns metros.

– Não fique aí parada feito uma idiota – diz ele, apontando para a geladeira. – Me traga uma cerveja.

O Volvo acabou de ser ligado quando todos ouvem o som de um outro motor aproximando-se do acampamento. Toda atividade cessa, e antes que alguém tenha a chance de reagir o Cherokee aparece, com Peter ao volante.

O carro para ao lado do Toyota e Peter desce às pressas. Sem saber o que está acontecendo, ele corre na direção do outro carro, aos berros: – A gente tem que cair fora daqui! Agora!

O plano é dar marcha a ré no Toyota e então engatar seu próprio *trailer*. Donald se pôs de pé, de arma nas mãos, e Majvor o conhece tão bem que, mesmo vendo-o de costas, é capaz de dizer que ele está sorrindo. Radiante, na verdade.


– Não mexa a porra de um músculo, Peter. Você está na minha mira. Mãos pra cima!

Um dos talentos de Peter como jogador de futebol era a capacidade de tomar uma decisão numa fração de segundo. Ele não perdia tempo fazendo firulas com a bola enquanto decidia como agir. Melhor fazer algo inesperado, correr grandes riscos, do que permitir que o outro time chegasse junto e roubasse a bola.

Pelo tom de voz de Donald ele pode ver que a coisa é séria; também sabe que Donald está com a arma. Seus olhos estão fixos no reboque, mas, pela voz do outro, é capaz de calcular mais ou menos qual é a posição exata de Donald. Peter decide em primeiro lugar erguer ligeiramente as mãos, para que assim o outro pense que ele está cooperando, então vai se jogar para debaixo do *trailer* e rolar para o outro lado. Depois disso, terá de improvisar. Se conseguir explicar a história das nuvens, talvez a situação mude.

Peter levanta a cabeça e começa a erguer as mãos. A seguir ele se enrijece, paralisado no meio do movimento. Há quatro pessoas paradas no meio do acampamento, encarando-o. Não, não são quatro pessoas; quatro versões da mesma pessoa. A versão final, que é a mais repugnante, é algo que ele jamais viu na realidade. O queixo de Peter cai e ele sussurra: – Papai?

Quando o pai de Peter saiu da cadeia, ficou sabendo que a mulher que ele havia maltratado tinha família grande, e os parentes dela não consideravam que a prisão fosse a melhor punição para um homem que batia em mulheres. Achavam que alguém que fazia esse tipo de coisa deveria ser amarrado numa árvore na floresta e obrigado a suportar uma série de ferimentos infligidos por uma tesoura de jardinagem. Em conclusão, o abusador de mulheres deveria ser castrado usando-se a mesma ferramenta, depois abandonado para sangrar até morrer. Essa era a opinião deles, que logo foi posta em prática e traduzida em ação.

Quando o pai de Peter foi encontrado, predadores já tinham começado a comer o tecido mole, e o órgão responsável pela concepção de Peter jamais foi encontrado. Restava pouca dúvida sobre quem tinha sido responsável pelo ataque, mas não havia evidências forenses, e os familiares providenciaram álibis perfeitos uns para os outros. O tribunal concluiu que uma pessoa ou um grupo de pessoas desconhecidas havia torturado o pai de Peter até a morte.

Peter já havia concluído que neste lugar Deus não existe. Também ponderou brevemente acerca da progressão natural desse pensamento: a noção de que este é *o único* lugar onde Deus não existe – o inferno, em outras palavras. Contudo, descartou essa ideia, por ridícula. Por que quatro famílias do mesmo acampamento seriam condenadas simultaneamente ao eterno tormento no inferno? A coisa simplesmente não fazia sentido.

Quando Peter olha para o meio do acampamento, a ideia parece bem menos ridícula. Se há uma pessoa em sua vida que merecia acabar no inferno é seu pai. E ali está ele. Quatro versões do mesmo homem.

Um é o monstro beberrão que quase matou a mãe de Peter, outro é o brutamontes cruel que destruiu o *trailer*, um terceiro emerge da primeira infância de Peter, antes de seu pai ter sido dominado pela bebedeira. Mas a figura que faz Peter se esquecer de seus planos é a quarta, a que ele jamais viu, mas imaginou inúmeras vezes.

Um homem nu com os cantos da boca rasgados formando um largo sorriso, o corpo flagelado e marcado com oito ou dez feridas abertas, e sem órgãos sexuais. Seu pai morto, exangue e limpo, mas ainda de pé.

Sem abaixar as mãos, Peter fecha os olhos, aperta-os com força. Quando os abre de novo, as figuras paternas ainda estão lá, mas Donald chegou mais perto. Majvor está atrás dele com uma lata de cerveja à mão, ao passo que Stefan, Carina e os fazendeiros produtores de leite estão descendo do Volvo. Nem sinal de Molly ou Isabelle.

Donald para a dez metros de Peter, coloca a arma no ombro e faz pontaria. – Agora você vai morrer, seu filho da puta.

Tudo que Peter pretendia fazer ou dizer desapareceu. Ele se dá conta de que Donald realmente tem a intenção de atirar nele, de que a sua hora chegou. Ele deve manter a calma. Respirar com tranquilidade, preparar-se.

Peter fecha os olhos mais uma vez, respira fundo e pensa na escuridão, no cheiro de sabonete líquido e desinfetante. Pensa em *Anette*, transforma todos os seus sentidos em um falo e penetra a doçura dela. E então Donald dispara.


Não é que Donald odeie Peter. Na verdade não. Mas, porque Peter fez o que fez, Donald não tem outra opção a não ser atirar nele. No mundo real ele não agiria dessa forma – não quer acabar na cadeia, afinal –, mas neste mundo falso, neste simulacro de mundo, é a única coisa que ele pode fazer.

Uma das principais características de Donald é a sua capacidade de guardar rancor. Ele tem plena consciência disso, a bem da verdade costuma se gabar disso. "Vou te dizer uma coisa, tenho uma memória comprida, de elefante."

Se alguém comete uma injustiça com Donald ou lhe faz algum mal ou lhe causa algum prejuízo, Donald literalmente não mede esforços para reequilibrar a balança, de preferência fazendo algo ainda pior para quem errou contra ele.

Por exemplo, o atacadista que vendeu a Donald um enorme carregamento de madeira não tratada a um bom preço, porque supostamente estava fechando as portas de sua empresa e mudaria para a Costa del Sol, na Espanha. Oitenta mil coroas jogadas fora; o carregamento inteiro estava infestado de caruncho, depois de passar anos e anos guardado num depósito sem ventilação. Madeira imprestável, lenha.

Donald esperou o momento propício, tomou providências para ficar de olho na pessoa em questão. Um par de anos depois, como a pessoa não voltou a colocar os pés na Suécia, Donald dedicou uma considerável quantidade de tempo a entrar em contato com as pessoas certas, e depois pagou alguns sujeitos para fazer algumas visitinhas ao antigo atacadista.

Três capangas foram temporariamente contratados para destruir o jardim do sujeito, riscar seu carro, atear fogo ao galpão do jardim e arrombar a casa em uma ou duas ocasiões. Nada de grande monta, mas, uma vez que os incidentes se estenderam por um longo período de meses, tiveram um significativo impacto sobre a paz de espírito do homem.

Por fim Donald enviou ao antigo atacadista um cartão-postal. "Espero que você esteja muito feliz em sua casa, e que as coisas estejam indo bem. Tudo de bom, Donald". Afinal de contas, de nada adiantava fazer tudo aquilo se o cara não *soubesse*.

Como resultado o homem ligou a Donald, chorando e prometendo que devolveria o dinheiro da madeira se, pelo amor de Deus, Donald pusesse um fim àquilo. Donald disse que não fazia ideia acerca do que o homem estava falando, mas aceitaria de bom grado o dinheiro, já que o carregamento de madeira tinha sido realmente uma porcaria.

Donald não fez o que fez pelo dinheiro, mas não seria um bom homem de negócios se recusasse oitenta mil coroas. Essa quantia pelo menos cobria as despesas que ele empregou para desestruturar emocionalmente o filho da puta, mas a coisa importante era a vitória em si, o fato de que o atacadista se viu lá sentado tremendo nas bases, morrendo de medo no calor da Costa del Sol, concluindo que ninguém escapa impune depois de roubar Donald Gustaffson.

Essas medidas não são uma opção no caso de Peter. Ele arrastou Donald feito um cão, arruinou seu *trailer* e roubou seu carro. O Homem Ensanguentado ficou branco quando Donald atirou nele, a máscara se desintegrou. O que acontecerá a essa criatura de fantasia chamada Peter? Há somente uma maneira de descobrir.

Donald fecha um olho e alinha os retículos da mira com o centro da testa de Peter. Pressiona o gatilho e respira fundo para firmar as mãos.

Uma chama amarela irrompe na sua nuca, ele ouve um som sibilante, e a arma dispara.

\* \* \*

Vamos lá, Majvor. Vamos lá.

Os músculos da coxa de Stefan estão tensionados, seu corpo inclinado para a frente enquanto ele se prepara para correr. Não teve tempo para refletir sobre se tem a audácia, mas talvez seu novo papel de líder tenha lhe dado a coragem extra de que necessita.

Foi para ele que Majvor olhou. Quando Donald caminhou na direção de Peter, Majvor foi atrás dele com uma lata fechada de cerveja na mão. Quando ficou claro que Donald realmente pretendia atirar em Peter, Majvor levantou a cerveja, apontou para a cabeça de Donald, depois olhou para Stefan. Stefan, ninguém mais. Ele engoliu em seco e meneou a cabeça. E se preparou para sair em disparada.

– Você está na minha mira.

Donald apoia no ombro a coronha da espingarda e encosta nela a bochecha. Seu dedo está no gatilho.

*Vamos lá, Majvor. Não erre.*

Majvor provavelmente tinha a intenção de golpear com a lata a cabeça de Donald, mas de repente isso é algo urgente, e ela tem de agir rápido. Está a apenas dois metros de Donald quando levanta o braço acima da altura do ombro e arremessa a lata com força inesperada. A latinha voa através do ar como uma listra vermelha e branca e atinge a parte de trás da cabeça de Donald.

Stefan estava tão concentrado em adotar a posição correta para a sua corrida que parece a coisa mais lógica do mundo que ouça um tiro de largada no momento em que parte impetuosamente na direção de Donald, numa investida cuja intenção é arrancar-lhe a espingarda.

A lata acertou Donald numa pancada oblíqua, em ângulo; quica para cima e para a frente no topo da cabeça dele, depois na frente do rosto. Ao mesmo tempo a lata se abre e ouve-se um silvo quando um jorro de Budweiser esguicha sobre o rosto e o peito de Donald numa cascata branca e espumante.

A lata atinge o chão e continua a esguichar, encharcando os pés de Donald. Se ele se virar para saber quem a arremessou, verá Stefan, mas felizmente olha primeiro para baixo, para o projétil, e, quando se inclina à frente para dar uma olhada melhor no objeto sibilante e borbulhante a seus pés, Stefan alcança seu objetivo.

Mais uma vez ele se surpreende. Sua intenção era apoderar-se da arma, e ele se imaginara passando como um raio e agarrando a espingarda. Em vez disso, Stefan se detém de repente bem ao lado de Donald. Sem o menor senso particular de urgência, como se estivesse tomando de um adolescente ladrão de lojas todos os objetos por ele furtados, ele pega a arma da mão de Donald e diz: – Tudo bem.

A reação de Donald não é diferente do comportamento da lata de cerveja. Como se uma válvula tivesse sido aberta, liberando parte da pressão interna, os ombros de Donald caem, e com cerveja escorrendo pelo rosto ele olha para a arma, para Majvor e para Stefan e diz, num fiapo de voz: – Mas que... porra?

Não há nada que leve a crer que Peter foi atingido; ele está lá parado, boquiaberto, olhando embasbacado para as quatro figuras brancas.

– Peter! – berra Stefan, afastando-se de Donald com a arma erguida. – Peter!

Stefan não sabe o que Peter vê quando olha para as figuras, mas, a julgar por sua expressão, é algo aterrorizante. Stefan aponta o cano da arma para Donald, mas percebe que é somente a euforia pela vitória na batalha que o levou a fazer isso. Sem a espingarda, Donald é só um velho zangado. Stefan abaixa a arma e caminha na direção de Peter, obscurecendo sua visão das figuras.

– Peter?

Peter não está *completamente* desconectado da realidade. – Meu pai – diz ele. – Meu pai está morto. Então como ele... como...

Stefan joga a correia da arma por cima dos braços de modo a poder pousar os dois braços sobre os ombros de Peter. Quando Peter tenta mover a cabeça para o lado a fim de olhar para as figuras, Stefan coloca as mãos nas maçãs do rosto dele, impedindo-o de mexer a cabeça, e um fita o outro.

– Peter, me escute. Aquilo não é o seu pai. Aquelas figuras estão apenas fingindo ser uma coisa qualquer que nos assusta, pra que... sangue seja derramado. Você me entendeu? Elas *não* são seu pai, nem o que quer que seja. São apenas... nada.

Peter abandona a tentativa de virar a cabeça, e Stefan tira as mãos. Depois Peter toma um susto, como se tivesse acabado de se lembrar de alguma coisa.

– Nuvens – diz ele. – Tem nuvens vindo.

– Eu sei, eu vi.

– Alguma coisa cai das nuvens, alguma coisa corrosiva. Come metal, destrói tudo. A gente tem de ir embora daqui, agora. – Peter aponta na direção oposta àquela de onde ele veio, depois volta de novo suas atenções para a barra do reboque.

– Não adianta ir pra aquele lado – diz Stefan. – Há nuvens vindo de lá também.

Peter usa as mãos para pressionar as têmporas. – Porra, Stefan, a coisa corrói *tudo*, e tem...

Ele fica em silêncio. Escuta. Stefan pode ouvir também. Gritos de dor em vários tons estão vindo do descampado, de ambas as direções. E estão chegando mais perto.


– Já se acalmou, Donald? Está mais calmo agora?

Por mais que tudo esteja uma loucura, Majvor não pode negar que encontra certa dose de satisfação na situação atual. Ela sempre teve de lidar sozinha com as imprevisíveis mudanças de humor de Donald, pisando em ovos em meio ao campo minado da natureza instável e caprichosa dele. Agora pelo menos ela tem ajuda.

Lennart e Olof permaneceram com Majvor a fim de ficar de olho – ou melhor, seis olhos – em Donald, que parece tudo menos calmo agora que o choque inicial passou. Donald fecha a cara e parte na direção de Stefan, resmungando alguma coisa sobre sua arma, mas é detido por Olof e Lennart, que agarram seus braços e o imobilizam.

– Para com isso, Donald! – diz Lennart. – Você não pode sair por aí *atirando* nas pessoas. Pelo amor de Deus!

Donald se debate e se contorce tentando se desvencilhar do aperto, aos berros. – Me soltem, suas bichas filhas da puta que trepam com vacas!

– Você está nervoso demais. Não podemos tolerar você nesse estado.

– Então o que vocês vão fazer? Atirar em mim? Então vão em frente, atirem em mim do mesmo jeito que vocês atiram nas suas malditas vacas depois que acabam de trepar com elas!

Olof olha para Majvor, que cora de vergonha. Donald pode ser boca suja, mas em geral não chega tão longe. Ele é marido dela, afinal de contas, por isso ela sente culpa por tabela quando ele é desbocado e diz essas coisas tão horríveis para Lennart e Olof, que ela considera dois homens bons e decentes.

– Cala a boca, Donald! – diz ela, e talvez sejam os comentários de mau gosto do marido que a levam a acrescentar: – Cala essa boca!

Donald arregala os olhos, e, diante dessa reprimenda extraordinariamente feroz, fica em silêncio. Ele dá um solavanco no corpo, tentando escapar de Lennart e Olof, mas sem sucesso. Lennart suspira e meneia a cabeça na direção do bolso de seu macacão.

– Majvor, tenho um rolo de fita adesiva aqui.

Majvor já viu filmes suficientes para saber o que ele quer dizer. Lennart e Olof torcem os braços de Donald atrás das costas dele para que Majvor possa enrolar a fita em volta dos pulsos do marido enquanto diz: – Na verdade eu não quero fazer isto, Donald, mas você está se comportando feito um maluco agora. Assim que se acalmar a gente solta você.

Ela suspira, rasga um grande pedaço de fita adesiva e dá um tapinha de leve nas costas dele. – Meu Deus, que confusão.

Independentemente do comportamento de Donald, isso parece errado. A história com a lata de cerveja foi um mal necessário, uma medida emergencial, mas agora ela atou os pulsos dele com fita adesiva, agindo com fria deliberação. Uma pessoa simplesmente *não faz* isso com o marido. Ela dá a volta e se posta na frente dele para que possa olhar diretamente em seus olhos e dizer: – Querido, eu sei que tudo isto tem sido terrível pra você, que você está confuso. Quero apenas evitar que você faça alguma coisa de que possa se arrepender. Entende?

Donald meneia a cabeça, e Majvor sente uma fagulha de esperança; talvez ele esteja começando a recobrar o juízo. Depois ele olha para Lennart e abre um sorriso perverso.

– Ah, eu entendo. O fazendeiro quer uma esposa. É um dos seus programas de TV favoritos. Então agora você arranjou uma boceta molhada, que está com a esperança de dar uma chupada no pau do fazendeiro, hum... hum... delícia...

Donald não consegue ir adiante; Majvor rasga uma larga tira de fita adesiva e cola sobre a boca dele. Isso não parece errado. Nem um pouco.

O rosto de Donald fica vermelho-vivo à medida que ele tenta prosseguir com suas imprecações abafadas, felizmente ininteligíveis. A cor do rosto de Majvor não está muito menos afogueada quando ela se vira para Lennart e Olof a fim de pedir desculpas pelo marido.

Os dois homens viram a cabeça de um lado para o outro como se estivessem de ouvidos alerta, firmemente compenetrados. Agora que Donald foi mais ou menos silenciado, eles podem escutar outra coisa. O som de gritaria, como se alguém em algum lugar estivesse padecendo de dores atrozes, e um leve odor de... comida frita. Majvor fareja. Comida frita e outra *coisa*.

*Enxofre.*

Fogo e enxofre. Majvor olha ao redor, e o que ela vê se aproximando desde o descampado torna a associação ainda mais forte.

*Deus tenha misericórdia de nós, pecadores.*


Carina entra no *trailer*, pronta para consolar Emil. Ele devia ter testemunhado a terrível cena com Donald, e como seu pai arriscou a vida – coisas que eles jamais permitiriam que ele visse num filme, por exemplo.

Mas Emil não está onde ela esperava encontrá-lo, colado à janela com vista para o meio do descampado. Em vez disso, está ajoelhado no sofá, olhando pela janela do outro lado. Os punhos dele estão cerrados, seu corpo está tenso.

– Você não precisa mais ter medo, querido – Carina começa a dizer.

– Olha, Mamãe!

Carina se senta ao lado dele, afaga a cabeça do menino. Depois olha pela janela.

A primeira coisa que ela vê são nuvens de chuva que cobrem quase todo o seu campo de visão, e pensa, *Lindo*. O imutável céu azul a deixou inquieta, e contribuiu com seus pensamentos sobre desaparecer. As nuvens são algo diferente, e significam também água, vida. Depois ela abaixa o olhar.

Sua mente tenta encontrar uma explicação para o que está vendo, e seu primeiro pensamento são os corredores de maratona. Homens negros e magros cujos corpos parecem ser feitos exclusivamente de músculos e tendões. Um grupo de maratonistas vem se aproximando desde o descampado, mas há algo errado com sua técnica. Ele estão pelejando, fazendo força, jogando-se para a frente numa série de movimentos espasmódicos, como se as partes que compõem seus esqueletos estivessem encaixadas de forma inadequada. Ela ouve os gritos, e quando chegam mais perto pode ver com mais clareza seus corpos. Se isso é uma corrida, então a largada foi no reino dos mortos.

– Zumbis, Mamãe!

Carina não faz ideia do que são essas criaturas desconjuntadas, mas de uma coisa ela sabe: não podem deixar que elas entrem no *trailer*.

– Fique aqui, querido – diz Carina, e assim que se põe de pé vê a fortaleza de Lego. As quatro muralhas, os três cavaleiros.

*Com paredes espessas pra conseguir resistir ao ataque. A porta é o ponto mais fraco. Existe alguma maior que se alimenta de sangue?*

De alguma forma, Emil sabia o tempo todo. O que mais ele disse? Algo sobre alguma coisa que se alimenta de sangue, mas o que foi? Não há tempo para perguntar agora; ela tem de encontrar Stefan.

Quando ela chega ao vão da porta, vê o marido parado no meio do descampado, segurando a espingarda acima da cabeça, como se estivesse vadeando um rio. Antes que ela possa dizer alguma coisa, ele berra: – Escutem, todos! Precisamos entrar nos *trailers*! A chuva contém algum tipo de ácido corrosivo. Precisamos buscar abrigo!

Carina recua para deixar Stefan entrar. Ele segura a arma numa das mãos, e com a outra fecha e tranca a porta atrás de si.

– Como estão vocês dois? Estão bem?

Stefan é essencialmente uma pessoa muito calma, e é preciso um bocado de coisas para irritá-lo. Certa feita um caminhão desgovernado arrancou uma bomba de gasolina de um posto em frente ao supermercado, e milhares de litros de combustível jorraram para o estacionamento. Bastava uma fagulha para que o ICA de Ålviken fosse pelos ares e se transformasse numa mera lembrança. Stefan assumiu as rédeas da situação e coordenou a evacuação, isolou a área com um cordão e ligou para os serviços de emergência. No fim das contas a história teve final feliz, mas foi a única vez que Carina viu Stefan realmente estressado.

Até agora; isto aqui é muito pior. A voz dele tem um tom metálico, e seus olhos dardejam de um lado para o outro dentro do *trailer* enquanto ele brande a espingarda. Carina deixa momentaneamente de lado seus próprios temores para envolver com os braços o corpo trêmulo de Stefan. – Você é o meu herói. É a pessoa mais corajosa que eu conheço. Eu te amo.

O tremor dele se abranda um pouco, e Stefan respira fundo e depois solta o ar num longo suspiro. Ele coloca a arma sobre a bancada e retribui o abraço.

– Obrigado – murmura ele dentro dos cabelos dela.

Emil se espreme no meio dos dois para se juntar ao abraço. Com a cabeça entre a barriga do pai e a da mãe, o menino diz numa voz entrecortada: – Eles estão aqui agora.

Ouve-se um estrondo, e o *trailer* estremece quando o primeiro maratonista cruza a linha.

Peter desistiu. Enquanto dirigia na direção do acampamento, seu plano de ação estava claro em sua mente: enganchar o *trailer* e fugir para longe das nuvens. Agora ficou evidente que as nuvens estão vindo dos dois lados, e a sua cabeça está vazia. Tudo que ele pode fazer é se sentar e esperar. Que os outros façam suas orações, se assim quiserem.

Antes de entrar no *trailer*, ele olha ao redor. Stefan acaba de fechar a porta com estrondo atrás de si, ao passo que os dois fazendeiros conduzem Donald para dentro do *trailer* da dupla, seguidos por Majvor. As quatro versões de seu pai ainda estão paradas no meio do acampamento, olhando fixamente em diferentes direções.

– Eu odeio vocês – diz Peter a elas. – Eu sei que não é você, mas se eu tivesse uma arma atiraria em você. E em você. E em você. – Ele olha para a última figura, a versão mais afetuosa de sua infância. – E em você.

Agora as nuvens estão tão próximas que são visíveis acima do teto do *trailer*. Peter meneia a cabeça para os quatro pais. – Espero que vocês queimem.

Peter entra no *trailer*, verificando que Isabelle e Molly já estão lá. Fecha a porta atrás de si, e assim que vira a tranca *vê* o que acabou de ver, a medonha visão de Isabelle, sentada na cama com o *laptop* dele aberto à sua frente.

– Mas que merda você *fez*?

O rosto de Isabelle está tão inchado que ela está praticamente irreconhecível, e há pedaços de sangue ressecado sobre suas bochechas e seu queixo. Os dois braços estão envolvidos em fita adesiva, e um fio rosado de saliva está pendurado no canto da boca, a caminho do teclado do *laptop*.

– Oi, Papai! – diz Molly. – Estamos vendo um filme!

Os gritos cada vez mais próximos das criaturas do lado de fora do *trailer* misturam-se aos ruídos similares que saem do alto-falante do computador. Peter senta-se na cama e vira o computador de modo a ver a tela.

Uma mulher está presa numa armação metálica suspensa enquanto um homem a esfola viva, no rosto dele uma expressão impassível. A mulher grita sem parar, ao passo que o homem usa um bisturi para remover mais uma lasca de pele, deixando à mostra carne vermelha e reluzente. Ele joga o naco de pele dentro de uma tigela de metal, olha dentro dos olhos da mulher, que estão histéricos de pavor, e a seguir começa a arrancar mais um bocado.

– É *brilhante*! – diz Molly, batendo palmas. – Venha ver com a gente, Papai!

Peter sentiu na pele uma gama de emoções no decorrer das últimas horas, muitas sensações oscilaram em ondas dentro de seu corpo, mas somente agora ele toma conhecimento do espectro completo: ele se sente doente. A bile vem à tona em sua garganta enquanto ele olha para o rosto distorcido de Isabelle, a mulher martirizada na tela e o sorriso radiante de Molly.

*Doentio, isso é... doentio.*

O céu lá fora escurece, e a luz da tela bruxuleia em tons nauseantes de azul e verde sobre sua esposa e sua filha. Cobrindo a boca com a mão, Peter se levanta da cama no exato instante em que uma das criaturas chega ao *trailer* e começa a bater as mãos contra o metal. Peter salta e dá um passo para trás enquanto os dedos em formato de garras arranham a janela.

– Nãããããão, por favor, Deus, nãããããão!

Por um momento ele julga que os gritos inarticulados das criaturas se transformaram em palavras em inglês. Por fim ele compreende, vai para o outro lado da cama e fecha com violência o *laptop*. Agarra o computador e o coloca na prateleira mais alta da cozinha.

– Papai, não!

– Molly, não é pra você assistir a esse tipo de coisa.

– Mas eu *amo* esse tipo de coisa!

Peter olha pela janela. Já não há sinal algum da criatura queimada, e ele tampouco escuta o som de dedos arranhando metal e vidro na tentativa de entrar no *trailer*. A cinquenta metros de distância uma onda passa através da grama à medida que a cortina de chuva se aproxima. Quarenta metros. Trinta.

Não há nada que ele possa fazer. A náusea diminui; as vozes internas que o instigavam a correr, a fazer alguma coisa, a pensar em alguma coisa silenciam.

Lentamente ele afunda na cama. Há somente uma coisa que ele gostaria de saber antes que tudo acabe.

– Molly – diz, e sua filha olha para ele, com expressão carrancuda. – O que exatamente *é* você?

O mau humor desaparece e o rosto de Molly se altera quando ela se apruma. É como se ela já estivesse esperando havia muito tempo essa pergunta.

– Você não sabe, Papai?

– Não, Molly. Eu não sei.

Molly olha para o rosto arruinado da mãe a fim de checar se ela está ouvindo, mas Isabelle está perdida, o olhar fixo voltado para dentro de si mesma. Molly dá passos arrastados para chegar mais perto de Peter e sussurra:

– Eu sou um chafariz de sangue em forma de menina.

E então a chuva desaba sobre eles.


Benny não gosta do que rastejou para debaixo do *trailer* a fim de se juntar a ele e Gata. Seja lá o que for, não gosta nem um pouco. A coisa tem um cheiro meio de fogueira, não é nem Ele nem Ela, e Benny late na esperança de que a coisa vá embora. Gata deve ser da mesma opinião, porque emite um sibilo e se faz enorme.

Benny gostaria de também ser capaz de ficar enorme, igualzinho a um daqueles Cachorros dos quais as pessoas morrem de medo, porque a coisa que tem cheiro de fogueira não dá a mínima para o barulho que ele e Gata estão fazendo, mas simplesmente avança e chega mais perto como se quisesse agarrar Benny.

Alguns segundos atrás eles poderiam ter corrido para outro *trailer*, mas isso não é mais possível; está chovendo, e basta farejar a chuva para perceber que, se uma gota te tocar, você será um cachorro morto. Eles são forçados a ficar com a criaturadefogo.

Benny e Gata recuam arrastando as patas, latindo e silvando. A criaturadefogo tem um barulho também, um ruído horrível igualzinho a quando Ele ou Ela se machucam gravemente, e faz esse barulho o tempo todo, como se estivesse constantemente se machucando.

Benny e Gata chegaram à extremidade do *trailer*; não há mais lugar algum para onde ir. Benny espia e vê que os quatro Netos grandes ainda estão lá parados. Chove forte sobre eles, mas eles não estão mortos. Benny está tão preocupado com essa visão que não tem tempo de reagir quando a criaturadefogo agarra sua coleira.

O latido se converte em uivo quando Benny começa a ser arrastado pela grama na direção da boca da criaturadefogo. Ele vê os dentes dela. Dentes compridos e brancos, reluzindo na escuridão. As unhas de Benny raspam e deslizam na grama sem encontrar ponto de apoio, e ele geme de terror quando os dentes se separam e a boca se escancara, prontos para morder sua garganta.

Então ele avista pelo canto do olho uma listra alaranjada. A pelagem de Gata faz cócegas em seu focinho e Gata crava os dentinhos afiados na mão da criaturadefogo. Gata agora está tão grande que mal consegue se acomodar debaixo do *trailer*, e seus olhos estão enfurecidos.

A criaturadefogo ataca Gata, golpeando as costas dela, mas ela se recusa a soltar sua mão. Ao mesmo tempo Gata estica as garras e arranha os olhos da criaturadefogo.

O barulho que a criaturadefogo está fazendo aumenta e ela solta Benny, que aproveita a oportunidade para morder a outra mão. Mais barulho. Então a criaturadefogo bate em retirada para a outra ponta do *trailer* e lá se deita de barriga no chão. Ainda está olhando faminta para Benny e Gata, mas não ousa se aproximar. Benny e Gata voltam para o seu próprio lado. Há sangue no pelo do dorso de Gata. Benny cutuca Gata na barriga e ela se deita, e Benny começa a lamber as feridas dela.

O aguaceiro está fustigando o teto do *trailer* de Lennart e Olof e eles ouvem latidos debaixo do piso. Latidos, sibilos e gritos que parecem vir de uma pessoa em agonia. Majvor cobre as orelhas com as mãos. Donald está no sofá, ainda pelejando para se livrar do domínio de Lennart. O lampião de parafina que eles acenderam e colocaram sobre a mesa cambaleia e quase cai.

– Quer parar, por favor? – ruge Lennart. – As coisas já não estão suficientemente ruins?

Olof olha para o chão e diz: – Maud. A Maud está lá embaixo.

– Sim – concorda Lennart. – Acho que está.

O latido se converte em uivo e depois em terrível ganido, o sibilo de Maud se intensifica e Olof faz uma careta. – Não consigo ouvir isso. – Ele se levanta e caminha na direção da porta. – Eu vou...

– Olof, não ouviu o que Stefan disse?

Olof fuça nas alças de seu macacão e olha pela janela, onde gotas grossas deslizam vidro abaixo em contraste com a escuridão como pano de fundo. – Sim, mas isso não faz sentido.

– E o que exatamente fez sentido neste lugar? Pelo menos teste primeiro.

O som de luta sob o *trailer* cessa, e Olof pega uma revista de palavras cruzadas com uma caricatura do cantor pop Måns Zelmerlöw na capa. Ele abre a janela apenas um par de centímetros, coloca a revista para fora durante alguns segundos e depois a puxa de volta.

A capa está fumegando e o rosto de Zelmerlöw desintegra-se, revelando palavras cruzadas completadas que também se dissolvem até que a revista fica perfurada por diversos buracos. Donald se arremessa de um lado para o outro, berrando alguma coisa sob a fita adesiva. Lennart o empurra.

– Tá legal – diz ele. – Já chega. Você acha que tudo isto é um sonho que você está tendo, certo?

Donald estreita os olhos e fita Lennart, depois meneia a cabeça.

– Certo, e nem eu nem mais ninguém somos capazes de fazer ou dizer qualquer coisa para convencer você de que não se trata disso, porque aí você simplesmente presume que é parte do seu sonho?

Donald diz alguma coisa, mas quando percebe que ninguém é capaz de compreendê-lo meneia novamente a cabeça.

– Tudo bem. Escute. Existiu um filósofo que disse: *"Penso, logo existo"*.

– Descartes – diz Olof. – Apareceu ontem. Nas palavras cruzadas.

– É isso, Descartes. E você *pensa*... não é, Donald? Aí sentado me encarando bem agora com olhos arregalados, você consegue *pensar*, não consegue? – Lennart prossegue sem esperar a resposta de Donald. – Ora, eu não sou nenhum filósofo, e posso não ser muito bom em colocar as coisas em palavras, mas nem você é, então...

Majvor tirou as mãos de cima das orelhas e está inclinada para a frente com seus olhos nos lábios de Lennart, como se ela não quisesse perder uma palavra.

– Estamos todos aqui – diz Lennart. – Neste lugar, neste lugar... bizarro. E você está andando por aqui, Donald. E você está *pensando*. Então é aqui que está a sua cabeça. Independentemente da sua opinião, significa que *você está* aqui também. Assim como nós. Pensando. Entende o que eu estou dizendo?

Os olhos de Donald se agitam de um lado para o outro, e parece que ele está fazendo uso da faculdade que Lennart acabou de lhe atribuir: ele está pensando. Então ele assente mais uma vez.

– Bom. Nesse caso eu vou tirar a fita da sua boca, porque pra ser sincero isso é simplesmente ridículo.

Delicadamente Lennart puxa a fita; Donald geme, porque a fita aderiu à sua barba por fazer. Ele lambe os lábios grudentos e diz: – As mãos também.

– Em primeiro lugar preciso ouvir que você entende – diz Lennart.

– Eu entendo. Eu entendo que você está falando um monte de merda.

Lennart fecha os olhos e arqueia os ombros. Ele se põe de pé e Donald, incapaz de usar as mãos, desajeitadamente faz o mesmo. Lennart abre uma gaveta, pega uma faca serrilhada e corta a fita que amarra os punhos de Donald. Depois ele se recosta e acena na direção da porta.

– Fique à vontade, Donald. Você viu o que aconteceu com a revista, mas se isto tudo é um sonho então você não corre perigo, porque é impossível morrer em sonhos, pelo que ouvi dizer. Vai nessa.

Há diversos trechos enferrujados no velho *trailer*, lugares onde a corrosão começou a carcomer o metal. Até agora não há buracos, mas um dos piores lugares fica logo acima da porta. Quando Donald põe uma das mãos na maçaneta, a chuva entra e algumas gotas pousam sobre sua careca. Ele passa a mão na cabeça, seu rosto se enruga e ele solta um grito enquanto esfrega com ambas as mãos a área afetada.

– Ai. Ai, ai, porra. Está queimando... Ai!

Ele corre para a pia e abre a torneira para lavar a cabeça com água fria; enquanto isso, Lennart, Olof e Majvor aproximam-se entre si e confabulam.

– O que vamos fazer? – pergunta Majvor, olhando de relance para um trecho de ferrugem acima da mesa, onde uma única gota de chuva está prestes a cair. Ela se avoluma lentamente, se liberta e aterrissa sobre o tampo laminado da mesa, onde deixa uma pequena e sibilante cratera. Majvor não consegue tirar os olhos dela.

*Fogo e enxofre do céu.*

Eles não vão sair vivos desta; é inútil continuar fingindo. Quando Lennart e Olof se põem de pé, Majvor junta as mãos, fecha os olhos e começa a rezar.

Ela conhece uma porção de orações, tanto as aprovadas pela Igreja quanto as que ela mesma inventa. A maioria é dirigida a Deus, o Pai, o criador dos céus e da terra. Mas em épocas realmente atribuladas, como na ocasião em que ela estava grávida de Albert e achou que corria o risco de perder o bebê, a seu ver não é Deus quem está mais próximo dela.

Não, quando a escuridão cai e ela sente que não resta esperança, então Deus é – perdoe o pensamento blasfemo – meramente um juiz onipotente, um homem em meio a outros homens, e a única que é capaz de compreendê-la é outra mulher, outra mãe: a Virgem Maria.

Há um estrépito quando alguma coisa na cozinha se solta. Majvor concentra-se no ilimitado espaço interior em que Maria abrirá os braços para recebê-la.

– Santa Maria, Mãe de Deus – murmura Majvor. – Ajudai-nos em nosso momento de aflição e perdoai os nossos pecados que são tão inumeráveis como os grãos de areia na praia. Mostrai-nos o caminho para sair deste... inferno.

Majvor apura os ouvidos, mas tudo que ela consegue escutar são os sons externos de madeira sendo torcida e se quebrando.

– Onde está a senhora? – sussurra ela. – Mãe Maria, onde está a senhora?

Nada. Absolutamente nada.

Até agora tudo foi de alguma forma suportável. Majvor sabia o tempo todo que, se sua aflição se tornar grande demais, basta rezar com devoção sincera do fundo do coração, e a resposta virá. Sempre vem. Mas não desta vez. Majvor não tem a quem recorrer, e a profundidade de seu isolamento faz algo com ela. Algo decisivo.


– Preciso das almofadas também! E dos tapetes!

Stefan está de pé na escadinha retrátil, enfiando coisas feitas de tecido no nicho entre o teto e o telhado – espaço que fazia as vezes de beliche de Emil –, enquanto Carina vai lhe passando itens como colchas, lençóis, cortinas. A única esperança dos dois é que a chuva corrosiva seja um fenômeno temporário, e o nicho lhes dá a chance de criar uma camada de isolamento acima da mesa da cozinha, o que deve ao menos lhes propiciar alguns minutos extras.

Embora na verdade Stefan não tenha se recuperado do incidente com Donald, ele já foi jogado para dentro de um novo ciclo em que vidas, as deles, estão em risco. Sente-se como um personagem do Nintendo de Emil, um Coelho Louco. Suas mãos dão a impressão de que não estão coladas ao seu corpo, mas sim vivendo uma vida própria em que realizam as ações necessárias enquanto outra pessoa opera os controles. Escada acima, escada abaixo, salta para a frente, se desvia para não levar tiro, tenta sobreviver até o nível seguinte.

– Os sacos de dormir!

Agora que a ideia se materializou, ele não consegue tirá-la da cabeça. Parece estranho que ele esteja falando, dando ordens e demonstrando sensatez, quando a bem da verdade tudo que tem a dizer é o que o Coelho Louco diz. Aqueles olhos alucinados e arregalados, a boca escancarada, e "BUÁÁÁÁÁÁ!"

– Papai!

Por um momento Stefan não tem certeza. Ele realmente acabou de gritar feito aqueles coelhos lunáticos? Se sim, não surpreende que Emil pareça tão assustado.

– Papai!

– O quê?

– Meus bichinhos de pelúcia! O senhor precisa salvar eles!

– Tá legal, me passa a lanterna.

Emil agarra a lanterna e a entrega ao pai.

*Buáááááááááá!*

A chuva atravessou o teto em pelo menos uma dúzia de lugares e começou a destruir a roupa de cama e o colchão de Emil e tudo que eles jogaram no nicho. Uma bruma acre paira no ar no espaço acanhado, espessando-se à medida que a chuva continua a cair.

– Querido, eu não consigo, está...

Mesmo que Emil tivesse dito *Por favor, Papai* ou *Papai, o senhor tem que*, Stefan não o teria feito, embora saiba quanto Bunte, Hipphopp, Bengtson e os outros significam para o filho. Aonde quer que a família vá, os cinco bichinhos de pelúcia têm de ir também, e de certa maneira são os melhores amigos dele. Mas agora há ácido pingando por toda parte e não há possibilidade de Stefan alcançar os brinquedos em volta do travesseiro de Emil sem que as gotas respinguem nele.

Emil fica em silêncio, provavelmente porque percebe que resgatar seus brinquedos está fora de cogitação. Em vez disso, respira fundo e engole um soluço de choro. Não vai se permitir chorar, e o coração de Stefan, que já está em ponto de ruptura, racha-se um pouco mais.

Ele aponta o facho da lanterna névoa adentro. Bem na ponta do cone branco--leite, consegue avistar o contorno do Gato de Sabre. Embaixo, ouve a voz de Carina: – Querido, a gente tem de esperar até isto parar, e... Não, Stefan!

Stefan agarra uma toalha de banho, joga por cima da cabeça e das costas e rasteja nicho adentro.

*E se não parar...*

Essa foi a gota de água. A despeito dos seus esforços para criar uma barreira entre eles e a chuva, todos os indícios sugerem que se trata de um exercício fútil. Vão acabar encolhidos de medo no sofá até que a chuva comece a pingar sobre eles, e Emil não terá seus bichinhos de pelúcia para confortá-lo quando os braços de sua Mamãe e seu Papai tiverem

*Buááááááááááá!*

se desintegrado e não forem mais capazes de protegê-lo; o pensamento é insuportável. Stefan começa a rastejar enquanto Carina implora que ele pare.

O primeiro metro não é problema. Algumas gotas caem suavemente sobre a toalha, mas Stefan não toma conhecimento do cheiro de ácido e tecido queimado porque está prendendo a respiração de modo a evitar que inale a bruma. Mas seus olhos estão ardendo, e através de um véu de lágrimas ele vê o Gato de Sabre, estica a mão e agarra a pelagem felpuda do animal.

Uma gota cai sobre sua mão no mesmo instante em que a umidade penetra a toalha e a perna da sua calça. A sensação é a de que pregos incandescentes estão sendo enfiados através do teto e transpassam suas costas, coxas e nuca, e ele precisa recorrer a todo o seu estoque de força de vontade para sufocar um grito. Morde o lábio inferior com tanta força que começa a sangrar enquanto agarra os bichos de pelúcia remanescentes, e por um insano momento

*Buáááá! BUÁÁÁÁÁ!*

ele não consegue decidir se se arrasta para trás ou se dá meia-volta, mas em vez disso pensa *Vou apenas ficar aqui*, porque agora chegou à conclusão de que seu corpo também é um material isolante que poderia dar ao filho e à esposa mais um ou dois minutos antes que a chuva abra caminho até os dois lá embaixo, mas, como costuma ocorrer quando a batalha é entre as boas intenções e a dor física, é a dor que

*Estou pegando fogo*

leva a melhor e vence porque não são mais pregos incandescentes, mas um enorme ferro em brasa que está sendo pressionado contra as costas de Stefan, e agora já não é possível abafar o berro.

Stefan cambaleia bruscamente para o lado num quarto de volta, os bichinhos de pelúcia enganchados nos braços, depois usa um dos pés para pegar impulso a partir da parede do nicho, como se estivesse numa piscina, e consegue impelir seu corpo meio metro mais para perto da escadinha. Comete o equívoco de absorver o ar, e uma rede de fios grudentos e ardentes se esparrama dentro dos seus pulmões, o que o faz tossir enquanto se contorce e serpeia à frente apoiado sobre os cotovelos. Ele não somente consegue sentir a pele de suas costas sendo devorada, mas pode também *ouvi-la* chiando, exatamente como quando uma bisteca de porco é jogada dentro da gordura fervente numa frigideira.

O corpo de Stefan está queimando, e ele está tossindo com tanta violência que quase chega a vomitar, e lágrimas escorrem por seu rosto quando ele chega à ponta do nicho sem sequer perceber e desaba.

Algum recanto são da mente de Stefan ou o puro instinto de autopreservação faz com que ele gire o corpo em pleno ar de modo a aterrissar sobre o peito, com o punhado de bichos de pelúcia amortecendo sua queda.

Ainda assim é uma queda bastante feia. Um ombro bate com força no chão, e sua testa golpeia o metal revestido de linóleo, liberando uma caótica explosão de raios e estrelas dentro de seu crânio.

– Querido, seu doido...

Ele sente a mão de Carina sob seus braços, arrastando-o na direção da mesa da cozinha. Seu único foco durante a avassaladora eclosão de raios e estrelas é manter-se agarrado aos bichinhos de pelúcia.

– Sinto muito, Papai, eu não tinha a intenção...

Stefan solta um grito quando Carina o ergue até o sofá e as coxas dele entram em contato com o tecido áspero. Ele se inclina para a frente de modo que suas costas não toquem em nada, e os raios e as estrelas começam a desaparecer quando ele abre os braços e solta os brinquedos sobre a mesa. Emil os reúne, o remorso estampado sobre o rosto.

– Desculpe, desculpe, desculpe...

Stefan faz um aceno para indicar que está tudo bem. Não ousa abrir a boca, por temer que a única coisa que saia seja

*Buáááá!*

alguma coisa capaz de deixar Emil ainda mais apavorado. Carina afaga o braço de Stefan, fitando-o com o tipo de amor que geralmente é reservado para amantes num navio naufragando ou num avião prestes a cair, um amor que talvez nem seja amor, mas algo mais fundamental: *Eu estou aqui. Você está aqui. Eu estou vendo você.*

E a chuva simplesmente continua caindo.


Peter está sentado na cama ao lado de Molly, fazendo algo que há muito tempo não se permite fazer de forma adequada: está pensando. A chuva açoita o teto do *trailer*, deslizando pelas vidraças da janela; algumas gotas abrem caminho através de um minúsculo vão acima da pia e abrem buracos no pano de prato. Como é possível existir esse tipo de chuva? Por que *não deveria* existir esse tipo de chuva?

Peter não consegue se lembrar das cifras exatas, mas a série de coincidências que devem se combinar a fim de que a vida seja viável é um número astronômico. Geralmente é quente demais ou frio demais, ou não há atmosfera, ou a atmosfera que existe é tóxica, ou não é possível formar ligações covalentes de hidrocarbonetos, ou não existe água; há milhares e milhares de outros fatores que impossibilitam a vida.

*Nós não deveríamos existir.*

A existência da humanidade beira o inimaginável, por isso não é absurdo pensar que deve haver um plano por trás da coisa toda, um Deus que programou e acionou o maquinário e talvez continue de olho atento e vigilante ao que está acontecendo. Mas, se esse criador, esse engenheiro e zelador, for removido da equação, então o que resta? Talvez nada mais que um descampado infinito onde a humanidade e seus atributos não têm o direito de existir e devem ser extirpados da superfície vazia.

– No que você está pensando, Papai?

Peter joga o facho de luz da lanterna sobre o rosto de Molly, e para seu espanto vê que há lágrimas escorrendo pela bochechas dela. Molly pode parecer desesperada e chorosa se achar que isso vai servir ao seu propósito, mas Peter não consegue se lembrar da última vez que a viu chorando de verdade.

*Eu sou um chafariz de sangue...*

– Estou pensando em Deus.

Molly dá uma risadinha, e em sua voz não há nada que indique que esteja chorando quando ela responde: – Não há necessidade nenhuma disso.

As lágrimas deixam riscas rosadas na pele de Molly, e as suspeitas de Peter se confirmam quando outra gota de líquido cai do teto na testa dela, depois escorre nariz abaixo sem causar nenhum dano sério, meramente uma ligeira irritação.

*... em forma de menina.*

A gota chega ao queixo de Molly e, antes que tenha tempo de cair, Peter a enxuga com o dedo indicador. Por um momento ele acha que a chuva mudou, que se tornou diluída e menos perigosa. Então seu dedo começa a queimar como se ele o segurasse sobre um palito de fósforo aceso. A unha embranquece e cresce à medida que alguns milímetros de cutícula são devorados.

Molly passa a mão no rosto, e pela voz parece surpresa ao dizer: – Dói. Arde. – Ela olha para a mão úmida e balança a cabeça. As palavras que saem da boca de Peter são inesperadas; não teve tempo para refletir com cuidado sobre o pensamento.

– Você pertence a este lugar, não? Seu lugar é aqui.

– Eu não sei. *Ainda* não.

Algumas gotas caem na cabeça de Peter, e, por mais que ele queria desistir, entregar os pontos, cair para trás cama adentro e deixar a chuva se derramar sobre si, isso está fora de cogitação, porque é doloroso demais.

*Humanidade...*

Pendurado pelas pontas dos dedos à beira do abismo, afogando-se no mar gelado, de pé no peitoril de um edifício em chamas. Sempre tentando aferrar-se a um ponto de apoio *ligeiramente* melhor, prender a respiração por apenas *mais alguns* segundos, suportar *um pouco mais* de calor antes da queda, do fim. Espremer a vida até a última gota.

Peter não sabe o que Molly é, mas ele é um ser humano, e é inevitável que tente sobreviver tanto tempo quanto possível. Ele rasteja até a cabeceira da cama, enfia as mãos sob os braços de Isabelle e a arrasta para a área da cozinha. Verifica se há buracos no teto, depois encosta Isabelle na pia.

As costas e as pernas de Peter parecem estar pegando fogo enquanto ele desmantela a cama e remove as grossas almofadas que servem de colchão. Abre a mesa e coloca as almofadas em cima, criando um refúgio embaixo, uma toca ou covil com um teto de espuma de borracha de meio metro de espessura. Ele sabe que está apenas adiando o inevitável, mas não consegue fazer outra coisa; ele é um ser humano.

– Vamos lá! – berra ele, girando impetuosamente o facho de luz ao redor do *trailer*. – Você precisa...

Molly está parada e olha com expectativa para Peter, há líquido escorrendo pelo rosto dela. Isabelle não está lá, e o som dentro do *trailer* mudou. O martelar da chuva no teto mescla-se a um barulho de algo farfalhando e chapinhando enquanto o aguaceiro cai sobre a grama; a porta está aberta; Peter aponta a lanterna nessa direção e vê o contorno do corpo de Isabelle caminhando chuva adentro, para longe do *trailer*.

– Não, Isabelle!

Ele dá um passo na direção da porta, mas é impedido por Molly, que agarra seu polegar. Ela balança a cabeça. A cortina de chuva visível pelo vão da porta é tão densa que é difícil enxergar através dela; é incompreensível que Isabelle consiga manter-se de pé por tempo suficiente para desaparecer além do alcance do facho da lanterna.

Molly puxa Peter na direção do covil, e ele permite. Peter não consegue mais sentir os pontos individuais onde a chuva caiu sobre ele; sua pele inteira é um cobertor de dor envolvendo seu corpo, e sua cabeça fervilha tanto que ele literalmente enxerga vermelho enquanto rasteja com Molly para dentro do acanhado espaço.

Ele deixa a lanterna cair no chão, enrodilha-se e grita quando o cobertor de dor encolhe e o calor ardente aumenta mais um pouco.

*Chega. Chega. Não aguento mais.*

Uma mão fria pousa sobre a testa de Peter, pequenos dedos alisam seus cabelos. Através do véu de vermelho, Peter pode ver que Molly encolheu os joelhos e está sentada com o queixo sobre eles enquanto sorri para ele e continua a afagar sua cabeça.

– Somos só e você agora, Papai. Isso não é aconchegante?

\* \* \*

Em circunstâncias normais seria possível dizer que Lennart e Olof, Majvor e Donald tiveram *sorte*. Acontece que a bancada que Lennart e Olof arrancaram tinha exatamente o comprimento certo quando a colocaram sobre a mesa da cozinha, apoiada por cima das guarnições das janelas. Além disso, o teto do seu velho *trailer* é significativamente mais espesso que o das versões modernas. Somente depois de muitos minutos é que ouviram gotas chapinhando na superfície acima de suas cabeças, enquanto aguardavam lá sentados e encolhidos em volta da mesa, com o brilho amarelo do lampião de parafina brincando nos rostos.

Majvor está inacessível faz algum tempo; seus olhos estão fechados, seus lábios se mexem. A agressividade de Donald se mitigou temporariamente, mas em seu rosto está estampado um risinho de escárnio, como se achasse a situação ridícula e aquém de sua dignidade. Entretanto, ele tirou proveito da proteção extra disponível.

A coisa toda parece tão bizarra que Olof teve de esticar a mão para capturar uma gota. Não foi uma boa ideia, porque agora a palma de sua mão exibe uma cratera vermelha gravemente inflamada, que está enviando dores lancinantes braço acima.

*Isto está realmente acontecendo.*

Olof tem a tendência a sonhar acordado, e, desde que ele e Lennart passaram a compartilhar da mesma sorte, às vezes ele sonha com a velhice de ambos, quando o trabalho árduo na fazenda tiver chegado ao fim.

Eles se sentarão em cadeiras de balanço na varanda de Olof, ou talvez se deitem em redes – por que não? –, fitando toda a extensão dos campos, cuja administração ficará a cargo de Ante e Gunilla, que lhes terão dado um neto e uma neta.

Lennart e Olof baterão papo sobre o passado, satisfeitos com o que foram capazes de legar aos filhos. De vez em quando, Ante ou Gunilla virão pedir conselhos, e às vezes os pequenos virão junto, querendo ajuda em algum projeto.

Eles viverão dias tranquilos e sossegados, contentes por estar juntos agora que a labuta e a canseira da vida ficaram para trás. Sempre haverá um lindo crepúsculo, com o sol fazendo chamejar os milharais, e um segurará a mão do outro, ambos suspirando enquanto compartilham uma doce melancolia.

Uma gota de chuva penetra a superfície e pousa sobre a superfície laminada da mesa à frente deles. O odor acre e químico de ácido e plástico chega às narinas de Olof e ele pensa que o devaneio que acabou de desfrutar será o seu último.

*Se pelo menos eu pudesse...*

A mão de Lennart encontra a dele, e não há motivo para continuar fingindo; é tarde demais para esse tipo de coisa. Olof se vira e abraça Lennart. Há um som rascante quando uma bochecha barbada encontra outra bochecha barbada, e Olof sussurra no ouvido de Lennart: – Eu te amo.

Lennart acaricia a parte de trás da cabeça e a nuca de Olof, e também com um murmúrio retribui a jura de amor: – Também te amo, Olof.

Os dois ficam sentados abraçados, em silêncio, durante algum tempo, até que ouvem um muxoxo de desdém e a voz de Donald: – Puta que pariu. As coisas que a pessoa vê quando está sem a arma.

Lennart e Olof se separam. Donald está sentado com as costas retas do lado oposto da mesa, a indignação moralista em todas as fibras de seu corpo. Seu sorriso de escárnio mudou para uma careta de nojo, enquanto sua esposa ainda está entranhada em seu próprio mundo interior.

– Vou poupar você de ver a cena – diz Lennart, apagando o lampião de parafina.

Na escuridão, Olof sente as mãos de Lennart afagando seu rosto. Embora jamais tenham feito isso antes, ele compreende o que está acontecendo e se inclina para chegar mais perto até seus lábios encontrarem os de Lennart. É uma sensação estranha quando depois de tanto tempo eles enfim se beijam, mas ao mesmo tempo parece a coisa certa.

Certas pessoas chegam a um ponto – ou vários pontos – em sua vida em que sentem que *é isto que eu tinha em mente, era este o meu objetivo*. Momentos definidores e decisivos que talvez envolvam uma bênção ou uma maldição, tormento ou alegria, mas o principal aspecto é que são uma consequência, a soma de ações, desejos e escolhas prévios refinados até desembocar num lugar, num instante específico no tempo. O ponto de Isabelle é o momento em que ela sai do *trailer* chuva adentro.

*Aqui. Agora. Eu.*

O cheiro de piscinas e lavanderias enche as narinas dela. Cloro e água sanitária, caindo do céu e subindo do chão. Os cabelos dela se encharcam em segundos, e a chuva escorre rosto abaixo e por seu corpo, por cima da fita adesiva que cobre seus braços enquanto ela se afasta do *trailer*.

Dois passos. Três. Então chega a dor, e ela é além do comum, irreal. Todos os nervos do seu corpo com a capacidade de transmitir sofrimento começam a vibrar, todos os músculos relaxam ou se retesam numa série de movimentos incontroláveis, espasmódicos. Fezes e urina escorrem dela, saem dela aos borbotões, mas os receptores que deveriam ser capazes de detectar o que está escorrendo pelas coxas dela já foram consumidos pelo fogo, e a *vergonha* não tem lugar aqui. Este é o lugar onde ela tem a intenção de estar.

O pior medo de Isabelle sempre foi ser queimada numa fogueira. De todas as imagens horríveis que ela viu em filmes, uma cena simples numa produção medíocre foi a que causou a maior impressão. *Terror em Silent Hill*. A mulher amarrada a uma escada de madeira que vai tombando lentamente na direção do fogo até que sua pele começa a fervilhar e as feições de seu rosto se desintegram.

Quatro passos. Cinco. Está pior.

O fogo pelo menos aquece rapidamente o sangue, até o coração entrar em colapso, e a morte assume o controle. A chuva que cobre o corpo está lentamente corroendo a pele, os tendões e os músculos, arrancando com violência os nervos e causando uma dor mais intensa do que ela jamais teria imaginado ser possível.

Seis passos, sete.

A fita adesiva nos braços se dissolveu numa aguada e suja mixórdia de plástico e fios finos, escorregando na direção das mãos, onde a pele que reveste os nós dos dedos foi carcomida, deixando à mostra osso arredondado e branco. Os cabelos saem em chumaços fétidos que deslizam rosto abaixo e teriam feito cócegas em seus lábios caso ela ainda tivesse lábios. Nacos de pele cobrem seus olhos, e sua visão já borrada se deteriora ainda mais quando ela dá

*mais um passo*

com os olhos fechados enquanto as cores por trás de suas pálpebras mudam de preto para vermelho para alaranjado e logo elas também se dissolverão e então a chuva chegará aos seus globos oculares e depois tudo ficará preto e não haverá nada além de dor, dor até tudo finalmente acabar.

Isabelle não tem mais controle sobre o próprio corpo, e a dor é tão imensa que ela já não consegue mais senti-lo; seus nervos desistiram da luta. Numa derradeira tentativa de ação deliberada, concentra toda a sua energia em suas pálpebras agora amarelas e as abre para um belo dia de verão.

A primeira coisa que ela vê quando consegue focalizar é um homem obeso de camisa havaiana, a caminho do quiosque para pegar seu taco de minigolfe. Balançando o corpo feito um pato, uma mulher igualmente gorda caminha ao lado dele, girando na mão duas bolas de golfe. Enquanto isso uma menina magricela está pulando para cima e para baixo numa cama elástica, e há no ar um cheiro de comida frita.

*Comida frita.*

É isso. Não queimada até esturricar, mas frita com bastante óleo, lentamente cozida em óleo até a pele sair e os olhos ficarem brancos. Isabelle olha para os braços, onde sua pele ligeiramente bronzeada e macia está coberta de pelos loiros. Ela toca seu rosto. Pode sentir os lábios e o maxilar agora que as bochechas já não estão inchadas. Passa a língua pelo lado interno da boca, pressiona a ponta contra os dentes da frente, lambe o lábio superior; pode sentir gosto de sal. Abre a boca e diz: – Porra.

Ela está de volta ao local onde seu *trailer* ficava, juntamente com os outros três. Os *trailers* se foram, e nada mais veio ocupar o lugar deles. Quando ela olha para baixo, vê que seus pés, que calçam sandálias, estão cobertos de cinzas, porque ela está na área comum de churrasco, um círculo de pedras no meio do acampamento.

É de se imaginar que os outros campistas talvez estivessem interessados na visão de uma modelo parada sobre uma pilha de cinzas, respirando fundo enquanto tenta entender o que aconteceu com ela. Mas, embora haja um punhado de pessoas ao redor, ninguém está olhando na direção dela. É como se fosse invisível.

A ideia não é mais estranha do que qualquer outra coisa que aconteceu com ela hoje. Isabelle olha para a criança na cama elástica a dez metros, e une as mãos para bater palmas com força. As tranças que rodopiam em volta das orelhas da menina interrompem sua trajetória e chicoteiam de um lado para o outro no topo da cabeça quando ela imediatamente se vira na direção de Isabelle. Seus olhos se encontram por uma fração de segundo, depois a menina desvia o olhar e se concentra em seus saltos.

*Não é invisível.*

As pessoas *podem* vê-la, mas consciente ou inconscientemente não *querem* vê-la. Como se ela fosse alguma coisa que não deveria estar lá, uma viciada em drogas fedida – melhor ignorá-la. De resto, por que ninguém está olhando para ela? As pessoas *sempre* olham para Isabelle.

Ela usa as unhas para arranhar os antebraços. Estão *coçando*. Quando olha mais atentamente, vê duas estreitas crostas de feridas cruciformes, que se estendem dos pulsos até a dobra dos braços. Ela coça um pouco mais e fragmentos da casca se soltam e ficam presos debaixo das unhas roídas enquanto uma das feridas começa a sangrar.

Aos poucos ela gira num círculo completo. Há um trilha que corre na direção do quiosque, outra na direção oposta, adentrando um arvoredo. A trilha que leva ao mar atravessa o local onde Isabelle está e continua mais acima até o acampamento, em ângulos retos em relação à primeira. Isabelle está parada na encruzilhada e suas feridas coçam.

Carina, Stefan e Emil estão sentados juntos, muito perto, encolhidos em volta da mesa da cozinha. A chuva não penetrou o nicho com suas camadas de isolamento, mas a extremidade do *trailer* está em péssimo estado. O teto foi perfurado em incontáveis lugares, e a chuva está pingando, ou melhor, escorrendo sobre seus pertences.

Stefan parou de apontar o facho de luz da lanterna para lá, porque não lhe propicia nenhuma sensação boa assistir à máquina de café derreter ou ver o tapete que sua mão teceu se desintegrando de dentro para fora à medida que absorve o líquido. Ele se senta com os braços em volta dos ombros de Emil e Carina. Emil está enrodilhado, os bichinhos de pelúcia bem apertados junto de sua barriga. A bochecha de Carina está encostada no ombro de Stefan, a copa da cabeça dela aninhada no pescoço dele.

Às vezes, pouco antes de pegar no sono, Stefan é assombrado por imagens terríveis. Quando era jovem, giravam em torno principalmente da figura branca e do que teria acontecido caso ele obedecesse ao chamado. Desde que Emil nasceu, o foco mudou para a sua família e o que poderia acontecer com ele, com a mulher e o filho.

O cérebro de Stefan se tortura enquanto ele fica deitado de olhos abertos durante horas, incapaz de se livrar de cenas de campos de concentração, ele sendo separado da esposa e do filho numa plataforma em alguma estação de trem imunda e gelada, ou sendo arrastado através da lama por pessoas que querem lhes fazer mal. Ele se obriga a assistir a isso, ao mesmo tempo em que sente vergonha de submeter Emil e Carina a esses horrores, embora eles não saibam.

Seu único consolo enquanto está lá deitado e acordado, com a garganta comprimindo-se, é que talvez haja um propósito por trás de tudo. Talvez isto esteja acontecendo para que ele se prepare caso chegue o dia – Deus não permita – em que algo semelhante realmente ocorra com sua família. Entretanto, apesar de todas as variações sobre fogo, água e indivíduos malignos com que ele castigou a si mesmo no decorrer dos anos, a atual situação jamais apareceu em sua câmara de horrores pessoal. Nada o preparou para isso.

– Eu te amo – diz ela em meio à escuridão, e ouve o tinido de facas desabando pia adentro. O escorredor de plástico foi corroído. – Você é a melhor coisa que me aconteceu.

Carina se aconchega mais para perto e Emil diz: – Papai, eu estou com medo.

Há um momento em certos filmes que deixa Stefan absolutamente furioso. Uma criança aterrorizada numa situação aparentemente desesperada expressa medo e alguém diz: "Vai ficar tudo bem. Eu prometo". Porra, como alguém pode prometer uma coisa dessa? Stefan não pode. Ele abraça com mais força os ombros de Emil, puxa o menino mais para perto e diz: – Estamos aqui, querido. Estamos nesta juntos.

O movimento empurra a lanterna, cujo facho ilumina a fortaleza de Emil, que ainda está sobre a mesa.

– Emil? – diz Carina.

– Hum?

– Como você sabia? Como você sabia que essas criaturas viriam?

A princípio Emil não diz nada, e o único som é o tamborilar das gotas de chuva e o prolongado sibilo de mais um objeto se dissolvendo,

*logo seremos nós*

e Stefan julga ser capaz de sentir uma ligeira mudança na dor ardente em suas costas; ele imagina que a chuva penetrou o nicho e que a calma fatalista que lutou para obter está em vias de ser destruída.

*nós vamos morrer, realmente vamos morrer, nós três vamos morrer, lentamente e em agonia, não vamos mais existir*

Ele quer fugir, quer lutar, quer sacrificar sua vida, simplesmente quer *fazer* alguma coisa, qualquer coisa.

– A Molly me contou.

– A Molly contou quando elas viriam?

– A-hã.

– Ela disse que a chuva viria também?

– Não. Ela disse... – A voz de Emil se altera, se encolhe de apavorada para patética assim que ele se interrompe e depois diz: – Nós arrancamos as mangueiras.

A primeira gota cai do nicho e pousa sobre uma peça solta de Lego, que desmorona sobre si mesma à medida que o plástico amolece. Stefan cerra os punhos e engole em seco.

*O cilindro de gás.*

O que acontecerá quando a chuva chegar ao combustível? Não importa. O cilindro de metal é espesso, e antes que a chuva consiga corroê-lo os três estarão mortos, derretidos como a peça de Lego, que agora é um amontoado informe de plástico.

Emil deve ter constatado isso também, e quis desabafar, tirar um peso dos ombros antes que fosse tarde demais. Está com a cabeça baixa de vergonha, e não há absolutamente nenhuma necessidade de que ele sinta isso *agora*. Stefan afaga o cabelo do filho e diz: – Não importa, querido. Não faz mal. Foi ideia da Molly?

Um tênue laivo de luz perpassa pelo rosto de Emil e o menino faz que sim com a cabeça. – Ela disse que era uma coisa boa pra gente fazer, mas eu sabia que não era.

Stefan olha para Emil. Pisca. Olha de novo. O laivo de luz nada tinha a ver com o fato de que Emil havia se alegrado. O estado de ânimo do menino ainda está tão lamentável quanto no momento em que fez sua confissão. Mas o interior do *trailer ficou mais claro.*

– Stefan... – sussurra Carina.

Ele vê. Ele ouve. A chuva não está mais martelando o teto do *trailer*, e, como se uma persiana de rolo fosse lentamente erguida, o recinto começa a se encher da luz do dia.

Talvez seja superstição ou conto da carochinha, mas dizem que a pessoa pode se beliscar para descobrir se está sonhando ou não. Mas alguém já esteve no meio de um sonho, beliscou o próprio braço e acordou? Como estratégia de teste, isso é provavelmente tão eficaz quanto verificar o nível de radiação com um barômetro. Entretanto, teve algum impacto sobre Donald.

Ele não andou se beliscando, mas, enquanto a chuva abre buracos na bancada da cozinha acima dele e mais e mais gotículas escaldantes pousam sobre sua cabeça e seu corpo, começou a reavaliar sua convicção anterior. Sente tanta dor que está disposto a rastejar para fora da própria pele, e a experiência é tão *física*, tão drástica e profunda até os ossos, que é impossível acreditar que o corpo que está sendo submetido a essa tortura seja apenas um sonho.

Por mais terrível que seja admitir, por mais disparatado que possa ser o fato de que ele está à beira do próprio túmulo, ele realmente está *aqui*. Isso está acontecendo com ele. Ele está sentado a uma mesa ao lado de sua esposa desleal com dois criadores de gado leiteiro *gays*, e está prestes a morrer pela ação de chuva ácida que despenca do céu. Dá quase para morrer de rir.

Ele consegue distinguir apenas o contorno de Lennart e Olof enquanto os dois estão lá no escuro se lambendo e se engolindo; é a coisa mais repugnante que Donald já viu na vida. Na verdade ele não tem nada contra sapatões e bichas, mas acha que deveriam ser mais recatados! Pessoas normais não deveriam ser obrigadas a ver o que eles fazem.

Mas aqui está ele, com Lennart e Olof atracados, dando uns amassos na sua frente. Se Donald precisasse de provas mais cabais de que não se trata de um sonho, aí está. Ele jamais sonharia com algo tão repulsivo; esse tipo de imagens não existe dentro de sua mente. Infelizmente, entretanto, elas existem na realidade. E estão ficando cada vez mais nítidas.

Donald está em vias de berrar com eles, mandar que segurem sua onda e parem com isso, puta que pariu, quando percebe que sua visão noturna melhorou;

a luz está retornando. A escuridão lá fora está enfraquecendo, mudando de preto para cinza e depois cinza-pálido. Parou de chover.

Lennart e Olof se separam, e Majvor abre os olhos, que dão a impressão de que ela acabou de acordar. Donald abre e fecha os punhos, e pelo aspecto de suas mãos, que ele tinha usado para proteger a cabeça, parece que estavam enfiadas numa fogueira. A pele está pustulenta e rachada, as unhas foram parcialmente carcomidas, expondo por baixo a pele vermelha inflamada e dolorida.

– Puta que pariu – diz ele. – Porra porra porra porra porra.

– Donald! – vocifera Majvor. O rosto dela está desfigurado por compridas feridas que se estendem das têmporas até as bochechas. Alguns chumaços de seus cabelos – cacheados com permanente – despencaram e estão caídos em cima da mesa numa poça de líquido.

Donald olha para a poça, para os cabelos de Majvor. O ácido que corroeu o teto de metal no *trailer* deveria consumir o cabelo num piscar de olhos, mas nada acontece. Donald cautelosamente toca o líquido com o dedo indicador, mas é óbvio que perdeu sua potência; tudo que ele sente é um ligeiro calor.

– Bom Deus – diz Donald, agarrando os ombros de Majvor e aproximando o rosto do dela enquanto enfatiza cada sílaba. – Bom. Deus. Jesus. Maria.

Uma gota hesitante e inofensiva cai do teto improvisado sobre sua careca. Ele faz uma careta e sai do abrigo. O teto parece um escorredor, e através dos buracos ele consegue ver o céu azul-pálido. Donald se vira para fitar a mesa, onde Lennart, Olof e Majvor estão amontoados feito três corvos feridos.

Ele foi um bom marido para Majvor; sempre colocou em primeiro lugar a segurança e o bem-estar dela. A despeito do fato de ter dado um duro desgraçado, matando-se de tanto trabalhar para cuidar da família, jamais foi um pai ausente. Também ajudava nas tarefas da casa sempre que tinha tempo. Majvor é uma mulher sortuda.

Agora que ele descartou sua teoria do sonho, considera absolutamente atroz a deslealdade de Majvor. É a verdadeira Majvor, a mulher de quem ele cuidou durante quase cinquenta anos, que lhe retribuiu dessa forma. Ela atrapalhou seus planos, ela o machucou, e finalmente *amarrou seus pulsos*! Ele olha para ela, com tufos de cabelos arrepiados e espalhados por todos os lados. Daqui para a frente ela é *nada* para ele.

– Donald – diz Majvor. – Para com isso. – Ela franze a testa. – Tudo bem com você?

– Estou bem – responde Donald, esfregando um trecho dolorido do antebraço. – Eu vou buscar o nosso *trailer*. Você vem?

Majvor olha de relance para Olof e Lennart, o que enfurece Donald. É como se ela quisesse saber a opinião deles, verificar se aprovam. O que vocês acham, meus queridos chupadores de rola? Devo ir com meu marido? Donald engole sua raiva e diz calmamente: – Não acredito mais que estou sonhando. Venha comigo buscar o *trailer*, Majvor.

Bufando e suspirando de uma maneira que faz Donald ranger os dentes, Majvor sai do abrigo. Se ele pelo menos conseguir levá-la até o carro, Majvor logo verá que ele tem planos para ela, ah, sim, senhor. Mas até lá ele vai agir sem pressa. Bem devagar.

Donald acabou de abrir a porta quando ouve algo raspando o metal. Depois o som uma pancada. Uma mão preto-amarronzada está tateando a janela da cozinha, enquanto outra golpeia a janela acima do sofá. A maçaneta da porta sacode para cima e para baixo, uma vez que há algo ou alguém tentando entrar.


A chuva parou. A luz retornou. Peter está sentado com os joelhos dobrados até o queixo debaixo do colchão, através do qual nenhuma umidade penetrou. Peter está praticamente ileso. Molly sacou um espelhinho e está contemplando o próprio rosto.

Isabelle está morta, deve estar. E, se não está morta, Peter não quer ver o estado em que ela ficou. Quer apenas continuar sentado lá e esperar. Esperar que isto acabe, por fim. Que a mão que os pegou e os colocou aqui decida que é hora de devolvê-los ao seu lugar. Ele não tem a intenção de orar por coisa alguma a quem quer que seja. Vai apenas esperar. Olhar para Molly.

*Você pertence a este lugar, não? Seu lugar é aqui.*

*Eu não sei. Ainda não.*

Há linhas cor de rosa traçadas onde a chuva escorreu pelo rosto de Molly, como se ela tivesse raspado com as unhas o próprio rosto. Ela contempla a si mesma, hesitante, tocando as linhas com os dedos e balançando a cabeça.

– Não entendo – murmura ela.

Peter passou o dia inteiro pulando de uma tarefa para a outra, sem parar, como sempre faz. Agora que desistiu, que abandonou sua determinação e força de vontade, é possível ter pensamentos simples, fazer coisas simples. Molly disse alguma coisa. Agora ele vai dizer alguma coisa.

– O que é que você não entende? – É isso que ele diz.

– Não é pra ser assim – diz Molly, jogando o espelho de novo dentro da gaveta.

Peter medita se tem mais alguma coisa para perguntar, um comentário a fazer, mas nada lhe ocorre. Em vez disso, diz: – Isabelle deve ter morrido. A mamãe morreu.

– Talvez – diz Molly, distraída e indiferente. – Ou talvez não. Talvez as duas coisas.

É óbvio que essa questão não interessa a Molly. Isso poderia ser considerado peculiar, para não dizer horrível, mas Peter é incapaz de evocar tais emoções no momento. Ele apenas olha para Molly, que abre bem os braços e diz, com um desespero que Peter acredita ser genuíno: – Eu não sei o que fazer!

– Não – diz Peter. – É assim que acontece às vezes.

Há uma batida na porta, e Peter demora alguns segundos para compreender como deve reagir a esse tipo de coisa. Alguém bate na porta, a pessoa vai e atende. Antes que tenha tempo de converter esse conhecimento em ação, uma batida na janela. E na parede. Então ouve-se o som de raspagem. Raspagem e leves pancadas. Molly olha pela janela e seus olhos se arregalam. Ela rasteja até o abrigo, aperta-se contra o corpo de Peter e agarra o braço dele.

– Papai, estou com medo. Estou com medo de verdade agora.


Um palete de arenque. Arenquepalete. Paletearenque.

Quando as criaturas chamuscadas começam a dar pancadas no *trailer* e tentar entrar, Stefan não consegue sequer ter medo. Já se sentiu tão apavorado, tão convencido de que ele e sua família estão prestes a morrer, que não consegue mais fazer isso. Assim que se levanta para buscar a arma, ele pensa no pedido de arenque que não conseguiu cancelar. Em certo sentido é um pensamento relevante.

A mesma coisa aconteceu no verão de 2010, embora naquela ocasião tenha envolvido batatas. Um zero extra se infiltrou por engano no pedido, e em vez de mil quilos de batatas eles acabaram com dez mil quilos. O erro foi deles, e simplesmente tiveram de tentar livrar-se das batatas.

Recorreram a uma campanha publicitária com grandes cartazes coloridos, clientes ganhavam batatas grátis ao comprar outros produtos, e no fim das contas abaixaram o preço para cinquenta *öre* o quilo. Nem assim conseguiram liquidar todo o estoque de batatas, e é aí que entra em cena a relevância. Saturação. Tudo tem um ponto de saturação, quando os receptores de dor desligam, o medo torna-se costumeiro e ninguém quer batatas, mesmo que sejam de graça. Para tudo há um limite.

É assim que Stefan se sente neste momento. Os corpos que ele consegue ver através da janela são horríveis, mas ele meramente registra isso como registraria uma gaivota voando pelo céu. Ele pega a arma e descobre que a empunhadura e outras partes parecem ter sido atacadas por caruncho, esfarelando ao toque.

O metal está basicamente intacto, exceto por certas áreas corroídas e desbotadas. Ele desliza o ferrolho para trás e para a frente um par de vezes; acha que a arma ainda deve funcionar.

Ouve o cachorro latindo, e olha para Carina, que ainda está sentada no sofá com as sobrancelhas erguidas. Por um momento, julga que os olhos dela estão arregalados de medo, mas depois vê que seus lábios estão se contorcendo como se ela estivesse tentando não cair na gargalhada. Ela sente a mesma coisa que ele.

– É demais, não é? – diz ele.

– A-hã – diz Carina com um meneio de cabeça.

– Vai ser o mesmo com o arenque.

– O arenque?

– Sim, vai ter demais. Arenque demais.

Emil lança um olhar ansioso para Stefan e Carina.

– Parem! – diz ele, apontando para a janela com um dedo trêmulo. – Parem de falar assim! Eles são perigosos!

– Desculpe, querido – diz Stefan, passando a mão pelo rosto; lágrimas brotaram em seus olhos sem que ele sequer percebesse. – É que... estamos *vivos*!

– E se eles entrarem? Acha que a gente vai continuar vivo? Mamãe! Pare de rir!

\* \* \*

As crianças são dependentes dos pais. Não apenas com relação a comida e amor ou para ter um teto sobre a cabeça mas também como um critério no que diz respeito a interpretar o mundo, tanto intelectual quanto emocionalmente. Emil olha zangado da mãe para o pai, mas, como eles continuam rindo, de alguma forma simplesmente acontece: por fim ele acaba caindo na risada também.

Emil realmente deveria continuar aterrorizado, porque os zumbis estão tentando entrar, mas, com Mamãe e Papai às gargalhadas daquele jeito, tudo parece um pouco bobo e meio que falso. Zumbis fingindo que tentam entrar! E, afinal, é isso mesmo. Quase.

Certa vez, quando Emil visitou a casa de seu amigo Sebbe, o irmão mais velho de Sebbe estava assistindo a um filme de zumbis, e os dois meninos mais novos deram uma espiada escondidos. Os zumbis eram super-horríveis – pútridos, rápidos e fortes, e as pessoas não tinham a menor chance.

Os zumbis do lado de fora do *trailer* não têm nada a ver com esses outros. Seu aspecto é inegavelmente horrível, mas eles estão apenas arranhando e batendo de leve, como um gato que quer entrar mas não tem permissão. A bem da verdade é engraçado, mas o peito de Emil dói quando ele ri, porque os gritos das criaturas são medonhos. É como rir de alguém que quebrou a perna. Emil para de gargalhar e, de joelhos, se arrasta até a janela.

Os zumbis estão se afastando do *trailer*, e Emil está tão contente que não consegue evitar um sorriso, apesar dos gritos pavorosos. Ele levanta o rosto e seus olhos se estreitam. Viu o que a chuva fez com as costas do pai e com as coisas da cozinha. Então como é que as quatro figuras brancas, que agora só *quase* parecem os *stormtroopers*, ainda estão paradas exatamente no mesmo lugar de quando a chuva começou? Deveriam ter derretido por completo, certo?

A chuva deixou a vidraça empelotada e empenada, e Emil move a cabeça até encontrar um ponto através do qual possa enxergar com mais clareza. Está pensando nos *stormtroopers*; como serão realmente por baixo da armadura? Algum dia ele irá descobrir?

Ele encontra um ponto, não muito maior do que uma moeda de cinco coroas, onde a janela tem o mesmo aspecto de antes da chuva. Ele não consegue fechar um olho só, então cobre com a mão o olho esquerdo e espreita, como se estivesse espiando por um olho mágico.

Os zumbis estão rumando na direção dos *stormtroopers*, e Emil tem a sensação de que está assistindo a um filme, um pouco como quando ele e Sebbe espiaram na surdina através do vão da porta. *Zumbis* versus *stormtroopers!*

Mas não parece que vai haver uma luta. Os *stormtroopers* simplesmente se inclinam para a frente, como se estivessem fazendo uma reverência para os zumbis. Emil ri em voz alta, porque tudo é esquisito demais e bobo demais até mesmo para um filme, e, se não fosse pelo fato de que Mamãe e Papai podem ver *mais ou menos* as mesmas coisas que ele, Emil acreditaria facilmente que ele mesmo inventou tudo isso.

*O que eles estão fazendo?*

Emil pressiona o olho contra o vidro com tanta força que a imagem fica borrada. Ele pisca um par de vezes, depois olha de novo. Quatro zumbis subiram nas costas dos quatro *stormtroopers*, e de repente não é mais engraçado porque os zumbis não são zumbis, são vampiros. Todos os quatro cravam os dentes na nuca dos *stormtroopers* que os carregam, e é óbvio, pelo movimento de seus corpos, dos espasmos e tremores, que estão bebendo.

Emil desvia o olhar da horrível cena e vê Molly encarando pela janela de seu *trailer*. Ela sabia que isso aconteceria, que as coisas acabariam assim. Que criaturas sedentas de sangue viriam. Então por que ela parece tão apavorada?

# 3. ALÉM

Aos poucos todos saem para assistir ao drama que se desenrola no meio do acampamento. Eles se postam defronte aos respectivos *trailers*, os braços pendurados ao lado do corpo, observando o que se passa na encruzilhada. Alguns veem a mesma coisa, outros veem algo completamente diferente. Há a sensação de que *alguma coisa deve ser feita*, mas ninguém faz nada.

Uma a uma as criaturas queimadas empoleiram-se nas costas das figuras brancas e bebem seu sangue. As figuras brancas permitem que isso aconteça. Elas deixam que isso aconteça enquanto olham fixamente para as pessoas, e as pessoas sentem que *alguma coisa deveria ser feita*, mas ninguém faz coisa alguma.

Não é diferente de um ritual, mas não há necessidade de ir tão longe. É um acordo. Alguma coisa que tem de acontecer, e portanto está em ordem. Talvez esse seja o motivo pelo qual ninguém faz nada. As pessoas estão de fora de um evento em que não têm papel algum a desempenhar. Não mais. Não ainda.

O brilho da pele das figuras brancas empalidece e desaparece, a armadura dos *stormtroopers* começa a parecer surrada, seus corpos curvados. Jimmy Stewart envelhece rapidamente, o caixeiro-viajante dá a impressão de ter passado décadas na estrada, e quando a última criatura queimada desce os tigres parecem estar agonizando, à beira da morte. A gritaria arrefece à medida que as criaturas deixam as figuras brancas e atravessam o descampado, seguindo as mesmas trilhas que as trouxeram ao acampamento.

As figuras brancas em suas várias manifestações permanecem onde estão durante mais ou menos um minuto, até terem força para endireitar seus corpos arqueados. Com os olhos embaciados e pretos elas fitam as pessoas pela última vez, depois começam a andar, cambaleantes e aos trancos e barrancos, ao longo das trilhas descampado adentro.

As pessoas ficam lá paradas com os braços pendurados nas laterais do corpo, observando as figuras ir embora. Acabou. Desta vez. Por enquanto.

– O que foi isso?

Olof acompanha com o olhar o afastamento das criaturas queimadas, que vão se encaminhando para longe, enquanto Lennart se concentra nos quatro caixeiros-viajantes, que aparentemente estão perto do fim de suas viagens, arrastando-se ao longo de sua eterna estrada.

– Não sei – responde Lennart. – Foi quase como se... tivesse que acontecer. Como quando uma doninha mata uma galinha com uma única mordida.

– Bom, sim, mas a galinha não fica lá parada esperando a mordida.

– Quase sempre é exatamente o que elas fazem.

Eles não olham um para o outro durante esse diálogo. Aquele beijo ainda está queimando nos lábios de ambos. Se não tivesse sido pela chuva, a morte caindo do céu, jamais teria acontecido. Nunca nem em um milhão de anos. Agora a chuva passou, e as coisas estão muito constrangedoras.

Certa noite, pouco mais de três anos depois que Ingela e Agnetha se escafederam, Lennart e Olof se embebedaram. Nenhum deles era muito de beber, mas as crianças estavam com as mães, era sábado, havia um bocado de *schnapps*, e eles estavam se divertindo à beça, ouvindo velhos álbuns no toca-discos de Olof. Ambos tomaram um ou dois copos além do habitual.

Quando chegou a hora de Lennart voltar para casa, Olof disse que ele podia passar a noite lá, de modo a não correr o risco de acabar caindo numa valeta. A essa altura Lennart já estava tão bêbado que simplesmente desabou na cama que Olof dividira com Ingela; não se deu sequer ao trabalho de tirar a roupa.

Olof ficou lá durante algum tempo contemplando o amigo adormecido e agarrado à cabeceira da cama em busca de apoio, porque o chão estava balançando para cima e para baixo feito o convés de um navio em meio a uma violenta tempestade. Ele sairia de lá e se deitaria na cama de Ante assim que conseguisse lidar com a questão de seu equilíbrio. Mas o quarto de Ante ficava a dez metros, e havia espaço na cama bem à sua frente. Sem mais delongas ele deu três passos e despencou na cama ao lado de Lennart e imediatamente pegou no sono. Quando acordou, já passava das nove horas.

Os corpos de Lennart e Olof estavam acostumados a acordar às cinco da manhã para cuidar das vacas. Olof em especial tinha dificuldade para dormir desde o desaparecimento de Ingela; em geral ele acordava duas ou três vezes durante a noite, e de vez em quando não conseguia voltar para a cama.

Portanto, seu primeiro pensamento quando acordou e viu o relógio foi: *Ah, meu Deus! As vacas!* Seu segundo pensamento foi: *Dormi bem de verdade.* Depois uma onda amarga e felpuda avolumou-se dentro de seu crânio, trazendo a reboque um terceiro pensamento: *Nunca mais bebo uma gota de álcool.*

Em um minuto ele sairia da cama, lidaria com a suas atividades cotidianas, mas primeiro tinha de dar a si mesmo algum tempo para pensar em como estava se sentindo. A despeito da ressaca, havia em seu corpo uma espécie de paz, a paz que vem do descanso pleno. Ele se virou e olhou para as costas largas de Lennart. O movimento acordou Lennart, que o fitou, confuso.

– O que você está fazendo aqui?

– Foi simplesmente assim que as coisas aconteceram – respondeu Olof.

– Que horas são?

– Nove em ponto.

– Verdade? Você está de brincadeira!

– Só que não.

Lennart fez um movimento para se levantar, depois caiu de novo sobre os travesseiros, fitando o teto.

– Acho que talvez eu tenha bebido um pouco demais ontem à noite.

– Pois é.

– A gente precisa ver as vacas.

– Eu sei. Você dormiu bem?

Lennart esfregou os olhos, piscou algumas vezes, depois balançou a cabeça na tentativa de desanuviar a mente. – Feito um bebê. Nos últimos tempos eu nunca tenho dormido bem.

– Eu também. Estranho.

– Muito estranho.

Os dois entreolharam-se. Sorriram timidamente. Depois se levantaram e enfrentaram o dia. À noite tomaram alguns drinques e discutiram o assunto. A despeito da ressaca, ambos tinham sentido um nível extraordinariamente alto de energia durante o dia. Com cuidadosas indiretas e uma grande dose de circunlóquios, finalmente concordaram em que talvez houvesse a possibilidade de dormirem melhor se dividissem a mesma cama.

Ante e Gunilla demorariam mais um par de dias para voltar, então Olof e Lennart decidiram tentar uma vez mais, com menos álcool envolvido. A mesma coisa aconteceu de novo, apesar do fato de que ambos dormiram completamente vestidos. Uma noite inteira de sono maravilhoso.

Depois de mais um dia cheio de energia, eles se encontraram à noite para uma conversa séria.

– Sabe, isso não é uma solução de longo prazo – argumentou Lennart.

– Não, espero que você tenha razão.

– O que as crianças vão pensar?

– Como assim? Do que você está falando?

– Você sabe. Dois homens dormindo juntos. Simplesmente não é possível.

– Não – disse Olof, pensando em como era reconfortante ouvir a respiração de outra pessoa quando estava prestes a pegar no sono, saber que não havia o risco de ser esmagado pela sensação de estar totalmente sozinho no mundo. Por outro lado, por que não?

– Você sabe disso tão bem quanto eu.

– Não, eu não sei. Mas pode ser que eu não saiba de muita coisa.

Os olhos de Lennart se estreitaram quando ele olhou para Olof, que estava sentado de frente para ele à mesa da cozinha, as mãos elegantemente pousadas uma por cima da outra.

– Posso perguntar uma coisa?

– Manda ver.

Lennart se remexeu, esfregou o queixo. O negócio é o seguinte... eu não...

Quer dizer, não sou o tipo de pessoa que julga os outros, cada um é cada um, mas... você tem... *tendências* naquela direção?

Olof começou a responder: – Não sei do que você... – mas Lennart deu um murro na mesa e o interrompeu.

– Puta que pariu, Olof! Não torne as coisas mais difíceis do que já estão! Você sabe exatamente do que eu estou falando.

Olof suspirou. – Certo, sim. Não, eu não tenho *tendência* nenhuma. Até onde sei, nunca tive.

– Tudo bem. Tudo bem. Bom. Só pra gente saber em que pé estamos. Porque eu também não tenho. Nenhuma. Como eu disse, não que eu tenha alguma coisa contra os que têm essa inclinação, mas...

– Mas...

Com olhar penetrante, Lennart encarou Olof. – Pra ser honesto, acho que você está sendo muito difícil. De lidar. No que diz respeito a isso.

– Durma sozinho, então – zangou-se Olof. – Fique lá se virando e revirando, ou se sente na cama esperando amanhecer. Como eu faço.

Fez-se um longo silêncio, rompido apenas pelo tique-taque do relógio de pêndulo na sala de estar, o rangido das unhas raspando na barba por fazer e um vago roçar de roupas enquanto eles se remexiam, inquietos, nas cadeiras. Por fim Lennart disse: – Mas e quanto às crianças?

– Elas vão entender. Vão, sim.

Quando Ante e Gunilla voltaram e foram comunicadas do novo arranjo, fizeram uma porção de perguntas. Entretanto, essas perguntas giravam em torno principalmente do que ia acontecer com os seus quartos e onde todos eles iriam viver. A casa de Lennart era maior e tinha um quarto de hóspedes que quase nunca era usado, portanto seria o novo quarto de Ante. Ele não reclamou, porque era muito mais legal que o anterior.

Se as crianças tinham alguma pergunta sobre a natureza do relacionamento de Lennart e Olof, guardaram para si. Todos acharam que morar juntos era muito mais divertido, mais prático. Ante e Gunilla já se davam muito bem, e depois dessa mudança se tornaram melhores amigos.

Lennart e Olof continuaram dormindo bem à noite. Com o passar do tempo começaram inclusive a se arriscar a tirar a roupa na hora de dormir, usando apenas camiseta regata e ceroulas. Mais ou menos um ano depois que passaram a morar na mesma casa, as mãos vez por outra se roçavam. E de alguma forma adquiriram o hábito de dar as mãos antes de dormir.

Esse tinha sido o limite máximo do relacionamento físico de Olof e Lennart, até que chuva ácida começou a despejar do céu e fez com que os dois dessem um enorme passo rumo ao desconhecido.

Lado a lado, mas não perto demais um do outro, eles caminham a passos lentos até sua pequena plantação e descobrem que, como suspeitavam, tudo que vinha florescendo de forma tão antinatural foi aniquilado pela chuva. Não há uma folha sequer, nem caule, nem haste; restou apenas um pedaço de terra preta.

– Esta grama... – diz Olof, esfregando a sola do sapato sobre a superfície verde reluzente.

– Sim – diz Lennart. – Não vamos falar a respeito.

– Você acha que é melhor a gente não falar sobre coisas que não entendemos?

Lennart suspira e olha para Olof com uma expressão de pesar. – Você queria dizer alguma coisa sobre a grama?

– Na verdade, não; eu estava só pensando que ela deve ser especialmente adaptada pra crescer aqui. Sobreviver nestas condições.

– Do que você está falando?

– Não estou falando de nada. Só que tudo que existe aqui deve ser especialmente adaptado pra sobreviver. Todo o resto desaparece.

Eles caminham até o espaço onde ficava a varanda coberta anexa do *trailer* de Donald e Majvor. A espreguiçadeira foi reduzida a um esqueleto corroído, a pequena geladeira perdeu sua camada de tinta branca, e tudo que resta do assoalho é lama esverdeada. Lennart a cutuca com o pé.

– Isto não vai ter muita utilidade no que diz respeito a construir uma torre – diz ele.

– Não. Mas pensando bem não achei que esse plano ia funcionar... Você achou?

– Na verdade, não. Mas seria legal poder ligar pra casa em algum momento.

– Seria – concorda Olof.

O tom da conversa entre os dois está voltando ao normal: ambos podem ouvir e sentir isso. Eles se entreolham de relance, e, hesitantes, arriscam um sorriso.

– Lennart.

– Não. Agora não. A gente fala disso mais tarde. Eu preciso...

– Digerir?

– Sim. Exatamente. Algo assim.

Eles olham ao redor do acampamento. Desde que o círculo encantado das figuras brancas se rompeu, todos voltaram a suas tarefas habituais, tanto quanto qualquer tarefa é normal neste lugar. Carina está verificando a caixa-d'água, Peter está jogando fora pertences que foram destruídos, ao passo que Donald e Majvor estão se preparando para partir.

A julgar pelas aparências superficiais, todos estão agindo como se a crise temporária tivesse passado e agora fosse hora de lidar novamente com a situação. Mas isso é a superfície. Seus rostos, a maneira como movem o corpo, o som de suas vozes – tudo mudou após a experiência coletiva de quase morte. Uma subcorrente oculta se infiltrou, tão negra quanto a lama sob os pés de Lennart e Olof.

Eles pararam de acreditar que têm chance de sobreviver. Por enquanto continuam cuidando do que precisa ser feito, porque não há mais nada a fazer, mas todos sabem que bastará uma chuvarada, talvez dois aguaceiros, para reduzi-los aos itens feitos de metais preciosos que eventualmente estiverem usando, assim como se deu com Erik e os outros. Talvez não seja em um ou dois dias, quem sabe nem mesmo em uma semana, mas mais cedo ou mais tarde vai acontecer.


Os braços de Isabelle coçam tanto e estão tão irritados que é quase um alívio quando uma sensação conhecida começa se fazer sentir, lutando pelo espaço disponível para causar desconforto: fome. Ela sai da área da churrasqueira e caminha na direção do quiosque. Alguns mosquitos sentem o cheiro de sua testa suada e começam a zumbir em volta das orelhas.

*Porra. Porra.*

Ela deveria ter derretido, queimado até pulverizar e desaparecer por completo, rumar limpa e pura para a morte. Porém, pelo contrário, isto. O fedor de urina e fezes do bloco de banheiros faz com que um caroço de vômito suba dentro de sua garganta quando ela chega ao quiosque. O rapaz lá dentro aparenta ter dezoito anos e sofrer de um grave caso de acne. Seu rosto redondo é vermelho e esburacado, salpicado de cicatrizes; ele parece tímido e inseguro. Isabelle endireita as costas, estufa o peito e pergunta: – Vocês têm algum chocolate?

O rapaz olha de relance para ela, depois desvia o olhar, balança negativamente a cabeça. Isabelle verifica que seus mamilos estão eretos o bastante para aparecer através do fino *top*. Os olhos do rapaz deveriam estar saltados de desejo, mas em vez disso ele se recusa a olhar para ela. Na verdade ele se vira e começa a fuçar em alguma coisa nas prateleiras.

Há uma caixa de barras de chocolate sobre o balcão. Isabelle agarra algumas e se afasta enquanto rasga a embalagem de uma delas, morde um pedaço grande e começa a mastigar. Ela pode ouvir o ruído da mastigação e dos dentes triturando o chocolate, mas o único gosto que sente é de cinzas. Morde outro naco, mastiga com mais força e passa a língua dentro da boca, mas o gosto de cinzas fica mais intenso. Ela começa a suar, e suas mãos estão trêmulas.

Ela olha ao redor. Três homens de meia-idade estão sentados indolentemente a uma mesa do *camping* e matam o tempo remexendo em linhas de pesca, anzóis, chumbadas, iscas. Há três varas de pesca de bambu escoradas numa árvore ao lado deles. Os braços de Isabelle estão ardendo e sentindo ferroadas quando ela se aproxima dos homens e diz: – Oi, rapazes.

Os homens meneiam a cabeça e murmuram em resposta, mas nem sequer levantam os olhos. Continuam prendendo iscas a anzóis, armando boias de arremesso, fazendo arreios.

*Você é a mulher mais linda que eu já vi.*

Quantos homens já disseram isso a ela? Cinco? Sete? Dez? E agora esses três ficam aí sentados; deveriam cair aos pés dela e idolatrá-la, mas em vez disso têm olhos apenas para seu equipamento de pesca. Isabelle arranca seu *top* e tira a calcinha, joga as roupas em cima da mesa. Fica nua em pelo diante dos homens, abre bem os braços e grita: – Estão vendo alguma coisa que agrada vocês? *Olhem* pra mim, caralho!

Um deles remove o *top*, que pousou em cima do seu pote de minhocas, depois retoma sua tarefa. O corpo de Isabelle está em ebulição de tanta fome, um som de torrente lhe enche a cabeça, e a coceira nos braços é insuportável.

A partir da mesa saem duas trilhas em ângulo. Isabelle escolhe a da direita, que leva às arvores. Ela usa o que resta de suas unhas para coçar as feridas até começarem a sangrar, depois sai correndo.

Quando ela entra na floresta, sangue goteja de seus braços. A trilha é estreita; gravetos e galhos arranham sua pele nua, e finalmente alguma coisa começa a parecer real, finalmente ela consegue sentir alguma coisa de verdade, e estende os braços ensanguentados de modo que tudo que é pontiagudo possa espetar e apunhalar seu corpo, e por fim a dor é tão grande que leva embora todo o resto.

Há cinco deles movendo-se através da relva, gemendo e choramingando. Isabelle desacelera para assim ficar no mesmo ritmo deles. Sua carne está urrando, e os músculos que não foram incinerados latejam com uma dor tão profunda quanto a própria Terra; seu corpo inteiro é um gânglio de dor, mas é uma dor pura da qual não existe esperança de redenção, uma dor que simplesmente *existe*.

A coisa que era Isabelle abre sua boca arruinada, alarga sua garganta e permite que sua voz se misture às outras no lamento que nunca cessa, o lamento sobre a vida, sobre a dor, sobre fome e movimento. Ela percorre a trilha que se estende através de todo o descampado, juntamente com sua tribo.


Donald demonstrou muitos estados de espírito diferentes no decorrer das últimas horas, acima de tudo uma gama de variações de raiva e fúria, mas Majvor ainda não viu a emoção entalhada em seu rosto no momento em que ele olha para seu carro. Donald parece *transtornado*.

Ele sente imenso orgulho em cuidar de seu carro. Lavar, encerar, lustrar. Donald raramente é tão dócil e agradável quanto nas tardes de sábado, quando entra em casa depois de ter passado algumas horas na garagem com uma lata de cera Turtle Wax e uma flanela de camurça, deixando o carro como a plácida superfície de uma lagoa ao sol poente. Ele pode até se esquecer de fazer a barba, pode zanzar por aí vários dias com um chumaço de pelos pavorosos no queixo, mas lustra aquele carro com tanto esmero que seria possível comer o jantar direto no capô.

Nenhuma flanela milagrosa no mundo será capaz de recuperar o carro dele agora, devolvê-lo ao seu estado original. A maior parte da pintura desapareceu, deixando aqui e ali somente manchas bizarras. O invólucro de plástico dos faróis derreteu, deixando uma gosma amarelada espalhada sobre as calotas.

Mas essa não é a pior parte. A lataria sobreviveu, mas o teto solar não. O acrílico se dissolveu, garantindo o livre acesso da chuva ao interior do veículo. A chuva respingou sobre todo o painel de instrumentos, destruindo botões e telas; reduziu a frangalhos o revestimento de couro do volante, e abriu enormes buracos nos bancos da frente. Por um segundo Majvor acha que Donald vai desatar a chorar enquanto vê o carro.

Mas ele abre a porta, senta-se no banco do motorista e procura a chave no contato. Majvor cruza os dedos atrás das costas. *Não pegue, não pegue.* Dado o aspecto do carro, parece improvável que funcione.

Infelizmente, parece que os componentes vitais devem ter escapado de danos graves, porque o motor facilmente dá a partida e solta um rugido, e Donald, impaciente, chama Majvor. Ela abre a porta do passageiro e entra, mudando seu peso para um lado e para o outro em meio às crateras do banco até encontrar uma posição aceitável, depois fecha a porta.

A alavanca do câmbio se dissolveu parcialmente, e a caixa de marchas faz um guincho agudo quando Donald engata a primeira. Mas o carro começa a andar para a frente, contra todas as expectativas. Donald segue uma marca de derrapagem preta na trilha, e quando a marca desaparece continua a mesma trajetória.

– Donald – diz Majvor. – Isso é uma boa ideia, como você está?

– Estou bem. Só quero um lugar pra viver.

Sem dúvida alguma Donald parece mais são do que em qualquer outro momento desde que retornou ao acampamento – e antes disso também, verdade seja dita. Será possível que a experiência da chuva realmente fez com que ele começasse a ver a situação com mais clareza?

– O que você pensa de tudo isto? O que a gente pode fazer? – pergunta Majvor.

Will Lockhart, o Homem de Laramie, aparece à frente deles no descampado; caminha a passos trôpegos e aparentemente está numa condição ainda pior que aquela em que aparece no filme depois de ser arrastado através da fogueira e ter a mão alvejada por um tiro. Donald estreita os olhos ao avistar Will e pisa no acelerador. Majvor não sabe em que ele está pensando, mas por garantia diz: – Você não deve atropelá-lo. A gente não tem ideia do que pode acontecer.

Donald resmunga, mas vira o volante, de modo que agora o carro já não está em rota de colisão com a figura. Quando passam por Lockhart, Majvor olha de relance pela janela lateral.

A julgar pela aparência, Will Lockhart está vagando há dias pelo deserto sem encontrar um gole de água. Seus olhos estão afundados no crânio, a pele amarelada e vincada de rugas. Ele perdeu tanto peso que o cinturão com o coldre está quase lhe escorregando dos quadris. No geral, parece que seu único objetivo possível é o seu próprio funeral. É tão perturbador que os olhos de Majvor se enchem de lágrimas. O sonho dela, seu herói, reduzido a ruínas.

*O que este lugar está fazendo com a gente? O que a gente pode fazer com este lugar?*

– Estamos condenados – diz Donald. – Simplesmente temos de aceitar isso.

– Condenados? Como assim, condenados? Por que estaríamos condenados?

Donald abre um sorriso forçado e amarelo. – Não é essa a sua área de especialidade? Culpa, pecado e danação? Acho que *você* é capaz de explicar por que a gente veio parar aqui. Vá em frente. O que a Bíblia diz sobre este lugar? Há?

– Para com isso, Donald.

– Sério, estou interessado. Quer dizer, você geralmente sempre tem uma citação da Bíblia na ponta da língua. Certamente deve ter alguma que se encaixe na atual situação.

Claro que Majvor já refletiu a respeito. Ela pensou em Moisés vagando pelo deserto por quarenta anos e nas provações de Jó. A geena. A verdade é que há tanta coisa que se encaixa, coisas demais, o que torna impossível a interpretação. Entretanto, não é esse o verdadeiro problema.

– Não seria apropriado – responde ela.

Donald solta uma ruidosa gargalhada. – Como assim, não seria apropriado? Finalmente estamos num lugar onde todo aquele monte de merda poderia ser útil! Lá em casa você começa a tagarelar a sua lenga-lenga sobre Jesus por qualquer bobagem, até mesmo quando eu penso em adulterar uma nota fiscal, mas agora, agora que realmente poderia ser... Você é muito engraçada, Majvor.

– Não tem nada a ver com este lugar – insiste ela. – Não seria apropriado.

Mesmo que quisesse, Majvor não seria capaz de explicar para Donald, mas compreendeu que este lugar está além dos conceitos normais, tanto em termos terrenos como celestiais. As regras habituais do mundo normal não se aplicam aqui, e orações em nada ajudarão.

Essa constatação deixou Majvor chocada a princípio, depois vazia. Após algum tempo ela começou a se acostumar à ideia, e, de maneira bastante surpreendente, isso aconteceu muito rapidamente. Não há uma diferença tão grande assim; é meramente o outro lado da moeda. O mundo cotidiano de Majvor é povoado por personagens etéreos da Bíblia, o ar é repleto de anjos invisíveis, e nenhuma ocorrência ou ação escapa do olho vigilante do Senhor.

A total *ausência* de tudo isso traz a sua própria satisfação, da mesma maneira que a escuridão total é até certo ponto igual à luz ofuscante. É difícil compreender, e mais difícil ainda explicar. Além disso, ela não tem desejo algum de tentar.

Donald continua seu discurso, e Majvor continua em silêncio. Após alguns minutos eles conseguem avistar o *trailer* no horizonte. Donald dá um tapa na própria coxa e diz: – Lá está ele, Majvor! Logo você vai poder começar a assar enroladinhos de canela de novo!

Em seu tom de voz nada há de agradável. Pelo contrário.


O colchão que estava mais próximo do teto ficou totalmente destruído. Quando Peter tenta mexer nele, o colchão desintegra-se por completo; Peter carrega os pedaços para fora e os joga atrás do *trailer*. O segundo colchão está danificado, mas ele o vira e conclui que ainda pode ser usado.

Por ele e Molly. Quando chegar a hora de dormir.

Ele para o que está fazendo e olha para Molly, que se empoleirou sobre a bancada da cozinha e está sentada observando o pai. Ele só é capaz de enfrentar a ideia de contemplar o futuro em pequenos segmentos. A última coisa que tomou forma em sua mente é: *Vire o colchão. Verifique o outro lado.* Agora ele fez isso, e pelo momento o futuro acabou. Ele se senta no colchão.

Que pode ser usado por ele e Molly. Quando chegar a hora de dormir.

Mesmo um pensamento simples como esses parece impenetrável, incomensurável – a ideia de que talvez exista um futuro distante em que ambos possam dormir numa cama. Cama. Molly.

– Molly. Por que a chuva não machucou você?

Molly toca o rosto, onde as marcas rosadas ainda são visíveis. – Machucou. Doeu.

– Você sabe o que eu quero dizer.

Molly morde o lábio inferior e seus olhos dardejam ao redor do *trailer*; ela olha de relance pelo vão da porta e encara por um segundo o olhar fixo de Peter antes de, enfim, concentrar-se no teto perfurado. Peter não consegue se lembrar de tê-la visto tão insegura.

– Eu não sei o que eu sou.

– Como é que é?

– Eu não sei o que eu sou.

– Você esqueceu? Você é um chafariz de sangue em forma de menina, não é?

Molly balança a cabeça – Talvez não. Eu não sei. Deu errado.

– Eu não entendo. O que você deveria ser?

Há uma longa pausa antes que ela responda. – Alguma outra coisa. Aconteceu quando eu era pequena. Como aquelas criaturas brancas.

– Que criaturas brancas?

– As que estavam aqui. Elas estavam no túnel também. Eu fiquei igual a elas.

– Que túnel? Molly, eu não faço ideia do que você está falando. Não vi criatura branca nenhuma.

Pela primeira vez desde que começaram a conversar, Molly olha diretamente para Peter, os olhos dela cheios de pesar. – Eu sei o que você vê – diz ela. – Mas você não sabe o que eu vejo. – O contato é rompido quando ela olha através da porta aberta e meneia a cabeça na direção do descampado. – A Mamãe é uma delas agora.

Uma minhoca viscosa de medo começou a rastejar em meio às entranhas de Peter, e ele não sabe ao certo se quer continuar esta conversa. Ele esfrega a barriga como se quisesse, com essa massagem, expulsar o medo, e finge que é apenas uma pontada de dor de estômago.

– Como assim, "uma delas"?

– Elas comem criaturas como eu. Eu não sabia que elas existiam. Foi horrível.

Peter se levanta, a mão ainda pousada sobre a barriga, que está roncando e gorgolejando como se um animal pequeno e furioso estivesse tentando sair. Ele caminha até Molly e toca o pé dela.

– Meu bem. Querida Molly. – Os lábios dela se retorcem e ela bufa, como se Peter tivesse contado uma piada ruim. – Eu realmente não entendo do que você está falando. Você diz que sabe o que eu vejo. O que você quer dizer com isso?

Molly olha de relance para a mão de Peter, que está pousada sobre o pé dela. Ele tira a mão e olha para a copa da cabeça da menina, o ponto onde ele outrora afagava a moleira dela, a fina camada de pele cobrindo o cérebro que agora é um mistério para ele. Parece que já faz uma vida inteira. A lembrança traz consigo uma onda de ternura, então Molly ergue a cabeça e olha para ele.

O animal dentro das vísceras de Peter desembainha as garras e ataca. O rosto de Molly se altera. Atrás e através do rosto dela, como que em exposição dupla, Peter pode ver o rosto do seu pai. Os límpidos olhos azuis de seu pai estão fitando diretamente os olhos de Peter, mas dentro desses olhos há um outro par, castanhos quase pretos, estreitando-se num ódio incontrolável. Molly abre sua boca pequena, que é simultaneamente outra boca, e diz: – Nem mesmo Jesus quer a sua boceta fodida.

Uma súbita cólica faz Peter dobrar o corpo. Ele espreme as nádegas, pisa de lado e abre com um violento puxão a porta do banheiro. Mal acaba de abaixar as calças quando aquilo que vinha se avolumando dentro de seu estômago sai aos esguichos. O acanhado espaço se enche do nauseabundo mau cheiro de diarreia, e Peter cobre a boca com a mão para não vomitar, ainda por cima.

*Nem mesmo Jesus quer a sua boceta fodida.*

Essas palavras foram gravadas a ferro e fogo em letras cáusticas na mente de Peter desde a noite em que seu pai quase matou a sua mãe. Ele nunca mencionou essa história para Molly, é claro; jamais contou sequer para Isabelle. Jamais contou a ninguém.

Peter respira rapidamente pelo nariz, inalando mais uma vez o terrível fedor, o que causa uma nova onda de náusea.

*Nem mesmo Jesus.*

Há uma batida na porta, e ao mal-estar sobrepõe-se uma camada de medo. O pai de Peter está do lado de fora neste exato momento. Traz na mão o martelo, e dessa vez não há crucifixo para contê-lo. E se houvesse crucifixo de nada adiantaria, porque o *descampado é infinito.*

Peter abraça a barriga; a dor cessou agora. Ele se lembra de um corpinho macio, um reconfortante pacotinho de calor junto à sua pele, ele se lembra de Diego, tirado dele por Deus, ele se lembra de toda a aflição, tristeza e angústia, de toda a porra de sofrimento que a vida jogou na cara dele, e é claro que ele vai acabar desse jeito, nauseado e fedido num banheiro nojento. Há outra batida na porta, e ele ouve a voz de Molly.

– Papai!

Peter engole em seco. Solta o ar. A voz de Molly tem o som de sempre. Nenhum indício da voz de um pai violento. Apenas uma menininha que diz: – Não é minha culpa, Papai. A Mamãe me abandonou no túnel. Por que ela fez aquilo, Papai?

Peter acha que consegue respirar pela boca sem o risco de sentir ânsia de vômito. Ele respira fundo, depois limpa a bunda. Põe-se de pé, apruma-se e olha para a poça marrom de excremento espalhada dentro da privada.

*Água, economize água.*

De que adianta, porra? Ele aperta a descarga. Nada acontece. A chuva não tinha penetrado a caixa-d'água, e mesmo assim nada acontece. Não há agua. Mais uma coisa para se somar a todas as outras. Ele fecha a tampa do vaso sanitário e abre a porta.

Molly está parada de pé do lado de fora; ela torce o nariz ao sentir o cheiro fétido. Peter fecha a porta.

– Que túnel?

– Onde a gente morava. Quando eu era pequena.

– O túnel Brunkeberg?

– Não sei o nome.

– A Isabelle abandonou você no túnel Brunkeberg?

– Sim. Durante um tempão. Estava escuro. Eu não entendo.

Peter só consegue balançar a cabeça. – Nem eu.

Molly olha ao redor do *trailer*, aperta os lábios, resoluta, depois meneia a cabeça de si para si. – A gente precisa se livrar das coisas da Mamãe.

Peter não vê motivos para protestar enquanto Molly abre armários e gavetas, junta as roupas de Isabelle e joga tudo sobre a bancada ao lado da pia. Peter deixa-se cair no colchão e observa a menina agarrar as despedaçadas revistas de moda e o arruinado *laptop* de Isabelle e arremessá-los dentro da pia. Há em tudo que ela faz uma raiva sufocada, como se fosse uma senhoria limpando a bagunça depois da partida de um inquilino particularmente porcalhão. Assim que ela acaba de reunir tudo que consegue encontrar, aproxima-se de Peter.

– Melhor agora? – pergunta ele.

Molly balança a cabeça e aponta na direção da gaveta do lado de Isabelle do que era a cama do casal.

Peter abre a gaveta, que havia sido protegida pelos colchões e por isso sobreviveu incólume à chuva. Molly despeja o conteúdo em cima da cama. Basicamente filmes com títulos como *Macabro*, *Guinea pig: Ginî piggu* [Cobaia] e *Terror sem limites*. Mais revistas de moda. Maquiagem, embalagens de bombom, um livreto de um hotel de luxo em Dubai. E uma caixa.

Molly pega a caixa e a vira de um lado para o outro.

– O que é isto?

– Não faço ideia. Nunca vi isto antes.

A caixa tem mais ou menos o mesmo tamanho de um cubo mágico, e é feita de madeira preta, marchetada com intrincados motivos decorativos em ouro ou imitação de ouro.

Peter não consegue decidir se é uma bugiganga ou uma peça de antiguidade, mas o mecanismo de tranca de precisão leva a crer que se trata da última opção. Molly passa o dedo sobre a fina tranqueta que prende dois ferrolhos, que por sua vez mantêm a tampa fechada, e seus olhos reluzem quando ela sussurra: – É o segredo da mamãe.

A despeito do fato de que Peter não tem reservas emocionais que lhe permitiriam envolver-se plenamente com a questão, ele sente uma pontada de simples curiosidade humana: – *O que vai acontecer se eu apertar o botão? O que tem dentro da caixa?* – quando Molly desliza para trás a tranqueta e corre os ferrolhos.

Ela abre a tampa e Peter não sabe o que ela vê quando olha dentro da caixa, mas lágrimas normais e infantis escorrem por suas bochechas enquanto contempla o segredo de Isabelle. Quando Peter se inclina para a frente, Molly fecha bruscamente a tampa, enxuga as lágrimas dos olhos e o encara com olhos penetrantes.

Ela faz um barulho que é quase um latido e arremessa a caixa em Peter, depois sai correndo do *trailer*. Peter está prestes a se levantar e ir atrás dela, mas percebe que não tem nem a força nem a disposição. Em vez disso, ele se deita de novo no colchão e abre a caixa.

Está vazia.

Ele se acomoda e fecha os olhos.


– Stefan, precisamos lavar as suas costas.

–Sim, mas a água...

– A gente tem água.

– Não é uma quantidade ilimitada.

– Vem cá.

Stefan começa a abrir os botões e, embora o mais leve toque nas suas costas seja doloroso, pelo menos é um alívio descobrir, enquanto ele tira cuidadosamente a camisa, que o tecido não está grudado na pele.

– Papai, não!

Emil cobre os olhos com as mãos e balança a cabeça. Então deve estar *realmente* muito feio. Stefan se senta no banquinho da cozinha e solta um gemido quando a dor queima suas nádegas e coxas. Ele se levanta de novo.

– Tire tudo – diz Carina. – A gente precisa lavar seu corpo inteiro.

Ela abre a torneira, enche uma jarra. Quando Stefan começa a tirar o cinto, é demais para Emil. Ele agarra Gato de Sabre e caminha rumo à porta.

– Não saia andando sem rumo pra muito longe – diz Carina. – Fique por perto.

– A-hã. Obrigado por salvar meus animais, Papai.

Emil salta o degrau e Carina sufoca um grito quando olha para as costas de Stefan.

– Está muito grave? – pergunta ele.

– Não sei nada sobre esse tipo de coisa, mas... deve ser incrivelmente dolorido. Espero que isto ajude.

Os nervos sensórios mais finos das costas de Stefan devem ter sido danificados, porque ele não sente nada além de uma ligeira mudança de temperatura;

sequer nota que Carina já começou a lavá-lo, o que ele só percebe quando a água começa chapinhar em volta dos seus pés. Quando Carina lhe pergunta qual é a sensação, ele diz que é boa.

– Acho que vamos precisar lavar *uma porção* de vezes – diz Carina, enchendo outro balde. – A caixa tem duzentos litros, não é?

– O que você viu?

– Como é?

– Quando você olhou para aquelas figuras. Você disse que era uma longa história... Eu quero ouvir.

Carina carrega a jarra até Stefan e despeja lentamente o conteúdo sobre suas costas, traseiro e coxas. – Foi em outra vida. Nada a ver com o que temos agora.

Stefan espera até ela terminar. Quando ela faz menção de voltar para a pia, Stefan segura o braço dela e vira seu rosto para que ela o encare.

– Carina, se há uma coisa que eu aprendi sobre este lugar é que não nos conhecermos uns aos outros é perigoso. Não saber o que a outra pessoa está pensando, que fardos ela pode estar carregando.

Carina se desvencilha e se inclina para reabastecer a jarra, mas Stefan pode ver que suas palavras causaram um abalo, o que o encoraja a continuar.

– Eu não sei praticamente nada sobre o que aconteceu com você entre aquela noite no baile e a noite em que você voltou. São oito anos, Carina. Oito anos da sua vida a respeito dos quais nada sei. Agora que o Emil não está aqui eu posso dizer o que eu e você estamos pensando: pode ser que a gente nunca saia desta. E acho que o risco é maior se a gente não conhecer um ao outro. Não é hora?

Carina estava ouvindo com tanta atenção que a jarra transbordou. De súbito as linhas de seu corpo se abrandam.

– Você se lembra? Daquela noite no baile?

– Claro que me lembro. Por que eu me esqueceria da noite em que meus sonhos se tornaram realidade?

Chamava-se "bailinho". Antes costumava chamar-se "baile do celeiro", mas naquele tempo já era "bailinho", realizado no galpão junto ao velho píer. A primeira atração foi um grupo local de música folclórica, os Marujos Marítimos, tocando clássicos e sucessos eternos do arquipélago, depois o baile festivo.

Carina e os amigos pronunciavam a palavra com calculada ironia, "Vamos ao *bailinho* hoje à noite?", mas iam porque não havia outro lugar aonde ir.

A mãe de Carina morrera seis meses antes e seu pai havia afundado numa profunda depressão, o que significava, entre outras coisas, que ele se esquecera de encerrar o contrato de aluguel do chalé onde passavam as férias; quando o verão chegou, era tarde demais. Já que eles teriam de pagar de qualquer modo, decidiram que era melhor ir.

Foi um erro. Lembranças da infância e de amor e de esplêndidos dias de verão espreitavam em cada canto da casa e do jardim. Carina e o pai arrastavam-se em meio a essas memórias feito dois fantasmas, incapazes de fazer outra coisa para criar uma vida que girasse em torno do aqui e agora. Não demorou muito para que Carina começasse a viver na rua; voltava para casa apenas para dormir, e às vezes nem isso fazia.

Na cidade grande ela tinha começado a passar tempo com uma turma diferente, mas lá nos cafundós do meio do mato suas velhas amigas interioranas de verão teriam de quebrar o galho. Carina era o membro mais popular do grupo, a pessoa que todas queriam ter como amiga especial. O fato de que ela queria ir ao bailinho tornava o evento *descolado*.

Eles fizeram uma sessão preliminar de bebedeira ingerindo uma perigosa mistura à base de todo o álcool em que conseguiram pôr as mãos, ouvindo Dr. Alban e morrendo de rir. Por volta das dez e meia partiram para o bailinho, onde o som das notas de baixo de "Living on a Prayer" inundava a enseada, *uópa-uo-ua, uópa-uo-ua*. Algumas pessoas com mais de trinta anos estavam dançando passinhos ridículos e constrangedores feito homens de meia-idade, e empoleirado numa mureta com uma lata de Fanta na mão estava Stefan. Kamilla com K apontou para ele: – Dá uma olhada naquele cara da mercearia! Aposto que aquilo na mão dele é Fanta *mesmo*!

Ela talvez estivesse certa. Stefan estava usando calça *jeans* escura que parecia novinha em folha e uma camisa xadrez vermelha abotoada até quase o último botão. Seus óculos de aros pretos refletiam o brilho das luzes coloridas, reluzindo fora de ritmo com a música.

– Está vendo alguém que te agrada? – quis saber Carina com C, e Carina deu de ombros.

– Eu estou vendo alguém que é feio que dói, mais feio que indigestão de torresmo – disse Jenny, acenando na direção de Stefan.

Foi apenas uma ideia. De repente Carina ouviu a si mesma dizendo: – O que eu ganho se der uns amassos nele?

Com voz engrolada as meninas responderam um arrastado "mil" e "dez mil", mas quando perceberam que Carina estava falando sério combinaram doar cinquenta coroas cada. Cento e cinquenta. Carina insistiu em duzentas coroas, e após um breve período de negociação concluíram os termos da aposta.

Após a morte da mãe, Carina e o pai passavam por sérias dificuldades financeiras. Carina recebia apenas metade do valor da sua bolsa estudantil, e duzentas coroas era um bocado de dinheiro para ela – algo de que as outras não sabiam, é claro. Elas vinham de famílias abastadas, e supunham que Carina estava pechinchando apenas por diversão.

Meio andando, meio dançando, Carina deslizou através de pista de dança e parou na frente de Stefan. – E aí? O que você tem aí?

Stefan estendeu a latinha, e ela bebeu um gole. Para sua surpresa, havia um perceptível toque de rum. Ela devolveu a lata e perguntou:

– Você tem alguma coisa pura?

Stefan fez que sim com a cabeça.

– Está a fim de compartilhar?

Stefan encolheu os ombros. Aquilo seria melhor do que Carina tinha esperado. Enquanto ela seguia Stefan pela pista de dança, suas amigas faziam gestos expressivos, incentivando-a.

O esconderijo de Stefan era um apodrecido esquife emborcado que, até onde a memória de Carina alcançava, sempre ficara exatamente no mesmo lugar. – Ele pegou meia garrafa de Bacardi, e Carina assobiou.

– Uau. Você ia beber tudo isso sozinho?

– Não. Já tenho faz um bom tempo.

Carina riu. – Espere aí, eu entendi direito? Você tem uma garrafa de Bacardi e só... toma um gole de vez em quando?

– Em ocasiões especiais.

– Isso é meio louco. Quer dizer, é o que os *adultos* fazem!

– E?

Stefan passou a garrafa para ela, depois enfiou a mão debaixo do barco para pegar outra lata de Fanta. Carina bebeu um gole de rum puro. Quando Stefan endireitou o corpo, ela tomou outro gole antes de devolver a garrafa. Ela adorava a sensação de queimação na garganta, e exalações mornas encheram seu cérebro. Stefan acenou com a latinha. – Você vai...?

– Não. De boa, obrigada.

Carina olhou para a pista de dança, onde as pessoas saracoteavam ao som de "Moonlight Shadow".

– Vai dançar, você? – perguntou Stefan, olhos fixos no chão.

– O quê?

– Vai dançar, você?

– Não, vou só ficar parada aqui.

– Quero dizer...

– Eu sei o que você quer dizer. Vem cá.

Ela agarrou a camisa de Stefan, puxou-o para perto e cravou os lábios sobre os dele. Quando ela enfiou a língua dentro da boca dele, Stefan demorou alguns segundos para reagir. Ela fechou os olhos, e na verdade gostou da sensação por um momento. Os lábios dele eram macios, sua língua morna deslizando sobre a dela. Então o nariz dela bateu nos óculos dele. Ela o empurrou dizendo: – Tá legal. Valeu pela bebida – e saiu andando.

Ela deu a volta pelo caminho mais comprido, tentando evitar as amigas, mas elas foram correndo encontrá-la. Quando Kamilla com k levantou a mão para cumprimentá-la com um "toca aqui", Carina sentiu um súbito ímpeto de dar-lhe um tapa na cara.

Stefan passou o resto da noite lançando demorados olhares na direção de Carina, mas ela o ignorou. Em mais de uma ocasião Carina se esgueirou e foi sozinha até o esquife para se servir do Bacardi, até a garrafa ficar quase vazia. Não sabia se Stefan percebeu o que ela estava fazendo, e tampouco se importou com isso.

Em algum momento o bailinho terminou, sem que Carina percebesse. A essa altura ela estava sentada numa rocha à beira-mar com a cabeça entre os joelhos. A música tinha cessado e as luzes haviam sido apagadas; o luar sobre o mar era a única fonte de iluminação quando ela se pôs de pé, tropeçou e cortou o cotovelo ao cair sobre uma pedra pontuda.

– Puta que pariu – resmungou ela, tateando à procura de algo em que pudesse se apoiar.

– Vamos lá, me deixe te ajudar. – Era a voz de Stefan. Ele a colocou de pé enlaçando o braço dela em volta do seu pescoço para escorá-la. Carina se deixou ser levada; afinal os dois estavam indo na mesma direção. Após algum tempo caminhando em silêncio – depois que a cabeça de Carina estava um pouco mais desanuviada e ela havia recobrado alguma lucidez –, Stefan disse de supetão:

– Você não deveria beber tanto.

– Você não deveria usar óculos tão feios – rebateu ela, e foi o fim da conversa. Os dois percorreram a trilha de terra que levava às respectivas casas, e Carina viu que a luz da cozinha do chalé estava acesa; seu pai ainda estava acordado. Ela parou e, com o braço ainda em volta do pescoço de Stefan, perguntou:

– Você sabe trepar?

Os ombros dele se retesaram. – Do que você está falando?

– Estou falando sobre trepar. Você sabe trepar? Já trepou antes?

– Já.

Carina soltou um suspiro longo e bêbado.

– Não dou conta de ter que ensinar você, sabe?

– Não, eu já fiz antes. Uma vez.

– Tá legal. Então vamos fazer?

– Como assim, agora?

Carina recolheu o braço e com as duas mãos esfregou o rosto.

– Não, vamos voltar pra sua casa. Não é pra tomar café nem nada do tipo, só trepar. E eu vou passar a noite lá. Tá legal?

Stefan morava numa pequena choupana no terreno da mercearia e ao lado da casa principal. Suas paredes eram forradas de fotografias de aves, além do retrato de um cara feito só de frutas. Carina se perguntou se ele estava mentindo quando disse que já tinha trepado.

Sem mais delongas ela tirou a roupa e colocou a mão de Stefan na boceta. Apertou a virilha dele e, para seu alívio, constatou que ele tinha um pau grande e duro o bastante. Deitou-se de costas, abriu bem as pernas e disse: – Pode vir, então. Eu tomo pílula.

Não foi bom. Não foi nem mesmo razoável. Stefan foi cauteloso demais. Se ele pelo menos tivesse feito valer a pena com uma minuciosa exploração do corpo dela, talvez o resultado fosse aceitável, mas nem isso ele conseguiu fazer. Houve apenas uma penetração suave, à base de estocadas delicadas que duraram alguns minutos, tempo durante o qual Carina ficou lá deitada olhando para o retrato do homem de frutas e se perguntando se era uma foto ou pintura. Então Stefan soltou um gemido e a coisa toda chegou ao fim.

Ele se enrodilhou ao lado de Carina, afagou os cabelos dela e disse: – Eu menti. Esta foi a minha primeira vez.

– Não brinca, Sherlock.

– Não foi muito bom, não é?

– Já tive melhores. Mas tudo bem.

– Quer fumar?

Por um momento Carina achou que ele estava perguntando se ela queria *fumar*. Que ele tinha maconha. Depois ela entendeu; ele estava perguntando se ela queria fumar seus próprios cigarros comuns, agora que tinham feito sexo. Provavelmente ele havia visto isso em algum filme. Na choupana de Stefan não havia o mais leve odor de cigarro, e ela se deu conta de ele estava fazendo uma enorme concessão. Para compensar o que tinha acabado de acontecer.

– Claro – disse ela. – Passe a minha calça, por favor.

Ela tirou do bolso um amarrotado maço de Marlboro Light e seu isqueiro, e Stefan pegou do chão uma latinha vazia de Fanta. Ele era obviamente um cara que adorava Fanta. Enquanto Carina fumava e despejava as cinzas dentro da lata, Stefan acariciava seus seios, sua barriga. Ele balançou a cabeça.

– Você não faz ideia de quanto tempo sonhei com isto – disse ele. – Desde que comecei a ter aquela espécie de...

– Eu sei – Carina o interrompeu.

– E aí acontece isto e as coisas saem deste jeito.

Stefan franziu a testa e uma sombra passou sobre seus olhos. Ele estava à beira das lágrimas. Carina afagou sua bochecha. – Ei, está tudo bem.

*Se ele começar a chorar, eu caio fora daqui.*

Stefan se recompôs e acariciou delicadamente os pelos pubianos de Carina. Ela sentiu um formigamento e pressionou o corpo contra a mão dele. Ele não pareceu ter notado. Com os olhos fixos numa fotografia de oito pássaros que pareciam idênticos, ele disse: – Eu sei que isto aqui não vai se repetir, é algo que não vai durar mais que uma noite. Há alguma coisa que posso fazer pra mudar isso?

Carina olhou para Stefan. Agora que ele tinha tirado os óculos, poderia ter sido qualquer um entre milhares de caras banais e entediantes. Embora o movimento da mão dele fosse bom, Carina não sentia atração nenhuma. Ela balançou devagar a cabeça.

Ele continuou afagando Carina. – Nesse caso, eu só quero que você saiba que... eu acho que você é a melhor garota do mundo. Todo verão eu espero você chegar, só pra te ver, e se houver alguma coisa que eu possa fazer...

Carina apagou o toco do cigarro e colocou a lata no chão. Pressionou a virilha com mais força contra a mão dele. – Você pode continuar fazendo isso aí. Não vou embora agora.

Um pouco mais tarde eles transaram de novo; dessa vez foi razoável, e Carina olhou para Stefan e não para o cara feito de frutas. Depois ficaram lá batendo papo, e Stefan deu uma tragada no cigarro de Carina, o que o fez tossir.

De manhã ela saiu pela janela e cortou caminho atravessando o jardim do vizinho, para que ninguém a visse na estrada enquanto voltava para casa. Na semana seguinte ela e o pai foram embora para a casa na cidade, e ela só voltaria a ver Stefan oito anos depois.

Carina torrou em cigarros as duzentas coroas.


– Então por que você fez aquilo? – pergunta Stefan. – A primeira vez que você me beijou... Por que fez aquilo?

Carina não sabe se limpar com água as costas de Stefan está tendo algum efeito; as costas dele parecem uma pizza que acabou de entrar no forno que está começando a assar. Tiras brancas de pele e tecido muscular vermelho-escuro, e diversas bolhas do tamanho de uma moeda de cinco coroas. É difícil compreender que a pele humana possa adquirir esse aspecto, que a pessoa a quem a pele pertence seja capaz de falar em vez de gritar, e que a pessoa em questão seja Stefan. O Stefan dela. O pobre Stefan.

– Você era meio bonitinho – diz ela, despejando água sobre o pescoço e os ombros dele. – Um pouco perdido, de certa forma.

– Isso é verdade?

Carina está contente de que Stefan não possa encará-la nos olhos quando ela meneia a cabeça e responde: – Claro.

Stefan talvez tenha toda a razão ao dizer que é perigoso se um não conhecer o outro neste lugar, mas, onde quer que estejam, também é perigoso um machucar o outro. E Stefan já está machucado demais. Os músculos expostos têm vida própria, contraindo-se e contorcendo-se como pequeno peixes quando a água escorre sobre eles. Contudo, Stefan se recusa a entregar os pontos.

– Eu só acho que é muito esquisito – continua ele. – Quer dizer, eu sei como eu era, a minha aparência, e sei como você era, quem você era...

– Stefan – Carina o interrompe enquanto esvazia a jarra. Por um momento ela cogita a possibilidade de contar a verdade, mas reduzindo a quantia de dinheiro. Vinte coroas. Dizer a ele que não foi por causa do dinheiro. A verdade é que naquela noite ela preferiria ter beijado o baixista da banda Marujos Marítimos, e que Stefan era feio como um porco cansado de viver.

Mas essa mentira seria pior, mais elaborada; por isso, quando Stefan diz: – Sim? –, ela puxa para cima a manga da camiseta e aponta para a tatuagem sobre o ombro. – Sabe o que é isto aqui?

– Dois símbolos do infinito.

– Não, não é.

Carina vai até a pia e enche de novo a jarra. Tudo, menos aquele beijo. Stefan faz mais perguntas, mas ela não começa a falar antes de se posicionar atrás dele. Ela conta sobre a tatuagem e sobre como a conseguiu. Sobre as pessoas com quem costumava sair, sobre sua vida até o ponto em que, numa derradeira tentativa de se salvar, foi para Ålviken e bateu na porta de Stefan.

Sua história requer vinte jarras de água. Assim que ela termina, cai o silêncio, e nesse silêncio eles podem ouvir um carro dar a partida. Carina não sabe se é porque está com medo da reação de Stefan, mas subitamente seu corpo inteiro sente frio, como se alguém a esfaqueasse no coração com uma estalactite. Ela estava tão absorta com seu relato que se esqueceu.

– O Emil – diz ela. – Cadê o Emil?

\* \* \*

– Vamos lá.

– Não posso brincar com você. Estou proibido.

– Por que não?

– Eu não sei, mas me proibiram.

Emil aperta Gato de Sabre contra a barriga como um escudo quando Molly se aproxima. Os olhos dela estão vermelhos, como se tivesse chorado, e em seu rosto há linhas rosadas. Desde que Emil a conheceu ela vem sendo uma espécie de *duplo*, de um modo que ele não consegue entender. Assim como os *Transformers* podem ser duas coisas diferentes. Ela é uma menina, e às vezes não é uma menina.

Agora, com olhos inchados e marcas no rosto, ela quase não tem mais nada de menina, particularmente quando faz um beicinho ao olhar para Gato de Sabre e diz: – Bonito gatinho.

– Não é um gato. É um lince.

– Qual é o nome dele?

Emil não se lembra de onde tirou o nome Gato de Sabre, e uma vez que ele acabou de dizer que é um lince parece um nome bobo. Ele tem a sensação de que está decepcionando Gato de Sabre, mas, já que acabou de pensar nos *Transformers*, responde: – Megatron. O nome é Megatron.

– Igual aos *Transformers*?

– A-hã.

– Legal. Eu tenho um leão chamado Simba.

– Que nem no filme *O rei leão*.

– É. Mas ele está na minha casa. Eu tenho até o DVD.

– Eu também.

Sem pensar a respeito, Emil enfiou Gato de Sabre debaixo do braço e chegou mais perto de Molly.

– Você conhece *Star Wars*? – pergunta ele, e Molly encolhe o ombros: – Um pouco.

Ele quer muito mostrar a alguém, e, mesmo que Molly talvez não tenha noção do quanto é *incrível*, pode ser que ela compreenda até certo ponto se souber alguma coisa de *Star Wars*. Emil tira do bolso os dois bonecos de Darth Maul, mas deixa os sabres de luz onde estão para não perdê-los. – Dá só uma olhada nisto.

– Uau! Posso ver de perto?

Emil passa os bonequinhos para as mãos dela e fica feliz de ver que Molly parece bastante impressionada enquanto examina as duas figuras de ação. Entretanto, é decepcionante quando ela pergunta:

– Quem são eles?

– Você disse que conhecia *Star Wars*.

– Só um pouco. Mas estou achando que ele é do mal.

– E bota do mal nisso! É o Darth Maul.

Emil conta sobre Obi-Wan e Qui-Gon Jinn, e Molly escuta, de olhos arregalados. De certa maneira é melhor do que se ela já soubesse tudo. Quando ele termina, Molly diz: – A gente pode brincar de *Star Wars*!

– Com o Darth Maul?

– Sim. Vamos lá!

Emil já se esqueceu por completo de que foi proibido de brincar com Molly, e, uma vez que ele não sabe *por que* não tem autorização para passar tempo com ela, na verdade isso não importa, como Papai diria. A imagem das costas do pai passa como um raio por sua mente enquanto os dois caminham na direção do *trailer* de Molly, mas desaparece quando a menina diz: – O imperador ataca de novo! – e rasteja para debaixo do *trailer*.

Emil suspira e corrige: – *O Império contra-ataca!* –, depois engatinha para debaixo do *trailer* ao lado dela e se deita de bruços.

Molly posiciona os dois bonecos na grama a céu aberto e os faz dizer coisas que nada têm a ver com *Star Wars*, então Emil tem que assumir as rédeas. Ela ri quando ele faz a voz mais grave possível e entoa: – O medo é meu aliado.

– Espere um minuto, eu vou só buscar uma coisa – diz Molly.

Contorcendo o corpo, ela serpeia para sair de debaixo do *trailer* e corre. Emil permanece onde está; ele rola no chão e agora fica de costas, olhando para o céu e chutando a parte inferior do chassi do *trailer*. Sente-se feliz por Molly estar sendo legal agora; este lugar é chato e horrível ao mesmo tempo, e é bom ter alguém com quem passar o tempo, mesmo que seja uma menina.

Emil pega os dois bonecos de Darth Maul e os faz caminhar ao lado do *trailer* e sussurra: – O medo é meu aliado.

Então ele ouve um carro dar a partida.

\* \* \*

Molly sabe como é, ela já viu Papai fazer isso centenas de vezes. A chave está sobre o banco do passageiro, e é o tipo de chave que não tem de ser inserida no contato. Mas é preciso pisar no pedal do freio.

Molly se estica toda a fim de alcançar o pedal e pressionar o botão de partida ao mesmo tempo. O motor entra em ação, com um rugido. Ela tira o pé do freio e começa a acelerar lentamente.

Peter está sonhando com um campo de futebol do tamanho do mundo, uma imensa superfície verde com pessoas se movendo de um lado para o outro em padrões regulares. Não há gols, não há bola, nenhum objetivo aparente no jogo. Chega a ser um jogo? A única coisa que leva a crer que há alguma coisa a ganhar ou perder é a tensa concentração nos rostos das pessoas enquanto correm, fazem *cooper* ou caminham ao longo do campo. Como se fosse uma questão de vida e morte.

Como sempre acontece nos sonhos, a lógica não tem vez, e Peter está observando tudo de cima, bem no alto, ao mesmo tempo que está lá embaixo no campo. Ele sabe que deve correr, e sabe por quê, mas é impossível expressar isso em palavras. Quando ele tenta, vê-se encoberto por uma escuridão que tem cheiro de sabonete líquido e desinfetante.

Outro corpo está lá com ele. Esse corpo é o gol e a bola e o propósito do jogo, e, mesmo assim, curiosamente está *do lado de fora* do campo, embora o campo abarque o mundo inteiro. Peter estende os braços na escuridão. Alguma coisa se choca contra ele, e ele abre os olhos.

O *trailer* sacode, e Peter tem tempo apenas de perceber que está em movimento, tem tempo de pensar por um segundo que Donald está dirigindo o veículo com ele dentro, e lampeja feito um raio por sua mente uma imagem do Pateta no habitual desenho animado que a TV exibe na véspera de Natal.

*Então quem está dirigindo?*
*Ora, eu estou dirigindo, ho ho ho!*

A seguir o *trailer* se inclina ligeiramente quando uma das rodas passa por cima de alguma coisa. Peter ouve um grito agudo, que é interrompido após uma fração de segundo para ser substituído por um ruído de estalo, exatamente o som de quando uma árvore morta cai e os galhos secos se estilhaçam no chão. Depois a roda cai com um baque, o *trailer* se endireita e tudo fica em silêncio. O *trailer* anda mais alguns metros e para.

Emil não sabe que o *trailer* está engatado ao carro, por isso, quando ouve um motor sendo ligado, simplesmente se pergunta quem está prestes a sair dirigindo. Ele pensa em tirar do bolso os sabres de luz e deixar os bonecos de Darth Maul travarem uma luta. Então a roda imediatamente à esquerda do seu peito começa a girar.

Ele mal consegue abaixar os braços para tentar se arrastar de debaixo do *trailer* quando sua camisa fica presa entre a roda e o chão. Ele grita no instante em que a roda engancha a pele abaixo da dobra do braço e a torce feito um torno de bancada. Seu mamilo é arrastado para a esquerda enquanto o peso total do *trailer* pousa sobre seu frágil peito.

Emil joga a cabeça para trás, olhando para o mundo de ponta-cabeça enquanto todo o ar é arrancado à força de dentro dele. Suas orelhas estouram, e ele não ouve suas costelas sendo arrebentadas, tem noção apenas das faiscantes pontadas azuis de dor apunhalando seu corpo e do líquido morno avolumando-se dentro de sua garganta e ele sabe que isso é sangue e

*Sou pequeno demais para morrer*

um pássaro que ele consegue identificar como um papa-moscas na luz mortiça esvoaça céu afora diante de seus olhos. Ele vira a cabeça para a direita e vê o passarinho pousar sobre a cerca que circunda o acampamento, onde sacode a cauda algumas vezes antes de ser sugado trevas adentro.

Uma coisa que tinha sido esquecida na confusão geral foi a abertura da latrina, então Lennart e Olof se incumbiram da empreitada. Com pazadas constantes eles escavaram e talharam a terra, que tem cheiro de sangue. É bom trabalhar juntos. Bom porque a conversa se restringe à tarefa à mão.

– Até que profundidade você acha que a gente tem que ir?

– Meio metro deve dar conta do recado, por enquanto.

– A gente pode usar uns torrões de grama ou algo assim. Como cobertura.

– Sim. Isso seria útil.

– Por outro lado, se vier mais chuva...

– Se isso acontecer, acho que vai acabar com a maior parte dos nossos problemas, por assim dizer.

Tão logo acabam de escavar a trincheira, eles endireitam as costas doloridas e admiram seu trabalho. Na verdade o fosso não é grande o suficiente para dez pessoas, mas pelo menos eles começaram, e talvez músculos mais jovens possam continuar mais tarde, se isso se mostrar necessário.

– E quanto a você? – pergunta Olof, meneando a cabeça na direção do buraco. – Precisa ir ao banheiro?

– Bom, agora não. Mas a gente precisa instalar algum tipo de biombo.

– Sim. Mas isso é muito engraçado. Dadas as circunstâncias.

Lennart fuzila Olof com os olhos. – Pode-se dizer que isso depende do seu senso de humor.

– Você não acha que é engraçado?

– Talvez um pouco.

Eles escavaram a latrina vinte metros atrás de seu *trailer*, e quando estão caminhando de volta ao acampamento veem Molly esgueirar-se de fininho para dentro do Toyota preto. Nada de estranho nisso. Eles continuam andando. Parece, sim, um pouco estranho quando o motor dá a partida, e ao chegar à sua porta eles veem que o Toyota e o *trailer* começaram a se mover.

– É a Molly... – Olof inicia uma frase. – Puta que pariu!

Ambos veem o que acontece. Os braços de Emil aparecem, sua cabeça dá um solavanco para trás quando a roda do *trailer* é arrastada por cima de seu peito. Eles ouvem um som de gelo despedaçando e de galhos crepitando quando os ossos dele são reduzidos a estilhaços. Os olhos de Emil reviram de modo que somente as partes brancas são visíveis enquanto uma cascata de sangue é expelida à força de sua boca num único coágulo, que esguicha sobre a grama. Os braços do menino caem e o *trailer* para.

Lennart e Olof correm até Emil e se ajoelham ao lado dele. Peter aparece no vão da porta do *trailer*.

– O que está... – Ele avista a cabeça de Emil projetando-se de debaixo do *trailer*, a testa e as bochechas cobertas de sangue. O rosto de Peter se distorce numa careta torturada e ele sussurra uma única palavra – Molly... –, que é abafada pelo som de Carina uivando.

Quatro pares de mãos levantam Emil e o carregam até seu próprio *trailer*, tentando mantê-lo perfeitamente na horizontal, para o caso de suas costas terem sofrido algum dano. É a coisa certa a fazer?

A parte da frente da camisa de Emil parece horrivelmente afundada, porque sua caixa torácica foi comprimida. Sua respiração está tênue e gorgolejante, como se houvesse fluido nos pulmões. O líquido deveria ser drenado, não é o procedimento? Mas ninguém sabe como fazer isso.

Os olhos de Emil estão fechados, e seus dedos se contraem. Vez por outra uma gota de sangue escorre de sua boca. Sua vida está frágil como uma bolha. Pode estourar a qualquer momento, as tremeluzentes cores do arco-íris desaparecendo num instante.

Emil está deitado no sofá, com Carina no chão ao seu lado. Ela pressiona delicadamente a palma da mão dele sobre a testa dela, como se estivesse tentando transferir para Emil a força de sua própria vida. Ela não está mais gritando. Stefan está sentado junto à cabeça do filho, enterrando suavemente os dedos no cabelo do menino.

Peter, Lennart e Olof assistem a tudo, impotentes. De tempos em tempos se entreolham como se estivessem prestes a dizer alguma coisa, mas não dizem uma palavra sequer. Alguém deveria estar dando instruções precisas, explicando o que pode ser feito para melhorar a condição de Emil, salvar sua vida. Mas ninguém sabe. Ninguém faz ideia. A única coisa que podem fazer é aguardar e ter esperança.

A caixa torácica quebrada de Emil arfa e se incha, esticando o tecido de sua camisa. Todos prendem a respiração. A seguir ele tosse, uma única vez. Mais sangue esguicha de sua boca. Carina soluça de choro, pressionando com mais força a mão dele contra a testa dela. Isso foi...? Não, Emil ainda está com eles, sua respiração é rasa mas constante.

As mãos de Stefan estão tremendo tanto que ele mal consegue ter firmeza para segurar alguma coisa quando se inclina sobre Emil para desabotoar a camisa do menino, deixando à mostra pele em matizes de azul e amarelo. Contudo, nenhum osso quebrado está exposto, não há sangramento externo. Embora talvez isso fosse melhor do que a hemorragia interna? Deixar o sangue escorrer? Ninguém sabe.

Todos eles notam ao mesmo tempo, ou mais ou menos ao mesmo tempo. A cruz vermelha impressa na pele sobre o coração de Emil. Como se ele tivesse sido ferreteado, marcado com ferro quente.

Cuidadosamente Stefan desliza dois dedos para dentro do bolso de Emil e tira alguma coisa, dois finos pedaços de plástico cor de neon, cujo contorno deve ter sido espremido contra o peito de Emil pelo peso do *trailer*.

– Os sabres de luz – sussurra Stefan. – Os sabres de luz.

– Os sabres de luz.

Peter não suporta mais. Seu próprio corpo foi uma parte do peso que esmagou Emil. Ele ouviu o som das costelas do menino se espatifando, sentiu o ruído como um ligeiro estalido e uma raspagem que subiu direto pelo metal, atravessou o colchão e penetrou suas costas enquanto ele estava lá deitado feito um porco em vez de ficar de olho em Molly.

Seu corpo é um buraco, um vácuo preto como carvão onde nada consegue viver. Ele ajudou a carregar Emil, ficou lá parado com os outros vendo o menino lutar por sua vida, mas essencialmente ele deixou de existir.

Ele era o tipo de pessoa que trazia felicidade. Ajudava as pessoas a reaver o controle sobre sua vida e seu corpo. Uma fonte de inspiração e um exemplo a ser seguido. Ele jamais será capaz de fazer isso, de ser aquela pessoa de novo, e portanto ele é nada. Acabou.

Sem dizer uma palavra aos outros – o que poderia dizer? –, ele se vira e caminha rumo à porta. Quando está em vias de descer o degrau e sair, se detém bruscamente.

*Molly.*

Em circunstâncias normais ele teria pensado na filha, em como ela poderia ter sido afetada pelo acontecido. Entretanto, para começo de conversa eles não estão em circunstâncias normais, e em segundo lugar ele parou de pensar em Molly como sua filha. Seus sentimentos paternos não são amplificados pela cena que vê desde o vão da porta.

Molly está nua em pelo e deitada com o rosto sobre a grama, no ponto onde Emil vomitou sangue depois de ter sido esmagado.

*A Mamãe me abandonou no túnel. Eu fiquei igual a elas.*

Ele sai lentamente do *trailer*. Se não tivesse sido pela longa cabeleira loira de Molly, ele não a teria reconhecido. A pálida pele rósea embranqueceu. O corpo dela está convulso, contraindo-se em movimentos espasmódicos, como se o coração da terra estivesse esmurrando a barriga dela, dando solavancos através dela. Quando Peter chega perto ela levanta a cabeça e seus cabelos permanecem no gramado, como uma peruca descartada. A pessoa que se levanta, de quatro, é o pai dele.

Peter não sente medo. Para ter medo, a pessoa precisa ter algo a perder. Peter nada tem a perder. Tudo foi tomado dele, e tudo que ele tem agora é uma tarefa que deve completar. Ele desengancha o *trailer* da barra do reboque e ouve a voz do pai atrás dele. Ou do lado ou à sua frente. Ele a ouve.

– Peter – diz a voz naquele tom bêbado arrastado e incompreensível que ele odeia. – Venha aqui falar com seu pai, seja um bom menino.

– Vá pro inferno – diz Peter. – Sei que não é você, mas vá pro inferno mesmo assim.

Ele entra no carro; o veículo não tem teto solar, portanto o interior está ileso. A chave ainda está sobre o banco do passageiro. Peter aperta o botão de partida e o motor de súbito é acionado. Ele olha para o horizonte.

*Estou indo.*

O buraco que é seu corpo será transportado para o lugar a que pertence, a tarefa será concluída. Peter engata o carro e parte para encontrar a escuridão. Desta vez ele não vai voltar.


Pic-pic-pic, pic-pic-pic!

*Papa-moscas-preto.*

Emil é capaz de identificar vinte e duas espécies de pios de passarinho, incluindo o do papa-moscas-preto. O passarinho está cantando logo acima da cabeça do menino, e ele abre os olhos.

A última coisa que ele viu antes de tudo escurecer foi um papa-moscas pousado sobre a cerca que circunda o acampamento. Agora, de alguma forma Emil mudou de lugar; está deitado ao lado da cerca, e a ave está diretamente acima dele.

– Oi – diz Emil, e o passarinho pende a cabeça para o lado, contemplando-o com seus olhinhos redondos e lustrosos feito miçangas antes de voar para longe.

Emil se senta e esfrega os olhos. Está realmente no acampamento, perto do ponto onde seu *trailer* estava estacionado antes de tudo ficar bizarro. A alguns metros de distância fica a área comum de fazer churrasco, onde certa noite assaram linguiças; ele vê também o quiosque, e a cama elástica, que no momento ninguém está usando.

Emil fica pensando se deve ir até lá e dar uns pulos durante algum tempo, mas quando se levanta e dá alguns passos sente uma dor causticante no peito. É como ser picado por uma vespa, e ele grita e rasga a camisa para deixar o inseto sair.

Não há vespa nenhuma. Emil olha para o local da dor, pouco acima do coração. Vê duas linhas entrecruzadas, uma cruz desenhada em sua pele, queimando e ardendo como se tivesse sido cauterizada lá por uma ferroada de vespa.

Ou por um *laser*.

Isso faz Emil pensar nos bonecos de Darth Maul; ele os estava segurando pouco antes de... Antes do quê? Ele não consegue se lembrar. Estava brincando com os bonecos de Darth Maul, e agora estava ali. Não os está mais segurando, e quando verifica o bolso da camisa constata que os sabres de luz também sumiram, e está à beira do choro.

*O Papai vai ficar zangado. Não, pior que isso. Vai ficar realmente triste.*

A marca no peito de Emil queima como fogo enquanto ele vasculha os arredores, mas não há sinal nem dos bonecos nem do sabre de luz. Em certas ocasiões a dor se abranda, e a princípio de maneira inconsciente, depois deliberadamente, Emil começa a dar um passo em diferentes direções, como alguém à procura do objeto escondido numa brincadeira de quente ou frio, tentando descobrir onde está

*Quente, frio, morno, fervendo*

e conclui que é menos doloroso, a bem da verdade não dói nem um pouco, quando ele está parado em cima da trilha. A trilha que cruza o acampamento e é cortada por outra trilha junto à churrasqueira. Ele fica imóvel, e depois de algum tempo a dor volta. Ele avança alguns passos, e a dor cessa.

Ele tem de atravessar diretamente a churrasqueira para evitar desvios, depois avança ao longo da estreita trilha que leva mais adiante no acampamento. Tem de colocar um pé na frente do outro, dando passinhos quase de bebê de modo a conseguir continuar dentro dos limites, e é como um jogo.

*Andar na Linha.*

Embora desta vez não esteja procurando pássaros, mas outra coisa. Algo para o qual a trilha o está levando.

*Andar na Linha,* ele pensa de novo, a letra da canção perpassando sua mente.

Talvez fosse divertido se ele não estivesse tão terrivelmente cansado. É como se estivesse com febre, uma febre extremamente alta, e suas pernas parecem gelatina. Ele não consegue ir em frente. Cadê a Mamãe e o Papai?

Ele mal consegue manter os olhos abertos enquanto esquadrinha os arredores. Sabe o que deveria acontecer. Se uma criança está doente, espera-se que os adultos venham e a ajudem. Ele é uma criança, mas todos os adultos estão olhando em diferentes direções. Como se não quisessem vê-lo.

A despeito de a dor em seu peito estar piorando, ele tem de parar e descansar. Ele para. Senta-se. Deita-se. Só por um minuto. Depois seguirá em frente. Fecha os olhos, tateia a grama e encontra a mão de sua mãe.

Carina sente a pressão da mão de Emil na dela; ela arqueja e olha para o rosto dele. Emil está totalmente concentrado, seus olhos estão espremidos com força. Enquanto Carina fita Emil, a expressão do menino se abranda, os músculos relaxam e ele abre os olhos.

– Emil? – diz Carina, segurando as lágrimas. – Como está se sentindo, querido?

Emil diz alguma coisa que Carina não consegue entender, e ela se inclina mais para perto. – O que você disse, meu menino querido, meu amado...

– Andar na linha – sussurra Emil. – Eu ando na linha. Mamãe...

As mãos de Stefan estão unidas como que em oração, e ele as aperta contra o peito enquanto olha para Emil.

– O que é, querido? – Carina está tão perto que seus lábios tocam a bochecha de Emil. – O que você quer que eu faça?

– Mamãe. Tenho que ir.

Os olhos de Emil se fecham, e as lágrimas de Carina molham o rosto do menino quando ela beija as bochechas e a testa dele e sussurra: – Não, não, não, não, não, você não pode ir, querido, não vá.

Os olhos de Emil permanecem fechados, mas a coisa que Carina mais teme no mundo não acontece. Ele continua respirando, continua vivendo, embora esteja inacessível. Carina desaba no chão, afagando a mão dele.

– O que ele disse? – pergunta Stefan; é difícil ouvir as palavras, porque agora suas mãos unidas estão pressionadas contra a boca.

– Tenho que ir – responde Carina. – Mamãe. Tenho que ir.

Os dedos de Carina param de se mexer. *Mamãe. Tenho que ir. Mamãe tenho que ir. Mamãe tem que ir*. Ela ouve uma tosse discreta atrás de si, depois a voz de Lennart.

– Talvez devêssemos deixar vocês a sós. Mas se houver alguma coisa que possamos fazer, coisa qualquer mesmo...

Carina o interrompe. – Ele quer que eu vá.

– Como?

– Foi o que ele disse. *Mamãe tem que ir*.

Carina se põe de pé e já está a caminho da porta quando Stefan diz:

– Espere um pouco, aonde você pensa que vai?

– Eu não sei, mas foi o que ele disse. Que eu tenho que ir. Então eu vou.

Se há uma coisa que Carina acha que entendeu acerca deste lugar é que eles não entendem absolutamente nada. São como bebês recém-nascidos jogados numa realidade incompreensível, onde tudo é novo. Caótico. Mas, assim como uma criança, no âmago de sua composição genética, tem à disposição uma máquina construída para trazer ordem ao caos, pouco a pouco, Carina gradualmente começou a discernir padrões. Tão logo ela tenta atribuir-lhes sentido ou pensar de maneira racional, eles escapam de sua compreensão, mas estão lá. A máquina os reconhece.

Por que outra razão ela se tornaria tão obcecada com as cruzes nos *trailers*, e sentiu tanto pavor quando descobriu as encruzilhadas? E agora a marca sobre o coração de Emil. Está tudo conectado. Ela não entende, assim como um bebezinho não entende a ligação entre o mamilo e o gosto morno e delicioso em sua boca, mas a conexão está lá, e tudo que ela pode fazer é agir com base nisso. Ela não vai morrer, Emil não vai morrer. Há trilhas. Mamãe deve percorrer uma dessas trilhas. Mas qual delas?

A despeito do medo que escoiceia bem no fundo de sua barriga, Carina solta uma ruidosa gargalhada quando sai do *trailer*; é a gargalhada arrancada à força de uma pessoa que anda num trem-fantasma, assim que algo assustador, mas óbvio demais, salta de repente da escuridão.

*É claro.*

O tigre está esperando por ela. Deitado junto ao ponto onde Emil sofreu seu acidente, a cabeça pousada sobre as patas da frente. Tão logo avista Carina, o tigre se levanta e boceja, deixando entrever uma fieira de dentes brancos e afiados. É o belo tigre, o tigre terrível. O tigre do túnel Brunkeberg.

O tigre se vira, olha por cima do ombro e começa a caminhar descampado afora. Carina está prestes a ir atrás dele quando sente uma mão sobre o ombro.

– Carina – diz Lennart. – O que você está fazendo?

– Eu não sei. Mas tenho de ir. Diga ao Stefan... – Uma série de alternativas que talvez fizessem sua convicção parecer sensata passa por sua mente. Nenhuma delas funciona, então ela diz simplesmente: – O que você quiser.

O tigre está agora a cerca de vinte metros, percorrendo uma das trilhas. Talvez seja importante manter-se perto dele, então Carina corre até ficar a cinco metros da cauda sibilante, depois diminui a velocidade e continua em ritmo constante.

Durante muitos anos ela sentiu esse tigre surgindo de forma furtiva atrás dela, seguindo-a a cada passo, à espreita nas sombras, pronto para atacá-la, para saltar sobre ela. Talvez Carina tenha interpretado mal a coisa toda. Talvez o tigre estivesse apenas esperando. Esperando que *ela o* seguisse.


Donald estacionou a curta distância do *trailer* e saiu do carro. Uma vez que Majvor não faz o mesmo, ele dá a volta até o outro lado, abre a porta com um cavalheiresco floreio e diz: – Madame!

Majvor não sabe o que Donald está planejando, mas se sente obrigada a sair do banco desconfortável, usando o caixilho da porta como ponto de apoio. Ela o acompanha numa inspeção do *trailer*: a maior parte do conteúdo parece ter caído no chão, e os restos dos enroladinhos de canela estão emplastrados sobre as partes do sofá que não foram carcomidas.

– Meu Deus... meu Deus – diz Donald, torcendo as mãos. – Meu Deus... meu Deus.

Ele abre o armário debaixo da pia e pega alguns sacos plásticos, que enche com comida que não foi estragada. Enche um terceiro saco com garrafas de birita do armário de bebidas. Majvor encontrou um canto do sofá mais ou menos intacto, que não está besuntado de massa grudenta, e se senta, cruza as mãos milimetricamente uma por cima da outra, e observa as atividades do marido.

– Donald – diz ela, por fim. – O que você está fazendo?

– O que eu estou fazendo?

– Sim.

Donald chegou à gaveta de ferramentas, e coloca no cesto o martelo, a machadinha, a furadeira e diversas chaves de fenda, depois acrescenta trapos, removedor de ferrugem e cola. Pousa o cesto sobre a bancada ao lado da pia e se senta de frente para Majvor.

– Ora, é perfeitamente óbvio – diz ele. – Estou juntando coisas que podem ser úteis.

– E depois?

– Depois pretendo sair daqui.

– Como?

– Eu vou dirigir até chegar ao fim. Deve haver um fim em algum lugar.

– Mas você não acha que nós deveríamos...

– Hum, hum – Donald abana o dedo indicador na direção de Majvor. – Errado. Não tem *nós*. Você vai ficar aqui.

Majvor olha ao redor do *trailer* devastado e agora saqueado. – Aqui?

Donald se inclina para chegar mais perto e abaixa a voz, como se estivesse prestes a dividir uma confidência com ela. – Majvor, você diria que tem sido leal comigo? – Majvor esboça um protesto, mas Donald a silencia com um gesto. – Estou falando agora. Desta vez você não pode me amordaçar, sabe?

Donald resume tudo o que aconteceu no decorrer do dia, e de seu ponto de vista Majvor realmente dá a impressão de ser a mais pérfida das pessoas. Donald não inclui, entretanto, os detalhes de seu próprio comportamento ridículo. Não é o melhor momento para corrigi-lo, porque aos poucos a sua irritação vai aumentando e ele está gradualmente sendo dominado por outro frenesi de fúria. Ele resfolega e balança a cabeça como se não conseguisse acreditar nas palavras que estão saindo de sua boca: – ... e depois me amarrou com fita adesiva como se eu fosse a porra de um pacote!

Há uma breve pausa no ataque verbal, e Majvor ousa falar: – Você está errado, Donald.

Donald meneia a cabeça, pensativo. – Isso é possível, Majvor. Isso é possível. Mas realmente não importa. Sabe por quê?

Na verdade Majvor não quer ouvir o que vem a seguir, mas tampouco sabe como evitar isso, então fica em silêncio.

– Porque, Majvor, de qualquer jeito eu estou enojado de você. Estou cansado do seu corpo pelancudo e da sua cara estúpida. Estou cansado dos seus enroladinhos de canela e da comida que você faz, e estou cansado do maldito Jesus. Tudo que você diz me cansa, e tudo que eu não tenho permissão pra fazer me deixa cansado. Eu venho tentando encontrar uma forma de me livrar de você, pra poder passar alguns anos sem você me deprimindo com sua barriga cheia de gordura e sua patética personalidade. Agora a chance apareceu, e eu pretendo aproveitar.

Um caroço duro se formou na garganta de Majvor durante o monólogo de Donald. Ao longo dos últimos anos a vida a dois não foi exatamente um mar de rosas, mas ela achava que tinham uma compreensão mútua, um reconhecimento de que ficariam juntos, e que tirariam o melhor proveito possível da vida. A repugnância na voz de Donald mostra que ela estava completamente errada.

A forma como ele está olhando para ela, feito um inseto nojento que acabou de esmagar e que mal pode esperar para limpar dos dedos, Majvor não consegue sufocar um soluço ao se levantar do sofá. Donald se levanta também e, ignorando Majvor, passa por ela, dirige-se à área do banheiro e começa a remexer as coisas procurando seus óculos de leitura.

Lágrimas borram a visão de Majvor quando ela caminha na direção da porta, depois se detém e olha de novo para Donald, que agora está ajoelhado em cima da cama, de costas para ela. Pensar que um dia ela envolveu com os braços aquelas costas, enterrando suas unhas ali num momento de prazer.

Majvor se recompõe e abre um armário, pega as chaves sobressalentes do carro. Depois sai; atrás dela, Donald ainda está resmungando por não conseguir encontrar o que está procurando.

A meio caminho do carro, ela para. Will Lockhart está encostado no porta-malas, escorado para não cair. A camisa de caubói e o casaco de camurça parecem largos e frouxos sobre os ombros curvados, o cinturão com o coldre o puxa para baixo, e seu corpo parece pronto para entregar os pontos enquanto ele respira pesadamente, suas mãos fuçando o metal. Os olhos que fitam os olhos de Majvor não pertencem ao Homem de Laramie, apenas a um James Stewart muito velho.

*Jimmy. Oh, Jimmy.*

Porque nem mesmo o estado lamentável em que ele está é capaz de fazer extinguir a franqueza e bondade que existem dentro dele. O Jimmy dela. Ela chega mais perto, e ele estende a mão.

– Majvor – sussurra ele. – Me ajude.

Ela pega a mão dele, leva-a aos lábios e beija a pele encarquilhada, marcada com manchas de velhice marrom-escuras.

– Claro, Jimmy – diz ela. – O que for preciso.

Majvor não é uma boa motorista; já lhe disseram isso inúmeras vezes. Ela tirou a carteira de habilitação aos trinta anos de idade, principalmente para poder levar as crianças para lá e para cá, e teve de prestar a prova cinco vezes até que por fim o examinador, relutante, a aprovou. A bem da verdade ela não tinha feito nada *errado*, mas... simplesmente não dirigia bem.

Depois que os filhos cresceram, Majvor nunca mais teve a necessidade de dirigir, e desde o incidente na garagem quatro anos atrás, que resultou num estrago na lataria no valor de vinte mil coroas, ela literalmente guardou sua habilitação dentro do armário. Na prateleira acima do exaustor, na cozinha.

Tão logo Majvor se ajeita atrás do volante, ela percebe que nunca dirigiu este carro. Não sabe onde fica a ignição, e, quando por fim a encontra, manuseia desajeitadamente a chave até conseguir inseri-la. Ela não sabe ao certo o que fazer, porque na verdade não sabe o que está disposta a fazer. Tudo que Donald disse, a forma como ele olhou para ela, mudou o mundo, deixou-o bagunçado e confuso.

Ela dá a partida e estuda a alavanca de câmbio, tentando entender seu funcionamento. Primeira, segunda, ré.

Uma palavra gentil na hora certa ajuda o mundo a girar.

O que será que aconteceu com aquela tapeçaria de parede? Pode estar em qualquer lugar. Muitas verdades óbvias se perderam neste lugar. Ela simplesmente terá de encontrar novas.

Donald deve ter ouvido o som do motor; ele sai do *trailer* com um saco plástico em cada mão. Parece que sua intenção era transferir todos os itens de valor para o carro, depois abandonar Majvor lá. Não é muito gentil, é?

*Uma palavra gentil...*

Majvor olha de relance pelo retrovisor. Jimmy Stewart está parado atrás do carro, fitando o horizonte com olhos que com a idade e o cansaço ficaram enevoados. O que é mais real? Aquilo com que sonhamos, ou o que está bem à nossa frente?

Primeira ou ré?

*Uma palavra gentil...* Majvor vai deixar que a bondade e a generosidade decidam. Donald está parado na frente do carro, olhando diretamente para ela. Majvor sorri como forma de incentivo, para colocá-lo na direção certa, mas talvez ele interprete isso como um sorriso desdenhoso, ou talvez não dê a mínima para o que ela faz, porque berra:

– Saia do carro, sua puta desgraçada!...

É isso. Nem um pingo de bondade e generosidade. Majvor engata a primeira marcha e acelera. As rodas derrapam na grama antes de se firmar e arremessar novecentos quilos de metal contra Donald, que tem tempo apenas de soltar os sacos plásticos antes que a grande dianteira o acerte na barriga. Ele é arrastado pra trás ao longo de três metros com a parte superior do corpo drapejada por cima do capô, depois a coisa toda colide com estrépito contra o *trailer*. Majvor é jogada para a frente, o mundo explode numa erupção de brancura, e ela perde a consciência durante alguns segundos.

Quando volta a si, Majvor está presa entre o banco do motorista e o *airbag*, que bloqueia sua visão. Com os ouvidos zunindo, abre a porta e consegue esticar uma perna; ela se contorce e agarra a beirada da porta para tomar impulso e puxar o corpo carro afora. Encosta o queixo sobre o topo da porta e olha para a frente do carro.

*Oh, Deus. Mas que azar.*

Donald ainda está curvado sobre o capô, os braços esticados na direção do para-brisa. Está encarando Majvor, mas seus olhos estão vazios, sem expressão. Sua boca se contorce como se ele estivesse tentando dizer alguma coisa. Talvez quisesse perguntar algo? Ou fazer uma confissão?

Majvor sente uma presença atrás das costas e vira a cabeça. Jimmy Stewart a está fitando, os olhos ternos e amorosos implorando por sua ajuda. Depois ele olha para Donald.

– Eu sei – diz Majvor. – Mas é difícil.

Jimmy Stewart assente e acaricia delicadamente a bochecha dela. Majvor fecha os olhos, imaginando o que deve fazer. O único consolo é que há uma espécie de consistência lógica na coisa toda; Donald sempre disse o mesmo. Majvor se afasta de Jimmy Stewart e entra no *trailer*; as ferramentas que Donald juntou estão exatamente onde ele as deixou. Ela pega o machado, avaliando com a mão o peso dele.

Quando Majvor sai do *trailer*, felizmente Donald ainda não recobrou a consciência; isso talvez tornasse as coisas difíceis demais. Ela caminha até o carro e avalia o braço esquerdo dele, medindo o ângulo com o machado.

– Você mesmo disse várias vezes, Donald. Uma porção de vezes. Que desejava que tivesse sido você. Então isso... Acho que é assim que deveria ser, de alguma forma.

Sem esperar pela resposta, ela desfere uma machadada. O sangue esguicha de um profundo talho pouco acima do pulso de Donald, cuja mão começa a se debater e espojar em cima do capô feito um linguado na areia da praia, o que dificulta fazer pontaria. Majvor agarra o braço de Donald um pouco abaixo do cotovelo, escolhe cuidadosamente o lugar do golpe, e então dá outra machadada.

Assim que a mão de Donald é arrancada e o linguado para de se revolver e se remexer, Majvor desloca o toco de modo que o sangue escorra para a lateral do capô, solo adentro.

– Venha comigo, Jimmy – diz ela. – Vamos, Jimmy.


– Hey, hey...

Stefan está meio cantarolando, meio cantando, mas o som que emerge dentre seus lábios não chega a ser nem mesmo um sussurro, apenas uma série de respiros irregulares e entrecortados, sem notas ou palavras. Ele está parado na escadaria olhando na direção da cozinha, onde Emil se equilibra sobre os pés de Carina, que anda com o menino de um lado para o outro segurando-o pelas mãos. A suave luz da manhã sobre o lustroso assoalho de madeira, o brilho da torradeira, o aroma de café e de pão fresco recém-saído do forno naquele momento eterno.

– Hey, hey...

*Tudo está desmoronando.*

O aroma de café se metamorfoseia no odor metálico que sai da boca de Emil enquanto o menino está deitado no sofá, com a cabeça pousada sobre o joelho de Stefan, respirando em ofegos curtos e rasos. Seu peito chia e range produzindo um ruído estridente, e cada respiro pode ser o último suspiro, mas Stefan não pode se permitir pensar nisso, porque Emil está tão *frágil* que mesmo o mero pensamento de que o menino corre o risco de se quebrar no meio talvez seja capaz de fazer isso acontecer.

E, no entanto, Stefan não consegue impedir as três palavras que rodopiam sem parar em volta de sua cabeça, como satélites em órbita caindo rumo a um buraco negro.

*Tudo está desmoronando tudo está desmoronando tudo está desmoronando*

As costas estragadas de Stefan doem enquanto ele acaricia o corpo danificado de Emil, que bruxuleia feito uma chama que não consegue obter oxigênio suficiente. Não há espaço para pensar na história de Carina, mas aqui está ele de novo: o dano, o estrago. Uma vida arruinada em que

*tudo está desmoronando*

é como se a normalidade, a felicidade e o amor fossem somente temporários. Breves momentos ou curtos períodos nos quais o acaso entretece os fios para formar um todo, e é possível descer as escadas cantarolando "Hej Hej Monica" apesar do fato de que o estrago está sempre à espera para arrasar e destruir tudo aquilo que você aceitava e dava como líquido e certo, e você descobre que aquilo que sempre pensou serem dois símbolos do infinito significa na verdade *Heil Hitler.*

As pernas de Emil estão se contorcendo. Esquerda, direita, esquerda, como se ele estivesse andando ao longo de uma estrada invisível. Stefan toca a cruz impressa sobre o coração dele.

*Meu amado menino. Não me deixe, não vá embora...*

Mais uma vez a imagem ocupa a mente de Stefan. Emil equilibrando-se sobre os pés de Carina na cozinha. A risada do menino quando eles dão um passo à frente, depois outro, à medida que ele vai aprendendo a andar. É assim que se aprende a andar.

Stefan se detém nas escadas, sua mão pousada sobre o balaústre enquanto ele contempla e absorve o momento. Os grãos de poeira dançando à luz do sol, um fio de cabelo de Carina que caiu sobre o rosto dela, a cabeça de Emil, coberta por cabelos macios, que ela vai beijar em um momento. Há um desnivelamento sob os dedos da mão de Stefan, um arranhão no balaústre na forma de duas linhas cruzadas, e Stefan arfa e sufoca um grito quando percebe que, de alguma forma, na verdade ele está *lá*.

É como se estivesse assistindo a um velho filme de família, mas ele está lá também, e a perspectiva se altera imperceptivelmente de modo que ele é parte do filme; pode ver a si mesmo sentado no sofá assistindo a si mesmo. Ambas as versões são igualmente verdadeiras.

Stefan desliza os dedos por cima das duas linhas e o balaústre está revestido da pele de Emil e a pele de Emil é feita de madeira.

– Afé!

Emil grita da cozinha enquanto continua andando para lá e para cá sobre os pés de Carina, e um calafrio percorre o corpo de Stefan quando ele resvala numa compreensão da relatividade básica de tempo e espaço, mas é arrebatado de chofre quando seus dedos deixam as duas linhas, e tudo que resta é:

*Não me deixe. Mas ande. Ande, homenzinho.*

Stefan está de volta ao *trailer*. Ele pisca. A estrada para casa é infinita, mas ao mesmo tempo está muito próxima, ao alcance da mão.


Emil está de pé, dando passos curtos de bebê ao longo da trilha. Ele passa por *trailers* onde adultos estão fazendo churrasco, jogando dardos ou simplesmente deitados tomando sol. Crianças mais velhas estão absortas com *tablets* e *smartphones*. Ninguém olha na direção de Emil enquanto ele passa. A única pessoa que repara nele é uma menininha de cerca de três anos. Ela está usando um maiô vermelho-vivo e, sem muita firmeza nos pés, caminha cambaleando a passos inseguros na direção de Emil com o dedo na boca e diz: – Huum.

Emil se detém. – Você não deveria chupar o dedão.

Com um barulho a menina tira o dedo coberto de saliva e o segura no ar. – Não é o dedão.

– Não. Mas você não deve chupar nenhum dedo.

A menina examina o dedo, depois pergunta: – O que você está fazendo?

– Eu estou andando.

– Por quê?

Emil fica imóvel por apenas uns dez segundos, mas a dor já está começando a ficar mais intensa. – Porque eu tenho que andar.

– Por quê?

Há um menino na creche de Emil que faz exatamente a mesma coisa. Insiste em ficar perguntando *por quê, por quê* até alguém dizer "Porque sim", mas Emil ainda gostaria de ter uma resposta para a pergunta da menina. Para o bem dele próprio.

– Porque tem uma trilha – diz ele.

A menina olha para Emil, depois para a direita e para a esquerda. Ela torce o nariz e diz: – Não tem.

– Tem, sim.

– *Não tem.*

Uma mulher de vestido colorido que provavelmente é a mãe da menina vem correndo e agarra a mão da criança. Não olha para Emil, mas diz meramente: – Venha comigo, Elsa –, e arrasta a menina na direção de um dos *trailers*.

A queimação na pele de Emil é agora uma dor ardente, e ele coloca uma das mãos sobre o coração e fecha os olhos. Por um momento, tem a sensação de que os dedos que afagam seu peito não são dele. Parecem mais os dedos de um adulto, como os dedos do Papai.

A sensação passa e ele abre os olhos. Não importa o que Elsa disse; a trilha é perfeitamente nítida. O caminho conduz diretamente ao meio do acampamento e desemboca num descampado aberto. Talvez termine ao longe, onde Emil consegue ver alguma coisa cintilando que reflete os raios do sol poente. É para lá que ele está indo.

A dor diminui quando ele começa de novo a colocar um pé na frente do outro. É agradável lembrar-se da sensação dos dedos do Papai tocando sua pele, e enquanto Emil caminha parece que há alguma coisa diferente em seus pés também. É como se estivesse se equilibrando sobre os pés de alguém, um poder maior que o está ajudando a avançar.

*Ande, homenzinho.*

Ele anda.

Dono e Dona foram embora no carro sem Benny. Tanto faz, porque Dono e Dona já não são mais importantes. Gata é importante. Contanto que continuem juntos, tudo está como deveria estar. Mas Benny está com fome. Não come nada há muito tempo, e seu estômago está roncando.

Benny e Gata zanzam de um lado para o outro, verificando tudo. As criaturasdefogo se foram, e já não existe nada que seja perigoso de verdade. Mas também não há quase mais nada. Muitas coisas desapareceram, e o que sobrou não tem cheiro muito bom.

Benny solta um ligeiro gemido, o que faz Gata levantar as orelhas e olhar para ele. Benny geme de novo, seu choramingo de fome. Gata parece compreender. Ela faz uma coisa com o rabo e a cabeça que Benny interpreta como *me siga*. Ele começou a entender Gata melhor.

Gata vai a passos curtos até seu *trailer* e pula para dentro. Benny hesita, mas Gata faz um barulho que parece significar que ele tem permissão para entrar, então a segue. Os donos de Gata estão lá, e não estão zangados com Benny por entrar em sua casa. Eles afagam Benny e Gata, e dizem algo que inclui a palavra "Comida", entre outras coisas.

Eles pegam duas tigelas e abrem uma lata que é mais ou menos parecida com as latas de comida de Benny, exceto pelo fato de que tem um gato nela. É comida de gato. Benny fareja. Não, não tem o cheiro que deveria ter. Ele espirra e os donos de Gata dão risada.

Gata levanta os olhos e Benny balança a cabeça. Seu estômago ronca de novo. Bom, fazer o quê? Ele engole um bocado; o gosto não é exatamente bom, mas dá pra comer. Ele está mesmo com muita fome; engole vorazmente toda a porção da tigela, e quando os donos de Gata lhe dão um pouco mais também engole tudo de uma bocada só.

Assim que terminam de comer, Benny e Gata deslizam de mansinho para debaixo da mesa. Benny enrodilha-se e Gata se deita ao lado dele, com as costas junto à barriga de Benny. Pouco tempo depois Gata começa a ronronar e vibrar. É um ruído reconfortante, e Benny sente vontade de poder fazer o mesmo.

Os donos dão leves tapinhas em Benny, e suas vozes são gentis. Gata tem donos legais. Benny gostaria que eles fossem seus donos também. Quem sabe sejam? Talvez Dono e Dona não voltem mais?

Isso seria bom. Realmente muito bom.


– Volte!

O urro desesperado de Donald torna-se mais e mais distante, mais e mais fraco.

Tão logo ele mudou de ideia, encetou uma enxurrada de palavrões, ofensas e pragas tão tóxicos que Majvor se surpreendeu de Donald conhecer aquelas palavras. Tantas referências a órgãos sexuais, prostituição e figuras do céu e do inferno – no fim ela cobriu as orelhas enquanto James Stewart terminava de fazer o que tinha de fazer.

Foi somente quando Majvor e James Stewart começaram a ir embora que as imprecações deram lugar a súplicas e rogos. Donald invocou todos os anos em que viveram juntos, tudo o que ele tinha feito por ela. Ela quase se deixou persuadir, mas então o Homem de Laramie segurou a mão dela e disse: – Vamos embora, meu bem.

Foi bom que tenha dito isso em inglês, o que deixou tudo mais real, então Majvor pegou a mão dele e o acompanhou, enquanto as súplicas de Donald se resumiam a um apelo simples – *Volte* –, que agora está ficando cada vez mais fraco, quase inaudível, à medida que ele perde sangue.

Majvor jamais imaginaria que era capaz de fazer o que fez, jamais teria chegado à conclusão de que Deus não existe aqui. Este lugar é silencioso e vazio. Portanto, ela teve de fazer uma escolha: permanecer nesta realidade silenciosa e vazia, ou, pelo menos uma vez na vida, fazer o que as suas fantasias e o seu corpo estão lhe dizendo para fazer.

As esporas de Will Lockhart tilintam enquanto ele caminha ao lado de Majvor, seu braço morno segurando o dela, e ela percebe claramente os cheiros másculos da poeira do deserto, do sol e do couro. Talvez um toque de cavalos também. Ela olha de soslaio para o caubói, e quando seus olhos azuis encontram os dele toma sua decisão.

Will Lockhart, não. Ela vai parar de pensar nele como Will Lockhart, um homem vingativo e não exatamente encantador. Ele é James Stewart. James Stewart e ninguém mais.

– James?

A mão dele aperta a dela. – Pode me chamar de Jimmy. Todo mundo faz isso.

– Sim, eu sei. Jimmy?

– A-hã, Majvor?

– Pra onde estamos indo?

– Isso importa?

Majvor olha na direção do horizonte. Eles estão se afastando da direção em que fica o acampamento, para longe do restante do grupo. Ela está sozinha com Jimmy Stewart em um lugar onde ninguém mais existe. Em algum lugar no fundo, lá no fundo ela sabe que isso não é real, que é ela quem está fazendo acontecer.

Mas isso importa? Se Donald acreditava que a coisa toda era um sonho e, por isso, a rejeitou, Majvor, ao contrário, decidiu abraçar a ideia. Seus sonhos tornaram-se realidade, então ela seria bastante estúpida caso não optasse por considerá-los como realidade.

Ela se detém. O tinido das esporas silencia quando Jimmy para também. Eles olham um para o outro. Majvor decide ver até que ponto é realista essa fantasia. Ela dá um passo na direção dele, levanta o rosto para ser beijada, e ele a beija. Ela tem tempo apenas para pensar que é uma coisa boa que um sonho *não seja* realista, porque Jimmy Stewart jamais teria...

Então Majvor sente as mãos dele no corpo dela, e para de pensar, entrega-se ao momento. Eles tiram as roupas um do outro e Majvor se deita de costas na grama áspera. Ele se ajoelha entre as pernas dela, e quando ela olha para o pau duro de Jimmy avista de relance seus próprios seios flácidos caídos para os lados, os pálidos pneuzinhos de gordura. Lágrimas enchem seus olhos.

*Isto não pode acontecer.*

Majvor alguma vez já sonhou com isso? Não, isso não faz parte da sua fantasia. Ela talvez tenha pensado que fazia – foi essa a sensação quando as mãos dele a estavam acariciando, despindo seu corpo –, mas quando Jimmy separa as pernas dela e Majvor sente a masculinidade dele se esfregando em seus lábios secos, tentando entrar, ela sabe que sua fantasia nunca girou em torno disso. Na verdade, tratava-se de algo completamente diferente.

Ela está prestes a levantar a cabeça e dizer isso a ele quando Jimmy, com a ajuda de um pouco de saliva, penetra-a mesmo assim.

*Oh!*

Sem dúvida, no fim das contas ficará claro, mas enquanto isso... Faz muito tempo, e é agradável sentir aquele calor duro e escorregadio entrando bem fundo nela. Quando Jimmy começa a dar estocadas, ela abraça as costas dele, arregala os olhos, fita o rosto dele. Jimmy Stewart. Olhos azuis, céu azul.

Alguns segundos se passam. Alguma coisa na cabeça de Majvor se paralisa, deixa de funcionar. Ela não sonhou com isso; para dizer a verdade, ela jamais se empolgou muito com o lado sexual das coisas. Talvez ela seja ingênua, mas a sua imagem de amor romântico tem mais a ver com as histórias que lê em revistas. "Ele a pega nos braços, beija-a ternamente, depois *et cetera et cetera et cetera*", ou "seus corpos famintos por fim encontram alimento" ou algo nessa mesma linha. Uma paráfrase.

O que ela e Jimmy Stewart estão fazendo não é, definitivamente, uma paráfrase. É o movimento de vaivém, suor e carne pálida, balofa e mole, e é *feio*. Ela tenta empurrar Jimmy, mas isso o faz enfiar com mais força, e ela sente vontade de chorar.

Por fim ele para e a deixa deitada no chão, esparramada feito um rato esfolado. E feia, feia, feia. Enquanto ela rasteja de um lado para o outro, nua, recolhendo suas roupas, sente-se a mulher mais feia do mundo. Ela abriu mão de tudo por isso.

Quando ela, já vestida, se põe de pé, Jimmy Stewart já está a centenas de metros de distância. Somente agora Majvor repara na faixa de escuridão estampada no horizonte. Ela dá meia-volta e avista o *trailer* muito, muito distante. Ela *não tem como ir até lá*.

Ela se encolhe, tensa, quando sua mão roça as doloridas partes pudendas. – Ah, por que tudo é tão horrível?

*Então o que você quer, Majvor?*

Não é a voz de Jimmy Stewart. A inocente fantasia de Majvor perdeu o valor agora que não é mais inocente. Ela quase chora ao constatar que nem isso ela tem mais.

*O que você quer?*

Tampouco é a voz de Deus, que jamais foi tão clara. Não, é apenas Majvor, falando consigo mesma neste lugar vazio, onde parece não ter restado mais nada para ela.

*O quê?*

Talvez ela saiba de alguma coisa, talvez não. Em todo caso, só há uma coisa a fazer. Majvor alisa a calça de moletom, afivela as sandálias e parte atrás de Jimmy Stewart na direção da tira de escuridão.


Peter dirigiu rápido desta vez; ele sabe para onde está indo, e mesmo que não fizesse ideia nenhuma sobre a direção a seguir o puxão em seu sangue o guiaria.

Contudo, quando a muralha de escuridão se torna visível no horizonte, um sentimento brota e começa a se espalhar dentro dele, sensação que vai se fortalecendo à medida que a muralha fica mais alta e o puxão se intensifica. Peter está vazio. Está acabado. Tudo foi tomado dele, e qualquer coisa que pudesse ter restado foi deixada para trás. Há uma estranha serenidade nesse conhecimento. Peter se permite descansar nessa serenidade, e descobre que compreende Isabelle.

*Desaparecer. Escapar.*

Renunciar à própria vontade é duro, e exige uma espécie particular de força. Em circunstâncias normais é praticamente impossível, mas circunstâncias normais não se aplicam aqui. Aqui há ajuda disponível. Um peso é tirado dos ombros de Peter quando ele entrega os pontos para o puxão da muralha, que agora enche o para-brisa inteiro. Ele se sente... em paz.

Faltando somente cerca de cem metros para chegar à muralha, Peter liga o rádio. Depois de alguns segundos de silêncio, Jan Sparring começa a cantar outra composição de Himmelstrand. É a que fala sobre a vida ser boa para ele; Sparring canta sobre quanto a vida lhe deu, tudo e até mais que ele sempre quis.

Peter para o carro mas não desliga o motor. Deixa o rádio ligado e sai do carro. Inclina a cabeça e fita a muralha, que chega ao alto do céu.

Ele ainda ouve Sparring cantando sobre como seus problemas eram pequenos, passavam rápido, nunca mais do que meras "sombras no sol".

Peter dá alguns passos e o gramado à sua frente começa a se turvar e se converter em um borrão. A princípio ele julga que é porque já está quase dentro da escuridão, depois percebe que seus olhos se enchem de lágrimas. Ele conhece a música, sabe a mensagem que ela está tentando transmitir. Continua em frente enquanto Sparring chega ao refrão. Alguém lá em cima deve gostar dele, canta ele – alguém que lhe dá tudo que ele tem.

Peter solta um soluço de choro e enxuga os olhos; as lágrimas estão escorrendo pelas maçãs do rosto agora, respingando na camisa. Ele percorre a distância faltante e é imediatamente engolfado pela escuridão.

Assim como a luminescência de uma lâmpada pode perdurar na retina depois de ter sido pagada, a voz de Sparring continua a ecoar nos ouvidos de Peter, embora tenha sido abruptamente cortada assim que ele entrou na escuridão.

É silencioso aqui. Um breu. O único som é o de sua própria respiração. Ele estala os dedos, bate palmas. O ruído se propaga em todas as direções sem reverberar em nada. Este lugar está vazio.

Ele gira em um círculo, depois faz outra meia-volta de modo a ficar de frente para a direção de onde veio. Ele pensa. Não tem certeza. Não consegue enxergar coisa alguma. Dá pois passos para a frente sem sair na luz. Volta. Tenta uma direção diferente. Nada a não ser a escuridão. Sem conceito de esquerda e direita, para trás e para a frente, é difícil saber ao certo, mas após mais ou menos um minuto ele acha que já investigou todas as direções sem encontrar a saída. Talvez tenham sido cinco minutos. O conceito de tempo também é fluido, sem sentido. Ele está perdido. Está na escuridão.

Ele se senta na grama que ainda é grama, mas quando desliza a mão sobre a superfície é metal. Ou plástico, carne ou pedra. Pode ser qualquer material, dependendo do que ele escolher acreditar que seja.

*Eu estou na escuridão. Não uma escuridão que é a ausência de luz, mas a escuridão.*

Ele cruza os braços sobre o peito e balança para a frente e para trás. Está apavorado. Do que tem medo? Da escuridão. Por que ele tem medo da escuridão? Por causa de tudo que ela pode esconder. Mas não se trata desse tipo de escuridão.

Peter relaxa, consegue respirar mais profundamente. E de novo. Ele pisca. Não faz diferença. Respira fundo mais uma vez. Passa a mão sobre o piso ladrilhado sobre o qual está sentado. Ele veio aqui, escolheu vir aqui, completar sua jornada. Queda livre. Sim. É uma escuridão que se assemelha a uma queda livre.

Ele se levanta e desliza o pé ao longo do piso liso. Depois começa a caminhar. Não acredita mais que a direção tenha alguma relevância. Após cerca de uma dúzia de passos, o timbre do som ao seu redor muda, como se estivesse reverberando em paredes adjacentes. Ele está num túnel. Na boca do túnel, bem ao longe, ele pode ver os carros dirigindo ao longo da... Sveavägen?

*O túnel Brunkeberg.*

Ele avança com as mãos esticadas à frente, porque supõe que vai trombar contra uma parede, mas não há parede nenhuma, e quando ele olha para a frente na direção da Sveavägen vê somente escuridão. Ele continua andando.

Em uma ou duas ocasiões avista um outro lugar, uma saída, mas assim que tenta focalizar esse lugar ou se mover na direção dele a saída já não está lá, talvez porque seus esforços sejam esmorecidos, apáticos. Ele não quer realmente sair. O que ele procura está *aqui*.

Às vezes ele julga perceber claramente movimento na escuridão, outros corpos, mas não há nada para ver. Talvez esteja percorrendo um círculo, mas acha que não, porque começou a seguir a única trilha que é capaz de sentir: o cheiro de desinfetante e sabonete líquido, que fica mais forte, até que consegue distinguir um ponto isolado de luz.

Ele para, esfrega os olhos. Quando os abre de novo a luz ainda está lá, um solitário vaga-lume nas trevas. Talvez seja muito pequeno e muito próximo, ou muito grande e distante. Quando retoma a caminhada a luz rapidamente fica maior, formando um retângulo do tamanho de meia folha de papel A4, e depois de apenas alguns passos ele chega perto o suficiente para ler as palavras nela escritas.

"A última pessoa que sair, por favor, apague as luzes!"

O papel branco tem um brilho interno próprio, o que possibilita a Peter ver o surrado piso ladrilhado sob seus pés. Ele cai de joelhos e respira fundo através do nariz, inalando o cheiro dos chuveiros, vapor e suor humano. Um segundo depois ele ouve a voz dela:

– Vamos lá, então.

Ela está sentada abaixo da folha de papel. Sentada ou deitada. É impossível dizer, porque seu corpo é tão imenso. Está nua e sua pele branca derrama-se sobre o piso ladrilhado em porções de pneuzinhos, cilindros de tecido adiposo oleosos de suor, escorregadios e deslizando um por cima do outro como um cardume de baleias. É difícil formar uma impressão do rosto dela, porque ele jaz enterrado em camada após camada de gordura, ondulando enquanto ela meneia a cabeça de modo convidativo para Peter.

De alguma forma é Anette, mas disfarçada de Dama Gorda, alguma coisa além do que Anette poderia ser. Alguma coisa que pertence à escuridão e ao desejo real de Peter, que na luz ele jamais teria sido capaz de expressar em palavras.

Caminhando devagar e de forma desajeitada, arrastando os pés, ele chega até a mulher e se aninha no colo dela. Ela o envolve com seus enormes braços e ele afunda na pele dela adentro. Quer fazer amor com ela, e vai fazer – no devido tempo. Há tempo de sobra, uma infinita quantidade de tempo.

O acampamento está distante, muito atrás deles. Quando Carina se vira, os *trailers* e os carros parecem brinquedos. Por um momento ela pensa que alguma coisa terrível vai acontecer como punição por ter se virado, mas o que poderia ser pior do que tudo que já sucedeu com eles? Ela continua seguindo o tigre, que caminha dois metros à frente com a cauda balançando de um lado para o outro.

*O tigre é a minha punição.*

Não compreendeu o que Emil pretendeu dizer quando falou que ela tinha de ir, ela não sabia para onde ou por quê, mas a única orientação disponível quando quis fazer o que Emil disse era seguir o tigre. Então ela seguiu o tigre.

*Voar. Céu adentro. Sumir do mapa.*

O dia inteiro ela foi assombrada por imagens relativas à sua obliteração. Talvez seja hora de completar a erradicação de si mesma que tentou quando era adolescente, o processo que Stefan impediu. Talvez aqueles anos com Stefan tenham sido meramente uma pausa, e o tempo todo ela estava a caminho daqui.

São estes os pensamentos de Carina enquanto ela segue o tigre descampado afora. Deve ser isso mesmo. Não há ninguém e nada aqui a não ser ela mesma e a criatura que é o símbolo de todas as coisas ruins que ela fez. Os dois estão caminhando juntos, e isso deve envolver um sacrifício, o que mais pode ser? Ela deve ser sacrificada para que Emil possa viver.

Ela põe um pé na frente do outro, os olhos firmemente fixados nos poderosos músculos das coxas do tigre que ondulam sob a pele, com a cauda sibilando sobre a grama feito um pêndulo que mede o tempo. Eles seguem caminhando, e nada mais acontece.

– O que você quer? – pergunta Carina, e o tigre fica de orelhas em pé. – O que você quer de mim? O que eu tenho de fazer?

O tigre continua andando, seguindo a trilha que leva ao longe, distância adentro, até onde a vista alcança. A imagem do corpo destruído de Emil invade a mente de Carina, e ela não consegue mais suportar. Talvez o menino tenha exalado seu último suspiro enquanto sua mãe está empenhada nessa incursão aparentemente inútil. Ela abre bem os braços e berra: – O que eu tenho que fazer, o que eu tenho que fazer, o que eu tenho que fazer?

O tigre nem sequer repara nela, e o balanço da cauda é infalível, não hesita nem mesmo por uma fração de segundo. Tique-taque, o tempo está passando. Carina se arremessa para a frente e agarra a cauda, dá um violento cutucão e cai de joelhos. O tigre estaca, gira o corpo e rosna.

Os rostos de ambos estão na mesma altura agora. Uma fieira de dentes brancos e afiados fica à mostra quando o tigre retrai os lábios e rosna de novo. Carina prende a respiração. Os instintos lhe dizem *corra! corra! corra!* quando a máquina de matança que é o tigre chega mais perto, e Carina retesa todos os músculos em seu corpo para se impedir de ceder ao impulso.

O tigre olha para ela. Ela olha para o tigre.

– O quê? – berra Carina. – O quê!?

O tigre pende a cabeça para o lado, como se estivesse tentando compreender o que Carina está dizendo. Depois ele se senta e começa a lamber meticulosamente o pelo.


O Sol está se pondo e Emil sente arrepios nos braços quando deixa o acampamento para seguir a trilha em um descampado que agora está na sombra. No meio da campina há um *trailer* engatado a um carro. Emil já viu carros e *trailers* como esses antes, mas nunca juntos.

O carro é pequeno e redondo, o mesmo modelo de Herbie. Papai diz que se chama Fusca. O *trailer* também é pequeno e redondo, e dá para colocar dois dele dentro do *trailer* de Emil. De vez em quando aparecem desses nos acampamentos, e Emil costuma parar a fim de dar uma olhada neles. Eles o fazem rir, e ele acha engraçado que o nome desse modelo seja Ovo.

É para lá que a trilha está levando. Para o Fusca e o Ovo. Ambos são prateados, e há um homem sentado do lado de fora fazendo alguma coisa com as mãos. Quando Emil se aproxima, o homem o cumprimenta com um meneio de cabeça. É o primeiro adulto que prestou atenção nele, e Emil vai chegando mais perto. Quando está a alguns metros do homem, Emil para e diz: – Oi.

– "Oi" digo eu – responde o homem, que está usando calça *jeans* e blusa de moletom.

Ele é um pouco mais velho que Papai e tem menos cabelo; não parece nem legal nem maldoso. É apenas um homem comum. Ele mostra a Emil em que está trabalhando e Emil vê que é uma peça de tricô. Não é um homem comum, no fim das contas. Homens geralmente não tricotam.

– Está ficando escuro demais pra fazer isto – diz o homem, pondo de lado o trabalho de tricô. Ele olha para Emil. – E você, o que está fazendo aqui?

– Eu não sei. Eu tinha que vir aqui, acho.

– Entendo – diz o homem, com um suspiro. – Na verdade eu estava pensando em fazer as malas e ir embora, seguir em frente, mas...

A cadeira range e produz um ruído áspero quando o homem se levanta e vai até a porta do *trailer*. Emil vê um copo sob a cadeira, com os resíduos de algum líquido escuro no fundo e o cabo de um pincel visível acima da borda.

O homem está quase abrindo a porta quando Emil pergunta: – Foi o senhor quem pintou as cruzes? Nos *trailers*?

O homem encolhe os ombros. – Claro. É o que eu faço.

Embora isso o faça sentir-se como uma criancinha, Emil só consegue pensar em uma pergunta: – Por quê?

– Como vou saber? Os defeitos estão lá. Eu pinto as cruzes, eu dirijo o *trailer* por aí. É o que eu faço. Você vai entrar?

O homem abre a porta, e a princípio Emil julga ter visto uma cortina preta pendurada lá dentro. Ele avança, e quando está a um metro do vão da porta vê que não é uma cortina. De alguma forma, o que está do lado de dentro da porta, seja lá o que for, não é *achatado*.

O homem se encosta no caixilho. Seus olhos se estreitam; ele está de ouvidos atentos. Então suas feições se abrandam e ele sorri, meneia a cabeça de si para si e esfrega as mãos.

– Bom, quem diria – diz ele. – Parece que eu também preciso entrar aí.

O homem chama ansiosamente Emil, mas o menino hesita. Mesmo que fizesse um tremendo esforço, Emil jamais teria sido capaz de pensar numa situação que corresponda de forma tão perfeita ao tipo de situação contra a qual sua mãe o havia alertado. A menos, é claro, que o homem dissesse que tinha doces ou um coelhinho felpudo dentro do *trailer*. Alguma coisa para tentá-lo. O homem não está fazendo isso; pelo contrário, ele parece totalmente desinteressado por Emil, e completamente concentrado no que ele ouviu, sabe-se lá o quê. Como Emil não sai do lugar, o homem diz: – Fique à vontade –, depois se vira e entra.

– Espere aí, eu estou indo.

Emil não acha que o homem seja perigoso, e, embora ele não pareça tão *legal*, está contente por ter uma companhia quando avança, sem importar o que há atrás da porta. Seu peito está começando a doer de novo, então ele dá os últimos passos até o *trailer*.

Não, não é uma cortina. Atrás da porta há uma escuridão tão compacta que deveria escorrer feito uma musse de chocolate gotejante. Mas ela permanece onde está, e não se move nada quando o homem entra. Porém, o homem é imediatamente engolido. Emil corre atrás dele, degrau acima e trevas adentro.

Emil não consegue enxergar coisa alguma; é mais escuro do que quando ele fecha os olhos. Quando se vira, pode ver o vão da porta e a área de acampamento a alguns metros de distância, o brilho lilás do crepúsculo que não se estende um centímetro além da soleira.

A seguir ele ouve a voz do homem. Quando Emil entrou, estava com medo de trombar no homem, que deve estar logo à sua frente. Mas a voz vem de muito longe, e Emil não consegue sequer saber de que direção, ao ouvir: – Você poderia fechar a porta de modo que...

Emil não escuta o resto da frase; a voz é engolida pelo ruído da porta sendo fechada com violência, e agora não há nada além da escuridão. Seu coração está martelando no peito e ele gostaria de ter trazido Gato de Sabre consigo. Mas ele está sozinho. Completamente sozinho. Ele diz em voz alta: – Oi? –, mas ninguém responde.

O martelar enche seus ouvidos, e, mesmo que não seja um som muito agradável, ainda assim é um som, algo que significa que ele está vivo, está aqui. Emil toca o próprio rosto, enfia o dedo no nariz, e a sensação é a mesma de toda vez que ele limpa o nariz com o dedo, embora não devesse fazer isso.

Um retângulo lilás começa a aparecer diante seus olhos e Emil percebe que é uma porta. Tão logo seus olhos se acostumam ao breu, consegue ver o contorno, mas quando a escuridão for além ele desaparecerá.

Emil respira fundo e se vira. Depois começa a andar. Sente que não vai colidir com uma porta, e no fim fica claro que ele tem razão.


Stefan pega os bichinhos de pelúcia de Emil um a um, examinando-os cuidadosamente. Exceto por uma ou outra marca de queimadura aqui e ali, todos estão ilesos. Ele não sabe quantas horas, dias, semanas, meses Emil passou construindo mundos imaginários onde esses cinco animais eram seus irmãos de luta, seus camaradas, seus companheiros.

Vez por outra Stefan entra na brincadeira, e no decorrer dos anos o temperamento de cada um se cristalizou. Bengtson, o ursinho, é um pouco lerdo para entender as coisas, mas totalmente confiável. Gato de Sabre é o que sempre sugere planos mirabolantes. Sköldis, a tartaruga, admira muito a si mesma e alega ter mil anos de idade. O coelho Hipphopp, sempre medroso, é baseado em Pulinho, o coelhinho dos desenhos do ursinho Bamse. Bunte, que não parece ser um animal específico, sempre tenta arranjar briga.

Stefan dispõe cuidadosamente os cinco animais ao redor de Emil num círculo protetor, de vigília, e sussurra: – Ajudem meu filho. Por favor, ajudem meu filho.

Os olhos de plástico fitam, sem expressão, o espaço, e Stefan olha de um para outro quando é surpreendido pela materialização de uma noção tão dolorosa que esfaqueia seu coração.

*Os animais vão morrer.*

Ele não é capaz de encarar a terrível possibilidade de que Emil talvez morra por conta de seus ferimentos, mas o pensamento adjacente o ataca e a faca é torcida e torna a torcer.

Sem Emil os animais nada são. Sem Emil, esses amigos mais leais e corajosos aventureiros não passam de cinco objetos imprestáveis feitos de tecido, estofo e plástico. O que Stefan faria se... Ele não seria capaz de jogá-los fora. Colocá-los dentro de uma caixa. Guardar a caixa num galpão. Tentar esquecer a caixa. Encontrar a caixa dez anos depois. Ver os melhores amigos de Emil arruinados pela umidade e pelo mofo. Mortos.

– Por favor... – sussurra Stefan para os animais, para Emil, para o universo. – Por favor, não morram...

De súbito Emil tosse e levanta uma das mãos; ele tateia o ar e abre os olhos.

– Papai? Cadê o senhor? – pergunta ele numa voz espessa de sangue e muco.

Stefan segura a mão de Emil e se inclina sobre ele. – Estou aqui, querido. O Papai está aqui.

Ele tenta fazer contato visual com Emil, mas não há o que ver no olhar do menino. Os olhos do filho estão tão vazios e sem expressão quanto os dos animais, e suas pupilas inquietas estão tão dilatadas que quase enchem a íris. Agora a outra mão de Emil apalpa o ar como se estivesse abrindo caminho às cegas num quarto escuro, e ele diz: – A Mamãe?

– A Mamãe não está aqui, querido.

Emil arqueja, absorvendo e expulsando o ar laboriosamente, como se a sua língua estivesse viscosa, e pergunta com dificuldade: – Onde ela... está?

– Ela saiu. Ela ...

Ele interrompe a frase quando Emil balança a cabeça de um lado para o outro. – Busque... a Mamãe. Depressa, vá...

Da garganta de Emil sai um som chocalhante, e ele começa a tossir. Gotículas de sangue voam de sua boca e pousam nas costas da mão de Stefan, que ainda está apertando a de Emil. Há uma parte de Stefan que não aguenta mais. Uma versão de Stefan enlouquece e começa a berrar e dar coices dentro da prisão de seu cérebro, ao passo que uma outra versão continua segurando a mão de Emil, fingindo que consegue dar conta daquilo.

O ataque de tosse cessa e Stefan pergunta: – Onde? Onde você quer que eu vá?

Emil respira o mais fundo que sua caixa torácica danificada permite: – A escuridão. O senhor. Eu. Mamãe. Depressa. Escuro... logo.

– Como assim, querido? A escuridão, escuro logo, eu não estou entendendo, o que...

Mas Emil fechou os olhos, e sua mão está flácida. Stefan delicadamente a coloca ao lado do peito de Emil, que continua a subir e descer a cada respiração rasa.

*Depressa. A escuridão.*

Talvez haja uma linha mais escura no horizonte – não foi isso que Peter disse? Stefan tinha a intenção de perguntar sobre isso, mas a oportunidade jamais surgiu. Ele pensou nessa escuridão, indagou a si mesmo se afinal este mundo tem de fato alguma espécie de limite ou fronteira, alguma espécie de fim.

*Depressa.*

Fazer nada criou a versão louca de Stefan que está rugindo dentro de sua cabeça. Qualquer coisa é melhor do que ficar sentado aqui tremendo, com as mãos crispadas, aterrorizado com a ideia de que o Stefan louco venha à tona, escape e acabe assumindo o controle de si.

A pele das costas de Stefan se repuxa e se dilacera quando ele se agacha e desliza os braços debaixo da almofada do sofá sobre a qual Emil está deitado. Feridas que estavam começando a cicatrizar se abrem, e ele tem de cerrar os dentes para sufocar um grito enquanto se endireita, carregando Emil e a almofada.

Ele se move de lado para entrar pela porta e consegue colocar Emil sobre o banco traseiro do carro. Sköldis e Hipphopp caíram ao longo do caminho; Stefan corre e pega os bichinhos, depois os coloca ao lado de Emil. Stefan fica lá parado, indeciso, segurando o cinto de segurança enquanto reflete sobre diferentes maneiras de proteger o filho e colocá-lo a salvo.

*Depressa.*

Dentro de sua prisão, o homem louco está abanando os braços de um lado para o outro, aos berros: – Que diferença faz, porra! Coloque um capacete quando estiver se afogando, não esqueça o bote salva-vidas quando a casa estiver pegando fogo, apenas vá, seu idiota!

Stefan solta o cinto, beija a testa do filho, fecha com força a porta e se senta atrás do volante. Eles se vira a fim de olhar para Emil, mas os olhos do menino estão fechados, então em vez disso ele se dirige aos animais, usando a frase que ouviu Emil pronunciar tantas vezes: – Vocês vêm comigo?

Bengtson, que geralmente é Chewbacca e o copiloto, meneia a cabeça para confirmar.

– Que bom. Neste caso, vamos nessa.

Donald está curvado por cima do capô, com a bochecha pousada sobre o metal ainda morno. Ele parou de gritar; não lhe restaram nem a força nem o desejo. Na verdade ele não quer que Majvor volte, em parte porque não quer ver a cara feia dela, e em parte porque prefere não saber o estado em que se encontra.

A intensa dor dos ossos despedaçados na área pélvica transformou-se numa ardência constante que está amainando lentamente à medida que o sangue continua a jorrar do toco de seu braço.

A perda de sangue deixou-o tonto e apático, e, dadas as circunstâncias em que as coisas estão neste momento, essa é uma situação desejável. Se o carro fosse movido e retirado, permitindo que o peso de seu corpo caísse sobre o abdome, a dor explodiria de novo, inutilmente. Ele está acabado. Não há redenção. Talvez sua condição o esteja tornando afável, mas através da bruma em sua mente ele ainda está surpreso com a prontidão com que aceita esse fato.

*Você vai morrer, Donald.*

*Tá legal. Se você está dizendo.*

Ele sempre pensou que – ou melhor, teve a esperança de que – a Morte fosse uma figura que chegaria para ele *in extremis*, nos últimos instantes da vida. Nada a ver com consolo ou conforto; ele queria apenas que a Morte aparecesse em alguma forma concreta, para que ele pudesse acertar-lhe um soco no nariz. Morrer com todas as armas cuspindo fogo, por assim dizer.

Agora que a hora chegou, ele não se sente assim. Quer apenas se dissolver, desvanecer lentamente e desaparecer em meio à névoa vermelha que está enchendo cada vez mais seu cérebro e obscurecendo sua visão.

Ele resmunga: – Buchanan, Lincoln, Johnson, Grant – quando em sua mente ele retorna a Graceland, é uma Graceland diferente daquela que visitou.

Os outros turistas se foram, Majvor se foi, e ele está livre para passear pelos quartos vazios o quanto quiser.

– Hayes, Garfield, Arthur...

Ele se detém na sala de TV. O tapete amarelo sob medida embaixo do enorme sofá, os três televisores embutidos na parede. Dessa vez ele não tem de ficar atrás das barreiras. Pode zanzar sala adentro, e desgarra na direção da mesa de vidro e da figura branca que está sentada lá.

– Cleveland, Harrison, Cleve... Cleve... land...

*Quase lá.*

A figura branca é um macaco. Um macaco feito de porcelana, com um braço enlaçado em volta dos joelhos. Seus olhos são redondos e pretos. Donald é atraído na direção desses olhos. A bruma vermelha torna-se vermelho-escura à medida que a esfera negra que é o olho do macaco se aproxima.

Donald recobra a consciência para uma última olhada no mundo antes de se dirigir ao macaco. Sua visão está borrada e ele é incapaz de focalizar a figura que vem caminhando em sua direção através do descampado.

Por um momento acha que se trata realmente do macaco, e tenta cerrar a mão que sobrou, para poder desferir aquele derradeiro golpe apesar de tudo, mas descobre que não consegue nem mesmo dobrar os dedos na direção da palma.

A figura para ao lado dele.

– Oi – diz ela. – Eu tenho uma sugestão.


Nem Lennart nem Olof tem absoluta certeza quanto ao ano, mas pode ter sido na primavera de 1998. Olof insiste em que foi no ano em que Olof Johansson renunciou à liderança do partido, ao passo que Lennart tende a achar que foi mais ou menos quando o lobo matou o cachorro de Holmberg, o que se deu em 1999. Ou talvez tenha sido em 1997.

Alguns dos vizinhos costumavam se reunir por volta de fins de abril para um "fim de semana de toragem". Eles haviam passado o inverno inteiro juntando troncos e empilhando tudo na terra de Lennart. E passariam o fim de semana torando a madeira, ou seja, cortando-a em cepos de lenha, que depois seria dividida entre todos os envolvidos.

À sua disposição eles tinham acoplado a um trator uma serra combinada e um rachador de madeira. Depois que os troncos eram rachados, a madeira era transportada por uma esteira, de onde caía sobre uma pilha que ia ficando cada vez maior. Todos podiam se servir à vontade, levar a madeira para casa e amontoá-la em segurança, um lindo e seco estoque de lenha para o inverno seguinte.

Era mais agradável e mais eficiente trabalhar em conjunto. O costume era que as pessoas se revezassem nas tarefas, de modo que todos tivessem a oportunidade de trazer os troncos, cortá-los, rachá-los e carregá-los. Mulheres e crianças também eram bem-vindas para participar, se quisessem.

Naquela primavera em especial, várias pessoas foram indo embora, por diversas razões, uma após a outra: uma doença aqui, um machucado aqui, visita de parentes, o parto inesperado de um bezerro. Como resultado, Lennart e Olof acabaram se vendo sozinhos lá, ao meio-dia. Na verdade não era um problema, o maquinário podia ser operado por duas pessoas, mas obviamente eles levariam mais tempo.

Lennart e Olof puseram mãos à obra. Após meia hora tinham encontrado um bom ritmo, e a pilha de madeira crescia tão rápido que a impressão era a de que havia três pessoas fazendo o trabalho. Se não quatro.

A lâmina da serra gemia e fatiava tronco após tronco, depois cada cepo era dividido em quatro pedaços, que a esteira transportava. Lennart e Olof trabalhavam como que em transe, enredados dentro de uma bolha onde nada mais existia a não ser os dois, o maquinário e a pilha de madeira cada vez maior.

Às duas e meia eles fizeram uma pausa de quinze minutos; simplesmente ficaram sentados em silêncio contemplando o fruto de seu esforço, sorrindo e meneando a cabeça um para o outro. Depois retomaram a tarefa. Quando deram por encerrado o dia de trabalho eram cinco da tarde, e, sozinhos, os dois tinham conseguido dar conta de metade dos troncos.

Olof desligou o trator a que estava acoplado o maquinário. O compressor hidráulico silenciou, e o gemido da serra definhou até desaparecer. O sol baixo fazia reluzir os brotos novos das bétulas, e o ar estava repleto do cheiro fresco de serragem quando Lennart e Olof se sentaram lado a lado em cima de um tronco que havia rolado para longe dos demais. Sem dúvida Ingela e Agnetha estavam com o jantar pronto em casa, mas os dois homens queriam desfrutar por um pouco mais de tempo da satisfação de um trabalho benfeito.

388

– Dá só uma olhada nisso – disse Olof, meneando a cabeça na direção do monte de madeira cortada.

– Nada mau – disse Lennart. – Nada mau, mesmo.

Os dois ficaram sentados em silêncio, apreciando as agradáveis dores em seus corpos e a paz do final de tarde. Alguma coisa se passou entre os dois durante aqueles poucos momentos. A despeito do fato de que passavam um bocado de tempo juntos, tanto no trabalho como com suas famílias, foi somente ali que uma verdade simples se cristalizou entre os dois. Eles eram os melhores amigos um do outro.

Qualquer um dos dois teria sido capaz de expressar o que veio a seguir, mas, uma vez que Lennart era o mais falante dos dois, falou primeiro.

– Tenho pensado numa coisa.

– Ah, é?

– O que eu quero dizer é, só pensei nisso agora.

– Vá em frente.

Lennart limpou a serragem das dobras do macacão e olhou ao redor como que para verificar que ninguém estava ouvindo, depois disse: – O que eu pensei foi... A gente não poderia... Você e eu... A gente não poderia meio que prometer um pro outro que...

Lennart estava pelejando para encontrar as palavras certas, e Olof o ajudou. – Que vamos cuidar um do outro? Se as coisas derem errado?

Lennart assentiu. – Sim. Algo assim. Não que eu tenha algum motivo pra achar que as coisas vão dar errado, não estou tentando criar algum tipo de insegurança, mas...

– Eu entendo – disse Olof. – Acho uma ótima ideia. Se as coisas derem errado pra você, então eu te ajudo. Se as coisas derem errado pra mim, daí você me ajuda. Bom.

Lennart encarou o chão, pensando com seus botões se poderia acrescentar mais alguma coisa, mas concluiu que o resumo de Olof havia englobado todos os aspectos. Quando levantou os olhos de novo, encontrou a mão estendida de Olof.

– Vamos apertar as mãos pra firmar o acordo.

Eles trocaram um aperto de mãos e deram tapinhas no ombro um do outro. E assim a questão foi decidida.

No fim das contas ficou claro que nenhum dos dois se beneficiou sozinho do acordo. Quando as coisas deram de fato errado, isso afetou a ambos ao mesmo tempo. Ingela e Agnetha foram para as Canárias e jamais voltaram de verdade. Lennart e Olof tomaram conta um do outro, e aos poucos seu relacionamento foi se desenvolvendo e se transformou em outra coisa.

Olof e Lennart estão de pé lado a lado junto ao seu *trailer*, observando o Volvo de Stefan desaparecer na distância. Restam apenas os dois agora. Todos os demais foram embora do acampamento, exceto Benny e Maud, claro.

– Você se lembra daquele dia dos troncos? – pergunta Olof. – Todo mundo caiu fora, e sobramos só nós dois?

– Sim – diz Lennart. – Foi em 98.

– Ou 99.

– Algo assim, meu amigo.

Lennart se vira e estende os braços. Os dois homens se abraçam, depois ficam um bom tempo assim, um com a bochecha pousada sobre o ombro do outro, até que Lennart sussurra: – O que vamos fazer? – Eles se separam, os braços pendurados nas laterais do corpo.

– Logo tudo estará acabado, não? – diz Olof, examinando cuidadosamente suas mãos.

– Sim, acho que sim. De um jeito ou de outro.

– Neste caso a gente deveria...

– O quê?

– Tentar... resolver as coisas, de alguma forma.

– Você quer dizer...?

– Sim. Enquanto ainda há tempo.

Eles ficam lá parados fitando o chão, os próprios pés, o descampado, fuçando as alças dos macacões.

– Quero dizer, não é motivo nenhum pra ter vergonha – diz Lennart.

– Não. Esses dias ficaram pra trás.

Lennart coça a nuca e olha timidamente para Olof, contemplando seu corpo como se estivesse tentando decidir até que ponto ele é adequado para o objetivo pretendido.

– Claro que não sei se é possível – diz ele. – Não sei se consigo fazer isso.

– Nem eu – diz Olof. – Mas podemos tentar. Na última hora, por assim dizer.

Lennart sorri da expressão insólita, depois dá de ombros e diz: – Você tem razão. Podemos sempre tentar.


Quando Majvor alcança James Stewart, a escuridão no horizonte está tão alta e larga que forma uma muralha que parece mover-se na direção dela por iniciativa própria. O cinturão com o coldre dá bofetadas na cintura de Jimmy enquanto ele avança a passadas largas; ele não se vira quando Majvor grita: – Jimmy, aonde estamos indo?

Ele murmura alguma coisa em resposta, e Majvor precisa fazer um esforço tremendo para acompanhar o seu ritmo. Ela olha para o perfil obstinado de James Stewart; o Jimmy que ela conhecia e amava tinha ido embora, deixando para trás somente o amargo Will Lockhart.

– O que você disse, Jimmy?

– Pare de me chamar disso. E pare de vir atrás de mim.

– O que mais eu posso fazer? Eu não tenho mais nada, eu deixei...

– Isso não é problema meu. Você sabe quem eu sou. O que eu sou.

*Sim*, Majvor pensa, *apesar de tudo você é só mais um daqueles caras que arruínam uma pobre mulher e depois...*

Ao mesmo tempo, sabe que isso não é verdade; isso é o que acontece nas histórias das revistas que ela lê. Jimmy brotou na mente dela. Ele é criação dela, sua responsabilidade. Ninguém arranja esse tipo de coisa em revistas femininas.

– O que você está fazendo de verdade aqui? Você e... os outros?

– Estamos andando – responde Jimmy. – Primeiro andamos numa direção. Depois andamos na outra.

A escuridão continua se avolumando e se expandindo na frente dela; Majvor avança aos trancos e barrancos, ainda tentando acompanhar o ritmo do homem que ela invocou e fez surgir como por encanto de seus sonhos. Há suor escorrendo das axilas de Majvor, e o corpo dela exala um cheiro azedo.

– Jimmy – diz ela –, cutucando a manga do casaco dele. – Por favor, Jimmy...

Ela passa a mão pelo peito dele, acaricia seu rosto do queixo até a aba do chapéu, e quer desesperadamente que ele a pegue nos braços e a envolva e a mantenha junto ao peito, nada mais, exatamente como na mais doce das histórias. Para que assim ela possa continuar fingindo um pouco mais que tudo está como deveria.

– Puta que pariu, Majvor – diz ele, rechaçando-a. Ela para na frente dele, bloqueando sua passagem. Quando ele dá um passo de lado, ela faz o mesmo. Por fim ele se detém e a encara. Ela tenta sorrir.

– Majvor – diz ele, com a mão movendo-se na direção da cintura. Por um segundo ela tem a tola ideia de que ele vai mostrar uma aliança de casamento e se ajoelhar. Então vê o revólver na mão dele, o cano apontando para a barriga dela. – Vou contar até três. Um...

*O que acontece se eu morrer? Eu posso morrer aqui?*

Ela fita o objeto de metal na mão de Jimmy Stewart. É de verdade? Pode atirar? Se pode atirar, certamente deve conter balas de festim. Eles não dariam a um ator munição de verdade.

*Eles? Quem são eles?*

– Dois.

Ela não ousa descobrir, não se arrisca a sentir uma bala incandescente perfurando sua barriga. Antes que Jimmy chegue ao "três", ela levanta as mãos e se afasta, depois dá meia-volta ficando de costas para ele. A escuridão está a apenas alguns passos agora. Ela dá esses passos.


Sangue. Sangue logo. Logo vai começar a sangrar.

A coisa que era Molly está sentada imóvel, contemplando a coisa que ainda é Carina. O nome Carina já não tem significado nenhum. A coisa ajoelhada na frente de Molly é meramente um contêiner repleto de sangue. Logo esse sangue vai aparecer.

A coisa que outrora era Molly sempre existiu. Ficava à espera. Em montanhas ou mares. De vez em quando entrava num ser humano. Esperava o sangue vir para assim poder viver de novo. "Viver" é um conceito desconhecido. Continuar a caminhar. Continuar o movimento.

Há muitos deles. Se um deles deixa de existir, a escuridão cria outro, de modo que o movimento possa continuar. "Sangue" é um conceito desconhecido. Sangue é vida. E vida é movimento.

Quando a coisa que era Molly olha para Carina, vê a oportunidade de movimento continuado. Sua tarefa é comprovar. Para que o sangue possa vir. Em breve ele virá. Primeiro o líquido dos olhos, o grito da boca. Depois o sangue. Agora. Carina está usando os dentes. Mordendo os braços dela.

A seguir há uma interrupção. Barulho e movimento. O movimento torna-se um carro e do carro sai uma pessoa. A pessoa pega Carina antes que o sangue tenha tempo de vir. Eles vão embora no carro.

A coisa que antes era Molly se levanta e continua a andar, continua o movimento. Haverá outros. Sempre haverá outros.


Majvor está tão infeliz e decepcionada que é um alívio adentrar a escuridão. As trevas a envolvem como o abraço pelo qual ela tanto ansiava.

*Das trevas nós a chamamos.*

Majvor tomba a cabeça para trás, mas não há nada além da escuridão. Ela não gritaria nem rezaria mesmo se achasse que há alguém capaz de ouvi-la. É tarde demais.

*O que você quer, Majvor? O que você quer da escuridão?*

Enterrado nas profundezas dela há um ponto ardente, uma sensação. Quando Majvor entrevê esse ponto no breu, caminha na direção dele. O clarão se intensifica, esmorece, torna-se reluzente, depois se esvai mais uma vez.

Da terceira vez que o clarão cintila mais forte, Majvor acha que o clarão está iluminando um rosto; ela pode ver os contornos de um rosto bruxuleando, vermelho cor de fogo. Então o rosto desaparece quando o brilho perde força de novo, movendo-se para o lado. Majvor avança aos poucos enquanto o clarão se intensifica, desloca-se para cima; o rosto reaparece. De repente Majvor percebe o que é que ela está vendo. Um cigarro. Alguém está sentado fumando um cigarro. A cada tragada o clarão ilumina um rosto emaciado. Majvor se detém a um metro de distância enquanto o rosto é mais uma vez imerso na escuridão.

– Olá – diz ela, como se estivesse conversando com alguém distante.

A voz que responde é áspera e rouca, quase um grasnado; Majvor tem a impressão de que reconhece a voz que diz: – Oi pra você.

O cigarro chameja de novo, revelando as bochechas encovadas num rosto comprido e estreito, os cabelos grisalhos cortados no estilo tigelinha. É o corte de cabelo nada lisonjeiro que entrega.

– Peter Himmelstrand – diz ela. – É você, não é?

– Certíssimo – confirma ele, depois de um acesso de tosse. – E você?

– Meu nome é Majvor. Majvor Gustafsson.

– Majvor, Majvor... não, eu nunca escrevi uma música com uma Majvor nela. Mas nunca é tarde demais. – Peter Himmelstrand ri, e a gargalhada se converte em outra crise de tosse antes de acrescentar: – Não aqui, pelo menos.

O cigarro já está consumido até o filtro e Peter Himmelstrand usa a guimba para acender outro, dá uma tragada funda. As expectativas de Majvor acerca do que ela poderia encontrar na escuridão eram imprecisas, mas de uma coisa ela sabe: *não estava* esperando encontrar Peter Himmelstrand.

– O que você está fazendo aqui? – pergunta ela.

– Eu sou responsável pelas canções. Essa é meio que a minha coisa.

– Mas como você chegou aqui?

– Vai saber, porra. Alguém me ofereceu o trabalho, e a alternativa era uma merda. Então eu aceitei. E você?

– Eu?

– Sim... o que você está fazendo aqui?

Se pelo menos ela soubesse a resposta. Há tantas perguntas que ela gostaria de fazer a Himmelstrand, principalmente com relação à natureza deste lugar, mas há uma porção de coisas que ela gostaria de saber sobre o próprio Peter. Como devotada ouvinte das paradas de sucesso suecas, Majvor conhece de cor um bocado de músicas de autoria dele, e ficou muito triste quando soube que Peter morreu por causa do tabagismo em 1999. Mas ali está ele, dando baforadas feito uma chaminé, como se nada tivesse acontecido.

O que realmente aconteceu entre ele e Mona Wessman? Até que ponto aquela canção sobre o padre é tirada da vida dos dois? Como ele pôde compor uma letra como *hambostinta i kort-kort*? E a favorita dela, a que Björn e Agnetha do Abba cantavam, qual era mesmo nome dela?

Mas essa não é a pergunta agora. A questão é o que ela está fazendo ali, e a pergunta é *O que você quer, Majvor?*

– Eu não sei – responde Majvor. – Não faço ideia. Eu pensei...

– Sim? – Há um indício de impaciência na voz de Peter Himmelstrand. – O que você pensou? Vamos ouvir. Estou bastante atarefado aqui, sabe?

Majvor não compreende como é que ficar sentado no escuro fumando significa estar atarefado, mas é a primeira *celebridade* que ela conhece pessoalmente, e não lhe cabe duvidar dele. Além disso, ela tem a sensação de que isso é real, de maneira diferente de James Stewart.

– Pensei que haveria alguma coisa aqui. Alguma coisa pra mim, algo que... eu não sei, e, por favor não me interprete do jeito errado, mas certamente não pode ser *você*, pode?

– Não – diz Peter Himmesltrand, dando uma tragada ainda mais longa que realça as sombras de crateras em suas bochechas. – Parece improvável. Mas espere aí um minuto, se você sossegar um pouco, então...

No tênue clarão, Majvor pode ver Himmelstrand tateando o chão, até seus dedos encontrarem o que ele está procurando. Ele pega um objeto e o oferece a Majvor. – Será que é isto? É isto aqui a sua coisa?

O objeto que é colocado nas mãos de Majvor é um revólver, e enquanto seus dedos se fecham em torno do cabo sulcado ela sabe que Himmelstrand está certo. Esse é o motivo pelo qual ela está ali. É isso que ela deveria encontrar. Majvor gira o tambor e ouve uma série de cliques.

Peter Himmelstrand está no meio de outro acesso de tosse; ele aponta para o revólver. Assim que se recupera, diz: – Dois tiros foram disparados, então restam só quatro balas. Dê um jeito de garantir que... Bom, você sabe.

– Não – diz Majvor. – O quê?

Peter Himmelstrand suspira. – Bom, não sou nenhum especialista, mas se você está pensando em usar isso aí, certifique-se de que não tem nas mãos um tambor vazio na frente do cão da arma. Sacou?

Sim, Majvor sacou. A arma é pesada, e apesar de jamais ter disparado um revólver ou uma pistola, parece completamente natural. Seria possível dizer que serve como uma luva em suas mãos, como se estivesse esperando por seus dedos e somente por eles.

– De onde veio isto? – pergunta ela.

– Não faço a menor ideia. Estava aqui quando cheguei.

Majvor ergue a arma, faz pontaria escuridão adentro.

*Dois tiros foram disparados.*

Enquanto Peter Himmelstrand dá mais uma tragada em seu cigarro, Majvor aproveita a oportunidade para ler a inscrição no tambor. *Smith & Wesson .357 Magnum.*

Assim como poucos americanos conseguem ouvir a data *11 de setembro* sem pensar nas Torres Gêmeas, poucos suecos podem ouvir *Magnum .357* sem ver a imagem de Hans Holmér, chefe do Serviço de Segurança Nacional sueco, com dois revólveres pendurados nos dedos indicadores. Não a arma propriamente dita, mas o *tipo* de arma que matou Olof Palme. A arma do crime jamais foi encontrada.

Um calafrio percorre a espinha de Majvor e, como se fosse capaz de ler sua mente – talvez ele *consiga* ler a mente dela –, Peter Himmelstrand diz: – Não faço ideia. Talvez, talvez não. Mas é seu agora. Você sabe o que quer?

As palavras grudam na garganta de Majvor, então ela meramente meneia a cabeça.

– Excelente. Agora você tem de ir. A vida é curta.

Ele começa a rir, e mais uma vez a gargalhada se transforma em uma crise de tosse, um acesso muito pior dessa vez. Majvor se vira e sai andando. Quando a tosse diminui, ela se detém e diz: – A propósito, eu adoro "Så Här Börjar Kärlek", na versão de Björn e Agnetha. Fantástica canção. Obrigada.

– Pois é, pois é – diz da escuridão a voz de Peter Himmelstrand. – Não ajudou muito, não é? Boa sorte.

Majvor dá alguns passos e se vê de novo na luz. Com um peteleco ela abre o tambor, ejeta os dois cartuchos e os coloca no bolso; com uma pancadinha leve, fecha o tambor e o gira para que uma bala fique na frente do cão. É como se jamais tivesse feito outra coisa na vida.

Carina está afundada no banco do passageiro, as mãos flácidas pousadas sobre o colo. Quando Stefan afaga sua cabeça, ela não reage. Ele olha de relance para o pulso esquerdo dela, que está coalhado de inflamadas marcas vermelhas de mordida, e pergunta: – No que você estava pensando?

Não há resposta, e Stefan olha na direção do horizonte, onde uma nuvem escura está ficando cada vez maior, como se um gigantesco disco negro estivesse sendo inexoravelmente puxado para cima desde a grama verde.

*Depressa.*

Ele não sabe se está fazendo a coisa certa, se era isso que Emil quis dizer, mas não consegue ver alternativa. Ele se vira para o banco traseiro, onde Emil está deitado em silêncio, rodeado por seus bichinhos de pelúcia. A caixa torácica do menino se mexe e os pés estão se contorcendo.

– Livre-se de mim – diz Carina. – Livre-se de mim e tudo vai ficar bem.

– Do que você está falando?

Com voz monótona, Carina prossegue: – É nisso que eu estou pensando. O dia inteiro. Que eu tenho de morrer. Todas as coisas ruins que eu fiz. Fui eu quem marcou a gente. Sou eu que tenho que pagar.

– Carina, a gente não sabe disso.

– Foi uma aposta.

– O que foi?

– Quando eu te beijei. Minhas amigas juntaram duzentas coroas. Que eu as ganharia se beijasse você.

A escuridão está aumentando muito rapidamente, e já cobre uma parte tão grande do céu que a luz interna do carro está começando a falhar. A mente de Stefan volta para aquela noite junto ao píer. Ele relembra como começou, como terminou. Então limpa a garganta e diz: – Neste caso é melhor eu escrever um bilhete e dizer "Obrigado".

– Pra quem?

– Suas amigas arrogantes. Quem poderia imaginar que alguma coisa de bom viria daquelas meninas de nariz empinado? Vou mandar um cartão-postal pra elas.

– Mas, Stefan, você não entende.

– Eu entendo perfeitamente. E entendo também que se elas não tivessem juntado aquele dinheiro pra fazer a aposta eu jamais teria ficado na escada observando você e Emil na cozinha.

– O quê? Quando?

Agora está como o lusco-fusco, e Stefan pode ver que a escuridão tem uma borda claramente definida a cerca de vinte metros na frente do carro. Ele para o veículo, vira-se para Carina, segura a cabeça dela entre as mãos e diz: – Deus *fez* as maçãzinhas verdes. A gente vai se agarrar a isso, tudo bem? Eu amo você.

Juntos eles tiram Emil do carro, ainda deitado sobre a almofada do sofá, e carregam o menino na direção da escuridão.

– Stefan – diz Carina. – Por que estamos fazendo isto?

Stefan gostaria muito de ter uma boa resposta. Alguma outra coisa sobre maçãzinhas verdes, sobre fé, esperança, amor ou a estrada que temos de percorrer. Mas, quando olha para o corpo arrebentado do seu filho pelejando entre a vida e a morte, não há esse tipo de resposta. Ele e Carina têm de caminhar escuridão adentro porque já estão na escuridão. Porque não resta mais nada.


Jimmy Stewart está parado no descampado com o queixo erguido, como se estivesse verificando o estado das coisas. Ou farejando o ar. Majvor caminha na direção de Jimmy, que se vira e sai andando na mesma direção de onde eles vieram.

– Ei, você! – berra Majvor. – Pode parar bem aí!

Majvor realmente tem uma queda por filmes de caubói. Já viu todos os de Jimmy, é claro, mas também todos os protagonizados por John Wayne e Clint Eastwood. Ela conhece essa cena.

Os dois homens que se encontram no meio do nada, um fitando o outro, analisando-se minuciosamente. Quem vai sacar primeiro? Majvor não se arrisca a esse tipo de confronto. Em primeiro lugar, não tem coldre, e, mesmo que a figura à sua frente não seja Will Lockhart, ela sabe que Jimmy Stewart também era um competente atirador na vida real.

*Na vida real?*

Sinceramente, uma pessoa pode morrer rindo. Majvor não espera sequer que Jimmy se vire; ela simplesmente levanta o revólver, puxa para trás o cão, faz pontaria e dispara.

*BANGUE!*

Ela estava esperando o coice da arma, e se lembrou de segurá-la com firmeza. Não chegou nem perto disso. O impacto que parte do punho e vai subindo braço acima faz o cano dar um solavanco para cima. A sensação é a de que alguém acertou um violento soco em Majvor, e ela cambaleia.

Seus ouvidos estão zumbindo quando ela endireita as costas e esfrega o ombro. Jimmy está de frente para ela agora e, sem pressa e com toda a tranquilidade do mundo, saca sua arma e mira Majvor, o braço esticado. Isto não é um duelo. Está mais para uma execução.

O destino dá a Majvor uma última chance quando ela se arremessa no chão uma fração de segundo antes que a arma dele dispare.

Se ela tinha achado que nada disto era real e, portanto, não poderia ser alvejada aqui, essa ideia é destruída pelo som da bala que passa zunindo rente à orelha. O tiro seguinte vai acertar o alvo, e, quando Majvor aterrissa dolorosamente de bruços, ela sabe que, em essência, já está morta. Com um tiro disparado por Jimmy Stewart.

No entanto, Majvor está determinada a levar até o fim esse jogo letal. Ela agora segura o revólver com as duas mãos, apoiando-se nos cotovelos, e faz pontaria em Jimmy, que está lentamente abaixando o cano da arma na direção dela. Um sorriso brinca nos lábios dele enquanto puxa o cão da arma para a posição de tiro.

Majvor não tem tempo para essas sutilezas; simplesmente pressiona o gatilho com toda a força de que é capaz. O cão da arma é puxado para trás e golpeia a bala.

*BANGUE!*

Assim que ela dispara, sabe que acertou o alvo. Os olhos de Jimmy Stewart se arregalam e ele agarra o próprio peito.

Majvor não sabe o que estava esperando. Ela achou que ele cairia de joelhos, desabaria de costas, sussurraria algumas últimas palavras? Não é isso que acontece. O rosto de Jimmy começa a se dissolver. As roupas dele ficam transparentes feito uma gaze fina, e o revólver que segundos atrás era tão letal se funde à mão dele e se desintegra.

Num piscar de olhos o Homem de Laramie desaparece, e em seu lugar há uma criatura lisa, apenas vagamente humanoide, parada olhando para ela. Ainda está usando chapéu, o que significa que o chapéu deve ser semelhante à arma na mão de Majvor. Algo que efetivamente existe.

Quando Majvor se põe de pé e caminha na direção da criatura branca, com o revólver a postos, os últimos vestígios de formato e cor desaparecem, e não resta nem sinal de Jimmy Stewart.

– O chapéu – diz ela, apontando a arma para a mão da criatura. Dessa vez ela se permite algum tempo a fim de puxar para trás o cão da arma. – O chapéu, se você não se importa.

Se a bala de Majvor realmente penetrou o coração, não há mais sinal de ferimento. A pele ali é tão branca e lisa quanto no resto do corpo. Provavelmente a criatura branca não pode ser morta, mas talvez ainda tenha a capacidade de sentir dor, porque ela agarra o chapéu pela aba e o arremessa no chão à frente de Majvor.

Eles se entreolham, e depois disso a criatura dá meia-volta e parte ao longo de sua eterna trilha. Majvor se abaixa e pega o chapéu.

*O que você quer, Majvor?*

A sensação que Majvor tinha converte-se em certeza quando ela põe o chapéu e descobre que lhe serve perfeitamente, cai como uma luva. Só é uma pena que o cinturão com o coldre tenha desaparecido daquela maneira. Teria sido agradável afivelá-lo em volta dos quadris.

Que estúpido, como a gente se engana.

Durante mais de metade da sua vida, Majvor suspirou por James Stewart, entregou-se a fantasias imaturas sobre como seria estar com ele, pelo menos uma vez.

*Típico de mulher*, ela pensa.

Porque na verdade seu desejo não tinha a ver com *estar* com James, mas dizia respeito a *ser* James Stewart.

Agora ela conquistou esse direito. Conquistou-o de forma honesta e justa, com o cheiro de pólvora e sua habilidade no manejo da arma. Majvor inclina a aba do chapéu e permite que a mão que segura o revólver balance ao lado do corpo enquanto ela parte ermo adentro.


Emil não sabe há quanto tempo está andando quando a escuridão se espessa e começa a se solidificar. Está ficando mais difícil respirar. Quando Emil sacode os braços, pode sentir a escuridão tocando suas mãos, como milhões de minúsculos fios de gaze ou algodão-doce que vão se adensando cada vez mais. Emil arfa, tentando puxar o ar, e pode sentir alguma coisa pesando sobre ele, *pressionando-o para baixo*, exatamente como em *Star Wars*, quando eles estão no compactador de lixo e as paredes vão se fechando e todos vão morrer esmagados.

A escuridão está apertando o cerco ao redor de Emil, comprimindo-se, e uma imagem invade sua mente. Ele tem a ideia de que está prestes a ser *espremido para fora*. De que há um outro Emil, e de que não há espaço para os dois. Um deles terá de ser expulso, espremido para fora.

Emil não quer ser espremido para fora, com certeza vai doer, igual a ser *atropelado por um trailer*. Ele se lembra agora. Molly, Darth Maul, a camisa ficando presa, a roda passando por cima do peito dele.

A pressão vem de todas as direções. Emil não está conseguindo ar sequer para gritar. Ele desaba no chão e abraça o próprio corpo enquanto o torno dá mais uma volta e aperta ainda mais. Ele não consegue ouvir coisa alguma, e balança para a frente e para trás, até que subitamente não está abraçado a si mesmo, mas a seus bichinhos de pelúcia. Ele não está se balançando, ele está sendo balançado. Para a frente e para trás. Está deitado sobre alguma coisa, seja o que for, que está sendo embalada. Uma almofada.

– Mamãe? – diz ele. – Papai?

Finalmente, depois de tanto tempo, eles estão com Emil na escuridão, afagando-o, acariciando-o, beijando-o. Emil não consegue vê-los, mas pode ouvir suas vozes; ele reconhece suas mãos e seu cheiro. *Escuro logo*. Emil se levanta da almofada e diz: – Temos que ir, antes que escureça.

As mãos de Mamãe e Papai, que até então estavam acariciando o rosto de Emil, agora se deslocam para o corpo do menino. Há lágrimas na voz do Papai quando ele diz: – Querido, você... está inteiro de novo.

– Você estava machucado – diz Mamãe. – Estava gravemente machucado. Você foi... – Depois ela também começa a chorar.

– Esse foi o outro – diz Emil. Ele sabe o que quer dizer, mas é difícil explicar, e não há tempo. – Pare de chorar – diz Emil em vez disso, enfiando debaixo da camisa os bichinhos de pelúcia. – Temos de encontrar a porta.

Emil não faz ideia de que direção tomar. Não há direções aqui. Mas eles partem. Mamãe está segurando uma das mãos de Emil, Papai a outra. Isso é bom. A escuridão é terrível, e estão completamente perdidos, mas é melhor estar perdido na escuridão com Mamãe e Papai do que sozinho na luz. Emil conta a eles sobre o acampamento, sobre o Fusca e o Ovo. Sobre a porta que estava fechada, e a luz fraca em volta da abertura. Ele sabe que o relato parece realmente bizarro, mas Mamãe e Papai acreditam nele.

Eles caminham e caminham, e, embora Mamãe e Papai estejam com ele agora, um caroço se forma na garganta de Emil. Ele não sabe quanto tempo se passou, mas teme que tenha sido tempo demais. O que foi que o homem disse? *Eu estava pensando em fazer as malas e ir embora, seguir em frente.* Emil não faz ideia do que isso significa, mas teme pelo pior, e o caroço se avoluma.

– Lá – diz Papai. – O que é aquilo?

É impossível ver em que direção ele está olhando. Os três se detêm.

– Onde? – pergunta Emil.

Papai coloca os dedos sobre as têmporas de Emil e delicadamente vira a cabeça do menino para a direita. Emil aperta os olhos. Consegue enxergar apenas uma coisa vermelha, um tênue clarão como as brasas agonizantes de uma fogueira.

Emil agarra de novo a mão de Papai e o arrasta com Mamãe na direção do clarão; quando chegam mais perto, o brilho assume a forma de um retângulo, tremeluzindo nas bordas como se estivesse prestes a afundar na escuridão. Quando param bem na frente do retângulo, Emil solta as mãos de Mamãe e Papai e tateia até encontrar a maçaneta. Ele a empurra para baixo e a porta se abre.

Os últimos momentos do crepúsculo fazem luzir a área de acampamento, uma tira vermelho-escura de uma ponta à outra acima dos pinheiros. Emil puxa Mamãe e Papai para fora do pequeno *trailer*. Cambaleando, eles percorrem uma curta distância, depois param e piscam na luz, que vai ficando menos intensa à medida que seus olhos se acostumam a ela.

Mamãe e Papai não conseguem nem ao menos falar. Enquanto olham ao redor, fazem sons que nada significam; parecem não ouvir a porta do *trailer* fechando-se atrás deles. Somente Emil se vira para olhar.

Não é o mesmo homem desta vez, o que estava tricotando. É o homem do *trailer* grande, o que era horrível com seu próprio cachorro. Ele lança um olhar terrível e maligno para Emil e diz: – Você teve sorte lá.

Agora Mamãe e Papai também se viram para olhar. – Donald? – diz Papai.

Donald encolhe os ombros e dobra a cadeira de praia. A despeito de todas as coisas que aconteceram, Emil ainda se surpreende quando Donald vai até carro, abre o *capô* e coloca dentro a cadeira, no lugar onde deveria haver um motor. Então ele se lembra: é um Fusca. O motor fica atrás.

Donald está quase entrando no carro, mas Papai dá alguns passos trôpegos na direção dele.

– Espere aí – diz ele. – Espere, o que... Foi *você* que...?

– Não – responde Donald. – Mas estou no banco do motorista agora. Até segunda ordem.

A boca de Papai está escancarada feito um peixe em terra seca. Emil compreende; ele tem tantas perguntas que é como procurar água quando não existe água nenhuma. As únicas palavras que Papai consegue articular quando Donald se acomoda atrás do volante é: – Mas por quê?

Donald balança a cabeça. – Boa sorte pra solucionar essa questão aí. – Depois fecha a porta e dá a partida; eles podem ouvir o motor zumbindo no porta-malas, que provavelmente não se chama porta-malas neste caso. O carro se afasta, rebocando o *trailer* engatado atrás dele.

Mamãe, Papai e Emil observam os veículos prateados através da área de acampamento e estrada afora, onde gradualmente desaparecem na direção da sombra dos pinheirais.

– Papai? – diz Emil, pegando seus bichinhos de pelúcia um a um. – Cadê meus sabres de luz?


A coisa que antes era Isabelle está andando.

Sempre houve uma fome, um vazio, e ninguém foi capaz de satisfazê-la. A fome ainda está lá. Ela é forte e dói, mas é simples. Há uma trilha a seguir. Se você simplesmente seguir a trilha, então será saciada, mais cedo ou mais tarde. Ao longo da trilha ela caminha com os que são iguais a ela. A canção de fome brota de suas gargantas.

A coisa que era Isabelle não é mais capaz de pensar como os humanos fazem, mas, se pudesse, estaria pensando em algo parecido com *Eu sou feliz.*

* * *

Lennart e Olof estão deitados nus na cama, olhando-se reciprocamente. Benny e Maud estão sentados no chão, olhando para Lennart e Olof. É um momento de quietude. Quatro pares de olhos, absorvendo-se mutuamente. Então Lennart arranha a nuca e diz:

– Bom, valeu a pena tentar.

Não deu certo. Eles abriram a cama, depois se despiram desastradamente e com certa dose de constrangimento. Deitaram-se na cama e ficaram trocando carícias, beijaram-se um pouco, mas nada aconteceu.

Olof tinha aventado a hipótese de que talvez não estivesse funcionando porque o cachorro e a gata estavam sentados lá fitando os dois, mas ambos sabiam que não era esse o verdadeiro problema.

Olof e Lennart podiam concordar com relação ao fato de que nem um nem outro via algo de nojento ou vergonhoso *em princípio* em fazer amor da forma que dois homens podem fazer. Eles simplesmente não conseguiram, não puderam encontrar a centelha, e em vez disso permaneceram deitados por um longo tempo, nus diante um do outro, atingindo o nível de intimidade que era possível para eles no momento, e isso foi bom à sua maneira.

Lennart veste a cueca e as meias, enfia-se no macacão sem se dar ao trabalho de vestir uma camiseta. Meneia a cabeça para Olof e afaga o pé dele antes de sair do *trailer*, acompanhado por Benny e Maud.

*Está chegando mais perto.*

Uma faixa de escuridão começou a se erguer em todas as direções, ao longo de toda a linha do horizonte, e, diante dos olhos de Lennart, cresce mais alguns milímetros, como um saco que está sendo lentamente puxado para cima. O mundo está encolhendo, fechando-se.

Lennart volta para dentro do *trailer* e pega as engenhocas. Olof está se vestindo.

– Parece que está ficando escuro – diz Lennart. – Bem rápido.

– Estou indo.

Os dois ficam lado a lado, observando a escuridão iminente, que se aproxima e cerca tudo ao redor. Benny solta um latido curto e agressivo. Olof dá tapinhas carinhosos na cabeça do cão e diz: – Não há muito que a gente possa fazer a respeito, né?

– Não, acho que não. Em todo caso, estou pronto para aquela aula agora.

– Aula?

Lennart se agacha na grama, onde havia colocado seu iPod e os alto-falantes. Ele desliza a lista de reprodução; não sabe qual música vai escolher, mas encontra precisamente a canção perfeita e coloca o aparelho no modo de repetição. Isso significa que a música vai tocar e tocar até o máximo de vezes possível, o que é a coisa mais do que certa.

Olof irrompe em gargalhadas quando ouve a canção que Lennart escolheu: é Abba, "Dance (While the Music Still Goes On)". Ele abre os braços e Lennart dá alguns passos para dentro de seu abraço. Não é exatamente uma aula de dança; os dois apenas se mexem lentamente nos braços um do outro, fechando os olhos enquanto o que vai acontecer acontece, e a música começa de novo e de novo.

Eles dançam, enquanto a música ainda toca.

Eles dançam.


Eu apago a luz.

Este livro foi composto com a família tipográfica
Garamond Premier Pro. Impresso para a Tordesilhas Livros em 2022.